甲午
战争

江は流れず

小説日清戦争

〔日〕陈舜臣（ちんしゅんしん） 著

李长声 译

图书在版编目（CIP）数据

甲午战争 /（日）陈舜臣著 ；李长声译. — 北京 ：文化发展出版社，2018.9（2021.9重印）

ISBN 978-7-5142-2414-6

Ⅰ.①甲… Ⅱ.①陈… ②李… Ⅲ.①长篇历史小说－日本－现代 Ⅳ.①I313.45

中国版本图书馆CIP数据核字(2018)第171396号

版权合同登记号　图字：01-2018-7095

甲午战争

[日] 陈舜臣 / 著

李长声 / 译

责任编辑：周　蕾　　装帧设计：易珂琳

责任校对：郭　平　　责任印制：杨　骏

特约监制：海　莲　　版式设计：朱明月

出版发行：文化发展出版社（北京市翠微路 2 号　邮编：100036）

网　　址：www.wenhuafazhan.com

经　　销：各地新华书店

印　　刷：大厂回族自治县德诚印务有限公司

开　　本：787mm × 1092mm　1/16

字　　数：317千字

印　　张：28

印　　次：2018 年 9 月第 1 版　　2021年 9月第 3 次印刷

定　　价：79.00 元

I S B N：978-7-5142-2414-6

麒麟志在昆仑河

陈舜臣是东汉陈寔的后裔；陈寔，就是把窃贼叫作“梁上君子”的那位。祖上从河南颍川南迁福建泉州，再搬到台湾，父辈经商，又移居日本。他出生在神户，那里有陈家墓地，碑上还刻着颍川。虽然生于日本、长于日本，几乎从未遭受过歧视，陈舜臣却抱有强烈的中国人意识。这种意识不仅不妨碍他成为日本小说家，而且在很大程度上，正是中国人意识格外把他成就为出类拔萃的日本小说家。或许这足以教那些老大不小才渡来日本，却拼命比日本人更日本人的中国人脸红。

二十来岁时日本战败，台湾光复，陈舜臣又变回中国人。读大阪外国语学校（今大阪外国语大学），跟日本数一数二的历史小说家司马辽太郎同校。太郎学蒙古语，舜臣学印度语。本打算留校做学问，可是，非日本人在国立学校的前途到讲师为止，当不上教授（这个潜规则直到1982年才被打破），只好走别的路。国籍变来变去，到底是什么折腾了自己的命运呢？陈写历史小说《甲午战争》也是要探究这个问题。1990年陈舜臣加入日本国籍。关于台湾，他写道：“也听到有人说还是日本统治时代好些，其实并不是那样的。那是另一回事，因为日本统治云云，怎么说也是被外国控制。这种屈辱，朝鲜人也是有同样感觉吧。”

作为历史小说家，陈舜臣名震日本、韩国和中国，而走上文坛之初，叫响的是推理小说。那是1961年，陈帮父亲经商十多年，用汉文写商业尺牍，但安能久事这种笔砚间乎，于是开始写小说。任何小说都含有推理要素，从日本小说史来看，今后最受欢迎的，非推理小说莫属，这么一想便创作了推理小说《枯草之根》。

陈舜臣上大学时，英语教材是柯南·道尔，几乎耽读了福尔摩斯的全部探案，这应该是他与推理的宿缘。写《枯草之根》那年三十六岁。他当初曾想用笔名，叫“计三十六”——三十六计，走为上策。放弃学者梦，他曾回台湾谋生三年，经历过这样一件事：和几位朋友聚议开书店，其中二人不幸被国民党枪杀，有一人溜之大吉，后来当上了“总统”，李登辉是也。陈舜臣笑着回顾：“假如我留在台湾，也会被逮住杀掉，因为不善于逃之夭夭。”

1963年，还只是初出茅庐，听说给他的稿费仅抵所谓中坚作家的三分之一，勃然变色，拒不应约，可见那敦厚可亲的相貌之下有一副傲骨。在一切向钱看的当今，仍信奉作家应为认可自己价值的人而写，绝不媚俗，违心让出版商给包装成“摩登女郎”。

陈舜臣以推理小说成名，迄今推理小说界唯有他连获江户川乱步奖、直木奖、日本推理作家协会奖这三大奖，但实际上，不仅其推理小说取材于历史，如《枯草之根》就是以19世纪30年代民族资本主义兴衰为背景，而且出道不久就接受讲谈社编辑的建议转向写中国历史小说，1967年出版长篇巨著《鸦片战争》。名为舜臣，写中国的历史也令人望而生“信”。他知道同为历史小说家的井上靖所用史料出自何处，更知道用别的史料来写会更好，但仍亲自调查史迹，搜集资料，从不假手于人。《鸦片战争》大获好评后，陈舜臣接着写了《甲午战争》《太平天国》，再后来写《小说十八史略》等。从时序上来看，好像倒着来，其实写近代以前，也是为考察历史如何走到近代这一步的。

日本小说家写中国故事大都盯住唐代以前，例如三国，恐怕也因为那时候日本还处于原始状态，笔下只好把历史的久远上接到中国。陈舜臣的文学功绩更在于写中国近现代史。

《甲午战争》这部小说以袁世凯、李鸿章、日本的竹添进一郎、朝鲜的金玉均为中心，描写战争前夜的中国近代史。陈舜臣认为甲午战争是中、日之间不幸历史的原点。书名直译为“大江不流”（出版者因出版需要改名为《甲午战争》），他曾在随笔里写到这书名的由来：“当时的中国人对于时局非常焦虑，形容为‘青山沉睡，大江不流’。我对这句话印象很深，并想把它写进作品中。”他说的这句话出自谭嗣同的五言律诗《夜泊》：“月晕山如睡，霜寒江不流。”这表明他要用淡淡而娓娓的笔致，描写垂老的晚清怎样被青春萌动的明治打败，更捕捉那个时代的气氛，写出中国人的闭塞感。

《甲午战争》中的所有人物都史有其人，虽有所加工渲染，但基本上不予褒贬。诚如他自己的感觉，有关这场战争的资料非常多，以致小说有一点儿被史料拉着跑的感觉。甲午战争给朝鲜造成的灾难更深重，陈舜臣侧重描写了中国和朝鲜的内部情况，韩国有两三家出版社翻译出版了《甲午战争》，好些韩国人这才明白那一段历史的真相。

陈舜臣的历史小说读来很有趣。他说过："历史小说多半不就是作者依据史料经过推理和虚构而成的混血儿吗？也许是乱说，但我完全觉得历史小说也包括在广义的推理小说里。"又说："历史时代要靠资料及其他来把握，而把握的方法终归不外乎推理。"有意识地把历史题材与推理手法结合起来，既是历史小说，又是推理小说，具有极强的可读性，恐怕日本小说界无有出其右者。

写历史小说需要正确的史观与丰富的知识。陈舜臣也写历史通俗读物，如《中国通史》，但小说是小说，史实是史实，他一向严加区别，不像某些学者取悦于大众，故意把故事与史实搅在一起，蒙人卖钱。司马辽太郎的史观被称作"司马史观"，他死后此史观更被人宣扬。陈舜臣也自有史观，可惜在日本还没人归纳，可能这件事需要中国的研究者来做，而且更胜任也说不定。陈舜臣的《小说十八史略》开篇写道："人，唯其人，一贯追究人，这是自古以来的中国人的史观。"这是他给中国人总结的史观，大概也就是他本人的基本史观。

作为同学、同行加挚友，司马辽太郎这样评价他："陈舜臣这个人，存在就是个奇迹。首先，了解、热爱日本，甚至对于其缺点或过失也是用堪称'印度式慈悲'的眼光来看待。而且，他对中国的热爱有如养育草木的阳光一般温暖。再加上略微脱离了中国近现代的现场，在神户过日常生活，也成为他产生观察与思考的多重性的一个要素。对中国的爱与对神户的爱竟不乖离，合而为一，真叫人惊奇。"

陈舜臣很想写王玄策："历史当然由胜利者来写，而且多是从正统的立场加以选择。例如王玄策三度出使印度，打仗也获胜，却可能因为他身份过低，《新唐书》和《旧唐书》都没有立传，而且著述也几乎都失传了。我也有拯救这种人的心情。"后来执弟子礼的小说家田中芳树不负厚望，创作《天竺热风录》为王玄策树碑立传，想来陈舜臣聊可释怀。

青春梦未了，陈舜臣自学波斯文，尝试翻译，当年躲在防空洞里也不释手，2004 年终于出版了奥玛·开俨（Omar Khayyam）的《鲁拜集》。郭沫若曾汉译《鲁拜集》，说："读者可在这些诗里面，看出我国的李太白的面目来。"

小说家陈舜臣也写旧体诗。日本人一般是喜爱杜甫，有一种读"私小说"似的情趣，不大接受李白那种夸张的表现，如"白发三千丈"，但陈舜臣自称是李白派。他吟有七律《古稀有感》，最后一句是"麒麟志在昆仑河"，曾撰文向日本人解释：老骥伏枥，志在千里，而麒麟之志更高远，是在那黄河发源地的昆仑山。我也要像孔子一样"绝笔于获麟"。陈寔的儿子们非常贤德，有"难兄难弟"之誉，更难得的是这种贤德遗传到陈舜臣，文为德表，范为士则。日本文学当中的中国历史小说一类由他确立，踵迹其后的有宫城谷昌光、酒见贤一、冢本青史等。田中芳树称颂陈舜臣是巨大的灯火，写道："所谓中国题材小说，现在正成了路，这是那些高举灯火走过荒野的先人们的恩惠，而最明亮温馨的灯火健在，令人不禁从心里感谢。"

李长声

于日本高洲

目 录

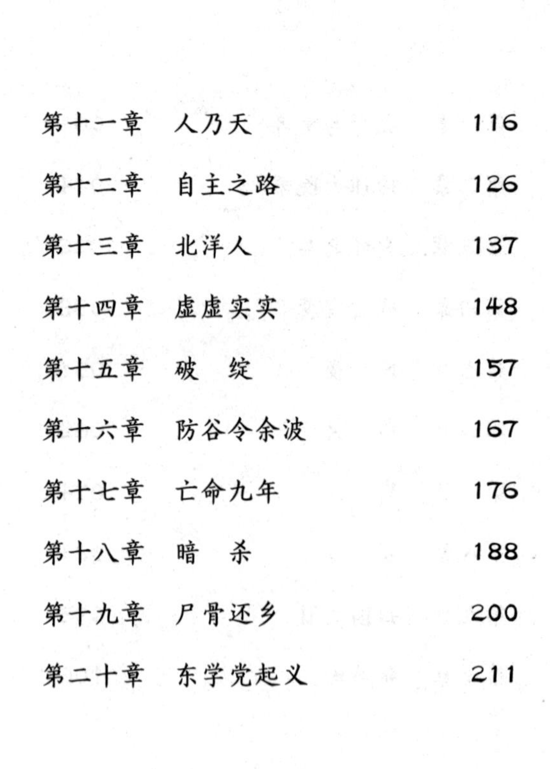

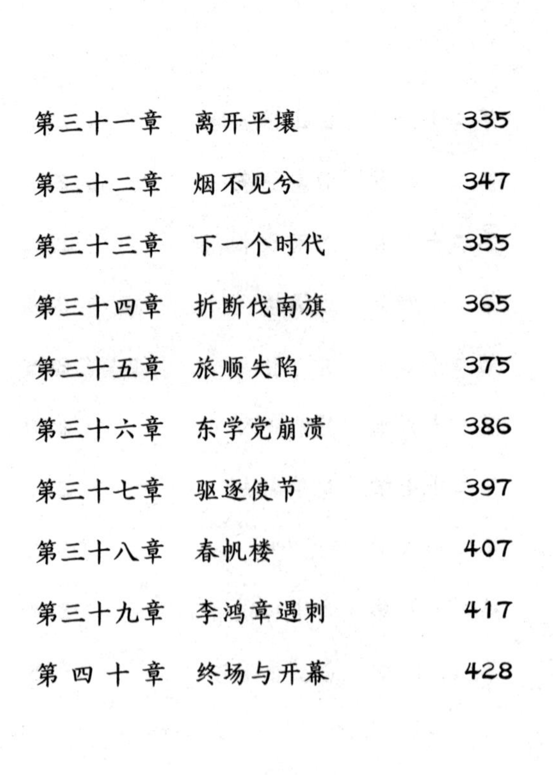

【第一章】

提督与青年

1

七月，偕水师统领丁公汝昌率各船团回防济师（增援军队）。复偕丁公先赴韩境沿海一带，荡舢板，探查陆兵下岸处。中途潮退，舟胶于滩。公及丁公赤足履沙石行里许。追登岸，两足皆破裂。丁公笑曰："纨绔少年亦能若是耶？"

这是《容庵弟子记》中的一段文字。容庵，是袁世凯的号。此书共四卷，是袁世凯的弟子沈祖宪和吴闿生二人撰写的。书中记述了袁世凯事略，但出自门生之手，当然是按袁世凯的口味写的，似可当作他的自吹自擂来读。上面所引的文章能使人想见袁世凯反复向其徒众和家属讲述他年轻时代的情景。

文中的"丁公"，是后来在甲午战争中自刭身亡的水师提督丁汝昌，而单单一个"公"字，指袁世凯。

所记七月，是 1882 年（清光绪八年，日本明治十五年），即壬午年。这年朝鲜发生了"壬午之变"，清政府派兵援助。

清军三千人，由庆军统领吴长庆指挥，丁汝昌负责运送。据吴长庆的书简记载，舰队到达仁川海面是七月七日辰时——这里的日期是阴历，若按阳历，则是 8 月 20 日辰时，即上午八时前后。事实上，开始登陆是翌日辰时。

足足花费了一整天，是因为仁川易于登陆的地点已停泊了七艘日本舰只，只好避开，另觅地点。清军舰队在三十多公里之外的南阳府海面抛锚。

袁世凯同丁汝昌驾着舢板找寻登陆地点，正赶上退潮，船不能动了，只好赤脚步行一里多路上岸。清代的一里，不过是五百七十六米。走过这段布满乱石、碎贝壳的海滩，袁世凯的脚被擦伤出血了。丁汝昌见了，笑道："真难为你这位少爷了！"

丁汝昌的语气，仿佛是袁世凯在与他并肩统率军队。其实，那时候两人的身份差别很大。也许后来当上总督、大总统的袁世凯回顾往事时，对自己年轻时代的身份总有一种错觉吧。

当时丁汝昌是与派遣军司令吴长庆同级的将领，而袁世凯不过是吴长庆的一名幕僚而已。幕僚也称幕客，是个人私设的秘书，并非由国家正式任命的官吏。原来袁世凯科举落榜，属于国家公务员考试不合格者。幕僚也有因主人的保荐而得到中央政府任命的，但那必须有相应的理由。袁世凯在朝鲜非常活跃，得到吴长庆的推举，终于"奉旨，以同知用，并赐花翎"。同知是知府的副手，正五品。所谓花翎，是用孔雀羽毛做的垂在帽子后面的装饰物，特为赏赐给五品以上有功绩的官吏。

这是那年九月的事，可见七月在朝鲜登陆时，袁世凯还是个白丁，不能与从一品的水师提督丁汝昌平起平坐。

"你看看我的脚！"坐在沙滩上，丁汝昌把脚伸到袁世凯面前。

"嚄！"袁世凯大吃一惊：提督的脚底板似乎相当硬，竟然没出一点儿血。

"咱俩走的可都是一样的沙石滩啊！"丁汝昌道。

"您的脚底板真够硬的。"

"比草鞋是结实多了。"

"简直像牛皮一样！"

"这是练出来的，哈哈哈……"丁汝昌放声大笑。

"太可怕了！"袁世凯瞟了一眼提督的脚掌，毫无顾忌地说道。

"纨绔子弟！"丁汝昌心里又念叨了一遍。

丁汝昌忽然羡慕起袁世凯来。这个无官衔的二十四岁的年轻人，是河南项城名门望族的后代；而丁汝昌出身于安徽庐江的贫农家庭，从淮军的一个士卒，经历千难万险才升为将领。恰似由小伙计熬成大公司经理的人，对华贵之家出身的新职员的成长环境，往往会蓦地生出一种妒忌之感。

他把脚放到沙滩上，端详袁世凯的脸。

"您怎么了？"袁世凯问。

"让你看了这么半天的脚底板，怪不好意思的！"

"不好意思？您这是说到哪儿去啦……锻炼是件好事嘛！要知道有今天，我也在山野里打赤脚，练一练脚底板了。"

“现在也为时不晚。”

“对……我这就开始练。”

“随你的便。”丁汝昌喃喃说道。

他并不是存心练出脚底板的。生在贫困家庭里，少年时代的丁汝昌从来没穿过鞋。投身军旅也是为了糊口。那年月，当兵的都是吃不上饭的人。

也许比乞丐好些吧！人们常常是抱着这种心情从军的。丁汝昌与众不同的，大概就在于胸怀大志。他有一种志向：不管怎样，当了兵就要在这个世界上做一番事业。

在一群与失业者禀性相同的士卒当中，稍稍正经些，显露头角并不困难。甚至可以说，平平常常地干两下就会引人注目。

丁汝昌是刘铭传的部下，曾讨伐过捻军。刘铭传是李鸿章创建的“淮军”的将领。

捻军，是在河南、安徽、山东一带造反的起义军，好像与南方的太平天国相呼应似的。所谓“捻”，有拉帮结伙之意，最初产生于农村共同体之中，是行侠仗义的集团，与私贩当时属于专卖的盐有关。若是干非法营生，就变成自卫的武装。发生灾荒时，这种武装集团便揭竿而起。蒙古族出身的将领僧格林沁率骑兵与捻军作战，惨遭大败。

如此强大的起义军，被李鸿章采取分割作战，终于土崩瓦解。朝廷军的骨干是淮军。丁汝昌在讨伐捻军中立了功，从下级军官升为中坚军官，进而跻身于高级将领之列。

“因为那家伙识文断字啊！”昔日的伙伴们半带妒意地说。的确，丁汝昌很好学，不仅在少年时代，从军以后也孜孜不倦地学习。

然而，最幸运的恐怕是他当上清军中为数甚少的水师将领。他的出生地庐江县是水乡泽国，他从小熟悉水，船就好似鞋子。升为高级将领以后，他被调到水师。在陆军中，人才济济，是难以超群出众的，但海军方面竞争者就不多了。

仅仅是幸运吗？

不，我自己努力了！

丁汝昌常常这样自问自答。他以重金雇用通晓外国语的幕僚，翻译有关海军的书籍，努力吸取新知识。关于海军的知识，他被公认为首屈一指。

但出类拔萃也是一种苦恼。对于海军的事情，连一个水平相当的谈论对手也没有。不被人理解是苦恼的。

丁汝昌闭上眼睛，又回想起欧洲之行的种种场面——雾茫茫的伦敦街道、巴黎的凯旋门、柏林的歌剧……还不到一年的时间，所以记忆犹新。他是奉李鸿章之命，前往英国购买军舰，并考察法、德两国的海军。

丁汝昌睁开眼睛。

云雾蒙蒙，隐约看见停泊在海上的大清舰队。那里有他搭乘而来的军舰“威远号”，运载兵员的招商局的“镇东号”和“日新号”，还有装运武器弹药的“泰安号”……

“真可谓威风凛凛啊！”袁世凯说。

“差远啦！”丁汝昌应道，仍眺望着船队的暗影。

“噢？如此还……”

“同英国水师相比，我们的舰队简直是玩具！”丁汝昌站起身，环视四周，他要选定登陆地点。

“我做点儿什么呢？”袁世凯问。

“我没打算叫你做什么……只是想让你多知道些海军的情况。”

“多知道些海军的情况？”

“必须让大人物好好了解一下海军。”

“我又不是什么大人物！”

“你是未来的大人物呀！”

丁汝昌说完笑了，然而，他的侧脸却显得很凄楚。

2

关于使中国和日本都兴师动众的朝鲜“壬午之变”，略说几句。

这个事件被称为“军乱”，的确是军队起了重要作用。

朝鲜李氏王朝已经现出日薄西山的征兆。政界的派系斗争无休无止，官吏压榨农民，腐败到了极点。而派系斗争的幕后，是清廷和日本牵着线。

自明代起，朝鲜奉中国为宗主国，所以丰臣秀吉出兵朝鲜时，明政府曾派军救援。明、清交替之际，朝鲜从旁观望，权衡双方的力量，先是向清交出人质，誓约服从，及至清兵攻明，要它出兵时，却又拒不从命。对此，清廷当然曾严加责问。

清太宗崇德六年（1641 年），清军攻打明朝的锦州时，朝鲜派水军五千，供粮食万石，明确地表明了归附清廷的立场。到世祖顺治元年（1644 年），清平定了中原，放还朝鲜人质，并将进贡的数额减掉一半儿，其后也时有减免。

魏源的《圣武记》中有记载：

朝鲜虽为外藩，实同内服。自康熙以后，国有大饥，则以海运漕粮赈之，国中讨贼，则颁万金以犒有功之将。

对于外藩，清政府采取不过于干涉主义，这种放任政策，使外藩实质上享有独立。就朝鲜而言，当初毋宁说朝鲜方面更想靠拢清政府，因为遇到灾荒，能得到紧急救济，连功臣的赏赐也给承担了。

可是，清政府在鸦片战争中露了马脚，其软弱无力已是路人皆知。在朝鲜内部，“投靠清朝绝非上策”的主张日益增强。恰恰从这时候起，日本因明治维新而走上近代化的道路，有了实力，开始向朝鲜扩张。

日本依据1876年的《江华条约》，在釜山和元山设置了特别居留地。在居留地里，日本把持了行政权和司法权，并享有进口免税的特权。于是，日本商社把大量的外国商品带进朝鲜，沉重地打击了当地的手工业者。同时，日本商社囤积粮食，使米价成倍上涨，剥削平民。此外，日本政府还向朝鲜派出军事教官，企图把朝鲜军队日本化。

日本在朝鲜扶植亲日势力是必然的，亲日派自称“开化党”，多数是不满现状的人。他们把执政集团称作“事大党”，加以反对。而事大党一如既往，大都有依靠中国的思想。

由于日本插手，开化党的势力日见强大，事大党逐渐衰落。到1881年时，形势急转直下。

“壬午之变”就是试图把逆转的局势再逆转回来。发端是朝鲜民众的反日行动。三菱公司职员大渊吉威、大仓建筑公司职员儿玉朝二郎、东本愿寺和尚莲元宪诚三人，在日本人居留地以外的安边府，被激愤的民众袭击，莲元当场死亡，大渊、儿玉身受重伤。

这时，唯恐天下不乱、虎视眈眈的是大院君李罡应。其父是第十六代仁祖的七世孙，从李氏朝鲜的王族来说，这是较远的一支，但成了第二十一代英祖之孙恩信君的继嗣之后，一下子近了起来。第二十五代哲宗一死，依照宗例，李罡应的次子李命福继承了王位，就是李太王。由于年幼，生父大院君摄政，从1864年至1873年，大权在握，为时十年，史称“大院君执政时代”。

大院君进行了彻底的改革，从行政组织到军制、文教，对旧制大动手术，修改户籍法，向两班（士族）征税。他的执政固然有进步的一面，但对外却采取攘夷、锁国主义，严厉镇压基督教。

大院君颇有才干，但过于独断专行，结果政治上漏洞百出，被政敌钻了空子。

他的政敌是李太王之妃闵氏一族。在大院君看来，作为自己的儿子的妃子，是他亲自选定的，竟然忘恩负义。而闵氏一族认为：太王已经二十多岁了，总有个大院君这样的保护人，实在讨厌。外戚掌握实权，在朝鲜是合情合理的。

闵妃与胞兄闵升镐攻击大院君失政，鼓吹国王亲政。1873 年，大院君不得不交出了摄政权。

这时大院君才五十三岁，年富力强，却被迫引退，所以此后九年间他一直是切齿扼腕，痛恨至极。名为国王亲政，实质是闵妃及其背后势力掌握了实权。

这时候，发生了反日骚乱。反日情绪最强烈的是军队。日本向朝鲜派了军事教官，企图使朝鲜军队日本化。旧式军队的官兵是最怕整编的。兵饷拖欠了一年之久，六月份好歹用粮食代替，发了一个月的饷金，但那粮食却是发了霉的。官兵们怒不可遏，拥到军资监殴打经办人员，并越级向武卫都统使控告，但毫无结果。

“壬午之变”被称作“军乱”或“军变”，就是因为暴乱的主力是军队。一年不发兵饷，好容易领到，却是霉米，所以官兵们忍无可忍了。这是自发的暴动，但伺机以动的大院君岂能放过它。

你们吃不上饭，原因在日本！

闵妃一党与日本勾结，必须铲除！

大院君不失时机地煽动。

暴动的目标指向日本公使馆和闵氏家族。

《江华条约》已缔结五年，而日本公使馆是前一年才开设的，被朝鲜军队和汉城贫民一举烧毁。

公使花房义质从长崎向外相井上馨呈上一份报告：

本月二十三日午后五时，暴徒数百人，突然袭击公使馆，矢石弹丸横飞，馆舍被纵火焚烧。竭力防守七小时，政府援军却始终未到。冲开一角，直奔王宫，而城门紧闭。不得已撤至仁川府。休息间，又遭该府兵卒袭击，巡查二人当场死亡，三人负伤，此外尚有死伤。突围后从济物浦登船。二十六日在南洋（南阳之误）而遇英吉利测量船“弗莱因夫西斯号”，备受款待，伤员亦安抵长崎。据闻，二十三日暴徒同时袭击王宫及闵台镐、闵谦镐两家。鉴于仁川之不测，釜山、元山等处亦不可疏忽。护卫舰“磐城号”现在元山，另一舰已派往釜山，担当护卫，并探听京城事态及国王、政府之安危。近藤书记官、水野大尉等二十四人已到长崎，堀本中尉等八人生死不明。

花房义质

七月三十日午后十二时三十分，于长崎

事后查明，这次事件中被杀的日本人有堀本中尉等十三人，其中有尸可认者十二人。

堀本中尉是日本政府派遣的军官，在下都监（日本式军事训练所）负责训练朝鲜军。

“堀本久居下都监，最为韩人所憎……”

正如《东京日日新闻》所报道的，当地人认为下都监是官兵失业的原因，堀本成了众矢之的。那天，他没在公使馆，正在下都监。民众向他投掷石块，他头扎抹额，拔刀迎战。不意被人绕到身后，用棍棒击伤右手，战刀落地。一人拾起战刀，将他砍死。

大院君进入王宫，清除闵党，夺回政权。外面纷纷传说大院君在王宫内把儿媳闵妃毒死了，于是，政府向全国发布了讣告。后来判明闵妃逃到忠清道清州，平安无事，政府又布告全国，取消服丧令。

3

“膺惩之师”，日本曾多次以这种名义动员军队。明治七年（1874年）向台湾出兵，就声称不是要和清廷交战，而是向杀死漂流到台湾的日本人的土著兴师问罪。公开为对外战争进行动员，“壬午之变”的出兵是第一次。

代理陆军相山县有朋向东京及熊本两地的镇台发出动员令，命令他们在福冈编成混合旅，并指令其他镇台待命。海军命令“日进号”“天城号”“金刚号”三舰火速驶赴朝鲜，“磐城号”已盘驻在朝鲜海面。这支舰队的司令官由东海镇守府司令长官仁礼少将担任。陆军由西部监军部长高岛少将指挥，冈本大佐任参谋长，已经回国的花房公使又与高岛少将一道搭乘工部省的“明治号”重返朝鲜。“明治号”到达仁川是8月12日午前十一时，“金刚号”三天前在这里抛了锚。

8月20日袁世凯随丁汝昌勘察登陆地点时，花房公使已经走进汉城的王宫，向朝鲜国王提出了强硬要求：派遣特使赴日本，以国书谢罪；严惩罪犯；抚恤被害者家属，弥补损失；赔偿出兵费；为保护公使馆，日本有权驻兵；扩大开港地方的权益；放宽旅行限制。这就是后来签订的《济物浦条约》。

“日本以什么姿态出兵呢？”丁汝昌朝前走，袁世凯跟在后面问道。

“军人不应该管那类政治问题。”丁汝昌答道。

“是的……”

袁世凯嘴上这么应着，心里却不以为然，摇了摇头。丁汝昌没有看见他身后的年轻人的动作。

不了解政治状况，就难以采取果断的、临机应变的军事行动。

军人更应当关心政治，袁世凯心里想。

“你不是军人，当然可以议论政治。”丁汝昌缓步踏着沙滩，温和地说道。他对身后的年轻人有了好感。

“不，岂止要议论，希望你大议特议。我们军队是只管打仗……政治上的事，问我这样的军人，实在答不上来。”

“像您这样经验丰富的人也不明白吗？”

“不明白。”

丁汝昌停下脚步，又朝海上的舰队望去。

“迟了一步啊！”袁世凯说道。

他指的是日本动作迅速，而清军落后了一步，但从他的语气中却听不出惋惜之意。

倘若我说出这句话，语气一定会更加悲愤激昂，可这个年轻人几乎是无动于衷。迟钝，还是沉着？莫非是有教养？丁汝昌暗想。

“就因为中堂不在啊！”说完，丁汝昌回过头来。袁世凯正眯缝着眼睛仰望天空。

“中堂在的话，能更快一些吗？”袁世凯问。

“我想，多少会快些的……”

中堂，是对宰相的雅称。自唐以来，把负责国政的人叫作中堂。清代不是宰相制。军机大臣也有多人。清制最高职位为大学士，而文华殿、武英殿、文渊阁、东阁、体仁阁等处，都设有大学士。因此，中堂这一称呼，只用在代表其时代的核心政治家身上。

丁汝昌所说的中堂，是文华殿大学士、直隶总督兼北洋大臣李鸿章。当年四月，因母亲去世，他卸下所有职务。本应离职二十七个月，但国家多事，只准服丧百日。

“壬午之变”恰恰在这期间发生了，临时代行李鸿章职务的是两广总督张树声。

张树声是安徽合肥人，与李鸿章同乡，也是淮军的最高将领。李鸿章虽在守制，但其实是张树声的幕后人，这是谁都清楚的。不过，表面上他不在朝廷，所以决策迟缓，人们自然要认为是李鸿章没主持朝政所致。

对，我非做一个这样的人不可……哪怕只有五分能力，也要人们相信我有十分能力！袁世凯暗暗想。

丁汝昌把李鸿章奉为“信仰”，而这时的袁世凯还没有什么信仰之类的东西，但他深知信仰是强有力的，是奋斗的智慧。对于什么能使自己成功，什么能使自己失败，袁世凯有极其敏锐的嗅觉，简直称得上是天才。这也许是一种本能吧。不论什么事，他都把它同人生的斗争联系在一起。

提起袁世凯，人们马上会想起他是李鸿章的四大门生之一，是其军事遗产的继承人。的确如此，但“壬午之变”时，袁世凯还没有跟李鸿章直接结识，作为吴长庆的幕僚，他只不过是李鸿章的间接下属。

“你多大了？”丁汝昌突然改变了话题。

“二十四。”

“在你这个岁数时，我才是淮军的一个小兵，而中堂已经是进士了。人生真是千差万别啊！”

话题又拉回到中堂身上。

“真是了不起的人物！”袁世凯缩了缩脖子，说道。

进士是科举最高级考试的合格者。清代原则上每三年举行一次这种考试，参加者必须具备“举人”资格。当举人也必须过几个考试关。哪个小镇出了一名举人，就会像过年一样热闹。三年一次，万名举人云集北京，接受考试，能考中进士的不过三百来人。应试没有年龄限制，有的人头发白了，还要进考场。李鸿章的前辈曾国藩中进士是二十八岁，林则徐是二十七岁，后来提倡变法的康有为是三十八岁。当然，康有为在考中进士之前，就已经是相当出名的一流学者了。

二十四岁考中进士，应当说是了不起的。

“你不打算考一考吗？”丁汝昌问。

“一点儿也不想。”袁世凯立即答道，随后高兴得笑出声来。他心里认为没这个必要。

“为什么？”

“我从小就讨厌读书，再厌烦不过了！”

“娇生惯养！”

“啊？”

“想读书而不能的人，这个世上多得很哪！”丁汝昌又补充了一句。心中暗想：我也是其中一个。

“这不正像提督说的吗……人生是千差万别的。”袁世凯满不在乎地说。

4

那个时代大都是一个大家族在一起共同生活。在河南省项城县堪称郡望的袁家，在县北的张营修建了碉堡式宅院，附近的人们称之为“袁寨”。

在重视亲缘同乡关系的时代，家族中出了杰出人物，就会给这个家族带来兴旺。

袁家出了“大官”，那就是袁世凯祖父之弟袁甲三。他在道光十五年（1835年）中了进士。曾国藩是三年后的道光十八年中的进士，所以袁甲三是他的前辈。李鸿章是道光二十七年的进士，比曾国藩晚三期。在清代，同期考中的进士称为“同年”，相互之间如亲戚一样，交往密切。查考进士及第的年份似乎很无聊，其实，明白了这个问题，对许多事情就易于理解了。

进士出身，在军务上威名远扬，这一点，袁甲三与后辈曾国藩、李鸿章相同。袁甲三是漕运总督，但这是名义上的官职，实际上他正指挥军队与捻军作战。

因为出了个总督，项城县张营的袁寨当然是一片兴旺景象。袁甲三出征时，也要从家族中挑几个可靠的青年当幕僚，被选中的有袁世凯的叔父袁保庆。

中国的大家族中，同一辈分的人，包括堂兄弟，名字里一般都有一个相同的字。比如，袁世凯的上一辈都有个“保”字，他的父亲就叫袁保中。

袁世凯排行第三。叔父袁保庆膝下无儿，这也许是他跟随袁甲三频频出征的缘故吧。子女满堂的袁保中把袁世凯过继给他。

虽然当了养子，起初仍住在同一个袁寨里。袁世凯八岁时，养父袁保庆调任山东道员，于是被带往山东。道员也称道台，正四品。

不久，袁甲三的密友马新贻当了两江总督，他认为同样当道员，还是江苏好一些，于是为袁保庆安排了职位，先是扬州，继而是南京。袁世凯自然也跟随迁移。大概在南京易于谋生，袁保庆调任南京后，袁保中也举家迁来。

袁世凯是个称王称霸的人。养父母觉得他不是亲生儿子，有所容忍，而亲父母因为已经把他过继给了弟弟，尽管住在一起，也不便多加干涉。袁世凯虽然还是个孩子，却巧妙地利用了这种情况。

袁世凯受到两边父母的溺爱。他们为他请了私塾教师。然而，正像他自己说的那样，经常逃学。

家庭教师中有一个姓曲的人，擅长拳法、马术和其他武艺。袁世凯对读书写字只是应付而已，却专心致志地跟曲先生学武艺。他十二三岁时就能骑烈马，为此而自鸣得意。

同治十三年（1874 年）袁保庆死在南京任上。此时袁世凯十六岁，已经在江南度过五个春秋。这期间，马新贻、曾国藩、何璟、张树声先后就任两江总督。马新贻在任上被暗杀，曾国藩也在任上病死，匆匆接任的何璟因父丧离职，于是江苏巡抚张树声代行两江总督。这是仅仅五年间的事，在袁世凯幼稚的双眼里会留下怎样的印象呢？

养父袁保庆的葬礼，由他的好友刘铭传和吴长庆主持，办得极其隆重，他们对故友的遗属也做了安排，袁世凯又回到项城县。

袁世凯作为高官显宦的公子住在南京时，当过总督的人中，曾国藩是李鸿章的前辈，马新贻、何璟与李鸿章是同年进士，张树声和李鸿章是同乡。刘铭传和吴长庆都是李鸿章创建的淮军的将领，袁世凯虽然同这些人没有直接关系，但似乎已经注定他是属于李鸿章派系，大概明智者早就给他们这样分群归类了。

养父死后，袁世凯在家乡无所事事。堂叔袁保恒看了训斥道："年纪轻轻，一天到晚游游逛逛，成何体统？少小不努力，老大徒伤悲。是喽，住在乡间，优哉游哉，还是把你这小子送到北京去吧！"

袁保恒的弟弟袁保龄，是直隶候补道，即道员候补。袁保龄不论哪方面，与其说是官吏，毋宁说是学者。教育族中子弟，他是再适合不过的了。而且，因为赴京应考的书生很多，袁保恒指望竞争意识能激起袁世凯的向学心。

第二年，生父袁保中去世。

这时，最为严厉的袁保恒从陕甘总督左宗棠的酒泉守将升任吏部右侍郎，调到北京。

那段日子可真难熬啊！每逢想起这一时期的往事，袁世凯总是皱起眉头。

袁保恒本来就是冷若冰霜的人，再加上怀有一种族长意识，总是对族中子弟毫无顾忌地施加体罚。

娇生惯养的袁世凯开始受到严格的监督和管束。他并不怕体罚，怕的是读书。每天伏案读书，真不如让叔父打一顿好受些。

袁世凯次年回乡应乡试，名落孙山。乡试合格，才能成为有资格参加进士考试的举人。他失败了，生母和养母两人乘机劝他与于家姑娘结婚。

十八岁的袁世凯偕新婚妻子返回北京。适逢河南一带大旱，袁保恒被派往赈灾，于是袁世凯又随行回乡。

光绪四年（1878 年）四月，袁保恒死在河南开封。

这个毫不留情的监督者一死，二十岁的袁世凯顿时觉得如释重负。

后来，袁世凯经常这样说："我好歹能读书，能写不太难看的字，多亏了叔父……"不过，当时他对袁保恒的死，一定抱有一种解放感。他把手边所有的书都烧掉了。

再也用不着读书了！

袁世凯对朋友们说："丈夫志四海，安能郁郁于笔砚之间，虚度岁月？"

"丈夫志四海"，是三国时期的诗人曹植的诗句。

袁世凯丝毫不喜欢读书，对诗却有几分兴趣。背诵四书五经，他厌烦得不得了，而喜爱的诗总是主动地背诵。

叔父去世那年，袁世凯的妻子生了一个男孩，这就是长子克定。

两年后的光绪六年（1880 年），他向督办山东海防的庆军统领吴长庆求情谋事。吴长庆听说袁世凯要来，不禁有些犹豫，说："那是袁家的不肖子孙啊！"过了一会儿，又自言自语似的说："也好，说不定能派上用场。"

袁家的事情，吴长庆听到过种种传闻。袁世凯厌弃读书，行为放荡，是人所共知的。

吴长庆本人也不那么爱学习。他不是进士出身，而是参加淮军以后一步步升上来的。他跟随李鸿章出入沙场，看到读书人在战争中毫无用处，非常厌恶。

挚友的遗孤袁世凯从小喜爱骑马舞剑，吴长庆也略有耳闻。也许这样的人反倒有出息吧。

淮军是国家军队的一部分，同时又是李鸿章的私人军队。吴长庆指挥的军队叫"庆军"，刘铭传的军队叫"铭军"，张树声的叫"树军"，都冠以个人名号。由此可见，清末军队已经私有化，代价是养兵费用必须由首领自己掏腰包。

"好！就让袁家劣子当幕僚吧！"吴长庆这么决定了。

果然，袁世凯是个值得重用的人物。吴长庆受命去朝鲜，把他编进随员之中。

“中堂在的话，至少能比现在提前两天或三天！”崇拜李鸿章的丁汝昌又提起他。

“还是看看登陆地点吧！哪里好？”年轻的现实主义者袁世凯把老练的空想主义者丁汝昌叫回到现实中。

“啊，但愿海面风平浪静……”说着，丁汝昌苦笑了。他一下子还无法返回到现实中来。

把日本决定出兵朝鲜的消息最早通知给清政府的，实际是德国公使。当时，德国认为日本的背后有英国支持，所以它让清政府也出兵。

为开赴朝鲜而集结在山东半岛的烟台的大清舰队，因装载煤炭迟延了一天。阴历七月五日起航，遇上风暴，折了回来，又耽搁了一天。

实际上，日本方面在军舰“天城号”将要开出横滨时，发现海员中有疑为伤寒的病患者，于是进行舰内消毒，也拖延了一天。

“事已至此，再谈什么中堂守制、狂风暴雨也无济于事嘛！”袁世凯说道。

“是啊……”

丁汝昌注视着袁世凯的眼睛，袁世凯把眼睛滴溜溜地转动了几下，露出讨人喜欢的神情。

丁汝昌认识袁家的几个人，曾经同袁甲三、袁保庆一起跟捻军作战，与袁保恒也有一面之识。他觉得自己见过的袁家人当中，袁世凯最出色。他不知胆怯为何物，充满青年人的勃勃朝气。他的神情，既像是自然的无忧无虑，又像是一种矫揉造作。

【第二章】

拘捕大院君

1

清政府有关朝鲜“壬午军乱”的记载上，除了吴长庆、丁汝昌两个提督外，经常提到名字的将领还有总兵吴兆有、河南候补道魏纶先、副将张光前和何增珠等。另外还有道员马建忠，在清军未到之前，曾在朝鲜海面坚守，堪称是吴长庆的左膀右臂。至于袁世凯以及他的前辈张謇却从未提及。

奏章及上谕中未曾提过名字，并不能证明就是不重要的人物。袁世凯是吴长庆的幕僚，未被正式任官，还不是清廷之臣，即“天朝官员”，因此，政府文书中不会提到。至于袁世凯的功劳，全包括在吴长庆的业绩之中。其实，这倒不限于袁世凯，所有幕僚无一例外，吴长庆幕下的张謇也是如此。

张謇是江苏省南通人，字季直。长袁世凯六岁，这年整整三十岁。幼时被誉为神童，受到通州知州孙云锦的垂爱。孙调任南京时，作为私人秘书，偕之同去。每月俸银十两，年仅二十一岁，在那个年代可算是很优厚了。南京是中国的副都，张謇在此结识了很多人。南京之行成为他一生中重大的、用金钱换不来的转折点。

十二年后，张謇中了进士，成绩是一甲第一名，出类拔萃。进士的第一名叫“状元”，被誉为天下第一有才华的人。

张謇文才出众，时常应邀诗文唱和，得以广交权贵，二十四岁时当上吴长庆的幕僚。

吴长庆和孙云锦是世交。当时，吴长庆是记名提督，实授总兵。所谓记名，就是有其官名而无其实权，实际授权称为实授。如果提督相当于中将，那么，总兵大概相当于少将。

有一次，吴长庆在孙云锦家，孙夸耀说："我这里有一个文才出众的年轻人！"说完出示张謇的诗文。

吴长庆出身淮军，人们常误以为是一介武夫，其实，他是个书生，喜欢别人称他为"儒将"，对于诗文颇有鉴赏能力。

"嗯，嗯……"吴长庆看了诗文之后，不由得暗暗叫绝，确实是奇才。

"算是个才子吧？"孙云锦很自豪。

"的确出众……能否割爱，让他到小弟处？"吴长庆直截了当地提出。

吴长庆本身有文学素养，对幕僚们所写的文章很不中意，为子女请的西席也不称心。他希望找一个更好的文牍和西宾。看了这篇诗文，他动心了，认为这个人胜任而有余。

"这可碍难从命啊，先时总督大人也有此意，被我一口回绝了！"孙云锦连连摇头。

当时在南京的两江总督是福建出身的沈葆祯。他是林则徐的女婿。

"总督和我大不相同，你我是父辈以来的世交，而且，沈总督物色此类人才门路甚广，我却没有。我平素深为此事揪心，请看在世交的情分上，让他到我那里供职吧。"吴长庆死乞白赖，非要张謇不可。

"好吧……"孙云锦终于屈服了，他也非常爱惜张謇之才，但觉得与其让他屈就于自己这个小小的整修运河的小吏身边，还不如让他成为有权势的吴长庆的幕僚，这样能有更多的出头机会。于是，孙云锦同意张謇改仕。

"愿你早日飞黄腾达，要好自为之！"临别时，孙云锦向张謇赠言叮嘱。

张謇原名长泰，十六岁时改名育才，字树人，趁新仕吴长庆之机，又改名謇，字季直。

张謇在吴长庆处的第五年，袁世凯也当了吴的幕宾。当然，袁世凯并不是吴长庆请来的，而是凭借父辈的交情挤进来的。

袁世凯来吴长庆处的第三年是壬午年。

据张謇写的年谱记载，袁世凯来到吴长庆的登州任所后，吴命袁世凯跟随张謇就读，但袁世凯厌恶读书。命题作文，则是"文字芜秽，不能成篇，欲予删改，无从着手"。然而，偶遇吴长庆军务过于繁忙，张謇试以袁世凯协理时，则是"井井有条，似颇干练"。袁世凯厌弃读书，却具有实务才干。

吴长庆奉命出差朝鲜时，与首席幕僚张謇研讨此行应偕何人前往，何人留守。张謇毫不犹豫地推荐："应带袁世凯前往，他一定能有用场。"

“嗯，有道理，幸亏带来了世凯，今天能派出的也只有他了。”吴长庆在“威远号”里，暗自庆幸。

风狂浪大，铁舰也像树叶一样，在波涛中摇摆不定，人们都为晕船所苦。水师官兵处于半死不活的状态。出乎意料的是，袁世凯却满不在乎地哼着小曲。吴长庆想：这个人的神经真够健全的，或许他根本没有神经！

的确，在官兵苦于晕船之际，能派给任务的，也只有袁世凯一人了。

文墨天才的张謇，筋疲力尽。军务干才的朱铭盘，脸色苍白，神情沮丧，已不堪用。

停泊在南阳府海面的大清舰队提督丁汝昌，决定乘舢板亲自调查一下登陆地点，并要求吴长庆指派一人同去。

虽然吴长庆已是实授提督，而丁汝昌这时只不过是记名提督，但他是海军提督，如果只为调查登陆地点，是完全可以按照自己的意思行事的。不过，有同级提督，或者说是比自己稍高一点儿的提督吴长庆在，还是敦请派出一名观察员同行为好，否则，恐怕事后会被责难为“擅自决定”。吴长庆听了丁汝昌的提议，立刻决定：“让袁世凯同去吧！这个年轻人有朝气，很适合。”

“啊，就是那个项城袁家之子？”

丁汝昌也注意到这个年轻人，打听了他的出身和经历。正当全体官兵唉声叹气、疲惫不堪之际，唯独他一人大吃大嚼，活跃于舰船之上，十分显眼。

“出身虽高，却颇有可用之处，请随意驱使。”

“这个年轻人，任你怎样驱使，也不会讨饶的。”

于是，袁世凯同乘丁汝昌的舢板前去。

2

“日本花房公使已在四天前抵达汉城，谈些什么不知道，不过，现在可不容我们再慢慢悠悠，应当从速进军。”马建忠极力主张道。

“壬午军乱”爆发时，正值李鸿章在家守制，北洋大臣张树声代行他的职务。张派道员马建忠和记名提督丁汝昌二人开赴朝鲜，称“东渡观变”。丁汝昌是一介武夫，观察全由马建忠负责。

马建忠是天主教徒，曾留学法国，是中国最早留学欧洲的人，最了解海外情况，尤其深知朝鲜。

这年三月，马建忠为列席朝、美缔结友好条约来朝鲜。这个朝、美友好的幕后，有李鸿章的意图活动着。美国派培利远航到浦贺，于1854年同日本缔结了友好条约，下一步的目标便是朝鲜。1866年，在朝鲜近海曾发生两起美国商船沉船、船员被杀事件，所以美国急于缔结友好条约，以避免类似事件的发生，但没能得到满意结果。1871年发生美舰攻击江华岛事件。1878年，美国政府派遣薛斐尔提督，请日本做仲裁人与朝鲜当局接触，也未成功。这些事大大刺激了实权宰相李鸿章。

李鸿章从重要奏章档案库中找出了黄遵宪上奏的《朝鲜策略》，他记得六年前曾同黄遵宪会过一面，并交谈过，也想起了他曾赞许过这个“霸业之才”。那年，黄奉调驻日公使馆参赞，去日本赴任，当年一月又调任旧金山总领事。

黄遵宪是著名的诗人，在中国和日本广为人知。清代二百六十年中，若举五名大诗人，黄遵宪应为其一。他不仅是诗人，还是出色的外交官、爱国者。黄遵宪关于朝鲜问题的论点，是朝鲜之祸在于俄国，因此，中、日应与朝鲜紧密团结，以备俄人之入侵。

黄遵宪以外交官的敏感和诗人的灵感，觉察到物色不冻港的俄国必将以不可抵挡之势南下。

李鸿章反复阅读了《朝鲜策略》。他并不完全同意黄遵宪的意见，心想：黄驻日四年，对日本的估计过于温和。至于朝鲜问题将是国际问题，这点他非常赞成。

朝鲜当局拒绝同美缔约，实属万幸。假如美国由日本仲裁，同朝鲜谈妥，日、美实力在朝鲜得以加强，将置中国于何地？这种假设的答案是明显的。目前清廷对朝鲜的宗主权已经是空具其名，将来肯定会越来越削弱。既然美国这么倾心于朝鲜，那么，清为宗主国，自当为之斡旋。

于是，李鸿章邀请美国薛斐尔提督来天津。当时，直隶总督的驻地已由保定移到天津。

在天津进行了预备协商之后，接着在朝鲜继续交涉。这次作为清方代表赴朝鲜的，就是擅长法、英两国语言的马建忠。

这里，无暇述及《朝美友好条约》的详情，主要一点是美国想把朝鲜当作独立国家，与之缔约，而清廷则想强调宗主权。结果，条约中“朝鲜乃清之属国”一句，由于美国方面的反对，只好拿掉。但朝鲜国王另致美国总统的备忘录中，提及属国之事，那落款是“大朝鲜国开国四百九十一年，即光绪八年三月二十八日”。

美国总统对这个备忘录，未做复文。条约终以清政府妥协而签成。接着，英、德两国也要求以此为蓝本，谈判缔结条约。马建忠就以清政府代表的资格滞留朝鲜，参与这些外交谈判。

因此，没有比马建忠更了解朝鲜局势的了。他看见日本的迅速行动，大为忧虑。

受命东渡观变的马建忠，向同行的丁汝昌说道："日本一定会出兵，我国也应增派援军。你火速归国，带兵前来！"

马的官位虽低些，但关于此事，他有命令丁汝昌的权限。丁汝昌立即归国，率领吴长庆指挥的四舰六营兵力，开赴朝鲜。

一营有五百人，六个营共三千人。袁世凯、张謇等这时才第一次踏上朝鲜，等待援军的马建忠立刻命他们速去汉城。

的确是时间紧迫，刻不容缓。

丁汝昌归国调兵的日期是六月二十九日（阳历8月12日）。这时，日本军舰"金刚号"已经到达朝鲜。而在前一天，日、清两国舰船还互致礼炮。日本"金刚号"为丁汝昌提督鸣炮十五响，清"威远号"向仁礼景范少将答礼，鸣炮十一响，他们认为海军少将相当于三等水师提督。

丁汝昌乘坐的"威远号"于上午四时离开朝鲜海域。当日上午十一时，载着花房公使的"明治号"到达仁川海面。次日，即阳历8月13日，朝鲜官员赵宁夏和金宏集来到仁川，会见花房公使，试图延缓花房公使进入汉城。

马建忠同花房公使和竹添书记官会见，征询日本的意见。花房公使终于在8月16日从仁川出发前往汉城。马建忠眼睁睁看着日本兵从鼻子底下走过，其担心是显而易见的。

援军到达那天，马建忠接到金宏集的情报："我国国王本日接见日本公使花房义质。"他的心情更加焦虑。

次日，大院君李昰应急报，花房已将日本方面的要求抛了出来，限三日内作答。

马建忠连连提出："切切不可耽搁。"

清军在南阳登陆后，吴长庆先命右营出发，性急的马建忠同先头部队一起开进汉城。右营管带是吴孝亭。马建忠来到南阳驻地，通知吴孝亭前来商议军务。

接到大院君的急报，马建忠急得团团转，而吴孝亭却迟迟不露面。马建忠真想吼叫一通，但总算忍住了。过午时分，吴孝亭终于来了。

马建忠来不及寒暄，立刻叫他"日内进军水原，明日到达王京（汉城）"。

真想斥责他几句："行动迟缓！"但为了军务，马建忠不愿多说，必须争分夺秒。

"岂有此理！你也不问问可能不可能，太过分了！"吴孝亭满肚子不高兴。

"怎……怎么回事……"马建忠张口结舌。

担任军职的人，有的军衔高，身份却低。副将吴孝亭和马建忠同是二品职，但在级别上却有很大差别。马建忠是中央派出的，与提督同级，上奏表章时常与吴长庆、丁汝昌两提督并列署名。而吴孝亭是吴长庆的下属，吴长庆一句话就可以撤他的职。马建忠之所以惊讶，并不是因为遭到下级军官的顶撞，而是因为在此分秒必争的时刻，竟有人不顾国家大事，拒绝服从命令。

"你问是怎么回事？你知道不知道军卒遭了多少罪？"吴孝亭语气强硬。

"我知道遇到了风暴！"

"既然知道，为什么还要这么说？"

吴孝亭大发雷霆，竟摆出动手殴打的架势。他心想：士卒已经筋疲力尽，还要让他们强行军到水原，太无情了。难道你没有人心？

"现在是国家紧急关头！"马建忠不顾对方的愤怒，也翻了脸，声音粗暴。

"你想在这个关头建功立业？"

"住口！"

"哈哈，我说得过分了？……文官岂知武官苦，你们的功劳，总是靠那些可怜的士卒的牺牲！"

"住口！住口！住口！"马建忠指着吴孝亭的鼻尖大声呵斥。

"住口又怎样？"

"给我滚出去？"马建忠把指着对方的手指，转向屋门。

"当然可以，这就走。"吴孝亭站起来，缓缓转过身，朝屋门走去。

3

多少年后成为历史主宰者的大人物，关于他无名时代的行迹，往往有人造出许多传说来。"壬午军乱"时东渡朝鲜的袁世凯，也不例外。

在此国家危急、千钧一发之时，副将吴孝亭竟以"军卒疲惫"为借口，抗命不前。马建忠禁不住怒火中烧，要求提督吴长庆撤换他，是很自然的。

——有一个副将，强调军卒晕船，体力耗尽，拒不接受进军命令，要求缓行一日。提督吴长庆怒不可遏，当场撤掉了他。由谁接任呢？吴长庆回顾左右，袁世凯就在身边。于是他命令道："你去接替！"从此，袁世凯走上了飞黄腾达之路……

这就是那个著名的传说。

关于"壬午军乱"时清政府的动态，马建忠留下了比较详尽的日记。马建忠，江苏丹徒人，别号适可斋，著有《适可斋记言记行》，记述生平言行。全书记言四卷，记行六卷，计十卷，光绪二十四年（1898年）以石印刊行。其中壬午日记，记叙翔实，是贵重的史料。除了时刻之外，还记录了气候、温度。例如：阴历七月二日（阳历8月15日），丁汝昌舰队尚未到达之前，日本仁礼少将前来答礼，恰值正午，寒暑表指向华氏九十六度。又如：当日午后四时半，侦探人员归来，备述所见。可见，马建忠向各地派出了谍报人员，不断搜集着情报。

据马建忠的日记记载，吴孝亭来见，拒绝向水原进发，盛怒而去，时间是阴历七月八日（阳历8月21日）。翌日，上午八时，吴长庆致函马建忠，有云："右营（管带为吴孝亭）军卒多患病，兹派后营（管带为张仲明）代之。"

仲明，是张光前的字。马建忠遂与张光前部进发。他恨不得一步跨到汉城，命令二百军卒轻装疾进。

从马建忠的日记来看，吴孝亭要求缓行后，接替他的先锋任务的是张光前，而不是袁世凯。然而，决不可因此而低估袁世凯所完成的业绩。在总司令吴长庆的一言一行里，体现着袁世凯的意志。不久，袁世凯便受命指挥一个营的兵力。从南阳到汉城进军途中的情况，没有记录可查，但可以断定他一定发挥了惊人的军事才能。

日本出兵朝鲜，口实是"壬午军乱"中日本军民十余人被杀害。清政府出兵，理由是朝鲜乃清之属国，发生骚乱，应由清政府协助整顿政治，并借此强调了一番若有若无的宗主权问题。

朝鲜常驻清廷的官员称"领选使"。当时的领选使是金允植，"壬午军乱"时他向清政府报告："罡应（大院君）勾结匪党，图谋不轨，危及社稷，逆迹久著……"

乱政的是国王之父大院君，要整肃政体，必先惩办大院君。

日本这时也已知道唆使反日暴动的人是大院君。中、日双方都把大院君当作罪魁祸首。马建忠心急火燎，因为如果日本方面先行逮捕、惩办元凶大院君，那么，清政府的面子就会丢尽，等于向世界宣告清政府对朝鲜的宗主权只是徒有虚名而已。

马建忠赶到汉城的时间是阳历8月23日，正值处暑。这时花房公使已撤至仁川，似乎要表明日方决不妥协。次日，马建忠急赴仁川，傍晚到达，立刻会见花房公使。二人从六时半一直谈到八时。马建忠素来办事认真，同日方会谈时，若是笔谈，一定会留下记录。但这次会谈没有笔录，估计是用英语进行的。

花房公使肯定震怒了，他提出三日为限的要求，未见答复。而且，朝鲜国王命首相洪纯穆同日方会谈，洪纯穆却致函花房公使，声称："奉命勘察山陵吉地，非三四日不能回京。山陵在朝鲜事关重大，必须先办，同贵国谈判俟归来再议……"

在朝鲜，人们认为墓地的吉凶关系着后代子孙的命运，因此，选择墓地是无比重要的。首相此去，选择国王陵寝之地，固然是为了确认未来的吉凶祸福，但国王还很年轻，精力旺盛，选择墓地不在此一朝一夕，显然，目的是拖延时间。

"既然国王准备同我国求得问题之解决，任命洪纯穆为代表，为何其后又命他前往山陵？难道认为山陵之事比谈判更重要？岂有此理！"花房忍无可忍，两肩不住颤抖。

"花房先生，目前在朝鲜并不存在什么政府。"马建忠说道，"国王没有自主权，怎么能和别国进行交涉？一切都需国王恢复自主权之后才行，目前急于交涉，即使谈妥，究竟能否有效，很难保证。恐怕不久的将来，又会问题百出。我国出兵只是为了惩办乱党，一俟肃清乱党，国王就会恢复自主权。"

次日，花房回访马建忠寓所。郑重其事的会谈昨日已经进行，今天主要是以轻松的日常谈话为主。因为都是外交官，共同的友人也多。另外，马建忠的哥哥马建常，此时是清政府驻神户领事，同花房也颇熟悉。花房说："您与令兄相似极啦！"

清政府提出要恢复朝鲜国王的自主权，意思不外是除掉大院君。采取什么方式，日本无从推测，不过，原则上是赞成的。但日本担心，清廷对朝鲜徒具虚名的宗主权会因此而产生实质性的效果。

临别时花房说了句"善为处理，恭候佳音"。马建忠再次返回汉城，积极策划铲除大院君。

马建忠在天津与直隶总督见面，研究了清政府对于朝鲜问题的根本方针，即"隔离大院君"。

把野心勃勃的大院君留在朝鲜是危险的，应当予以彻底隔离。最好的对策，是把他劫持到中国。

阳历8月26日午后，吴长庆、丁汝昌、马建忠三位清政府官员，造访大院君私邸，表示敬意。马建忠让吴长庆少带卫兵，可见他在大事上用心周到。

当时下着小雨。

礼节性造访之后，三人分别返回寓所。不多时，三人又会合于汉城外兵营，因为作为礼节，大院君必然前来回拜。

下午四时，大院君李昰应率家臣数十骑来到。马建忠邀请大院君笔谈，约两小时，用纸二十四张。寓所内有健卒百人和轿夫十六人，待机行事。

马建忠在笔谈中写道："君知朝鲜国王为皇帝册封乎？"

大院君执笔写下两个字："知之。"

马建忠将笔蘸饱墨汁，一气写出：

王为皇帝册封，则一切政令当自王出。君六月九日之变，擅窃大柄，诛杀异己，引用私人，使皇帝册封之王退而守府，欺王室轻皇帝也，罪当勿赦。徒以于王有父子之亲，姑从宽假，请速登舆至马山浦乘兵轮赴天津，听朝廷措置。

大院君的脸色忽然变得苍白，他狼狈地向四周扫了一眼。这时候，出现在他面前的是吴长庆，接着是丁汝昌。马建忠抓过浑身发抖的大院君的手腕，把他拉到外面。

"不坐，不是我自己的轿子我不坐！"大院君在为他准备妥当的轿子前面连连摇头，拼命抵抗。

"好吧！就坐你自己的轿子，准备启程！"马建忠说。

4

"登瀛洲号"，这艘押送大院君的清舰正停泊在马山浦待命。

淅沥小雨渐渐变成滂沱大雨，大院君坐在有罩盖的肩舆里，轿夫和护卫他的水师健卒则是全身湿透。指挥这次"诱擒"作战的丁汝昌骑在马上，虽然穿着西洋雨衣，连头顶一起罩住，依然被淋湿。

轿夫们替换着抬轿，心里发急，但脚下泥泞，行进不快，因是轻装急行，未带粮食。

"到达马山浦，我会让你们撑破肚皮的！"丁汝昌在马上大声鼓励道。若是一般声音，就会被雨声淹没。

是夜，阴雨泥泞，沿途不准停息。军士等冒雨忍饥，行百七十里，次日午抵马山浦。

根据此则记录，可知这是一次艰难的强行军，是在大雨中把大院君转移到“登瀛洲号”的。管驾（舰长）是叶伯鋆。

扣押大院君的地点，是吴长庆麾下黄仕林的营舍。当夜，吴长庆入汉城，命令张光前、何增珠两副将的部队戒严。马建忠留在黄仕林营舍，但彻夜未眠。他的日记中简洁地记着：“是夜，宿于黄营。雨声达旦未止。”

弄走大院君后，便着手肃清乱党工作。

诱擒是以迅雷不及掩耳之势进行的，大院君的党羽一时并未察觉。大院君的长子于次日下午三时照会清政府方面：“家父尚未归来……”

清政府方面则以毫不知晓来搪塞。

次日马建忠的日记中才出现袁世凯的名字，写道：

十五日（阳历8月28日）晨，庆军会办营务处袁慰亭（袁世凯的字）至，与密谈剿除乱党事。请归告吴军门（吴长庆）。午后，慰亭返，云：“吴军门如约。”慰亭即欲指挥一切。

袁世凯的头衔为“庆军会办营务处”，这并不是正式的官职。

“请让我去整治乱党！”袁世凯道。

“噢？你今年多大岁数？”马建忠问。

“您上来就问岁数，真叫人扫兴！”袁世凯厌烦地说，“二十四岁。”

袁世凯似乎在质问：难道二十四岁有什么不妥当之处吗？

“我只是随便问问。比我小十四岁……你是军人吗？”

袁世凯犹豫了一下，立刻狡黠地眨眨眼睛，说道：“我决心当一名军人。”

“那么好吧，肃清乱党是军人的事，我打算把军人的事安排得妥帖些，请等一等吧。”

“等几天就行了吗？”

“是啊，元凶大院君被扣押，已经押解天津，乱党失去了首领。”

“失去首领，乱党势力已经削弱。”

“恐怕他们还要捧出新首领。为了慎重起见，除掉新头领之后再说吧，请你转告吴军门。”

“您指的是李载冕？”

袁世凯的思路很快，上将军李载冕是大院君的长子，国王的亲兄弟，担任训练大臣之职，掌握兵马大权。

“同你谈话真可谓轻松愉快！”马建忠道。

年轻的袁世凯掌握情况迅速而准确，马建忠同他谈了一会儿就清楚了这一点。

马建忠终于想起来，自从大院君发动政变以来，他一直在朝鲜等待援军。那天，好容易盼来吴长庆的“威远号”，他第一个跑上去慰劳。

“好厉害的风暴，各位辛苦了！”

当时，吴长庆因晕船脸色苍白，说道：“这次风暴的确够厉害，全都叫苦不迭。不，只有一个没叫苦，再有十天这样的风暴，他也不会告饶的。真是个怪物！哈哈，就是项城袁家那个不肖子……对啦，他叫袁世凯……”

不晕船的特殊本领，一下子令袁世凯的名声哄扬出去。到达朝鲜之后，吴长庆毫不犹豫地提拔重用了他。吴长庆想：这个年轻人，似乎能够在必要时完全变成一个没有神经的人，这不正是军事才能吗？

试用了几次后，吴长庆感到这个年轻人就像一把锋利的剃刀，因为过于锋利，甚至害怕它会把不需要剃掉的东西也给剃掉。

从南阳向汉城进军途中，吴长庆看到路旁有些不值钱的东西，堆积如山，问幕僚那是什么。

“军卒掠夺民家，已将值钱物品装入私囊，破烂东西弃置于此。”幕僚之一的袁世凯答道。

“什么？掠夺？”吴长庆喊道，“必须严肃军纪，不能宽容掠夺者！”

“除了掠夺民家，还有奸污妇女的暴行……”袁世凯淡然说道。

“不像话，必须严惩！”

带到朝鲜来的六营三千士兵，是吴长庆的军队，称为“庆军”，也就是他的私人军队。

“因为人数太多，所以……”

袁世凯连连摇头，吴长庆不等他说完，又道：“在这种时候必须杀一儆百，若是严惩五人，军纪就会有所好转！”

吴长庆打算向这个颇有前途的青年传授军事知识。

“五个人？难道七个人会显得太多吗？”袁世凯问道。

“七个人？怎么，你已经把他们抓起来了？好吧，七个人就七个人！”

“我抓了七个特别严重的，请跟我来……”袁世凯在前面带路。

吴长庆跟在袁世凯身后，心想：一定是抓了七个劣迹斑斑的军卒，捆绑着监禁在那里。他暗自佩服袁世凯的果断。

“就在这屋里。”袁世凯顺手推开门。

“啊，原来在这屋里……”吴长庆以为他的七名兵卒被反剪双手关押在这所房子里，然而，房门打开，只见地面上铺着一张席子，上面扔着七个首级。

“嗯，嗯……”鼎鼎大名的吴长庆也哑口无言了。

【第三章】

变乱之后

1

逮捕了罪魁祸首，乱党势力并不一定就削弱，因为可能出现新的首领。囚禁大院君之后，还必须除掉他的长子李载冕。

对此，马建忠与袁世凯进行了密商。

当日，即阳历8月28日下午五时，以吴长庆名义致函李载冕："有事相商，有劳尊驾来南别宫一叙。"

然而，李载冕并未露面，只遣使者李永肃带来一封信，理由是"家母有病，不能前往"。

"请回去转告上将军：来南别宫对他有好处……可以协商尊父大人（大院君）的释放、归国问题。为了尊父大人，也希望他前来……好吧，我写一张便笺，请交给上将军。"

马建忠写了一封便函，交与李永肃。

晚上，金允植来了。他是朝鲜驻清廷领选使，搭乘丁汝昌的舰船回国的。金允植不会说中国话，但能自如地书写汉文，在船中常同袁世凯笔谈。

金问袁："何故头发半白？"

二十四岁的袁世凯少年白头，头发已经是黑白参半。

袁世凯答道："弟少孤，有志四方，游历天下，偶得失血之症，以致早白。"

船上寂寞，常做无聊笔谈，而此刻，马建忠在纸上写下一项重大事件："速入朝，请国王手书。"

当时，袁世凯也在场，但他的文字远不及马建忠，所以不愿执笔。马、袁两人所要求的是，讨伐大院君一伙乱党，需要有一个依据，那就是朝鲜国王吁请的“手书”。有它在手，当然对战事有利。

“请派朝鲜将领申正熙，对我军予以援助。”马建忠又写出一项要求。

每逢马建忠写完一段搁笔时，金允植就发出一声叹息。马建忠，三十七岁；金允植，四十七岁，字洵卿，出身于忠清北道的名门。前一年升任驻中国领选使前，是顺天府使。后来，当了亲日政权的外相，积极协助日本吞并朝鲜，成为日本的“子爵”。但此时，他还是亲清派人物。

“完了。”马建忠把笔搁到笔架上，告诉他笔谈已经结束。简单的中国话，金允植还能理解。他耸起双肩，仿佛要浩叹一声。

“看见他那么叹息，心里真不是滋味。”马建忠在金允植回去之后，叹了一口气。

“金允植的叹息也传染吗？”袁世凯微笑道。

金允植走了大约半小时，马建忠等的寓所外面，人声鼎沸。

“国王的手书不会这么快的。”袁世凯说道。

“大概是上将军。”马建忠道。

果然是上将军李载冕来访。

“上钩啦？”袁世凯狡黠地眨着眼睛。

“不，他一切都知道了。”

马建忠站起身，大院君的长子李载冕似乎完全明白清政府呼唤他的目的。

“已经十一点钟了，请屈尊一夜，明早再谈。”

马建忠说完，李载冕表情冷淡，只是点点头。

李载冕临时下榻处，有一小队清兵持刀警戒。将他隔离，是为了防止镇压期间大院君的余党推举他为首领。

深夜（马建忠的日记里记为凌晨二时），金允植小心提着朝鲜服的袖子来到南别宫，袖子里藏着国王手书。他拿起笔来，不及落笔，就叹息了一声。

“吁请讨伐。”

国王给了手书，但拒绝由申正熙率领朝鲜兵增援。他不希望同胞厮杀。

朝鲜兵是否陪同作战，无关紧要，清兵早已做好战斗准备。张光前奉命率领后营官兵，出小东门，与吴兆有指挥的右营和何乘鳌指挥的正营会合，共同向枉寻里进发。

乱党的据点在枉寻里和利泰里（也叫利泰院）。利泰里战斗由总帅吴长庆亲自督阵，在次日即 8 月 29 日打响。

“壬午之变”之所以称为“军乱”，是因为士兵是这次暴动的主体。枉寻里和利泰里两地是士兵的居住地，而且，他们不是住在兵营里，而是与家属同住，混杂在居民中间。

“不许用火炮！”吴长庆命令道。

金允植藏在袖子里的不仅有国王的手书，还有一张安民告示：

不要抵抗讨伐军，绑缚乱党送官者赏，抵抗者杀无赦。

这张安民告示是否张贴了，不得而知。

2

金允植后来协助日本吞并朝鲜有功，被授予爵位，但据说又因为参与“三一”事件，被撤销了。这件事，反倒为他提高了声誉。金允植著有《阴晴史》，详细记述了“壬午军乱”。

金允植在南别宫会见袁世凯时，曾反复探询：“你们怎么辨别乱党军队和普通居民？”

对于金允植所担心的事情，袁世凯似乎毫不关心。

“不用过分担心嘛！”他很不耐烦地答道。

利泰里方面并无太大的战斗，枉寻里方面也只是小有巷战。虽然听不到炮声，枪声却未停息过。枉寻里位于小东门外三百米处，两面靠山，中间一条街，民房栉比，这里的乱党军队有半数逃往山中，余下的进行抵抗。

张光前的后营军俘获“乱党”一百三十余人，随后来到的何乘鳌的正营军俘获二十余人。利泰里地区的乱党士兵听说清军逼近，便一哄而散，仅有二十余人被俘。值得怀疑的是，所俘获的人是否都是乱党。有人带着武器侵入自己的住宅区，难道就没有男子汉挺身而出，为保护家人而战斗吗？俘虏当中肯定有些人不是乱党。

“被俘者应该交朝鲜当局去审问。”吴长庆的幕僚张謇提议道。

“那好，让我们审问，语言也不通，交给他们处理好了。”吴长庆表示同意。

审问以朝鲜当局为主，结果，只有十人作为罪犯被处刑，余者全数释放。

至此，“壬午军乱”解决了。

扣押大院君的事情，清政府做得很成功。既明确了责任之所在，又显示了宗主权。不过，出兵枉寻里和利泰里是否有必要，值得探讨。即使作为一种威吓，也似乎有些过火。军官渴望打仗，打仗是晋升的好机会，所以，也许是不得已而为之吧。

身为天主教徒的外交官马建忠并不反对威吓的作战方式。清廷派到朝鲜的将领，除了吴长庆的几个幕僚，绝大多数是军官。就是幕僚中，也有像袁世凯那样明显地带有军人素质的人。

晋升之机！抱着最强烈的意愿，处心积虑地钻营的就是袁世凯。

“那个黄口小儿太锋芒外露了！”黄仕林带着明显不愉快的神情说道。在吴长庆军中，黄仕林是职业军人中资格最老的一个，任记名提督，两年后吴长庆殁世，他继承庆军。中日战争时为旅顺守将，扮演重要角色。

在一个经验丰富的职业军人看来，袁世凯的阿谀作风过分刺眼。即使不是什么急事，袁世凯也骑着马四处奔走。

“这家伙总想出风头。”

黄仕林看了一眼骑在马上的袁世凯，撇撇嘴说。有时，甚至吐口唾沫，呸他一下。也许正像他说的那样，袁世凯为了出风头，到处钻营。不过，对于总司令官来说，这却是个非常得力的人。吴长庆近来已感到身体不适，动辄疲劳，自然就喜欢用勤快的部下。如此一来，当然会委以重任。

袁世凯的举动，朝鲜当局也看得很清楚。而且，他这时还是个无官职的幕僚，最易接近。

曾传说被杀害的闵妃，此时还活着，隐藏在忠州同族的府第中。朝鲜国王李熙取消了为闵妃服丧的讣告，亲赴忠州迎接。在注重儒教教条的朝鲜，这是一个特殊的举动。可见，朝鲜国王多么爱恋闵妃，并信赖她。吴长庆派清兵百名，沿途护卫。

王妃返宫之际，清军将领中第一个跑去“祝贺”的，不是别人，正是袁世凯。袁世凯的名字深深地印在朝鲜王室的头脑里，是理所当然的。对于袁世凯的祝贺，朝鲜国王比王妃更高兴。王妃返宫为阴历八月一日，阳历为9月12日。大约半个月后，朝鲜国王特意单独召见袁世凯。召见时，朝鲜方面由要人鱼允中作陪。谈话内容，袁世凯本人从未言及，朝鲜方面的史料《从政年表》也只是记载了单独召见一事，未曾涉及内容。很可能是答谢他对王妃返宫的祝贺。

对于并非清政府正式官员的袁世凯，朝鲜国王竟如此厚遇，大概表示了朝鲜当局的一种希望："我方所欢迎的正是袁世凯这样的人物。"

由于"壬午军乱"，清政府当局对朝鲜问题更加重视了，此外还有与日本的关系。今后有必要在一个相当长的时间里驻兵朝鲜。同时，还必须设置一个代表团，组成人员最好是善于同朝鲜宫廷周旋的人，于是，袁世凯得到破格录用。可以说，这是朝鲜方面转弯抹角向清廷提出的人选。

当时的朝鲜国要人们，对于清廷设置代表团的人选，没有直截了当地提出要求。马建忠的日记中写道：

金允植来馆笔谈，为人颇迂钝。每谈一事，不能即了……

金允植是朝鲜第一线的外交官，也是学者，写有《阴晴史》等多种著作，决非迂钝之流。不"钝"，但可能有些"迂"。他总是避免直截了当地提出问题，尽可能采取迂回手法，因此，每谈一事，难以得出结论。马建忠对此颇为焦心。

朝鲜宫廷迂回的希望，终于实现了。此次事变后，袁世凯奉命留驻朝鲜。

3

袁世凯既然受到如此重视，吴长庆也不能只把他作为"无官"的幕僚了，于是奏请授予他官职。李鸿章回乡守制，不在直隶总督之位，但作为北洋大臣，仍参与论功行赏之类"公务"。吴长庆上报袁世凯的功绩："治军严肃，剿抚应机……"

治军严肃，指的是他斩了七名违犯军纪者，这成了他出头的因由。

袁世凯受命"以同知用"，即按同知的待遇获得正式任用。同知相当于知府的副职，正五品。吴长庆的部将黄仕林和吴兆有等是记名提督的总兵，即本职为总兵，允许称提督。提督为从一品，总兵为正二品。

从品级上看，袁世凯同这些将官有很大差距，但实际上，清朝官制中武官品级偏高，有名无实。军人舍生忘死地奔波于战场，所以有意识加高了他们的品级，但俸禄是同品级文官的三分之一，甚至更低一些。例如：以正规年俸而言，正二品文官银一百五十五两，同品武官六十七两。袁世凯按正五品文官待遇，年俸为八十两，比正二品的总兵还多。

清代的俸禄，正规年俸不如另外支给的"养廉银"（支给官吏的一种饷银，以养廉洁之心，勿为生活而勒索受贿）多。同是正二品，文官总督的养廉银为两万两，而武官总兵只有一千五百两，不到一成。

从俸银制度来看，中国的“文尊武卑”是严重的。留驻朝鲜的袁世凯，不拘什么事，全然不把先辈部将放在眼里，就是因为他的文官品级赋予了他这种权限。譬如：与吴长庆携手负责朝鲜问题的马建忠，虽是正四品道员，却可以命令正二品的将军东奔西走，不足为奇。

由此可见，袁世凯的“以同知用”的确是破格提拔。三年一度，拼命参加科举考试，即使“进士及第”，一般也不过是个正七品的知县而已。一辈子都无希望考取进士的袁世凯，能得到同知的地位，绝非易事。当然，免不了要受吴长庆军中同僚和先辈们的嫉妒。这种嫉妒的流露，就是讽刺诗。庆军驻防的汉城东门外关帝庙墙上，不知是谁写了一首打油诗：

本是中州假秀才，
中书借得无须猜。
今朝大展经纶手，
杀得人头七个来。

张謇曾把这首打油诗抄录在笔记中。张謇之子张孝若整理父亲的遗稿时，发现了这首打油诗，留传给我们。据说，诗作者是军旅中的周某。袁世凯的老师张謇抄录这首诗时，一定是忍俊不禁吧。

被袁世凯斩首的七个人，全是黄仕林麾下的兵卒，因此，庆军内部最憎恨袁世凯的就是黄仕林。

一天晚上，黄仕林派人驰奔吴长庆的大本营，报称：“大批日本人身着白衣，渡河而来，欲攻我方阵地，希火速增援。”

吴长庆叫来袁世凯，命他“火速率兵二百，急驰救援”。

当时袁世凯正发着高烧。他不是像其他将领那样住在寓所里，而是住帐篷。这大概是他的拿手好戏，惺惺作态，借以取宠。谁知恰值阴雨连绵，被褥濡湿，他患了感冒。但他毫不退缩，直奔关帝庙，对吴长庆说：“日本与朝鲜已缔结了《济物浦条约》和修好条规续约，目前，日本没有任何理由挑起战端。假如日军真的攻击我方，那么，派二百名士兵也无济于事，还是我去侦察一下吧。”

日本与朝鲜之间缔结《济物浦条约》，马建忠曾极力从中撺掇，因为清政府一心要抑制日本对朝鲜的割地要求。结果，条约缔结了，却不得不承认日本以保护使馆为名的驻兵权。

这意味着今后在朝鲜这个舞台上，中、日之间将演出一场霸权争夺战。但刚刚以外交途径解决了问题，日本就突然向清军发动攻势，似乎是不大可能的。

“我也觉得奇怪，是应当先侦察一下！”吴长庆说道。

“那么我就去了！”

袁世凯迈步走出庆军本营时，险些跌倒，因为他还发着高烧。他一走，幕僚中就有人大声说：“这家伙真讨厌，又演起戏来了。他根本没病，全是装的，咱们老帅本不该上他的当，可是……”

袁世凯仅率四骑，驰向十几公里以外的现场，到达时，东方刚刚发白。那里什么也没有。

“日本人路过这里了吗？”

他们敲开散住在那一带的民家询问，但都只是摇头。

“真的没人路过吗？”

“不，有人路过。”

“谁？”

“河对面朴家送殡的。”

“大约有多少人？”

“朴家是大富户，送殡的人多极啦，没挨个儿数，总有一千人吧！”

“噢？一千人！他们过河了吗？”

“不过河没法儿到墓地呀！”

当时朝鲜有厚葬的习惯，深夜里超过千人的送殡行列并非稀罕事。而黄仕林竟误认为是日本军渡河作战。

这段故事记载于袁世凯门生所写的《容庵弟子记》中，有意夸张了黄仕林的狼狈相。用这种对话方式描述事情的原委，也可以看出袁世凯同黄仕林对立关系之一斑。

4

“壬午军乱”以后，清政府对朝鲜的政策可分为两大派。

一派是曾经当过驻日公使馆参赞，后来转为驻美国旧金山总领事的诗人、外交官黄遵宪的“联日政策”。他认为，在列强之中有可能对朝鲜大肆入侵的只有沙皇俄国，为了抑制沙俄南下寻求不冻港，清政府应当联合日本。

另一派是吴长庆的幕僚长张謇主张的积极政策。他认为，忽视日本是错误的，日本同沙皇俄国一样，有侵略朝鲜的可能性，所以不要依靠日本。清政府自身应当尽一切力量，采取保护朝鲜的政策。

然而，除了政策论点之外，还有政治力学从中左右。

李鸿章身为直隶总督，立于国政之巅，但他觉得地位并不牢固，时刻提防着出现打倒自己的势力。他以淮军的武力为政治背景，被公认为淮军总帅，但他却最防备淮军系统中的实力人物，如代行其职务的张树声、卄赴朝鲜的吴长庆等。

张謇对朝鲜的积极策略，一般称为“朝鲜善后六策”。他对代理北洋大臣张树声抱有希望，认为他会把“朝鲜善后六策”上奏朝廷。当时朝廷的最高权力者是西太后。

然而，当张謇的“朝鲜善后六策”报到天津时，正值李鸿章的百日守制结束，北洋大臣的大权又回到他手中。“政治、外交是现实，这种进言不过是无视现实的书生饶舌而已。”于是，李鸿章把它扣压了。对于下级的献策，是否上奏西太后，他有权裁夺。然而，不知何时，出现了“李鸿章扣压有关朝鲜的极佳献策”的流言，并且，“朝鲜善后六策”的具体内容也传开了。

本已扣压的奏章，为什么能流传？

“去调查一下那个书生的呓语是从哪里泄露的，谁泄露的！”李鸿章命令左右。为维护手中的权力，他惯于使用谍报人员。果然，伸向四处的情报网很快就查到了出处。

代行北洋大臣职务的张树声有个儿子，名叫张华奎，他出于青年人的忧国心和好奇心，把从朝鲜呈报给父亲的表章抄录下来。这是吴长庆、丁汝昌、马建忠三人联名呈报的。张謇是吴长庆的幕僚，他的“朝鲜善后六策”，自然要以吴长庆的名义呈报。呈文报来不久，张树声便交卸了代理北洋大臣的职务，所有奏章都移交给李鸿章。在此之前，张华奎已经抄录了“六策”。

这样重要的表章，当然要按绝密件处理，一旦外泄，关系重大。可是，张华奎悄悄地把它给几个抱有同感的青年看了。这些青年都是朝廷高官的子弟，关心国事，同当局要人也很亲密。他们不知道表章被扣压，以为像“六策”这样出色的策论，当然会被朝廷所采纳。

“那篇‘朝鲜善后六策’，朝廷怎么研究的？有什么结论？”某个青年向军机处的军机章京询问此事，军机章京相当于军机大臣的秘书，由于工作关系，知道许多朝廷最高机密。

“什么？‘朝鲜善后六策’？从未见过，连听也没听过，当然军机处也没讨论过。到底是个什么策论？”军机章京反问起询问者来。

青年这才发觉它被扣压了，心里愤愤不平，暗暗骂了一句。但是，他得知“朝鲜善后六策”的途径并不是合法的，所以不敢声张。一旦声张出去，盗抄朝廷机密文书的张华奎必将遭杀身之祸。他只能悄悄地告诉靠得住的密友，而被告知的人不可能存在心里默不作声，又向信得过的好友偷偷耳语。

就这样传来传去，李鸿章把“名论”扣压不报的事几乎半公开了。后来，有个硬骨头索性向西太后写了密奏：“有关外交事，李鸿章不可信任。朝鲜诸事，请皇上亲自裁夺。”

这封密奏也被李鸿章截下。

“原来是想把我整下台……”李鸿章这样认为，于是把张树声和吴长庆两人当作政敌，耿耿于怀。

马建忠是李鸿章阵营里的人，他与黄遵宪交往密切，受其影响，也倾向于“联日政策”。

书生之论！这是李鸿章下的简单结论。他也知道张謇的“朝鲜善后六策”是比较理想的。正因为采取了积极出兵的策略，才使日本收回了割让领土和矿山权的要求。可能的话，他倒也想采纳积极政策，但是，这必须用武力做后盾。

李鸿章是个现实主义者，他最了解清军的现状。他可说是现今这支清军的创始者，比谁都清楚这支军队不具备国际的作战水平。

太平天国兴起之前，清军的腐败已达到顶点，让装备不全的太平军追得团团转，是一支只知道败退的军队。社会对清军的评价是：兵即流氓。这样的军队，在团练的基础上得以复苏，成为曾国藩的湘军和李鸿章的淮军。经过手术，确把最恶化的患处割掉了，然而，体质依然没有改变，仍在腐败。这一点，堪称清军之父的李鸿章知道得最清楚。

“壬午军乱”后两年，中法战争打响，虽然清军在战事中处于有利地位，但李鸿章仍然做了很大让步，令人不解。其实，李鸿章对清军的不信任，是解开此谜的钥匙，而且，他还害怕损失了自己的直系部队，会削弱自己对政治的发言权。

从此，朝廷中一出现主战论，李鸿章就会疑心：是不是想让我的军队遭受损失，把我赶下台？

“壬午军乱”趋于平静，闵妃回到汉城的消息传到北京，翰林院侍讲张佩纶上奏了《东征策》。

张佩纶时年三十四岁，直隶出身，同治十年（1871年）进士。他与邓承修等人被称为“清流”，为官清正、刚烈，素以弹劾有过失的高官不留情面而闻名。由于他的弹劾，尚书万青黎、董恂，侍郎贺寿慈等人下了台。后娶李鸿章之女为妻。因坚持主战被免职，中法战争中被派往第一线，丢了福建水师，被判充军。在与义和团讲和时辅佐岳父李鸿章，后又因李的软弱外交与其发生冲突，终被免职，一生坎坷。他的主张始终如一，即“加强戒备新疆、东三省和台湾，以防日本和沙俄侵入”。

“壬午军乱”后，他的《东征策》主张向日本派出远征军，膺惩日本夺去中国藩属琉球和至今仍向朝鲜伸手之罪。

上奏的日期是阴历八月十六日。当然，并不是要求立刻派出远征军，而是确立远征的根本方针，训练水师，建造军舰。

不仅上奏，张佩纶还以私函向李鸿章提出相同的主张：“欲存朝鲜，当从折服日本始。欲折服日本，当从改订仁川五十万之约始。”

他严厉谴责日本从朝鲜掠夺五十万两赔款，认为清为朝鲜之宗主国，不该默然不理。

信的开头说：“朝鲜之事，昨日论而未尽，今请再度借箸，不可知否？”

“借箸”的典故，出自《史记》，张良为刘邦献策的时候，借用筷子比画示意，后以“借箸”指替人谋划。总之，张佩纶似乎终日向李鸿章鼓吹强硬政策。

“‘清流’一伙人真是难以对付，张謇，还有张佩纶……这些人的意见如果真行得通，当宰相倒是个自在事……”

李鸿章把信推到桌子边上，拉过墨盒，在张佩纶的《东征策》上批道：“海军未备，渡海远征非计。”

正好十个字，没有更多的解释。

李鸿章轻轻摇了摇头。

这样批示，并不是愉快的，于是他想找一件令人愉快的呈文看看。从裁决、复奏的函件中抽出一封来自朝鲜的呈文，事由是“为请奖叙朝鲜之役有功人员事”。

表彰、提升有功人员，的确是件有趣的事。

“噢，袁世凯？听吴长庆说过，袁甲三的侄孙在他的麾下当幕僚……肯定是他了……怎么？治军严肃……嗯，名门之子，索性重用一下……”李鸿章一边阅读公文，一边喃喃自语。

他又看了看附件。上面写着袁世凯是咸丰九年（1859 年）生。

“真年轻……”

李鸿章到了羡慕年轻人的时候了，他次年满六十岁。

5

张佩纶上奏《东征策》之日，朝鲜国王李熙向北京寄来咨文。职掌藩属诸国事务的是礼部，所以朝鲜同清廷来往公文，必须采取请礼部“转奏”的形式，这就是咨文。

八月十六日朝鲜国王的咨文有两件。

一件是对平定乱党的致谢，一件是恳请放归生父大院君。

对于后者，清政府方面的回答是“着毋庸议”。

因为大院君罪过深重，释放归国的问题不值得研究，但鉴于朝鲜国王思念之情，允其每年派人前来慰问。

另外，关于“壬午军乱”，中国方面的记载中多记为“东学党事件”。当然，掀起暴乱的士兵当中也许有些人与东学党有关系。但那次暴动并不是东学党发动的。“乱党”即东学党的说法是不正确的。

所谓东学党，一言以蔽之，就是宗教性的攘夷党。

19 世纪后半期，朝鲜停止锁国，较晚地开始同别国建立外交关系，与此同时，天主教也在朝鲜传播开来。不久，朝鲜人怀疑天主教是否担负着西欧侵略别国的先锋角色。而且，展现在朝鲜人面前的现实是，不可动摇的宗主国在鸦片战争中屈服于英国，又接连不断地订立了许多不平等条约。

为什么大清帝国败给了西欧国家？

果真光依靠武力就能决定胜负吗？不，绝不是。——这就是庆州的没落士族崔济愚的看法。他的结论是：西欧的强大，在于有基督教这样的宗教做背景。那么，要使朝鲜走上富强之路，需要使宗教有这种力量，需要出现一个新的宗教。从前的儒教、佛教、道教等，都没有这种力量。

西学，是西欧强大的源泉，它是以基督教为中心信仰的，必须用东学与之相对抗。想到此，崔济愚在儒、佛、道三教之外，参照天主教的教义，在朝鲜传统的黄教的基础上，创建了一个新宗教。

东学应运而生了。

“只要喝了护符的烧灰，即可得到富贵长寿。”它含有现世的迷信，又有反对门阀、主从关系和嫡庶差别等进步的一面。东学以社会贫困所造成的不安为背景，广泛地流行开来，尤其在下层社会里传播较快。崔济愚终因“以邪教惑民”被处死。然而，迫害常会使宗教强大。崔济愚死于“壬午军乱”前二十年的 1864 年。第二世教主崔时亨进一步把东学的教义系统化。东学在镇压之下缓慢而稳步地发展。

东学发展在社会的底层，所以掀起“壬午军乱”的士卒当中有很多东学信徒，是可以想象的。但是，不能认为东学作为一个组织领导了这次暴乱。东学作为一个组织发挥力量，还需要十年以上的岁月。

“壬午军乱”以后，依据条约，日本在一年之内可以派兵驻扎朝鲜。清政府留庆军原地驻守。朝鲜允许两国驻军，此后的情况是不难想象的。朝鲜国内亲清派和亲日派的派系之争激烈化，也是很自然的。由此而产生的社会不安，正好给东学以可乘之机。

中、日以朝鲜为舞台争夺霸权，而朝鲜也想乘机摆布两国。例如，朝鲜企图在清政府的驻外机关内部造成混乱。

清政府的驻外机关即庆军，如果团结一致的话，肯定会加强对朝鲜的压力。如果庆军内部经常发生龃龉，那么，朝鲜就可以减轻身上的重压。

朝鲜的要人们，如前所述，迂而不愚。历史教给了他们作为弱小者的生存之道。

朝鲜当局为什么重视乳臭未干的二十四岁的袁世凯？当然，袁世凯确实有才干，但是，这并不是唯一的理由。例如，朝鲜国王想委托袁世凯训练朝鲜军，因为朝鲜当局早就看出，被提拔为同知的袁世凯在庆军内部受到众人的嫉妒。朝鲜越重用袁世凯，这种嫉妒就会越激烈，庆军的步调必将日趋紊乱，而朝鲜则能够从中得到好处。

在这种意义上，应该说袁世凯是个幸运儿，才二十四岁就得到如此优遇，难怪他要误认为都是靠自己的才干了。于是，飘飘然，目空一切，对于他的业师张謇，昔时称“老师”，及至当了同知，称呼也改变了。在书信之中，原先称张謇为“夫子大人”，现在则改称“仁兄”。

袁世凯在“壬午军乱”后驻留朝鲜十二年。后来他玩弄权术的诸多手段，都是在这一时期学会的。

【第四章】

风云突变

1

在朝鲜发生“壬午军乱”那年，法国占领了越南的河内。

法国最初向越南大规模出兵是1858年，借口保护天主教徒，与西班牙共同出兵。

第二次鸦片战争，是由“亚罗号事件”引起的。法、英两国联合出兵，进攻被太平天国军弄得疲惫不堪的清政府。英法联军攻进北京以后，烧毁了圆明园，大肆掠夺，时为1860年10月。《北京条约》签订后，实现了停战，法国便把兵力指向越南南部——“南圻”。1862年法国强制越南签订《西贡条约》，要求割让包括西贡在内的三省一岛。

法国对中国的云南虎视眈眈。它不甘落后于列强瓜分中国的竞赛，正积极准备，打算从地下资源丰富的云南开始，逐步向四川、广西伸出侵略的魔爪。法国预定以湄公河为入侵路线，但调查结果，发现湄公河上游不能行船，于是改向越南北部，要从红河，即元江，渗入云南。

越南与朝鲜一样，都是清的“属国”。1802年，阮福映历经三十年平定了内乱，建立新王朝。第二年，清政府派广西按察使齐布森册封他为“越南国王”。在内政方面，同朝鲜一样，清政府只管册封，保持宗主国的名义，而不加干预。不仅对于朝鲜，对于琉球也是如此。实际上琉球已在岛津藩的统治之下，但表面上又接受了清政府的册封，因为不如此，无法进行贸易。清的册封使来到琉球时，岛津的官员们便躲藏起来，清使肯定知道这种情况，但装作不知。

长期以来一直是相安无事，不料 19 世纪末，朝鲜与越南几乎同时发生了纠纷。朝鲜有日本插手，越南有法国涉足其间。

日本也好，法国也好，都想把朝鲜、越南当作自主的“独立国”，直接进行外交。而清政府却千方百计要保住“宗主国”的招牌。

法国占领河内，本意就是要取消清政府在越南的宗主权。“壬午军乱”的前一年，清政府驻法公使曾纪泽（兼驻英公使）照会法国外交部，提出：“越南久属中国，法国无视宗主国，与越南所订之条约不能予以承认。”

关于越南问题，曾纪泽向本国政府提出七项建议，如：要求越南向北京派出高级官员，让越南官员作为中国驻法公使馆的随员驻在法国等。但均遭李鸿章反对，未能实现。

对于前一条建议，李鸿章以“按制陪臣不得住在京师”为由驳回。

大院君就是因为同样的理由，不能住在北京。大院君是朝鲜国王的生父，也是自己儿子的臣下。在清政府看来，就是“陪臣”。他作为“壬午军乱”的发动者，被宗主国清廷所囚禁，监押在保定，按制是不能住在北京的。

李鸿章认为历来的制度不应更改，而长期生活在外国的曾纪泽则认为时代变了，应该更改的制度必须立即更改。

李鸿章抓住旧制度不放，却又是个妥协的天才。关于法国和越南签订的条约，按曾纪泽的主张，绝对不能予以承认，但是，李鸿章竟默认了，而且提出保持宗主国体面的方法可另行考虑。

曾纪泽是曾国藩的长子。现在，人们并不觉得公使是怎样的大人物，但在当时，只有诸强国才能互换大使，像中国那样的弱国，甚至同外国交换公使也是勉勉强强的。曾纪泽是一个没有大使的外交衔的公使，称为“出使钦差大臣”。

曾纪泽的强权论和李鸿章的软弱投降路线，在外交上形成对立局面。但是，掌管国政的毕竟是李鸿章，曾纪泽的强权论终究要被否决。

在社会上，把湘军创始者曾国藩之子与淮军创始者李鸿章的对立，视为湘、淮两派的派系斗争。其实，这只是两人的意见不合，从而招致两派斗争。

从清廷的角度看来，朝鲜和越南是南北相隔万里的“属国”，同时又都是与外国纠缠不清的、产生麻烦的、难办的属国。清政府不可能把外交、军事的全部精力集中到朝鲜来，这正是日本求之不得的。法国在越南牵制，使日本受益不少。而日本在朝鲜起事，法国则可以在越南问题上得到有形和无形的好处。

朝鲜一旦发生军事政变，最高兴的是法国，所以，日本若在朝鲜搞军事政变，法国应当给予经济上的援助。

正是根据这种想法，日本自由党的板垣退助和后藤象二郎曾会见驻日法国公使西昂基厄维兹，要求法国提供朝鲜军事政变的资金一百万元。

实际上，法国面临的情形更为棘手，因为越南有太平天国的余部黑旗军从事着反法活动。领导黑旗军的是天地会的勇将刘永福。

2

刘永福是道光十七年（1837 年）生人，壬午之年满四十五岁，精力充沛。本名刘义，字渊亭，贫农出身。当他懂事时，双亲已成流民。他跟着父母到处流浪，或许连贫农也不如。

他原籍广东省钦州。《清史稿》中记载他为广西上思人。上思县自古属广西，距钦州不远。大概是父母四处流浪，曾一度住在上思，因而人们把他当作上思人。就刘永福本人来说，原籍是钦州还是上思，无关紧要，反正祖父、曾祖父也都是流民。有人问他原籍是哪里，他便苦笑一下：“非得说出个地名来吗？”

如果非说个地方不可，他倒想说，是社会的最底层。这样来说明刘永福的来历，或许更符合事实吧。

父亲精通武术，是儿子的武术启蒙老师。流浪时期，一家人有时给人家打短工，有时在珠江支流当船工。

使刀舞棍，擅长拳法，这种青年人走上行侠之道是很自然的。

当时，在中国长江以南，盛行名为“天地会”的秘密结社。

天地会又名三合会、三点会。它的支派有匕首会、双刀会、哥老会、致公堂、青帮、红帮等。参加结社的人对外称“天地会”，对内称“洪门”。关于名称的起源，说法不一。入会施礼时，高唱“一拜天为父，二拜地为母”，据说“天地会”之名就是由此而来的。

关于天地会的源流，众说纷纭。一说是同国姓爷郑成功结成一党的反清复明的秘密结社，一说是被清廷镇压而逃亡的少林寺残余的秘密组织。

那个时代的人觉得清政府靠不住，于是，自己想出各种相互扶助的方法和组织。天地会，与其说是颠覆清政府的秘密结社，不如说它具有更浓厚的相互扶助组织的色彩。

以少数民族而统治中国的清政权，当然害怕人数众多的汉族的团结，甚至对于相互扶助的宗教性团体，也神经过敏。因此，人们在结社时，不管什么目的，都必须谨慎从事。所有的结社，都是秘密之中进行的。这种保密性质本身就容易产生各种猜测，再加上结社者又有意造出一些传说掩人耳目，于是，煞有介事的奇异故事就越来越多。

流传下来的传说是真是假姑且不论，总之，天地会是一个包括底层群众在内的巨大组织，具有彻底的反政府倾向，这是不容置疑的。各地都有山堂主，也就是当地的首领。

刘永福十七岁时成了孤儿，二十一岁时入天地会的一个山堂。山堂主吴鲲，又名亚终。

刘永福二十一岁时正是咸丰七年（1857 年），太平天国还很强大，前一年发生过杨秀清和韦昌辉的内讧，前途已罩上阴影，但清政府还是穷于应付。

太平天国战争是洪秀全的“拜上帝会”和天地会相联合的反清运动。

“拜上帝会”依靠信仰而结合起来，称得上是一个坚强团结的组织。他们有较高的理想和严格的戒律，但人数并不多，若想闹一个天翻地覆，就必须有足够的人，于是，同人数众多的天地会联合了。天地会的人数倒是不少，但良莠不齐，在组织上和纪律上都不及“拜上帝会”。

天地会有浓厚的道教色彩。道教的祖先在后汉末领导过“太平道”的黄巾暴动。

“太平”一词是天地会的人们所喜用的，而基督教的“拜上帝会”则喜用“天国”一词，于是合并双方之所好，谓之“太平天国”。

在太平天国中，天地会首领在造反初期战死，所以人数虽多，并非主流。

两派在气质上也有很多不协调之处。例如：每逢攻陷一个大城市，天地会派系的人就想举行祝捷会，痛饮一顿，而“拜上帝会”派系的人则首先举行祈祷会，感谢上帝。

没能成为主流的天地会派系的人渐渐脱离太平天国，不单单是脱离，而且大多数向清政府举手投降。

青年时代的刘永福心里究竟抱着怎样的思想和理念，不得而知，不过，他的气质，却是典型的天地会人物。谈不上多么虔诚，但是很豪放、直爽，是个深知人情世故的侠义之人。

当太平天国的首领们在天京（南京）过着骄奢淫逸的生活时，刘永福不过是一名小卒，转战各地。天京被攻陷是在 1864 年 7 月，各地的太平军被清军围攻，到处乱窜，年轻的刘永福就在这些败军当中。

“妈的，这个臭土匪头子！”刘永福一边逃跑一边恶狠狠地咒骂，还连着呸了几口唾沫发泄胸中的郁闷。

扫荡广西太平军残部的是清廷提督冯子材。这个冯子材也是钦州人。刘永福童年时，他是家乡一带大名鼎鼎的土匪头目。孩子哭时，人们便吓唬说：“别出声，让冯子材听到，就把你抓去了！”

后来，冯子材归顺清廷，当上广西提督。刘永福为什么怨恨他？并不是因为被他追得到处乱窜，而是嫉妒这土匪的运气竟如此好。

“这真是贼运亨通，岂有此理！”刘永福骂道。

“走运的不光他，何必那么生气？”头领吴鲲苦笑着责备他。

“噢？我总寻思老天把我们给忘了。打了这些年仗……”每逢想起“拜上帝会”的人一有事就跪下来，祈求上帝，一本正经地在胸前画十字，刘永福就觉得气闷。

“不要管那些事……怎么样，总这么让人家追得到处乱窜，真受不了，出国吧？”吴鲲说道。

“出国？”

“上越南去，难道那些土匪们还能追到国外来？”

“好，这就走，我真跑够了！……出国试试运气也好！”

吴鲲一伙人逃亡到越南，是1865年。

当时，越南国王是嗣德帝。天地会的败军归顺了越南两年后，刘永福离开吴鲲独树一帜，就是“黑旗军”。所用的旗帜是黑底中间一个红色的“义”字。

3

袁世凯是甲午战争（中日战争）爆发时期的人物，而刘永福是接近结束时的人物。袁出身于河南的名门世家，相反，刘是西南边境的游民之子。袁世凯没有通过科举考试，一跃成为政府要人，驻留外国，可谓旗开得胜。刘永福则是连遭挫折。他以天地会会员的身份参加了太平天国，但未能成为革命势力的首领，太平天国崩溃后，有如猎场之兔，被清军撵得团团转，只好跑到外国去。这一点倒很像袁世凯，不过，刘永福是作为残兵败卒逃亡出去的。

袁世凯和刘永福是一对截然相反的人物。如果认为刘永福拉开了中日战争的序幕，恐怕是有点儿太表面化了。不过，从他走过的道路来看，的确与战争开端也有关联。

逃亡到越南的天地会败军，并不是品质良好的集团，但是，在越南北部栖息着一伙比他们更坏的匪徒，困扰着阮氏王朝。于是嗣德帝就利用刘永福一伙败军，去征讨土匪。这个措施在某种程度上收到成效，刘永福也因战功被越南政府授予官爵。

清廷在名义上是越南的宗主国，所以越南为保胜地区土匪猖獗而苦恼时，曾要求清廷“派兵一扫恶党”。

因兵力不足，越南政府到处寻找助力。清廷一向自称宗主，越南认为此时正可以向清廷求助。清廷准其所请，派了一支军队，司令官就是土匪出身的冯子材。

保胜就是现在的老开，正处于元江从中国云南流入越南国境一带。云南省一侧叫作河口，现在是瑶族自治县。为了征讨那一带的土匪，越南政府曾假手刘永福一伙，而今又从清廷借来一支军队，而军队的长官竟是追得刘永福到处乱窜的冯子材。

“原来是那个土匪头子……”

当刘永福弄清了将要与之并肩讨匪的援军司令官是冯子材时，不禁苦笑起来。他已经不再像从前那样愤怒了。长期的磨炼，使刘永福变得非常世故了。和冯子材会见时，他极其稳重地微笑说：“久仰，久仰，您是我们乡的老前辈，请不吝赐教！”

壬午年的九年前，法国曾一度占领河内，越南政府向刘永福求援。刘永福选拔精兵千名，越过无路可走的山岳，进攻法国军队。法军指挥官是海军大尉安邺。在河内郊外，双方展开激战，法军死伤数百人，大败而走，安邺大尉在这次战役中阵亡。

由于这次战功，刘永福被授予三宣军务副提督、副领兵官等职，大约相当于现在的少将或中将军衔。

法军溃退是1873年12月，此后法军的气焰略有收敛。但到1880年9月，茹•费理组阁，法国又转为积极。费理镇压了巴黎公社，臭名昭著。

壬午年，法军重新占领河内，刘永福再次率领黑旗军出现在法军面前。

第二年，1883年5月，两军在河内市西郊的纸桥交火，法军溃败。同十年前的河内攻防战一样，又一名法军司令官李威利丧命，战死者有二百多人。

刘永福在越南的官职又晋升了，从副提督升为正提督。

由于刘永福的黑旗军勇猛作战，越南北部的法军被击退了，但在中部，孤拔率领的法国舰队占优势，八月攻陷首都顺化，终于缔结了《顺化条约》。后来的《巴德诺条约》又进一步确认并修正了《顺化条约》，使越南沦为法国的保护国。

法国舰队攻打顺化前一个月，越南国王嗣德帝逝去。

据说，嗣德帝与生母范太后历来都希望同法国议和。阮氏王朝的创始者嘉隆帝建国初期，曾得到法国的帮助，因之朝廷内部亲法之风很盛。嗣德帝的继承人育德帝也是亲法派，即位四天便被反法论者、辅政大臣尊室说给废掉了。继他之后即位的是协和帝，他本质上是亲法派，但在尊室说等人的压力下，只得发出进攻法国舰队的命令。不久，协和帝也遭废黜，并被毒死，因为他接见了法国公使。代之继位的是十五岁的建福帝。这样，半年之内就更迭了四位国王。

热心的反法主义者尊室说与黑旗军的刘永福关系极其密切。

顺化的越南王朝分成亲法派与反法派，双方暗暗地斗争。

作为宗主国的清廷也有强硬派与温和派在互相斗争。

中法战争正式开始于1883年12月。法国的第二届费理内阁，派遣了一万五千名远征军，并批准了增加军费的提案。

简而言之，孤拔提督率领的六千名法军，初战攻陷山西地区，后被清军大败于谅山，死伤千余人。法国海军奇袭福建，清廷水师惨遭全军覆灭。法国舰队又封锁海上，企图孤立台湾。当法国舰队袭击浙江省镇海时，受到宝山炮台的反击，孤拔受重伤，传闻死在澎湖。

谅山的败绩传到法国，费理内阁垮台。

令人不解的是李鸿章竟命令清军停止抵抗，与法国签订《中法新约》，放弃对越南的宗主权，承认法国取代清廷行使对越南的保护权。

李鸿章认为，谅山的胜利是停战的绝好机会。对于停战来说，也许是个好机会，但所订立的条约，却是十足的战败条约。

中、法两国于1885年6月9日在天津缔结条约。

中法战争中，刘永福的身份发生了变化。他以残兵败卒的首领身份，被越南朝廷隆重地封官授爵，但从清廷看来，他仍然是个逃亡国外的叛逆。只因他所率领的黑旗军在同法军作战时，成为清军的主力，威名远扬，才迫使清廷不得不承认他的实力和功绩。

另一方面，也有必要早日拔掉这个实力者的牙齿，于是，清政府授予刘永福记名提督之职。从此，黑旗军被编入正规军。

旧时代的中国人多么羡慕和憧憬官爵，是远远超出我们现代人的想象的。

已经被定为叛匪，一旦抓获就会枭首示众，而今竟得到政府军中最高的称号，可想而知，流民出身的刘永福该有多么高兴。

1885 年 8 月，刘永福带着十余万石军粮、无数弹药、枪炮和舰船，率领三千部下“入关”。几个主要头目提出反对意见，但刘永福却只想衣锦还乡。当部队到达广西时，北京传来旨意，命他将部队减为一千二百人。第二年，刘永福被任命为福建南澳的总兵，他的直系黑旗军被分散各处，后来，手下只剩二百人。

性情粗野的刘永福完全被官职、爵位冲昏了头脑。拿这个钓饵来游说他的，就是唐景崧。唐景崧，字维卿，广西灌阳人，同治四年（1865 年）中进士，是通过科举考试获得提拔的官员。他为人豪爽，饮酒赋诗，擅长外交。中法战争之际，他主动承担了说服刘永福归顺的任务。

“朝廷切望于公焉。”唐景崧用这样的甜言蜜语终于说服了刘永福。

此后，唐景崧同刘永福成为莫逆之交。后来，正当中日甲午战争白热化时，唐景崧当了台湾巡抚（省长），刘永福率领部队奔赴形势危急的台湾。中、日签订和约后，台湾割让给日本。结果，在台湾的唐景崧和刘永福成了拉开战幕的人，时当 1895 年（明治二十八年）。

4

1884 年是清光绪十年，甲申年。以黑旗军为主力的清军，在谅山同法军作战，取得巨大胜利，而另一方面，法国舰队对中国海军给予沉重打击。

“壬午军乱”之后，日本在朝鲜驻兵，第二年缩减到二百人。日本虎视眈眈，窥伺着军事政变的机会。清政府忙于同法国交战，没有足够的力量顾及朝鲜，日本看出这是一个可乘之机。

要搞军事政变，日本必须团结一批朝鲜权贵，作为日本的盟友，应时而动。在朝鲜方面，也有一些人为脱离清廷，想借助日本的力量。这些人称自己为“开化党”或“独立党”。

所谓独立，就是从宗主国清廷独立出来。与此相反，有一派人则想维持历来的传统和秩序，他们被称为“事大党”，即事奉大国的意思。大国，就是指清廷。

独立党，只是一个称谓，并不是要依靠自己的力量。因为想以日本的力量作为背景，别名自然就叫作“亲日派”了。亲日派的主要人物有金玉均和朴泳孝等。

事大党，即亲清派，主要人物有闵泳翊、金允植、闵泳穆、赵宁夏等。

金玉均，忠清南道公州人，1851 年生。二十二岁时，取得科举文科的第一名，才华出众。他是著名政治家、学者朴珪寿的门生。朴珪寿的弟子除金玉均之外，还有朴泳孝、洪英植、徐光范等优秀人才。

金玉均曾派遣奉元寺僧侣李东仁去日本。有关清廷的事情，可以从两次出使清廷的朴珪寿那里探听，但对日本的情况不太了解，只有一个模糊的情报，说明治维新以后，日本国势急剧上升。金玉均很想亲自赴日考察，作为朝鲜将来的参考。但当时的朝鲜，除公事之外，禁止出国。特别是两班私人出国，更不可能。所以，金玉均让李东仁作为代替他的“眼睛”，东渡日本。出国费用由金玉均和朴泳孝负担，经釜山东本愿寺别院的日本僧人奥村圆心斡旋，李东仁悄悄地渡海而去。

李东仁住在东京浅草寺的别院，同福泽谕吉和后藤象二郎进行了接触。这是 1879 年的事。转年，金宏集作为朝鲜修信使来到日本，而这个正式的使节竟然同秘密出国的李东仁住在同一地方。金宏集主要同清政府驻东京的外交官接触。中国驻日公使为何如璋，参赞是诗人黄遵宪。

岩波书店出版的《中国诗人选集》二集《黄遵宪》的末尾，附有览久美子编写的年谱，在 1880 年条写道：“这年，对朝鲜问题做了努力，但无效……”

这里所指的是《朝鲜策略》的著述，当然也包括同朝鲜修信使金宏集的接触。黄遵宪在金宏集归国时，赠给他《朝鲜策略》。

如前所述，黄遵宪在这部著作中说：为了防止俄国南下，朝鲜应当同清、日两国紧密结合，赢得美国的支持，以保全领土。

但朝鲜保守派认为近代化即禽兽化，他们愿意同清廷保持宗属关系，但不能同禽兽的美国和候补禽兽的日本相结合。这种反对论称为“卫正斥邪论”，倡导人是李晚孙。

尽管卫正斥邪论者大喊大叫，朝鲜政府仍然朝着近代化的方向迈进了。聘请日本军事教官便是一例。金宏集、李东仁等人的日本见闻，也大大地刺激了执政的人们，不管禽兽化与否，首先要用自己的眼睛看看。随着这种见解的产生，组成了“绅士游览团”。

1881 年 2 月朝鲜派遣六十二人的“绅士游览团”，分陆军、海军、内政、外交、税务、邮政、铁道等十二个小组，正式赴日考察。前一年滞留日本的李东仁已经归国，政府不但赦免了他的秘密出国罪，还录用他在新设的“统理机务衙门”供职。这次他自然成为视察团的一员，但在临出发前被暗杀了。

刺客无疑是卫正斥邪论者。他们憎恨李东仁绘声绘色地宣传禽兽化了的日本。另外，一个贱民出身的僧侣竟然占据“统理机务衙门”的要职，也是维护旧秩序的一派所不能容忍的。

李东仁在日本滞留期间，身着和服，自称姓朝野，可能是看了日本的《朝野新闻》的缘故。被暗杀后，《朝野新闻》登载了他的画像和事迹：

其年龄约三十左右，身材短小，颜面奇丑，眼睛怪异。仅一年间，已通我邦语言，可谓惊人矣。

李东仁虽被暗杀，视察团仍旧从釜山登船出发。六十二名团员中，倒不全是亲日派，其中也有抱着“卫正斥邪论”思想的人，也有保守派的人。《朝野新闻》的报道标题是“朝鲜国在朝之士东渡研究日本”，下面的副标题是“进步、保守两派同床异梦”。

驻釜山的日本领事近藤真锄前来送行。有一团员是参议沈相学，他不断地揉着眼睛，近藤担心地问：“您的眼睛不舒服吗？我去请医生。”

沈相学是相当顽固的保守派，对这次日本之行，不大感兴趣，他身旁的鱼允中却是个热心的近代化论者。鱼允中待近藤领事说完，立刻接上说：“沈先生的眼病，用日本的水洗洗，让日本的风吹吹，就马上会好的。”

“你这话是什么意思？你究竟想说什么？”沈相学面带愠色。

鱼允中任校理之职，后来成为十足的亲日派。这年三十三岁，血气方刚。

“你的眼睛，的确是炯炯有神，只可惜看不见东西，简直像个睁眼瞎。这次到日本，看一看那里的开化景象，你一定会洗心悦目，即使闭上眼睛，也能看见东西。”

“你少胡说……”沈相学脸色苍白。

参判赵准永等人慌忙隔在两人中间，避免了一场纠纷。这可算典型的同床异梦的一幕。

5

视察团归国，鱼允中仍滞留日本，令随员数人入庆应义塾学习。归途，他又到天津会见驻当地的朝鲜领选使金允植。金也是陪臣，不得驻在北京，所以驻在直隶总督所在的天津。鱼允中饱吸了国外的空气，用他自己的话说，是思想来了一次清洗。然后，经长崎归国。

归国后，他把旅行见闻写成《中东纪》，分送政府要人。

金玉均没参加视察团，但他从金宏集那里看到了黄遵宪的《朝鲜策略》，又从鱼允中那里得到了《中东纪》，因而对日本越来越关注。不久，1882 年 2 月，“壬午军乱”发生之前，为了不借他人之眼，亲自观察日本，他同徐光范两人东渡。按阴历，还是前一年的十二月，按朝鲜历，是开国四百九十年。金玉均那年十二月的日记写道：“我奉大君主之命，出游日本……”

日本对于金玉均的来访，颇为重视。一时风传，朝鲜在日本设领事，金玉均受命前来当领事云云。报纸上甚至还登出朝鲜领事馆将设在大阪的川口的消息。当时还流传一些令人扫兴的话：金玉均一行的旅费为两万元，曾到某商会求借，因为旧账没还，遭到拒绝。报纸还报道金玉均的日本之行，是奉国王的密令，征集国债，对此他甚感为难，等等。

金玉均的旅行，只是为了考察日本、躲避反对党的锋芒，并不负有官方使命。过多的恶语中伤，将使他归国后遭到各方谴责，委实叫他为难，并因此而非常愤懑。不过，他的日记上明确写着是奉了王命。

报纸的大标题写着“金玉均一行到达长崎，板垣退助于岐阜被暴徒刺死”，接在后面的是一句名言：“板垣虽死，自由永在。”

若没有这条消息，关于金玉均的谣传，也许要更多。

金玉均一行人下榻福泽谕吉宅邸，经福泽介绍，金玉均同伊藤博文、井上馨、大隈重信等日本政治家进行了会晤。

金玉均一行于七月踏上归途，从神户港乘“品川号”轮船到达下关时，接到朝鲜发生变乱的通知。这就是“壬午军乱”。于是，他只得暂缓归国。后来，同花房公使一起搭乘日本军舰抵朝。

“壬午军乱”是大院君搞的军事政变。他撤销了去年新设的“统理机务衙门”等一切带有近代化色彩的新事物。这是金玉均等开化党人所难以容忍的。他同徐光范企图借助日本之力，打倒大院君的保守政权，重新恢复近代化路线。

当时，鱼允中正在天津同金允植商议，请求清廷派兵。他们也是近代化推进派，反对大院君的倒行逆施。鱼允中同金允植都是搭乘清舰回国的。

滞留日本和中国的朝鲜要人，都要求所滞留的国家以武力介入，而且分别乘那个国家的军舰归国。

关于“壬午军乱”，现在再继续叙述。

由于中、日两方出兵，朝鲜方面得向两国表示谢意。特别是日本方面，死了堀本中尉等十多人，需要派修信使前去谢罪。另外，还得恳请清廷赦免被扣押的国王生父大院君。

向清廷派出的谢恩兼陈奏使正使是赵宁夏，副使是金宏集。

向日本派出的修信使正使是朴泳孝，副使是金晚植，随员为洪英植和徐光范，顾问为金玉均和闵泳翊。

八月刚从日本回国的金玉均，九月再次出使日本。使节入宫陛见明治天皇。虽为谢罪使，却受到日本的破格待遇。比起清制，不许陪臣踏上北京土地的态度，悬殊甚大。这时，朝鲜开始使用太极旗为国旗。迫于各种条约，朝鲜落后于其他国家，但依据国际惯例，使用国旗的机会却越来越多了。清政府的老牌外交官马建忠，为强调宗主权，指示朝鲜挂青龙旗，即三角形蓝地上有龙的图案。清的国旗是三角形黄地上绘龙纹的黄龙旗。对此，朝鲜认为属国色彩太强，予以抵抗，设计了一面太极旗。

朝鲜修信使同日本新任驻朝鲜公使竹添进一郎一同归国。转年1月7日，到达仁川港。出使中国的人也先后归国。

这两个集团都赞成朝鲜近代化，但究竟如何实行，意见有分歧。

以金玉均为实质领袖的亲日派是激进的开化派，企图排除外戚闵氏一族，树立以国王为中心的政权。他们获得日本的支持，要实行日本明治维新式的改革。

以金允植、鱼允中、金宏集等为领袖的亲清派，可称为稳健的开化派，其中包括闵氏一族。他们力求在不改变现状的情况下走上近代化之路，这不过是如意算盘而已。

两派都窥视着对方的空隙。亲日派有井上角五郎等的应援团做后盾，而亲清派后面则有庆军六营三千人的驻留军。

“壬午军乱”两年后发生的中法战争，对于亲日派来说是一个千载难逢的好机会。

庆军统帅吴长庆这一期间身体违和，凡事消极，而袁世凯的活动则更加引人注目。

张佩纶等甚至主张："另选能将以代之。"

中法战争打响后，清朝军队有所调动。近东的防备过于薄弱，李鸿章下令调驻防朝鲜的六营庆军的半数，即前营、中营、正营三个营，移防金州，实际指挥者为黄仕林。留在汉城的左营、后营、副营三营，兵力一千五百人，由记名提督吴兆有指挥。

减少了一半儿驻防军，也就减少了清政府政治影响的一半儿。亲日派看清了局势，竹添公使也活跃起来。朝鲜的形势风云突变。

【第五章】

前　夜

1

取代“壬午军乱”时代的花房来朝鲜的日本公使竹添进一郎，号井井，肥后天草人，是著名的汉学家、文学博士，后为东京帝国大学教授。曾游历中国四川，著有《栈云峡雨日记》，被誉为稀世名文。

明治初年，能用汉文书写文章，是派往中国和朝鲜的外交官的重要资格。因为直接的笔谈要比通过翻译的交谈更频繁，如果笔迹拙劣、文章不通，就会成为笑柄。

竹添很自负：我不单会写汉文，而且是代表日本国的有才能的外交官。

他唯我独尊，根本不把别人的意见放在眼里，直言不讳，时常引起物议。虽然是代表日本的外交官，但下车伊始，他就同朝鲜的亲日派领袖金玉均格格不入。

当时朝鲜的财政已濒临破产，为重建朝鲜，首要任务就是重建财政。清廷派德国财政专家穆麟德去朝鲜；这是朝鲜第一次雇用“西洋人”。

穆麟德提议铸造当五钱、当十钱铜币，以摆脱目前困境，而金玉均则主张筹集外债。他设想，以捕鲸事业及其他权利为担保，筹集三百万元的外债是不难的。在当时，三百万元并非小数，等于朝鲜一年的收入。

国王李熙采纳了双方的建议。他也许打了如意算盘，认为不管谁成功都好。但结果，双方都失败了。

穆麟德是德国驻天津的副领事，颇有海关经验，可没有掌握一国经济大局的才能。由于他乱铸货币，朝鲜立刻成了通货膨胀的国度。

金玉均去日本筹款，连计划数额的十分之一都没达到。他认为，他的失败是因为竞争对手穆麟德同竹添进一郎非常友好，而竹添向日本政府报告："金某所持委任状，并非正式文件，不宜信之。"

金玉均一味地把自己的失败归因于有人"中伤"，并大肆攻击穆麟德的失败。

穆麟德的背后有闵妃一党，货币铸造是个赚钱的好生意，很多有权势的人都参与了。

"壬午军乱"时，大院君是反日派，闵妃一族是亲日派。但是，两年后的甲申年，闵妃一族却成了亲清派，于是金玉均的新亲日派抬头。历史的进程就是如此。

金玉均认为，如不打倒闵党，就不会有朝鲜的独立，而要打倒闵党即亲清派，必须倚靠日本，因此就需要同不甚融洽的竹添进一郎携起手来。

竹添公使暂回本国，1884 年（明治十七年）10 月又返回汉城任所。

朝鲜的外务督办金宏集与协办金允植立刻同竹添会谈。名义上是会谈，实际是竹添的指示性说教。先从世界大局说起，再谈中法战争的局势，最后断言清廷已经毫无希望。

竹添对金宏集说道："听说贵国的外交部门，是几个清政府的奴才当道，我一想到同他们打交道，就觉得不是滋味。"

竹添对金允植更露骨地挖苦说："阁下有很高的汉学素养，又得到清廷的青睐，为何不入仕清廷？"

金玉均听说了竹添的讽刺挖苦，心里很不自在，但又不能因个人爱憎而放弃同竹添的友好。密友井上角五郎曾劝他说："现在的竹添进一郎已经不是从前的他了，你不妨去会会他！"

金玉均会见竹添是 10 月 31 日。因竹添感冒，只好在他的寝室里面谈，这是一次试探性会见。

亲日派要打倒以闵妃一族为首的亲清派，能指望日本给予多大援助？这是金玉均想知道的。这次会见给他的印象相当不错，此后，他又委托友人井上角五郎和朴泳孝等同竹添进一步接触。

金玉均计划搞军事政变，支持他的一派有朴泳孝、洪英植、徐光范等。

11 月 3 日是日本的天长节，受邀到日本新建的公使馆的朝鲜政府要人，只有金玉均、洪英植、徐光范、韩圭稷、金宏集五人。金宏集是外务督办即外相，自当别论，其他四人则全是亲日派。韩圭稷，日本以为他是亲日派，其实他是个亲俄派分子。金玉均此时结识了武官村上，他是驻防汉城的日军连长。要发动军事政变，必须借助于他。

这时的朝鲜军队情况如何呢？

“壬午军乱”之后，朝鲜国王李熙委托袁世凯督练新军。前面提过，日本军官堀本中尉训练新军时，弄得那些旧军人惶惶不安，引发了“壬午军乱”。袁世凯则是凭借金允植的力量，训以新法，创建亲军左、右两营。粮饷及其他费用由中、朝两国政府共同负担，训练所用的武器大炮十门、来复枪千支，全由清政府赐予。朝鲜又从江华沁营中挑出五百壮丁，编成“镇抚营”，也委托袁世凯代为训练。

日本也提出派军事教官，为朝鲜政府组编亲军前、后营。不过，从大局观之，清政府先走了一步。

1884年，发生了“《汉城旬报》事件”。

日本对朝鲜的援助，在民间也有雄厚基础。例如福泽谕吉等人，花费很大气力，从物质、精神两方面予以援助。日本政府根据福泽的建议，在朝鲜创立了言论机关，以井上角五郎为主笔的《汉城旬报》便是其一。这份报纸，登载了一篇清军外交机关与朝鲜人之间发生纠纷的内幕报道，对此清政府提出抗议。后来，朝鲜统署、博文局也都卷进事件里。在朝鲜人看来，清政府蛮横无理，过分暴露了大国意识。

1884年5月又发生了“李范晋事件”。李范晋是前任兵曹判书（国防大臣）李景夏之子，任司谏院正言，因不动产问题与清朝商人发生纠纷。清外交机关即商务公署介入其事。审理此案时，清朝官员刘家骢在署内高悬“天子法庭”字样，引起朝鲜人及英国代理总领事亚斯顿的抗议。在朝鲜发生的私人纠纷，竟以清朝“天子法庭”来裁决，极大地挫伤了朝鲜人的自尊心。对此，公认的亲清派领袖金允植也强烈地提出责难。

其后，清朝商人的扩张也招来朝鲜人的反感。自从李朝开国，朝鲜宫廷就有六处御用商店，称作“六矣廛”，垄断着商业。下属店铺，也有四百多年历史。而清朝商人，竟以驻防军的武力为后盾，扩张势力，把四百多年的经营组织及其生活体系给打乱了。

日本通过招待“绅士游览团”等外交途径，不断地增加积分，而清廷却不断地丢分。应为丢分负责的人就是外交总办陈树棠。

“陈树棠简直像海参，是个没有骨头的家伙，完全不明白事理。”在天长节招待宴上，洪英植与竹添公使、公使馆馆员浅山等人议论。陈树棠也在座，但他不通日、朝语言，听不懂他们谈些什么。

“好像提到了我的名字？”他问旁边的朝鲜人翻译。

翻译很为难，便胡诌说：“啊……是的……说这菜太好吃啦……人情味……就像这珍贵的菜肴味道一样……他们说……”

2

吴长庆麾下的三千士兵，在中、法之间局势日趋紧张时，半数被调防金州，因为必须固守辽东。吴长庆率兵去金州，余下的三营交提督吴兆有指挥。移驻金州后不久，吴长庆病逝。

在此之前，北京授予袁世凯一个长长的官衔：总理亲庆等营营务处，会办朝鲜防务。

这就是说，驻防在朝鲜的清军野战指挥官是提督吴兆有，而军队应如何行动，从政治上的判断归二十六岁的袁世凯处理。

“那个黄口小儿……”

日本方面可能意识到，在长幼之序特别严格的朝鲜人眼里，这个二十六岁的中国代表是靠不住的。大概亲日派会认为这样的黄口小儿很容易对付。

清军剩下一千五百人了。日军是二百人，最近就要轮换，换防的官兵到达以后，这二百人才能回国，所以，日军人数将在换防时增加到四百名。以四百精锐对付一千五百名迟钝的清军是不成问题的。

金玉均的军事政变计划逐渐具体化。

天长节的第二天，竹添公使拜访朝鲜外务衙门，交涉贸易问题。正题很快结束，竹添接着谈起了世界局势。

“中国不但财政上山穷水尽，而且，军队无纪律，政府无政策，现在是一切空虚、无所作为。”

总之，他暗示清政府不足为惧，应当依靠日本。

当夜，在朴泳孝家里，金玉均、洪英植、徐光范等人聚会，并请来日本公使馆书记官岛村，进行密商。竹添公使归国期间，岛村几乎是代行公使职务，可以认为他能够正式代表日方意见。

密谈的结论是：“最上策是把敌方的重要人物统统暗杀掉。”

对具体的暗杀计划也做了研究部署。刺客换装成清人，杀掉闵泳穆、韩圭稷、李祖渊三人。然后，把罪责推到闵台镐父子身上。韩圭稷和李祖渊是亲俄派人物，但表面上是亲日派，他们被杀，就可以大肆宣扬："亲日派要人被害！"谁都会认为元凶是亲清派。

第二天，11 月 5 日，金玉均拜会英国代理总领事威廉·乔治·亚斯顿。

"前天晚上日本天皇寿诞之日的酒宴，阁下以为如何？"金玉均启发似的说道。

亚斯顿笑着打诨说："阁下也想吃海参吗？"

决心要搞军事政变的金玉均很想听听别国的看法。

"日本的陆、海军也许比清廷强些，但财政上却很勉强，同清廷周旋，日本什么好处也得不到。"亚斯顿说道。

"不过，前天晚上，从日本竹添公使的言行来看，根本没把清廷官员放在眼里。"

"据我之见，竹添只是想向朝鲜当局表示清廷是不可靠的，并没有想同中国交锋。"

"啊，是这样……"

金玉均同日本方面已经有相当具体的磋商，听了亚斯顿的"看法"，他既高兴又不安。高兴的是他们计议的军事政变似乎未泄露，不安的是到了关键时刻，日本会不会躲得远远的。

11 月 6 日，正值日本的招魂祭。

日本侨居汉城的官民聚在南山之麓，观赏相扑和剑术。而后，驻防军分成两队，进行红、白两军的作战演习。

"红方代表日本，白方代表清军！"竹添公使说完，像孩子一样欢蹦乱跳，大喊，"红的要赢啊！"

日本已经把中国当作假想敌国了。

据说，金玉均看到竹添的态度，确信军事政变一定能成功。

11 月 7 日，金玉均拜访日本公使馆。他带了两名汉城的围棋高手，表面上像是去下棋。金玉均同竹添进一郎进行了长时间的密议。

金玉均在当天的日记上写道："大计之决，实在此日此会。"次日的日记又记载："邀来李寅钟诸君，于吾密室共饮。"

这里突然出现了李寅钟的名字。他不是政府高官，而是一个黑帮头目。除了大头目李寅钟，几个主要党羽也来了，所以才说"诸君"。他们是市井之徒，凡两班，即金玉均之流，无法得知的市井情报，这些人无不通晓。搞军事政变或其他的非法活动，必须同他们结合。

“清军方面，没有什么明显的动向吗？”金玉均一边劝酒一边问道。

“嗯。”李寅钟一口喝干杯中的酒，答道，“近几天，袁世凯命令全军，夜间也不许卸去武装。”

“噢？……全副武装地休息？”

“是的，连鞋也不许脱，脱鞋就算违犯军令……啊，也禁止士卒离开岗位。”

“嗯，好像战时的戒严状态。”

金玉均皱起眉头。是不是机密泄露了？从哪儿泄露的呢？

“不单是清军，韩圭稷和李祖渊的军中也同样处于戒严状态。”

“也是袁世凯的命令？”

“可以这么说。对付那个姓袁的年轻家伙，还真得小心点儿！”李寅钟说。

市井之徒深知市井之事，尽管都是些耳边悄悄话，却异常准确。对人物的评价，比起政府和外交方面提供的材料来，市井的街谈巷议往往更恰如其分。

“完全对！凭他这个年纪，李鸿章竟给了他这么大的权限，绝不是一般人……”

金玉均本人在朝鲜政界也是以少壮派自居，时年三十四岁，立志改造国家。年纪轻轻就身居高位，使他自豪，但袁世凯比他更年轻，才二十六岁，就代表清政府驻留朝鲜，甚至要向宫廷发号施令。金玉均咬紧嘴唇。

“亲日派可能有不轨行动”，袁世凯也从李寅钟一伙人中探听到消息。袁世凯深知，真正有用的情报在街头巷尾之间。他本人虽出身名门，却同市井无赖来往甚密——其实，他本人有一个时期就是市井无赖之徒。

11月9日，为慎重起见，金玉均派徐载弼去日本公使馆村上处，告知清军的动向，派洪英植和朴泳孝两人向竹添说明情由。

“事情必须机密，非慎重从事不可！”徐载弼使用了不失外交礼节的强硬词句，阻止日本方面的妄动。

日本人大话连篇，不顾局势乱唱高调。金玉均深知日本，整日惶惶不安。在朝鲜政界掌握权力与否，意味着生或死。依靠军事政变夺权是危险的，日本人会不会当作别国的事，漫不经心？

3

11月12日清晨，金玉均接到上谕，急忙入宫。

“我昨晚彻夜未眠。”看见金玉均，国王李熙说道。

“有什么事吗？”

“你不知道吗？”

“不知道，在山亭同诸友会饮来着。”

“日本在南山之麓，深夜举行军事演习，行将举大事，怎么能这么做？不知竹添他们想要干什么？”国王焦虑地说道。

李熙在妻子闵氏面前是个抬不起头来的人，他想同金玉均等亲日派领袖联手，驱逐闵氏背后的清廷势力，以便“亲政”。对金玉均以日本势力为背景，准备发动军事政变的举动，他也知道。

李熙非常畏惧闵氏一族。他们已深深扎根于朝鲜政界，只要齐心合力摇晃一下，国王就会被抛到九霄云外。王族的人多得很，不愁找不出一个新王来。

对于李熙来说，“亲政”是“自由”的同义语。不推倒王妃一族，他就永远是个俘虏。现在王位对于他不是荣誉，而是屈辱。为从屈辱中逃脱出来，他只有把希望寄托在金玉均的军事政变上。

金玉均的背后有日军，李熙把它当作靠山。武装政变是极其危险的，应当慎之又慎。可是，日军竟然像布告天下似的，搞起了从来没搞过的夜间演习。炮声接连不断，使人感到异常。这样一来，以闵氏一族为首的亲清派不难从中悟出一些道理来。

“是，我立刻去问问竹添。”金玉均答道。

然而，竹添公使却把朝鲜国王的担心付之一笑。

“军队演习本是分内事，不进行演习，才要怪军队呢！”

“不过，也得看看时候嘛！深更半夜，炮声隆隆，扰得周围不安，这种演习合适吗？”

“最近一个时期，夜战似乎多起来了，所以，必须加强夜间演习。”

竹添公使似乎觉得害怕演习的人很可笑。

金玉均很担心，胆小的洪英植就更担心了。

“干这种事，连那些愚民愚妇也会觉得有异，何况嗅觉灵敏的袁世凯指挥的清军？他们一定会加强戒备。这个竹添，究竟是不是真的愿意同我们一起举事？”洪英植问道。

“当然，他已经下了最大的决心。”金玉均答道。

“竹添有这种打算，日本政府也同样有吗？到了关键时刻，竹添会以政府不批准他的意见为借口，溜之大吉。”洪英植表示怀疑。

“不，显然，这也是日本政府的意向。我很了解竹添，他本来是个胆小的书呆子，如果没有政府做后盾，他怎么敢采取那样的姿态？不必担心，日本政府一定会全力支持我们。”

金玉均拍了一下洪英植的肩膀。

即使没有日本政府的支持，事已至此，我们也只好干到底了，他心里想。生在这样的国度里，有什么办法呢？

实际上，竹添已向本国政府提出了甲、乙两种方案。甲案是岛村主张的强硬政策；乙案是稳健政策，即尽量在不刺激清政府的范围内，培养日本势力。现在所计划的武装政变，当然是根据甲案制订的。

在日本中央政府内部，对朝鲜问题主张积极行动的人，也并非多数。中法战争固然是个好机会，但在朝鲜采取过火行动，必将同清政府发生正面冲突。既要避免同清政府的正面冲突，又要加强在朝鲜的影响，这是稳健派的策略。参议兼宫内卿伊藤博文和外务次官吉田清成等人，属于这一派。

主张乘中法战争之机，一扫清廷在朝势力的，是井上馨等人，至于板垣退助和后藤象二郎，则主张应当同法国联合进攻。

因此，甲案的强硬政策能否得到东京要人的支持，没有把握。从当时东京的气氛来看，稳健的乙案有可能被接受。

竹添公使向东京呈报甲、乙两案是为了掩人耳目，实际上，他已经许诺了亲日派发动武装政变。不过，政变成功与否，他必须担负全部责任，所以他要留下一个曾酝酿过稳健政策的证据。

如果东京复文来到，批复为“赞成乙案”，他就无法对金玉均等人的武装政变予以积极支持。当时，日本与朝鲜之间尚无电信之便，只有定期航船“千岁号”来往其间。“千岁号”每月七日前后抵达仁川港。方案就是由“千岁号”带往东京的。倘若在复文送达仁川港之前几天发动武装政变，就可以解释为：“呈请批复，复文未到，突然发生异常事态，不得不采取紧急措施。”

11 月 17 日，李寅钟慌慌张张来到金玉均宅邸。他虽是黑帮头目，却有一个“判官”的官衔。

“闵泳翊去袁世凯处，密谈了很长时间，袁世凯下令进一步加强戒严。随后，袁世凯又去找吴兆有……”

李寅钟的情报是重要的。

闵泳翊是闵氏族中的重要人物，任右营使之职，公认为亲清派领袖。最近，他借口喉痛，不晋谒国王，也几乎断绝了同友人的来往，却突然去拜访袁世凯。

“都密谈了些什么呢？”金玉均抱臂沉思。

“袁世凯会见闵泳翊后，把他送回右营。在右营，两人又交谈了一阵子。然后袁世凯去访吴兆有。我设法把他们的谈话内容弄到手。”李寅钟说。

右营使闵泳翊在右营有自己的公馆，在袁世凯处的谈话内容无法知道，但在右营的谈话底稿，倒有办法弄到。闵泳翊同袁世凯靠笔谈。笔谈的底稿称“谈草”，一般交公馆总管保存。右营的谈草当然在右营，神通广大的李寅钟在社会的各个角落都安插了爪牙，想悄悄地搜查右营公馆，并非难事。

11月19日，阁监朴大荣来见金玉均，报告说：“穆麟德把摆在延庆堂的两门大炮买走了，昨晚移进清军防地。”

“什么？两门大炮让清军弄走了？谁的命令？”

“右营使的命令。他说不修理已不能用，所以交给了吴兆有。”朴大荣答道。

当时的朝鲜军连操作大炮都成问题，出了故障更没法儿修复。

武装政变用的武器，约定由井上角五郎偷偷从日本购买，承担运输的是日方的福泽谕吉。购置的武器装备有日本刀、步枪、弹药等。

比购置武器更难的是招募兵员。两年前“壬午军乱”时民众所显示的反日情绪，并未消失。朝鲜人极其痛恨那些压根儿把他们当奴隶的日本人。提起亲日派，人们马上会联想起“卖国贼”。于是，只好通过李寅钟用金钱招募，自然都是些市井无赖。

4

亲日派的武装政变，终于定在阳历12月4日（阴历十月十七日）发动。这一天，邮政局举行新楼落成典礼，宴请政府要人。邮局总裁由洪英植兼任，这个武装政变的重要首领准备好一切，丝毫看不出什么破绽。

12月1日，亚斯顿邀金玉均共进晚餐。在此之前，洪英植也找金玉均，说：“竹添公使今晚想同阁下会面。”

在英国总领事馆的酒宴之后，金玉均又去校洞馆的日本公使馆，时间已是晚上九时半。金玉均偕同朴泳孝、徐光范等来到时，洪英植已等在那里。但竹添公使却迟迟不露面，只有书记官岛村和译员浅山出席陪客。

岛村首先致辞说：“竹添公使本想同各位恳谈，但觉得决心已下，无须再谈，所以今晚不见各位了，以示公使的决心，有如金石一样坚定。”

岛村的致辞似乎在催促：日本方面已下定决心，你们如何？金玉均认为自己也应该具体地表示一下决心，便说：“在别宫放火，趁乱发动政变。”

这是昨晚在东洞举行的秘密会议上议定的，发生火灾就可以出动军队去灭火。别宫，是王家世子婚礼时使用的宫殿，同徐光范家相接，放火时便于行动。

“计划得这么具体？”岛村兴致勃勃，随后又仔细询问了一些事情。

金玉均心想：竹添不出席酒宴，是怕政变失败担责任，太怯懦了。又想：他是代表一国的公使，不便做出轻率的举动。其实，竹添的轻率言行，使亲日派伙伴们多少次为之提心吊胆。

也许竹添很想出席这次酒宴，但被岛村等人拦阻了。金玉均想了很多，总之，事已至此，若没有日本的援助，政变绝无成功的希望。休戚与共，相互之间再也不必隐瞒什么。于是，连微末细节都向岛村说明了。

放火由李寅钟去干。他是黑社会的首领，做过不少见不得人的事，干这种事最合适。在他之下，配备四名助手，即曾在日本户山学校学习过的林殷明、李圭完、尹景纯、崔殷童。放火用的布袋置办了数十只，盛有石油的瓶子准备了三十个。

刺杀要人，每两人负责一个：

尹景纯、李殷钟 → 闵泳翊
朴三龙、黄龙泽 → 尹泰骏
崔殷童、申重模 → 李祖渊
李圭完、林殷明 → 韩圭稷

情报由柳赫鲁、高永锡两人负责。

接头暗语是“天”和日语的“好”。

诸大臣出入的金虎门外，申福模指挥的四十三名士兵伺机以动。若亲清派的闵台镐、闵泳穆、赵宁夏等得知失火，驰奔昌德宫，则在此杀之。

放火后，以爆炸为信号，日本兵出动。对此，日方要求朝鲜国王的亲笔信函：日本公使来卫朕。

“不过，国王的手书不能事先就写。起事之日请国王陛下做好准备就是。”金玉均欣然应诺。

这次武装政变是以“放火”为中心，遇雨则顺延一日。

据袁世凯弟子所著《容庵弟子记》中记述，武装政变前两日即12月2日，亲日派的洪英植、朴泳孝、金玉均、徐光范等人，邀清军三将袁世凯、吴兆有、张光前共进晚餐，阴谋席间行刺。吴兆有与张光前两人发觉气氛异常，不肯出席。

袁世凯说："如果我也谢绝，他们会认为我们全是胆小鬼。"

于是他内着锁子甲，应邀赴宴。

"请允许我先喝一杯。"入席之后，他举杯一饮而下，然后说，"今天有公事，不能同诸君开怀畅饮，实在遗憾，告辞！"

说完，抓起朴泳孝的手，退席而去。

《容庵弟子记》中有云："党众相顾失色，谋未得逞。"称赞袁世凯大胆、沉着。可是，武装政变迫在眉睫，是不应有谋杀清军三将的矛盾行动的，究竟是门生杜撰，抑或袁世凯信口吹嘘，就不得而知了。

根据金玉均的日记，12月2日夜晚，武装政变者在徐载昌家饮酒，然后，金玉均又邀他们到自己家里再饮，"天明而散"。日记中未见"邀请清军三将"字样。

事实是，12月2日夜里，竹添命人从日军驻地泥岘，偷偷把弹药运进公使馆。士兵装扮成工人模样，好像在搬运公使馆的东西。

终于到了12月4日，天晴无雨，武装政变就要在这天夜里发动。

"要跟平时一样，不动声色。一定要慎之又慎！"金玉均叮嘱每个人。

朴泳孝去竹添公使那里说："按原计划进行，请多关照。"

竹添公使微笑着答道："请不必挂念。"

午后四时，金玉均去典洞的邮政局，观察宴会的准备情况。东道主洪英植已经在现场指挥行动。

"客人们的情况如何？"金玉均问道。

"竹添托病，通知不能与会。德国领事也因病不来。其他内外要人大都出席。还有，尹泰骏在宫中值宿，不能出席。"洪英植答道。

"尹泰骏无足轻重。"

金玉均说完，暂时撤离。

武装政变的主要人员全在金玉均的邻居徐载弼家待机。金玉均又把武装政变的详细计划向他们说了一遍。

"天怎么还不黑！"李寅钟的一个年轻部下说，叹了一口气。

【第六章】

举　火

1

庆祝汉城邮政局落成的酒宴，晚上七时开始。围着长桌就座的，有国内外人士十八人，其中有日本的岛村书记官与川上通词，美国公使与书记官，英国总领事亚斯顿，中国领事陈树棠与书记官谭颂尧。穆麟德也来参加。袁世凯等驻军首脑全部缺席。外国人总共是八人，其余十人为朝鲜高级官员。

邮局总裁洪英植坐在长桌横头，与他相对的另一端坐的是朴泳孝。督办金宏集坐在洪英植身旁。

朝鲜军队的核心人物——四营统帅之中，前营使韩圭稷、右营使闵泳翊、左营使李祖渊出席。按金玉均的武装政变计划，这三人全在诛杀之列。

入席之前，金玉均到厨房关照厨师："今晚外国客人多，他们在席上有慢慢交谈的习惯，所以不要急于上菜，最好慢些！"这是因为预定在八时半至九时之间举事，如果在此之前宴会结束了，对政变不利。

金玉均坐在岛村与川上之间，正对着李祖渊。李的左右是穆麟德和申乐均。川上是翻译，但一般的谈话，金玉均可以不用翻译。

"阁下明白'天'吗？"金玉均有意使用暗语，从容不迫。

"'好'，'好'。"邻座的岛村书记官微笑着回答暗语。

酒宴正酣，邮政局仆役来到金玉均跟前，小声说："外面有人说有急事求见。"

"急事？从何处来？"

"说是从红岘（金玉均家在红岘）来的。"

“噢？……见他！”

金玉均站起来，往左扫了一眼。岛村坐在那里，面露牵挂之意。

出席宴会的，除了参与政变者，自然都开怀畅饮。唯有清廷领事陈树棠，控制酒量，留心观察着周围的情况。来此之前，袁世凯曾告诉他：“今晚的酒宴有些可疑，请你细心观察，如有变故，立刻通知我！”

袁世凯凭着他的政治嗅觉，预感到将有变故。他深知，朝鲜政界正处于一触即发的状况之下。他在练兵中从一些友人那里探听到许多情报，分析整理之后，得出一个判断：武装政变近在眼前。这种政治嗅觉是他的特殊才能。

金玉均摆出一副悠然自得的样子，其实他紧张得要命。岛村也有点儿坐不安席。

陈树棠看得一清二楚。这并不是因为他比在场的其他人敏感，而是只有他集中精力观察的缘故。

金玉均却没有留意陈树棠。他离席走出新建的邮政局大门，心腹朴斋纲正惴惴不安地等着他。

“出了什么事？”金玉均问。

“在别宫放不成火啦！怎么办？”朴斋纲气喘吁吁地说道。

为什么在别宫放不成火，金玉均无暇询问。

“别宫不成，就在别处！找些易燃的茅草房，快点儿，快！”

金玉均焦虑万状，又不便大声呵斥。放火是号令，用以指示军队行动。放火地点选在别宫，那里不行，就改在其他适当的地方嘛，这样的小事，何必跑来请示……

他尽量保持着镇静，不露声色，然而，回到餐厅时脸色还是显得铁青，至少在留心观察他的陈树棠眼里是这样的。陈树棠还看到岛村的表情比金玉均更严肃。但其他人并不关心金玉均的进出，酒宴依然进行着。

“出了什么意外？”岛村不放心地问道。

“不，放火的事。”金玉均用日语回答。除了他和日本人，在座的其他人都不懂日语，他压低嗓音说：“预定的地点放火有困难。”

“那，那么……”岛村大惊失色。

“换个地方就行了嘛，这么点儿小事，不必担心。”

“当然，当然。不过……”

岛村伸手去拿桌上的玻璃酒杯，手指尖显然在颤抖。陈树棠看见了之后，跟对面的闵泳翊说：“宴会拖得太长了，咱们一同退席吧，我送你回府。”

谭颂尧用不甚高明的朝鲜语把话翻译了。

“谢谢。我并不累，而且，今天是我们设宴，岂能……”闵泳翊友善地笑道。

不一会儿，金玉均又坐立不安了。朴斋䌹走了半个多小时，火光该在某处升起来了，可现在却毫无动静，让时间白白流过。这些人究竟在干什么？

金玉均再也忍耐不住，离开座位，走出房间，装作去茅厕。来到走廊上，他愤愤地骂了一句。

金玉均出了正门，向四周张望，只见柳赫鲁跑过来。

“在别宫没搞成，来了一大群巡捕，好险，好险！……大伙说，干脆闯进邮政局，把那四五个人宰了算啦！”柳赫鲁上气不接下气地说道。

“这里有外国公使。可能的话，就在这附近点着吧……要小心巡捕。”

金玉均三言两语指示完，急忙返回宴席，要不然时间长了别人会怀疑。

“我想该上茶了……”仿佛他离席是去关照上茶的事，其实，不用关照也该上茶点了。

闵泳翊紧皱眉头，邮政局总裁是洪英植，在这个宴席上，金玉均是不该跑到厨房要东要西的。金玉均是个用心周到的人，似乎同平时不大一样，难道有什么事？

金玉均在日记中说他已发觉闵泳翊“颇有疑忌之色”，又说岛村已经不再掩饰不安的表情。

仆役端来茶点，正往条桌上摆放时，外面响起喊叫声：“失火啦，失火啦！”

在场的人们一齐站了起来，不论懂不懂朝鲜语，所有的人都意识到有了“异常”情况。

金玉均打开北侧窗户，火光正从那个方向升起。人们不由自主地各自行动。头一个从房间里跑出去的就是右营使闵泳翊，他的行动过于迅速，谁都没有注意。

2

“那一带有前营兵卒，我去叫他们，必须赶快把火扑灭……”

前营使韩圭稷说完，朝房门奔去。正在这时，浑身是血的闵泳翊挣扎进来，一头栽倒在地。

“火速去报告袁司马，快！”

陈树棠催促谭书记马上逃出这极其混乱的现场。

袁世凯虽有正式官名，却更喜欢别人用军官的古典称号“司马”来称呼他。

金玉均等人计划，在邮政局宴会时放火制造骚动，这样就证明他们不在犯罪现场，然后再进行下一步。对参加宴会的那三个人，如果当场杀掉，未免太露骨，起码要让他们离开邮政局，在远一点儿的地方动手。假如不得机会，那就等他们进宫时再一网打尽。

据金玉均的日记，闵泳翊是日本人刺杀的。这次政变是亲日派策划的，所以有很多日本人参加，甚至暗语也使用了日语。日本人求功心切，见那个该杀的人摇摇摆摆走出来，不问青红皂白就下了手。

邮政局里面的人惊恐万状，都跑出门外。金玉均则镇定自若，因为这一切是他导演的，虽有小小变动，但随即做了调整部署。他头脑里不断盘算着，态度很冷静。

别宫放火未成，那伙人转到邮政局一带待机。金玉均找到李寅钟和徐载弼两人，命令道：“率他们去景佑门外，在那里等待。日本人暂时隐藏到我家后院。”

然后，金玉均赴日本公使馆。他的日记上写道：“为探其气色。”

别宫放火未成，日本会不会以此为借口，撒手不管了？他要窥探一下动静。其实，他的本意是要用政变之前走访日本公使馆这一事实，把日本同自己拴在一起，让它想躲也躲不掉。

岛村已从邮政局返回使馆。刚才英国总领事亚斯顿也来日本使馆，请借卫兵，以防不测。日方派了两名卫兵送他回去。外边虽暗，但亚斯顿很可能已经看见金玉均来访日本公使馆。岛村一见金玉均，猛然大声吼道：“你们为什么不到宫中去？来这里有什么用！”

他也察觉到金玉均来访的目的是想确认一下双方休戚与共的关系。

“好，我这趟没有白来，看看阁下的脸色就知道日本方面的决心并没变，我放心了。”

金玉均微微一笑，离开日本使馆。申福模所指挥的四十人，分散在各处的黑暗角落里。

宫中把昌德宫西门叫作“金虎门”。从方位上说，西方是白色，本应叫白虎门，然而，汉城的王公贵族却习惯叫它金虎门。进宫参见的大臣们，按制必须从金虎门出入。

按原来的计划，在别宫放火后，诸大臣必然进宫给国王问安，那时埋伏在金虎门，等闵台镐、闵泳穆、赵宁夏三人一到，就起而杀之。但现在火警在邮政局附近，距王宫不远，忠于国王之臣必然驰来保驾，在此埋伏，不如先进宫去。于是，金玉均叫守门军士开门。他认为，时值混乱，拥戴国王是有利的。他恨不得一步跨到国王身边。

“不经政院批准，不能开门。”守门军卒答道。

“是我！我是金玉均！城里出事了，要紧急晋见，快开门！”金玉均大声喊叫。实际上，金虎门的守将正是金玉均的同党。

“紧急时可以不经政院批准，开门！”守将向部下命令道。

金玉均、金凤均、李锡伊等人从金虎门鱼贯而入。宫里静悄悄的。当天是阴历十月十七日，月明如昼，只有巡逻军卒的脚步声不断传来。仁政殿底下，早就埋好了炸药。

“把炸药挖出来，三十分钟之后引爆！”

金玉均命金凤均和李锡伊两人留在那里，自己朝协阳门走去。协阳门外有武装军士把守，再往前走，不穿朝服者按制禁止入内。

“站住，站住！”

军士制止金玉均，因为他身着平常衣服。情况紧迫，即使身穿朝服，恐怕也要被拦阻。

“难道你们不知道外面出了事吗？喊什么！”

金玉均大声呵斥着，脚不停步。他既是熟悉的重臣，又像有紧急情况，谁也没法儿拦他。

“究竟外面出了什么事？”

军士们只能这么问一句。金玉均毫不理睬，一个劲儿往前走。阎门之外，有前营的尹景完率领五十名部下等着。尹景完是金玉均所信任的尹景纯的胞弟。

阎门是国王寝宫之门。金玉均一进门，宦官边树迎了出来，告诉他：“国王已经就寝。”其他宦官也纷纷出来，看见金玉均没穿朝见礼服，窃窃耳语。

“这真是历代未闻之事！”

“这种事从前有过吗？”

“不，哪里有过。”

“世道衰微。”

其中有一个叫柳在权的宦官，是国王最宠信的人，因为怕他在“维新”政变后成为阻力，所以刺杀的名单中也有他的名字。

“怎么了？你们这些宦官！”金玉均大声吼道，“现在国家正处于危急之中，为什么慢吞吞的，还不去唤醒国王！”金玉均的声音太高，把国王惊醒了。

“快进来！究竟发生了什么事？”

国王的声音很高，几乎不用转达就直接传到金玉均的耳里。也许是因为这里太静了。

金玉均、朴泳孝、徐光范三人一齐走进国王寝宫。他们说，邮政局附近的怪火绝非一般，国王应暂避一时，转移他处。

王妃问道：“这究竟是清廷搞的，还是日本人搞的？”

当然他们不能说是自己干的。金玉均正踌躇间，突然，“轰”的一声巨响，原来是一个宫女在通明殿点着了装在竹筒里的火药。她是政变的参与者，按计划行事。不出所料，王宫里顿时大乱。

“请安静！尹景完带领一小队军士正等在外面。”金玉均说道。

“可是，那伙人可靠吗？”国王喃喃地说。保卫国王的近卫军不被国王信赖，未免太难堪了。

“那么，干脆求日军前来护驾，以保万全。”

国王听了金玉均的话，点头允许。闵妃从旁说道：“要求日军护卫倒是可以，但是，清军怎么办呢？”

现在是两国驻兵，在紧急时刻，要求一方护卫，而对另一方不声不响，这会成为问题。闵妃的插言不无道理。

金玉均以日本做靠山，为建立一个亲日政权才发动了这次政变，是绝不愿意清兵出动的。不过，闵妃的“正确意见”也不能不听。

“是的，那是当然，为了不偏不倚，也应向清军求援。那么，赶快派使者……”

金玉均唤来两名使者。派往日本公使馆的是宦官柳在权；派往清军的，金玉均的日记上只记着“某君”，隐匿其名。金玉均对“某君”说的话，日记上写道：“装作去清营，绝对不许真去！”

3

“请陛下亲笔下诏。”

金玉均拿出一支铅笔来，朴泳孝递给国王一张白纸，国王便在去往曜金门的路上写下了七个字：“日本公使来卫朕。”

这七个字就成为日军出兵的根据。

国王暂避景佑宫。后门从里边落了锁，无法打开，年轻的尹景完翻墙而入，砸坏锁头，开了门。

这时，听说异变，诸重臣依次前来请安。最先来到的，当然是值宿将官尹泰骏和沈相薰等人，韩圭稷也来了，他衣服已经换过，显然不是从邮政局径直来的。他穿了一身兵卒服装，很可能是害怕暗杀，借此掩盖身份。

去日本公使馆的柳在权很快就回来了，报告说：“外边没有任何异变，火警已消，同平时一样……”

“这到底是怎么回事？说是异变、异变，却只有宫中乱哄哄的。乱贼在哪里？都干了些什么？金玉均，你清清楚楚说一下！”闵妃质问道。

她觉得事情不大对头。

金玉均正苦于回答时，“轰轰”两声巨响从仁政殿方向传过来。这是金凤均和李锡伊两人按原定计划点着了炸药。如果没有这两声巨响，真的会使人想不到“异变”了。

仁政殿的爆炸声把金玉均从困境中拯救出来。

“又传来了爆炸声，肯定有乱党。在什么地方，做了什么，应由三营的人去查明！”金玉均答道。

然后，他转过身来，看到那里站着身穿军卒服装的前营司令官韩圭稷。

“你这是怎么啦？身为前营之将，在此变乱之际，不率军抵抗，却一个人悄悄地躲到这里来！你这种打扮，成何体统？想惊动圣驾吗？”

金玉均盛气凌人。武装政变已经是成功在望，在新政权中，他是最高的实权者。新政权的要人名单早已拟就，他打算站在不显眼的位置上，随意驱使议政（宰相）按照他的意见行事。他要在幕后号令天下。

“你这个鼠辈！”金玉均气势越来越凶，狠狠瞪着宦官柳在权，“不明天下大势，竟似妇人小儿一般，散布流言蜚语，小心砍掉你的脑袋！”

来到景佑宫正殿时，朴泳孝和竹添进一郎率领日本兵也到了。

“于是我心始定。”金玉均在日记上用汉文这样写道。看见日本军来到，他才放了心。尽管政变已有成功把握，但仍然担心日本是否出兵，仿佛登上二楼，心里却担忧会不会有人给撤掉梯子。金玉均挺起胸膛来。

国王和王妃步入正殿，金玉均和竹添进一郎侍卫左右。日本军队警戒大门内外，隔断交通。金玉均的政变队伍又围了个铁桶一般。并派心腹武监十余人到景佑门外，应付闻变而来的人。来人不论是谁，经许可后方得入内。参加邮政局宴会的洪英植和李祖渊等人也来到了。

金玉均观察着亲清派的动态。他们一直在窃窃私语，声音虽小却也听得见。

“怎么只请日本兵，不请清兵？没有办法跟清军联系吗？”

不管你们怎么计议，已经来不及了。金玉均暗自冷笑。他要将亲清派要人一网打尽，他们想活着出宫已是不可能了。

朴泳孝向尹泰骏、李祖渊、韩圭稷三营司令官发难：“在这次变乱中，日本公使率兵前来，承担了护卫之责，而身为三营司令官的你们，为什么不率兵保驾，反而只身前来，在此窃窃私语？究竟谈些什么？”

“我是值宿官，因为值宿，所以径直来了。那好，我立即去领兵来。”

性急的尹泰骏转身跑向小中门。小中门外正有刺客埋伏着，那就是李圭完和尹景纯。朴泳孝的讥刺，使尹泰骏火冒三丈，没留意身边情况。离宫殿已远，两个刺客从左右两侧蹿出来，猛刺尹泰骏。他惨叫一声，倒了下去。除了政变的参与者，殿内无人知晓。

这时，李祖渊和韩圭稷正指着金玉均的鼻子，说：“变乱，变乱，到底变乱在哪里？你指给我们看看！不过是两二个花炮的声音嘛！为此就转移圣驾，找来日本兵，不是小题大做、惊慌失措吗？”

李祖渊越说越兴奋。

“分明是有人阴谋策划。火警在邮政局附近，从那时起，我就感到情况可疑。宫中哪里起火了？哪里也没烧着。我若带领左营兵跑来救援，岂不给人以笑柄……不用说，这是为了把日军引进宫来的阴谋。我要奏明圣上，向圣上……”他要晋见国王，然而，徐载弼把剑一横，挡住了他的去路。

“上面有令，任何人不得随意进殿！”

朴应学、郑行征、林殷明等精悍的士官生，也握剑逼近李祖渊。

“算了！”韩圭稷扯着李祖渊的袖子说，“同这些人说多少也无用，不如先回去，一会儿再来。”

“说的也是。”李祖渊认输了。

他们打算以后再来，可是，一迈出大门，他们就明白再也回不来了。刺客正握刀等在那里。除了黄龙泽和高永锡之外，李圭完和尹景纯也来了。

左营使李祖渊和前营使韩圭稷还没有醒过酒来，便鲜血淋淋地离开了人世。

左赞成闵泳穆来了，李圭完和高永锡从左右夹着他走进宫内。

“为什么搞得这么森严？”

对闵泳穆的问话，两人不作回答。他们在考虑什么时候拔刀杀人，根本没听进耳朵里。

“噢，日本兵……”

闵泳穆嘟囔了一句，而李、高二人仍不作声。突然，两个人同时转过身来，黑暗里刀光一闪，闵泳穆便在日本兵的队列前倒下。因为在日本兵面前行事，两个刺客想显示一下熟练手法，略略有点儿紧张。

接着判书赵宁夏来了，知中枢府事闵台镐也来了，都遭到相同的命运。

“原来什么事也没发生，赶快回宫吧！”闵妃说道。她还不知道族人闵台镐、闵泳穆等已经被杀。刺客们挥刀杀人之处，在宫内是看不见的。

正殿里，宦官、宫女数百人齐集一处，乱糟糟的。

“真的发生了变乱吗？”

“太奇怪啦！”

“快点儿回宫吧！”

宦官和宫女们的喧哗会破坏即将开始的维新大业的紧张气氛。金玉均在日记中说，破坏这个气氛，可能出自闵妃的策略，这种推测未免有点儿过分，总之，宦官和宫女们觉得有闵妃在，有恃无恐，根本不把重臣放在眼里。

我有办法让他们闭上嘴！金玉均撇了撇嘴，命令徐载弼：“把柳在权弄到这里来！”

不多时，柳在权被绑来了，果然，嘈杂声戛然而止。

“柳在权在宫里安置炸药，谋害圣上，是大逆不道的乱臣贼子，斩首示众。”

金玉均并未特别提高嗓音，但宫内静得毫无声息，他的话显得非常响亮。

柳在权没法儿抗议和申辩，连平常最信任他的国王，对处刑也难以插嘴。

可怜的柳在权在众人面前被杀掉了。

“无事者马上退出，现在要研究国家大事了！”金玉均赶走了在这里叫嚣的宦官和宫女们。

金玉均口称“研究”，其实，重要人事名单早已拟妥，只等国王承认。

4

从邮政局逃出去的陈树棠，立刻向袁世凯做了报告：金玉均和岛村之间有某种默契，说不定这是一场亲日派策划的武装政变，日本方面好像也担当着一定的角色。

陈树棠的观察大体上是正确的。

袁世凯率领二百名部下，急驰邮政局附近，然而，那里已阒无一人。身受重伤的闵泳翊被穆麟德抬到家里去了。袁世凯又奔往穆麟德家。

“不许入内！”穆麟德的私邸门前，一个年轻的中国人端着枪，挡住袁世凯。

“噢？为什么不让进？”袁世凯笑呵呵地问这个比自己小一两岁的青年。

“我受命不让任何人进去！”这青年有着寸步不让的勇猛劲儿。

“啊……”袁世凯想起自己还带着二百多人，这么多人，谁见了也会害怕的。他命令部下退后，然后自己向青年走近一步，说道：“前来慰问，实无他意。这里有个人受了重伤吧？他叫闵泳翊，是我的好友，来看朋友也不行吗？”

“若是一个人倒还可以，请通报姓名。”

“啊，恕我失礼，我叫袁世凯，官职会办朝鲜防务。阁下是……”

“我叫唐绍仪，担任财政顾问穆麟德的助手，刚来这里不久。”

“啊啊，原来是唐绍仪先生，久仰，久仰。”

袁世凯早就听说过，有个叫唐绍仪的广东人，美国留学生出身，不久以前作为穆麟德的助手来朝鲜任职。

“不敢当，请。”说着，唐绍仪打开门。

这就是袁世凯同唐绍仪的初次见面。唐绍仪曾求学于美国哥伦比亚大学，为李鸿章所赏识。穆麟德本人也是仰仗李鸿章鼻息，由于乱铸铜钱，在朝鲜名声很坏。为了加强力量，特意派来唐绍仪。

袁世凯入内看望闵泳翊。他伤到了骨头，但还可以保住性命。一位美国医生为他治疗。

从穆麟德私邸出来，袁世凯又同唐绍仪亲切握手。当时，握手在中国人之间还是一种新的礼节。

袁世凯感到对方的手上充满热情。

这个青年人，说不定把我当成了竞争对手。袁世凯苦笑了。

这时，袁世凯和唐绍仪的身份相差悬殊。袁世凯有着与提督相等的职权，而唐绍仪只不过是外国顾问的助手，无官无职。

“我不是翻译，是协助财政经济事宜的。”临别时，唐绍仪特意说。

“知道，知道。”

袁世凯急忙从唐绍仪的热情中逃脱了。不知为什么，他有点儿受不了，并预感到今后也会受他的纠缠。

袁世凯是 1859 年生人，唐绍仪是 1861 年生，年龄只差两岁。此后，在李鸿章门下，唐绍仪总是以袁世凯为竞争对手，而这让袁世凯觉得不是滋味。

袁世凯马上回营地。从第二天早晨起，他不断接到有关朝鲜宫廷内的情报。在搜集情报方面，可以说袁世凯具有天赋。

“杀得可真不少啊……”

袁世凯看了在景佑宫被杀的亲清派要人名单，叹了一口气。但他立刻又收起叹息，顺手拿起另一张名单。转换之快，可能也是他的才能之一。这是新政权的要人名单。袁世凯在几个人名之下，用朱笔画了圈儿。

领议政　李载元○
左议政　洪英植
前后营使兼左捕将　朴泳孝
左右营使兼右捕将　徐光范
左赞成兼左右参赞　李载冕○
史曹判书　申箕善
礼曹判书　金允植
兵曹判书　李载完○
刑曹判书　尹雄烈
工曹判书　洪淯馨○
汉城判尹　金宏集
判义禁　赵敬忱○
户曹参判　金玉均
兵曹参判兼正领官　徐载弼
兵曹参议　金文弦○
水原留守　李熙善
平安监司　李载纯○
说书　赵汉国○
洗马　李竣镕○

画了圈儿的，他认为不是“亲日派”。其中，李载冕是大院君的嗣子，李竣镕是李载冕的儿子，赵汉国是大院君的外孙。

袁世凯从这份名单中看出两个问题：

第一，光靠亲日派组成政权，无法维持下去。两年前的“壬午军乱”，是大院君想把闵妃一伙亲日派排斥出去，而这次是亲日派要把闵妃一伙旧势力——亲清派排斥出去，勾结了大院君方面的人员。

第二，对大院君的评议极高。这可能是因为他被押在清朝，所以得到同情。人们同情弱者，而且，常常美化不在眼前的人。

“若是大院君在的话……”

不论什么事，都能听到这样的叹息。这时候的大院君，成了朝鲜人心目中的英雄。

“有这么高评价的大院君，清政府总是关着不放，实在是失策。”

袁世凯嘴里咕哝着，轻轻地摇了摇头。

【第七章】

崩 溃

1

武装政变的次日，新政权的首领们派遣宦官边树到驻在汉城的各国使节处，通告新政权成立。美国驻朝鲜的是公使，英、德两国的是总领事。

美国公使和英、德两国总领事立刻往景佑宫晋谒国王。政变集团派给外国使节各三十名士兵，担当护卫。这是上午八时的事。日本竹添公使同政变集团有密切关系，已在景佑宫里，自当别论。对清政府方面，则不做任何通知，因为这次武装政变从一开始就是反清的。以金玉均为首的政变首脑同日本一样，是以从朝鲜排除清政府势力为目的的。

据金玉均的日记记载，美国公使向他表示友好，而英国总领事并非如此。

景佑宫很窄小，众人集中在这里，显得拥挤。特别是闵妃，更为不满。于是决定迁至景佑宫南面的李载元私邸，这里比景佑宫宽敞得多。

闵妃仍不断地要求金玉均返回大阙（昌德宫）。

“请等一等。”金玉均说，实际上是拒绝。像这样明目张胆的反清活动，清政府岂能就此罢休。金玉均决心一战，而昌德宫过于宽大，难以防守，若在景佑宫或李载元私邸，人数虽少，亦可坚守。

这期间，竹添公使对朝鲜国王进行游说，从世界大势一直说到人事问题，譬如：“陛下知道吗？朝鲜军队可以说前营最好，比其他各营都精锐。前营是朴泳孝训练和培养的，但他以前却未担任军职，为什么？为什么不用有才干的人呢？”

竹添公使刚刚说服国王，闵妃又传唤他，又是迁回昌德宫的事。

“商议一下试试……”他含糊其词地应付了一句。

回到国王那里，国王又被母后催促返回昌德宫。国王只得向竹添苦苦哀求：“无论如何也请设法。”

“现在清军的动向不明，总之，先命人侦察一下昌德宫的情况再定。”

竹添派村上大尉前去侦察，看看若清军来攻，昌德宫的地形之利和李载元宅邸相比，有多大差别。不多时，村上大尉归来，报告说：“迁回昌德宫也不要紧，我很了解敌人。”

除了地利，他也考虑了敌人的战斗力。不过，对清军力量的估计似乎是低了一些。

“那么好吧，我让女人们纠缠得简直受不了。”竹添公使终于答应了迁回昌德宫。

听到这个消息，金玉均大惊，对竹添说：“阁下不该这么随意地决定问题。据景佑宫之地利，观察清军之动向，这是最初的计划。迁到这里，已是做了最大让步，岂能再迁回昌德宫……”

“防守的事，用不着担心。已经跟国王说了，就不要再多言。”竹添说道。

这次政变是以日本的军事力量为靠山，所以，特别是在军事方面，日本方面握着主动权。正因如此，竹添才敢于任意改变计划，并不同金玉均等朝鲜领导人磋商。

能够返回昌德宫，国王李熙高兴极了。

按照原来的计划，是把国王迁到江华岛，因竹添反对而未能实现。可见，政变集团是看日本方面的眼色行事的。金玉均虽然很懊恼，但也无计可施。

迁回昌德宫后，防守部署与在景佑宫时基本相同：内卫是政变的核心人员，中卫是日本兵，外卫是朝鲜四营军队。

在发表新政权人事的同时，讨论了“革新传教”，即政变后新政权的革新政治纲领，第一条是：“大院君不日陪还事，朝贡虚礼议行废止。”

所谓废除朝贡之虚礼，意味着不承认清政府的宗主权。

为了朝鲜的独立，废除属国的屈辱的朝贡仪式，对朝鲜民族来说，是一条正确的路线。然而，金玉均等人一方面采取正确路线，另一方面却踏上错误路线。武装政变借用日本的力量，这究竟意味着什么？他们的认识过于天真了。二十六年后，朝鲜被日本吞并，就是其结果。

另外，可以看出，政变者得不到大院君一派的合作，不但不能铲除闵妃一派，甚至连维持日常行政事务也有困难。

“革新传教”的第二条是：“闭止门阀，以制人民平等之权。以人择官，勿以官择人事。”

朝鲜政界向来是门阀第一主义。如不属于权门贵族，则无望飞黄腾达。革新就是要停止这种门阀之见。并且，要依法制定人民平等之权利，等等。这些都是资产阶级革新运动共通的标志。

国内财政统由“户曹”管辖，把以前分散的集中起来。金玉均任户曹参判，想把国家财政大权掌握在手。

此外，作为治安对策，设巡查制度，可能是日本制度的翻版。军事方面，以前的四营你东我西，随便行动，这回予以统一，并设置近卫军。

“革新传教”还附有行政简化方案，除了政府六曹，其他多余的官员一律废黜。

所谓六曹，即中国古制的行政部门六部，在朝鲜是吏、户、礼、兵、刑、工。吏曹掌管官吏之任命，类似日本的内务省。户曹掌管财政，相当于日本的大藏省。礼曹掌管同外国的交往与教育，相当于日本的外务省和文部省。兵曹即国防省，刑曹即法务省，工曹相当于建设省。

曹的长官称判书，次官称参判。

值得注意的是，这次政变的最高领导者金玉均竟然甘居户曹参判即财政次官。不过，六曹之中的五曹都有长官（判书），唯有户曹是空位，所以金玉均是个没有顶头上司的次官。

看来金玉均企图在比较自由的立场上，甚至是在暗地里，以实力者的身份来左右朝鲜的政治。

这天，清政府方面的领导人开了几次碰头会，主要讨论袁世凯从各种渠道收集来的情报。应当采取什么态度呢？

作为宗主国，驻扎在朝鲜的清军应当去保护国王。对于这一点，原则上众人趋于一致。但是，朝鲜国王没表示求援的意思，擅自采取军事行动，恐怕会与日本正面冲突。吴兆有和陈树棠以这种理由主张慎重从事。

朝鲜要人金允植和南廷哲两人，要求清军“无论如何要设法救出国王”。

金允植在新政权中被任命为礼曹判书。新政府人选是政变发动者拟定的，一些人拒绝任职，例如，急进开化派人士尹雄烈拒绝就任刑曹判书。金允植也拒绝了亲日派政变集团给他的职位。

清军首领们终于做出如下决定：同各国使节协商，要求日军从王宫退出。惩办挟持国王、戮杀六大臣的乱党，如果日军不撤，则率兵入宫保护国王。

政变集团将宫中各门紧闭，暂时隔断同外界的交通。这样一来，袁世凯的情报网某种程度上也发挥不了作用了。

这种状态下，自然是谣言四起。

“日本援军马上就到。”这种谣言，到处流传，是亲日派故意散布的。

“废黜现国王，拥立新王……”这种谣传倒是有识之士暗暗思考的问题。政变集团中也有人认为如不彻底解决这个问题，政变将半途而废。

清政府方面，袁世凯是最强硬的主战论者，这一点，汉城的外交界非常清楚。

英、美、德三国外交使节担心袁世凯搞小动作，通过陈树棠传话，希望清军自重。

袁世凯年轻气盛，轻蔑地笑笑，说道：“我国应当采取什么方针，用不着外国人一一指教。”

他给旅顺的叔父袁保龄写信，让他“立刻派来军舰”。

袁保龄是袁世凯父亲的堂弟，当时任直隶候补道，在旅顺负责海防事宜。

袁世凯又同吴兆有等军事首领联名，请直隶总督李鸿章派兵前来。

袁世凯说：“为最坏的事态做准备，不正是我们的任务吗？”

武装政变的次日，即 12 月 5 日，就这样过去了。

2

政变的第三天，12 月 6 日早晨。

金玉均致函袁世凯，大意是责备昨天清兵妨碍了宣仁门的封锁，出言极为强硬。

原来，昨天在宣仁门，清军妨碍封锁，就任为前后营使兼左捕将的第三号头领朴泳孝大发雷霆，要与清军较量，经竹添和金玉均好言劝慰，才平息下来。

“即使锁上大门，从外面进攻也能把门砸碎，最重要的是加强戒备。”金玉均说。

然而，总得抗议一下才行。给袁世凯写信之后，金玉均以户曹参判的身份，检查了财政和兵器库存量。

使他大为惊异的是，步枪都生了锈，可能是演习时被雨淋湿却没有擦拭的缘故。锈得几乎压不进子弹。

“这可是大事，赶快擦！”金玉均命令道。

不久，竹添公使来到，说：“日本兵久驻宫中，恐遭物议，我想让他们今天撤出。”

“这可不行！”

金玉均不禁大声喊起来，他刚刚看过生了锈的枪支，一旦清军来攻，将不能还击一枪。他苦苦哀求。

“原来如此……”竹添苦笑了。

“三天，再驻守三天。有三天，枪支就能拆卸擦洗完，新政权的基础也就巩固了，然后，日本兵撤去，只留十名士官，当训练教官。”

“这些事要同村上大尉商量。”竹添让步了。

金玉均又提出借款问题。

“需要多少钱？”竹添问道。

“五百万美元。其中三百万美元是现在就迫切需要的。”

“五百万美元……急需三百万？”

“贵国一下子拿不出这么多钱吧？我打算同英、美诸国也商量一下。”

金玉均提出英、美两国，用以牵制。

“阁下到我国考察过，对我国的实力却似乎估计过低。”竹添挺起胸膛，“三百万美元，随时拿得出来，放心好啦！”

这时，清军派来一名士官，要谒见国王。

“不行！”金玉均大叫，“吴兆有、袁世凯、张光前他们来了倒可以引见，一个无名小卒，岂有此理！”

“那怎么办？”来通报的士官问道。

“领他去见两位议政！”

领议政李载元和左议政洪英植代替国王接见了清军使者。他是来为提督吴兆有送信的。内容是简单的慰问：

大王殿下：昨晚闻受虚惊，今幸大王洪福，京城内外平静如常。务乞放心。敝军三营亦托庇无事，一并声明……

这封信虽然充满了讥讽，但毕竟是慰问，必须回复。由朴泳教执笔复函，交使者带回。

这时，盛传闵妃已死，九岁庶子登极。国王是死是废，令人猜疑。

袁世凯向李鸿章呈文：

人心日益汹汹，军民结众数十万，将入宫尽杀倭奴……

又呈文：

若日兵劫王东去，另立新王，则虽在此保护弹压，既失一国，又失一君，咎孰大乎？

袁世凯感到事态紧急。

形式上清军必须有朝鲜方面的要求才能动用武力，但国王此时落在政变集团掌握之中，无法写字据。于是，袁世凯致函右议政沈舜泽：“请阁下代表朝鲜政府，写一封要求清军驻军出兵的信件。”

沈舜泽立刻送来一信：

本月十七日（阴历）夜，奸臣金玉均等托言宫中有乱，密召日本公使竹添进一郎带兵入卫，逼王移宫，禁止出入，内外隔绝，至今三日，声息莫通。今闻杀大臣六人，中官一人。我王囚辱万端，祸犹未测。在外臣民痛恨号泣，莫省所措。乞三营大人袁司马、吴统领、张总兵火速派兵前来保护，以见天日复明……

沈舜泽之外，户曹参判南廷哲及其他朝鲜军方官员也写来密信，要求清军出兵。

袁世凯以此为依据，准备率兵入宫，保卫国王。首先，他派使者谒见国王，但被阻挡。这个使者就是上次送信的士官，名叫周得武。

随后，袁世凯率兵前去，提出谒见国王。

金玉均传话：“袁司马谒见国王，理当可以，只是率兵前来，极不稳妥，是不能容许的。”

午后二时半，清军方面照会竹添公使：

敝军与贵部驻此，同系保护国王。昨日，朝鲜内乱，杀害大臣八九人。现王城内外军民不服，欲群举入宫，环攻贵部。弟等既恐复惊国王，又恐贵部受困，将率队进宫，一以保护国王，一以援护贵部，别无他意，务请放心……

据说，竹添拆阅之前，已经听见了炮声。

3

袁世凯的借口是：送信之后很长时间没有接到竹添公使的任何答复，不得已而开始攻击。

双方各执一词，成为后来的责任问题的争论焦点。

袁世凯亲率一队人，攻击敦化门。提督吴兆有指挥另一队，进攻宣仁门，很快就指向昌德门。

闯进王宫的不仅仅是清军。政变集团并未完全掌握朝鲜军队，所以，袁世凯在前一天向朝鲜左、右两营的官兵晓以“大义利害”，拉为盟友。当然，袁世凯的重点是放在利害方面的，他给两营各拨银六百两，约定攻击时他们全员参加。

四营朝鲜军，政变集团似乎只掌握了前营和后营。同清军共同行动的左、右两营，分别由金钟吕、申泰熙指挥。

进攻的军队很快就占领了昌庆宫到宣仁门一带，准备腹背夹攻昌德宫。

政变集团的领导们正在观物轩开会。日本军也在周围。听见炮声，宫中骚动。王妃和世子等人均逃出，及至金玉均来到昌德宫寝宫时，已经没有人了。金玉均同徐光范两人到处寻找，看见国王带领数名武监和兵卒正要登山，急忙喊回，安置在山下延庆堂暂避。这时，周围枪弹如雨，十分危险。

日军在观物轩一带应战，朝鲜前营、后营的兵士们正在拆卸、擦洗枪支，听见“敌袭”，都空着手逃了出去。

国王惊慌失措，似乎神经错乱了。政变集团的头领们集聚到后苑林中的延庆堂，日军也退下来。金玉均先将国王移到玉流泉的小亭里，然后又移至北墙门。这里恰有一支洪在义指挥的反日派朝鲜军驻守，当他们看清是日本兵时，一齐开枪射击。

“现在只有杀开一条血路，先去仁川，再议后事。”金玉均说。

“不能去仁川！到母后那里去！死也不要紧，到母后身边，才合乎礼教！”国王高声喊道。

到了仁川，登上船，说不定会被带到日本去，恐怕就一辈子也看不见母亲和妻子了。

“诸君意下如何？”竹添问道。

他知道政变已经失败了。失败的原因：第一，对朝鲜人民强烈的反日情绪估计过低；第二，对清军驻防部队的实力做了过低的评价。现在是后悔莫及。

子弹“呼呼”地飞过来。

“请陛下到仁川走一趟……”

金玉均、洪英植、朴泳孝等不肯放弃国王。三天前的武装政变，因为拥戴国王才成功了，如果在这里失掉了国王，就万事皆休。

朝鲜军的射击越来越猛烈。金玉均命令身旁的武监喊话：“国王在这里，为什么打枪？国王在这里！”

听见喊声，果然枪声稀疏了。不多时，对方也喊起话来：“我们不知道国王在此，只看见了日本兵，日本兵我们非打不可！”

这时，天黑下来，是逃脱的极好时机。

“鄙人身为公使，应诸君的要求，前来保护国王。但是，看来有我军在这里，势将危及国王，真是事与愿违，我军应当立即撤退。”竹添说道。

金玉均愕然了。他的日记用汉文记述了这时的情景：“余乃大惊，以日语疾言曰……”

他严厉地质问：“国王有七八次要出北门去关帝庙，都被我们强拉住了，这是因为你说过将始终保护。我们相信你的话。而现在要撤兵，究竟是何用意？”

金玉均确实是热切希望祖国近代化，但他依赖外国，尤其是这次“甲申政变”，更依赖得过分，以致最后被踢开，落了个满腹怨言无处诉的下场。

“不！”竹添反驳道，“我看了一下现在往这边开枪的人，不单是清兵，还有不少朝鲜人。你从这里看一看。为什么朝这边打枪？很清楚，因为这边有穿日本军服的人。有日本兵在这里，国王反倒不安全，一旦发生不幸，那就全完了。依我看不如暂时撤退，以后另想对策。”

竹添的话，金玉均完全听懂了。日本翻译浅山把它译成朝鲜语，国王听了，更急着奔北门。

大王、大妃和闵妃等人在北门外的关帝庙里，国王恨不得立刻到那里。金玉均拼命拉住他。

“关帝庙一带肯定有清军伏兵，必须当心。我们陪伴，清军肯定要动手伤人的！”

事情竟这般奇妙：忠臣在侧，主君命危！

“我不会抛弃诸君。假如亲清派统治了朝鲜，诸君生命必将发生危险……有朝一日，我们日本一定会用全力把他们打倒……随我来……找一个适当的人把国王陛下送到家人那里去。”竹添说道。

4

“我愿保驾。”洪英植自告奋勇。

“太好啦！”金玉均握紧洪英植的手。洪英植，这个政变集团的第二号人物，要陪同国王闯进敌营。

“你去，我就放心了！”金玉均用力握着对方的手，“我得逃命，但是，我将为国家竭尽全力。我在国外，你在国内，都要坚持斗争……总有一天，属于我们的日子一定会来到！”

洪英植为人温厚，善于交际。金玉均之所以放心，是因为洪英植同袁世凯的关系相当亲密。而且，邮政局事件那天，是他把血肉模糊的闵泳翊送到穆麟德私邸的。所以，他在闵氏一族的印象中应当不算坏。

然而，金玉均的希望落空了。他们曾那么残酷地杀害亲清派要人，现在想被饶过，未免太天真了。洪英植后来终于被杀。

在这次事变中，国王李熙充分暴露了他的无能、怯懦。

金玉均提议四散逃命，因为跟竹添一起行动，恐怕要“全军覆没”。在国内没有容身之处，只有亡命日本。

竹添进一郎通过翻译浅山说道：“我军不能在此停留，要马上开赴仁川。诸君不要怀疑，快点儿跟上来。”

以公使为首，日本军队撤回公使馆，已是晚上八时。

汉城的各处路口都点着篝火，日本军通过时，便有人从道旁和屋里开枪、投石头。面高中尉受了伤。到达公使馆附近时，开枪、投石更加激烈，原来公使馆有百余人据守。

坚守公使馆是不可能的，只好撤退到仁川。12 月 7 日午后二时，竹添公使烧掉一切机密文书，撤出公使馆。外面一直在不断地投石。

撤退时，安藤少尉打头阵，大西少尉紧跟其后，面高、小谷两中尉断后，村上大尉保护竹添公使。妇女、儿童居中，前后左右由馆员和士兵护卫，从西门直奔仁川。

退出以后，公使馆被火烧掉。对此，袁世凯说："日军退出时，自行放火烧掉使馆。"日方则说："暴徒放火烧掉使馆。"向朝鲜及其背后的清政府追究肇事责任。

日军撤退途中仍遭到攻击。投掷石块、开枪射击，是反日情绪高涨的朝鲜民众的无组织的散漫行动。左营军在王宫前攻击了日军，正规军的有组织的攻击只有这么一次。左营军说："那么多武装士兵通过，我们开枪是警告他们不要靠近王宫。"

竹添一行足足走了一夜。十二月上旬，汉城一带已相当寒冷，星星点点下着雪。这支妇女、儿童同行的逃难队伍，到达济物浦领事馆时，已是次日早上七时。

朝鲜国王在关帝庙同家属见面之后，吴兆有、张光前等清军将领前来迎接，暂到崇仁门外觉心寺的李景夏私邸安歇。看到清将时，国王惊慌失措，试图逃走。

竹添等人撤退后，汉城还剩下十几个日本侨民。袁世凯命令尹本贵护送他们到仁川，交给竹添。

护送日侨，袁世凯说是他采取的宽大措施。而日本方面的记载则说，是由于美国公使的要求。其中有四名士兵，是没有军队驻防的英、美公使馆从日本方面借去的。

竹添进一郎在 12 月 11 日回国。金玉均、朴泳孝、徐光范等人随同竹添来到仁川，但是，竹添对于他们逃亡日本却并不欢迎，因为这仿佛是把失败的证人领回去。竹添想拒绝，由于"千岁号"船长井上角五郎等人的周旋，金玉均等人才得以搭船逃往日本。

同一天，袁世凯派清军总兵刘朝贵和朝鲜左营哨长柳东根去东门外迎接王妃和世子还宫。到此为止，袁世凯算是基本完成了朝鲜大臣要求出兵"保护国王"的任务。

亲日派的武装政变最后以失败告终，洪英植和朴泳教两人被杀。朴泳教是逃亡日本的朴泳孝的堂兄。

其后，进行了很长时间的外交谈判，袁世凯时常被置于极其难堪的境地。但是，一个二十六岁的人能采取迅速而果敢的行动，终于使他被当作人物看待了，并成为他一生的巨大资本。

【第八章】

还 乡

1

日本公使竹添进一郎自归国到任职东京帝国大学教授为止，一直以无任所公使的待遇闲居。在朝鲜的所作所为是他的大失策，所以他从不谈论。

竹添是幕府末期三大文人之一木下韡村的得意门生，据说十八九岁时就代师讲课，是当时第一流的汉文高手。幕府末期，他出仕熊本藩。该藩的“万里号”轮船损坏，需要到中国上海修复，但当时日本闭关锁国，同中国没有建立外交关系，不能正式出洋。竹添出主意，装作遇难，漂流到上海。他被派往上海，是因为能流畅地书写汉文。

“万里号”在上海浦东船坞维修时，竹添曾写了一首汉诗：

浦东维缆落潮时，
来往帆樯如织丝。
舟子无眠夜相警，
缘江辫发半偷儿。

太平天国战争刚刚平息，上海正处于穷困之中，人心惶惶。“辫发”指中国人，意思是说有一半儿人是盗贼，夜间不得不防范。

其后，竹添或作为汉学者，或作为政府官员，数次到过中国，看到落潮时的中国，那种“半偷儿”的观念似乎是无法从头脑中抹掉的。

竹添的门生松崎鹤雄写过一篇《竹添井井翁轶事》，有如下一节：

先生任朝鲜公使失败，辞去现职，后为无任所公使，长时间闭居在家。此事曾有所闻，唯不知其失败究竟，余尝问及先生，先生答曰：“吾实不明，但被袁世凯所败。”仅此一语，不做任何辩解。余深感先生态度之坦荡，以后不复问。

竹添只说“被袁世凯所败”，其实，失败的最大原因是他过于贪功。那年，竹添四十四岁，袁世凯只不过二十六岁。

某些史家责难竹添，说他完全没有考虑在朝鲜的中、日两国军队的兵力差别。竹添之所以不把兵力差别放在眼里，是因为他想抓住中法战争这一机会，更何况他从来就有“缘江辫发半偷儿”的蔑视，自然要过低估计清朝兵力。

其后数年，竹添对朝鲜事件的沉默，恐怕与金玉均在日本的厄运有关。金玉均等人那么信赖日本，而日本竟没有彻底保护他们。当朝鲜政府要求引渡金玉均时，日本政府为难万状，一会儿把他移到小笠原的父岛，一会儿把他移到北海道的札幌。金玉均后来终被刺客诱走，在上海殒命。

袁世凯也绝非一帆风顺，他从朝鲜宫廷清除了亲日势力，得意扬扬，但逃不脱清军内部的人事倾轧。提督吴兆有比袁世凯资深年高，在这次平乱中却被袁世凯掌握了主导权，他只有听命而已。他心想：这个黄口小儿……

如果袁世凯为人谦逊，或许能避免正面冲突。但是，他极不谦逊。年轻气盛，平素已是傲气凌人，平乱有功，就更加目中无人了。

叔父袁保龄每次写信都教导他：“要谦虚、自制。”同时写信给吴兆有：“袁世凯年幼无知，或惹仁弟不快，请勿介意，善为照拂……”

被金玉均杀害的亲清派人物同袁世凯情深意厚，他觉得应当给遗族以抚恤，便下令从军饷中支付。

军饷只限用于驻防军的直接开销，即粮食、武器弹药的补充等。用来抚恤他国要人的遗族，是不妥当的。吴兆有将此事报告李鸿章。

袁世凯没有别的财源，只有先挪用，以后再“做正开销”。

然而没等他上报申请，吴兆有便揭发了。不管有何打算，被告发后就构成公私不分、账目混乱的罪名。李鸿章下令：“所借钱款，着由个人偿还。”

袁世凯只好拿出私人财产。正当趾高气扬之时，这件事给他当头一棒。

“这就是过分逞能逞强的结果”，袁世凯自己得出结论。他终于明白了。袁保龄也在信中批评他：“你此次在朝鲜的功绩，举世瞩目，竟为吴某所算，乃‘阔’字之病。”

所谓“阔”字之病，即疏忽大意，或者说警惕性不高。

“甲申政变”之后，袁世凯成了“众矢之的”，敌方、我方一齐攻击他。吴兆有的暗算不过是挑错整人，还不为重，而敌人的箭矢来势凶猛，并涂满毒药。

日本方面强调，这次两国冲突的责任在清军指挥者身上。

“壬午军乱”时，日本人死了十几人；而“甲申政变”中，矶林大尉等四十多人死亡。竹添感到，自己发动这场政变死了这么多人，责任重大，于是使劲儿往袁世凯身上推。

竹添后来对自己的门生总保持沉默，但在回国之初，却向日本朝野人士辩驳，说：“此次诸事，皆因袁世凯不善。”

日本政府派遣外务大臣井上馨为赴朝特命全权大使，同朝鲜政府开始交涉。朝鲜方面的全权代表为金宏集。

次年（1885年）1月9日，日、朝两国之间达成如下协议：

第一，朝鲜国修国书致日本国，表明谢意。

第二，为抚恤日本遇难者之遗族及受伤者，赔偿商民因抢掠所毁损之货物，由朝鲜国支付十一万元。

第三，查捕杀害矶林大尉之凶手，从重正刑。

第四，为新建日本公使馆，朝鲜提供地基、房屋，须足以容纳公馆及领事馆，并支付两万元，以充工费。

第五，日本护卫军队之营舍，应在公馆附近，按《壬午条约》第五款执行。

特派全权大使从三位勋一等伯爵　井上馨

大日本国明治十八年一月九日

特派全权大臣左议政　金宏集

大朝鲜国开国四百九十三年十一月二十四日

此协议还附有下列两款：

一、协议第二、第四条，须按日本银币计算，为期三个月，于仁川拨完。

二、第三条凶手处刑事，以立约后二十日为期。

对此，日本舆论界大喊过于宽大，表示不满。1月18日《朝野新闻》说：“汉城暴动之时，朝鲜政府未曾与其事，再则，朝鲜穷困，无赔偿能力，故不得不宽大处理。”接着又说：

以吾辈所见，我国政府向朝鲜政府要求之金额，仅为支付罹害者及公使馆新建筑所需钱款。至于因事变，我邦前后所蒙受之损害，竟未赔偿。查今日立于谈判主位者，实为中国而非朝鲜，故应向朝鲜索取适当偿金，然后再与北京进行正式谈判，使其赔偿一切损失，岂非良策乎？试看今日朝鲜条约书中，列有严惩杀害矶林大尉凶手一条，如不要求处分包围王宫、攻击我军者，将以为此条约书只不过是保全我邦同朝鲜之关系而已。

对于贫穷的朝鲜当然要给予宽大政策，但对清政府却要狠狠地勒索，要求处罚责任者。“包围王宫，攻击我军者”，意指袁世凯。袭击矶林大尉的是朝鲜民众，日本也承认这一点。

到了二月，朝鲜依约向日本派遣了谢罪使。正使为礼曹参判徐相雨，副使为德国人穆麟德。

2

清政府派出吴大澂和续昌两人到朝鲜。他们于 1885 年元旦抵达汉城，即阴历十一月十六日。两人的任务是“查办”。

袁世凯成了调查的对象。他满以为建立了功勋，万万没料到竟成了受审者，当然心中怏怏不乐。

汉城的外交界向袁世凯放了一箭：“袁世凯唆使侨居汉城的华侨杀死日本人。”这当然是为了刺激日本，假如日本同清政府敌对，以致发展到动用武力，英、美、德、法、俄各国都会有渔翁得利的机会。

对朝鲜最有影响力的是宗主国清廷和拥有驻兵权的日本，其他国家都远远落在后面。这两个国家之间的死斗，才是他们渔利的好机会，所以，他们以责难袁世凯来煽风点火、推波助澜。

《朝野新闻》曾透露过，日、朝交涉之后，下一步就是日、清谈判。然而，派到汉城的吴大澂却不同日本方面接触。

吴大澂，江苏人，进士出身，比起政治家来，他在金石学方面的业绩更为卓著。作为鉴定家、书法家，他都是一流人物。后来担任广东巡抚和湖南巡抚等要职。派来朝鲜之前，他任职吉林，也许是因为处在边防线上，清廷便认为他有外交能力，所以这次被选中。不过，他的任务已如前所述，是“查办”，即或与日本接触，也没有中央的全权委任。

吴大澂在日朝谈判中处于幕后，为朝鲜方面出谋划策，有时候其实是直接下达命令。由于他来到朝鲜，一直代表清政府独揽朝鲜大权的袁世凯等于被解除了职务。

“来了正牌货，我就靠边了。”袁世凯转动着眼珠说道。

“什么叫正牌货？”吴大澂不由得笑了。他五十一岁，袁世凯和他儿子的岁数差不多。

“就是有响当当的出身。”

袁世凯在进士出身的人面前，总有一种自卑感。何况吴大澂不仅是进士出身，而且是知名学者，就使他更加自卑了。站在这样的人面前，袁世凯觉得自己好像是冒牌货。

“不过，你干得很出色。”吴大澂说道，“另外也找不出办法来。如果要干，就得那么斩钉截铁地干一场。”

吴大澂对袁世凯的评价并不低，然而，被查办毕竟是不愉快的，况且又停止了代表清廷的职责，无怪这个年纪轻轻就掌握大权的袁世凯要抱怨了。正在这时，从家乡来了一封信，原来是养母牛氏病了。

前面已经说过，袁世凯是袁保中的第三个儿子，因为叔父袁保庆无子，就把他过继了。当然不是形式上的过继，而是正式收养为嗣子。袁保庆的妻子牛氏虽是女流，但颇有学问，既是袁世凯的养母，同时也是业师。不爱学习的袁世凯勉强能写写文章，能写一手不太难看的字，多亏了养母牛氏。

“嗯，回乡！”他叨念着，把母亲的信装进信封里。忽然，他似乎想起了什么，重新抽出信来，反复观看。这令人思念的字迹，还是那么秀丽动人。

没有变化！从字迹上感觉不出母亲有病。

“难道又是……”袁世凯怀疑起来。

十八岁时，他随同叔父袁保恒赴河南赈灾，协助公务，忽然接到牛氏病重的信，慌忙赶回项城。

牛氏身体不算健壮，但回乡一看，也并不特别危险。后来袁世凯自己推测，是因为他在叔父任地同赌徒无赖发生纠纷，本打算隐瞒，但终于被母亲知道了，于是假借重病为由，把儿子叫了回来。

这次袁世凯成了“众矢之的”。

1月11日，日、朝之间的协议签字后，井上馨便带领竹添公使等人离开汉城。第二天，在仁川祭祀战死者，下午四时乘“近江号”轮船踏上归途。这似乎是在说：没有必要久留。甚至摆出一副架势，下一个谈判对手就是清政府。

清廷同日本的谈判地点将在何处？

不在朝鲜已经是显而易见的了，井上馨离开了朝鲜，不做久留，那当然只有在日本或中国了。

袁世凯心想，很可能是在中国。

现在，清廷的外交由李鸿章一手包办，离了李鸿章什么也不能决定。而且，从目前的情况看，李鸿章不可能出洋。这一点，日本方面也很清楚。要早日谈判，非在中国不可。

下一次谈判肯定会把袁世凯的责任问题作为议题。

好吧，好汉做事好汉当！为此，也应该还乡一次，可能母亲已经发觉了，袁世凯想。

但他没有立刻呈请归国，该做的事太多了。关于自己应负的责任问题，需要搜集材料，攻击才是最好的防御。他尽一切努力，在汉城搜集足以证明日军违法行动的证据。竹添进一郎留下了许多不体面的证据，可能是因为他做梦也没想到政变会以失败而告终，毫无戒备。

“回国的话，咱们一起走吧。”听说袁世凯奏请归国，吴大澂约他同行。吴大澂在朝鲜查办的结果，似乎已判明袁世凯没有失策之处。

1 月 31 日吴大澂一行和袁世凯乘军舰回国。朝鲜兵曹判书金允植撰写了一篇《送慰亭归河南》。慰亭是袁世凯的字。开头写道：“名高人多嫉，功成众所忌。此事古今同，处世谅不易。”末尾写道：“相见知不远，努力勉王事。”

金允植预想不久的将来即可再会，而袁世凯也准备尽快重返朝鲜。

“阔别已久，我要在故乡过年。”袁世凯说道。离开朝鲜是 1 月 31 日，即阴历的十二月十六日，这次回国正好赶上旧历新年。

3

袁世凯在朝鲜前后住了四年。他十八岁时结婚的妻子于氏正等着他。他二十岁那年，于氏生了一个男孩，就是长子克定，这时已经八岁了。

项城位于河南和安徽接壤之处的贾鲁河畔，同附近的商水、淮阳、沈丘等相比，只不过是个小小的农村集镇而已。

在久别的房间里，和妻子两人对坐时，袁世凯开始忐忑不安了。

在那个时代，男人置妾是正常的。所有的原配妻子，只要守住正夫人的宝座，对丈夫在外纳妾的事并不过问。袁世凯去朝鲜前，已经纳美女沈氏为妾。他在登州吴长庆处做幕僚时，正妻于氏未能同行。她认为与其给丈夫做身边琐事，不如守在家里，更能巩固正妻地位。

沈氏是袁世凯在天津赎出来的女子，按照出生地，人们都称她为“苏州太太”。不愧是美女之乡出身，姿色超群。沈氏陪同去朝鲜，是正妻认可的。把沈氏领回项城，谁也不会奇怪。比袁世凯年长一岁的正妻于氏沉着得很，沈氏对她也相当恭顺，甚至恭顺得有些过分。她终于把袁世凯在朝鲜的风流艳事，向正妻和盘托出。这也许是沈氏的一种战术。妾被遗弃，往往并非出自男人本心，大都是因为惹恼了正妻。作为第二夫人的保身术，就是俯首下心地侍奉正妻。

“言语不通，难为你们能在一起过日子。”正妻于氏说道。

袁世凯还想装糊涂，但看来沈氏已经告发了。事到如今，慌里慌张地抵赖并非上策。抵赖，等于谎上加谎，到头来总得败露。在朝鲜的外交中袁世凯学会了很多招法。

“言语不通，就靠笔写。”袁世凯答道。

在朝鲜任中，他纳了两个朝鲜女子为妾，一为白氏，一为闵氏。白氏出身于“三韩望族”，闵氏则来自朝鲜当时最有势力的家族，但闵氏对政治毫不关心，也许应该说是不愿意关心吧。“壬午军乱”之际，她的家族遭到严重灾难，用她的观点来解释，就是因为过于靠近政治之故。有一个喜欢政治、喜欢权势的闵妃在，身为闵氏族人是危险的。同她一样，还有人也感到闵氏一族的危险，于是通过他，这位闵氏女子成为袁世凯的侧室。这是“甲申政变”刚了结时候的事。

“她们俩都能写字吗？”于氏问，面部毫无表情。

“嗯，当然都会，两人在朝鲜都是名门出身。”

于氏甚至知道有两个，显然隐瞒也无济于事。

“听说你同唐绍仪交上了朋友？”

于氏的语气丝毫没变，在这个节骨眼儿上，又扯出唐绍仪来。袁世凯纳闵氏，唐绍仪是名义上的媒妁之人。于氏连这些事也都从沈氏那里听到了。

“唐绍仪的确是个人才，现在给穆麟德当助手，是中堂（李鸿章）的亲信。”袁世凯说道。

由于会外语，任命为外国人的助手，谁都认为是最合适的，但是，李鸿章并没把唐绍仪当作一般的助手。穆麟德是清政府派遣的顾问，但在言论行动上，令人不放心，所以，与其说唐绍仪是助手，不如说他是监视员。

“你说他不是一般的译员，而是中堂的亲信，是什么意思？”

“是啊，他将来会有作为的，我现在就想同他结交。”

“恐怕唐绍仪也有这个心思，所以给你物色女人，献献殷勤。”

“算啦，不要再说了！”袁世凯擦了擦头上的汗。

“不过，听说广东人都精明能干，你可要注意啊！”如同姐姐一般的妻子叮嘱道。

六年后，袁世凯的养母牛氏离开人世，袁世凯回乡奔丧。当时他的官衔叫“总理朝鲜交涉通商事宜”。其实也就是总领事或公使级别的官职，但清政府始终以宗主国自居，使用了这么一个极其啰唆的官衔。李鸿章批准他奔丧守制，但要求荐举一个代替他的人，袁世凯就推荐了唐绍仪。

袁世凯认为，唐绍仪是晚辈，而唐绍仪却认为他在李鸿章手下供职，同袁世凯是平辈关系。清末，他升到邮传部大臣。辛亥革命后，当了袁世凯的参议。辛亥革命后不久，南方的孙文同北方的袁世凯形成对峙局面，曾在上海举行过一次会议，当时，唐绍仪是北方代表，伍廷芳是南方代表。袁世凯任总统后，他成为第一任总理。袁策划帝制，他起来反对，后来成为国民党要人。他曾作为西南派领袖与蒋介石对立，但不久退出政界，闲居香港和上海两地。

中日战争爆发后，日本物色傀儡政权的头目，最后落到汪精卫身上。据说当初吴佩孚、唐绍仪也被列为候选人，进行过诱请。吴、唐两人也都表示了兴趣。1938年八月，在上海法租界自宅，唐绍仪被刺身死，终年七十八岁。唐绍仪的一生，同现代史有着密切的联系。

“甲申政变”时，他刚满二十三岁，便为袁世凯介绍女人。当然，他自己在朝鲜也颇精通此道。唐绍仪的正妻是朝鲜人，为人所共知。

贤淑的于氏对年轻丈夫在女色上的规劝，也只能适可而止。养母牛氏的病时好时坏，但终于发出“母病笃”的急报，似乎是想用这个办法把袁世凯从动荡的旋涡中拯救出来。

“还是故土好！”袁世凯驰马来到郊外，大声喊道。当然，他并不打算在家乡长久待下去。

归乡途中，袁世凯在天津拜会李鸿章，详细报告了朝鲜局势，并把归国前搜集的大量材料交给他。

“嗯，这倒是有用的材料！”李鸿章粗略地看了一下目录，说道。他认为，袁世凯搜集的材料在即将开始的中日交涉中会大有用处。这里有人名、时间、地点的记录，有关文书的抄本等，谈判时，既可用以防御，也可用以进攻。

袁世凯同往常一样，滚动着大眼珠笑了。他偷偷看了看李鸿章的脸色，见他正露出微笑，也许已经想出如何把日本代表逼入绝地的办法了。

袁世凯在故乡过了年。

“没来电报吗？”每次从外面回来，袁世凯总要这么问。

“没有……哪儿来的电报？”于氏明知故问。

“天津。”袁世凯不耐烦地答道。他确信，不久李鸿章将从天津来电报叫他前去。

2 月 15 日，星期日。日本正式决定派全权大使伊藤博文、参议西乡从道前往中国谈判。2 月 26 日发表了随员名单，计十二人——

陆军少将　子爵　　野津道贯
海军少将　子爵　　仁礼景范
海军中佐　　　　　黑冈带刀
会计一等副监督　　川口武定
一等军医正　　　　石坂惟宽
步兵少佐　　　　　土屋光春
步兵大尉　　　　　福岛安正
工兵大尉　　　　　山根武亮
海军中尉　　　　　关　文炳
一等警视　　　　　佐和　正
参事院议官补　　　蒲生　仙
农商务权少书记官　河上谨一

4

当时，伊藤博文是宫内卿，还没有组阁。相当于总理的是太政大臣，由公爵三条实美担任。但是，真正的实权者是伊藤，这是人人皆知的。

废除太政官制是在当年的十二月，同时组成了第一届内阁。被任命为第一任总理大臣的，自然就是伊藤博文。

日本派出最高实权者伊藤博文，清廷也以最高实权者李鸿章相迎。谈判在直隶总督所在地天津举行。

驻中国的日本公使榎本武扬自然要担当伊藤、西乡两代表的助手。这时期，日本国内的领导集团分为软、硬两派。伊藤博文、井上馨近于和平派，黑田清隆最为强硬，驻北京的榎本武扬也属于强硬派。

辅佐清方首席代表李鸿章的是吴大澂和续昌两人。袁世凯在家悄悄地等待着“飞电”——他认为会委任他为谈判委员，让他参加会谈的电报很快就能飞来。但是，李鸿章认为，在这个关键时刻，袁世凯不抛头露面为好，因为日本方面的怨气正集中在他一人身上。

驻日本的中国公使徐承祖在密电中也提到：“日廷拟请惩办驻韩诸华将。”

这封电报报告了东京的政治空气。日本代表团怒气冲冲地来到中国，如果把指挥“诸华将”的袁世凯摆在谈判桌上，只会是火上浇油。

袁世凯在项城等了又等，始终没有“飞电”传来。

“即使我不去，那批材料也肯定会派上用场。”他只好以此来自我安慰。

在天津的谈判，自4月3日起，到16日止，进行了六次，总算达成协议，在18日举行签字仪式。这就是中日《天津条约》。内容只有三条：

一、在四个月内，两国撤走驻朝军队。

二、两国撤兵后，不派遣训练朝鲜士兵之教官。劝告朝鲜国王委托两国以外之外国教官。

三、将来如发生重大事件，两国向朝鲜派兵时，应先互行文知照。

终于未触及“甲申政变”的责任问题。清廷诸将，特别是袁世凯的处罚问题，被李鸿章顶回了。李鸿章手里有袁世凯提供的大量材料，有吴大澂的查办报告，日本方面强调处罚和赔偿，他就用“并无确证”予以驳斥。但是，又怕日本舆论界找麻烦，便口头约定：“如有确证，将以清廷所订之军法惩处违犯者。”

中日《天津条约》签订后，果然日本舆论界大哗，说什么“这不能不说是我国的屈辱”，等等。

伊藤博文以《敕谕》警告国民不要采取过激手段。

激愤的不只是日本方面，从朝鲜撤兵，意味着清政府对朝鲜宗主权的丧失，李鸿章虽然避免了袁世凯等人的处罚，却放弃了宗主权，应该说是得不偿失。

袁世凯在项城得知中日《天津条约》的内容后，一拳砸在桌上，打翻了茶碗，摔得粉碎。

“怎么能撤军！”

当晚他喝得酩酊大醉。回乡以来，他一直控制饮酒。从朝鲜归国时，在“超勇号”上，他曾与提督丁汝昌痛饮，此后便没有喝醉过，过年时都是适可而止。因为他热切地盼望着：“飞电”一来，就立刻登上重要舞台。

中日《天津条约》缔结后，又过了一阵，终于来了电报。但是，这时袁世凯的心情低落极了，电报是探问的语气：“能否归任朝鲜？”

“因病不能成行！”袁世凯复电。

“病者岂非令堂？”又来了一封稀里糊涂的电报。

“母子俱病。”袁世凯回答。

尽管如此，电报还是雨点儿般飞到项城。

“病势如何？”

“一时难愈！”袁世凯复电。

“碍难照准。”

袁世凯笑了，打电报说：“唐绍仪颇胜任，彼有不足乎？”

在这种电报游戏的过程中，袁世凯心里的疑云渐渐消失了，他知道自己并没被忘却，心里热乎乎的。其实，这是李鸿章的一种手法，他为了收拢人心，故意作态，终于把年轻的袁世凯折服了。

正当盛夏时节，来了一封电报：“火速来天津！”

简直是不容分说，同前些时候相比，没有一点儿扯淡的味道。而且，是以李鸿章个人的名义发来的。

袁世凯轻轻叹了一口气：“这回该轮到我出场了。”

他自鸣得意，着手准备行装。

【第九章】

归国之日

1

甲申年（1884 年）年末，朝鲜发生武装政变。清廷在年初也曾有政变，军机大臣全部被更换。根据清代制度，军机大臣是掌管国政的最高官职，负责辅佐皇帝，把决定的事情下达给行政机关。然而，这个时候，光绪帝还未成年，后来虽然成年了，在位三十四年间却全由西太后独掌大权。

当时的首席军机大臣是恭亲王奕䜣。恭亲王是咸丰皇帝的胞弟，道光帝的第六子。西太后是咸丰帝的皇后，她生的同治帝无嗣而终，遂让醇亲王奕譞的儿子即位，就是光绪帝，甲申年刚刚十三岁。醇亲王也是咸丰帝的弟弟，道光帝的第七子。西太后之所以能掌握政权，主要是由于恭亲王的支持。然而，对于西太后来说，这正是一个令她不安的因素。

“中法战争摆在面前，需要新的政府成员。”以此为理由，恭亲王被撵下权力宝座，代替他的是光绪皇帝的生父醇亲王。西太后觉得醇亲王比恭亲王好支配得多，而且醇亲王之妃又是西太后的亲妹妹。

“老太爷”，这是对道光皇帝第七子醇亲王的称呼。他为人谨慎，自己儿子即位后他便辞官告退，于此可见一斑。为人谨慎的另一面，就是没有一贯的抱负。西太后看中他的也正是能听话这一点。果然，后来任海军衙门总理，负责新海军建设，西太后对他说：“把买军舰的款子拨一部分来，我要修一处园林！”他便按照西太后的意图，挪用了海军经费。西太后就用这笔买军舰的钱款，修建了颐和园。

清廷的政变给予朝鲜政界以微妙的影响。

醇亲王是光绪皇帝的生父，这一事实，使朝鲜要人们联想起大院君。因“壬午军乱”被清廷禁闭在保定的大院君，就是朝鲜国王李熙的生父。

“设身处地，醇亲王会同情大院君的。”这个想法倒也合乎情理。起用醇亲王是在三月，消息传到朝鲜，便有人散布：“大院君即将被释放回国。”

往坏里说，大院君是野心家，但从另一个角度说，他是个热情的好斗者。他的儿媳闵氏也是有这种倾向的女性。也许可以说，两人是前生注定的竞争对手。对于闵妃及其一族来说，大院君永远被幽禁在中国才是最理想的。

金玉均等人的“新党”企图抵制飞扬跋扈的闵氏一族，在武装政变后建立新政权时，他们分明知道仅靠自己一边的人，无法组成新政府，因此才联合大院君一派。一时间，大院君的名望高涨起来。“新党”想同大院君一派组织联合政府，正是要利用这种名望。

闵妃是不希望大院君归国的。但是，就国王李熙来说，大院君是生身之父，而朝鲜是极端重视儒教伦理的国家，如果不采取任何措施争取生父的释放，一定要遭受猛烈的谴责。所以，他多次派出使臣，恳请释放生父大院君。然而，清政府认为大院君是“壬午军乱”的“罪魁祸首”，必须严加处置，岂能释放。朝鲜国王为了尽孝心，便派遣闵种默为“问候使”，侨居保定，以慰藉大院君。在甲申的前一年，又派亲兄，即大院君的长男李载冕来保定探望。

“这可不妙！”李鸿章心想。大院君是鼎鼎大名的阴谋家，“问候使”来往倒可以，但只怕借此酝酿阴谋。李鸿章决定，除了侍奉的少数仆从，禁止外来人见大院君。

“太严厉啦！”大院君一派大失所望。

遭受闵氏家族压迫的大院君的党徒们，梦想有朝一日拥戴大院君夺取政权。李鸿章并不是杞人忧天。清政府当局禁止大院君会客之后，大院君一派的希望仿佛断绝了。但是，第二年醇亲王被起用，他们又跃跃欲试。

“处境相同的醇亲王成了首席重臣，大院君极有可能被释放。”大院君一派有意制造这样的谣言。不久，又传开“云岘宫的古玩开卖了，统统被日本人买去”之类的谣言。

云岘宫在汉城的大院君宅邸之内，主人被押解到国外之后，亲族处理着家产。现在谣传，云岘宫里秘藏的为数甚多的古代美术品，被悄悄地卖给了日本人，恐怕是得到了大院君的允许，不，就是根据大院君的命令卖的。那么，为什么呢？“那还用问！为了凑钱买通清廷的醇亲王和李鸿章他们……看着吧，局势就要变了……”

当然，醇亲王和李鸿章不会被收买而释放大院君。但是，在朝鲜，这个谣言为人们所相信。大概是因为朝鲜贿赂之风盛行，凡事都要靠贿赂。

“听说醇亲王已经点头，剩下的只是时间问题。”

“听说立夏以前……”

谣言被添枝加叶，活灵活现，这当然是为了刺激反大院君派。

反大院君派并不全是闵妃一族人。例如，先王正妃赵太妃的两个外甥赵成夏和赵宁夏，在“壬午军乱”中勾结闵氏一族反对过大院君。诱骗大院君时，赵宁夏出了不少力。后来大院君知道了这件事，恨得咬牙切齿。

一旦大院君归国复权，不仅闵氏一族，赵氏兄弟也将遭到报复。于是，赵氏兄弟又同闵氏家族勾结起来，反对释放大院君。

他们的工作对象就是李鸿章，因为汉城的街头巷尾传说：“醇亲王赞成释放大院君，而李鸿章似乎是反对的。”

禁止“问候使”会面，所以，人们认为李鸿章对大院君是相当严厉的，想利用李鸿章来反对释放大院君，然而，从朝鲜悄悄溜进中国的密使，却发回了使闵氏一族悲观的情报：“李鸿章在对法外交上很不得手，正受弹劾，因此，他的发言毫无力量，完全依靠他是危险的。”

闵氏一族又开始向日本做工作。他们想，李鸿章下台了，还有日本。

“清廷若释放大院君归国，庆尚道等地将发生动荡，在釜山等地居住的日本商人和家属将受到威胁。请劝告清廷停止这种不明智的做法。如清廷不听劝告，就请日本出兵，保护侨民。”

但是，日本方面表现冷淡。

关于释放大院君的消息，后来就自消自灭了。反对派的策划一无成效，而大院君派也毫无进展。醇亲王是个消极人物，不会坚持自己的意见，正因如此才被西太后起用。只有其他重臣征求他的意见时，他才会参与讨论，总是处在被动地位，从不主动提出问题。

“靠醇亲王解决不了问题。”大院君也终于觉察到这一点。醇亲王虽然是首席重臣，但他绝不是实权者。最高实权者，还得属直隶总督李鸿章。于是，大院君改变了战术，派遣使者直接向李鸿章乞求赦免。

李鸿章对大院君的使者李益瑞说：“这样的奏折，应呈交都察院。”但都察院拒不受理。这一事实，使汉城的反大院君派放下心来。

“在目前情况下，既定方针不能变。”李鸿章通过幕僚说明了不受理的理由。这个说明，当然不是官方的。都察院不受理并没使大院君陷于绝望的深渊，因为有个“在目前情况下”的注解，就是说将来有可能变更。李鸿章是个现实主义的政客，情况一有变化，随时都准备改变方针。

将来会出现各种各样的情况，作为对策，也可能“释放大院君”，李鸿章把大院君当作策略上的一个棋子，总是牢牢地记在心上。

我不会被遗忘的！——大院君得到了这种印象。

2

“甲申政变”时的日本公使竹添进一郎，后来当了东京帝国大学的教授，是优秀的汉学者。事变后清廷派往朝鲜的吴大澂是一流的金石学家，并擅长书画。日本支持金玉均的头号人物是福泽谕吉，人人皆知。要求中、日联合抵御沙俄的黄遵宪，是外交官，也是清末著名诗人，著有《朝鲜策略》。写出“朝鲜善后六策”的张謇，是科举的状元，颇有才学。

如上所述，这一时代围绕着朝鲜政局登场的人物，多数是文人学者。李鸿章派往朝鲜担任财政顾问的德国人穆麟德，也是知名的东洋学学者。尤其在语言学研究方面，他业绩出色，名著《满语文典》（*A Manchu Grammar*）声誉更高，不过，在甲申年这部名著尚未问世。

穆麟德的当五钱、当十钱的货币铸造在朝鲜引起通货膨胀，作为语言学者他是很出色的，但作为国策顾问，他就不称职了。他本人对于朝鲜的政治、行政、财政、产业等，确有一番改革的计划。但他是清廷雇用的外国人，关于朝鲜的改革策略，首先须得到清廷的谅解，也即李鸿章的谅解。然而，李鸿章把穆麟德的一切计划，全都给否了，使他渐觉没趣。

甲申年闰五月，沙俄同朝鲜缔结通商章程，居中斡旋的便是穆麟德。据说，穆麟德还从沙俄那里得了一枚勋章。

穆麟德是德国人，受雇于清廷，委派到朝鲜，对清廷谈不上什么忠诚之心。他想改换雇主，投靠沙俄，首先就要在朝鲜要人中培养亲俄派。

前营使韩圭稷、左营使李祖渊，以及金智性、赵宠熙等要人都成了亲俄派。在朝鲜政界，原来只有事大党和“新党”两个集团，分别是亲清派和亲日派，这时又出现了第三集团。对于野心勃勃地想要拉山头的政客们来说，亲清、亲日两派的座次已经排定，抢不着交椅了，所以他们非常欢迎新派别的诞生。

金玉均发动“甲申政变”时，杀掉了韩圭稷和李祖渊等亲俄派人物。在金玉均看来，亲清派和亲俄派都是保守派，一丘之貉，应该一起消灭掉。

闵妃这一派保守集团，以亲清派为主流，但清政府的压迫太过分，他们就若隐若现地亮出亲俄路线来抵抗。

为了同朝鲜缔结通商章程，俄国派来驻天津的领事卡尔·伊凡诺维奇·韦贝，帮助韦贝的就是穆麟德。穆麟德的背后是否有德国的意图，不得而知。不过，这时的德国还不便向朝鲜伸手，但又不愿意让某一国单独在朝鲜巩固势力。穆麟德很可能是为德国的利益而帮助韦贝的。

不久，韦贝当上俄国驻朝鲜代理公使兼总领事，后来又当了驻中国代理公使。中日战争后，俄、法、德三国干涉日本时，韦贝在背地里异常活跃。他同德国也常有联系。

“甲申政变”后，穆麟德曾去过日本，同驻日俄国公使达维德洽谈向朝鲜派遣俄国军事教官的事情。“甲申政变”是以日本为后台的武装政变，由于袁世凯的介入而失败，从此，中、日两国间的关系日趋紧张。若两国以兵戎相见，战场一定是朝鲜。为使两国不发生冲突，第三国侧身其间可能是上策。以闵妃为中心的朝鲜政府自然要对作为第三国的俄国寄以期待。经过穆麟德的努力，亲俄派虽然势力还小，但总算有了。在政变中损失了几个亲俄派要人，但还剩下金智性等实力人物。

朝鲜政府派金智性去海参崴，同俄国滨海省总督会谈。这件事，当然不能让宗主国清廷知道，也不能让日本知道。时机到来之前必须保守秘密。

金智性别名镛元，广为人知。他于甲申年十二月到达海参崴，随员有权东寿、金光勋等。逗留半个月，洽谈了以下问题：

一、俄国派遣军舰保护朝鲜沿海。

二、俄国派遣教官训练朝鲜士兵。

随后，金智性在密约上签了字。

这一谈判是极其秘密地进行的，但是，在一个意想不到的地方泄露了。同海参崴邻近的吉林珲春厅副都统依可唐阿获得了密约的情报，急报中央。次年三月，李鸿章命令驻在朝鲜的商务总办委员陈树棠调查。

明明是领事职责，却用了个“商务总办委员”的别扭职衔，原因是清廷仍想把朝鲜当属国看待。属国不是外国，因此要避免外交上的职衔，如公使、领事等。

于是，陈树棠开始调查。国王李熙极力否认。金允植审问了亲俄派赵宠熙等，供认："小人等未经国王、大臣批准，私自去海参崴，同俄国官方交涉。"

国王和王妃以及外署督办（外交大臣）金允植等人，对于往海参崴派遣密使的事，岂能不知，但是，不论亲日派、亲清派，虽然集团有别，却都要拼命地发挥小国的全部智慧，以便生存下去。既然事情败露，就努力把牺牲缩到最小限度。

这一情报，天津的李鸿章当然也全部掌握了。

俄国在朝鲜的影响逐渐扩大，形势也不断变化，为了对付这个局面，李鸿章开始琢磨手中的棋子了。

若隐若现地舞动俄国这张牌的，主要就是闵妃和她的党羽们。国王李熙是个无所作为的人，总被闵妃牵着鼻子走。用什么方法能抑制这种态势？旅顺的袁保龄向李鸿章献策：释放大院君，"以父临子"。

大院君这里也一再地命李益瑞进行活动。甲申年的次年四月，大院君第三次恳请，也未成功，但作为窗口的礼部，态度友善，使人感到形势越来越好。

日本以朝鲜为舞台同清廷斗争着，它也反对像俄国这样的第三者闯进来。相互斗争的两国，在排斥俄国势力这一点上，利害倒是一致的。日本一向不承认朝鲜是清朝的属国，唯有这时，外务相井上馨向驻日中国公使徐承祖表示：清应当对朝鲜施加影响，以防止俄国势力之浸透。平常，日本总是谴责清廷对朝鲜施加压力，说这是"干涉内政"，但现在竟劝说清廷对朝鲜内政加以干涉，真是个奇妙的现象。

释放大院君，确实是强有力的一着儿棋。闵妃同大院君的对立是相当激烈的，"壬午军乱"之际，大院君险些把闵妃杀掉。如果这着儿棋能起到牵制闵妃的作用，那是再好不过的，但万一走过了头，引起朝鲜全局的大乱，可就鸡飞蛋打。

第一步，李鸿章让住在保定的李载冕回国，告诉李熙："现在就以朝鲜国王的名义，派使节向清廷恳请，父亲很有可能获释。"

朝鲜国王得到暗示，岂能置之不理，立刻任命闵种默为正使、赵秉武为副使，准备启程。但是，有人从中设置障碍，使"陈奏使"迟迟不能出发。为阻止大院君归国，闵妃一伙派闵泳翊去天津，所请之事遭李鸿章拒绝。后来，又派金明圭前往，提出："归国可以，但请延缓数年。"李鸿章也未同意。

"时机已到。"李鸿章做出判断，把大院君召到天津晤谈。

"我已向各位军机大臣请示，关于你的释放问题，眼看就可以解决。不过，你归国以后，打算做些什么呢？”李鸿章问道。

将近三年的拘押生活，使大院君大体上能听懂中国话了。他们时而口谈，时而笔谈；笔谈虽麻烦，但可以留下证据，是其长处。

“我吃够了苦头，再也不想担任国事了。”大院君答道。

这时，他看出李鸿章的脸上闪现一丝疑惑和失望，于是又补充道：“如果宗主国能派我去监国，做些进言之事，还是可以的。”

朝鲜承认清廷为宗主国，但清廷实际上并未派出监国。明朝时也是如此，宗土、从属，在很大程度上是形式的。作为例外，元朝时倒是有过，但已经是六百年前的事了，无人记得。

形式上承认宗主权，而实质是独立国，但一旦迎来监国，瞬间就会失掉独立。大院君为了获释，做了一个非常失算的交易。

“假如有关外交上的事，令郎要同你商量，你将如何回答？”

“指的是什么事？”

“人清政府现在也是多事之秋，对朝鲜不能处处予以关注，需要让其他国家也分担支援之责。例如，我大清已同日本订约，双方撤出驻防军，以后，军事教官怎么办？”李鸿章问道。

“劝他向美国聘请。”大院君立刻答道。

大院君知道清政府最不戒备的外国，就是美国。

“那可太好啦！……还有别的吗？”

“有……”大院君有点儿吞吞吐吐，“忠告王妃，不要干预朝政。”

“噢……这可是件难事……”

“这有何难，自古以来女人……”

说到这里，大院君噤口不言了。他想说，自古以来女人不许干预朝政，是天经地义的，因此并不是什么难事。但是，他想起清廷正由西太后这样的女人一手掌权，赶紧闭上了嘴。

“你的心情我全明白了。尽我的力量，说服军机大臣诸公吧。”李鸿章结束了谈话。

其实，只要他决定放，就可以放，用不着请示军机大臣。即使西太后反对，他也有办法叫她让步。

派谁送大院君呢？李鸿章琢磨起人选来。这是需要胆量的任务，还是那个年轻人最合适……

“往项城打电报……那个年轻人目前有点儿怨气……”

李鸿章开始考虑电文。

3

“火速来天津。”

——想来想去，最后李鸿章决定用简短的电文，这样会更为有效。李鸿章估计袁世凯正在等待着决定性电报。

袁世凯在河南的农村东游西逛，无所事事，但他一直密切关注时局的动向，尤其是朝鲜的形势。叔父袁保龄经常写信给他通告情况。

“世凯的东山再起仍然在朝鲜问题上。”袁保龄总是这么想。

“旅顺来的信真多啊！”袁世凯的妻子说道。

“在旅顺我的知己多，当然信就多。”袁世凯从妻子手里接过来信。

根据中日《天津条约》，中、日两国都从朝鲜撤回了军队。从汉城撤回的清军，移防旅顺。在朝鲜苦乐与共的战友们现在都在旅顺，难怪他的知己要多了。不过，从那里来的信之所以非常多，主要是袁世凯一个劲儿地给他们写信的缘故。

袁世凯对别的事情并不挂心，只有朝鲜问题，他不愿败给任何人。一提起朝鲜，就好像听到自己的名字一样。

清廷正式决定释放大院君，是在甲申年的次年（1885年），阳历9月20日。朝鲜“陈奏使”一拖再拖，终于抵达北京。

“派你押送大院君。”李鸿章见到袁世凯，立刻宣布任务。

“让丁提督去不行吗？”袁世凯反问道。

他从叔父的信中得知，这一任务很多人推举丁汝昌去完成，但李鸿章反对，选中了袁世凯。

“若派丁汝昌去，怕被认为是清军重返朝鲜，就是说，他这个人太显眼……所以，我想换个小人物。”李鸿章答道。

的确，北洋舰队司令官丁汝昌的军人色彩未免太浓厚。刚刚按中日《天津条约》从朝鲜撤兵，如果丁汝昌有所行动，恐怕被误解成清政府违反协定。

“是……小人物？”袁世凯似乎很不服气。

“当然，是小人物。只把首脑换一换，其他人员照旧。”

“随行人员都有谁？”

“王永胜、黄金志、张绍华、黄建筦……”李鸿章屈指念道。

“全是总兵级的。”袁世凯同意了。

倘若提督丁汝昌带上数名总兵，是很平常的，但是，就一个二十多岁的年轻人来说，这样的阵容似乎过于堂皇了。

“这是中堂的有意安排。”袁世凯立刻领会了用意。

选派押送大院君归国的负责人时，丁汝昌的名字被提出来，李鸿章没有立刻反对，他一开始就决定起用袁世凯，只是不急于说出。委派丁汝昌的呼声很高，紧接着便讨论了随员的人选。会议快结束时，李鸿章才不慌不忙地说道：“刚刚同日本缔结了协定，派出以军人为首的使节团值得考虑，随员是军人还可以，只是首领，在目前，我认为不派军人为好。”

这的确是正确意见，谁也不能反对。那么，以谁为首呢？不消说，这个人必须熟知朝鲜情况。只是押送，抽调勤务在身的忙人也不妥当……啊，有了，袁世凯正在家乡，听说他母亲病况好转，用他最合适。

于是决定只调换首领，随员照旧。

率领一批总兵出使朝鲜，朝鲜人对袁世凯的评价肯定会更高。他们会认为袁世凯很有权势，这就是李鸿章的用心所在。他巧妙地在人事会议上做了些手脚。

一周之后，以袁世凯为首的使节团在天津上船。大院君及其长子李载冕等二十余人，在大沽口改乘军舰“镇海号”，开赴朝鲜。

“镇海号”驶达仁川是阴历八月二十五日，阳历10月3日。听到大院君归国的消息，汉城沸腾了。穆麟德对闵妃一派要人说：“现在正是同俄国定约的时候。”他想最后说服他们。

“陈树棠的眼睛雪亮，一不留神儿，与俄国合作的事就会露出马脚！”

闵派要人是慎重的。穆麟德掩饰不住他的嘲笑，说道：“大院君一回国，以清廷势力为后盾，会把你们闵氏全杀光的，如今还怕什么？”

“听说大院君发誓归国后不再参与政治。”

“那不过是嘴上说说罢了。为什么清政府偏偏在这个时候释放大院君？明摆着是为了牵制闵氏家族！”

“我们对清廷是顺从的，大院君也不能把我们怎样。”

“这种想法太天真了……在海参崴的谈判不是让清廷知道了吗？清廷不会认为你们是顺从的。你们拼命乞求别释放大院君，结果又怎样？……依我之见，不如同清廷所惧怕的俄国打交道。”

“跟俄国人不熟悉……弄不好，会被他们勒索的。”

19世纪末，美丽富饶的亚洲诸国开始以怀疑的眼光观察帝国主义列强。朝鲜接近俄国，也是胆战心惊。清廷是二百余年的宗主国，它的一些做法，大体上已经掌握。而俄国也不无侵略野心，现在接近它，它会怎样控制朝鲜，却无从知道，所以，不熟悉的俄国更为可怕。

“老实说，俄国正寻求不冻港；当然，这会引起英国和日本的不满，美国也一样……只不过是使用不冻港这么点儿事情嘛。从清廷手里夺回整个朝鲜，然后借出港口的一部分，难道不合算吗？”

“不过，现在……”

也许大院君明天就踏上朝鲜国土，闵妃一党已经顾不上长期对策，得赶快想办法应付眼前。

闵妃找来兄弟们，共同商议。

凭大院君一个人，是无法肃清闵氏一族的。而且，这次清廷使节没带来军队，有什么可担心的呢？对于这种意见，闵妃和穆麟德一样，认为他们是太天真了。

“固然，大院君只有两只手，”闵妃说道，“可是，只要有人愿意为他当走卒，他就可能做出大事来。”

闵妃的紧急对策就是立刻处死大院君的残党，斩断大院君的手脚。而且，要尽量戏剧性地处刑，使那些与大院君一同归来的人们胆战心惊，不敢参与同闵派的斗争。闵妃决心要实行恐怖政策。

“三年前煽动‘壬午军乱’的叛逆者现已查明。”以此为借口，闵妃逮捕了她认为是大院君派的金春永、李永植等人。大院君一行到达仁川之日的早晨，这些人被“凌迟”。

凌迟是一刀一刀地割杀的酷刑，在死刑中，比绞刑和斩刑更重。

“什么！没人来迎接？一个人也没来？”

登陆仁川，袁世凯听说没人迎接，顿时气得脸色苍白。

其实，朝鲜政府派了“迎接使”李寅应去仁川，但是，他得知那天早晨的处刑那么凄惨，吓得躲了起来。在大院君到达之日搞处刑，这无疑是闵妃一党对大院君派的宣战。

虽然上司有令，但如果真的去迎接，说不定就会给加上什么罪名，丢了脑袋。想来想去，李寅应到了仁川，但没敢在大院君面前露面。

他之所以到仁川，是不违背上司命令的意思，他之所以没露面，是不欢迎闵派的敌人大院君的意思，这真是无可奈何的处世法。

袁世凯的脸色苍白了一阵之后，泛起红潮。他压住愤怒，劝慰自己：今天来的幸亏不是丁汝昌，而是我袁世凯。这种时候，比起他来，我想出的办法要高明得多。

国王的生父归国竟没有一个人前来迎接，这是出人意料的。对于这种事态，预先毫无准备，必须临机应变。袁世凯在思考对策之前，就自信他想出的办法一定要比武夫丁汝昌高明。

“该怎么办呢？……”袁世凯把眼睛瞪圆，张望了一阵，又眨了几眨。

【第十章】

新局面

1

大院君归国，朝鲜宫廷采取了冷淡的态度。不，在归国的当日处死了大院君的忠实家臣金春永和李永植，这种态度已超出冷淡，可以说是敌对。然而，民间却没有附和宫廷，人们对幽闭异域多年的大院君寄以纯朴的同情。如前所述，原来与大院君对立的亲日派，甚至在政变后的政府人选中起用了大院君一派的人，就是为了利用民众对大院君的爱戴之情。

大院君在仁川登岸，宫廷没有正式迎接，却受到民众的夹道欢迎。据《容庵弟子记》记载：

二十五日抵仁川，韩之绅民络绎来迎，父老多流涕者。仁（仁川）至汉（汉城）七十里，不绝于道。

仁川是首都汉城的出入门户。当时朝鲜的主要开放港口有仁川、釜山、元山三处，清廷在三港均设“分署”，类似领事馆。因为清廷对朝鲜总抱有宗主国意识，所以尽可能避开外交用语，在首都汉城的公使馆称作“公署”。

以袁世凯为首，一行人登陆后，在分署下榻。仁川有日本和英国的领事馆，他们分别来清廷分署拜访。

按照外交礼节，应当回拜，但大院君没有去，这是出于谨慎。日、英两国领事祝贺大院君归国，到访的是清廷分署，所以需要袁世凯回拜。停泊在仁川海面的英国军舰上的官员也来拜访。

“英国军舰是闵妃特意叫到仁川来的。”心腹们把街头巷尾的谣传告诉袁世凯。

“这很可能……”袁世凯点点头。

释放闵妃的仇敌，引起了她对清廷的怨恨。她刚刚采取靠近清廷的姿态，同亲日派斗争，却挨了当头一棒，自然对陪同大院君归来的袁世凯也恨得咬牙切齿。

叫来英舰，是一种示威行动，暗示：朝鲜被清廷抛弃了，但还有英国、日本以及俄国。

亲日派在朝鲜国内有牢固的根基。巨头金玉均虽亡命国外，但余党并未销声匿迹。而朝鲜同俄国联系，也是无可掩饰的事实。穆麟德在背地里穿针引线，已经是人所共知。朝鲜暗派使节去海参崴，也已被清廷的东北官宪所察知。

朝鲜同英国的交往，一直没公开。闵妃把英舰叫到仁川来，其意不外是向清廷表示：“不光是俄国和日本，还有……”市井流言，可能是闵妃一党有意散布的。

“这真是一件棘手的事……”

袁世凯苦笑了。回拜之前，他往汉城打了电报，毫不含糊地责问为什么不派人前来迎接。其实，他完全清楚闵妃的心思。

接到电报，朝鲜宫廷这才勉强又派出迎接使。

袁世凯对朝鲜宫廷使者说道：“我奉朝廷之命来送汝王之父，汝等竟如此简慢亵渎，不拘有何缘由，外观必须郑重严肃。仁川这里有日、英等外国使馆，若被他们说朝鲜简直没有君臣父子之情，你们不觉得羞愧吗？”

二十几岁的袁世凯向朝鲜内阁大臣级使者说教。

阴历八月二十七日，即阳历10月5日，星期一，袁世凯和大院君一行人进了汉城。朝鲜国王在南门外张起帐篷，迎接生父。相隔三年，骨肉相聚，本当十分高兴，然而，国王的表情却非常拘谨，他是怕得意忘形，妻子闵氏一定会恼怒。在他周围，到处有闵氏的亲信心腹，虽为国王，却极端害怕侍卫们向他妻子告状。

大院君的私邸云岘宫里住着他的老妻和侧室，她们列队门前，恭恭敬敬地迎接主人归来。

“你不要做政治性发言。如有外国使节拜访，可以出门回拜，国内权贵、政客的拜访，就不要去回拜了。”

袁世凯把大院君送到云岘宫，临别时叮嘱了一番。

后来，闵妃下令禁止文武百官同大院君互访和书信往来，还公布了“大院君尊奉仪节别单”八条规定。在尊崇大院君的名义下，严格控制云岘宫的出入，实质上就是幽禁大院君。

闵妃又往云岘宫附近派驻军队，大院君的家臣、仆从终日惶惶不安，逃亡者陆续不绝。

袁世凯会见朝鲜国王，对处死金春永、李永植等人提出抗议，要求今后不得加害大院君方面的人员。

包围云岘宫的军队不久又撤回，这并不是屈服于袁世凯的抗议，而是因为担当参谋角色的穆麟德劝告闵妃：“这样明目张胆地镇压，不但给清廷以介入的口实，也会给外国人留下恶劣的印象，没有好处。”

这年六月，李鸿章免除穆麟德“外署协办”之职，一个月后，又把穆麟德的“税务司”职务解除了。然而，穆麟德依然留在朝鲜，担当闵妃一党的外交顾问，薪金三百元，可以自由出入朝鲜宫廷。闵妃一党想利用穆麟德详知清廷内情这一点，以抵抗清廷行使宗主权。穆麟德当然还要劝闵妃与俄国勾结，而闵妃也没有放弃此心。

后来，俄国派驻天津的领事韦贝转任驻朝鲜公使。

前途莫测，但袁世凯此行的任务只是押送大院君而已。

“你还惦记这里的事？该回去了。”随同前来的王永胜斟酌一番用词后说道。

总兵王永胜不论年龄还是资历，都比袁世凯高出很多，但这次朝鲜之行，袁却是首领，他只是随员。袁是上司，必须尊重，但也有一定限度，过于尊重也不适当。

尽管担心朝鲜的局势，但任务完成了，就必须回国。袁世凯突然笑起来。

“哪里，无所谓惦记不惦记，听其自然吧……”

袁世凯一边笑着，一边反省：心事让王永胜看出来了，作为政治家，特别是搞外交的，这简直是耻辱。他满不在乎地来了个一百八十度大转弯。

“真的？”

王永胜表示怀疑，心想：这小毛孩子！但又一转念：或许他将来会是真正的大人物。

2

袁世凯在朝鲜停留十几日，这期间他写了一篇《摘奸论》，交给李熙。

这是揭发奸党的文章。“奸”，主要指俄国，具体是指在朝鲜、俄国之间上蹿下跳的穆麟德。

在短暂的停留中，袁世凯向值得信任的金允植剖析了国际形势和俄国的不足信赖，劝告他少接近穆麟德和韦贝，小心俄国的阴谋。他把劝说金允植的话写成文章，就是《摘奸论》。

据《容庵弟子记》记载，袁世凯把《摘奸论》递交朝鲜国王，是九月七日。其内容也向政府高级官员公开了，据说，读了它，“王及王妃均惊悟”。

次日，国王召见袁世凯，长时间笔谈。

“俄国一向以最小劳力换取最大效果，派遣军事教官一事，更须戒备，它会由此抓住朝鲜兵权，乘隙而入。俄国物色不冻港，只有在朝鲜，它怎能不生出觊觎之念？”袁世凯反复论说。面对面的笔谈要比《摘奸论》更具体、切实。他把穆麟德的策略批得体无完肤。

“用这样的人，国家也会被他盗走的！”穆麟德被清廷解职以后，朝鲜政府雇用为“典圆局差使”。现在，国王决定给三个月的薪金作为退职金，将他解雇。

失业后的穆麟德造访袁世凯。

“有没有什么工作？”

此事，《容庵弟子记》中也有记述。如果是事实，那么穆麟德的脸皮可够厚的了。他也许是假借找工作，探听清廷方面的虚实。

袁世凯完成任务，九月十八日回到天津，立刻向李鸿章做了汇报。

李鸿章边听边点头，没有插言，可见袁世凯的汇报很得要领。听完之后，李鸿章说道：“公署太软弱喽！……”

袁世凯对于驻朝鲜公署只字未提，当李鸿章提及时，才答了一声“是”。

陈树棠似乎没有魄力，但也没有特别可指摘的缺点，只是缺少威严罢了。

“需要改组！”李鸿章捋着胡须说道。

“名称也需要改。”

“‘商务公署’这个名称也太软弱！”

“这只能被人当作领事馆。”

“有人提出让徐承祖兼任。”李鸿章平淡地说。

徐承祖是驻日公使，就是说，让驻日公使兼任驻朝鲜公署首长。

“这可不妥。”袁世凯说道。

“我也反对。”李鸿章不假思索地说。

他想说：朝鲜已成为国际政局的一大焦点。中、日两国之外，近两年来英、美、德、俄、意等国分别同朝鲜缔结了条约。听说法国也在进行活动，俄国任命了驻朝鲜公使。外国已开始重视朝鲜，而清廷却让驻日公使去兼任，确实不妥当。

“这是井上的意见吗？”袁世凯问道。

驻日公使徐承祖在半年前同日本外务相井上馨面谈，井上对徐说：“希望贵国改派更有决断能力者做驻在朝鲜的负责人。委任以后，请他来访日本，不但可以受到阁下的有益教导，还可以同我国有关方面会晤，交换意见，今后同我国驻朝鲜公使和睦相处。”

徐承祖把会谈内容详细地报告了李鸿章。此事，袁世凯早就从叔父袁保龄那里听过。凡是有关朝鲜的事，袁世凯确信自己比谁都“通”。

李鸿章的眼睛闪了一下：他怎么知道？李鸿章马上就想起自己曾把徐承祖的报告给袁保龄看过，而袁保龄总是把朝鲜的任何事情都告诉给侄儿，因为袁世凯要以通晓朝鲜为政治资本。其实，李鸿章也估计到这些消息都会传到袁世凯的耳朵里。

“哈哈哈——”李鸿章笑了，“外国政客的意见不一定都对我们有害……让陈总办去做，确实有困难。”

担任总办之职的陈树棠过于慎重。“谨厚有余，才智不足”，这是井上对陈的评价，李鸿章也同意。

这一年（1885年），清政府向外派出公使的有日本、英国、美国、德国、法国、俄国、西班牙、秘鲁、意大利、奥地利、荷兰、比利时十二个国家。曾国藩之子曾纪泽兼任英、俄两国公使，七月间同刘瑞芬交接，刘也兼任英、俄两国公使。许景澄兼任德、法、意、奥、荷、比六国公使，张荫桓横跨大西洋兼任美国、秘鲁、西班牙三国公使。

清政府虽与十二国互换公使，但实际只派出公使四人。四人之中，专任的只有日本的徐承祖，所以徐承祖向李鸿章提出他兼任朝鲜公使，并不奇怪。

“是啊，应当找一个更果断的人。”袁世凯道。

“让徐承祖专注于日本吧，朝鲜那里派一个特别有决断能力的优秀人物去，已经定下来了。”

“是我吧？”

“哈哈哈，你真是恬不知耻……”李鸿章边笑边说。

“一定不辜负中堂瞩望。”袁世凯立刻郑重地说道。

“吴大澂学识渊博，但称不上奇才。”李鸿章的谈话似乎不着边际，但这里有他的一贯脉络。

前一时期吴大澂曾运动过，想担任驻朝鲜公使，对此袁世凯也有耳闻，李鸿章的讲话就是以此为前提。吴大澂是进士出身，在金石学方面被称为泰斗，受到人们尊敬，然而驻朝鲜公使的差使对他却不适合。这里需要“奇才”。李鸿章承认吴大澂是学者，却不认为他是奇才。

“奇才，还得属我袁世凯吧？”袁世凯毫不胆怯地说道。李鸿章不太高兴地皱了一下眉头，但还是点点头。

“马上就出发。”李鸿章说道。

3

对于政府来说，朝鲜不是纯粹的外国，所以不用“公使”这一名称，但实质上这却仍然是公使的人选。当时，“大使”这一名称只用于大国与大国之间互相派遣的全权官员身上。由于清政府不是国际政治上的大国，即不是列强，所以驻外负责人均用公使之名。等级是二品或三品，相当于道员、省布政使、内阁各部次官。

袁世凯不是科举出身，推荐他时，李鸿章耍了一些花样。他不但说袁世凯“胆略兼优，能识大体”，还说是朝鲜国王李熙曾要求派遣“熟谙朝鲜国俗，时务练达的袁舍人”。

李鸿章起用袁世凯的奏折是九月二十一日呈递的，在袁世凯向他汇报的三天后。

两天后，九月二十三日，朝廷发出上谕：“以道员升用，并赏加三品衔。”

道是仅次于省的大行政区，台湾由福建管辖时是台湾道，其长官是道员。道员实际是正四品官，所以这是特意给袁世凯的待遇。一年前，徐承祖受命任驻日公使时也是以道员任用的。以前袁世凯驻在朝鲜时以同知被任用，只相当于知府之下的正五品官。

汉城的公署也被改组。以前称商务公署，带有总领事馆的性质，这次扩大为公使馆规模，袁世凯的正式职衔是“驻扎朝鲜总理交涉通商事宜”。

陈树棠在任时只办理商务，现在增加了“交涉”。

“交涉”就是“外交”，因为清政府把朝鲜视为属国，总避开“外交”一词。陈树棠当时被称为“总办”，而袁世凯则称为“总理”了。

公署人员，在陈总办时代是十二人，袁世凯赴任后增为二十二人，增加将近一倍。到中日甲午战争前夕，增加到五十四人。上记数字自然不包括仁川、釜山等分署的人员。

十月七日袁世凯偕同李荫梧、姚文藻等人踏上赴朝鲜的旅途。李是仁川的负责人，姚是釜山的负责人。

袁世凯之下有两名随员，即谭赓尧和张承涛。英文翻译是唐绍仪，日文翻译是张光甫，朝鲜通事是金大用等人。后来的大人物唐绍仪的身份显得很低，但薪金上，因为是英文翻译，给了一百二十两。而随员谭、张才八十两，相比之下他的待遇很高。日文翻译张光甫仅三十两，显然唐绍仪在当时已经被重视。日文翻译的三十两比起朝鲜通事的十五两来，还多一倍。至于仁川和釜山的分署负责人，则都是二百两。

可以想象出袁世凯那副得意扬扬的样子。刚满二十六岁，竟然把堂堂进士出身，年已五十的吴大澂击败，弄到了驻朝鲜公使的位置。他摇晃着膀子在仁川登陆，是很自然的了。袁世凯谒见朝鲜国王是阴历十月十五日，阳历11月21日，星期六。

“不管怎么说，没有军队……”

李熙的口气是把一切简单地归结为武力。他辩解，有时不听从清政府，是因为它撤退了驻防军。

“如能派来大军，我们将只依赖上国。”李熙说道。

朝鲜国王向袁世凯请求出兵，似乎是件怪事，其实，他的发言不是他个人的意思，一定有闵妃的主意起作用。

朝鲜国作为一个国家，要求独立的意愿是可以理解的，而且，这也是多年的夙愿。但是，在独立以前，各派势力之争相当激烈。闵妃一族的事大党，必须全力对付以日本为背景的开化党，因此就需要清政府的武力。然而，由于释放大院君归国，加深了闵妃一派的抱怨情绪，认为“清政府是依靠不得的”。

不依赖清政府，就得把“保险”放在别国，自然要与俄国联系。但是，清政府对朝鲜同俄国交往一事，又极其敏感。

朝鲜国王还通过李鸿章不断向清廷提出“奏咨”，请求“遣兵驻防”。

清政府同日本之间缔结过中日《天津条约》，出兵朝鲜时必须通告日本，恐怕日本也要派出相同数目的军队。所以，不是万不得已，清政府不能出兵。

“因为同日本有条约，不能常驻大军，但仁川有清舰数艘，一旦有事，会做出反应的。”袁世凯这样回答了朝鲜国王。

谒见国工之前，袁世凯总算完成了李鸿章交给他的一件事，就是把穆麟德弄回中国。穆麟德被解雇后，仍留在朝鲜。当然，作为个人，侨居朝鲜与否是自由的。可是，他留在朝鲜一天，就会在朝鲜与俄国之间周旋一天。他了解朝鲜内情，也深知清廷内幕，让他留在朝鲜是危险的。

到达仁川后，袁世凯同穆麟德会面，极力说服他。

“你是学者，不应该在国际政局上搞幕后活动，听说你正收集满洲文献，这对于你倒很适合。中堂说，如果你继续搞满洲文献的收集和研究，他尽量帮助你，你以为如何？”

穆麟德似乎动了心。

朝鲜经济已经到如此地步，作为财政顾问，穆麟德的业绩应该打负分。另外，把俄国拉进朝鲜来，恐怕是德国政府的指示，他本人也并不十分积极。数年前，德、奥、俄搞了个三帝国同盟。在侵略朝鲜方面落后了一步的德国之所以要把俄国拉进来，不外是为了牵制中、日两国或英、美、法诸国。如今俄国公使已派到朝鲜，穆麟德的活动将受到限制。难道就这样了此一生吗？穆麟德正不知所措。假如研究满洲文献，作为欧洲人，他是第一流的。为了留名后世，与其充当外国公使的顾问角色，不如从事自己所喜爱的研究，何况后援又是极可靠的。

想来想去，穆麟德决定接受袁世凯的劝告。不久，他乘清舰“超勇号”去了天津。

应该说，穆麟德的选择是明智的。1901 年他死在宁波，死后一直保持着学者的声誉，他的《满语文典》至今仍是颇负盛名的著作。

对袁世凯来说，穆麟德这件事顺利收场，同朝鲜宫廷的关系也算和睦，而新任日本驻朝鲜公使高平小五郎竟然同他意气相投。

从 1885 年起到 1894 年中日甲午战争开始后归国为止，整整九年间，袁世凯一直担任清政府驻朝鲜的最高负责人。

4

《容庵弟子记》这部记述袁世凯在朝鲜活动的文献资料，一开始就称朝鲜为“韩”，但是，“韩”这一国号是在中日甲午战争之后的1897年才正式改称的。

袁世凯以“总理”这一庄严的头衔，第三次踏上朝鲜的土地。谒见国王之后，市井间传开一个奇妙的谣言：“金玉均率领数千兵士，从日本攻过来了，计划占据江华岛，夺取王位。”

袁世凯从驻日公使徐承祖和日本公使高平小五郎那里得知金玉均来攻事，纯属子虚乌有，但曾经参与肃清金玉均一派的朝鲜要人们，包括国王，无不战战兢兢。

“绝不会有这种事，用不着担心。当然，也不妨加强海防警戒，派船巡逻，金玉均胆敢来犯，一定要把他活捉归案。”袁世凯向他们说。

金玉均等人亡命日本，凄惨已极，哪里还能带兵反攻朝鲜。

失败后的金玉均逃到仁川，经井上角五郎等人从中说情，才得以乘船亡命日本。

“甲申政变”的背后有福泽谕吉和后藤象二郎，这是人人知道的事实，而井上角五郎就是他俩的代理人。

福泽谕吉想操纵金玉均一类人物，制造出一个符合日本国家利益的政权。如果失败，他就转变方向。福泽谕吉1885年写有著名的《脱亚论》，文章并不太长，下面一段是结论：

譬如，一村一镇之住民，栉比而居，众人愚蠢粗暴，残忍无情，即使偶尔有一人家，谨言慎行，注意人事，也将被彼等的丑恶所淹没。其影响间接阻碍我国外交者，实属不少，诚为我日本国之一大不幸也。为今日谋，我国不可犹豫等待邻国之开明，尔后共同振兴亚洲。毋宁不与为伍，而与西洋文明诸国共进退。与中国、朝鲜交往之法，亦不宜以邻国之故，而特别拘于礼数。亟应如欧人之风以处之。亲恶友者，不免共恶名。依吾人之见，应谢绝东亚之恶友焉。

这就是所谓“脱亚入欧论”，亦即“入列强论”。“亟应如欧人之风以处之”一句，简直是帝国主义的宣言。

那么，金玉均就是被绝交之国的人，自然要受到冷遇了。

金玉均通晓日语，潜伏似乎并不困难。他辗转东京、大阪、神户等地。有一次，到有马温泉入浴，被记者发现，一时成为新闻材料。

1885 年 9 月 17 日的《朝野新闻》报道：

曾被尊崇景仰、执掌过一国政权的开化党领袖金玉均氏，一朝事败，成为伶仃孤客，流寓我国。人情常是却冷就暖，昨日之亲友，今成路人。其中唯有二人，固守节义，与金玉均氏辛酸与共。

文章还介绍了仆从小坂龟次郎和车夫伊藤金吉，虽然金玉均亡命中几乎无力支付工资，但他们毫无怨言。文章最后说：

而今回避疏远之辈，闻此事后做何感想?

朴泳孝从日本去了美国。

袁世凯送归大院君时，日本报纸说亡命中的金玉均在研究佛经。

金玉均杀了闵氏家族的重要人物，闵妃一派对他的仇恨是深重的。金玉均之父金炳台被捕，母与姐自杀，弟金珏均死在狱中。金玉均的妻、女也被投入牢狱。其他与事件无关的族人，也都被牵连定罪。

【第十一章】

人乃天

1

对于朝鲜人民来说，19 世纪的外压来得缓慢而沉重，至少不像中国在鸦片战争中那样，受到闪电式打击。

19 世纪初叶，朝鲜曾镇压过天主教，即所谓“辛酉邪狱”（1801 年）。朝鲜天主教徒写信给法国传教士，要求给予军事援助，信被当局查获，开始了镇压。后来就不限于天主教，镇压对象扩大到天主教以外的异端思想方面。李氏朝鲜的正统思想是朱子之学。

明显地一边倒，是朝鲜自古以来的倾向。当儒学作为正统思想被承认后，佛教就日益衰落。共存是困难的。儒学也是朱子学派一边倒，把朱子学教条化，排斥其他学派。对异端的镇压使知识阶层也衰微了。

“辛酉邪狱”之后，知识阶层的抵抗销声匿迹，农民的暴动则特别引人注目。辛未年（1811 年），由洪景来领导的叛乱在平安道兴起。这次起义虽被政府军镇压下去，但各地的民乱总是此起彼伏，没有间断过。开始时往往带有自发性和感情冲动性，到了后来就渐渐有理论和组织了。这时，正值朝鲜开始受到来自西方的冲击。

这一时期，充满了危机。1860 年，崔济愚创建新兴宗教东学。从鸦片战争算起，已经过了二十年，中国正处于太平天国战争最激烈的时期。印度沦为英国殖民地是在两年前。这一年，英法联军占领北京，俄国占据乌苏里江以东的中国领土。日本的“樱田门外之变”，也发生在这一年。

崔济愚是庆尚北道庆州郡人，1824 年生，初名福述，没落两班出身。所谓“两班”，即文班与武班，意指文武官员，属于李氏朝鲜的统治阶层。崔济愚自幼失去双亲，虽属两班，却处于贫穷之中。他精通汉学。结婚之后，移住妻家蔚山，后漂泊各地。1860 年 4 月，年三十六岁，自称感悟了天主降临，创始东学。

对于来自西方的冲击，东方文明圈的人们说：“西洋的物质文明是优良的，但是，在精神文明方面，还得属东方。”这是最典型的论调，可以说是一种不服输的论调。崔济愚的想法超出了这种偏见。

崔济愚认为，印度的莫卧儿王朝灭亡了，中国的清朝也遭到西洋文明的致命打击，这绝不单单是物质的。光靠它，不可能发挥那么强大的力量。这里也有精神——“学”。正因为建立在西洋之学即西学的基础之上，西方才得以富强起来。所谓“学”，换言之就是精神文明。西学就是西洋的精神文明，其中自然也包括天主教。

为了不败于西洋，面对西学，就必须用东学来对抗，于是崔济愚创造出东学。他怕朝鲜民众被天主教拉去，当西洋的走卒，将朝鲜出卖给西洋，因而以朝鲜民间信仰为基础来提倡东学。他懂得夺取敌人的武器为我所用这一战术，东学之中除了儒、佛、道之外，还糅进天主教。

“人乃天”，“天心即人心”，这就是东学的信念。东学实质上带有浓厚的迷信倾向，但它却批判了朝鲜的门阀及嫡子、庶子的差别等。它的主张在很多方面获得没落两班的共鸣，那些追求现世利益的民众也非常欢迎。

东学迅速扩展开来。任何时候，苦恼着的人们都想从宗教中得到解脱。但是，李氏朝鲜的上层人物却为东学能纠集如此众多的人而感到不安，便想趁东学还没成为庞大的叛乱组织之前，早早地把它处理掉。1864 年，东学的教祖崔济愚因“左道惑民”之罪被逮捕处死。

古代尊崇右道，谓之正道。左道是不正之道，即邪道。“左道术”就是妖术。意思是崔济愚扩大邪教，迷惑民众，是理当问斩的。

教祖被杀，反而使东学的人们更发愤图强。崔济愚虽死，东学的势力却仍在向前发展，特别在妇孺中，传教速度惊人。二代教祖崔时亨，贫农出身，创始者殉难后，曾一度逃往大白山中，但仍致力于传教。镇压反而锻炼了东学组织。

崔时亨接受教训，打算将东学组织改成纯宗教的团体，去掉一切政治色彩。他刊行了第一代教祖的遗文《东经大全》，本心是想把东学限制在一定的框框之内。然而，刊行遗文，客观上就是为始祖申冤，是政治性的。崔时亨做事小心谨慎，仍不能完全脱离政治，终于酿成悲剧。

在东学组织中，与崔时亨相反，有些人希望把东学的政治色彩弄得浓浓的，以便为教祖申冤。他们开展运动，认为不动员民众向当权者进逼，效果就不显著。崔时亨本人则希望避免同当权者摩擦，在动员民众方面不积极。东学组织已经壮大，尽管他是第二代教祖，一个人的意见也左右不了整体的活动。热衷于东学政治化的领袖是全琫准。

全琫准生于1854年，比崔时亨小二十七岁。不能说年轻就过激，他的确是个热血男儿，但使他倾向于过激的却另有理由。他出生在农村的书香门第，当然，这书香门第只不过是低级官员的家庭。他的激烈禀性，可能是家族的传统。父亲全彰赫痛恨中央任命的郡守横征暴敛，袭击官府，死于杖刑之下。全琫准目睹那种惨状，自然在心底炽烈地燃烧着对权势的憎恨之情。加入东学组织后，对于崔时亨的温和态度，他非常不满。

东学组织的扩大，不免要带进来各种各样的思想倾向。有墨守宗教教义者，有倾向于政治者，有胆小鬼，有勇士，总之，这些形形色色的人都是心有不满才加入东学的。在各种不满当中，最多的要属生活方面的不满，因为生活日益困苦。

朝鲜开放比日本稍迟一些，而刚刚开放不久的日本却想撬开朝鲜闭锁着的大门。这时候，其他国家正忙于他们自己的事。英国有印度问题（1857年印度民族起义），美国有内政问题（1861年开始南北战争），法国有普法战争（1870年）、安南殖民问题，俄国有经营西伯利亚问题等。不管谁来管理，只要一开放，社会就避免不了变革。例如：日本商人从上海批发英国棉布，运到朝鲜来销售，朝鲜脆弱的手工业必然受到冲击，靠衣类行业生活的人们必然要破产。

“壬午军乱”“甲申政变”等，都是在这样的社会背景下发生的。

2

袁世凯赴任朝鲜的1885年，英、俄两国围绕阿富汗问题掀起争端，战争一触即发。俄国在海参崴集结舰队，英国认为这是对香港的威胁，遂占领朝鲜的巨文岛，作为防止俄国南下的据点。这是那年的四月。巨文岛在全罗南道的南方，正位于济州岛和丽水的中间，岛并不大。俄国东洋舰队从海参崴经日本海南下觊觎香港，必然走这条航线。

英、俄两国为争夺帝国主义霸权，在阿富汗挑起世界争端，不足为奇。第二次阿富汗抗英战争，阿富汗沦为英国的保护国，是在五年前的1880年。俄国在1868年占领撒马尔罕，把布哈拉汗国作为保护国，1873年征服希瓦汗国，两年后吞并霍坎，1882年占领米鲁。贪得无厌的两种扩张势力终将火并交锋，是历史的必然；而中亚土地上的国境纷争对东亚形势产生影响，则是帝国主义时代的历史必然。

英国非法占据巨文岛后，强行修筑工事，高挂英国国旗，同时要求清廷施加宗主国的影响，不许朝鲜向俄国让步。这时期，朝鲜的财政顾问穆麟德正在劝说朝鲜宫廷靠近俄国。据说，为了派遣军事教官，俄国曾要求租借永兴湾。永兴湾属江原道，在朝鲜半岛北部东侧凹陷部分，湾里有重要港口城市元山。

对于英国占领巨文岛一事，李鸿章认为："英国占据巨文岛，防备俄国人南下，对于清廷、朝鲜都是有利而无害。"

在伦敦，公使曾纪泽按照上级授意，对英国占领巨文岛表示承认，在条文上签了字。

朝鲜政府派穆麟德和严世永前往巨文岛，抗议英国的非法占领。英国对于这种抗议毫不介意，要塞工事依然迅速进行。

当时朝鲜政府的外交负责人是金允植。他召见驻汉城英国总领事亚斯顿，要求英国撤出巨文岛，同时请各国予以调停。各国的反应，当然是依据本国的利益了。

要求英国撤出的是日本和德国，日本害怕在自己的势力范围内，闯进一个强敌来。德国进入朝鲜较晚，当然不赞成一国独占的状态，它盼望来一场混战，以便乘机挤入。

美国认为英国占领巨文岛是不得已而为之。从表面上看，这与清廷是一致的。

当俄国得知清廷承认英国占领巨文岛时，便对清廷的总理衙门提出：如果贵国承认英国占领巨文岛，我国也有必要占领其他岛屿或朝鲜国之一部分。

俄国同朝鲜政府之间，经穆麟德斡旋，订有密约。要取消这个密约的，不仅是清廷，还有日本和美国。德国对于此事，佯作不知，默不作声。俄国处境孤立，于是声明："没有占领朝鲜领土的意图。"

李鸿章把穆麟德解雇，又聘请了美国人欧文·恩·德尼去朝鲜，身份与穆麟德相同。

他受雇于清政府，却把本国的利益摆在第一位，这情况与前任基本相同。

李鸿章是看错了人。德尼甚至对朝鲜政府说：“要想脱离清廷独立，必须与外国势力相结合。”

从李鸿章致总理衙门的信函来看，他也是为清廷的利益考虑的。朝鲜投靠俄国，清廷对朝鲜就难以维持住宗主权，而完全排除俄国势力，也不妥当，因为“有俄在旁，日断不遽生心”。

对于清廷来说，俄国是一个有用的棋子。李鸿章也想同俄国积极联系。

巨文岛事件暴露了帝国主义列强虚虚实实、讨价还价的外交手段，但由于阿富汗边境纠纷的解决，英、俄两国间的紧张对峙状态缓和下来，1887 年 2 月，英国终于撤出巨文岛。

光有仪表和口才，已不再适应时代的需要。李鸿章破格提拔袁世凯的原因，就在于他在这个堪称奇才的年轻人身上看到了在复杂而奇诡的形势下临机应变的才能。年过五十的吴大澂，固然要比袁世凯更加德高望重，但是作为一位学者政治家，他并不适合公使的位置。李鸿章之所以选择袁世凯，并不仅仅因为他是友人（袁保龄）的侄子，而是因为他坚信袁世凯是最佳人选。

3

如前所述，朝鲜民乱不断发生，公开处刑也多起来。在中国，斩首、腰斩也是公开的，所以袁世凯对处刑并不陌生。汉城的钟路大街广场经常有行刑的场面，袁世凯去看过多次。那时候，娱乐活动很少，观看处刑也可以说是一种消遣。刑场周围总是人山人海。袁世凯在汉城时，最喜欢骑马外出，骑在马背上，视线越过人们的头顶，看得很清楚。

“你好像很高兴？”同他并辔的唐绍仪说道。

那一天，正好有三个男人被处死，头颅被砍掉的一刹那，袁世凯喊了一声“好”，微笑着点头称赞，样子非常高兴。在哥伦比亚大学读过书，多少有点儿人道主义思想的唐绍仪，对袁世凯的这种心情颇有些责怪。

“你在美国不观看处刑吗？”袁世凯问道。

“死刑在监狱里执行……不过，在农村……”唐绍仪想起美国人也是很喜欢看处刑的。在美国，偏僻地方仍然流行非人道的私刑。

“在农村，听说常有这种事。把黑人的脖子套上绳索，处以绞刑，也有很多人这样看热闹……也有人拍手喝彩。”袁世凯不大喜欢读书，但愿意听故事，耳闻的知识补救了他的不学无术。

“美国的事，你还知道得不少！”唐绍仪说道。

“在北京时听美国人谈过。”袁世凯答道。

“他准是刨根问底地问过人家。”唐绍仪暗想。想象一下袁世凯那时的眼神，唐绍仪不禁浮起微笑。

“你很善于打听。”唐绍仪刚想说出口，扭头一看，已经不见袁世凯的影子了。

前方人群骚动。

一个男人正拨开人群往前挤，那就是袁世凯。刑场四周拉起了绳围，袁世凯抬起绳子钻过去。一个官员高声吆喝，打算阻止他。袁世凯毫不理睬。官员摇了摇头，他看清了来人是谁。

袁世凯走到刽子手面前，用中国话说：“把刀给我，让我来砍死他！”

刽子手不懂中国话，但他完全明白了袁世凯的要求。

袁世凯经常在汉城街里骑马转悠。下来买东西时，立刻会围上一人群人。袁世凯不讨厌众人围观他。在汉城，几乎没有一个人不认识袁世凯。

“你最好不要随意出门，因为你的身份如同监国。”唐绍仪忠告他，但他只当耳边风。

“人的性格有外向的和内向的，我和你正好相反。”袁世凯说。

唐绍仪苦笑了。

“监国”，是国家监督者之意，是宗主国向属国派出的国政监察官。日本吞并朝鲜之前，伊藤博文实际上就是监国。

按照唐绍仪的意见，监国应当很庄重，但袁世凯本人并不这么想。袁世凯从刽子手手中夺过青龙刀，朝绑在那里的罪人走去。他稍稍弯下身子，看了看死囚的脸，似乎说了一句什么。死囚没有吱声，可能袁世凯是用中国话问的，他不明白意思。

袁世凯龇着白牙笑了。他稍稍偏了一下头，把青龙刀向空中挥舞了两下。青龙刀和日本刀不同，靠的是重量来砍切东西，使用它没有腕力不行。袁世凯学过武术，不愿读书却喜欢骑马击剑，此刻他像孩子得到了满意的玩具一样，高兴极了。

袁世凯把刀举过头顶，大叫一声，砍了下来。人头带着红线一般的鲜血飞出去，滚到草丛间。躯体缓缓地向一旁倒下。

斩首，看来简单，其实不然，刽子手要经过严格的职业训练。在刑场上也有失败的，所谓失败，就是一刀砍下，人头却没有飞走。

袁世凯挺起胸膛，向四周环顾了一下，扬扬得意。他仿佛在期待观众的喝彩，但是，没有一个人想为他鼓掌。斩首毕竟与翻筋斗、打把式不同，这不是博得喝彩的技艺。

袁世凯表情陡变，怒气冲冲，把大刀抛在地上，返身回来。

“你太轻率了！”唐绍仪说道。

“是吗？”

“你知道他是什么罪吗？”唐绍仪问道。

“不知道！”

“儿子参加民乱，却把他抓来处死。是个无辜的父亲，大家都同情他。”

“这么说，刚才的举动不合适喽！”

“很不合适！如果是强盗杀人犯，那还可以，可眼下，人们倒想帮助这个人。”

袁世凯疯狂挥刀时，唐绍仪向围观的人打听了罪人的身世。

“行啦，行啦！”袁世凯用手敲打着马鞍说道，“下次再干这种事，先问问死囚的情况。”

唐绍仪不禁缩了缩脖子。

4

1886年2月15日（光绪十二年一月十二日）直隶总督兼北洋大臣李鸿章批准袁世凯东渡日本。这是因为日本内阁总理大臣伊藤博文提出邀请，在东京同袁世凯会晤。井上馨外相曾希望清政府驻朝鲜负责人了解日本，如果不是日本通，就让他成为日本通。

李鸿章叮嘱道：“似可借释前嫌，有裨大局。”

李鸿章所说的前嫌，就是指日本对袁世凯的憎恶之感。伊藤认为通过这次邀请，袁世凯个人同日本的倾轧关系或许能有所好转。

袁世凯公务繁忙，直到那年五月才终于出访日本，可惜时间短暂，没有仔细观察的余裕。

当时日本废除了太政官制（1885年12月），内阁制刚刚起步，首相伊藤博文、外相井上馨、内相山县有朋、藏相松方正义、陆相大山岩、海相西乡从道、法相山田显义、文部相森有礼、农商相谷干城、邮政相榎本武扬。太政大臣三条实美就任内大臣。日本由此从根本上改变了政体而保留了国体，当然免不了几分混乱，街头巷尾流传着黑田清隆对内阁人事安排不满的说法。一些在猎官运动中失败的人，当然会有种种怨言。

这时正是鹿鸣馆辉煌灿烂的时期，也是日本政府紧缩财政的时期。紧缩财政是为了扩张军备。“甲申政变”之际，黑田清隆的强硬论、主战论，不仅遭到伊藤博文、井上馨的反对，而且遭到军人山县有朋的反对，他用纯军事观点驳斥说：“依靠现有之军备，不可能同中国长期作战。”

袁世凯在日本做了短时间的访问，对于伊藤和黑田对立的真相，并没有掌握。

黑田清隆的“速战论”主张是：如果从现在起三年之内，不在朝鲜确立霸权，那么正在整顿军备的清廷，会远远超过日本的实力。到那时，日本就会失掉时机。他列举了理由：清政府已经在中法战争中觉察到海军力量的脆弱，向德国订购两艘铁甲舰“镇远号”和“定远号”，全是七千吨级的巨舰。而日本海军的最大军舰也不过三千吨。另外，清政府又购进快速舰“济远号”，还要购进“致远号”“靖远号”“经远号”“来远号”等舰。

“三年之后，日本就不配做中国的对手了。”黑田从表面现象生出迫切感，而伊藤对清政府的内情却知道得更清楚。

伊藤认为：再过三年也用不着担心中国会强起来，因为中国还在以作诗录用文官，以射箭任用武官，没有什么值得害怕的。西洋人也说：中国还在昏睡，我们所害怕的，是中国觉醒过来。迄今，中国总是睁一睁眼睛就又睡过去。同俄国发生纠纷时，中国清醒过来，架设了电线。但一两年之后，又睡了过去。中法战争后，又醒过来，于是购进“镇远号”“定远号”。近几年来，太平无事，就又睡过去了。日本可以趁此时机追过中国。假如现在在朝鲜寻衅闹事，就等于把将要睡去的中国摇醒，促使它奋起。

可以说，关于中国，伊藤比黑田有更多的情报，分析也较为中肯。

清政府于 1885 年购进“镇远号”“定远号”“济远号”三舰，1887 年购进“致远号”“靖远号”“经远号”“来远号”四舰。中法和约签订在 1885 年 6 月，购进军舰，正当伊藤所说的觉醒期。1888 年成立北洋舰队，提督丁汝昌任司令。中日甲午战争是在 1894 年打响。这期间，日本忙于扩充军备，而中国自买进英、德四舰以后，直到战争爆发的七年里，竟再未购入一艘军舰。

中国也有扩充舰队的预算，但这笔钱被西太后挪用去修造颐和园了。当然，准许挪用军事预算的大臣也有责任，不过，这毕竟只能说还处在昏睡状态。

在东京，日本首脑向袁世凯提出十二条要求，主要是：尊重朝鲜的自主权，不要给西洋诸国以可乘之机，朝鲜诸事统由中、日两国通力解决等。

前面已经多次提过，中国虽有宗主国的名义，但到19世纪中叶朝鲜开放为止，中国从不干涉朝鲜内政，朝鲜充分自主地行使主权。

清初，朝鲜在冬至、元旦及万寿圣节（皇帝的生日），定期派出使者，称为冬至使、年贡使、迎历使。雍正年间（1723年—1735年）合并为一使。此外，清朝皇室有庆吊诸事，朝鲜随时派出使臣。朝鲜王室即位时，要接受清廷册封，有吊唁事则向北京派出告讣使，这些关系只是一种“交往”，政治色彩极其淡薄。

1832年6月，东印度公司的商船“亚玛斯特号”到达朝鲜，要求贸易。朝鲜政府以“朝鲜国服事大清国，只遵从大清国意，除大清国外，不准同外国人交易”为由，予以拒绝。一有麻烦事，便以从属中国为借口，抵挡过去。

形式上的宗主权转向实质性权力，是朝鲜同外国的接触日趋频繁之后，由日本首先引起的。明治维新，应当说是日本民族活力的外溢。从上海买进英国棉布，运到朝鲜销售，这绝不是日本人个人的活力，而应视为民族的活力。

中国商人因此而受到刺激。他们想：日本商人贩运棉布的路线是上海—长崎—仁川，与其如此，不如从上海直接运往仁川，这样成本更低。中国商人打入朝鲜，必须与日本商人竞争，于是中国同日本之间围绕在朝鲜的霸权问题，展开了斗争。

袁世凯访问日本的1886年，为亡命日本的金玉均问题，日本同中国、朝鲜之间发生龃龉。

对于朝鲜及其背后的中国来说，金玉均是个大逆罪人。他杀了那么多大臣，闵氏家族横遭其难，当然要求将他引渡。

作为日本政府，也不能轻易说：“好吧，把金玉均引渡给你们。”因为金玉均曾是亲日派的领袖，他想依靠日本改革朝鲜国政，事败而亡命日本。如果接受中国、朝鲜的要求，就会使日本的国家信义扫地。

这时，金玉均正使用岩田的化名，潜居在东京府。

1886年6月，内相山县有朋向警视总监三岛通庸及府知事、县令等发出训令：

金玉均系朝鲜国民，因国事犯罪，亡命日本。日本天皇陛下之政府认为金玉均居住于日本天皇陛下之领地内，不仅妨碍日本天皇陛下之政府与朝鲜政府亲睦相交，更确信其有危及日本帝国之和平静谧及外交安全之可能。故余以委任余之职权命令金玉均，自此训令到达之日起十五日内，立即离开日本天皇陛下之领地，直到取消此命令为止。因此，余命令卿等，将此训令抄送金玉均，遵照执行。倘其不立即离去，则有拘留彼之权力，并尽快采取从日本天皇陛下之领地逐金玉均出境之手段。切切此令。

——摘自明治十九年（1886年）七月三日《东京日日新闻》

真是一篇典型的晦涩文章。

经过十五天的延缓，金玉均被拘留，转送到小笠原岛。

把金玉均送还朝鲜，等于杀掉他，于是日本政府用了个苦肉计，把他转移到小笠原。当然，那里也是日本天皇陛下的领地，只是离得远些而已。顺便提一下，“小笠原”的命名正是这一年，即明治十九年。

【第十二章】

自主之路

1

亡命的金玉均被日本政府转移到小笠原岛时，朝鲜宫廷又开始策划同俄国接近。除了俄国，还能依靠谁的势力呢？宫廷里飘荡着这种空气。

前次对俄接近时情报泄露，被清政府得知，以失败告终，这次就必须格外谨慎。闵妃等人有着巨大的危机感，何况还有一个大院君，简直是闵妃的不露面的劲敌。大院君的背后有清政府做后盾，善于操纵的袁世凯不知什么时候会操纵大院君这个傀儡动起来。

亲俄派的重要人物闵泳焕、闵应植等都是闵氏族人，另有洪在羲和金嘉镇等人协助。出入俄使馆、担任沟通的是竹山府使赵存斗、金良默、金鹤羽等。精通俄语的蔡显植为他们当翻译。

亲俄派强调："清政府自称为宗主国，当英国占我领土巨文岛时，却不曾采取任何有效措施。现在，能使英国撤出巨文岛的，只有俄国具备这样的实力。"

英国占领巨文岛，构筑要塞，是俄国政府命令舰队在海参崴集结之故。俄国解散远东舰队，英国自然会放弃巨文岛。只有俄国能对抗英国，的确也是事实。

朝鲜宫廷悄悄把金光勋召回汉城。第一次与俄接触时，他曾同金镛元去过海参崴。当时的使节们，因"不遵国王之命，擅自行动"，分别受到处罚，被发配到边远地方。金光勋在边城度过一年多的流放生活。他极端秘密地返回汉城，开始同俄国公使接触。

俄国方面并不是完全被动的。驻朝鲜公使韦贝让妻子出入宫廷，同最高实权者闵妃进行个人交往。

袁世凯在宫廷里也有情报网，较早地觉察到宫廷中对俄接近的空气。不过，接到确切的情报是在阳历8月1日（阴历七月二日）。

这是右营使闵泳翊告诉他的。闵泳翊虽然也去日本视察过，但在政治态度上却是亲清反日。“甲申政变”中，他在邮政局附近遭到亲日派的袭击，身负重伤。他是闵氏一族的要人，国王、王妃都信任他。对于朝鲜自主一事，他毫无异议，只是因此而引来俄国，他不能赞成。

“必须赶快制止对俄接近计划。”闵泳翊考虑成熟后，向袁世凯揭露了这件事。

“靠你自己的力量不能设法毁掉那个计划吗？”袁世凯对闵泳翊说。

闵泳翊摇了摇头，心中暗说：如果用我的力量能左右他们，我就不告密了。

“噢……亲俄势力竟如此强大了？”袁世凯脸色忧郁地点了点头。

他采取的第一步对策，是把这项情报泄露给各国。

日本和英国的反应极其敏感，穆麟德的后任——美国人德尼不但辅佐朝鲜政府，还辅佐着袁世凯。有人问他对这一情报的看法时，他答道：“这是英国人散布的谣言，他们想把占领巨文岛合法化。”

德尼不可能不知道朝鲜宫廷的真正动向，说不定对俄接近就是他出的主意。他经常站在为朝鲜宫廷辩护的立场上。

“这个人惧内，是致命的弱点！”袁世凯撇了撇嘴，轻声说道。这个人是指朝鲜国王李熙。

朝鲜国王完全被王妃闵氏踩在脚下，策划对俄接近绝不是他的独出心裁，而是闵妃的谋略。

难道是中堂估计错了？袁世凯觉得不对头。李鸿章已是六十五六岁的成熟的政治家，对于不满三十岁的袁世凯来说，简直就是活神仙。他相信这位中堂一贯正确。应该说，是他努力使自己相信。他这样的行动派很需要有一个指点方向的人物，与其自己左思右想，不如有人命令说：“这么做！”命令者若是错了，那可就全糟了，所以，袁世凯希望命令者李鸿章在原则上绝对正确。

然而，李鸿章决定释放大院君，袁世凯总觉得是个错误。从这时起，袁世凯敢于对被他神化的李鸿章抱怀疑态度了。

由于释放了大院君，亲清倾向极强的闵妃派也开始产生反清情绪，这是无法否认的事实。不过，对名义上的属国，长期地拘留国王之父，听起来也不妥当。释放这件事，从人道的立场上看，谁也没有理由责难。而且，为维护岌岌可危的宗主权，使用古典的“分而治之”（divide and rule）的方法，也无可厚非。对于宗主国来说，朝鲜政界分成数个小集团才最为理想，反之，团结一致就不好办了。大院君的释放，反倒使闵妃派团结一致了，是危机感使他们抛弃了小异。

袁世凯深感朝鲜内部团结一致是难以应付的。如果国王能稍稍坚强些，就会产生国王派与王妃派的分裂。可是，现在不存在国王派，只有清一色的闵妃派系。

团结一致，靠近俄国，这是不能等闲视之的问题。袁世凯给李鸿章拍电报，提出建议："废昏君，另立李氏贤者。"

闵妃因为是王妃，所以才能专横跋扈，如果丈夫不是国王，她的权力源泉就干涸了。但是，闵妃一党绝不会善罢甘休，因此必须使用武力。

一周以后，汉城电报局委员陈同书来见袁世凯。

"俄国公使要给本国政府拍发一封长文电报，这是历来没有过的，总觉得这里面有点儿什么，特来报告。"

"那封电报呢？"

"暂时扣留，还没发出。"陈同书答道。

因为是密码电报，内容无法知道，但是，电文这么长，估计不会是一般的事情。

"多谢，今后还请多加注意。电报暂时不要拍发。"

袁世凯让陈同书回去以后，立刻采取了两项措施：

一、同闵泳翊取得联系，探询闵党与俄国方面是否有了重要商定。

二、要求英国方面派出军舰在朝鲜沿海巡逻，以牵制俄国。

据闵泳翊调查，朝鲜领议政沈舜泽曾致函俄国公使韦贝，内容如下：

密启者，敝邦偏在一隅，虽称独立自主，而终未免受辖他国。我大君主深为耻辱。今力求振兴，悉改前制，欲求不受他国辖制。唯未免有所忧忌。敝邦与贵国，睦谊尤笃，唇齿之势，自与他国有别。深望贵大臣禀告贵国政府，协力默允，极力保护，永远勿违。我国大臣与天下各国一律平行，或有未适他国之处，望贵国派兵舰相助，以期妥当，是深景仰贵国者也。

奉敕内务总理大臣　沈舜泽

大朝鲜开国四百九十五年丙戌七月十日

显然，这是一封要求派遣舰队的信件。袁世凯不失时机，立刻用电报报告李鸿章。

李鸿章接到电报后，向驻彼得堡公使刘瑞芬发出训令。

驻英、俄公使一年前由曾纪泽换为刘瑞芬，虽是兼驻英、俄两国，但这一时期清廷同俄国在外交方面的问题较多，所以，公使驻在彼得堡的时间要比在伦敦多。

刘瑞芬亲自向俄国政府外交部提出："请俄国政府不要接受来自朝鲜的书函，如果难以拒绝接受，则请拒绝派遣军舰。"

俄国外交部保证说："俄国政府未曾收到过朝鲜政府的任何书函，将来亦不准备接受。"

袁世凯要求派兵，但李鸿章不同意。北洋舰队运输数千兵卒，要耗费大量军费，而目前，还没有更多的军费。预算被过着豪奢生活的西太后所挥霍，所剩无几，与其用来威吓朝鲜，不如去欧洲订购军舰。

在汉城，袁世凯拿出证据，威吓朝鲜宫廷："大兵不日来朝鲜问罪！"

八月十四日，袁世凯集合朝鲜文武官员，做了一通演讲。

朝鲜方面声称书函为不法之徒所伪造，政府事先不曾知晓。

那么，不法之徒是何人呢？不得不付出牺牲者，否则难以了结。于是，金嘉镇、赵存斗等四人被投进牢狱。而闵泳翊则悄悄去了香港，他不在，便找不到证人了。

李鸿章没有派兵，但是派陈允颐去朝鲜同袁世凯联系，并且让丁汝昌出动舰队到仁川海面。

朝鲜政府第二次靠拢俄国，重蹈了第一次的覆辙，也自消自灭了。

李鸿章向朝鲜政府保证："中国决不在朝鲜设置'监国'。"一国的宰相做了保证，朝鲜方面也就放心了。于是，朝鲜政府派外署督办徐相雨去北京，向北洋大臣和礼部表示"朝鲜无异志"，这样便给了清政府面子。

2

第二年，1887年，朝鲜得以保持稳定状态。英、俄两国在阿富汗达成妥协，英国因而失去了继续占领巨文岛的理由，只好撤出。

这年，袁世凯在朝鲜的主要任务是阻止俄国同朝鲜签订陆路通商条约。

反对签约的根据是中国同俄国的国境问题尚未解决。

同俄国谈判东部边界问题的中国代表仍是吴大澂。他认为“从延秋到海洋一线”才是中国的边境线。如果中国方面的主张得到承认，那么，俄国同朝鲜在陆地上就没有接壤之处。国境不相接，还谈什么“陆路通商”？可见，袁世凯的反对是有道理的。不过，《俄朝陆路通商条约》拖到第二年，由于俄国的坚持，到底通过了。

当然，一个外交官的力量是有限的，但是，在这件事情上，与其说袁世凯缺少力量，毋宁说他故意松了劲儿。

近来，袁世凯也摸到了李鸿章的脉搏。清廷的军备，有西太后在，就不得不原地踏步，无法向前。在实力不足的情况下，必须靠外交手段突破难关。

“大敌是日本”，这就是李鸿章的看法。袁世凯还记得，在天津闲谈时李鸿章说起过这件事。

当时，袁世凯问道：“为什么是日本呢？日本这么小。”

李鸿章摊了一下双手，答道：“日本虽小，却能拧成一股绳，全力以赴。日本要活动，就只有朝鲜这一条路，别无他途。俄国虽大，但与土耳其、阿富汗、中国等国接壤，对朝鲜使不上两只手，只能用脚尖。就像用脚尖轻轻地踢一踢似的，没有多大劲儿。样子像有劲儿，其实不然，可用来威慑却最合适。我们要很好地利用。”

最后一句话意味着什么？当时不十分理解，现在总算清楚了。就是说，打算把俄国当作看门狗，用来抵御可能全力向朝鲜扑来的日本。

在袁世凯看来，陆路通商不可能有太大的规模，不致损害中国利益。首先是因为朝鲜的购买力极弱，更何况袁世凯的外交本来就不重视经济方面，他也没有专门知识。

甲申年，即 1884 年，英商的怡和洋行在上海和仁川之间开辟了一条定期航线。如前所述，日、朝间贸易的主要商品是英国制造的棉布，日本从上海输入，然后再向朝鲜输出。从上海直接运到仁川，要比经日本转运有利得多。

然而，有一种更有利的“生意”，为袁世凯所掌握，所以他不关心别的生意。这个“生意”就是利用水师搞走私。主要是从中国往朝鲜运鸦片，从朝鲜往中国运人参，由于不付税金，简直是一本万利。后来袁世凯所用的政治资金，据说就是在朝鲜任上积蓄的。

袁世凯在朝鲜，日本和美国对他的评价很坏，英国比较好。日本憎恨袁世凯，是因为有“甲申政变”的前隙，而美国憎恶袁世凯，是因为他对朝鲜政府傲慢无礼。

“朝鲜是自主独立的国家，不从属于任何国家。”美国这么看朝鲜。

与之相反，英国却主张中国对朝鲜应当更强硬地行使宗主权，因为它的夙敌俄国对朝鲜的渗透越来越厉害。

“朝鲜是中国的属国，不能让俄国在朝鲜为所欲为，中国应当更强硬些。”这是英国的态度。

关于朝鲜问题，各国的态度不一致。上述只是个概略。因时因事，各国态度也发生着微妙变化。

那么，朝鲜政府的情况如何呢？

“完全独立！”显然，这是朝鲜的悲壮心愿。随着列强的踏进，中国的宗主权渐趋暗淡，这对于朝鲜来说，当然是值得庆幸的。袁世凯硬要把本来只是名义上的宗主权变成实质性的东西，必然引起朝鲜政府的抵制。靠拢俄国，就是这种抵制之一。

1887 年，朝鲜所采取的最为明显的抵制，就是向列强派遣使节。列强已经在朝鲜开设公使馆和领事馆，按理说朝鲜也应向列强派遣外交官。这一年的八月十八日，朝鲜政府决定派朴定阳赴美国，派沈相学赴欧洲各国。后沈相学患病，又改派赵臣熙。

袁世凯对国际政治力学非常敏感，可能要超过他的师傅李鸿章，但国际政治学方面的专门知识却很少，甚至不大清楚涉及外交官身份的原则。他虽然听说了朝鲜向外国派遣使节，却没有放在心上。

“对方来了人，我方若不去，显得太冷淡了。交际嘛，就该如此！”他的认识程度不过如此。

“只有独立国才能派遣外交官，而非独立国没有外交权，属国没有外交权。”唐绍仪给袁世凯讲了一通国际政治学入门。听了他的话，袁世凯转动着眼珠子大叫：“不行，这可不行！”

朝鲜政府派遣使节，初时袁世凯以为只不过是一般的交涉罢了，当唐绍仪讲了这一行为背后重大的政治意义之后，他有些狼狈了。

朝鲜对外派遣使节，并非没有先例。以前往日本派遣过闵泳骏，事后报告清政府，袁世凯完全没有当回事。

“似乎还要搞先派后咨（先行派遣，事后再取得承认）。”袁世凯一直没接到正式通知，只是偶尔从情报网得到一些消息。

“这么说不读国际公法是不行了……你能不能给我翻译出来？只拣紧要的

部分，简单一些，最好是一读就懂。”袁世凯对唐绍仪说道。

“我给你分条写出来吧！”

唐绍仪整理了国际公法的要点，让袁世凯学习。

属国没有外交权，是国际公法的基本常识。缔结条约当然就是外交，迄今为止，朝鲜已同各国缔结了不少条约。

这也成为朝鲜并非属国的根据。缔结条约即外交活动，已经是事实。条约都是双方的，时至今日，如提出无效，就将是重大国际问题。

派遣外交官和缔结条约同属外交活动。一方面承认缔结条约，另一方面却不允许派遣外交官，岂不是自相矛盾？现实主义者的袁世凯已经预感到不可能阻止朝鲜派遣外交官了。他想：那就换个办法，对外交官的身份和行动加以限制。

具体办法是将从前的“先派后咨”改为“先咨后派”（先经清政府承认，后派外交官）。这样一来，朝鲜政府派朴定阳去美一事，只好延缓。

美国方面当然很不满意，驻朝鲜公使颠司莫致函袁世凯，对清政府的干涉提出抗议。内容是：

一、美朝条约是两国在平等立场上签订的。

二、条约规定互派外交官，其中并没有需要清政府承认之类的规定。

三、朝鲜政府派闵泳骏赴日本时，清政府未加干涉，偏偏阻挠向美国派遣外交官，是何用意?

与此同时，美国驻中国公使田贝也受国务卿之命，向清政府提出抗议：“中、朝两国虽有宗属关系，但只为两国之关系而已。贵国对朝鲜之内政外交，事实上业已承认其自主权，而今限制其外交权殊难理解。”

事情变得麻烦了。

尽管是朝鲜问题，但事态一旦扩大，交涉就变成上面的事了。当然也要征求一下袁世凯的意见，但那不过是作为参考而已。

朝鲜政府知道这时候应该对清廷做些什么，那就是在体面上多动动脑筋。于是，特派礼宾司主簿尹奎燮去天津，郑重陈述事情原委，恭请裁决。

清政府首先考虑的是“体面”问题，朝鲜政府深知这一点。清政府要求把派赴美国的外交官朴定阳的头衔，由“全权公使”（Plenipotentiary）改为“常驻公使”（Minister Resident），即三等公使。

向美国派出外交官的最大目的，在于宣扬独立自主，何况朝鲜和美国之间没有什么亟待解决的问题。为此，必须争得“全权公使”这一头衔，否则，好不容易的一次派遣，将会减去一半儿效果。

尹奎燮在清廷顽强地坚持：“根据条约，双方互换外交官。美国驻朝鲜公使是全权公使，而朝鲜也应与之相同。由于我国经济贫困，不便与之对等交往，一俟递交国书任务完成后，朴定阳立即归国，其后，以一等书记官代理公使，以节约国库开支……”清政府终于被说服，承认了“全权公使”，但提出三项附带条件：

一、朝鲜外交官到达外国时，须先向那里的清公使馆报告，会同清公使齐赴该国外交部。其后诸事，可不受拘束。

二、宫廷、国家的正式仪典、集会等，朝鲜外交官应跟随清公使之后。

三、外交中的重要事项，朝鲜外交官应首先同清公使磋商。

朝鲜政府痛快地同意了。前两条只是个体面问题，第三条的执行与否，全凭朝鲜方面判断，即或有所违犯，也易于辩解。

朴定阳终于在十一月十二日成行。他乘美国军舰，离开了仁川。

中国驻美国公使是张荫桓，他属下有一个叫徐寿朋的一等书记官，他们接到北京发来的电报，以为朝鲜公使一到任，准会前来中国公使馆报到，端着架子等着。

然而，朴定阳接到的任务是故意装傻，不理睬上述三项原则，以创造“自主独立”的实绩为最高目的。他更高一筹，委托同行的美国人亚连代他去华盛顿的中国公使馆。亚连传话说：“风闻到达美国时，须立即拜访中国公使馆，但实际上我本人没有接到训令，也许是电报延误了。总之，我没有接到训令，现在只好依据‘外交常识’行动，请予谅解。”

朝鲜全权公使朴定阳终于单独去美国外交部，拜会了国务卿贝亚德，然后又谒见了美国总统克利夫兰。由此，朝鲜向全世界表示它是一个独立国家。

中国公使张荫桓从华盛顿向北京总理衙门发电：“朝鲜使者态度不逊，大伤我国权威，应予惩处。”

北京向汉城的袁世凯转发这一电报。袁世凯怒气冲冲地闯进宫廷。

“这是个差错，保证今后不再犯。立即往华盛顿发电。”这就是朝鲜方面的回答。

“三项附带条件中之第一条，有损于朝鲜国体面，可否删除？”朝鲜提出新方案。表面上说保证今后不再违犯，却提出废掉第一条，显然是不打算遵守的。

朝鲜像一条游鱼，窥视着清政府的每一个空隙，准备溜走。而驻在朝鲜的各国外交官也不断向朝鲜政府兜售各种计谋，以致朝鲜成了难以对付的交涉对象。

3

李鸿章把堆在桌上的卷宗分成两部分，顺手翻开最上面的。他要暂时离开天津，必须把要紧事情处理一下。

这时已是光绪十四年（1888 年）。

“甲申政变”过去四年了，李鸿章六十六岁。

“岁月不饶人……”他停下整理公文的手，摸了摸额头，指尖感觉出那里的皱纹明显增多了。此刻整理的是前一年的东西，不知为何，他总觉得自己的人生已到了要收场的时候。为排除凄凉之感，只有热衷于工作。

把一年来杂乱的公文披阅一遍，终于发现了一直不曾注意到的一些相互关系，理出了一点儿头绪。

“朝鲜变得不好对付了，有关朝鲜的事情应当更细致地考虑。”他自言自语地说。

回想一下去年的一些事情，他终于明白朝鲜政府的手法要比中国更为细致、更有条理。

“为什么当时没注意到呢？”李鸿章独自嘟囔着。

当然，他是有可辩解的。前一年，1887 年，对于清政府来说，简直是台湾年。经过中法战争，台湾的重要性凸显起来。置于福建省管辖之下的台湾，前一年成为一个省，十月任命了第一任巡抚。也许李鸿章对台湾过于重视，因而疏忽了朝鲜。

“嗯……就是它……”他拿起一件公文。这是只有几行字的报告，可能是袁世凯亲自起草的，充分表现出他的性格。报告的末尾用铅笔写着：“有必要考虑对此事的报复！”

这是关于朝鲜政府解任金允植等人的报告。金允植是人所共知的事大党——亲清派的领袖，撤掉亲清派领袖，显然是对袁世凯等清政府方面驻朝鲜官员的挑战。然而，在朝鲜政界却看不出什么重大的派系抗争。

还有铅笔附记：“是否有私人怨恨？”并非政策上的意见对立，而是个人间的争执，也可能是争权夺位的倾轧。

盟友金允植被解任，袁世凯可真有点儿头疼了。报告中虽未详细述及，但可以想见，袁世凯闯进朝鲜宫廷，大发雷霆地喊叫：“为什么把金允植免职了！”

对此，朝鲜宫廷一定是照例含糊其词，应付一阵子便马虎过去了。这时，李鸿章心里若有所悟：“问题就在这里，没错……”

金允植解任之后，立刻有闵泳骏赴日之事。

在中国方面，特别是袁世凯，金允植的解任尽管是一时的，也觉得是个大问题。袁世凯受到了刺激，无暇顾及其他。趁此机会，时隔不久朝鲜便将闵泳骏派往日本，充分运用了“先派后咨”的手法。

李鸿章认为，金允植的解任，也许是他本人同意的，演给旁人的一出戏。

亲日派、亲俄派、亲清派——目前分成这三派，不管形势如何变化，朝鲜总有一伙人出来支撑局面，李鸿章从一开始就认为这也许是 种合谋。

假如这是一种戏剧性的密谋，那么，朝鲜政府的确不简单！李鸿章望着天棚想。

四月末，李鸿章同葡萄牙签署了通商条约，五月五日去旅顺、大连，视察新购进的军舰“致远号”。

“这些等回来再办……”李鸿章把一些新近的文书归拢到桌子一角。因为上了年纪，自言自语的毛病越发厉害了。他抄录了公文的标题。

“朴定阳尚未归国”——戴着“全权公使”头衔的朴定阳原来说递交国书后立即返回朝鲜，但时过一年半之久，仍没有从华盛顿动身的迹象。

“金嘉镇未来拜访”——这是东京来的报告，当了朝鲜驻日代理公使的金嘉镇，按照前述三项附带条件，应该到中国驻日公使馆拜访，然而迄今并未执行。说起来，任命金嘉镇为驻日代理公使，清政府就感到不快。金嘉镇积极靠拢俄国，由于袁世凯的强烈要求，朝鲜政府把他“放逐”，怎么这么快又起用了？

只因为接触了俄国，就断定是亲俄派，这确实值得研究。像接触日本、接触美国一样，按理应当统称他们为“独立自主派”。不，称“派”也不妥当，因为朝鲜有主见的政治家都在内心深处怀着独立自主的愿望。

被视为亲清派的闵泳翊要同中国搞好关系，最终目标也不外是独立自主。

去年清政府更换了驻日公使，黎庶昌再次出任。四年前因服丧而辞去驻日公使职务的黎庶昌，是有三年半驻日经验的老手。

旧历年末，黎庶昌到达东京。正月贺年时，金嘉镇到清公使馆门前投递了名片便返回了，不曾同公使会晤。

黎庶昌曾有如此记载："朝人胸中，唯有'自主'二字耿耿于怀，牢不可破。"

黎庶昌把金嘉镇不来拜访之事告知了汉城的袁世凯。袁世凯照例闯进朝鲜宫廷，大喊大叫。他在给李鸿章的报告中写道："婉诘。"李鸿章读了之后哈哈大笑，说道："婉诘？他这种人能……"

他想象得出袁世凯恫吓朝鲜要人时的情景。

"公使闵泳骏正在返任，金嘉镇不过是代理公使。他理解自己的身份，有所顾虑，请予谅解，以后令其拜访……"这就是朝鲜政府的答复。

"事情越来越难办……"李鸿章自言自语，闭上了眼睛。

李鸿章到旅顺、大连，接收了"致远号"，查看了炮台，于五月十六日返回天津。十多天的视察使他疲惫不堪，终于卧床不起。

李鸿章痊愈后不久，接到东京黎庶昌的报告，说是金嘉镇勉强做了拜访。

"噢？慰亭的婉诘产生了效果？……"李鸿章捋着胡须，自言自语。

【第十三章】
北洋人

1

“十日卧阁，向来所无，外间传闻，或至过甚……”

这是李鸿章病愈后写给张翼的书信。

信中提到服用中药不见效，请西医诊治，立即好转。政治家李鸿章大概在考虑如何把这种体验应用到政治上，他觉得还是西洋派具有速效性。

病愈后，李鸿章的第一件事就是制定《北洋海军章程》。章程主要采用英国海军的战法，并参考德国的某些内容，重点在培养海军人才。

李鸿章被人称为“洋务派”。他相信采纳西欧近代科学是使中国起死回生的妙药。他自己患病的体验，也证实着这一点。从国防的观点上看，近代化应该把海军放在优先的地位。

这年（1888 年）十二月，北洋舰队正式建立。丁汝昌为北洋海军提督，林泰曾为左翼总兵兼“镇远号”舰长，刘步蟾为右翼总兵兼“定远号”舰长。培养海军人才用的练习舰“敏捷号”也建成，这是用两年前从英国买进的船身长四十六米的帆船改造的，购进费和改装费合计为白银两万二千余两。

北洋海军拥有新旧、大小军舰二十五艘，当时是亚洲最强大的舰队。北洋海军提督为丁汝昌，当然隶属于李鸿章麾下，具有李鸿章的私有兵团的性质，也是他的政治资本。

驻日公使黎庶昌报告了朝鲜驻日代理公使金嘉镇勉强来中国公使馆拜访之后，又报告了亡命日本的金玉均的消息。

金玉均被流放到小笠原岛，最近以疗养为名转往北海道札幌，七月末，金玉均从小笠原岛乘“骏河号”到达横滨，在高野屋旅馆住了一宿，然后乘“高砂号”去函馆。当初，被转移到小笠原岛时，金玉均颇为不满，而这次则非常高兴。札幌较之小笠原岛繁华得多，他高兴是可以理解的。金玉均在横滨停留时，下榻于神奈川高岛嘉右卫门别墅的朴泳孝曾前往旅馆拜访，畅谈了一会儿。

转移金玉均时，警戒极其严密。闵妃一党对金玉均恨之入骨。

传言说：“从朝鲜派来了刺客。”事实上，日本政府的确掌握着朝鲜刺客潜入日本的证据。

神奈川县警察局长田健治郎一直把金玉均送到“高砂号”船内。上司命令他做好警戒，并且要确认金玉均上了船。

“最好别发生麻烦事。”李鸿章嘟哝着。

从清政府的利益来说，亲日反清的金玉均是令人讨厌的。他有很大影响，遇事果断，敢于行动。

闵派最初派去的刺客是内署主事池运永，他不仅失败了，还叫金玉均的保镖柳赫鲁夺去了朝鲜国王的“委任状”。

对“委任状”的真伪，日本政府要求朝鲜政府予以说明。最后把金玉均放到小笠原，送还池运永，以此收场。可见，此次金玉均从小笠原转往札幌，很容易遭到暗杀。

李鸿章也深知在日本刺杀金玉均的影响之大。与其暗杀他，不如让亲日反清派束手无策、坐以待毙。

除了金玉均问题，朝鲜问题中还有袁世凯到九月已满三年任期的问题。袁世凯本人也有呈文，请求回国。

在清政府内部，要求更换袁世凯的呼声很高。

“袁固有血性……”李鸿章向总署提出个人意见。他首先从袁世凯的缺点说起，认为他血气方刚，免不了有鲁莽之处，但是，他也在积累经验，日见慎重。他的高压政策和强制手段，遭到朝鲜政府和汉城外交界的指责，因此，并不是非袁世凯留任不可。可是，谁来代替他？哪里还能找到一个像他这么能干的人？

李鸿章用词委婉，其实是“反对更迭”。

他在袁世凯的呈文上批示：“关于朝鲜问题，没有人能如你这样深知利害，因此希望你不要离任。”——这真是好言抚慰。

2

当时清朝皇帝是载湉。前代皇帝载淳，即同治帝，无子。按中国的命名方法，同辈的兄弟都共有一个字。载湉和先帝是堂兄弟。

载湉谥号德宗，年号光绪，一般称“光绪帝”。

这里，略述一下清末的皇室关系。对于绝对独裁的君主时代，不记住皇室的谱系，就不易摸清历史的脉络。

咸丰皇帝在位十一年，为太平天国战争伤透了脑筋。1861 年咸丰帝驾崩。他只有一个儿子，名载淳，五岁即位。这就是同治帝，生母是西太后。

咸丰帝的正皇后后来称为“东太后”，生下同治帝的叶赫那拉氏称为“西太后”。

五岁的幼帝尚不能亲政，以先帝的近臣肃顺为中心，一帮皇族想独揽政权。于是，西太后和东太后联合了恭亲王，肃清肃顺一党，开始了两后的“垂帘听政”。东太后是个对权势没有欲望的女人，于是，实权就落到了西太后手里。

幼帝长大后仍被西太后束缚，十九岁时死去。同治帝选皇后时，拒绝了生母西太后的推荐，纳了东太后推荐的女子。由此，两太后反目，西太后同亲生儿子之间也不睦。

据说同治帝是患天花而死，值得怀疑。已有身孕的皇后自杀，也令人不解。民间传说她被西太后谋杀，恐怕是真实的。

同治帝死后，西太后让醇亲王之子——四岁的载湉即皇帝位，这就是光绪帝。他的生母是西太后的胞妹。

光绪十岁时，东太后暴死。“甲申政变”时，光绪帝十三岁。

光绪十四年（1888 年），皇帝已经十七岁，明年就将成年。长期独揽政权的西太后口喊“归政”，却没有人相信她。所谓归政，就是停止摄政，由皇帝亲政。

归政仪式定在第二年二月三日举行。“大婚”也要操办。皇后是副都统桂祥之女，她是西太后的侄女。但年轻的光绪帝并不喜欢这位皇后，而喜欢长叙的女儿瑾、珍两人。瑾十五岁，珍十三岁。后来，光绪帝对皇后不看一眼，专爱瑾、珍二人，以致同西太后的关系越弄越坏。

皇帝的大婚在来年。李鸿章家在十一月十五日为女儿菊耦与张佩纶完婚。

菊耦二十岁，系后妻赵夫人所生。李鸿章五十得女，爱如珍宝，新郎却是年满四十、结过两次婚的人。

“中堂究竟为了什么呢？把掌上明珠嫁给了年龄大一倍的人？”

“这姑娘的容貌百里挑一，为什么要给人续弦？”

“莫名其妙！”

人们议论纷纷。李鸿章当然也听到一些闲言碎语，但他认为女儿的婚姻是再合适不过的了。

张佩纶是同治十年（1871年）的进士。二十二岁中进士，的确是少有的人才。他并不是白面书生，很有血性，但同袁世凯的那种血性可不大相同。中进士后历任翰林院编修、侍讲，步步晋升。他敢于直谏，遇有奸佞之臣，毫不顾虑，予以弹劾。

当时有所谓“翰林四谏”，他是其中之一。因丁忧退官，一度当李鸿章的幕僚。官复原职以后，一贯主张对外强硬。中法战争之际，被派往福建。因福建水师全军覆没，获罪充军。今年被释放，又成为李鸿章的幕僚。

张佩纶是直隶丰润县人，与李鸿章并非同乡。其父张印塘曾任安徽省按察使，太平天国战争中阵亡。李鸿章之所以器重张佩纶，并非因为他父亲的关系，而是看中他本人的禀性。

“你为什么那么喜欢幼樵？”

幼樵是张佩纶的字。李鸿章是个拐弯抹角、办事兜圈子的人，而张佩纶则是个直来直去的闯将。

“我也不知为什么，只觉得喜欢他。”李鸿章苦笑着答道。

“莫非因为与你正相反？”

“也不完全是。”

“你很喜欢有血性的人。”

在夫人的头脑里，除了女婿张佩纶，还浮现出那个暴躁小子袁世凯的形象。两者都有血性，但李鸿章更器重张佩纶。

“难道我的身体里没流着血？”

“我可没那么说。”

“你不是说我喜欢同我正相反的人吗？”

“可能血的流法不同。”

“对对，问题就在这儿，血的流法不同！同是有血性的人，幼樵和慰亭两人就截然不同。幼樵这个人，不能当带头的，他的血就是那么流的。”

李鸿章也和夫人一样，把这两个人放在一起比较。

李鸿章用“带头的”措辞，是为了不致贬低女婿，力求委婉表达而已。

“你说他不能当带头的，是不是因为他不会回头看？”

“对对，幼樵从来不回头看。部下跟上来了，还是没跟上来，他从不回头确认一下，只管自己向前。慰亭知道回过头来照顾，经常回头看一眼，而且把大眼睛瞪得圆圆的。”

“是因为没把握吧？”

张佩纶年纪轻轻就中了进士，而且进翰林院当编修，可说是优中之优，因而本人也颇有自信。和他相比，袁世凯是科举落榜者，尽管环境、条件很好，但本人却不喜欢读书，是自卑感使他不断地回头看一看。

对夫人的问话，李鸿章却只是摇头。

“不，因为慰亭为人狡猾。”

“狡猾？”

“他这个人的血就是这么个流法。如果不狡猾，就担当不了负责的工作。”

“我明白了。”夫人点头道。

她希望丈夫为女婿物色一个较好的位置，因为现在他只不过是丈夫个人的幕僚。不论是出身，还是经历，他都足以担任朝廷的要职。然而，李鸿章却把他留在自己身边做幕僚。夫人心存不满，不过如今她总算明白丈夫的真意了。的确，现在就让女婿担当重要职务，恐怕会有闪失的。

“幼樵总归是幼樵，他会有用武之地的。不必为他着急。假如把幼樵作为慰亭的后任派出去，他一定会一筹莫展。”李鸿章说道。

朝鲜正处在俄、日、英、德、法、美等列强的权谋的旋涡中，把张佩纶这样过分自信的直线型人物派去，其结果是不难设想的。他肯定在激烈的角逐中被撞得鼻青脸肿、头破血流。

当时的科举是文学考试，进士的才能只不过是在文才方面。在目前的朝鲜政局中，文才能有多大用处呢？

袁世凯任期已到三年，不论朝鲜政府还是外国使节，都不太欢迎他，可能的话，是应该更换的。可是，现在还找不到一个比他更适合的人。

“只要阿菊能生活得幸福就行了。”夫人说道。

张佩纶的第一个妻子是大理寺卿朱学勤的女儿，第二个妻子是闽浙总督边宝泉的女儿。两年前，第二个妻子边粹玉也死去。两个妻子都是高级官员的女儿，可能是认为他前途无量吧。李鸿章却不这么看。他认为，作为男子汉，他颇有魅力，但是，不具有担当实际工作的性格，在此乱世，必须把他安插在没有责任的位置上。

飞黄腾达靠他个人的能力已绰绰有余，但人生的幸福不限于高官巨富。李鸿章为女儿选婿，与其说注意的是能力，倒不如说更注意人品。

正如李鸿章所料，他们夫妻的生活是非常美满的。张佩纶有《涧于集》留世，其中，记录了“与妻饮酒，甚乐”“与妻手谈，甚乐”等夫妻间的生活细节。“手谈”，是指下围棋。可以想见夫妻二人面对棋盘，一边亲密交谈一边下棋的情景。

与这对夫妻相比，光绪帝的家庭生活是不幸的。

已经十七岁的光绪帝，看清了他所在的金銮殿是多么暗淡。先帝十九岁驾崩时，皇后已经怀孕，重臣们主张“等待皇太子降生”，但西太后强调“朝廷不可一日无君”，硬把光绪帝塞进皇帝的宝座。

先帝的皇后是不是西太后害死的？即使纯系自杀，也是西太后逼迫的。她的腹中胎儿，是西太后的孙辈，这个西太后竟把自己的孙子杀死了。皇后是东太后推举，同治帝选定的，如果生下男孩即位，幼帝之母必将摄政，政权就会倾向于东太后方面。西太后热衷权势，为了把大权掌握到自己手里，不惜杀死孙辈。她认为，让东太后挑选的皇后生下的孙子即位，不如让自己妹妹生下的孩子即位。

天津的李鸿章私邸华灯高悬之时，北京紫禁城内，光绪帝正忧心忡忡。

3

北洋舰队是亚洲最强的海军，至少在 1888 年以前是如此。

它的阵容以“定远号”“镇远号”两艘主力舰为中心。这两艘军舰是当时还很稀奇的铁甲舰，同是七千余吨。另配备五艘巡洋舰——“经远号”“来远号”“致远号”“靖远号”“济远号”，各两千余吨。

清朝的海军衙门是三年前设置的。在那之前，有北洋水师、南洋水师和福建水师，三者力量大致相等。后来，福建水师在中法战争马尾海战中全军覆灭。张佩纶，就是这次战役失败的责任者。设置海军衙门之际，李鸿章把南洋水师性能比较良好的舰船配属了北洋水师。以重点主义为借口，北洋水师又从外国购进精锐舰只。

亚洲的第二个海军强国，自然是日本。

北洋海军建成的1888年（明治二十一年），在九月四日的《朝野新闻》上，以《殊堪寒心之帝国海军现状》为题，报道：

试观我国现今之军舰，多为老朽，行将不能实用，现已不能实用者亦不在少数。请看其制造年号：

雷电舰	嘉永三年（1850年）
筑波舰	嘉永四年（1851年）
千代田舰	文久三年（1863年）
春日舰	文久三年
富士山舰	元治元年（1864年）
东舰	元治元年
龙骧舰	庆应元年（1865年）
孟春舰	庆应三年（1867年）
凤翔舰	明治元年（1868年）
浅间舰	明治元年
日进舰	明治二年（1869年）
清辉舰	明治八年（1875年）
迅鲸舰	明治九年（1876年）
石川丸	明治九年
比叡舰	明治十年（1877年）
金刚舰	明治十年
天城舰	明治十年
磐城舰	明治十一年（1878年）

如前所示，组成现在舰队之军舰中，其最旧者已使用三十九年，而其新者亦服役十一年之久。如不立即加以修复，会使不完善之日本海军更趋于不完善，势必违背扩张海军之本意，如有老朽不堪为用之船舰，应予折毁，并另委外国建造新舰。

中、日两国舰队不论数量还是性能，都有显著的差别。

但后来发生逆转，1888年是分界线。从这一年起，到中、日开战为止，六年间日本从危机感出发，致力于军备的增强。相反，中国自从李鸿章到旅顺接收“致远号”以后，不曾增加一艘新舰。

当然，中国也有海军预算，每年为白银四百万两，但六年间却没有购买一艘新舰。而且，从开战前三年即 1891 年起，连购买弹药也停止了。

这都是西太后一人造成的。

西太后专政以来，最懂得权势的甜头，怎肯轻易放弃。不过，皇帝已经长大成人，再紧抓着摄政权不放，也有些说不过去。十八岁的成年的皇帝，还由皇太后监护，将成为世间的笑柄。

她的“归政”只不过是形式，实际上仍要在宫廷内君临政治。世人知道这是形式，但形式也很重要。为了给形式增添价值，就必须用虚假加以装点。

装点的方法之一，就是建造特大的行宫。皇太后从政治中心的紫禁城里迁出来，移住到悠闲自在的行宫去。这是装饰门面的最有效的方法。

皇太后的行宫要不同于一般行宫。庭园内的建筑自不必说，所有的山山水水也必须人工建造。这是低劣的趣味，但在西太后看来，如此才能保持自己的权威。

颐和园在北京西郊，现在已成为群众游乐之所。园内的万寿山是人工山，昆明湖是人工湖。对于西太后的愚蠢无聊，我们只有惊叹而已。

“这得需要多少费用呢？”西太后说了说自己的计划，要估算一下所需费用。

银三千万两！

“这笔款子能筹集到吧？”西太后问醇亲王。

醇亲王已成为西太后政权的中枢。儿子能当上皇帝，是西太后一手成全的，对于西太后他是言听计从。

“一定设法办到。”醇亲王答道。

“是个难事吗？”

“不，不是的……只不过有些琐碎问题，需要咨询……”

醇亲王头上冒出冷汗。三千万两的分量，他是清楚的。

“这么说，筹集款子是不成问题喽，只是有些技术上的问题需要研究研究？”

“是，是这个意思。”

“堂堂大臣，不必介入那些技术上的琐碎事。资金筹集没什么问题，早一点儿施工要紧。”

西太后已经沉浸在幻想当中。这是前所未有的园林大营造，她越想越兴奋。清王朝入关以来二百多年，还未曾操办过如此巨大的工程。

别的不说，单说北京郊外的明十三陵，比起这个工程来，显然是太小了。像这样用人工修造的山水，大唐盛世不曾有过，秦始皇时代也办不到。

深夜，西太后突然睁开眼睛，喊来近侍宦官。

“我想了解一下秦始皇的阿房宫，传我的话，赶紧查阅古书，呈来详细报告！”

她想了解一下历史上是否有超过她这个计划的工程。

西太后陷入自我陶醉，而那个为她筹措三千万两银子的醇亲王却双眉紧锁。

4

“这有什么难办的，变祸为福不就行了吗？”清朝贵族善庆对醇亲王说道。

“变祸为福？”

“你没听说吗？汉人组织了庞大的军队，步步逼近咱们满族人，要把咱们赶出山海关外。岂止赶出而已，是要斩尽杀绝！”

“不会的。”醇亲王摇摇头，说道。

“怎么不会，虽说洪秀全的太平天国已经覆灭，可你还记得他们喊过什么口号吗？‘灭妖’！他们称我们为‘妖’，要消灭我们。”

“那些人已经不复存在了。”

“的确，他们覆灭了，可是，谁把他们消灭的？”

“湘军，还有淮军……”

“不错，不是满洲八旗！湘军是曾国藩组织的，淮军是李鸿章组织的，这两支军队里有满族人吗？”

“两军全是汉族军队。”

“现今在我们国家里，一旦有事，能战斗的只有汉族军队了。如果他们掉转枪口朝我们打来，那将是什么局面呢？”

“不管怎么说，他们是大清的军队，绝不会朝我们打枪！”醇亲王激烈地摇着头。

“如果我是汉族人，我就能干出来。嗯？对方无力，我方有力，而现在却受制于对方，非把这个统治关系倒转一下不可……这倒不限于汉族，蒙古族、藏族处在同一状况下，也准会这么干。”

“真的？”

“你还不相信……真让人着急！我昨天听说，广东有三合会、天地会等造反组织，时隐时现，到处活动。你知道他们的旗上写着什么吗？‘灭满兴汉’！”

“灭满兴汉……”

“他们要把我们一个不剩地杀掉！还不只是广东！我们现在所拥有的，只有这个皇帝宝座了。这个国家还是我们的国家吗？在这个国家里，我们是少数派，你不要忘记这个事实！”

善庆一边说，一边用细长的眼睛狠狠地盯住醇亲王的眼睛。醇亲王也是一副满族面貌，眼睛细长。

“那你说如何是好？”

“只要是汉族，任谁也不要相信！”

“我认为中堂是尽忠报国之士。”

“你的想法太幼稚了。死去的曾国藩是消灭太平天国的英雄，可以说，是他救了这个国家。但是，他组织湘军时，没说过一句尽忠报国的话。”

“是吗？”

“当然，当时的檄文你也是知道的。”

善庆的口吻仿佛在诘问醇亲王。

三十多年前，曾国藩在湖南发出檄文，征讨太平天国，说是“为恪守礼教”，并未号召为大清尽忠。

“礼教”，就当时来说，是汉族的生活方式，是赖以生存的支柱。号召维护它，最有诱惑力和说服力。

在清朝统治下，汉族不愿意为保国而战，非但不保，还想用自己的力量推翻清朝，建立一个汉族统治的国家。善庆断言，汉族人心里都这么期待着。

“他们至今没有起事，只是因为力量不足，一旦觉得有了足够的力量，就会把枪口对准我们。太后要建造大园林，我们应当趁此机会转祸为福。你看看北洋舰队，那些坚舰巨炮都是汉人的东西，指挥它们的还不是汉族大臣李鸿章吗？以后再也不要为虎添翼了。”

醇亲王终于明白了对方想要说的话，那就是把军费挪到园林建造上来。购入军舰、枪炮、弹药，等于给汉人增加力量。可是，目前清军的主力是绿营兵（汉族军队），关系着王朝的安危。

醇亲王不由得长叹一声。

“削减军费，中堂能同意吗？”

“这有办法。”善庆说道。

李鸿章是清朝的头号实权者，兼任直隶总督，指挥着北洋军队。他也有政敌，那就是两江总督曾国荃。曾国荃是曾国藩的胞弟，与李鸿章为敌。两广总督张之洞也不甘居李鸿章之下。朝廷里还有个翁同龢，也是最厌恶李鸿章的。

翁同龢是户部尚书，即财政大臣，掌握着财政大权。必须先把他拉拢过来。

听了善庆的话，醇亲王向前探出身子，若有所悟。

“太后的本意，依我看就在这里。为了不给汉族人增添军事力量，抽出费用建造万寿山……这难道不是奇策吗？”

总在西太后左右承办国事的醇亲王，怎么也想不出她竟有这样的“深谋远虑”。

建造颐和园，当时称为“万寿山工程”，总监督为醇亲王，筹措到二百八十万两银子：广东一百万，南洋八十万，湖广四十万，四川二十万，直隶二十万。北洋军费悉数上缴。

西太后高兴极了。

秦始皇在渭水南岸上林苑建造的阿房宫，是东西约七百米、南北约一百二十米的大型楼阁，作为人工工程，可算是难以想象的规模。但是，这个工程因秦始皇驾崩而未竣工。

阿房宫有其名，实际上并未完工！

听了这个报告，西太后放声大笑：我的万寿山超过未竣工的阿房宫，我的名字将与万寿山永存。

她满意极了。

“军队这下子全完了！”得知万寿山工程的决定之后，李鸿章自言自语。他认为：该发生的事情终于发生了。

【第十四章】

虚虚实实

1

中日甲午战争前夕，关于中、日两国在朝鲜的立场，陆奥宗光在《蹇蹇录》中做了如下阐述：

……而日、清两国于朝鲜如何维护各自权力，几乎达到冰炭不相容之地步。日本自始便认为朝鲜为一独立国，试图断绝历来存在于清、韩两国间之暧昧宗属关系。与之相反，清廷以畴昔关系为根据，大方表白朝鲜为其属邦。其实，清韩关系在普通公法上尚欠缺确定为宗属关系之必要因素。虽如此，清廷仍力求在名义上承认朝鲜为其属邦。

陆奥用“冰炭不相容”来形容，可见两国关系已经到了何等地步。

袁世凯清楚地认识到，东邻强国日本妨碍他执行任务。他企图排除这种妨碍，是理所当然的。陆奥的著述中有这样的评价：

……袁世凯乃年壮气锐之徒，热望排除日本之妨碍，并非无理者也。

袁世凯对自己的立场、任务认识得很充分，但对日本却缺乏了解，而且未能觉察到这种缺乏，以致酿成悲剧。关于日本国情，袁世凯之所以认识不足，或许应该说是历届驻日公使徐承祖、黎庶昌、李经方、汪凤藻等人及公使馆成员的责任。袁世凯本人到日本短暂访问过，但头脑中的印象也基本来自驻日公使馆。

笔者从老一辈华侨那里听到过那个时代的事。当然，这些老一辈华侨也并非亲身经历，而是从他们的长辈那里听来的。据说，驻日公使馆的人们根本不把华侨放在眼里。神户、横滨、长崎等地，有为数众多的华侨。中国不是条约国，没有侨民居住地，他们同普通日本人杂居，整日厮混在日本人中间。日本的实情，他们确有切身体会。然而，从祖国来的公使馆官员们都不从华侨这里吸取宝贵经验。

封建中国有极端的“官尊民卑”习俗，而清廷官员对华侨更有一种偏见：抛弃祖国，逃到外国的不可信赖之辈。把华侨的谈话、意见作为参考，清末的官僚们连想都不曾想过。

后来，孙文等曾被清廷视为叛逆的革命家们，在日本开始了秘密活动，所有的华侨都成为热心支持者。孙文曾说：“华侨乃革命之母。”

在东京的公使馆，主要把报纸、公文等“情报”发回本国，就算是外交官的工作。这类情报，绝不是有血有肉的活情报。

万寿山工程在北京动工时，日本正处于发布宪法的前夕。

实现立宪政治，在清朝官僚的眼里，认为是朝廷实权的下降。朝廷就是政府，立宪会使政府的领导权力削弱，这是最普遍的看法。

明治二十二年（1889 年），文部大臣森有礼被刺，于是，有人认为日本治安有问题。内阁中有长州阀、萨摩阀之争，政界的派系斗争也很激烈。萨摩阀里又分为改革党、调和派、岛津党三派，报界把他们的丑闻逸事大加宣扬。“照这样下去，日本哪里还谈得上舆论统一！”只要读报，就会有这种感觉。清公使便把这种感触传达给本国，本国再转告朝鲜的袁世凯。

生活在日本人中间的华侨却深知日本人的性格。表面看来似乎是舆论分裂，实际上，当国家利益明确要求一致时，日本人会一致团结起来。而且，他们的尚武气质是可怕的。但是，华侨们没有报警的门路。

正像陆奥宗光指出的，清廷的意图是既然无法确保朝鲜为属邦，哪怕在名义上维持一下宗主国的体面也行。

据《清史稿》记载，清政府的属国有朝鲜、琉球、越南、缅甸、暹罗、南掌、苏禄、廓尔喀、浩罕、坎巨提十国。不仅朝鲜，以琉球为首的其他属国也没有让清廷驻军的先例。清廷只派去册封使，不直接干预统治之事。所谓宗主国，本来是空有其名。接受册封后才允许与中国通商，所以不得不采取这种形式，可以称之为东亚方式吧。到了 19 世纪，带有西欧式国家观念的列强侵入亚洲，问题就麻烦了。

现在哪怕是仅仅保持名义上的统治，也不可能了。袁世凯的任务是把已经难以维持的名义上的宗主权尽可能地延长，再延长。

2

派朴定阳去美国时，朝鲜政府曾向袁世凯保证"递交国书之后立即归国"，这才取得"全权公使"头衔。然而，朴定阳于十一月到达华盛顿，递交国书之后迟迟不归。

为了向全世界显示朝鲜的独立自主，朴定阳的任务是尽可能在华盛顿待下去。与之相反，为了强调对朝鲜的宗主权，必须尽快让朴定阳归国，这是袁世凯的任务。

袁世凯向朝鲜政府施加压力。

"是美国方面一再挽留。"朝鲜当局这样推脱。

"挽留也时间太长了，究竟办些什么事？"

"这可不知道，离那么远，又不大了解美国的情况。"

"同美国不可能有什么事情需要耽搁这么久，如果有……"

袁世凯瞪大了眼睛，他想说：如果有，就可能是对中国的阴谋。

"谁知道有什么事，一直没接到报告。如有大事，会报告的，看来是没有什么了不起的事。"

"重大事情也有不便报告的，报告了也有对我隐瞒的。"

"不，绝无此事。反正朴定阳是使用大清帝国的年号与美国政府往来函件的，这事有过报告。"

"大清的年号？"袁世凯苦笑了。

原封不动地使用某国的年号、历法，就表示是那个国家的属国。"光绪"是清廷年号，使用它就证明服从清廷。朝鲜领议政沈舜泽致函俄国公使韦贝时，写的是"大朝鲜开国"，这就表明没有服从清廷的意思。

不过，这种习惯只限于东亚。用清光绪年号，译成英文时便改成西历，所以用用无妨，这也许是朝鲜政府应付袁世凯的作战手段。

朴定阳在美国滞留一年。这期间，袁世凯在汉城不断地施加压力，而朝鲜政府以美国政府挽留、本人患病等种种借口，一拖再拖。最有讽刺意味的是，一年之后，朴定阳却“因病”归国了。美国方面大为惊讶：“为什么全权公使才一年便归国？”

而清廷则责备：“为什么竟停留一年多？”

坚持一年，是朴定阳的功绩。除了公函上使用光绪年号之外，他在华盛顿完全以一个独立国家的外交官身份东奔西闯。

对于三项附带条件，第一项硬着头皮不予理睬。第二项则自然解决，因为席次一般由美国方面安排，大都是按照英文字头或到美赴任的顺序，KOREA当然在CHINΛ之后，而且朴定阳比张荫桓晚到美国两年。第三项用没有重要事项一推了之。

朴定阳有功劳！朝鲜各界对他的评价很高。

1888年11月，一年之后，朴定阳才勉强离开华盛顿。回到本国，袁世凯会如何发怒，他心里一清二楚。

朴定阳归途绕道日本，又停留四个月，才好不容易返回汉城。时为1889年3月。

“应追究朴定阳的罪责！”袁世凯主张。

朝鲜政府的处境非常尴尬。朴定阳一年多的外交活动，功绩显著，本应给予奖赏，提升为外署督办，可袁世凯却坚持要惩处他。郑秉夏和闵种默两人向袁世凯求情，袁世凯毫不退让。朝鲜方面哪里还敢提升朴定阳。

清廷外交的真正实权者李鸿章主张解除朴定阳现职，而驻在朝鲜的袁世凯则主张重罚，想狠狠地整一整朝鲜，免得以后再搞“自主外交”。

这时，朝鲜已不是十年前的朝鲜了。它已经看清，借助列强——日本、俄国之力，可以踢开清政府的压迫。不管袁世凯的眼睛瞪得多么圆，俯首听命是办不到了。朝鲜要一步一步地、扎扎实实地积累自主的实绩，然后达到真正的独立。

“要实现朝鲜的夙愿，完全独立，并不是轻而易举的，免不了遭受苦难，必须有流血牺牲的决心才行。”

说起来颇有讽刺性，李鸿章派去的外国顾问德尼一伙人，竟成了帮助朝鲜抵制清政府的参谋。

“升他为外署督办，就目前情况来看，对清廷刺激太大。最好给他一个无关紧要的官职。”

“什么呢？”

“副提学之类。”

“这怎么能算提升呢？”

“总比撤职强吧！”

在朝鲜宫廷里，外国参谋们面授机宜。

关于朴定阳的问题，袁世凯同主子李鸿章之间想法上多少有差别。德尼等人建议在这里做文章，改让朴定阳担任文化教育部门的副部长。原因是教育方面的官职，离政治、外交的旋涡较远，日本的文部大臣甚至有“陪食大臣”之称。也就是说，让朴定阳暂居此位，以后再伺机提升。

朝鲜政府接受了这一建议，任命朴定阳为副提学。

3

德尼等人曾久居中国，对中国的事情了解得相当透彻。但是，东亚人心理上的微妙之处。他们仍未掌握。

李鸿章的怒气远远超出他们的想象。

在儒教体制下，教育方面的职位绝不是什么闲职，而是要职。一个必须惩办的人反而担任要职，这大大地损害了清廷的体面。

光绪十六年（1890 年）正月十九日，袁世凯向北洋大臣李鸿章报告朴定阳受职之事，文中以“任要秩显”四个字形容朴定阳的新职务。

袁世凯要求朝鲜政府说明此事，回答是“不过循例而授，并非别有意见”。

袁世凯不答应，要会见国王。国王以患病为由，不予接见。患病的不只是国王，当事人朴定阳也称病闭门不出，连赵太妃也病了。太妃生病，国王更有了借口。但是，长此下去，仍不能解决问题，无奈，国王接见了袁世凯。

“关于朴定阳的问题，殿下听说了吗？”见面时，袁世凯直截了当地提出问题。

“听说过。”朝鲜国王李熙答道，“朴定阳没有按规矩办事，这很不好。我也觉得非常遗憾。不过，非惩处不可吗？”

“那三项附带条件是殿下批准的，非常明确，可朴定阳到达华盛顿后根本没打算执行。我为此多次交涉、敦促，迄今已过两年，仍不见解决。殿下也曾说过：待朴定阳归国后，一定给予处分。可是，朴定阳已经被授予都承旨品级，就任副提学要职了。这到底是怎么回事？”

“授予他都承旨品级，只是按照序列而已，绝不是提升。”

“他是有罪之身，为什么还要授官？关于此事，我数次函请殿下注意，难道没看过？”

“都已读过。关于此事，请阁下多多周旋，不要过分追究，拜托！”

“不追究事情就完不了！殿下究竟抱什么态度，请明确表示一下。”

袁世凯穷追不舍，弄得国王张口结舌，无法回答。

袁世凯正了正身子，郑重地提议：“像这么通过翻译，可能会产生误译或误解，最好以笔代言，以求准确。”

“也好，那么就……”

国王命令身边宦官取来纸笔。宦官退下不久，从屏风外面进来一个少年宦官。

“启奏陛下——”

“什么事？”国王问。

“诸位大臣说，朴使（定阳）问题不宜落在纸上。”

显然，是屏风后面的大臣们派他禀奏的。

“关于处分问题，今后将进行讨论，不应留下书面凭证。”屏风后面，数人齐声说道。袁世凯在朝鲜生活的时间已经不短，能听懂简单的朝鲜语。

“王沉吟久之。”——袁世凯把当时的情景报告给李鸿章。

“有这么多人听着，用不着笔谈吧。”国王无可奈何地说道。

“得不到殿下的明确答复。我不能回去！笔谈又有何妨？不是一样吗？”

国王只好命人取过笔纸，但他让闵泳韶代笔，可能是提防万一。

国王在笔谈中躲躲闪闪，避过袁世凯的锋芒。尽管是这样毫无内容的笔谈，袁世凯虽再三要求，连一份抄件也没得到。可见，朝鲜政府多么谨慎。

袁世凯之所以没有强夺笔谈原本，应该说是学会了控制自己。若在几年前，他早就一把夺过来了。

他能如此控制自己，是李鸿章的劝告起了作用。袁世凯在朝鲜的一言一行，都引起各国外交官的恶评。每逢有事，表示朝鲜是清之属国时，必然由袁世凯出面，这是他的任务。恶评越多越说明他在认真地执行任务，不过，由于年轻任性，做得过火之处也颇为不少。

汉城的外交官集会，袁世凯往往不出席，大都是唐绍仪代他前去，以表示他绝非一般的外交官。朝鲜是中国的属国，不是对等关系，他的官名是“驻扎朝鲜总理交涉通商事宜”。不用“外交”二字，含混其词地用了个“交涉”，为的就是强调清廷的特殊立场。所以，袁世凯从来不与外国公使打交道，他的任务就是要显示不与他们同伍。

袁世凯究竟有多大的权限呢？各国公使开会，他只派翻译出席，自己从来不与别国外交官采取同一行动，并任意出入朝鲜宫廷。他是普通的办事大臣，还是钦差大臣身份的公使？对此，美国驻中国公使接到本国训令，向清政府提出质问。

李鸿章的答复是："朝鲜是中国的属邦，派到那里去的袁世凯，既可与朝鲜政府直接交涉，又有与各国公使同等之权力。是否出席会议，由他判断决定。贵国质问，不是多此一举吗？"

李鸿章为袁世凯声援助威，但因为恶名太大，所以又叮嘱他"切莫操之过度"。

关于朴定阳的问题，适可而止，也是袁世凯听从李鸿章的叮嘱而采取的自制措施。

不过，在朝鲜一方看来，袁世凯为了三项附带条件紧紧诘问国王，显得过于执拗了。在朝鲜，处罚高官，需要在国王面前进行讯问。朴定阳因病不能前去，因而不受处罚。显然他的"病"是政治原因造成的。

朝鲜政府往美国派遣朴定阳的同时，还把沈相学派到欧洲去。他得了病，这病似乎不是政治性的。代替的是赵臣熙，到达香港之后，他突然患了"政治病"。

赵臣熙抵达香港时，正值闵泳翊途经该地。听说袁世凯强烈主张处罚朴定阳，赵臣熙感到很不自在。

照目前情况，去伦敦和巴黎，不理睬当地中国公使，必然要落个朴定阳的下场。此行的本意是搞一次独立自主的示威，如果会同清政府公使去递交国书，就反倒成了宣扬朝鲜是清的属国，岂不是没完成任务？

赵臣熙没有朴定阳那种勇气。他左思右想，终于以患病为由，从香港折了回来。

朝鲜政府又任命朴齐纯为五国使，接替赵臣熙。五国使就是兼任英、德、法、俄、意五国的公使。

朝鲜政府要求清廷取消三项附带条件，起码把第一项取消。特派卞元圭去天津向李鸿章求情，但没有成功。因此，朴齐纯虽被任命，却终于没能成行。

赵臣熙溜回国是1890年正月。在那前一年，袁世凯获得了"钦差"的头衔。不管外国对他的评价怎么不好，李鸿章总是庇护着他，说："外国对他评论不好，正说明他忠于职守。"

4

“同俄国公使交往尚欠圆滑，须注意自己的缺点！”袁世凯接到了李鸿章的警告，因为驻俄公使洪钧给李鸿章的报告中提到：“俄国外交部对袁世凯怨言颇多。”

对此，袁世凯辩解说：“我同俄国公使为陆路通商条约打了几次交道，表面上还算过得去。俄国公使举行宴会时，故意不悬挂我国国旗，实属非礼。而我国大婚（光绪帝结婚）招待宴时，仍悬挂了俄国国旗，以示我国之宽宏大量。”

清朝的国旗是黄龙图案，三角形，1889 年改为长方形。黄龙三角旗用于商船，一直延续下来。

警告并非谴责，李鸿章是希望袁世凯再多一点儿柔软性。

袁世凯被“赏加二品衔”，就是说，享受二品官的待遇了。由此可见，袁世凯屡受主子警告，只不过是爱护之余的插曲罢了，实际上李鸿章认为他的政治行动是正确的。

这年（1890 年），中国驻日公使换成李经方。

李经方是李鸿章的长子，但不是亲生。起初，李鸿章无嗣，过继了胞弟之子，就是李经方。收了养子之后，却接连不断地生了许多男孩。另有一说：李鸿章的儿子夭折，为了顶数，从胞弟那里过继了一个。

李经方在欧洲驻节四年，很有外交官经验。虽然如此，他晋升之快，却不能说没沾老子的光。

据翁同龢的日记记载，黎庶昌从日本回国后，曾对他说：“日本虽修兵政，广商务，但新立议会不和，大臣屡屡告休，愿与中国和洽，深忌俄之垂涎东海。”

黎庶昌曾经密奏：“宜固中日之交，而冲绳可置勿议。”

也是在这年，曾国藩之子曾纪泽在北京死去，年仅五十二岁。他在英、俄、法三国前后驻了七个年头，归国后任户部右侍郎（财政部次官）之要职。

曾纪泽的叔父曾国荃也在这年死去，享年六十七岁。

光绪帝的生父醇亲王奕譞也在这年阴历十一月逝世。

这年四月朝鲜赵太妃死去，享年八十岁。太妃不是国王之母。李氏朝鲜二十四代宪宗、二十五代哲宗无子，李熙是从旁系继承王位的，赵太妃乃宪宗之母。

赵太妃侍奉四代国王，亲清倾向较突出。

清朝时，属国的国王和王妃死去，都要向北京派出告讣使，然后由清廷相应派出敕使“赐奠”，同时赐给谥号。

但这次赵太妃之死，朝鲜宫廷却不打算派出告讣使。理由是血缘甚远，丧事不宜大办，但实质是惧怕这种赐奠仪式会清楚地表示朝鲜是清之属邦。

袁世凯强烈要求朝鲜宫廷向北京派遣告讣使，说：“国王不做行孝示范，无以教化国民！”

袁世凯本心是想在各国外交官面前，把赐奠仪式搞得隆重些，用以显示清与朝鲜的宗主、属邦关系。

迟延了很久，朝鲜才派出洪钟永为告讣使，前往北京。他同时肩负着请求清廷免予赐奠的任务。

清廷按照惯例决定给予赐奠，没有接受洪钟永的恳求。于是，续昌和崇礼二人为正、副使，领着百余名随员，来到朝鲜。按照从前的惯例，朝鲜国王要亲自出郊迎接，称为“郊迎礼”。朝鲜方面恳求免除郊迎礼，但袁世凯不准许。朝鲜政府又恳请“改道”，因为郊迎礼应由国王的使节迎到汉城郊外的仁川，而那里外国人甚多，冀求独立自主的朝鲜不愿让外国人看见使者迎接时的跪拜场面，若从马山浦登陆，那里的外国人少些。但是，也被袁世凯拒绝了。

袁世凯乘朝鲜宫廷丧事之机，强调了宗主权。朝鲜国王亲赴西大门的慕华馆，迎接清朝敕使。

转年是光绪十七年（1891年），养母牛氏病危，袁世凯急忙返回河南项城。他从心底敬佩母亲，总算在她死前见了面，送了终。接着是守制，朝廷准他服丧百日。

袁世凯离开朝鲜期间，由龙山理事官唐绍仪代行他的职务。

朝鲜政府认为这是个好时机，将朴定阳提升为吏曹判书。这是重要官职，相当于政府的内务大臣。

对于朴定阳的处分问题，袁世凯和李鸿章之间有些分歧。李鸿章考虑到朝鲜国民的感情。朴定阳在朝鲜国民眼里是位英雄，处罚他们的英雄，恐怕会激起反清情绪。

朝鲜政府似乎也看清了这一点。乘袁世凯服丧之机提升朴定阳，相信李鸿章会予以谅解。

袁世凯再回到朝鲜任上时，已是光绪十八年（1892年）四月了。

【第十五章】

破　绽

1

金玉均和日本人共同策划发动的“甲申政变”，由于袁世凯的介入，归于失败。武装政变的领袖金玉均和朴泳孝等人亡命日本。

由闵氏一族掌握实权的朝鲜政府当然要引渡叛变者。日本政府没有送还与自己合作过的人，因为若送回朝鲜，他们面前只有死路一条。

虽然如此，日本政府对待他们的态度是冷淡的。对待亡命者冷淡，可以说是近代日本的传统。清末孙文亡命日本，政府就非常冷淡，而民间却相当热情。葛生东介著《金玉均》一书中，记载了犬养毅的谈话：

……金氏自明治十七年(1884年)改革失败后，亡命日本。其亡命决非迂阔、不谙世事者。不难想象，乃充分与日本政府当局进行交涉之结果也。然而，金氏信赖日本当局，来日后却事与愿违，日本政府对金氏之待遇极为冷淡。尤其如当时之外交大臣井上馨氏，金氏数访，皆避而不见，以致金氏大为愤慨，痛责日本之背信……

日本政府将金玉均转到小笠原岛，是一个穷途末策。其后又移往北海道，仍远离政治中心。直到1890年（明治二十三年），才允许金玉均住在东京。

对于金玉均，日本政府当局虽然很冷淡，但是，在民间却有较多同情者。只是这些同情者中玉石混杂，石头反而占压倒多数。而这些石头，又是些带有泥土的，不堪一用。

颁布宪法已迫在眉睫，日本国内政治运动蓬勃发展，所谓的“壮士”横行一时。这些人张嘴闭嘴高喊“国家利益”，可是，他们所称的“国家利益”，实质是牺牲别国利益。

以箱田六辅为社长的玄洋社，攻击日本政府外交政策软弱，主张采取强硬路线。这个玄洋社就是金玉均的有力支持者。

玄洋社可以说是日本右翼的源流。明治八年（1875 年）福冈的批判政府派矫志社，是其远祖。矫志社的过激派武部小四郎等人发动福冈之乱失败，当时没有参加的箱田六辅和头山满在明治十二年（1879 年）组织了向阳社这一政治性结社。两年后，改组为玄洋社。第一代社长是平冈浩太郎，这人与西乡隆盛的征韩论也有关系。

起初，玄洋社是民权运动的结社，后来逐渐加深了对外强硬论和入侵大陆论的色彩。玄洋社的最大实力者头山满，从这一信念出发，决心一生不做官，甚至连社长也不干。第二代玄洋社社长是箱田六辅，正当这一时期，金玉均亡命日本。

玄洋社的前身矫志社，在福冈之乱的前夜分成武部小四郎等人的过激派与头山满等人的自重派。同金玉均等亡命者结合时，玄洋社也是分成过激派和自重派。过激派领袖叫大井宪太郎，头山满这时候主张自重论。

大井宪太郎想利用金玉均，实行其历来主张的“入侵大陆”政策。他的目的，不是为朝鲜的独立自主和政治改革，而是要在朝鲜推行日本霸权。

金玉均明知道玄洋社的意图，然而，为了打倒现在统治着朝鲜的闵氏政权，他如饥似渴地盼望“武力”。他也曾游说过日本政府，但反应不理想。井上馨外相甚至不接见金玉均。金玉均知道玄洋社的钓饵有毒，也只好咬钩。

同时亡命的朴泳孝从日本逃往美国，据说是因为同金玉均意见不合，另一原因也可能是对于金玉均寄幻想于玄洋社，感到危惧。

玄洋社的过激派计划招募兵员，开进朝鲜。他们在朝鲜釜山设立一处叫“善邻馆”的语言学校，准备作为侵略大陆的据点，起草善邻馆设立宗旨的人，据说是中江兆民。

社内最大的实力者是头山满，所以过激派鼓动他上京，以征得政府赞同。头山先从福冈赴神户，同金玉均会晤，然后上京，向社内人士讲了一番自重论。

但是，大井宪太郎血气正盛，急于侵入大陆。需要经费，大井一伙便开始用恶劣手段筹集资金。威胁恫吓是家常便饭，他们甚至伪造货币。一次竟闯入大和千手院，抢劫两千元；在当时这个数额实在不小。警察在大阪和长崎大搜捕。这就是“大阪事件”。又因为他们偷偷地弄到炸弹当武器，所以也被称为“大阪炸弹事件”。也有从事件的性质上称之“大阪国事犯事件”的。

搜捕是在明治十八年（1885年）十一月，判决是明治二十年（1887年）九月。被捕者百余人，经过起诉被判刑者五十八人，其中有一个冈山出生的十九岁女子，名叫景山英子，成了当时社会上的话题。

金玉均被流放到小笠原岛，是在大阪事件搜捕之后。玄洋社自重派的野半介和来岛恒喜等人已经先一步来到小笠原岛，所以，金玉均同玄洋社的关系并没有完全断绝。

大井宪太郎被捕之后，对于他筹集资金和购买炸弹的目的，世人似乎不能理解：“他们要攻进朝鲜？”《朝野新闻》登载了述评：

……旧自由党（玄洋社成员大部分为旧自由党员）的人们，因为在国内不得志，欲去海外求得功名。试想在我国政府警察之严密监督下，招募数百名敢死之士，整备军资武器，渡往朝鲜，此事绝无可能。假令一时得逞，闯入朝鲜，仅以数百名乌合之众，能成何事？万一引起朝鲜变乱，我国政府自不待说，中国政府也不能袖手旁观，有何希望达其目的？所以，旧自由党人的策划，如世人传闻，无不笑其轻举妄动，肤浅无谋者也……

作为传闻，似有“闯入朝鲜”的计划，但正常人则以为是异想天开。

如果这条消息是准确的，传闻也是真实的，那么，谁都要笑其轻举妄动。这是一幅漫画的好题材。虽是异想天开，却是真有其事。

大阪事件首谋者大井宪太郎之下的头领叫矶山清兵卫，他中途脱党，隐居起来。可能这伙人聚在一起时，慷慨激昂，大放厥词，及至一个人冷静下来时，就会发现这个计划非常可笑。

矶山也被逮捕。同伙们恨他中途脱党，多次殴打他，以致当局不得不把他单独隔离。

2

贻笑天下的大阪事件判决那一年，正是朝鲜派遣朴定阳赴美之时。他巧妙地运用外交手段，表明朝鲜是独立国。假如金玉均得到玄洋社的支持，把日本的敢死队弄到祖国的土地上来，就能获得“独立”吗？想到此，不禁令人感到朴定阳的功绩实在不小。

朴定阳的事给袁世凯很大打击。他的最大任务是向全世界宣告中国是朝鲜的宗主国。当朝鲜赵太妃故去时，以强制举行赐奠仪式，挽回了朴定阳赴美所造成的脱离宗属的印象。据说，这次赐奠，朝鲜政府花费了数十万金，朝鲜在财政方面本来已濒临破产，而接受清廷的赐奠，不但损伤了独立国的体面，财政也被逼上了绝路。

朝鲜政府的财政是慢性赤字，多次向外国交涉借款，大都被袁世凯阻挠，均未成功。1890 年初，朝鲜政府派遣法裔美国人查尔斯·勒让德尔去日本，交涉一百五十万元借款事宜。这个人的汉名叫李仙得。条件是以十二年的关税做抵押，十二年后本利还清，结果也没成功。当然，并不完全是袁世凯从中作梗，英国总领事禧在明也反对朝鲜从日本借款，他与袁世凯采取了同一步调。另一方面，李仙得同日本的交涉并不顺利。

朝鲜慢性赤字的最大原因是“壬午军乱”（1882 年）给日本的赔款。依据《济物浦条约》，赔款为五十万元，每年十万元，五年付清。另外，还有因军变死伤的日本人抚恤金五万元。

朝鲜已经从清政府借了白银五十万两。李鸿章命招商局和矿务局准备银子借给朝鲜，正是“壬午军乱”之年。年利八分，十二年还清。

“壬午军乱”的三年后，朝鲜政府付不出赔款了，又向德国美亚商会借了两万英镑。年利一成二分，以沙金、牛皮等所课的关税做抵押。作为附加条件，运输粮食必须使用德国船只。利率既高，附加条件也苛。美亚商会是资金雄厚、获利较多的公司，当然要提出一些有利于自己的条件。美亚商会在中国人中间以“世昌洋行”而闻名，恰如日本的三井、三菱、住友之类公司。

袁世凯介入此事。他认为利率过高，条件太苛。

担当朝鲜税关总税务司的墨贤理，也因为未同他商量，竟将关税抵押出去，大为不满，强烈反对。

由于袁世凯和墨贤理的反对，美亚商会把条件放宽。后来德国领事布鲁德拉从中调停，年利降为一成。

朝鲜政府恨透了事事强调“宗主国”而肆意介入的袁世凯，但这次向美亚商会的借款问题，由于袁世凯的介入，减轻了不少负担，可算是他的寥寥无几的功绩之一。

不过，袁世凯介入的目的，并不是要帮助朝鲜政府脱离困境，而是在执行天津的主子李鸿章的指示。看一看李鸿章给袁世凯的指令电文就可明白，美亚商会提出的独占粮食运输，会给予中国商人以严重打击，这才是袁世凯介入的最大动机。至于减少了利率，朝鲜政府得到好处，只不过是副产品而已。

从美亚商会借来的款子，并没有用作再建财政的资金，而是支付了赔款，所以，左手进来右手出去，没有产生任何良好的影响。此后，朝鲜政府每逢有困难，便向美亚商会借款，甚至还采取了货币铸造机、枪炮、弹药等实物支付的形式。于是，美亚商会便成为德国向朝鲜扩张的尖兵。很可能美亚商会同德国政府有密切联系，许多行动都是政府指示的。

经李鸿章介绍，英商的怡和洋行和香港上海银行也曾借钱给朝鲜政府，年利一成，可能是仿照美亚商会的前例。

债权人有很大的发言权，这是理所当然的。清廷必须防止某一国在朝鲜获得很大的发言权，所以，德国的力量加强了，便帮助导入英国借款，以取平衡。李鸿章的这一套手法，作为执行者的袁世凯，也自然而然地掌握了。

朝鲜政府向美亚商会借款，东一笔西一笔，不知不觉中增多起来，两年后竟达到二十余万元。

这下子朝鲜政府不得不想一个治本之策了。于是，横下一条心，打算从法国银行一次借入二百万法郎，半数作为财政再建资金，半数还债。但是，袁世凯反对，这一计划在表面上便销声匿迹了。

袁世凯反对的理由极其明显：在属国朝鲜，再也不能增强别国的发言权了。他认为，如要借款，就应该与宗主国清廷洽商。然而，朝鲜举国一致，要争取独立自主，正与袁世凯的主张相反。同样是借款，也要向中国以外的国家借，因为宗主国再加强发言权，只会使实现无比重要的独立自主的时间拖长。

清政府的财政顾问——英国人罗伯特·赫德主张，清政府应借款给朝鲜，让朝鲜把外债通通还清，变为只欠清政府的。赫德还建议清廷向各国声明：清与朝鲜之间有宗属关系，拒绝他国向朝鲜提供借款。

英国害怕俄国向朝鲜扩张，因而希望清廷牢牢掌握朝鲜，行使宗主权。

袁世凯看了赫德的建议书，如获至宝，而主子李鸿章却非常慎重。这个现实主义的政治家不愿把朝鲜当作包袱背在身上。

“为朝鲜还清一切债务，还要借款给它，而它究竟有多大的偿还能力呢？”

“对于这样的声明，日本和俄国能默然处之吗？只会引起更多的麻烦问题。”

李鸿章举出这两条理由，没有接受赫德的建议。

其实，李鸿章还有更大的理由，那就是暗暗忧虑罗伯特·赫德的实权会因此而加大。

财政顾问，正式官职名为总税务司。罗伯特·赫德的中国名叫赫德，1835年出生于北爱尔兰的阿尔斯特，毕业于贝尔法斯特女王学院，十九岁时到中国上任。他对清政府表现友好，而他的前任李泰国傲慢无礼，名声很坏。他的口头禅是："我希望中国变强，把英国作为最好的朋友。"

他既是英国的外交官，又是清朝海关的长官。《清史稿》中有他的传记，因为清政府把他当作自己的官员了。

总税务司相当于布政使。布政使是省巡抚的次官，也就是副省长级的要职，从二品。本来他只相当于财政部的税务局长，但由于他个人的人品得到清朝高官们的信任，不仅在财政和外交方面，甚至连一般的政治问题，也征询他的意见。中法战争时期，李鸿章在很多方面借助于赫德之力。

然而，当了北洋军统帅、清廷外交最高负责人之后，李鸿章渐渐和赫德对立。李鸿章以北洋军力为背景，构筑起独裁地位，令许多有权势的人又气恼又嫉妒。这些政敌，不时地企图利用赫德来抑制一下李鸿章的权力。

那时，李鸿章简直把罗伯特·赫德视为抵抗者的象征，不可能痛快地接受他的建议。

对于赫德的方针，袁世凯双手赞成，但主子李鸿章不点头，他便不知所措了。

朝鲜政府向法国银行交涉借款是1889年，罗伯特·赫德提出建议也在这一年。

由于李鸿章反对，袁世凯没敢向各国发出声明，却像欺侮弱者似的向朝鲜政府施加压力："从外国借款，要事先经我批准！"

此后，朝鲜政府的借款交涉都变成秘密形式的了。在香港，有闵泳翊长期驻留，通过他与美国的摩斯商会和英国的香港上海银行进行交涉。然而，每次袁世凯都得到消息，从中破坏。

向日本借款一百五十万元，是在香港的谈判未成之后，朝鲜政府想出的"另一手"办法。

1890年三月，袁世凯发出一个比赫德的建议稍稍弱一点儿的声明。他说："朝鲜贫而浪费……"一开头就这样不顾朝鲜的体面。主要是说："借款给朝鲜，清政府不予担保。用朝鲜海关做抵押，清政府决不允许。"

对于他的声明，第一个表示欢迎的就是英国。美国和法国没有任何反应，意大利和比利时也不表态，可能是没有异议。俄国也没反对，它倒是总想接近朝鲜，但并不打算借出大量的钱。俄国所惧怕的是竞争对手借款给朝鲜，形成“特殊关系”。

俄国视为竞争对手的是日本。对于朝鲜同日本之间借款流产的事，最高兴的恐怕不是清廷和英国，而是俄国。它虽然保持着沉默，但心里是欢迎袁世凯的声明的。

赞成和反对，明确表态的都只有一国。英国——由于总税务司赫德居中沟通，而袁世凯的声明正符合赫德的建议——当然要赞成。表示反对的只有日本。日本政府发表声明：“借款与否，是朝鲜自身的事。”

日本主张，谁也无权干涉别国借款。就是说，日本发表上述声明，以明确表示日本认为朝鲜是独立国。

袁世凯声明的目的不外是想孤立朝鲜，使之“一切只能依赖清国”。

朝鲜政府被逼到穷途末路上了。除了对日赔款，它还有别的欠债。德国美亚商会的款也该还了，逼债很紧。朝鲜政府咬紧牙关，宁愿向外国伸手，决不向清廷张口。由德国顾问修尼克斡旋，打算向外国商人暂借十万元，但是，没人敢借。因为在袁世凯声明之后，没有担保，以营利为目的的商人岂能将十万元款项借予他人？当时的十万元，可是个不小的数额。

3

光绪十七年（1891 年），沙皇俄国的皇太子尼古拉亲王访问远东。预定在中国停留的日期，一变再变，使李鸿章深为不满。

“我们这里也有自己的日程安排，海军检阅已经提前，又要变更？真是岂有此理！”李鸿章捋着胡须气愤地说道。

俄国皇太子乘军舰来中国，欢迎他也得动用军舰。预算已经被挪用，给西太后修建万寿山了，海军费用全靠李鸿章自己筹措．而迎接俄国皇太子花费太大，难怪急得他头疼。

载着皇太子的俄国舰队在广州入港。

“真没办法，让舰队开到广州！就说是一次演习！从广州回来也是演习！”

李鸿章说完，便提笔给俄国领事馆写信。他对不止一次变更日期表示了不满，又把俄国领事给他的那张皇太子照片退了回去。

这封信读起来很成问题，退还照片更有失礼貌，李鸿章已经六十九岁，脾气倒变得暴躁了。

检阅海军时，他一心想着这是自己一手培植起来并在三年前正式得到承认的军队。北洋海军创建三周年的纪念活动，远比俄国皇太子来访重要得多。

俄国皇太子在清朝的公文中被称为“俄储”；“俄”即俄罗斯，“储”即皇储。关于俄储的东方访问，有种种传言。访问的目的，正式的说法是为了睦邻友好，同时使将来继位俄皇的皇太子广开见闻。然而，乘军舰来访，有人推测是怀有调查东方海域、港湾等军事意图。特别在日本，这样的怀疑更强烈。

一再变更日期，使李鸿章很不高兴，但访问是极其顺利的。途经广州、福州、上海、汉口等地，然后离开中国，前往日本。

俄储在中国的访问，只是政府高级官员的事，一般民众丝毫不予关心。首先是因为传达这种新闻的机构还不发达，与其说是不关心，不如说是不知道。

在日本，这年是明治二十四年，宪法已经公布，是言论较为自由的时期。当然，和从前一样，对民众宣传方面是一片混乱。例如，一份不出名的报纸登载消息说：“西乡隆盛未死于十年战役中，乃逃到俄国。此次随同俄国皇太子前来，将复归日本。”

《东京日日新闻》发表文章，说：

近日俄国皇太子殿下将来我国访问，对此，各种传说不胫而走。其中有云，绝非寻常之漫游，其经过之路线亦特殊，乃欲观我国军备，探明险要，以为他日蚕食东亚做准备。

文章声明此类事情均属无稽之谈，并告诫说，对高贵之外宾，做种种猜疑，实属破坏善邻之愚蠢行为。又说：

特别在我国，现今正有一团妖云到处飞行，时有棍棒之雨、拳头之霰降下。值此危险之时，宣扬此说，无异于煽动血性壮汉，最为不妥也。

这篇文章刊登于明治二十四年三月十五日，离俄国皇太子到达日本还有一个半月。

俄国皇太子四月末到达长崎，五月九日在神户登陆，当日赴京都。五月十一日，自京都乘人力车访滋贺县，在大津被警卫巡查津田三藏刺伤，即所谓“大津事件”。

从《东京日日新闻》的警告性文章看来，这倒不是晴天霹雳的事件，某种程度上是在意料之中的。

日本人主张征韩以来，认为经由朝鲜北进是国家的出路。因此，以南下为最高目标的俄国就成了日本先天的对立者。

事件发生在大津，其根源应该说在朝鲜半岛。

俄国皇太子所受的刀伤长九厘米，没碰到骨头。明治天皇亲往京都旅馆看望，并与皇太子同乘汽车到神户，登上军舰。

驻日公使李经方也急赴神户看望俄国皇太子。皇太子对中国给予的欢迎表示感谢，请他转奏皇帝陛下。

4

驻日公使李经方把此事向既是父亲又是外交最高负责人的李鸿章做了报告，陈述了自己的意见。

“欢迎仪式阵仗过大，费用过重，为此人们心怀不平。”李经方有如此看法。

对于同日本对立的俄国皇太子，是否有必要如此隆重欢迎？

持这种想法的人为数不少。反对的理由主要在于俄国是日本的对立面这一点，至于欢迎费用的问题，无关紧要。李经方似乎过分着眼于日本人民对待金钱的态度。

这对于李鸿章，进而对于清廷之认识日本，却成为产生错觉的一个因素。清政府的在外使臣们依然是闭门独处，从来不深入“日本”之中，去摸摸他们的体温，闻闻他们的真正气味。

事件之后，李鸿章给闽浙总督卞宝弟的信中写道：“倭乱党爆众，大臣屡被击刺，今乃及于远客。”

自由民权运动高涨，政治结社普遍，在李鸿章眼里是“乱党爆众”。此前一年，中江兆民等人再兴自由党，板垣退助创立爱国公党。当年一月，依据保安条例，有五十四个人被勒令离开东京。两年前文教大臣森有礼被刺，这些现象，李鸿章等人认为是“乱”，从而影响了他们对日本的评价。

固然有过棍棒之雨、拳头之霰的风潮，的确是一种“乱”，但是，把着眼点盯在这上面，就会脱离焦点，产生错误判断。

这年六月，北洋舰队搞了一次访问日本的举动，日本方面似乎认为这是清廷的示威。李鸿章发表的文告说：应日本政府的邀请，特派丁汝昌前去“修好”。

北洋水师提督丁汝昌率“定远号”“镇远号”等六舰，于六月二十六日出发，开往日本下关。然后，通过内海到达东京。

外交大臣榎本武扬邀请丁汝昌等军官五十多人，在小石川兵工厂内的后乐园举行游园会。有军乐队吹奏，气氛十分融洽。

作为答礼，丁汝昌在“定远号”上宴请贵族院和众议院议员，对新闻记者也做了招待，在日本新闻界博得好感。

《东京日日新闻》七月十四日有一段报道：

丁军门（丁汝昌）来我国，所交甚广，所招待之宾客，亦为数不少。其中尤以邀请帝国议会议员及新闻记者之举，用意颇妙。丁氏之所以如此，实为尊重代表我国民众之议员的资格，又重视发表舆论、担负社会耳目的报纸，因两者均为文明机关也。果系如此，则足见丁军门之见识颇高。

袁世凯因养母牛氏病危，急促归国，是在这年的十月八日。

牛氏死于十二月二十六日，袁世凯按例呈请停职服丧。李鸿章批示：“目前，朝鲜问题极为重要，袁世凯在彼处十年，熟知情况。现今难以他人代之。许服丧百日，其间由唐绍仪代理。”

朝鲜政府乘袁世凯离任之机，提升了朴定阳，前面已述及。朝鲜政府打算趁此机会尽可能多做一些事，如借款。

朝鲜政府向日本提出了借款五十万元，然而，谈判未及结束，服丧已毕的袁世凯又回到朝鲜。

袁世凯破坏了这次借款交涉，自不待言。

他说：“利率太高，能用更低的利率借来。”

低利贷款的地方倒是有，那就是朝鲜最不愿意打交道的对象——清政府。

然而，为了逃脱目前的困境，顾不得将来如何了。

【第十六章】

防谷令余波

1

清廷的借款条件对朝鲜政府颇为有利：年息六厘，以仁川海关收入作抵，分十八年偿还。

第一次借款契约于1892年10月9日签订。朝鲜方面签字的是转运漕米御史总务官郑秉夏，清廷方面采取了民间贷款的形式，以同顺泰行主谭以时这个富商的名义签字。金额为十万两。

十万两，简直是杯水车薪。偿还了从美亚商会借来的高利借款之后，朝鲜政府手里便一分不剩了。

低息这一点也颇有吸引力，为了不让清廷的宗主权在朝鲜显形，朝鲜政府一直坚持着不向清廷借款，可是，一旦借开了头，就像破了长年烟戒，一支接一支地吸起来。想把向日本、美国商人借的高利借款，改换成清廷的低利借款，也是合乎情理的。两个月后，第二次借款谈妥，也是十万两，抵押了釜山的海关收入。

第二次借款附带了一项条件，华商因之获得每年十万石的漕米运输权十五年。以往，朝鲜内河的米谷运输，统由两艘日本籍汽船承揽，袁世凯夺了他们的生意，事情不算大，但也是中、日两国之间对立的一个因素。

还有防谷令的问题，比漕米运输权更为重要。

明治二十二年（1889年），日本各地发生灾荒，福冈、和歌山、奈良、爱知各县大水，熊本地震。日本苦于粮食不足，便从最近的邻国朝鲜大量购买米谷和大豆。金钱发挥了巨大作用，粮食大量输入日本，朝鲜却出现粮食短缺的现象。

从朝鲜输入粮食，由十三年前缔结的《日朝友好条约》规定为免税贸易，所以历年都数量很大。这个条约，是以日本武力为背景，订于江华岛，因此也叫《江华条约》。当时的日本，与欧美各国订立了不平等条约，国民引以为耻，呼吁修正。可是，日本政府与朝鲜签订的条约，更加不平等。例如：免税贸易等条款，含有欧美与日本的条约中见不到的苛刻内容。依据这些条款，朝鲜本国的产业被置于毫无保护的境况中。

因劳动力价格低廉，朝鲜的谷物很便宜。日本商人收购贱谷，运回日本，由于没有关税，只需在原价之上再加上运费就行了，确实是有利可图。看中这个生意的日本商人年复一年地增加，他们之间也展开了竞争。他们用很少的预付金收买青苗，也就是作为高利贷商业资本家来剥削朝鲜农民。叫苦的不仅仅是农民。日本商人的收购，使朝鲜谷类价格上涨，但是按日本的谷价，还是便宜的。朝鲜民众赖以生存的谷物猛烈涨价，引起社会不安。

在这种状况下，又赶上日本各地发生饥馑，于是，谷物收购简直像暴风雨一般袭来。而这一年，朝鲜的农业收成也欠佳。

日朝《通商章程》预见到这种事态的发生，在第三十七条写了禁止谷物输出的规定。朝鲜政府禁止输出时，须在一个月以前通告日本。

按照朝鲜的内政常规，禁止粮食流动的权力由地方长官掌握。朝鲜的行政区划，最大的是道，下面是府、县。道的长官为监司，府为府伯，县为县令。

咸镜道歉收，道监司赵秉式下令，自阴历十月一日（阳历 10 月 24 日）起，一年内禁止粮、豆输出。他根据日朝《通商章程》的规定，在实施前一个月的阴历九月一日（阳历 9 月 25 日），做了“关文”，即条约中规定的事先通告。

这就是“防谷令”。

然而，衙门办事拖拉，对公文的日期不以为然，赵秉式的关文到达外署（朝鲜外交部）时，已是两周以后了。及至外署通知日本政府，剩下便不足半个月。日本代理公使近藤真锄接到通告是在阴历九月十七日（阳历 10 月 11 日）。

赵秉式从阴历十月一日起实施了防谷令，遭到日本政府的指责。章程第三十七条明文规定，遇有天灾、大歉收，可以禁止输出。日本政府强调，咸镜道没有发生灾荒，而且预告日期还不足规定的一半儿。不过，日本政府把重点放在发布防谷令根据不足上，向朝鲜政府提出抗议。

根据日朝《通商章程》，防谷令应由朝鲜方面“通告”日本，并未特别规定需要日本同意。近藤代理公使对章程做了扩大解释，认为类似这种重大事情，需要两国协议。日本方面要求取消防谷令，处分赵秉式。

朝鲜政府终于屈服，转年年初便撤消防谷令，将赵秉式调为江原道监司。

然而，日本政府并不就此罢休，竟强迫朝鲜政府赔偿日本商人这一期间所蒙受的损失。原来是侨居的日本商人向公使馆请愿，日本外交部派来石井菊次郎和松井庆四郎到元山，调查实况，交涉赔款。

日本提出的赔偿额为日币十四万七千余元，朝鲜方面表示愿意承认六万余元。日本公使是梶山鼎介，朝鲜外署督办是闵种默。

交涉正在进行，这时袁世凯丧假期满，从中国回到朝鲜上任。

“什么！防谷令只是个解释上的问题，取消它已经是很大的让步了，为什么还要赔款？岂有此理，你得强硬点儿。”袁世凯激励闵种默。

“光靠我个人解决不了问题，难办得很……”闵种默说完，咬紧嘴唇。

对于日本的蛮横无理，抵抗最强硬的人就是闵种默。软弱派的代表是右议政金宏集。

“这里面纠缠着利害关系，不论哪国，商人都是贪婪的。”

“果真是根据商人的要求吗？”袁世凯不相信。

以梶山公使为代表的日本方面，要求赔款十四万七千余元，闵种默就地还价，只给六万元，梶山终于点头同意了，作为外交官，他以常识做出判断：撤消防谷令，外交上已获成功，再无休止地要求赔偿损失，就过于贪得无厌了。

然而，商人并不计较什么常识，他们只想趁机尽量多捞一点儿。

日本外交部觉得一下子答应下来，有点不够体面，于是派遣通商局长原敬到朝鲜，协助梶山公使交涉，说六万元解决不了问题。

交涉还未结束，黄海道监司吴俊泳又颁布了防谷令，吴俊泳认为解决粮食不足和涨价问题，除了采取这个办法之外，别无他策。但日本方面认为这是一次严重的挑衅。

咸镜道的海港是元山，黄海道是仁川。驻仁川的日本领事林权助提出给日本商人赔偿六万九千元。日、朝两国关于防谷令问题的处理，就这样逐步升级。

在日本国内，把这个问题提到议会上讨论，集中责难梶山公使软弱无能。明治二十五年（1892 年）十月，竟发展到免除梶山公使的职务，起用了在野政客大石正巳。

2

大石正巳生于土佐藩的藩士之家，是参与创建自由党的自由民权运动家。但是，他反对板垣退助的留洋之举，不久便脱离自由党。后来参加后藤象二郎的大同团结运动，成为众议院议员。

明治时期的自由民权运动家，对外往往是强硬的国益主义者，大石正巳正是这种人。

梶山鼎介的软弱路线，其实是常识路线。他失败了，大石正巳之所以被选上，是看中他能推行强硬路线。

朝鲜政府陷入了困境。

袁世凯在闲谈中不断给闵种默等人鼓劲儿，却总避开正面参与。他准备等朝鲜政府走投无路，伸手向他求援时，才出面干预。

独立自主，这才是朝鲜政府的最大希望。朝鲜想脱离清政府的束缚。袁世凯暗地里带着冷笑，旁观防谷令问题。他心想：你们愿意搞独立自主，那就搞吧，能否成功，慢慢就会知道。

朝鲜政府也希望尽量不借助袁世凯之力，单独同日本进行交涉。他们害怕找袁世凯洽谈，会把宗主权的轮廓勾画得更加浓重。

但是，强硬派大石正巳到任之后，朝鲜政府已经无法解决防谷令问题，不得不找袁世凯商量对策。

大石正巳要求的金额确数为十七万五千七百五十九元三角七分二厘。

袁世凯答应出谋划策。他进行了详细的调查，要求赔款的根据是豆谷买卖合同。袁世凯认为，合同不是双方当事人各执一份，不能要求不履行合同的赔偿。本来防谷令是正当措施，要求赔偿之类事情可以不予理睬，但问题已经纷争至此，就适当地付给一些。日方提出一个过细的数字，袁世凯怂恿外署督办也提出一个更为详尽的数字——四万七千五百七十五元五角四分九点三一二厘。

这时督办换为赵秉稷。

“岂有此理！”大石正巳要顶回这个数字。

朝鲜方面以冷处理的方式将此事搁置了一个月，然后提出：“那么，还按照以前我们同梶山公使之间即将达成的那个数额吧，六万零七百三十四元九角六厘。”

“我是作为软弱无能的梶山的后任来到这里的，那个数字不要再拿给我看。”

大石正巳态度高傲，蔑视朝鲜官员。

同日本大石正巳公使交涉的是外署，即朝鲜外交部。他不愿再同外署打交道，希望直接同政府交涉，因为外署背后有袁世凯，事情难办。

朝鲜方面拒绝了，外交的职能部门是外署，必须通过它才行。这样蛮横无理，使大石成了不受欢迎的人。不仅朝鲜官民，连外国的使节也纷纷议论，称他是“那个恫吓者”。

谈判毫无进展，大石公使焦急起来。三十八岁的少壮政治家，面临一堵厚墙，必须想办法突破。

事已至此，他希望政府派兵，占领仁川及釜山的海关，以解决问题。

大石公使的这一提案，使日本政府大为狼狈。单方面出兵占领海关，是公然违反与清廷缔结的中日《天津条约》。从国际上观察，这种强硬政策会使外国降低对日本的评价。

首相伊藤博文和外相陆奥宗光都驳斥了大石公使的提案。怎样打破这种僵持局面呢？

这时，前任驻日本公使李经方致函日本政府，以探询的口气提议：“朝鲜问题是否由大石公使和袁世凯合力解决？”

他的探询，可以认为是李鸿章的意思。

陆奥外相立刻做出反应。1893 年 4 月 12 日，他给李经方复信，转请袁世凯出面调停。同时，向大石公使发出训令，让他接受袁世凯的调停。为此，日本外交部特派参事官松冈郁之进赴朝鲜。大石公使大概为此扼腕不已。

大石陪同松冈拜访袁世凯，郑重其事地请他出面调停。

后来，事情进展也并不顺利。5 月 2 日，日本向朝鲜发出最后通牒，但又提出为了尽可能避免两国决裂，行使武力之前留有两周的犹豫时间。

急于成功的大石，打算越过朝鲜外署和议政府，直接见朝鲜国王，但未能如愿以偿。恰巧这时陆军参谋次长川上操六访问朝鲜。名义上是参谋次长，但参谋总长是皇家殿下，所以川上实际上就是军事方面的最高负责人，视察旅行时，有伊地知幸介、田村怡与造等年轻的陆军将领随行。朝鲜国王不能不接见川上将军，大石乘此机会，与川上一行人一起进入朝鲜宫廷，当面递交了“最后通牒”。

看来似乎是大石巧妙地利用了川上访朝的机会，但是，川上访朝竟在这种时候，不是也可以解释成对防谷令问题施加压力吗？

关于防谷令问题，袁世凯硬是坚持梶山曾经同意的六万元，并且拒绝再加上黄海道防谷令赔偿。对此，大石傲然地坚持十七万元的赔偿。

“这是人选的错误！”伊藤和陆奥都发觉起用大石是个失策。他一意孤行，竟决定把谈判地点移到天津，他认为同李鸿章谈判才能解决问题。

天津已有代理领事荒川已次，把伊藤博文首相的亲笔信递交李鸿章，信的内容是“防谷令问题的赔偿金，日本放弃原来要求的十七万元，愿意降到九万五千元，请说服朝鲜政府接受”。

朝鲜政府厌恶这个高压的大石，一边更换外署督办，拖延时间，一边由驻在东京的权在衡公使向日本政府提出在东京谈判。另外，还希望更换大石公使。由此可见，他这个人多么不受朝鲜方面欢迎。在外交上如同绵羊一样温顺的朝鲜，竟敢于向对方要求调换公使，显然事情非同一般。

日本政府拒绝了朝鲜的要求，但命令大石离开汉城，到仁川听候指令。

1893 年 5 月 19 日，防谷令问题好歹解决了。咸镜道防谷令赔偿九万元，黄海道防谷令赔偿两万元，计十一万元。其中六万元先期付款，余下五万元以三年为期偿还。

这一问题是侨居朝鲜的日本商人引起的，商人的力量竟足以使稳健的梶山公使退出战场。商人们把自己当作日本扩张的尖兵，他们相信，自己所受的损害由日本政府用武力讨还，是理所当然的。此后，同类事情反复出现。

3

朝鲜政府想把防谷令问题的谈判移到东京，不仅是为了回避大石公使，也是因为东学党在各地兴起，治安急遽恶化。

防谷令问题使朝鲜国内充满了“日本可畏”的空气。

在朝鲜，商人的地位极低，而日本政府居然为商人的利益争辩，挥舞拳头，真意何在呢？

一般朝鲜人对日本抱着恐惧感，而宫廷的恐惧感或许更甚。庶民没有太多可失去的东西，宫廷的人却有很多害怕会失去的东西。

朝鲜国王及闵妃族人似乎看见，日本这样一个恐怖对象的背后有金玉均活动着。他杀死了许多闵氏族人，逃到日本去了，这是闵妃一族念念不忘的。

他们的“日本恐惧症”，有时候也变成“金玉均恐惧症”。

“逮捕金玉均，将他引渡给朝鲜。”朝鲜政府通过全权公使和穆麟德向日本方面提出要求。日本政府不愿把自己利用过的人物送进死地，同时也不能给以极为明显的保护，那会伤害朝鲜宫廷的感情，结果，金玉均被弃之不理了。

金玉均的遭遇很坎坷，他改名叫岩田周作，实际上是在日本政府的拘押之下。解除这种拘押是在 1891 年（明治二十四年）以后。

日本拒绝引渡，朝鲜政府便偷偷派出刺客，要刺杀金玉均。

从朝鲜派来的刺客是池运永和张殷奎等人。然而，金玉均身边有刚勇无双的郑兰教和柳赫鲁等人护卫。柳赫鲁觉得靠近金玉均的池运永可疑，在他的住处搜出朝鲜国王的暗杀诏书、武器、毒药等，成功地防范了一次暗杀。

虽然暗杀失败了，但朝鲜宫廷绝没有放弃消灭金玉均的企图，当金玉均被解除了拘押时，朝鲜宫廷再次派出刺客。这是比池运永等人强得多的刺客。

刺客的名字叫李逸植，本名叫李世植。

池运永是内署主事，由于他的过失，使暗杀诏书被盗，他被抓进日本监狱，后来遣送回国。他不是个出色的刺客。

与之相比，李逸植确实是高明的刺客。他带着权东寿、权在寿兄弟两人，潜入东京，接近金玉均。

因为有池运永、张殷奎的前车之鉴，金玉均警惕性很高。不管用什么理由，凡是接近他的人，开始时都要受到怀疑，李逸植戴着忧国之士的假面具来靠拢，金玉均并不完全信任他。

然而，金玉均是个交际甚广的人，对于前来接近他的人，决不拒绝。“也许是刺客，也许是同志，也许是将来能变成同志的人，不必回避他们。”金玉均对为他担心的人们说。

一起亡命日本的朴泳孝，与金玉均不但在政治上意见分歧，个人感情上也不融洽。金玉均死后，朴泳孝回忆道：

金玉均的长处是善于交游，巧于文字，谈话有术，诗文书画无一不能，短处是忘恩负义，缺少谋略。

——摘自李光洙《与朴泳孝相遇的故事》

朴泳孝意识到对死者的礼貌，在赞誉之中还夹杂了一句“忘恩负义”的批评。究竟是指对朴泳孝忘恩负义，还是指亡命中的女性关系呢？对于朝鲜人来说，“忘恩负义”是最严厉的批判了，至于“缺少谋略”一语，则是一半儿批判，一半儿赞扬。

对立面的朴泳孝承认金玉均的长处是“交游”，可见他是一个多么善于交际的人，然而在交游这个长处的背后，却潜藏着“无谋略”的短处。明明知道那是个需要戒备的人，可他却缺少警惕的谋略。

金玉均虽善于交游，但极其肤浅。亡命九年，他受过很多人的援助，如玄洋社派系的人、犬养毅、尾崎行雄、福泽谕吉等，还有朝吹英二那样的实业家，对他也伸出过经济援助之手。

在野人士，痛恨日本政府对金玉均太冷淡，认为从日本国家利益来说，金玉均仍是个可以利用的人。日本的在野民权论者对外是些极端排他的国益论者，大石正巳就是个最好的例证。但有些人认为可以把金玉均当作日本的一个棋子，或许可用。还有一些人一直跟他打交道，不能立即撒手不管。例如，福泽谕吉等人在思想上已经进入脱亚论时期，认为与列强为伍，侵略朝鲜是正确的。要把朝鲜置于日本的势力之下，老实说，像金玉均这类人，倒很碍事。金玉均之所以靠近日本，是为了朝鲜的独立自主，脱离清廷的束缚。一旦日本取代清政府统治朝鲜，可以想见，抵抗最激烈的将是主张独立自主的金玉均。

武装政变失败后，金玉均逃到仁川，登上日本“千岁号”，竹添公使想答应朝鲜政府代表穆麟德的要求，命他下船。倘若下船，就一定会遭到惨杀，金玉均一行已准备自尽。幸亏“千岁号”船长侠义，拯救了他们。船长是民间人士，公使是政府官员，到了这时，金玉均再也不会信任日本政府了。他的政治嗅觉是发达的，一定能察知日本民间的国益膨胀主义者是想利用他才来接近的，他之所以不斥退他们，是因为经济穷困和人力太少。

作为亡命的大政客，金玉均常被比作孙文，有时甚至被称为“朝鲜的孙文”。但是，两者相比，金玉均的条件可远远不如孙文。

孙文在海外有很多侨胞。在美国，在东南亚，在日本，有很多经济富裕的华侨，支持他完成大业。尽管如此，孙文在革命资金的筹集上，仍花费很大气力。要使革命成为现实，就必须有巨额的资金。华侨之外，还有许多青年留学生，是些有知识、有热情的革命战士。相比之下，当时侨居海外的朝鲜人却寥寥无几，原因是朝鲜开放才十几年，何况所谓开放，也只是外国人进入朝鲜，至于朝鲜人出国则为数甚少。所以，金玉均在海外不可能像孙文那样得到本国人经济上、精神上的援助。

孙文费力筹集的是用以实现革命的资金，而金玉均是在为个人的衣食费用犯愁。朋友们常为他举办书画展览会，尽管书、画都相当高明，但毕竟不是一流的。不过，由于他的声誉和情义，衣食所需费用总算能筹措出来。

比贫困更令金玉均苦恼的是同志太少，只要是本国人，他就偷偷地把他当作同志。即使明知是敌人，也要争取他成为同志。

金玉均是个非常自信的人，他对自己的辩才绝对自信。谙于中国古典的金玉均，相信自己的三寸之舌比毛遂更强，岂止胜过百万之师。

金玉均创建了“三和主义”，他确信可以说服任何人。“三和主义”的目的是依靠日、朝、中三国合作，防止西欧侵略东方。内容大半是理想主义的，对于现实政治家似乎没有多少说服力，顶多能得到原则上的赞同。

“这个主义是我创建的，尽善尽美，毫无缺欠，足以应付任何论战。当然，若用日语辩论，尤为欢迎。”金玉均自豪地说。

金玉均的日语，据说比日本人还强。

他充满自信。然而，在外人看来，他的想法十分幼稚可笑。他的幼稚在于他连自己处于什么样的立场都缺乏足够的认识。

他完全明白，掌握着朝鲜政权的闵氏一族，把他当作杀害族人的仇敌，时刻想杀掉他；他也知道，他为了独立自主，企图同日本结盟，清廷当局是如何怒目而视；他更察觉到日本政府的冷淡态度，分明把自己当作日本实务派的一个障碍物。然而，对于这些，他的认识并不深刻。

“那种事我早就知道！”这似乎是金玉均的口头禅。

【第十七章】

亡命九年

1

洪钟宇出现在日本是1893年的事情。前面已经说过，当时在日本侨居的朝鲜人为数不多，初来乍到一个陌生面孔，马上会知道，况且洪钟宇这个人又极其显眼。他曾留学法国，那种机敏、潇洒的派头，显得很不一般。

他颇有口才，是个野心家。在法国汲取了新思想，回国后本该给他一个合适的高位。然而，在当时的朝鲜，若不是显宦门第，任你怎样有才能，也不能担当高级官职。有才能也许是个负数，反倒要被戒备。

洪钟宇深深知道这一点，所以，在活动当官之前，想出一个提高身价的办法。他的目标是外署督办，也就是外交大臣。那个时代，世界外交的通用语是法语，洪钟宇认为自己充分具备这个资格。

虽有资格却无门阀，想当外交大臣，只能是一种奢望。对这种毫无道理的事，他很不服气。要飞越这堵门阀之壁，非采取一个非常行动不可。或是推翻这个唯门阀论的现政权，或是为现政权建立一个惊人的功勋，除此二者之外，别无进身之途。这二者，都需要有非常行动。

洪钟宇是一个有派头的绅士。以一人之力组织反政权派，搞武装政变，他既没这个能力，也没这个胆量。选择推翻现政权之路，必须依靠旁人。于是，他想起了领导过政变、亡命日本、目前仍为闵氏一族所惧怕的金玉均。同他结合，可能是一条捷径。

不过，金玉均这个人究竟是不是一位杰出人物，依靠他的领导能否取得朝鲜政权，洪钟宇还要考察一番，为此来到了日本。

他同金玉均接近，有双重意图。如果金玉均有希望，就同他结伴，推翻现政权，当一个新政权的高官。如果金玉均不是那么可期待的人，就刺死他。现政权为刺杀金玉均费尽了心机，据说还张榜悬赏。洪钟宇并不稀罕赏金，他只希望得到高官。杀死金玉均，也许就能实现进身的夙愿。

洪钟宇带着这两重意图接近金玉均。不过，企图最终杀掉金玉均的李逸植已经先他一步来到金玉均身边。

“他也许是个刺客，不过，经过我的说服，也可能成为同志。”周围的人劝金玉均疏远李逸植，遭到金玉均的驳斥。紧接着又出现一个来路不明、风流潇洒的洪钟宇，一有新来的人，金玉均左右的人便神经质地惴惴不安。

“对洪钟宇也要戒备一些才好。”连玄洋社都这么告诫金玉均。然而，金玉均的回答依然如故。

李逸植想把洪钟宇拉为同伙，这两个人似乎气味相投。李逸植是闵氏政权派来的刺客，负有杀死金玉均和朴泳孝两巨头的任务。不过，事情并不好干。

李逸植曾计划邀朴泳孝做划船之游，然后，把他弄进大型提箱里，运到大阪，装上轮船，悄悄送回朝鲜。

因为狙击的目标是两个人，所以进行得不顺利。

李逸植试图寻找能够并肩作战的人。然而，到底是杀人的事情，找人实在不易。况且事涉危险，任谁都会有所顾虑。因此，必须开出极好的条件。

在交往中，李逸植渐渐发现洪钟宇一心想要当官。如果用政府高官为诱饵，似乎可以把他拉来入伙。为此，李逸植必须向洪钟宇证明自己是奉国王之命而来的。倘若不拿出证据，洪钟宇不会相信。

因为池运永干了一件诏书被盗的蠢事，所以这次李逸植只接受了口头命令，没有证据带在身边。没有的东西固然拿不出来，但假造一个并非不可能，不曾做过官的洪钟宇大概从未见过诏书，伪造一个就能让他上钩。于是，李逸植假造了诏书，盖上伪造的玉玺。诏书上写道：“诏命李逸植，讨灭甲申漏网逆贼，息朕大忧……”诏书所说的“漏网逆贼”，指的是逃亡日本的金玉均和朴泳孝。

“怎么使朝鲜成为一个近代化的独立国家呢？”

李逸植提出忧国的话题，试探洪钟宇。这是洪钟宇最为得意的题目，本打算归国后用来说服政府高官，甚至连修辞都做了一番考究。他对李逸植高谈阔论了一通。

“明白了，深得要领。”李逸植感动得叹息一声，说道，“若能废除门阀之见，提倡能力主义，贯彻适才适所之原则，数年以后，我国必将改变面貌。

金玉均也是这个主张。我完全理解你的意思，不过，改革国政要有个前提。”

“什么前提？”

“需要一个稳定的政局。从门阀主义转向能力主义，这是一个了不起的改革。改革时避免不了政界的动荡。政局本就有些动荡，何况有人出来猛力地摇晃，岂不要更加动荡不安吗？”

“有意识地摇晃？”

“是的。我们盼望改革，但不允许糟践、破坏国家的基础，那样会本利全丢！”

“所以你主张要稳健些，对吧？把门阀主义也留下一些，来一次不冷不热的改革？门阀主义光靠限制是克服不了的，你太天真喽！究竟你认为什么力量才能压制住门阀主义？”

“天真？如果我天真，那你就比我更幼稚。你是个理想主义者。如果我们能靠自己的力量干好这一切，那当然最好。但是，我们的力量太弱了，所以，需要借助一个较强的力量。这是现实。也许像你这样只追求理想的人不大容易理解……”

“没什么不可理解的……当然，我也并非双脚离地的人。事物需要建筑在现实上，这点儿道理我还懂得……不过，较强的力量，指的是什么？”

“就是抑制门阀之力……起初，我期待金玉均，但现在我有些失望。他主张不要抑制，而要砸烂。甲申之年就是如此，为什么非杀那么多人不可呢？至今他似乎一点儿也没改变当时的想法。”

“原来如此！不过，现在他没有这种力量了吧？”

“不，有力量。他本人不是也经常说吗？三寸之舌……时机一到，他一定要组织声势浩大的破坏力量。”

“依靠金玉均是危险的，那么，安全的力量是什么？”

“起初，我想依靠日本之力。为了脱离清廷，完全独立，我曾经认为这是最好的方法。然而，也失望了。日本政府对我们多么冷淡，你总该知道吧？曾与日本公使立过血盟的金玉均和朴泳孝，现在是什么遭遇，你也看见了。日本不是一个可以信赖、足以依靠的力量。你到日本后，对这个国家的气氛也有所了解吧？”

“是的。能否依赖到最后，我毫无信心……日本不行，那么是俄国吗？”

“俄国也不会为我们的事真正出力，它只能牵制日本和英国。”

“到底是哪国呢？”

“也许你会觉得意外，我所想的是清廷。”

“噢？清廷……”

“你感到意外吧？”

洪钟宇点点头，的确出乎意料。清政府对朝鲜主张宗主权，还派了一个袁世凯那样的国政监察官。现在，掌握着政权的闵氏一族，表面上以清政府的力量为背景，实际上打心眼儿里想要脱离清政府的束缚。说是大臣们擅自同俄国人接触，可谁都知道，他们是得到国王和闵妃及政府首脑们的谅解的。就连袁世凯也一清二楚。

守旧、顽迷的现政权暗地里都抵抗着清政府的权力，而这个力图革新的人，为什么还要借助于清廷之力呢？

“政治是现实的。”李逸植说道，“我国想脱离清廷而独立，所以对手是清廷，无视清廷是不现实的。非但不要无视，而且更应该从正面同它密切交往，让它承认我们。”

“怎样才能使它承认我们？”

“说起来很可怜。其实，我国是清廷的一个累赘，经过袁世凯的斡旋，我国向中国商人借了低息贷款。如果借给别人，就会有更高的利息收入，但是，因为有这种特殊关系，才不得不借给朝鲜。就是说，清廷为了强调宗主权，实际上干着亏本的买卖。本想放弃不管，可是，事关体面，又没有借口。若朝鲜能够自己站起来，并且清楚地表明自身的独立，李鸿章也会高兴放下这个大包袱的。”

“问题在于拿出我们能够自己站起来的证据。”

“一点儿不错。为使我们自己站起来，需要做点儿事。譬如说，有人想把我们国家的基础搞垮，我们就应该惩罚他一下。”李逸植说完，紧盯着洪钟宇的眼睛。

“惩罚？”洪钟宇表示不能理解。但是，对方想要说的意思，越来越露骨地表示出来，他也快明白了。

“清廷希望这么干，我们国王也……”

“惩罚？”洪钟宇又重复了一遍。

“这当然是极其秘密的，国王陛下期待着。”

“国王陛下？”洪钟宇对自己的嗅觉很自信。他感到李逸植是个有奇妙气味的人，正想把自己拉过去。

“是的，我带着证据。如果你不相信，我就把它拿出来给你看看。”

“是什么？”

“国王陛下的亲笔诏书。杀掉动摇国家基础的叛贼，就可以得到恩赏……已经到了这个地步，我对你明说了，你必须成为我的同志。”

“干什么的同志？”

“杀死逆贼……金玉均……”

李逸植把声音压得低低的，洪钟宇点着头，咽了一口唾沫。

2

如何刺杀金玉均，李逸植同洪钟宇商量了多次，暗杀的地点在日本不妥当，不仅难以下手，而且警察机构严密，马上就会被侦破。但李逸植并没有直接说出这个理由来，当然还有别的理由。

“日本政府要人也要求在日本以外的地方。”

这个刺杀计划，日本方面也参与了。政府方面，具体地说，就是外交大臣井上馨。井上馨想方设法要把金玉均驱逐出境，他认为金玉均是日朝关系的症结所在。

能否把金玉均从日本诱骗到中国呢？

“肯定能！”李逸植断言。他虽然一直受到怀疑，却仍未离开金玉均左右，因为他完全了解金玉均的性格。

金玉均正处于困境，经济上已经山穷水尽，右翼的援助只限于精神方面，全靠卖些书画，勉强度日。

“总得想个什么办法呀！”乐天派的金玉均也开始唠叨了。

他不时也产生胆怯的心情。如何打开局面呢？他心里把改革朝鲜作为远景，把改善目前的艰苦生活作为近景，这个近景要比远景切实得多。

有人诱惑他，就可能上钩，当然，那个诱饵必须是颇有魅力的。

“你有出类拔萃的才干，竟不被祖国所容，在日本穷困潦倒，实在可怜。索性归化日本，加入日本籍，你一定能成为出色的实业家。”劝说金玉均归化的，就是当过外务大辅的吉田清成。金玉均笑了笑，拒绝了他的劝告。《邮便报知新闻》后来报道了金玉均当时对吉田清成的回答：

余虽不肖，聊以国士自任，胸中岂无些许经纶？皇天若不舍余，一度有利，必大有为于吾志。今若归化日本，孰能振兴颓废之故国，孰能打破顽老之懒梦，于我东洋振兴一新独立国？

劝说金玉均这样的人归化日本，应该说是错误的。成为日本人，在实业界从事工作，对于金玉均来说，是毫无意义的诱饵，他连看都不看一眼。

金钱确有魅力，但只要有足以逃脱目前困境的数额就够了。比起金钱来，对金玉均更富于魅力的是如何才能实现自己的经纶之策。

有一些援助者，似乎是出于一种赌博的心理，认为金玉均虽然只坐过三日天下，但毕竟是夺取了朝鲜政权，谁敢说他没有重返朝鲜，当上最高首脑的可能呢？现在朝鲜人才不足，金玉均很可能夺回政权，也可能被现政权迎接回去。

金玉均现在的价值最低，这是普遍的看法。

眼下金玉均会为一点点钱而感激涕零，没齿不忘。一旦他取得天下，就会加倍地偿还，虽然实现的可能性只有百分之几。不过，即使瞎了账，也算不了什么。

在朝鲜搞事业的人也有这么想的，大三轮长兵卫就是其中一个。

他是大阪的第五十八银行总经理、大阪府议会议长。他在朝鲜金融业有门路，很通晓朝鲜内幕。

政局极其不稳，列强的谋略错综复杂，不知什么时候会演出反转剧。大三轮清楚这一点，采取了不论在什么情况下都能保全自己在朝鲜权益的措施。考虑到金玉均取得天下的可能性，于是他供给一点儿生活费用——当然不能公开地进行，若是让现在的朝鲜政权知道了，事情可就不妙了，因为金玉均是现政权的叛徒。

沟通这个秘密渠道的，就是李逸植。因为都是在背地做事，尽可能隐蔽，所以没留下详细记录。

李逸植把诱骗朴泳孝的舞台设在大阪，就是大三轮给划定的，可能在那里容易下手。

有一天，大三轮来东京，找到李逸植，逼问道："你们想把金玉均怎样？表面装出一副拜倒在他脚下的样子，却瞒不过我的眼睛。如果金玉均死了，我借给他的钱就全完了。钱数虽然不多，但毕竟是我的损失。钱还算不了什么，让你们给骗了，我可不甘心！"

话语平稳，却藏着令人害怕的余音。好似青蛙被毒蛇盯住，在大三轮的威逼下，李逸植终于吐露了真情。不仅是慑于大三轮的气势，而且李逸植也觉得交代了实话，事情会更好办。

“的确是国王的命令？”大三轮追问。

“你若怀疑，我可以给你看看证据！”

“证据？”

“我有诏书，今天来不及了，明天拿来。”

“咦？……这样的命令，是密诏吧？”

“当然是密诏，盖有玉玺。”

“朝鲜国王的密诏，我倒很想看看。”大三轮好奇地说道。

次日，李逸植带来伪造的诏书，给大三轮看，并提出了一个要求。

“我们的计划成功，国王陛下会非常高兴的。实行这个计划，需要很大一笔资金，如能借给我们，功成之日一定加倍奉还。”

“加倍？”

大三轮是银行家，他凝视着展开在眼前的“密诏”，抱臂沉思。他心里反复盘算着“加倍”。停了一会儿，他松开胳膊，说道：“你的那个计划如何，我完全不知道，也不想知道。不过，真能加倍还给我的话，我可以借给你。以前经你介绍借给金玉均的钱，就让它泡汤吧，反正也没几个钱！”

其实，大三轮已经粗略地听说了计划。

大三轮拿出五万元巨款。因为他经营着银行，所以立刻就备齐了，否则，即使是大阪的财界巨头，凭个人之力一下子也办不到。在当时，这的确是巨大数额。大三轮的立场很复杂，他佯作不了解的“计划”即使失败了，本金也得收回来，因为这算是借给朝鲜国王的。万一金玉均的下一个武装政变成功，那么，大三轮曾周济过他，不怕他不两倍、三倍偿还。

3

把金玉均从日本骗往中国的方针已定，目的地是上海。

用什么样的诱饵才能使金玉均动心呢？

“用最高级首脑会谈的名义，他肯定会去中国的。”李逸植很有把握地说。他确实知道金玉均能咬什么样的钩。

“能不能设法让我同伊藤先生会晤一次？如果伊藤先生不方便，同井上先生见一面也好。”亡命九年，这句话是金玉均的口头禅。“伊藤”指日本总理大臣伊藤博文，“井上”指日本外交大臣井上馨。金玉均对自己的三寸之舌抱有极大自信，认为见上一面，就等于胜利。他相信一定能说服他们。他认为他们不同他会晤，是惧怕他的三寸之舌。

关于朝鲜改革，他认为应当以最高级会谈来解决。也可以说，这个想法是他的致命弱点。他不是要巩固基础，不是要得到人们的支持去进行改革，而是要一举说服上层，然后推及下层，这是一种不脱离宫廷革命的方法。“甲申政变”就是拥推国王，然后才开始新政。

亡命以后，金玉均的思想观念并没有改变。若想把他骗到中国，就要说“清政府最高首脑要与你会晤”。

这是最可靠的方法。

清政府的最高首脑不外是直隶总督兼北洋大臣李鸿章。

因为不是骗孩子，所以不出示同清政府最高首脑会谈的证据，金玉均是不会行动的。所谓证据，就是清政府希望会晤的信件等。不过，让李鸿章写信给金玉均，地位悬殊，太不相称。

“有了，用李经方！”李逸植构思计划时想起了李经方，不由得拍了一下膝盖。

李经方是李鸿章的养子，很有才干，李鸿章也特别注意对他的培养。1890年，李经方继黎庶昌之后就任中国驻日公使。1893年七月李鸿章夫人赵氏病故，李经方为守制而辞职归国，继任驻日公使为汪凤藻，他就是中日甲午战争爆发时的公使。

经人介绍，李经方曾与金玉均会晤多次。他们不谈世俗杂事，主要是谈书论画。

亡命中，金玉均曾向朝鲜国王上疏，说：“如中国，近年虽被他国占领安南、琉球，但终未能一言抵抗。以我邦托之，云得高枕安卧者，实可笑之至也。”他认为清廷不足为恃，因此，同李经方交往时，并不抱什么政治上的期待。然而，亡命九年，没能使祖国的改革前进一步，在这一事实面前，他不能不感到灰心丧气。清政府固然不可信赖，而现在身居的日本也同样是信赖不得，金玉均的奏疏中还有这样几句：“日本于前年，不知出于何种考虑，一时热心干涉我邦国事，但一变（‘甲申政变’）之后，忽为弃之不顾之状，又何足恃哉？”

中、日两国均不足恃，那么，只有自力更生。金玉均和朴泳孝等人称之为“就新自立”。自力更生是可以的，但身在海外，却一筹莫展。于是，金玉均一边希望“自立”，一边却不知不觉地想要依靠外力。他的奏疏重点在要求国王任用亡命国外的人才，这不过是梦想而已。

金玉均等人若不杀害闵氏派要人，或许能有再被任用的机会。现在，金玉均虽有满腹经纶，却无法施展。

金玉均盼望朝鲜现政权“轰隆”一声倒塌，然后在废墟上建立起一个新的朝鲜。但是，现政权并没有崩溃。在金玉均看来，那是一群庸庸碌碌的政客集合体，不需要外力，本身也会自然垮台。它之所以还能维持不倒，是靠支棍顶着，这根支棍就是清政府。清政府如果放开手，不需要多长时间，朝鲜政府就无法维持下去。

“不同清政府打交道。”说来也怪，金玉均的这种想法渐渐地改变了。

劝说清政府，不要从经济上援助朝鲜现政权——金玉均心里逐渐考虑成熟了一个作战计划。

现在清政府宁肯本国财政发生赤字，也要支援朝鲜，因为撒手不管，就可能被日本或俄国攫夺而去。金玉均打算对清政府首脑说：“你们放心地松开手好了，将来的朝鲜，既不能让日本也不能让俄国夺去，我来妥善处理。我有这样一个具体方案……”

口若悬河的金玉均时常把他的设想向别人透露一二，当然，是在没有日本人的情况下。

李逸植发觉金玉均思想上有了变化。金玉均要实现他的计划，不与清政府打交道是不可能的。

希望同清政府的首脑会晤，同李鸿章会晤，用我的三寸不烂之舌说服他，除此之外，似乎没有更好的办法——怀抱这么一种想法的金玉均，唯一能吸引他不顾一切地咬钩的诱饵，是同李鸿章会晤这件事。

金玉均与李鸿章的联系纽带只有李经方。为金玉均设置陷阱，若直接从李鸿章那里发出邀请，反倒会使他戒备。

李经方目前正在风光旖旎的芜湖之滨疗养，从实际的任务上脱离一些，也许更合适。

假如这当口，从李经方那里发来这样一封信，金玉均肯定会立刻动身的，即：“昔日与足下畅谈风雅，今日何不凭眺芜湖名胜，重温旧交乎？如蒙不弃，交换风雅以外之意见，亦感幸甚。”

李逸植与中国公使馆取得了联系。像金玉均那样采取强硬的独立路线的人，清政府并不欢迎。可能的话，也想把他消灭掉。上了年纪、变得急躁的李鸿章倾向于暗杀。最高首脑的意向通过各种渠道传进驻日公使馆。不久，公使馆与李逸植撒下了暗杀金玉均的共同作战网。

第一阶段是李经方通过驻日公使汪凤藻，写信邀请金玉均来游玩。

这时，洪钟宇渐渐获得金玉均的信任。成功的秘诀就在钱上。大三轮拿出五万元，作为活动费，洪钟宇从李逸植手里领到一万元。金玉均常摆出一副领袖风度，不吝惜金钱，因此债台高筑。洪钟宇便一点儿一点儿地为他偿还。如果一次还清，会露出马脚，所以装作多方筹措，勉强为之。

金玉均向他道谢："钟宇，对不起，总让你……"

洪钟宇为之一震。金玉均现在说出的话，是洪钟宁盼望已久的，他不禁热泪盈眶。

金玉均竟误解了他的眼泪。

4

不过，金玉均并没因为洪钟宇的流泪而完全信任他。金钱的出处，虽不曾追根寻底，但一点点为他偿还了的，合计起来可是个不小的数目。周围的人说："对他们这伙人可得小心着点儿！"

别人的忠告使金玉均对洪钟宇的信任程度多少打了折扣。对于支援自己的日本人，也不能完全相信，必须七折八扣地接受。因为袒护金玉均的日本人，总有一种独占他的倾向，如果金玉均对谁稍有信赖之念，别人就会说："那个人可疑得很，要多加小心！"金玉均认为这是一种嫉妒。的确，他的观察在某种程度上是对的。

一些日本人时常自负地说："要用我们的手让金玉均大放异彩！""我们"一词是排他的。如果加上他人之力，金玉均的力量就会更强大，然而，他们顽固地拒绝。日本政府对金玉均非常冷淡，可是，围绕在金玉均身边捧场的，没有一个人为他向日本政府周旋说情。因为他们担心，若加上政府这个巨大力量，就会冲淡他们力量的纯度。更可怜的是，他们连生活费用也提供不了。

我让一伙怪人围得水泄不通！——金玉均时常看着周围的人苦笑。真正起事的时候，这些人都得赶开！有时他也这么想。

李经方的第一封信是礼节性问候，金玉均写了回信。第二封信便有了相当具体的内容："家父也担心朝鲜的事，有一次曾谈到要详细地听一听足下的高见……"

金玉均的眼睛放出光彩。

李经方的父亲是李鸿章，这不正是清政府的首脑吗？依据金玉均的信条，改革之成败全系于上层领导。这可是个绝好的机会。

“亲自去中国，同那里的要人推心置腹地交换一下意见。”

金玉均提出这个愿望，日本人无一例外地坚决反对。

“什么，同李鸿章谈判？金君，你可得冷静点儿，你是被李鸿章的干儿子袁世凯撵出朝鲜的，根本谈不拢！”头山满劝告他打消这个念头。

“这事有点儿太便宜了，我总觉得是个圈套，还是放弃为好！”犬养毅也劝他放弃去中国的念头。

“能是圈套吗？”头山和犬养这些人的话，金玉均觉得不是一般的嫉妒。

“半信半疑的事，就不要伸脚去试！”连行动派的宫崎滔天也这么说。

“对！这次就算了吧。”

就像看透了他会动摇似的，李经方又寄来第三封信，内容一回比一回具体：“若不把足下安置在枢要地位，朝鲜永无振兴之日。最近有消息说，天津方面也有这个意思。”

信里避开李鸿章的名字，故弄玄虚地使用了“天津方面”，意思像是在说：这就是家父的意向。

金玉均的心又动摇了。

犬养说过，这也许是个圈套。很有可能，但是，老这么待在日本，也什么都干不出来。九年来，我干了些什么？这么待下去，同死了又有什么两样？与其如是，不如抱定一死的决心，干它一场，或许能有些作为。即使死了，也是不赔不赚的买卖。

“我还是决定去一趟。”金玉均郑重地说道。

犬养、头山以及在小笠原与他相依为命的伙伴都阻止他。金玉均轻轻地摇了摇头，说道：“在日本我是个乞丐，乞丐生活已经过够了……”

听了他的话，在场的人都默不作声了。随后，金玉均又补充一句：“当然，我也花了各位不少钱。”

后援者们虽然打算尽一己之力支援他，但他们也知道，那是远远不够的。特别是最近，金玉均没有向他们要钱，所以他们几乎不曾提供任何金钱援助。

原来，金玉均的生活费大部分出自洪钟宇。钱的来源可以追到参与朝鲜铸币的大三轮身上，但日本人不了解这一点。

“太危险啦，你还是不要……”犬养说。

金玉均答道：“不入虎穴，焉得虎子！”

金玉均决心已定，谁也改变不了。看着他眉宇间的表情，头山满只是摇摇头，不想再说什么。

进一步使金玉均坚定信念的，是洪钟宇筹措了五千元活动资金。金玉均当然不了解这笔钱的来历。洪钟宇对他说：“同上海做生意，相当赚钱！”

这五千元是汇给上海大商行天丰号的汇票，只有到上海天丰号，才能使它变为现钱。

有五千元，可以搞一些活动。侨居中国的朝鲜人也不少，特别是东北比较多。可以刊行杂志和报纸，论述国政之改革。在世界各国瞩目的上海，地理上最为有利。让各种计划在中国大地上一举开花，大放异彩。

金玉均决定带忠实的日本秘书和田延次郎同行。而为了把那笔汇款兑成现金，也需要带上洪钟宇。此外，作为译员，又请了公使馆的吴葆仁跟随前去。

只有两人时，金玉均悄悄对和田延次郎说道：“洪钟宇这个人，我还没有完全信任他。头山先生说过，他可能是个刺客。不过，我也不是那种白白给人杀掉的废物。这件事你记在心上，不要对任何人说！”

和田延次郎吓得呆呆地点了点头。为了缓和一下他的紧张心情，金玉均微笑着补充道：“我才想起来，你去头山先生那里跑一趟：船从神户开出，我希望头山先生到关西来送我。麻烦你去说一声。”

金玉均的中国之行是极其秘密的，似乎在他启程之后才泄露出去。《时事新报》在四天后，即 3 月 27 日，登载了消息：

金玉均于 23 日乘神户开出的航船赴上海。此行乃李经方好意邀请，前去漫游。李经方之乡里为芜湖，或许赴该地亦未可知。据说，出发时表示此次旅行为一个月。

【第十八章】

暗　杀

1

宫崎滔天提出与金玉均同去上海，被拒绝了。金玉均说：

你的好意我非常感激，但你不行。此行贵秘密，你的容貌风采，惹人注意，很不妥当。这次我打算偕同和田延次郎前往，你可能熟悉他，年纪轻轻，为人忠实，你放心好了。其实，这也不过是一种形式，纵然有千百卫士，该死时也得死，人间万事均由天定。不入虎穴，焉得虎子。李鸿章以为可用卑躬屈膝来骗我上套，我又何尝不可装作受骗前往？假如一到那里就被杀或监押，自当别论。否则，只要有五分钟的谈话时间，胜利就属于我。总之，一个月解决问题。你先回熊本故里，并转告令兄，等待我的电报，随时准备前来。一言为定，今夜应当开怀畅饮！

从这段谈话来看，金玉均并非没察觉到这是李鸿章设下的圈套。不过，这段记述是葛生东介的著作里为赞扬金玉均而引用的，也可能有些夸大。或许有几分可疑，但不至于百分之百。声称给他五分钟的谈话时间，胜利就属于他，这很符合金玉均的性格特点。

临出发之际，金玉均求头山满把秘藏的日本刀送给他。去会李经方，不能没有见面礼，金玉均想起他驻日时代很喜爱日本刀。头山满的藏刀是三条小锻冶的杰作。他不愿赠送，断然拒绝。金玉均再三恳求，头山满说：“我这个人一言既出，驷马难追。如果想要，盗去好啦！”

于是，金玉均以偷盗的形式从头山手里弄来三条小锻冶的日本刀。又定做了锦囊和二重匣，终于准备好了给李经方的见面礼。

金玉均一行乘上邮船“西京号”，明治二十七年（1894年）3月23日从神户出发。当时轮船从神户到上海，需要四天。3月27日，金玉均一行抵达上海。日本人吉岛德三郎经营的旅馆东和洋行坐落在公共租界铁马路，一行人走进二楼的房间里休息。他们租了三个房间，一号房是金玉均与和田延次郎，二号房是翻译吴葆仁，三号房是洪钟宇。隔着走廊，一号房和二号房相对，三号房是一号房的邻室。一号房住了两个人，是因为和田担任着金玉均的保镖之故。

上海的英、美租界地于1863年合并为公共租界。那年的日本年号为文久三年，是皇女和宫下嫁的第二年。在京都，近藤勇率领新选组大肆活动，暗杀了芹泽鸭。这一事件给日本人留下了深刻的印象。前一年，高杉晋作等人乘幕府贸易船“千岁号”访问上海，逗留了两个月。

总之，在金玉均访问上海的三十多年前，这里就已经是公共租界了。不过，当时的记载仍把金玉均一行的住宿地记为美租界，是因为两国租界虽然合并，但中间有苏州河相隔，所以习惯上仍分别称作英租界和美租界。

美租界比英租界狭小得多，但当时侨居上海的日本人大抵住在这里。美租界的一部分甚至像日本街道。英租界里也住有日本人，他们主要是跟中国人和侨居中国的别国人做买卖，而美租界里的日本人商店主要是和侨居中国的日本人做买卖。

日本旅馆东和洋行处在这样的环境里，仿佛是一个小小的日本国，可能金玉均因此而疏忽大意。

当时“西京号”抵达上海没有确切的时间。

如夜间到达，可以在码头到旅馆的途中行刺，如是白天，到旅馆之后再下手——洪钟宇这样计划。

凶器准备了锐利的短刀和短枪。为了便于藏匿凶器，穿适体的洋服不如穿宽大的朝鲜服，所以洪钟宇把一套朝鲜服放进行李里。如果夜间抵达，就在登陆前换上朝鲜服，把凶器藏在身上。

27日午后，太阳还很高的时候“西京号”便到了上海。因而一行人得以平安走进旅馆，洪钟宇还穿着洋服。

在日本，金玉均使用“岩田周作”这么个日本名。这次上海之行，船票上的姓名改为“岩田三和”。

快到上海时，金玉均在船舱里向众人讲了他为什么取名岩田周作，连忠实的护卫和田延次郎也是初次听说。

“我当时一文不名，亡命日本，从长崎往前的船票都买不起。正在犯难的时候，有一位好心的日本人给我买了张票。票上要填写姓名，那位日本人知道了我的亡命经过，认为写真实姓名不太合适，思量了一下便写上个‘岩田周作’。为了表示永远不忘他的好意，从此我就使用了这个名字。”

那位好心的日本人，他只说是和歌山人，可能是“千岁号”的船长吧。

“从今以后，我要献身于三和主义了。”金玉均又继续说道，“所以，为了表示新的开始，我把名字改为三和，但姓氏岩田不改。”

日本、中国、朝鲜三国联合，抵制列强称霸东方，这就是三和主义。这个词本来是出自福泽谕吉之口，但他已变成脱亚论者了。福泽谕吉的三和主义内容不再是三国平等联合，而是日本跻身列强，向中、朝两国称霸。可以说，这就是后来的大东亚共荣圈的原型。

金玉均曾听过福泽论述三和主义，但是，一个弱国的亡命政客所主张的“三和”，只能是希望把祖国从清廷的束缚中解脱出来，然后以平等的立场同中、日两国结成友好的同盟关系。

如果同李鸿章会晤，金玉均就打算用“三和”来说服他。——清政府放弃对朝鲜的宗主权，肯定会减轻负担。清政府不也正处于多事之秋吗？朝鲜如能完全独立，激发出自豪的民族精神，实行政治改革，一定能成为富强的国家。到那时，清政府可以同一个富强的朝鲜联合起来，得到各种利益。倘若再同日本携起手来，就完全可以抵制西欧列强的霸权。再举些具体例证，李鸿章肯定会心悦诚服。四十四岁的乐天派亡命政客，很有自信，所以他敢于对宫崎滔天说：“只要李鸿章允许我会晤五分钟，胜利就属于我！”

到达上海的当晚，金玉均展开信笺，要给在日本同居的女人松野中写封信。从神户出发的三天前，她刚刚生下一个女婴，临时起了个日本名沙汰。金玉均正在为自己的女儿想着一个又一个朝鲜名字。

好听的名字怎么也想不出来。他思想集中不起来，可能是和田延次郎在室内的缘故。

“延次，你先到外面去一下，我想写封信，最好一个人在房里。”

“不行！”忠实的和田摇头拒绝，因为他的任务是保护金玉均的人身安全。

“为什么？”

“守在先生身边是我的任务。”

“……总在我身边。那我可受不了！”

“夜间特殊，信可以明天再写嘛。”

“好，好……”金玉均苦笑着，把信笺收了起来。

2

同一时刻，住在东京云来馆的李逸植收到一封信。发信人是金泰元，笔迹也的确是他本人的。

李逸值慌了。

暗杀金玉均的事已经全交给洪钟宇，而暗杀留在日本的朴泳孝，只有自己去完成。李逸植发觉，他和洪钟宇的特殊关系已被很多人看出来了。一旦洪钟宇在上海得手，东京的李逸植就会被人严加防范，所以必须先把朴泳孝干掉。

前几天，李逸植想邀请朴泳孝去大阪，没能实现。所需用具已经备妥，不仅有凶器，还买了一个大提箱，用来装尸体。

李逸植是职业刺客，他知道领取奖赏时需要出示证据。假如把朴泳孝杀死在东京的暗胡同里，自己逃掉了，主子会问：“你杀死了他，证据呢？”

李逸植和权东寿、权在寿两弟兄同住云来馆。云来馆主人的亲戚有个叫河久保常吉的，被他们用金钱收买了。行凶的地点很可能在云来馆，所以要尽量把同旅馆有关系的人收拢过来，这才是上策。

为了到时候弄干净死者流出的大量血水，李逸植准备了好几张红色毛毯塞进大提箱，一起藏在壁橱中。此外还买了不少棉花、油纸之类的东西，做好了随时都可以动手的准备。

书画会，这就是邀请朴泳孝来云来馆的借口。

朝鲜的亡命政客大都在各地举行书画会，出卖自己的书画，以换取生活费和活动费。金玉均离开之前，朴泳孝正在山梨县举行书画会，宗旨是为亲邻义塾募捐。

亲邻义塾是为将来振兴朝鲜的教育，仿照曾与朝鲜亡命政客关系密切的福泽谕吉的庆应义塾创立的，集合着朴泳孝派系的朝鲜青年。

李逸植捐助了一部分钱，企图博得朴泳孝的信任。他也时常去亲邻义塾闲逛。作为刺客，他极力靠近他的狙击对象，并想创造出一个理想的环境，他已把心腹青年金泰元安插进去，住在亲邻义塾。

金泰元二十一岁，体格已经是成年人，但性格上还留有少年的腼腆，天真而直爽。李逸植利用金泰元的单纯，让他充当内应的角色。

李逸植选错了人，纯真的青年确实易于操纵，但同时也最容易被别人影响，尤其是在出色人物的身边。金泰元对朴泳孝渐渐佩服得五体投地，认为李逸植交给他的谋杀任务是违背良心的，痛苦得不得了。当然，在金钱上他接受着李逸植的援助，可精神方面，却与朴泳孝的政见和思想共鸣。

二十一岁的青年忍受不了矛盾纠缠，精神紊乱了。义塾里的青年们过着共同生活，人数不多，有谁出现异样，马上就会被发现。

亲邻义塾的领导人郑兰教、李圭完是朴泳孝的护卫。他们曾被朝鲜政府送进日本陆军户山学校受训，以备将来做军队骨干。在日本陆军各校中，户山学校最重视体育教育，何况从朝鲜选出的青年本来就非常强健。郑兰教就是以豪勇闻名。

郑兰教问道："你有什么苦恼吗？我们都是同志，有什么苦恼尽管说。如果我们能做到，一定帮你解决，不用担心。"

金泰元扑簌簌地掉下眼泪，随口说道："你们把我当成同志，给我以温情……可是，我……正想出卖你们，我枉披人皮……"

"什么！枉披人皮？详细点儿说说！出卖？究竟是怎么回事？"李圭完紧跟着追问。

"老实说，我得到李逸植的经济援助……"金泰元有气无力地诉说。

"这个人，不知为什么经济收入那么好。有时说在大阪做生意赚了钱，有时说在上海中了彩票，没个准话，太可疑了。给我们义塾也捐过一些钱。"郑兰教说道。

"他的钱究竟从哪里来的，我不知道，只知道他是奉闵氏一族的命令，前来杀掉'甲申政变'的亡命者的。这是千真万确的……"

金泰元终于说出了全部真相，心里敞亮多了。那两个人听罢，大吃一惊，高声问道："真的？这是真的？"

亡命政客对来自本国的刺客向来是敏感的，何况还有过张殷奎、池运永的先例。当然，朴泳孝方面也绝没有完全相信李逸植，不过，曾援助过那么多金钱，难道会……

"这是千真万确的……"金泰元战栗地答道。

"嗯——"

李圭完和郑兰教面面相觑，心里都在想：金泰元的话也许是真的，不过，近几天来他显得可疑，似乎有点儿精神错乱，能完全相信吗？

金泰元确实很慌张，声音小，说的话前后矛盾，像是处于病态之中。

“不管怎样，调查一下再说！”李圭完说，郑兰教表示同意。

不久，接到李逸植从云来馆发来的邀请，都觉得可疑，便由朴泳孝出面拒绝：“才从山梨县回京，时间不巧……”

查清李逸植究竟是不是闵氏一族派来的刺客，暗杀网全貌如何，对于日后的安全也十分必要。想问出这一切，使用温和的办法是不行的，必须让李逸植吃苦，即使弄死他也在所不惜。

“早晚要干掉他，手段残酷一点儿也没关系！”郑兰教等人这么说。

云来馆发来邀请时，朴泳孝阵营已经认为金泰元的交代十之八九可信，他们打算不惜使用一切手段，从李逸植嘴里了解闵氏一族的打算。

他们发出了反邀请。

郑兰教让金泰元写信，内容是“火速前来，有要事相商。朴泳孝有事去了千叶，务请亲临亲邻义塾为盼……”

这时，正是金玉均在上海的东和洋行里收起信笺的时候。

“28日，上午九点钟？”李逸植低声叨咕着信上写的时刻。

3

3月28日上午九点刚过，李逸植便被结结实实地绑在亲邻义塾二楼的柱子上了，在他面前，大汉郑兰教盘腿而坐，不时用那可怕的拳头“噼噼啪啪”地击打他的颧骨。李逸植流着鼻血，嘴里也流出血来。李圭完用火筷子砸他的脑袋，血顺着脸颊淌下来。

“怎么样？趁早交代吧，免得皮肉受苦！”

此外，还有徐亮淳、朴平吉、柳承万等人，一起轮番折磨李逸植，逼他交代。

“你们问的事，根本没有。”李逸值仍然矢口否认。

“金泰元全都交代了，他这么说的。”

如果纯真的金泰元在场，凭他的表情，就会被李逸植看破。

“你小子曾给他看过国王的暗杀密诏吧？”

李逸植听了问话，歪着满是血污的脸笑了。

“哈哈哈，那是为了发财赚钱……从池运永那里得到了一点儿启示。有了那玩意儿，就能让人相信。我用它赚了好大一笔钱……哈哈哈，只要那上面写上大加恩赏，贪得无厌的人就会拿出钱来，盼望着以后能还给他多少倍。那是个假诏书。我从来没接受过什么杀死朴泳孝和金玉均的命令，我怎么能干这种危险事！”

“那个诏书现在放在哪里？”李圭完问道。

“反正是假的，用不着小心收藏，就放在云来馆的壁橱里。那里有两个柳条箱，在小一点儿的那个里面。”李逸植一口气说完。

不知什么时候，朴泳孝坐在了屋子角落里。他非常关心对这个要刺杀他的凶手的审问。

“那好，把那个柳条箱拿到这里来，你写个条儿。”

郑兰教松开捆绑李逸植的绳子，让他拿笔写条儿。

不多时，小柳条箱取来了。打开一翻，果然有诏书，上面写得极其严肃，还盖有鲜艳的玉玺。在箱子里又翻出一个足以证明诏书是伪造的证据——不算精美的石章，刻着“朝鲜国王之玺”字样，一眼就能看出，这就是盖在诏书上的印。

国王的玉玺必然密藏在宫廷里，绝不是可以胡乱塞进柳条箱，放在东京小客栈壁橱里之物。

朴泳孝同朝鲜宫廷有相当深的关系，他生在名门，十三岁时成了当时国王的女婿。他扫一眼诏书，就知道是假的。

“用诏书赚钱，真是贪财不要命了！”

朴泳孝啐了一声，为李逸植解开绳子。但没有释放，仍把他软禁在义塾里。

李逸植比前几次派来的刺客都厉害。他竟能使一些人不相信同志，而相信刺客。他造了假诏书，还保存着那颗不值钱的“玉玺”，用以证明诏书是假的，用心不为不周。

李逸植也是个出色的演员。即使再拷问一些时候，他也能坚持住。他心里明白，再坚持一阵，等气息奄奄了，那时候再吐露小柳条箱的事，效果会更大。

若是换个日子，他一定会这么做。可现在必须尽快脱身，因为一旦从上海传来金玉均被刺的消息，他的处境就必将恶化。要分秒必争，不能浪费时间，顾不上戏剧效果什么的了。

在软禁中，李逸植忐忑不安。随时有可能从上海来一封电报，说金玉均被刺，那他的生命也就到头了。

权家兄弟在干什么？李逸植简直气坏了。云来馆里，权东寿、权在寿两兄弟和河久保等人都在，亲邻义塾的人去取柳条箱，他们应当觉察异常，及时采取必要措施。

事实上，当李逸植被监禁在亲邻义塾的二楼时，金玉均已经在上海的东和洋行二楼被刺杀了。驻上海的日本总领事电告东京外交部，是在 29 日上午。当然，29 日的晨报没登出这个消息。那时候还没有广播，一般人得知上海案件是在 30 日以后。

28 日晚上仍不见李逸植归来，权氏兄弟与河久保等人这才发觉事情不妙，立刻奔向驻日朝鲜公使馆。公使馆离亲邻义塾不远。公使馆与日本政府联系：李逸植如被剥夺自由，可能就在亲邻义塾。

曲町警察署立即出动十几名巡查，由田边、小杉两名警察指挥，去亲邻义塾搜查。

李逸植被救出险境。亲邻义塾在场的人都被逮捕。据说，当时以园田警视总监为首，二十多名领导亲临曲町警察署，督阵处理。这一事件牵涉国际问题，绝不是普通的绑架事件。

日本警宪大举搜查，从云来馆里也发现了短枪等凶器、估计是用来藏匿尸体的大提箱及箝口器等。亲邻义塾的朴泳孝、李圭完、郑兰教、朴平吉、徐亮淳、柳承万六人，因非法监押、绑架、殴打、审讯等罪名被起诉，而李逸植也被指控涉嫌杀人未遂。

但李逸植不算是杀人未遂，而适用了预备杀人罪。当时，预备杀人罪不处罚，内务部根据其权限将他驱逐出境。

亲邻义塾方面由鸠山和夫、大井宪太郎等一流律师辩护，朴泳孝等人无罪释放，动手殴打李逸植的李圭完和郑兰教二人被判处两个月禁闭，后以每人二十元保释金获释。

4

闵氏一族所策划的暗杀计划，在朴泳孝身上失败，但在金玉均身上算是成功了。

在上海过了第一夜，天明就是 3 月 28 日，金玉均肯定还想着以后的第二夜和第三夜，万万没料到自己在上海只能过上一夜。

“好，今天中午我们去逛逛上海！”吃早饭的时候，金玉均提议，大家都不反对。

“只怕是让上海人观看我们吧！”翻译吴葆仁说道。

“难道我们竟那么稀奇古怪吗？”金玉均问道。

“现在穿洋服的人还很少……嗯，总之，免不了要被人们盯着瞧。”

“不错，在汉城穿这身衣服，也会围上来一群人……那多不好意思，本来是去瞧别人，反倒让别人给瞧了……”

“穿中国衣服出去，就不会有被人盯着瞅的窘况了。”

“说得对。那么，中午以前能不能设法弄套中国式衣服来？”

“可以，一会儿去买来。中国衣服宽大得很，尺寸要求不那么严格，就是身量高矮……好啦，和我高矮差不多。我会斟酌办理的。”

金玉均和吴葆仁两人计议妥当之后，洪钟宇插言道：“你这个人真是过惯了舒服日子，逛上海倒是可以，但我们现在一个钱也没有啊！下午逛上海，上午就得去银行把钱取出来。噢，今天是星期三吧？坐了几天船，逍遥自在，把日子全忘了。”

“穿着中国衣服，兜里揣着很多钱……”金玉均笑着说道，“好极啦！

“‘西京号’事务长松本先生不是说过嘛，他最熟悉上海租界，愿意为我们做向导。”

“事务长为我们做向导，那可太好了，不过，得先同他联系一下……一会儿让和田君去一趟吧。”洪钟宇说道。

进展顺利！洪钟宇心里暗想。

刺杀金玉均，他身旁没有别人是最理想的。吴葆仁去买衣服，和田延次郎去轮船公司办事处找事务长，洪钟宇去银行……那么，东和洋行旅馆的二楼里将只剩下金玉均一个人。

吃完早饭，金玉均带着和田出了门。吴葆仁好久不来上海，找了个买衣服的借口，想多游逛一会儿。

金玉均大概只是饭后散散步，很快便返回旅馆。

金玉均回到房间里，房门也没关上。他坐到床沿上，顺手拿起一本书，对和田延次郎说道：“啊，你该去找‘西京号’事务长了……你不必亲自去。告诉楼下账房的人去一趟就行了。”

“是。”

忠实的警卫员和田觉得只不过是下趟楼，没有在意。如果去轮船公司办事处，那往返要很多时间，而去一趟账房，只需几分钟。

就在这短短的几分钟里……

洪钟宇必须在和田离开的几分钟里，完成他作为刺客的任务。时间的确很短暂。

这时候响起了爆竹声，在很近的地方。

天助我也！爆竹声会掩盖手枪的声音，这是最好时机。洪钟宇缓缓地走进金玉均的房间。

“噢，怎么啦，你那一身？”金玉均笑着问道。原来洪钟宇回房以后马上换穿了朝鲜服装，把手枪和匕首藏在怀里。

“还是穿这身衣服舒服。”洪钟宇说。

“那当然，是我们的民族服装嘛。不过，很遗憾，它不适于近代生活，又肥又大。嗯，在家里穿它倒是很舒服。”

金玉均说完，又拿起那本书低下头读了起来。洪钟宇握住怀里的手枪。

时间并不充裕，也许和田延次郎已经把那么简单的事情办完了，正跑上二楼来。应该等爆竹再响，但是，洪钟宇无法等下去了。

“逛上海之前，先睡上一觉……太累了……”金玉均旁若无人，根本没把洪钟宇放在眼里。他脱下西服，便一头倒在床上，拉上了毛毯。

洪钟宇掏出连发式手枪。金玉均闭上了眼睛。这么容易狙击的目标，更待何时呢？真是一个绝好的机会。他瞄准金玉均的左太阳穴，扣动了扳机。

金玉均发出一声惨叫，想从床上抬起身子来。洪钟宇的手指又扣了第二下，枪弹打到哪里，他不知道，凭感觉是打中了。洪钟宇一边扣动扳机，一边念咒语似的喊着“逆贼！逆贼！逆贼！……”

金玉均身中两弹，仍然从床上一跃而起，狠狠地瞪着洪钟宇，摇摇晃晃地奔向走廊。门仍旧开着。是想逃走，还是想喊人？洪钟宇朝他的背后又放了第三枪。金玉均像散了架似的，一下子瘫倒在地。

洪钟宇一步跳到走廊，跑下楼梯。账房前面是宽敞的接待厅，正门敞开着。洪钟宇冲出正门，逃进人群里。他一边跑一边继续喊着“逆贼！逆贼！逆贼……”

和田延次郎在账房里，听见了二楼的枪声。但是，从刚才起就不断地听到爆竹的声响，不知是寺庙祭祀，抑或婚礼祝福。不论是枪声还是爆竹声，他都是初次听见，根本也区分不开。不过，洪钟宇从他身边一声不响地溜过去，跑向门外，使他觉得有点儿蹊跷，便也跟着跑到街上。

“洪先生！发生什么事了？”他大喊着问道。但是，洪钟宇一出门便不见了。原来洪钟宇吃完早饭，假称去银行取款，出门调查了旅馆附近的偏僻胡同。

现在他逃进了最近的胡同里。

和田心里纳闷儿，返身进了旅馆。他正要登上二楼，这时从楼上跑下来一个日本人，大叫："不好啦，金玉均被人杀死了！"

这个在东和洋行投宿的日本海军军人分清了爆竹和手枪的声响，跑到现场来。他知道金玉均也住在同一旅馆里，并且从照片上见过他的相貌，一看见是暗杀，便反射似的想到了他。

和田延次郎大吃一惊，头晕目眩地登上二楼。

走廊上一片血泊，金玉均倒在那里。

日本驻上海总领事给外相陆奥宗光的报告说：

金玉均的尸体上有三处枪伤，一弹穿过左颧骨，射入大脑，一弹穿过毛毯及衬衣射入腹部，一弹穿过后背左肩骨之下。

一行人中只有洪钟宇不见了，而且又是和田所目睹的那么一副状态，所以，谁是凶手，用不着猜疑。没过多久，洪钟宇就被工部局警察逮捕。上海公共租界的行政机关叫"工部局"，有身穿英式制服、头戴盔帽的外国警官二百多人，也雇用了一些中国巡捕和缠着头巾的印度巡查。工部局增添日本人警官是在 1916 年以后。

洪钟宇被关押在公共租界的捕房（监狱）里。

杀死金玉均的洪钟宇昨夜在上海居留地被公厅巡查捕获，立即押送会审衙门审判。

——日本总领事于 3 月 29 日上午六时向东京外交部发出电报。

李逸植被释放，恢复自由，是在 29 日下午二时。

金玉均离开东京，谎称去关西一游，其实，日本政府知道他是去上海。金玉均在日本是一个不受欢迎的客人，他出境以后永远不回来才好。至于有可能被暗杀，日本政府也知道，井上馨等人甚至认为那样也许更好些。至今仍然有人怀疑，金玉均被暗杀一事，井上也有瓜葛。

金玉均离开神户后，日本外交部立即通知了上海总领事，同时也向驻朝鲜公使大鸟圭介发出通告。大鸟公使把此事传达给朝鲜外署督办赵秉稷及中国的袁世凯。

朝鲜政府为此还举行了一次秘密会议，并邀请袁世凯出席。果然，次日汉城就接到了金玉均被刺杀的情报。

当时，朝鲜政府都做了些什么呢？

首先，派外署参议（外交部副部长）高永喜去日本公使馆，对提供有关金玉均的情况一事表示感谢。然后，又派外署督办赵秉稷到袁世凯处，请清政府拯救洪钟宇。对于闵氏一族来说，他是杀死“叛逆”金玉均的英雄，必须救出来。

【第十九章】

尸骨还乡

1

日本驻上海总领事给日本外交部的电报中有“会审衙门”一语，“衙门”就是官府之意，问题在于“会审”二字，需要略加解释。

《江宁条约》（《南京条约》）中的领事裁判权，是众所周知的。关于租界地或租界中的裁判，如当事者为外国人，中国则无权过问。裁判本应依据国法，放弃裁判权，实际上就是放弃了主权的重要部分。

但是，外国侨民雇用中国佣人，而且数目不断增加，于是问题便复杂起来。太平天国战争时，租界里不时流入大量难民，因此，关于裁判问题，不得不重新考虑。

侵犯中国主权的领事裁判，是以“生活习惯、感情不同”为理由签订的。可是，在租界里，中国人和中国人之间发生诉讼时，这理由就不适用了。

再有，侨居的外国人中，法律人员很少，也管不了那么多。英国驻上海总领事向清政府提出：租界内中国人之间的诉讼及以外国人为原告、以中国人为被告的诉讼事件，应另设法庭审判。

况且清政府还有笞刑、首枷、手枷等刑罚，比起外国来，有严惩主义的色彩。所以，以外国人为原告、以中国人为被告的审判，适用中国法，对于外国人是便宜事。

这个法庭不处理以中国人为原告、以外国人为被告的案件。

1864 年 5 月 1 日设立了法庭，当时还算是试例，五年后的 1869 年制定《洋泾浜设官会审章程》。洋泾浜，是上海人对租界的称呼。章程共有十条，由美、英、德三国签署。

中国人之间诉讼时，由中国政府官员单独审判，租界领事官员不参加，但案件与外国人有牵连时，中国政府官员必须与领事馆官员会审。会审就是会同审问。

当时，法国不愿被这十条所约束，拒绝在章程上签字，而在自己的租界内设立了一个与之相类似的法庭。所以，上海有两个会审衙门。

会审衙门在形式上是中国设立的，中国方面的委员叫“承审员”，由上海道台任命，经费也由道台负担。

清朝的行政单位，按其大小依次为：省、道、府、州、县。上海属江苏省，是仅次于省的行政单位。省的长官为巡抚，亦称抚台。道的长官为道员，通常称为道台。如前所述，袁世凯派驻朝鲜时，即以道员升用。此外，府、州、县的长官分别是知府、知州和知县。

洪钟宇在公共租界杀死了金玉均，从法律上应如何处理，却是个问题。

上述章程的第四条规定：“发生杀人案件时，由上海县验尸。”

上海县属于上海道管辖。上海道范围很广，直接管辖上海街区的是上海县。

根据这一条文，金玉均的验尸应由上海县办理，但第七条又规定：“有领事的外国人犯罪，依据条约应由领事予以处罚；没有领事的外国人犯罪，应由委员会审问处罚之。”

朝鲜在上海没有领事，是否应由外国人和中国人组成的委员会来审判呢？清政府的原则是，朝鲜不是外国，不论犯人洪钟宇，还是被害人金玉均，都不是外国人，这样解释，就应该由中国方面单独审判。对此，会审衙门的外国委员也没有提出异议，因为他们觉得这一案件背景很麻烦，不愿参与。

有过多少次沉痛教训的清政府，对租界内的问题极其敏感。关于法律的解释，是经过充分研究，并且向会审衙门的外国委员摸准了底之后，才敢开口的。

对于会审衙门的章程和法律的解释提出抗议的，是东京的大井宪太郎等人。他们向日本外交部提出：“金玉均既然在日本法权保护之下，那么，他的遗体送还日本才是国际上的礼节。”

国际法方面并不存在这样的礼节，如果有，那只能是日本的国民感情。这种国民感情，虽然不能说是有意制造出来的，但至少也不是原样，而是根据政治上、外交上的意图放大的。

2

金玉均的保镖和田延次郎是小笠原人。

革命家一般都是些很乐观的人，不过，小笠原这种地方什么都没有，多么爽朗的乐天派也要寂寞苦恼，必须自己寻找乐趣。金玉均在小笠原时，时常买些粗劣的点心，分给孩子们，每天同他们一起玩耍，聊以自慰。和田延次郎当时是一个小学生。

金玉均非常喜欢吃西瓜，和田家有一块出名的味道最好的西瓜地。作为答谢，和田给金玉均抱来西瓜。两地相隔有两公里，金玉均着实感激。

“今后你不要叫我叔叔了，叫爸爸吧！”金玉均说道。

“叫爸爸可不行，你又不是我的爸爸！”和田噘起小嘴道。

“在朝鲜，和爸爸年龄相仿的大人，都要叫‘阿伯吉’。”

“‘阿伯吉’？是什么意思？”

“朝鲜语就是‘爸爸’的意思。”

“那我能叫。‘阿伯吉’，对吧？”

从那时起，和田延次郎就管金玉均叫“阿伯吉”。学校离和田家很远，在金玉均的住处附近。

“你就住在我这里上学吧！”

经金玉均劝说，和田住到这位“阿伯吉”家里。

他们两人之间情深义重。在上海的东和洋行里，和田搂着金玉均的尸体，大叫“阿伯吉，阿伯吉”，放声恸哭。他毕竟还年轻，虽敬慕金玉均，但此时应如何处置，却一无所知。

次日，上海道派来官员。当时，上海道台是聂缉椝，他一边向李鸿章发电请示，一边往现场派出官员。在未接到李鸿章的指示之前，他不能多管一点儿闲事。派来的官员进退两难，上级命令他不要乱管闲事，但他不是泥偶，不可能死板板地待着。

“由谁领尸呢？”官员问道。

“我。”和田延次郎答道。

“你在这张表格上签名盖章吧。”

官员拿出了表格。

东和洋行的老板给当翻译。官员指了指签名盖章的地方，和田就用毛笔签了名，表格上写的是什么，因为全是汉文，不十分明白。店主什么也没说，所以和田认为这不是什么奇怪的文书。

金玉均的死，使他受了很大的打击，脑袋里空荡荡的。以后回忆，也只能是支离破碎的情景。

“可以盛殓起来吗？”和田好不容易才想起来一件事，向官员问道。

“啊啊，可以！”官员轻易地答应了，不必翻译，和田也明白了他的意思。因为说“可以”的同时，他还深深地点了点头。

和田很高兴找到个活动身体的事情。否则，总那么待下去，悲伤会把他拽进深渊里。他马上去找东和洋行的老板，问他：“到哪里去买棺材？”

“我们替你张罗吧！不过，价钱高低不一，你希望买个什么样的？”

“不，我也一同去，到那里亲自挑选。”

和田想，等别人给买回来，不如自己去，心里会舒服些。

他被领进一个涂着红色油漆、摆了很多棺材的铺子里。价钱最低的是三元钱，高的似乎没有止境。高价的棺材上面涂了几层油漆。甚至有的每年涂五次油漆，起码要十年才完工，价钱自然就非常贵。和田一边听着老板解释中国棺材，一边选了一口十元的。反正要埋到土里去，花上几百元也太可惜了，但作为给金玉均的棺材，太便宜了也过意不去。

东和洋行老板格外细心，回来时又到一家店铺订购了石灰，让人给送到旅馆来。把石灰塞进棺材里，防腐、防潮，这是当地的传统做法。

和田拼命地塞石灰，他害怕这活儿会干完。但是，毕竟很快就干完了，幸亏老板又为他想到下一步该做的事情。

“你应该到轮船公司去一趟。往日本运棺材……这不是一般的货物，要啰唆的，应当去交涉一下。”

“好，我这就去轮船公司。”

轮船公司离旅馆不太远，就是为了让旅馆账房同它联系。和田才离开房间一会儿，结果金玉均就被刺杀了。所以，轮船公司在他心中是个惹事倒霉的地方。

“最好能装到‘西京号’船上。”老板说道。

金玉均一行是乘“西京号”来上海的，现在再用该船运回遗体，和田也会有所依靠，因为他同“西京号”的人都混熟了。

“那我就去求松本先生。”

松本是“西京号”的事务长，同金玉均意气相投，曾约定为他们逛上海带路。他对事情的始末知道得最为详细。

松本同公司职员商量，得到允许，让把棺材运到指定的码头仓库里。

葛生东介所著《金玉均》一书中附有和田延次郎的谈话：

明早就要开船，晚上我们正准备要装运的东西，日本领事馆来了一个人，说金先生的尸体暂时不要运回日本。为什么？我反问他。他只说这是领事让他转达的，不知为何。于是，我去面见大越领事，问他是为什么？但依然不得要领。他只说不要运走，我说那办不到，断然拒绝了……

和田在现场，亲自办理遗体托运，这些话是完全可信的。

阻止和田往日本运回金氏遗体的，不是别人，正是上海的日本领事馆。

对轮船公司，日本领事馆也施加压力，不许它装运金玉均遗体。当时，轮船公司上海分公司的经理是英国人格拉汉。

棺材已经运进码头仓库里。公共租界的警察来了，命令说：“把金玉均的遗体和一切货物交出来！”

“不能交给你们，马上就要开船，此刻能交给你们吗？”

年轻的和田靠翻译传话，拼命抵抗。作为警卫人员，同金玉均一同到此，却没能防备暗杀，和田感到自己责任太大了。如果连金玉均的遗体也弄不回日本，那他就更无颜去见金玉均的朋友犬养、头山、大井、福泽等人。

“这是工部局警察的命令！”头戴盔帽的英国警官说。

和田不懂英语，但他从语气上觉出了警察的意思。他不等翻译慢条斯理地说完，便气势汹汹地说：“我是同金玉均先生一起来上海的，想把先生的遗体带回日本，这有什么不合情理？”

“只有你这么认为罢了。”警官对和田的态度很反感。

“岂有此理！”和田毫不示弱地顶回来一句，“这是常识，至少在我们日本是如此！”

“这事是你们的日本领事馆提出来的！”

“啊？”

和田想起那个来东和洋行的日本领事馆工作人员，心里产生了不安。

“连日本的总领事都这么说，我们当然没有意见。把遗体留下，对于结案也有帮助。”英国警官说道。

和田延次郎太执拗，所以对方似乎故意拿他取笑。在一般情况下，这种内幕是不应该随口乱说的。和田气势汹汹，英国警官便想挑拨他一下。怒不可遏的和田果真上了当。

“那好，我马上去找领事馆！”

和田奔向领事馆。然而，这地方谁把他放在眼里呢？

“横死者，同一般死亡不一样。”领事馆工作人员只说了这么一句。为什么不一样？一般死亡又是什么样？和田嘴角冒着白沫，不断地质问，但对方根本不当一回事。

“你想想就会明白。”

“想也想不通！”

“那我也没有办法喽！”

和田怒火中烧：就是抱，也要把“阿伯吉”的遗体抱回日本去。

他又奔回码头仓库。

盛殓金玉均遗体的棺材不见了，他粗暴地向轮船公司人员打听。

“让工部局的警察给运走了。”

“你们为什么交给他们？”

“和田先生，公共租界有公共租界的章法，警察来了，出示证件，那是不能违背的。不交给他们行吗？”

“不过……”和田哑口无言。

他觉得四肢无力，真想就地坐下来，但他仍然用两条腿硬撑住身体。

和田后来这样回忆当时的情形：

……年轻的我热血完全沸腾了。我大发雷霆，悔恨得大哭起来。与其说我怨恨租界警察不通情理，毋宁说我深恨日本领事的不可理解的态度。

3

上海知县黄承暄、上海道台聂缉椝，静等着李鸿章的指示。

“朝鲜总算解决了一个难题。”李鸿章看了来自上海的电文后说道。

李鸿章发给聂缉椝的电稿至今尚存，内容是：

金系在韩谋叛首犯，来华正难处置，今被韩人在租界刺杀，罪有应得，可置勿论。外人如有饶舌，宜直告之。

朝鲜正式用“韩”这一国号，是在中日甲午战争之后，但作为通称，这时已经使用。特别在电文上，两字不如一字简练。

次日，李鸿章又给上海打来电报。

这封电报说，朝鲜官员中与金玉均私通书信者大有人在，一旦被发觉，很多人将被捕入狱，所以，检查金玉均所有行装物品，烧掉一切信函。

在政局不安定的国家，要保持自己的地位乃至生命，是极其困难的。万一金玉均凭借日本的力量，推翻了闵氏政权，那时候政府要人就将无一幸免于难，岂止解职而已。“甲申政变”时，金玉均果断地杀死了那么多政府要人，下一次必将更加大刀阔斧。为了将来免遭灾难，事先给金玉均寄上密函——“目前身居要职，实属不得已。其实，关于我国之将来，我与足下有一样看法。足下大志之实现，为时不远，望多隐忍自重。”的确是保身之法。

对于金玉均来说，寄来密函者均为秘密同志，他当然不会公开那些密函。金玉均不是不明白高官们的两面派手法，但将来在本国起事时，这些同他有密函来往的人起码不能拼命地妨碍，不完全是同志，但也不是顽强的敌人，金玉均当然就不会太亏待他们。

朝鲜现政权的要员偷偷给金玉均写密信，作为万一之时的护身符的，不在少数。可是，密信不被公开，是以金玉均健在为前提，如今他在上海被暗杀，情况可就不同了。如果他的遗体和所有遗物被送回朝鲜，从中露出现职高官的密信，后果将怎样呢？肯定要像李鸿章的电报所估计的那样，发生一次“大狱”。

朝鲜政府来电，向清政府要求引渡金玉均的遗体和一切物品。与此同时，袁世凯把可能发生大狱的内幕悄悄地报告了李鸿章。

朝鲜国王之父大院君当然是反闵妃派，很可能与金玉均有联系，假如大院君再次卷入政治混乱之中，事情可就麻烦了。李鸿章接到袁世凯的密报以后，马上命令上海道台把金玉均的所有函件烧毁。

依据朝鲜政府的要求，金玉均遗体被送回朝鲜，而所有信函都给烧掉了。从当时的电稿和其他资料来看，是可以做出这样的解释的。

值得注意的是和田延次郎在谈话中提到的日本总领事馆的动向。他气愤地说这是“不可理解的态度”。日本总领事馆曾向轮船公司施加最大压力，禁止把棺材运回日本。和田本人也受到领事馆工作人员的劝阻，当他质问时，领事馆人员并没说出足以令人信服的理由。

至少在金玉均被暗杀一案的处置上，许多人推测，李鸿章同日本的井上馨可能有某种默契，彼此心照不宣。这是有一定根据的。不过，双方的观点和想法并不一致。

李鸿章是为了强调中国对朝鲜的宗主权，为了向朝鲜政府施加影响，要用事实显示一下力量。如果金玉均的遗体被送往日本，人们就会说："你瞧，清政府总说朝鲜是它的属国，可属国的叛逆在中国的土地上被暗杀了，反倒把遗体引渡给日本，太软弱无能了。"那样的话，中国的威望免不了要降低。所以，无论如何要满足朝鲜的请求，把遗体送回朝鲜。

而日本方面，井上馨也许比李鸿章棋高一着。他从各种情报得知，日本的军备确实超过中国了。由于修建万寿山，中国海军的预算大部分被挪用，近十年来停滞不前。与之相反，日本在这十年中增强了军备。

福泽谕吉的脱亚论设想：日本脱离亚洲，成为列强之一，同列强肩并肩地在亚洲扩张利权。这种想法，已浸透到日本的各个领域。

在"甲申政变"中，我们不得不含泪而退，而今，一定要讨还这笔债！——对外强硬的论调高涨起来，准备进行一次以中国为对象的战争。日本所等待的，只是战争的"时机"。更具体地说，对华战争就是同中国争夺在朝鲜的霸权，把朝鲜划进自己的势力范围之内。

日本已经实行了国民皆兵制，从一切阶层中征兵。眼下需要的是鼓舞士气。把金玉均的遗体郑重地弄回日本，对于煽起敌忾之心很不适宜。

金玉均是日本的负担，一直遭到冷遇，日本巴不得他死去，只是在日本被杀，外交上不好交代。对于中国来说，他是以亲清为国策的朝鲜现政府的叛逆，是该杀之人。尽管日本政府对他冷淡，但在民间却颇受欢迎，人们把他当亲日派对待。中国唯恐金玉均有朝一日组织起亲日内阁，因而也盼望他死掉。

不论铲除金玉均，抑或处理遗体，中、日两国都是同床异梦。年轻的和田延次郎当然不可能明白这"同床"的奥妙。

4

因为不是对等关系，所以朝鲜在中国不设置正式的公使。而中国在朝鲜的事务，统由天津的直隶总督兼北洋大臣李鸿章负责。朝鲜往天津派出准公使的官员，莫名其妙地称之为“督理”。

督理徐相乔按照本国政府的指示奔赴上海。

朝鲜同上海之间有贸易关系，朝鲜政府派驻上海的官员叫“察理”，也是前所未闻的名称。正式官名是“驻上海察理通商事务官”，当时任职的是赵汉根。督理徐相乔和察理赵汉根两人负责援救洪钟宇和送还金玉均遗体。

杀人凶犯洪钟宇可不问罪，这是李鸿章已经电告上海道台的。工部局抱着不介入他国政治问题的态度，在日本政府未提出异议的情况下，把洪钟宇交给了上海县。

洪钟宇案件结束了。

为运送金玉均遗体，督理和察理请求中国方面安排船只。上海不是李鸿章的势力范围，那里归两江总督刘宁一管辖，李鸿章已经跟他打过了招呼。

刘宁一派遣军舰“威靖号”，将洪钟宇和金玉均遗体运往仁川。抵达日期是4月12日。

在汉城的袁世凯让在仁川的刘永庆用“汉阳号”去接“威靖号”，准备在杨花镇移交，而“威靖号”船体过大，不能停靠，必须把尸体转装到“汉阳号”上。

这期间，日本国内的动向如何呢？

金玉均被暗杀的消息在东京传开以后，大井宪太郎、井上角五郎等人组织了一个“故金氏友人会”，派冈本柳之助和斋藤新一郎去上海交涉收尸。但那时候还没有飞机，等他们到达上海时，大势已定。

4月12日上午，小林胜民代表“友人会”走访日本外交部，提出三点要求：

一、政府应指示驻朝鲜的大鸟公使，由我国收领金玉均遗体。

二、命令大鸟公使要求朝鲜政府把洪钟宇引渡给日本。

三、上海大越总领事的处置明显失当，应予惩处。

对此，林董外务次官答复如下：关于第一项，前天在内阁会议上已做出不向朝鲜政府交涉的决定，没有考虑的余地了。第二项属于司法部职权。现在，派遣洪钟宇前去的李逸植还在预审中，所以无可奉告。至于第三项，大越总领事的措施不论从国际惯例来看，还是对照公共租界的章程，都没有任何可以责难之处。

林次官的语气很果断，“友人会”代表小林胜民垂头丧气地走出了外交部大门。

小林胜民走访日本外交部是4月12日，正是运载金玉均遗体的“威靖号”到达仁川之日。“威靖号”开出的消息已经见报，所以交涉的对象是朝鲜政府。

4月13日《时事新报》以《清人何其敏，日人何其迟》为题报道：

金玉均刺杀事件在上海发生后，朝鲜官员获得李鸿章同意，当即飞奔上海，清舰也不似寻常，行动迅速。朝鲜官员立即收领行凶者和遗骸，清舰予以运送至仁川，其前后行动之迅速机敏，实在令人惊叹。与之相反，自金玉均遭难之日起，至和田失去遗骸、离开上海之日止，日本人行动迟钝如病人，也实在令人惊叹。

金玉均被刺是3月28日，“威靖号”从上海开出是4月7日，即事件发生后的第十天，谈不上特别快。尽管装上石灰，采取了各种防腐办法，从物理的角度来说，放置在湖南会馆的遗体也需要尽早送还。

如前所述，几乎在上海发生刺杀金玉均案件的同时，暗杀东京朴泳孝的计划失败了。日本政府搜查朝鲜公使馆，但公使俞箕焕带着公章回国了。外交官的撤回，可以认为是断交的第一步。

“这件事看样子有点儿棘手！”李鸿章自言自语。他给东京的中国公使汪凤藻写了一封信：

金（玉均）本韩之逆党，寄籍于倭（日本），久为韩人切齿，无可如何，来游中国，本难位置，恰有此事，借可了结。前得袁道（袁世凯的身份为道台）来电谓，韩廷闻信，惊喜若狂。现已将凶手解回本国，自非倭人所得干预。不意复有朴泳孝在倭被刺未成一案。倭捕谬索于韩馆，致俞箕焕带印竟回，类于撤使。韩又令人代办使事，虽未至骤起兵端，亦颇费调处矣。

这并不是一般的麻烦事，不至于立刻发生兵端的推测完全错了。金玉均被刺四个月后，中日甲午战争终于爆发。

其实，李鸿章也预见到这场战争早晚要发生。

海军是使他烦恼的根源，金玉均被刺两日后，他奏请安装新式舰炮，以分期付款的办法购入。上头的批示是“知照有司议之”，结果迟迟未能实行。

4月14日，袁世凯把金玉均遗体和洪钟宇正式引渡给朝鲜政府。领议政沈舜泽同一天复函袁世凯，表示谢意。

【第二十章】

东学党起义

1

金玉均的遗骸被斩断头颅和四肢，暴尸杨花镇。

杨花镇位于汉城南大门外八公里处，是汉江边上的小镇。根据与日本订立的条约，此地一度是开放市场，后来市场改到龙山，但这里作为水上运输的中心地，商店鳞次栉比，仍不失为繁华之地。

在杨花镇郊外的牢狱门前，竖起一面旗子，上写“大逆不道玉均”。旁边支了个三角形架子，把金玉均的人头用绳子吊起来。躯体丢在一旁，后背和大腿都被横砍几刀。悬挂人头处还有一块木牌，上面用墨写着“谋反大逆不道罪人玉均当日杨花镇头不待时凌迟处斩”。

这与其说是凌迟，不如说是“戮尸”。戮尸见于《史记》，是秦始皇对谋反军士所施加的刑罚。明万历十六年（1588年）规定，凡谋杀祖父母或父母者，均处此刑。清继前朝之法，扩大适用于强盗。凌迟、枭首、戮尸等残忍刑罚，在中国，是光绪三十一年（1905年）刑部大臣沈家本等人奏请废除的。所以，当时朝鲜对金玉均尸体施加此种刑罚，还是依据清刑法的明文规定。

日本公使大鸟圭介曾劝告朝鲜政府不要对金玉均尸体施刑。驻上海的各国领事也分别请求本国公使，通过清政府总理衙门，对朝鲜提出这种劝告，但朝鲜政府置之不理，并强调说：“我国有庄严的国法，必须遵照执行。”

不过，过分野蛮，外国会说长论短。所以枭首五日之后便把金玉均的尸体收走了。暴尸期间，虽有看管者在旁，但不制止人们对尸体施加侮辱。棺材被翻倒，棺盖上写上了“大逆不道玉均”六个大字。

因监视不严，示众的人头竟丢失了。据说是被一个叫甲斐的日本人给盗走了，其实，他盗去的不是头颅，而是剃下的遗发。

金玉均被暗杀，紧接着被戮尸，使日本舆论沸腾了。这一点，不出井上馨所料。

4 月 21 日在神田锦町锦辉馆举行了“金玉均事件演讲会”。4 月 23 日在芝红叶馆，政界权贵百余人召开了“对外强硬派联谊会”，近卫公爵、犬养、鸠山、大井等人都出席了。

金玉均追悼会在浅草本愿寺举行，据说其隆重为前所未有。

“假如日本伸出温暖之手，根本不至于发生这种事……”金玉均的亲友们都咬牙切齿地说。看这葬礼，似乎日本举国优待他，然而，他却是由于日本冷淡，大失所望，才投奔清廷的。死后的盛大追悼会，绝不会是金玉均的本来愿望。

金玉均之墓在日本建了两处，一处在青山的外国人墓地，一处在本乡驹込的真净寺。盗来的遗发埋在真净寺。

刺客洪钟宇归国，受到凯旋将军般的欢迎。后来他成为“皇国协会”的领导人，这是保守的右翼暴力团体，为摧毁进步的政治集团“独立协会”大显过身手。他之所以能当上这种团体的领袖，是因为他有刺杀金玉均的经历。政治暗杀终于成为洪钟宇的政治资本。

刺客这类人，从根本上说，不论成功与失败，都不应当活着回来。生还的刺客本来就很滑稽，何况又靠着暗杀的业绩来混饭吃，没有比这更可怜、更可笑的了。这种人若不自己把自己捧为天神，恐怕是一天也活不下去。自视为天神的人物极容易铤而走险。洪钟宇作为极右派头领，在血腥的战场上竟能不死，可说是喜剧刺客中的典型了。

“甲申政变”时被金玉均杀死的六大臣——闵台镐、闵泳穆、韩圭稷、李祖渊、尹泰骏、赵宁夏的遗族，对这个为他们复了仇的洪钟宇，真是感激涕零。他们争先恐后地请他去做客，但是，他拒绝了，说：“你们的盛情，我由衷地感激。不过，表面上看来我是为你们报了仇，而实际上这不过是个结果。我并不是去为你们报仇的，而是要把甲申的叛逆、国家的公敌杀掉，不仅如此，只要金玉均活着，就无法维持三国（中、日、朝）的和平，东洋的局势就要被扰乱。在忍无可忍的情况下，我才铲除了他。我不能接受你们的款待。”

然而，不管怎么谢绝，“有怨六家”的遗族就是不答应。洪钟宇万般无奈，到底吃了六家的饭。

洪钟宇在朝鲜成为显赫人物的消息传开之后，日本人很不愉快。后来又有戮尸之举，更使得日本舆论大哗。

2

外国评论认为，暗杀金玉均是“未开化民族的残忍性”，但其实，所谓“文明国”也不无暗自庆幸政敌的噩运和暗杀的，只是不把真情摊在明面上罢了。这次的事情，朝鲜宫廷是有些高兴得过火，但另一方面也可以说他们是诚实的。

眼下的朝鲜局势却不容许政府权要过于兴高采烈，因为东学党起义正在全国各地爆发。

“也许是一种慢性病的定期发作吧？”

“不，它是根深蒂固的，不可轻视！”

“主要看它的组织是否强大，这是今后的关键。”

“要看领袖人物如何。”

在东京也有上述的所谓“理发店政论”。由于公布宪法和成立议会的刺激，当时的日本进入了“政治季节”。议论国事成为一种时髦。对外强硬论的高涨，正是以这种事态为背景的。

朝鲜和中国的事情被当作与日本有关的事情而谈论着。下面再举一些典型的“理发店政论”：

“朝鲜若是被东学党闹得一团糟，对日本有好处还是没好处？”

“邻国闹乱子，我们这里怎么能好？肯定受影响！”

“不，邻国的动乱正是我们大日本帝国向外扩张的好机会。”

“清政府虽然顽迷，但仍然坚持对朝鲜的宗主权，目前那个袁世凯不正在汉城摆架子吗？那家伙准是给朝鲜灌输了一些对清政府有利的迷魂汤。”

“如果朝鲜政府的力量对付不了东学党，袁世凯一定会要求清政府出兵。”

“清政府出兵，就会危及我国在朝鲜的权益，那可不行，必须坚决阻止！”

“不，不对。清政府出兵，不正合我们的心意吗？你知道吗，根据中日《天津条约》，哪国向朝鲜出兵，必须通告另一国。要是清政府出兵，我国也就有了出兵的借口。”

“是吗……我的血都沸腾了！”

“这是最好的时机！”

“朝鲜一定要大乱！”

由于明治维新，日本这时正处于青春期。而且，世界也正当帝国主义向上发展的时代。福泽谕吉提倡的脱离亚洲，跻身列强，向亚洲扩张，才是日本应走之路，这在日本几乎是一种常识了。日本扩张的方向，当然在朝鲜半岛。

右翼认为，不管东学党是什么样的集团，只要朝鲜发生动乱，就会给日本带来机会。他们还认为，东学党应当有所作为，否则，日本就得不到机会。若被政府军轻易地镇压下去，那就太扫兴了，所以，他们想钻进东学党内部，帮它领导一下。

虽然有过接触，但没有一个人能钻进东学党内部。日本人想操纵东学党的计划彻底失败了。其实，研究一下东学党的本质，就会明白这是理所当然的。

“斥倭洋倡义”，这是东学党发动时的口号。“倭”当然是指日本，“洋”是指西洋。从前后顺序来看，倭是重点。这是一个强烈的反日集团，日本右翼想钻进内部去领导，真是滑稽之至。

“东学”这一名称就是对抗西学的。所谓西学，当时并非泛指西洋之学问，主要是指基督教。从命名上看，它具有排外的倾向。

东学的始祖崔济愚，信徒都称他水云先生，1824 年生于庆州。据说，他诞生前三日，出生地背后有“九万里长天山”之名的九龟山鸣动。他自 1860 年起倡导东学，把儒教、佛教、道教以及基督教糅进朝鲜古来的黄教之中，构成新教的教义。

“人乃天”是东学的根本思想。它提倡行天道。在此之前，所谓天道，是在人之上另设了一个无上的唯一的神，人在它的下边。而东学的天道，不是在人之上，也不是在人之外，而是从“人乃天”的思想中产生出来的。有形者谓之人，无形者谓之天。天主不在别处，就在自己心中，叫作“侍天主”。崔济愚的教义用汉文整理为《东经大全》，里面有“侍天主造化定”之类，不能不让人联想起天主教。

1864 年，东学遭镇压，崔济愚被处死，罪名是邪教惑众。其实，这一时期朝鲜政府镇压的最大目标是天主教。西方列强侵略亚洲，中国的太平天国造反等，都使朝鲜政府对天主教心怀恐惧。

东学教义中有“侍天主”之语，使那些无知的官员以为它也是天主教的一派。当然，即使他们知道与天主教不同，东学也不会避免噩运。患上恐惧症的朝鲜政府，除了正统的儒教和佛教以外，对一切宗教和类似团体都准备予以粉碎。

始祖崔济愚被处死后，二世教主崔时亨印发他的遗文，试图把教义系统化。

从此，不顾禁止、迫害，东学势力发展起来。崔时亨致力于“教祖申冤”的集会——为教祖崔济愚鸣冤叫屈的抗议集会。丧失了信心、患上恐惧症的朝鲜政府，不问什么性质，只要一听说是“集会”，就神经紧张，惶恐不安。

东学教义中“辅国安民”思想也占有重要位置。既然提出辅助政府、安抚民众，那它就不是遁世的。可以看出，东学在政治上有一定的见解。它具有激烈的性质，对现实世界寄予深切关心，不容许违法。

然而，当时朝鲜的现实环境却充满了违法现象。根据庶民的感受，官府已经到了一塌糊涂的程度。注重现实、注意政治的东学，对此绝对不能闭上眼睛不管。

而且，官府的违法活动似乎又偏偏集中在东学信徒身上。

崔济愚被处死后，东学当然也遭查禁，然而，它的势力反倒大大发展，信徒猛增，这一事实是人所共知的。

官府——这里指凭借官府的声威统治庶民的差役们——发现国法与现实之间有分歧。东学虽被禁止，却有信徒。信奉禁教，按理说是违犯国法的。差役们抓住这一点，抢夺东学信徒的金钱和粮谷。于是，违法官吏成为人民怨恨的对象，尤其受到东学信徒的憎恨。

为教祖申冤的东学集会，自然而然地开始谴责差役的枉法和官吏的贪污渎职。另外，东学本质上就具有排外精神，反对外国侵略的呼声也从集会中迸发出来。

为教祖申冤的口号，不久便改成“斥倭洋倡义”。所谓倡义，如“起义”一样，包含着行动。不仅在口头上提倡义，而且要为义去行动，但它与起义又有些微差别。

金玉均被暗杀、戮尸的消息传开后，一时间似乎把东学党叛乱掩盖起来。不过，在日本，对于东学党之乱，人们也只是说一句“又起来啦”。因为东学党散漫的骚乱时时传来，人们已经听惯了。

“是啊，又起来啦！这就像春草发芽一样，到了这个季节，东学党便蠢蠢欲动。”这种侮辱性观点出自日本的优越感，他们太小看朝鲜人民了。

这次的东学党兴起，已不是前几次那种局部的、散漫的骚乱。用不着日本右翼为之焦急，朝鲜人民对于压迫者从未失掉过自己站起来予以打击的力量。

朝鲜改革的核心力量实际上存在于东学党之中，然而，革新派的金玉均并没有充分注意它。这是因为金玉均是士大夫，与东学党所具有的庶民气质不相容。想使朝鲜复兴，金玉均与其去会晤李鸿章，倒不如去会晤一下东学党领导人。

3

百姓暴动，在朝鲜被称作“民乱”。

村民遇到差役蛮不讲理时，便一起涌向郡厅去告状。这时需要有呈状。上面第一个签名的人叫“状头”。这样的民乱，大都在郡里处理解决，几乎没有横向联系。因为是直接告状，提出来的都是些具体事项，一般只限于当地的问题。就是说，是地面上生出来的菜，触及不到根上。

这里用了“蛮不讲理”一词，按说并不严重。在当时的朝鲜，官吏搞些歪门邪道，以肥私囊，常被视为理所当然的事。完全没有贪污渎职行为的官吏，怕是难以找到。如果仅是一般的勒索，只当是应该如此，人们也就容忍不究了。至于说到蛮不讲理，那就是达到了无法忍受的地步。

朝鲜八道中，西南部的全罗道土地肥沃，素有谷仓之称。李朝政府任用官员，是门阀主义，所以，权贵出身的人就能当这里的长官。肥沃地方的长官比其他地方收入多得多。所谓收入，当然不是指从政府领来的薪金，而是从当地勒索的钱财。不论手腕多么高明，没有油水的地方是榨不出油水来的。因此，在全罗道，多次爆发民乱或接近爆发状态。

全罗道的长官——观察使，名叫李耕植。直接敲诈人民的，是比他再低些的下级官吏，比如道下面的郡守等。他们多是豪门出身，依仗权势，肆无忌惮地敲诈勒索。即使发生民乱，只要同汉城宫廷有较为密切的联系，就不怕获罪丢官。这种光天化日之下的大勒索，庶民阶层怎能受得了。虽然在全罗道接连不断地发生民乱，但都是孤立的，缺乏横向联系。1893 年末，全罗道的古阜、全州、益山三郡，相继发生起义。

古阜郡的民乱，是集中了很多矛盾才发生的。

首先，再次征收“量余不足米”，激怒了农民。农民用收获的米谷支付租税。官员征税时，兵卒排列两旁，巧立“鼠缩”“干缩”等名目，比规定多收米谷。所谓“鼠缩”，是指征收后被老鼠损耗；所谓“干缩”，是指干燥后重量损耗。把这些损耗估算征收，每石要多征四至五斗，即使算上鼠害和干燥的损耗，也绝对不至于四五成之多，显然这是官吏们从中揩油勒索。运出时当地差役要克扣，运输中押运兵丁要揩油，入库时库吏也要抽头。他们用削尖了的竹筒插进米袋里，简便地捞取外快。这些小来小去的勒索还是下级差役们干的，至于上层官员，那就要干大一点儿的了。他们成袋成袋地拿走，因此，入到官库里的米谷大量缺数。尽管已经多征收了四五成，仍然要比规定的数量短缺，这就叫“量余不足米”。

古阜郡守赵秉甲向农民征收这批“量余不足米”，实在太不像话了。农民们已经缴纳了官吏们侵吞的米，这一回又要交纳官吏们侵吞过头的米，不论多么温顺的农民，对此也要怒不可遏。

其次，是水利税。古阜郡北部修建了一条灌溉水渠，全是征集民大修建的。竣工之后，赵秉甲却决定向农民征收使用税。为修渠流过汗水的农民们忍无可忍了。

柴草税也激怒了农民们。官员说：不能收获粮食的荒地，总能收割一些作为燃料用的枯草，要课征柴草税。此外，还有一些蛮不讲理的事情。

为什么赵秉甲敢公然干出这样缺乏常识的事？因为他非常自信。像他这样豪门出身的人，确信绝不会因为一点点小事而失掉官职，什么样的民乱都不足惧。

农民们愤怒了，以全彰赫、金道三、郑一瑞三人为状头，向郡厅投了状子。郡守将三人逮捕下狱，并向全罗道衙门报告了情况。报告中说，不逞之徒煽动农民作乱。这时，道的观察使换为金文铉，他完全相信了郡守的报告。也许他相信的不是报告，而是郡守的门阀。后来，全彰赫受刑过重，死在狱中。

全州民乱的原因是“均税”。遇到旱灾，土地所有者缴纳不起国税而逃亡他乡，其土地被作为“均田”。土地所有者不在，这块土地便从征税簿中勾销，让农民重新开垦，征缴租税。均田是国有地，均田的佃户向国家交纳地租。

负责办理均田事务的均田使名叫金昌锡，他劝一般的土地所有者说：“顺便也把你的土地当成均田办了吧，那样对你有好处！”

土地所有者要依照土地面积多少交纳租税，倘若办了均田，只向国家交纳地租就完了。因为是新垦荒地，地租也不会太多，所以这么办是有利的。受骗的是一些自耕农，他们把土地办了均田，确实省掉了土地税，但是，征收的地租却多得多。这真是岂有此理！

人们成群结伴地直接上诉，可是，这也被视为民乱，申诉全被驳回。

益山民乱的原因是“吏逋”。吏逋，是指官吏侵吞租税。历代小吏为了贪污勒索，在账簿上把实际已经征收的租写成“未收”。这样积累了多年之后，益山郡“未收”租税竟达三千七百七十二石之多。

“速将账上所欠未收租米征来交库！”益山郡守金泽洙发布命令。

“未收”是账簿上的事，全郡到处都一样，郡守岂能不知。他命令火速缴纳，又是何居心？

这件事，大大超出了一般的官吏违法。若是一般的贪污违法，倒也能容忍，这却是“异常的违法”，岂能就此罢休。

益山郡居民推举吴知泳为状头，告到郡厅，要求取消吏逋再征的命令。郡守金泽洙拒绝了。愤怒的民众声言要袭击郡厅，吴知泳劝告他们说：“向道衙门投递状子吧。在郡厅逼迫郡守撤回命令是办不到的，我们在道衙门里争个胜负吧。道衙门也不行的话，我同各位一起造反。”

于是，选出几百名青年前往全罗道。

全罗道观察使金文铉起初使用了高压手段，后来从吴知泳口中渐渐了解了吏逋再征是超出常情的违法勾当，于是，他下令撤回征收吏逋的命令，并免除了益山郡守金泽洙的官职。从表面看来，好像益山郡的老百姓胜诉了，可是后来又出现反复，状头被逮捕，受了酷刑。

吴知泳能言善辩，但怎么也说服不了观察使，到底没能取得最后胜利。总像以前那样翻来覆去，到任何时候都一样，温顺的老百姓似乎到了咬牙下决心的时候了。

“造反，此外没有别的道路可走。”这并不是过激派的煽动，而是人们从自身体验中得出的结论。官府逼得人民没法儿生存下去了。人们想豁出去了，反正死了也搭不上什么。

上述几起民乱，绝不是东学信徒直接引起的，只不过告状时选出来的状头大多是东学的信徒而已。他们去告状，并不是以东学党人的身份去的，而是民众的代表。

当状头，随时都会被抓起来，受杖刑，投进牢狱，是任何人都不愿承当的角色。而且，一般人也承当不了，必须是有胆有识、素孚众望的人。在这种标准之下推选出来的人多数是东学信徒，并非偶然。如前所述，东学的信徒受到的折磨比一般人多，然而他们并不因此而抛弃东学的教导，可见，都是些信念坚定的人。为了别人，甘冒风险，这不但需要有义气，同时也需要有强烈的信仰观念。

东学信徒不仅信仰坚定，而且具有很强的政治意识。他们被人们推举出来，就绝对负责地干下去。不久，他们把民乱从横的方向联结起来，予以领导。于是，不知不觉，普通的民乱被称为“东学党之乱”了。

民乱之所以往往以郡为单位，十分散漫，是因为愤怨的具体问题各地不一样。上面举出的古阜、全州、益山三郡，尽管各有不同原因、不同现象，但根源是相同的，只是一直没有人深挖罢了。东学党人以其诚挚的禀性，终于把共同根源找到了。

此外，东学自始祖崔济愚以来就有组织。为教祖申冤，实质上已经是一种组织活动，若领导一次大规模民乱，除了以东学党为中心，没有胜任者。

“我们不干谁干！”

“朝鲜的命运落到我们肩上了！”

“对于以日本为首的外国势力的渗透，再也不能视而不见。”

“起来！已故教祖也在命令我们站起来！”

东学党的人在互相议论。他们接受了“辅国安民”的教导，具有较高的政治意识。不仅口头上谈论，而且也注重实践。

“首先向全国发出檄文，然后，明确地通告全国人民，这不只是口头上的空话，是要举兵占领要地的。”他们稳步地按计划进行了。

4

檄文是在甲午年正月初三（阳历1894年2月8日）发表的，以《倡义文》为题，全文如下：

窃唯世间，人之所以为贵，因有人伦故也。而君臣、父子之关系乃人伦中之最重要者。为君抚恤下民，为臣尽忠，为父以慈，为子尽孝，则可国泰民安。如今圣上仁慈宽厚，公正贤明。若得贤良正直之臣，辅其左右，尧舜之世、汉代文景之治可望也。然，今日之为人臣者，不知报恩，徒盗禄位，反而遮掩圣明，诬陷忠义谏阻之士，妖言惑众，呼正直之士为匪徒。京中辅国之才甚少，而地方虐民之吏颇多。民心日壑，岂唯失去赖以谋生之职业与资产，甚至无以保障自身。虐政日甚，怨声载道，君臣、父子、上下之分，已不复存。朝中上自公卿，下至方伯、守令等人，毫不顾及国家安危，只顾热衷肥己之私。官吏诠衡之门，庶几成为营利之所，科举之考场有如市场。庞大贿赂，不入国库，而充个人私腹。国家积年债务，不图清算，只顾骄奢淫逸，不顾尊卑廉耻。朝鲜八道，任其宰割，万民涂炭，苟延残喘。守宰虐民，贪图暴利，百姓岂能不穷？百姓为国家之本，根本衰微，国家必亡。不思治国安民之策，唯一己利害是图，耗尽国家积蓄，何正之有？我等虽在野草民，居王土之上，着君主之衣，岂忍坐视国家灭亡乎？望朝鲜八域，同心协力，亿兆众议，高举义旗，辅国安民，誓同死生。莫惊今日之光景，同往升平之圣世。

湖南倡义所　全琫准

孙和中

金开南　等

甲午正月×日

真是一篇好文章，比“甲申政变”时金玉均等人发表的所有文章都好，一定能激动全朝鲜有良知的人们的心。

檄文发出之夜，在泰仁县舟山里崔景善家里，集合了三百多名东学信徒。他们要攻占古阜，这是与发表檄文相配合的行动要求。以前去古阜告状而死于杖刑之下的全彰赫，就是全琫准的父亲。

对于全琫准来说，这次举兵，不但要给亡父申冤雪恨，同时也要把处于水深火热之中的同胞拯救出来。此后，东学组织中全琫准始终是主战论者。二世教主崔时亨当然是慎重论者。

在古阜郡北部的马项市附近，已召集了数千人，火枪和长矛都藏在居民家里。像这样有计划的布置安排，只有东学这一宗教组织才能做到。否则，出现叛逆者就会走漏风声。

东学军包围并攻陷古阜城。官兵开城投降，但要抓的郡守赵秉甲逃走了。东学军杀了几名与郡守一同作恶的官吏，打开牢门，释放了所有囚犯。

“辅国安民”成为东学最响亮的口号，大将旗上大书这四个字。举事成功后，起义军马上又发出第二道檄文：

我等举义旗至此，断无他意，目的在救苍生出水火之中，置国家于磐石之上。对内，斩除暴虐官吏之首；对外，驱逐残暴强敌之群。苦痛呻吟于两班、富豪前之民众，忍受屈辱在方伯、守令下之小吏，同我等苦难与共，怨仇相同。务希不再犹豫，毅然奋起。倘失良机，后悔莫及。切切此布。

湖南倡义大将所

甲午正月×日，于白山

大军在白山大营进行整编，全琫准被推为大将。

对于东学党造反，正像金玉均不大关心一样，袁世凯似乎也过于轻视。袁世凯确信，操纵了朝鲜宫廷就等于控制了整个朝鲜。他认为不再有别的力量能够驱动朝鲜。

关于以前的为教祖申冤参礼集会（1892 年 12 月），袁世凯曾向李鸿章拍过一封电报："查东学敬天讲道，类似天主教。韩官每以异端予以惩治。时有聚众事，然党甚迂阔，当不至为变。"

以为类似天主教，这是一种肤浅认识，可见他平时几乎没有研究过东学党。他认为，住在汉城，只要把监视目光对准宫廷就行了。确实，他对操纵宫廷颇有自信。他从未想过亲赴全罗道调查一下东学党的实态。

金玉均到达上海之前，应该听到过东学党起义的消息，但恐怕他也只是浅薄地认为："又是百姓暴乱，让闵氏一族多吃苦头也好，不过，可别因为百姓暴乱而动摇了国家基础。"

【第二十一章】

白山根据地

1

全琫准发出第一道檄文《倡义文》两天后，即阴历正月初五，是李鸿章的七十二岁寿辰。

天津的李府正忙于一一退还从各处送来的寿礼，理由是寻常生日。不寻常的生日是花甲、古稀、七十七以及四十、五十等岁数的生日。李鸿章生于道光三年（1823 年），这年虚岁七十二，周岁七十一。

他不由得想起两年前庆贺古稀之寿的情景——大小官员都送来贺词、寿礼，西太后赐给他一副对联：

栋梁华夏资良辅
带砺山河锡大年

他用手摸了一下头顶，又想起四川总督刘秉璋万里迢迢送来的那副对联，上联是“二十年前人羡黑头宰相”。实际上，他当直隶总督即宰相，是在二十四年前，也就是四十八岁那年。而他当上与直隶总督同等资格的两江总督，还要早五年。当时四十二岁的一等肃毅伯李鸿章，当然还是满头黑发。

太平天国战争时期，刘秉璋跟随李鸿章转战各地，与其说是幕僚，不如说是战友。

对联的下联是“三万里外共推黄发元勋”，意思是三万里以外的外国人也都赞扬你这位黄发元勋。

李鸿章闭上眼睛，回想着两年前的寿诞，不禁联想起那时发生的痛心事，无法关上记忆的大门。

——祝寿的次日，他最疼爱的小儿子经进死了。仅仅病了三天，便一命呜呼，才十五岁。

当时的豪门大户都是妻妾成群，有五男三女也算不上子女多。李鸿章得子较晚，甚至还要了弟弟的儿子经方当养子。五十五岁后得子经进，他十分溺爱。经进也异常聪明，兼学中西，进步之速，乐得老父眉开眼笑。十五岁时，为他订了婚约。女方是都察院都御使徐郙之女。

肩负国政大任的李鸿章无暇哀痛爱子之死，至少在表面上要装作若无其事。不过，他总算还忍受得住。后来的赵氏夫人之死，一下子打碎了他宁静的心。那是在经进死后六个月。他自己也明白，从那以后他失掉了耐性，左右的人们背地里说他变得固执了，他也有所耳闻。

这时他才觉察到妻子赵氏生前曾给予他多么大的支持，那是经进的母亲莫氏所顶替不了的。

“留给我的岁月已经不多了，而该做的事却太多……究竟还能做多少呢……”李鸿章一个人嘟嘟囔囔。不知怎的，他总爱回忆过去，大概是因为老了，不及时提醒，就往往一门心思地回忆往事。

他想激励自己，不向后看，可是，没等唠叨完，就又回忆起来了。

“对镜方知颊有髭”，他记得这句诗是以《二十自述》为题写下的。那年二十岁，刚刚长出汗毛似的胡须，尔今已经全白了。

“不，我会长寿的……一定能……”

李鸿章的父亲是道光十八年（1838年）的进士，历任刑部主事、郎中等职。太平天国战争时，随军出征。五十五岁死去，若不是军务过劳，也许还能多活几年。李鸿章的母亲活到八十三岁。族中不乏长寿者。

中国有同姓不通婚的原则，但李鸿章的父母两家都姓李。这是有原因的。本来他的祖先姓许，八世祖许迎溪与同村李心庄联姻。李家无子，许家便把二男慎所过继。在中国，改变姓氏可是件大事，大概年轻的许慎所相当反感。他虽然改姓为李，但不许后人忘掉原本姓许。

“十年……还能干十年……就按十年考虑吧。”李鸿章凄凉地对自己说道。

我所干的事，究竟对国家有多大的好处？近来，他经常思索这个问题。

组织淮军，与太平天国厮杀，与捻军争斗，那时候，大概是因为正当壮年，他从未犹豫彷徨过。

假如太平天国取得了天下，那现在会是个什么样呢？

那些大骂皇帝和孔孟是妖人的广西烧炭工人和落第举子的奇怪活动，也浮现在李鸿章眼前。虽然很粗野，但他们的组织里有一种不可理解的东西在跳动。那种活力若用于今日之中国，也许能使中国的现状好些。

“想这些事有什么用。”李鸿章摇了几下头，想从头脑中甩掉缠绕他的东西。

“你的力量怎样啊？”仿佛有人从旁问了这么一句。

三年前，第二次检阅北洋海军时，他所信赖的直隶按察使周馥（后为两江总督）颇有感慨地说：“北洋海军已经花了一千多万两，才有这么一点点军舰。一旦有事，靠它是战胜不了外国舰队的。大臣们都是些书呆子，不懂军事，出了事却加罪北洋。现在必须要求加紧扩大海军，大声疾呼。为国家计，没有比这更重要的了！”

北洋海军几乎是李鸿章的私人军队，靠他自己千方百计地筹措军费。按理说应该从国库拿出更多的银子，但他知道那是根本办不到的。

“我的能力就这么大了，即使再奏明朝廷，上谕也不过是‘着即会同有司共议’而已。更多的军费肯定是要不来的。”他这么答道。

“你是上年纪喽！”周馥直截了当地说。

“也许吧。”他点头应道。

李鸿章也曾想过：自己上了年纪，是否还应当继续执掌国政？但是，这是靠同事、姻亲、同乡等种种关系组织起来的力量，军队和行政组织都以他为轴心，他若放手不管，肯定会土崩瓦解。

“千万别发生战争，要采取一切办法来避免使用北洋军。”

他掌握着军队，最清楚它的力量界限。

2

“立见白山，坐见竹山。”——据说自古就有这种说法。

白山和竹山位于南北两方，传说可以从同一地点看见。自从以全琫准等东学信徒为主的农民军把白山作为根据地以后，这句古语就罩上了神秘色彩。据说，这是个预言。穿白衣的农民军集合起来，整座山就成了一片白。他们手持竹枪坐下来，竹枪高出头顶，密密麻麻，白山顿时变成了竹山。

“几千年前就有这个传说。”有人说。

“是啊，老天爷早就给定下了！”东学的领导者们在人群中到处宣扬，意思是我们的起义并不是胡作非为，而是很久很久以前上天就安排好了的。农民们以为自己是在天定的道路上按照天定的方式奔跑，所以就觉得理直气壮。

一时间，白山聚集了数万农民，但武器仅仅是竹枪，费了九牛二虎之力弄到的步枪也不过三十支。若不用这样的预言鼓劲儿，恐怕他们早就胆怯了。这是一种心理战，东学领导者们是极其高明的。

东学的信徒们自称道徒，分散在全国。

“白山的全琫准大将是个能在空中飞行的英雄。”

“白山有两个神童辅佐着大将。”

“东学军纪律严明，具有超人的力量。”

这样的“流言”，为我方壮胆，使敌人丧胆。19 世纪末的朝鲜，迷信盛行，据说巫师、巫婆有几万人。

传说全琫准能呼风唤雨，刀枪不入，神通广大，这迎合了民众盼望英雄的感情。过着痛苦生活的民众，正等待着超人的出现。

东学军攻陷古阜时缴获了数千石米谷。这是以水利税的名义从农民手里掠夺的东西，现在起义军用作粮饷，可保一时无虞。

东学信徒们也曾在去年的这时候暴动过，朝鲜政府派两湖巡抚史鱼允中宣抚，一时总算渡过了难关。国王明白朝鲜军队是指望不上的，想让清政府出兵支援。内务府事朴齐纯会晤袁世凯，请求清政府出动军舰和驻马山浦的陆军。

直到此时，袁世凯对东学党仍没有足够的认识。他认为没有什么了不起的事，拒绝派兵：“一群邪教乌合之众，何必惊恐失措？看看情况再说！”

要求清廷派兵，只是患了过度恐惧症的国王个人的想法，而三公（领议政沈舜泽、右议政郑范朝、左议政郑秉世）一致反对。国王怕得要死，又把朴齐纯派到袁世凯那里。

袁世凯第二次会见国王使者，这才感到事态有些不寻常了。他对东学党虽没改变“邪教乌合之众”的看法，但觉得似乎有人正在利用这个“乌合之众”。

谁要利用东学党呢？

只有高兴朝鲜大乱的人。中国对朝鲜的宗主权正逐步走上实质性阶段，反对者首先是日本。日本直接利用号召排外的东学党是困难的，但可以把人安插进去。亲日派政客金玉均最合适。不过，他本人却没有对东学党做出如此评价，搞宫廷政变的人是不会对农民起义寄予希望的。只有朝鲜国王非常担心金玉均同东学党结合，事实上，这种谣言也的确在到处流传。

还有一桩使闵妃害怕的事情，那就是被赶下政治舞台的大院君暗地同东学党结合。此事也有种种谣传。其实，与东学党结合的可能性，大院君要比亡命日本的金玉均更大些。许多地方的起义都喊出了“恢复大院君执政”的口号。

为了夺取实权，反对现政权的三方实行合作的可能性也是有的。

根据后来收集到的情报，袁世凯发现东学党的势力比预想的要强大得多。他建议把张文宣和吴长纯的军队派来，但李鸿章没有采纳。他打电报给袁世凯，认为“伊藤博文洞察大局，不会做出唆使韩匪（东学党）之事”，只派了两艘快速舰去仁川，以备万一。

又过去一年。

东学党起义比前一年更汹涌。全琫准的白山根据地已明显地表现出反政府的倾向。

也许有些人是凑热闹，有些人是来混饭吃的，总之，参加者不断地涌向白山根据地，竟扩大到数万人。

到此地步，朝鲜政府再也不能放任不管了。全罗道观察使金文铉命副官李宰燮和宋凤浩二人率兵一千，进攻白山的东学军。这支队伍装备新、士卒壮，但军纪不严，沿途居民遭到掠夺和凌辱。

那时代，枪声还很稀奇。那可怖的声音好似地狱的使者，一听到它，人们便大惊失色。白山接受了枪弹的洗礼，仿佛过了一遍筛子，那些凑热闹的和混饭吃的人，慌忙从白山逃散了。

剩下的几乎都是东学道徒和经过磨炼的人。虽然如此，在政府军的猛烈攻击下，东学军也不得不从白山撤退，兵分两路，一路撤向古阜方面，一路撤向扶安方面。

3

官兵紧紧追击。这是一支残暴的军队，得不到人民的支持，人数不多时就可能受到居民的袭击。

隐约可见一面写着“辅国安民”的大将旗正朝南方的古阜而去。

“追上大将！向南！”李、宋二将命令。

东学军撤进一座叫黄土岘的山里，距离白山脚下大约有四公里。政府军包围上来。

这时，从淳昌和潭阳又来了一些非正规的政府军，叫“负商军”。负商即行商之意。行商人旅行各地，有必要自卫，于是，各地同业者相互联系，自愿组成了强大的自卫组织，甚至出现了一支专门做保镖的武装队伍，后来被政府当作补充军。

包围黄土岘的负商军有数千名，不知从哪里来了这么多人，存心挤进来瓜分战利品。

拂晓，起了大雾。

“负商军打头阵！”政府军的副官命令道。

只要参加就能得到一份分成的如意算盘破碎了。想得到报酬，就得拿出与之相应的行动来。然而，负商军都是些“外行”，没有受过正规的军事训练，“乌合之众”这个词用在他们身上最适合。

在负商军内部，各部分之间推来推去。

“你们先上！”

“不行，我们人数太少！”

“我们对地形不熟悉。”

被逼无奈，从茂长来的一伙人承担了打头阵的任务。他们有几十人，年轻力壮，似乎很有点儿自信。

其实，这些茂长的小伙子们是东学军的战士，被选拔出来，混入敌营。打头阵的任务是必须揽过来的，但不能太积极主动，怕被人怀疑。

雾下得正是时候，可以把他们的轮廓遮没。

“这真是天佑神助啊！”

“教祖在天之灵给我们指路。”

他们冲进迷雾中，勇敢地前进。跟在后边的其他负商军中有人喊道：“你们不要命啦？”

冷静地想一下，茂长这伙人的行动是有颇多疑点的。在视野不佳的山间，弄不清哪里有敌人，必须小心，不是应当猫着腰前进吗？然而，这伙人挺着腰杆子一个劲儿地朝前跑。即便是些勇士，这么做也有点儿过火。如果他们背后紧跟着的是正规军，大概军官们就会看出破绽。但是，跟在后面的恰恰是毫无战斗经验的负商军。

“这些家伙们走过的地方肯定没有伏兵，可以放心大胆地跟上去！”其他负商军加快了脚步，紧紧相随。

正规军也不怠慢，因为雾大，怕失去前方友军的踪影。这样，政府军全被诱进黄土岘的深山里去了。

“奇怪呀，前进得太快了！”

当政府军的将领们感到可疑时，从前方的浓雾中传来一声枪响，紧接着便听见对方的还击声。

“可能先头部队已经同敌军遭遇了！”他们不愧是职业军官，凭枪声就推测出战斗的景况。政府军方面枪声密集，而东学军方面很稀疏。

“我军在前进，以压倒的优势前进着！”

“这下子我们胜啦！”

“先头部队可是太勇敢啦！”

“从茂长来的那伙人，身体都棒得很，让人放心。”军官们你一句我一句地谈论着。

东学军攻陷古阜时夺得了一点儿武器，也不过是三四十支步枪罢了，这一点政府军知道得很清楚。当然，子弹也少得可怜。

东学军还击的枪声稀稀落落，而且越来越远。

“敌人要跑，快呀，追！”

当明白了这是一场胜仗时，见利不让的士兵们精神振奋起来。浓雾渐渐消退，负商军加快了速度，朝东学军阵地上冲去。

“看样子都跑掉了，一个人也没有。”前线的传令兵带来这样的消息。

“扫荡！树背后、草丛里总会有一些掉队的。向前猛攻！”副官命令道。

进攻这种阵地，几乎等于闯入无人之境，只有此时，官军们才很勇敢。全军以雪崩之势冲了进去，把整个阵地找遍了，连一个残兵也没有。

“等一会儿就追击，先原地休息一下。”

政府军官兵在东学军放弃的阵地上，东倒西歪地歇下了。还不到五分钟，突然响起了喊杀声。

休息的命令一下达，茂长部队就悄悄地溜走了，谁也没有察觉到。

政府军正毫无戒备地休息，东学军出其不意地袭来，顿时阵脚大乱，完全失去了抵抗能力。

“原来是一个圈套！”终于醒悟过来，但为时晚矣。中了计，政府军的自信一下子破灭了。

“别慌，别慌！充其量不过是些农民嘛！没什么了不起的，不要惊慌！”

军官并不都是无能之辈，但任凭喊破嗓子，全军已惊恐万状，争先恐后地逃命。

“别跑，不要跑！可能敌人还有第二个埋伏！”多少有点儿战斗经验的人，应该懂得这一点的。但是，少数几个头脑冷静者的声音无法送进极端恐惧的众人的耳朵里。

果然，东学军早已设好了第二个陷阱。

昨天从白山退却时，东学军分成两路。政府军紧紧追击撑着大将旗的这股，而放弃了逃往扶安之敌，打算收拾了古阜的东学军之后，再回头来消灭扶安的东学军。然而，朝扶安方面撤去的东学军，入夜之后，突然转向黄土岘。这是从白山撤退时领导者们制订的作战计划。

从扶安踅回的东学军成了伏兵。他们向溃不成军的政府军展开了猛攻。

政府军溃散了。

这次黄土岘战役，据说只有十几名官兵死里逃生。

这是一场具有重大意义的战斗，东学军从政府军那里夺来了枪、炮、弹药，一下子变成了拥有新式装备的军队。他们又乘胜指向扶安。

扶安的卫戍部队和官吏纷纷逃命，东学军未经流血便进入扶安城，缴获大量的武器弹药。

随后，东学军又浩荡地返回白山，这次是战胜而归。东学军完全变了样儿，竹枪换成了步枪，破衣烂衫换成了正规服装。

黄土岘战役是在阳历 5 月 11 日打响的。实际上，这一天大量的政府援军开进了全州城。为讨伐东学军，洪启薰被任命为湖南招讨使。

为了迅速把招讨军送往南方的全州，动用了以前李鸿章给袁世凯派来的快速舰队。招讨军分为五队，元世禄率领的一队乘上“苍龙号”，李斗璜率领的一队乘上“汉阳号”，其他三队由洪启薰亲自率领，乘上“平远号”。

“平远号”5 月 8 日从仁川开出，次日到达群山浦。全琫准所率领的东学军从白山撤退，是在“平远号”抵达后的第二天。又过了一天，政府军在黄土岘大败，与此同时援军进入全州城。

官军增援诸事由袁世凯一手包办。把“平远号”从仁川打发走的四天后，即阴历四月八日，他给李鸿章发了一封电报：“乱党”听说官军前来增援，立即陷于“瓦解”，“似不能久支”。袁世凯这时还没接到前一天黄土岘官军惨败的报告。他已经感到东学军军势意外强大，但仍未改变“邪教的乌合之众”的基本观点。

4

黄土岘战役之前，伪装成负商军混进政府军里的敢死队队员认为，不早不晚的大雾是天助神佑。

在日本，有个集团认为东学军动摇了整个朝鲜纯属天佑，于是，他们给自己的结社起名叫“天佑侠”，成员是玄洋社的一伙人，领导者有的野半介、铃木天眼、内田良平等，这就是黑龙会的前身。

这是一个伴随日本的大陆扩展而进行非法勾当的组织。金玉均在上海被暗杀，他们便认为时机成熟了。他们当然是主张出兵朝鲜的。

“他们干得不错！”

这个“他们”，是指派到釜山去的田中侍郎、武田范之、葛生修亮等人。他们企图在朝鲜制造骚乱，给日本出兵创造机会。但东学党显然是以日本为头号敌人，因此，他们接触东学党并施加影响的如意算盘完全落空了。玄洋社的同伙们期待着他们，得知东学军起义，便武断地以为是他们在背后起作用。

在当时的日本，有一种迎合这种痴心狂想的右翼活动的气氛，到处是对外强硬的论调。自由党的后藤象二郎访问伊藤博文时，就要求立即对清朝开战。《自由新闻》也在极力煽动。

的野半介会见陆奥外相，鼓动向中国开战，外相语塞，把他介绍给川上参谋次长。那时的将军不似后来这么贬值，川上操六虽然是陆军中将，但陆军大将仅有三人，其中两人又是皇族，大山岩是唯一一位平民出身的大将（山县有朋此时因故停职）。实际上川上掌握着整个陆军。

“我们的任务是消防，只要有火燃烧起来，我们就随时准备赶到现场。”川上对的野说。

在的野听来，这似乎是唆使他把火点起来。后来，的野半介积极地组织“天佑侠”，就是受川上这句话的影响。

其实，这时日本陆军的目标已指向俄国。山县有朋署名的《军备意见书》预言：“十年后将发生日俄战争。”这份意见书是1893年10月提出的。

之所以在十年后，根据的是西伯利亚铁路会在那时竣工。而目前，列强在欧洲的势力基本上保持均衡，暂时不会爆发战争，其剩余的力量必将向亚洲发展。

“在那时，我国的敌手将不是中国和朝鲜，而是英、法、俄诸国。”意见书这样认为。为了同俄国作战，必须确保朝鲜；为了确保朝鲜，就必须同中国作战。

“征讨中国方案”已由小川又次少将制订。

海军的军备扩张也很迅速。“松岛号”“桥立号”“岩岛号”，即所谓“三景舰”，及“吉野号”“秋津洲号”二艘巡洋舰，已在英国造成。挡住日本战略的去路的中国北洋舰队，近十年来几乎没有增强，而这期间，日本海军不仅赶上了，并且终于超过了它。

李鸿章十分清楚这些。

金玉均在上海被刺三天后的3月31日，李鸿章上奏购买海军新式速射炮。既然买军舰困难，哪怕为“镇远号”和“定远号”装上新式大炮也好，因此设法筹措二十万两，安装十二门大炮。但是，没有下文。

朝鲜因东学党起义而混乱不堪的那年五月，时隔多年，李鸿章忽然想起检阅海军来。北洋舰队的丁汝昌访问了新加坡、荷属东印度群岛，四月末刚刚回国。参加这次检阅的，有北洋九舰、南洋六舰和广东三舰。主力当然是北洋海军，南洋和广东的海军似乎是来学习的。

东学军在黄土岘大败政府军的5月11日，李鸿章正在旅顺接见守将宋庆和德璀琳。三天后，他观看水雷发射训练，并视察水师学堂（海军学校）。当时还邀请了日本和英国的军舰前来，次日海上训练时，又来了两艘美国军舰。

李鸿章检阅完海军，5月27日返回天津。

这一天，东学军在朝鲜的长城大破政府军。政府军往灵光败退。

5月29日，李鸿章把检阅海军的情况上奏西太后，说他这次看到各国军舰都非常“精坚”，特别是英国军舰。婉言奏请扩充海军。

5月31日，皇上批示“海军应致力于人员训练”，对购买军舰之事只字不提。

想起朝鲜的动乱，李鸿章心神不宁。袁世凯能顺利地解决吗？

6月3日，李鸿章接到袁世凯要求出兵的电报。

朝鲜当局正式向袁世凯提出，它已无力应付东学军之乱，请求清政府出兵，以助征讨。

看了这封电报，李鸿章闭上眼睛，脑海里浮现出日本军舰的影子。

【第二十二章】

旧友往来

1

南澳是北回归线通过的岛屿，处于福建和广东的边境上，现在属广东省。有一段时期，它曾属于福建省。

从地图上也可以看出，南澳是海防要地。清初，国姓爷郑成功在夺取同族盘踞的厦门、金门之前，也曾用南澳做据点。这里能控制福建、广东，因此清政府设置了镇守府。

南澳镇的长官是总兵。

清朝军官制的顺序是提督、总兵、副将、参将、游击等。在日本，似乎把清军的提督视为中将，把总兵视为少将。如前所述，虽为总兵，也有挂提督之名的，也就是记名提督的总兵。

南澳长官刘永福是记名提督的总兵。

“我这简直是流放，北京想把我监禁在此地。”刘永福经常这么说，“已经八年了！”

每逢正月，他的口头禅便增加一个年头。他是中法战争时的英雄，在越南同法军作战中被召回，当了南澳镇总兵，时间是光绪十二年（1886 年）。

“有什么办法呢，被困在岛上！简直是监禁！”这也是他挂在嘴边上的话。如果喝醉了，就紧接着又来一句：“若是陆地相连，我一定领兵去越南，跟法国佬较量较量。”

南澳镇要塞的指挥系统很复杂。有左、右两营，左营归福建水师提督指挥，右营及澄海营、海门营、达濠营归南澳总兵统辖，其指挥权属广东水师提督。

这个局面仿佛是一只脚踏在福建，一只脚踏在广东。左边归福建，右边归广东，看似不安定、很难办，其实不然。

这样的双重指挥系统很奇特，因而福建也好，广东也好，都必须谦谨从事。事实上，南澳总兵这个位置等于没有上司。特别像刘永福这种性格特异的人，坐到这个位置上，福建和广东都不便发号施令，任凭他自作主张。因此，刘永福也就毫无顾忌地干着自己想干的事。这已是第八个年头了。

光绪二十年（1894 年），台湾布政使唐景崧给他寄来了一封贺函，半带玩笑地说："军门（对将军的尊称）于南澳，并无顶头上司，自行主宰乾坤，令人羡慕之至。"

刘永福也不示弱，同样以幽默的口吻回复："藩台（对布政使的尊称）在台湾，时常举行风雅别致的诗会，天下太平，实堪欣慰。极欲亲诣台湾，参加盛会，不知有无资格？"

在中法战争中，两人是越南战场上肝胆相照的好友。

把纸摊在桌上，无拘无束地给老战友写信，是刘永福的一件乐事。他一味地浸沉在愉快之中，而唐景崧是科举出身的文官，时常退一步考虑问题。他想：同渊亭（刘永福的字）来往书信确有乐趣，这是因为离得远的缘故。公事上不直接发生联系，当然能轻松愉快地交往。倘若在一起共事，就不会像现在这样仅是愉快了。

在越南同法军作战时，两人之间经常发生龃龉，究其原因，是因为刘永福难以驾驭。

"就是在岛上，也不在南澳这样的小岛，而要在台湾那样的大岛。"刘永福时常把这个意思含而不露地写在字里行间。他的心情，唐景崧并非不理解。刘永福常常夸张地说："这个小岛，不论从哪里射出一箭，都会落到海里。"可能他在那里待了七八年，已经有点儿待烦了，因此恳求唐景崧为他活动一下，但愿能转到台湾。唐景崧却认为，他来台湾之后，会惹出许多麻烦事。

刘永福几乎每天都要把纸展开在桌面上，但他没受过正规教育，写封信相当困难。特别是给进士出身的人写信，真有些拘谨，生怕贻笑大方。有时写出几行，看看不行，便随手揉成一团扔掉。甚至有时半天也写不出一个字，只好掷笔而去。此刻，他在纸上只写出六个字——"维卿仁兄阁下"。维卿是唐景崧的字。

想写的事情满满地堵在心头，若能流畅地表达出来，那该有多么痛快啊！一生驰骋沙场，他从无怨言，唯有没学会把心事写成文章的技巧，总感到懊悔。

光绪二十年的端午节，阳历是6月8日，星期五。

南澳的风俗，不似广东而更近于福建。刘永福吃了三个福建风味的粽子。本来广东饭菜不合乎口味，但对于吃什么，他并不那么苛求，能吃上就很幸福了。在他走过的人生之路上，什么难以下咽的东西他都能吃下去。

2

唐景崧是同治四年（1865年）的进士，在中国属于统治阶层。广西灌阳人，曾进入翰林院，是优秀人物中的佼佼者，但他不是单纯的白面书生。《台湾通史》中有他的传记，说他“性豪爽，饮酒赋诗，遨游公卿间”。

作为官僚，他有些地方超出常规。

当他任吏部主事时，在越南爆发了中法战争。他志愿前往，并建议“起用刘永福”。

这简直是奇策。刘永福本是太平天国残部，被清军追赶，逃入越南境内，成为兵力不足的阮氏王朝的雇佣兵首领。从清政府的立场来看，他是叛逆者。

刘永福十七岁时成了孤儿，不久参加了势力最大的天地会。天地会是秘密结社，详细情况不得而知。现在我们能利用的资料，只有清朝官宪没收的文件、物品和供词，难以了解全貌，不过，它具有浓厚的反政府色彩，是显而易见的。在中国，尤其是南方，及东南亚的华侨中间，它的影响相当深，可能与郑成功的反清运动有关系，据说同少林寺也有一些关系。

总之，在清代，天地会是一个反政府而遭到镇压的组织。组织内部的纪律极其严格，会员之间的相互扶助也极其彻底和周到。它以侠义团体自任，习武气氛颇浓厚，天地会的成员遍及各个阶层，尤以下层社会为多。

刘永福二十一岁时加入天地会，他的父亲可能早就是会员了。他从小受天地会的熏陶，所以正式入会之后很快便显露头角。

洪秀全在广西金田村起义，是道光三十年十二月十日，那天正好是他的生日，阳历为1851年1月11日，星期六。众所周知，太平天国的基本教义来自基督教。不过，光靠拜上帝会成员来完成革命，兵力不足，所以他们联合了秘密的天地会。

信奉外国宗教教义的拜上帝会和国粹主义的天地会之间，可想而知，是水和油一样的关系。然而，拜上帝会在革命实践中想寻求一种同盟势力，除了天地会之外，再也找不到别的了。

现在我们随便叨念着“太平天国”，仔细想想，这个历史名词是意味深长的，洪秀全等人言必称“天国”，但如果靠他们去革命，至多也只能在天国里而已。仅仅靠他们是不能改变社会的，必须把国粹派的侠义团体天地会拉进来。就像洪秀全等人把“天国”挂在嘴上一样，天地会经常宣扬的是“太平”。

在日本，一提起“太平”二字，人们就会联想起相扑裁判员手里的扇子，那上面写着“天下太平”。可是，在中国，“太平”一词却使人联想起意义相反的“造反”来。《三国志》这部史书，正相当于日本的《忠臣藏》，为人们所熟知。《三国志》一开始就叙述了从山东到河北一带，到处有道教造反军的起义活动，各路诸侯举兵镇压。造反军的骨干团体是“太平道”，他们为了区别于敌方，头裹黄布，因此也被称为“黄巾军”。

天下不太平，为了太平才使用武力来推翻现政权，所以，革命军团用“太平”二字。

太平天国就是这样以拜上帝会和天地会两个组织的联合开始革命的，这两个相异的组织，在共同敌人还存在的情况下，能够同心协力。共同敌人就是清政府。

拜上帝会宣扬:“自秦汉以来，我们中国人掌握在妖人手中，受尽了苦楚。”就是说，汉代以后，魏、晋、南北朝、隋、唐、五代、宋、元、明，一直到清，都是妖怪的世界。

与这种根本认识相反，天地会则标榜“反清复明”。这是古色苍然的口号，要打倒满族的清政权，复兴明的汉族政权。明政权在二百年前就灭亡了，即使让它复兴，也找不到继承人。

在拜上帝会眼里，那个明王朝也是“妖怪”。所以，合作的两个组织只在“反清”这一点上是一致的，其他则没有共同之处。

“太平”和“天国”合作了。但是，在革命运动初期，太平派即天地会的骨干分子战死很多，失去了平衡，表面上看来似乎太平派脱离了革命。

年纪轻轻就加入天地会的刘永福也卷入太平天国革命运动之中。当天地会脱离革命之后，他也被迫逃往越南。

他逃进越南之后，归顺了阮氏王朝的嗣德帝。这个中国的造反团体逃到国外后便成了那个国家的政府军。当时，越南有一股同阮氏王朝对立的黎朝派武装集团，各地土匪也不少。所以，尽管刘永福等不过是残兵败将，对阮氏王朝来说，却是不可多得的盟军。

刘永福部队使用纯黑底上写个红色“义”字的大旗，因此，人们称之为黑旗军。黑旗军在越南成为最强大的军队，很受嗣德帝信任。

刘永福深深懂得，唯有武力才是政治上的资本，所以他致力于黑旗军势力的壮大。对此，嗣德帝似乎也产生了几分戒心。刘永福拥有红河航行权，并可以自行养兵。

法军侵入越南以后，黑旗军便开始同法军作战。这时，主张把这股力量编入清军指挥系统的，就是唐景崧。在中法战争中，刘永福的黑旗军同清军老将冯子材合作得很好。后来唐景崧也来到越南战场，和刘永福结为盟友。

中法战争中，清军占优势，黑旗军甚至还打死了法军统帅安邺。但李鸿章却极力主张讲和，乃至答应了屈辱的条件，连法国方面也大为吃惊。

其实，这次媾和也不足为奇。因为再打下去，李鸿章就不得不把大量的私兵即淮军拿出来。他之所以能安稳地坐在直隶总督兼北洋大臣的这把金交椅上，全在于有淮军这股武装势力做背景，失掉它，就会失掉一切。这一点，他十分清楚。

中法战争结束后，根据两广总督张之洞的建议，黑旗军于1885年回归本国。次年，刘永福就任南澳总兵。

3

“从哪里写起呢？”

刘永福搁下笔，想伸手再拿起，却又缩了回来。想写的事情太多了，脑袋里乱哄哄的，必须理出个头绪来。

“他”来了，谈了许多事，必须把这些事尽可能准确地告诉唐景崧。

若是命令他去战斗，刘永福会毫不犹豫地披挂上阵，因为这是他的本领。至于该打不该打，做一个政治决断，那可不合他的脾气，这是政客们的事。同他最靠近的政客只有唐景崧。

下决断必须收集很多情报，这方面刘永福似乎可以当个帮手。他也愿意做点儿事，所以才展开了信笺。

“他”来了——“他”，是指在越南相识的阮明。这是个情报贩子，到处流窜，探听、搜寻各种情报，此人也确实具备这方面的特异才能。

“哎呀，我的将军，真是久违了！”

八年未见的阮明出现在刘永福面前。瘦小的阮明有五十来岁了，与八年前分别时没什么变化。刘永福看见他，不，一听见通报他的名字，便觉得他身后仿佛跟着一大串情报。

“你从哪里来？”刘永福问道。

“从上海。”阮明答道。

“你一直在上海？”

“不，往来于上海和朝鲜的仁川之间，时常也跑跑香港。”

“都搞些什么？那么忙忙碌碌的。”

“做买卖！”阮明苦笑道。

“做买卖？南澳这地方似乎没什么可买卖的货物。”

刘永福望了望窗外，南澳是要塞岛，除了和士兵做些小买卖之外，没有大宗生意。

“那当然，我也不是到这儿来做生意的。”

“那你来干什么？”

“特意来见将军，因为我很想念你。”

“噢？这可真让我高兴。”

“老实说，在汕头下了船，香港去不成了，想起你在这里便跑来了。”

“香港还不能去吗？”

“不能去，情况似乎很严重。”

“听说很厉害。”

“这时候去香港，别人会笑我是疯子。”

“也因为天总不下雨。”

“准是老天爷发怒了！”阮明缩了缩脖子。

两人所谈论的香港的恶劣情况，是指那里发生了鼠疫。

阮明所搭乘的轮船惧怕鼠疫，到汕头就不再走了，所以他没去成香港。他对香港的鼠疫情况却了解得相当详细，不愧是情报贩子。他好似亲眼看到一般，把香港的鼠疫情况说给刘永福听。

最初的病例产生在阳历 5 月 6 日或 7 日，地点好像是太平社那一带。附近的人没有报告给官府，所以耽误了采取措施的时间。据传，香港的棺材都卖光了。

鼠疫蔓延到广东、广西、贵州。也有人说原发地在云南。

“人们宰杀生灵太多了，天帝要予以惩罚，向地上洒下鼠疫病。”不知哪里的道士说了一句话，立刻传了开来。

在广东，官府下令禁止杀猪，后来竟扩大到禁止捕鱼。人们束手无策，只是一个劲儿祈祷。

“光靠祈祷……”刘永福皱起眉头。

“中国人是那样。”阮明补充道。

“怎么，光中国人？别国人不祈祷？”

“也祈祷，听说天主教信徒也一同求雨。不过，他们不光是祈祷，还尽力去消灭病源。”

“是医生吧？”

“嗯。他们不逃避。病情有疑问就追根刨底，找出原因，然后从根儿上消灭病源。”

“是这样……法国人也有这种性格。”

提起外国人，刘永福头脑里只有法国人。同法军交战时，他固执地抱着排外主义态度，但对于外国人消灭鼠疫的进取精神，他还是很佩服的。

“中国人和越南人在这一点上，差得远哪！我是越南人，但对于我国同胞没有进取心这一点，有时感到很讨厌。真希望他们能变得积极起来。”

“东方人为什么都这样呢？因为总是听天由命？”刘永福说道。

“东方人也不能一概而论，日本人就有些不同。”

“日本人？”

“是啊，日本和香港并没有什么特殊关系，侨民也不多，顶多有几百人，可是，听说他们派来个医师团。是一流的医师团，已经从日本起航了。同样是东方人，这不是很了不起吗？”

阮明故意把视线仰向天棚。

他的情报的确很准确。日本中央卫生会决定派传染病研究所北里博士、帝国大学医学部青山博士、海军大学军医石神博士，还有医师木下、宫本和秘书冈田，前往香港。他们于6月5日搭乘由横滨开出的“里约热内卢号”，此刻正航行在海面上。

“日本……明治维新以后，简直完全变了样儿！”

刘永福叹了一口气。他虽然没有学问，但热心于听人谈论。当时，中国的有识之士常把日本的明治维新当话题来谈论。

“中国也应当靠维新来脱胎换骨！”“不，中国不该仿效夷狄之法！”诸如此类，有人赞成，有人反对，论战不休。刘永福对日本的认识也很肤浅。他是有排外思想的人，当然不赞成学习日本那一套。

然而，日本的医师团却正朝着鼠疫猖獗的香港挺进，这不能不使他大受感动。

“我不太知道日本从前的事。”阮明说道。

“日本将会成为我们国家难以对付的敌人……”刘永福自言自语道。

“哈哈哈……”阮明很没礼貌地大笑起来，“已经不是‘将会成为’喽！现在是‘已经成为’啦，日本已经是中国对付不了的对手了。在朝鲜，中国眼看就要失败了。”

“听说东学军战乱使朝鲜政府一筹莫展……”

“单说中国的代表袁世凯这个人……”阮明打量了一下刘永福的表情，说道。

4

“那个黄口小儿……”刘永福很不愉快地说道。他不曾见过袁世凯，但这个连进士都不是的袁世凯竟然出息得那么快，使他感到不大自在。听说袁世凯这毛小子可以对朝鲜国王颐指气使，而且对方也唯唯诺诺地顺从。

“蠢货！”刘永福每逢听到有关袁世凯的谈论，便想啐上一口。他也曾在越南同嗣德帝打过交道，然而，没有像袁世凯那样作威作福。对此，他有点儿懊悔，不过，最让他生气的还是袁世凯凭借门第，充分利用了自身的好条件。

“确是个狗屁不懂的毛小子……很快就会败给日本。”听起来仿佛阮明在迎合着刘永福。

“他让日本人给掐死也没关系，只是我国要蒙受巨大损失。”

“国家损失已经是不可避免的了。”

“噢？那……那为什么？”

“日本最终会夺走朝鲜，并且巧妙地蒙混过袁世凯。”

“夺走朝鲜？”刘水福不能相信。但是，当年他率领黑旗军奋勇战斗时，谁相信越南会被法国夺去呢？不相信的事，照样会发生。

“是的。日本要出兵朝鲜，必须等中国先出兵。日本政府正等着朝鲜政府向中国求援。据说汉城的日本外交官还会晤过袁世凯，打听中国为什么不出兵朝鲜。”阮明的声音轻飘飘的，没有分量，但它的内容却是沉甸甸的。

“也可以偷偷地出兵吗？”

“日本打心眼儿里盼望着袁世凯能下定这样的主意。”

“你怎么会知道这些事？”

“这就是所谓当事者迷。我同朝鲜问题毫无关系，却知道得很清楚。嘿嘿嘿……”

“也许是这么回事！”

“袁世凯年轻，不谙世事。”

“能否设法补救一下？”

“已经太晚了！”

“太晚了？失掉越南，又丢掉朝鲜……”

“就是说，先把越南送给了法国，然后再把朝鲜送给日本。”

“别开玩笑啦！”刘永福正色道。

“不是开玩笑，至少有一半儿是事实吧，不对吗？”阮明仍以飘飘忽忽的腔调说着重似千钧的话。

“嗯，嗯……”刘永福沉吟。

把越南送给法国，确实是过去的事了，刘永福本人也曾在那个旋涡之中。同样的事，又将在朝鲜重演，而且，已无法抑止，太晚了。这是真的吗？

“今天太累了……香港去不成，计划全盘打乱了，得重新考虑一下。总之，今天就谈到这儿，告辞了。”

阮明说完，回去了。刘永福真想追上去，再详细地问一问。怎奈那将有损于“记名提督总兵”的威严，只好作罢。他目送阮明的身影远去，然后把信纸展开，开始研墨。

写完了六个字，他就不知该怎样写下去，犹豫了半天。他认为，应该把阮明的话一字不漏地写上去。可是，原原本本地往下写，是多么不容易。他瞅着自己写出的六个字，那只是一个名字。看着看着，唐景崧的容颜浮现在纸上。

唐景崧是与刘永福一起从越南撤回的，刘永福来到南澳，唐景崧去了台湾，一晃已经八年了。刘永福仍旧是总兵，而唐景崧已经从道员晋升为布政使。也许因为是进士出身的优秀分子，所以爬得比别人快些。

此刻刘永福头脑里浮现的唐景崧，没有中法战争时期那种紧张的表情，而是一副极其懈怠的面容。据说，他沉耽于文人聚会，吟诗取乐。

“这可不行，你怎么能这样！”刘永福冲着写出的六个字，心里责怪道。于是，他拿起笔来，写道：“牡丹诗社，定有一番盛况，料想你不会把忧国之志埋没于盛况之中……”

牡丹诗社是唐景崧主办的诗友会。自从来到台湾任上，他便专心致力于文教。他的上司——台湾巡抚邵友濂，并不反对他这样做。

台湾设巡抚是在光绪十一年(1885年)，以前，台湾归福建省管辖。这一年，台湾改为一个省。

第一任台湾巡抚是刘铭传，他从一个士兵升到直隶提督。在他之前，省的巡抚都是由文官担任。可见，自从中法战争之后，台湾已成为防卫的重点。

刘铭传在台湾铺设铁路，兴办电信、邮政、矿山等事业，干了一些洋务派提倡的事情。

在第二任巡抚之下，唐景崧被任命为布政使。他把文教作为重点，请施士洁当海东书院的校长。施士洁虽是进士出身，却一直隐居不仕。

唐景崧不仅充实了海东书院，还修建了万卷堂图书馆。

当时，在台湾除了唐景崧之外，还有施士洁、罗大佑、丘逢甲等进士，互相酬唱。他们做的诗以《四进士同咏集》之名流传，为人们所爱读。

台湾本是蛮荒之地，这一时期开始变得文雅了。文雅绝不是坏事，但时代却不容许一味埋头于风雅。

这年秋天，台湾巡抚邵友濂离去，唐景崧升任为巡抚。刘永福奉命从南澳调到台湾，主管防务。那是端午时节，两人谁也没料到秋天的事，至于次年，中日甲午战争结束，把台湾割让给日本，更是他们做梦也没想到的。

不过，两人都听到一些不祥的传言。刘永福从阮明那里听到了香港鼠疫、朝鲜危机，对时局的变化隐隐约约地有些觉察。唐景崧也在吟诗当中，隐约地听到了危机的脚步声。

“现在不是作诗的时候！”唐景崧接到旧友刘永福的来函，诚服地点点头。

【第二十三章】

山雨欲来

1

1894年5月。

朝鲜因东学党之乱，举国骚然。

清政府举行了一次少有的海军检阅，而李鸿章的扩充海军方案，西太后仍然不予理睬。

台湾，四进士赋诗饮酒，天下太平。

香港，鼠疫蔓延，情况非常。在稍远一点儿的南澳要塞，中法战争时期的猛将每天过着安闲无聊的日子。

日本的情况如何呢？

5月12日，召开了第六届议会，是热烈的政治季节。伊藤内阁全力防备着政敌的攻击。

政敌的攻击，有的是出于政治信念的不同，有的是出于政策意见的分歧，至于为反对而反对者，也不在少数。在反对者方面，也分成绝对反对派和有条件的反对派。两派是在反对这一共同点上联合起来的。

修改条约问题是最好的一例。

以伊藤内阁的陆奥宗光为首的日本外交当局，一直致力于修改幕府末期以来所签订的不平等条约，使其成为对等的条约。

教科书式的记述给人一种印象，仿佛明治时期的日本上下一致，为修改条约而努力。事实并非如此。上届议会中，反对政府的修改条约方针，成为一个焦点。

为什么反对修改不平等条约？

根据幕府末年的不平等条约，外国侨民可以居住在拥有治外法权的“居留地”，拥有审判、警察、课税等特权，如果缔结对等的条约，拥有特权的居留地将废除，“日本国中之外国”随即消失，外国人将同日本人杂居在一起，以平等的条件从事工商业活动。近代产业基础还很薄弱的日本人，能同经验和资本都非常充实的外国人较量吗？为此，反对修改条约的呼声颇高，远远超过赞成修改条约的意见。就是说：“把猛兽放到外面，不如依旧关在铁笼里，用特权的饵食稳住它，这样对日本会更有好处。”

可怕的不只是压迫经济生活。反对派还提出，杂居在一起，会搞乱日本固有的道德、习惯、风俗、宗教等。这一点确实具有很强的说服力。

日本政府已经在伦敦开始了修改条约的预备谈判，并取得一定进展。陆奥外相主张压制反对派。在他看来，幕府末期的攘夷论亡灵附在反对派的身上了。

反对派也被称为对外强硬派。他们认为：尽管有现行的不平等条约，但可以通过解释条约，把侨居日本的外国人狠狠整治一下。另外，明治政府根据开放主义、促进近代化主义，在条约以外还给予外国人以种种特权。反对派主张更加严厉地运用现行的条约，这就是“厉行现行条约论”。

安部井磐根、大井宪太郎等反政府派，结成大日本协会，极力煽动对外强硬论。

第五届议会一片混乱。在众议院，对议长不信任上奏案通过，厉行现行条约建议案提交讨论，农商务省的渎职问题也卷进来。政府用两次休会来抵制，但最后还是在 1893 年 12 月 30 日解散了议会。

1894 年 3 月 1 日的大选，对外强硬派没有获胜。然而，他们却因此而感到危机，加强了团结。

经过解散、大选，对外强硬派的核心——国民协会的议员，由六十六名减少到三十名以下，但是，政府仍处于困难的境地。

陆奥宗光给伦敦的青木公使写信，说：

国内形势一天比一天紧迫，政府极应做出一番震惊人心的事业。不拘成败如何，须向国民明言正在进行某事，否则，难以挽回浮动的人心。不过，要震惊人心，难道能无缘无故地挑起战争吗？所以，唯一可行的，只有修改条约一事。

可见，日本政府很想搞一番震惊人心的事业。

陆奥说的是“无缘无故”的战争，至于有借口的战争，那是乐得发动的。

有借口，不，似乎有借口就行。

清政府的驻日官员们对于日本政府正在寻找较大的突破口这一点，毫无察觉。即使有所察觉，也不曾放在心上。应该说，他们是些无能的外交官。

当时中国的驻日公使是汪凤藻。

驻在汉城的袁世凯也误解了日本政府的真意。汪凤藻从东京发来的情报往往是不真实的，而袁世凯在汉城同日本使馆人员接触，得到的“日本的意图”的印象也是完全错误的。

驻朝鲜的日本公使是大鸟圭介。他兼任驻中国公使，对于朝鲜，他的观点是日清同盟论，主张日、中两国合作，改革朝鲜政治，排除西欧列强的干涉。

大鸟的日清同盟论后来竟成为一种掩盖日本真意的烟幕。但大鸟本人并无此意，他曾认为日清同盟论是最善之道。

对朝鲜的方针，东京的外交部与军部之间还未能取得一致。外交部希望实现它的至上目标：修改条约，尽可能不惹起军事行动。而军部则设想同中国如何作战，并制订了作战计划。

东学党之乱激烈的时候，大鸟正在日本，暂由杉村濬代理公使，据陆奥宗光的《蹇蹇录》记载，五月时杉村报告：

东学党之乱，虽为近年来朝鲜罕见之事件，但不必认为这些乱民具有足以推翻现政府之势力。视乱民所指之方向，似有必要派来少量军队，以保护我公使馆、领事馆及侨民等。情况虽难预卜，但目前汉城平稳，釜山、仁川等地亦无须担心。

杉村驻朝鲜多年，通晓朝鲜国情，所以日本政府对他的报告深信不疑。从结果来看，杉村也和袁世凯一样，把东学党的力量估计过低了。

日军参谋本部为了收集朝鲜情报，把伊地知幸介少佐派往釜山。5月30日伊地知少佐返回东京，向川上参谋次长做了汇报。据此，参谋本部做出判断：“朝鲜政府一定会向清政府求援，而清政府也一定会应允。”

这个判断是正确的。伊地知少佐在川上参谋次长访问朝鲜时曾作为副官随同，参谋本部也把他视为朝鲜问题专家。

伊地知少佐回国的次日，陆奥外相召见大鸟公使，征求有关出兵规模及手续等事务方面的意见。

从天津到仁川需要两昼夜。

从门司到仁川需要四昼夜。

大鸟把日、中两国派兵所需要的海运时间做了对比，发现有多出两昼夜的不利条件。他认为，必须迅速行动。

大鸟圭介到了此时，仍认为日、中两国可以合作，共同平定东学党之乱，改革朝鲜政治。改革的第一步就是从朝鲜政府中驱逐亲俄派。

这一天，即 5 月 31 日，众议院通过了弹劾伊藤内阁的议案，内阁被逼得走投无路。

同一天，在朝鲜，东学军终于占领了全州。

2

全州是全罗北道的中心城市，百济时代叫完山，高丽朝时代改称安南都护府。此地曾是李朝祖先的活动据点，所以特别受重视。祭祀太祖（李成桂）的庆基殿就建在这里。如同日本的德川氏，虽在江户设置幕府，但对出身地骏府极其重视一样，在汉城建造了宫殿的李氏对全州仍抱有特殊感情。

这么重要的全州竟被反抗李朝的“叛军”东学党夺去了。

政府军搭乘清舰，从仁川渡到群山，奔向全州城。指挥官是洪启薰。这是一支洋式装备的军队，在朝鲜堪称精锐。一千名“壮勇卫”立刻向东学军发起攻击。

东学军几乎没有抵抗，向南方退却。

“乌合之众！”湖南招讨使洪启薰一开始就瞧不起农民军。他似乎过分地轻视了对手。他认为，这些毫无组织的军队，在精壮的正规军的追逼下，将作鸟兽散。

“看样子不断地出现逃兵！”洪启薰听了战情汇报，得意地笑了。一个赫赫战功的升赏正在前面等着他。

“不管怎么说，庄稼人就是庄稼人，他们懂什么战争！真正交锋时，早就吓得哆哆嗦嗦，只知道往老家跑！”讨伐军军官李学承讥讽道。

“从古阜逃往兴德途中，叛军减少了一半儿！”另一名军官元世禄说道。

“从兴德逃往茂长还得减少一半儿。”李学承眉飞色舞地说道。

“这就叫土崩瓦解。哈哈哈……如果不给咱们剩几个，咱们拿什么去立功啊？哈哈哈……得趁他们还没散光时抓住几个弄死。”

洪启薰痛快极了。

他对东学党的本质一无所知，以为不过是单纯的农民暴动。他不知道东学党有东学党的信念，也可能他压根儿就不承认土里土气的老百姓有什么信念吧。

然而，以坚强的信念为指导的东学党已经制订了一套明确的作战计划。总帅全琫准很早就计划占领全州，为此，要尽量把强大的政府军诱到远离全州的地方去。

“大败而逃，溃不成军”，在政府军大将洪启薰的眼里是如此，但其实，东学军是有计划地撤到全州近郊，并疏散开来，只有少数部队头也不回地往朝鲜半岛南端“逃去”。政府军当然要在后面“乘胜”追击。

在逃跑中离开队伍的战士们，又悄悄地返回全州。他们以普通农民的姿态集合在全州城外，有数千人。这么多的人若是平时聚到一起，就太显眼了，正好全州城外有一个不惹人注意的群众集聚的日子，那就是每隔五天一次的集市。

那时代，镇里还没有像样的商店，居民购买生活必需品只有到城外的露天市场。人们肩挑车运，从四面八方把各种各样的商品弄到市场。这里既有熟悉的商人，也有陌生的面孔，谁也不以为怪，东学军便利用了这个条件。

在前次的黄土岘大捷，东学军获得了大量的步枪和子弹，他们藏带武器，三三两两地聚到全州城外的露天集市。宽大的朝鲜服，对于藏匿武器是再好不过的了。

5 月 31 日，是日本众议院通过弹劾内阁议案之日，正好这一天全州西门外有集市。

在集市对面，有一道叫“便龙”的土岗，那里埋伏着数名选拔出来的东学军士兵。

正午起事，以便龙岗上的枪声为号。

那天，赶集的人很多，大约五个人当中就有一个东学人。当然，他们都信心十足。

放下担子，就地坐下，大多数人肩上都扛着一根竹扁担。将近正午时分，他们都做好了抽取武器的准备。武器有的藏在竹扁担里，有的藏在货物里，只等号令一响，立刻就抽出来投入战斗。

“叭——”

便龙岗上枪声响了。

“刚才是什么声音？”

“好像是枪声！”

“难道在这种地方打仗吗？”

人们议论纷纷。

枪声过后，集市里的气氛顿时变得紧张。东学党人各自取出步枪。

“只许打一枪。”这是上级的命令。

战斗将持续多久，谁也无法估计，所以必须珍惜弹药。每个人朝天空打了一发子弹，一人一发，就有几千响。

这突如其来的枪声使居民们愕然。集市一下子陷入混乱状态，人们争先恐后地逃进城内。在全州城外居住的人们已经习惯，一有风吹草动就逃进城里。

东学党人同居民一起涌过城门，进入城内。这一行动真是畅通无阻。东学党人大批潜入城内之后，隐蔽在附近的大部队便高喊着杀声冲到城下，形成里应外合的局面。

枪声，战鼓声。

东学军趁混乱攻进全州城，而全州城内的政府官员也同时趁混乱逃跑了。全州观察使金文铉和判官闵泳升等人已不见踪影。

全琫准从容地进入全州城，占据了观察使衙门——宣化堂。

全州失陷的消息使汉城大为震惊，这时，又接到洪启薰的报告：“穷追东学党至康津，将其全部消灭。”

这到底是怎么回事？全州是供奉太祖的地方，万一落到叛军之手可不得了。

东学军会不会就这么把李氏王朝彻底推翻？国王及政府领导层的心里隐约浮现出不祥的念头。

“非借助清兵来镇压不可了。”阁僚会议上，闵泳骏提议。

在此以前，召开过多次大臣会议，闵泳骏也曾提出这一主张，但没有赞同者。大臣们反对说：“不这样清廷还要把宗主关系、藩属关系强加到我们头上，如果借了兵，我国肯定要失掉独立和主权。”

全州失陷使闵泳骏的主张抬头了。

“那么，你说该怎么办？用最精锐的壮勇卫也打不败东学党，这就是说，要打败东学党，需要更多的兵力，而我国已经再无兵员了。怕有损于独立，不从清廷借兵，难道就坐等东学党把我们朝鲜国推翻吗？借来清兵，朝鲜并不会被吞没。可能种种干涉要比从前加强，但是，自主权是会慢慢恢复过来的……怎么样？留得青山在，不怕没柴烧。只要地下有根，就会枝繁叶茂，开花结果。

相反，烂了根儿，那可就无计可施了。不管付出多么大的牺牲，也一定要保住根儿。为击败东学党，除了向清廷借兵之外，还有什么好办法吗？”

闵泳骏的论说顿时增强了说服力，反对之声渐渐消失了。一直反对到最后的，只有领敦宁府事金炳始。

3

闵泳骏是兵曹判书，即国防大臣，他的“借兵论”最先在5月16日的阁僚会议上提出，但遭到否定。依据中日《天津条约》，如果中国出兵，日本也将出兵。这样一来，朝鲜国土必将被蹂躏，与其如此，不如接受东学党的要求，处罚贪官污吏，改革政治，解决当前的紧迫问题。——反对借兵者也振振有词。

不过，应允掀起暴乱的东学党的要求，就是屈服于叛军，不啻现行体制的崩溃。东学党气势正盛，即使政府想妥协，他们会同意吗？这是毫无把握的。再说，谁去谈判呢？

闵泳骏至少唱了半个月的借兵论，并且不断地和袁世凯联系。袁世凯最怕的是日本出兵，而他的主子李鸿章怕得更厉害。

李鸿章一再指示袁世凯：“要注意日本的动向。”

袁世凯从大鸟公使那里得到的印象是：“日本对中国极其友善。”这是他把同大鸟圭介个人的关系与同日本政府的关系混同了。

袁世凯将朝鲜政府的请求和他的意见电告本国。日期是6月1日。

这一天，日本公使馆书记官郑永邦会晤袁世凯。

郑永邦，这是个中国名字，但他是纯粹的日本人，并且是日本的外交官。他的祖辈从中国来到长崎，几代人都以“通事”为业。袁世凯会见郑永邦时，总觉得格外亲切。

代理公使杉村深知袁世凯的这种心情，故意让郑永邦同他接近。杉村认为，郑永邦的话容易为袁世凯所接受。

“血浓于水”，这一古老的信念，在袁世凯的意识中是存在的。他认为身上流着汉族血液的郑永邦，不会做出损害祖先的祖国——中国的事情。他甚至还以为，郑永邦肯定会瞒着上司采取一些有利于中国的措施。

明治初年，正是日本国家意识高涨的时期。身上流着外国人血液的郑永邦，绝不似袁世凯所想象的那么单纯。郑永邦正因为有这么个姓氏，所以才更想当一个比谁都爱国的日本人。

他会晤袁世凯，是把日本的国家利益摆在第一位的。他清楚自己的使命：利用袁世凯对他的亲近感，摆布袁世凯，使之做出符合日本利益的事情。尽管同袁世凯会晤时也会做出表示亲密的举动，但他忘不了上司交给他的任务——让中国出兵。

如果清廷接受朝鲜的派兵请求，那么，根据中日《天津条约》，日本也可以出兵。所以，日本非常希望中国表明出兵的态度。中国方面害怕招致日本大量派兵，引起军事冲突，所以对朝鲜的请求总是采取慎重的态度。袁世凯想预先了解一下日本对中国出兵做何反应。他知道，直接去问日本外交官，人家是不会说出实情来的。

袁世凯盼望着郑永邦。

恰好在这时，郑永邦上门来了。他问道："中国政府为什么不出兵？"

"《老子》一书中不是说过：'兵乃不祥之器。'用兵必须十分慎重，否则……"袁世凯抑制住激烈的心跳说道。他真想说，现在正担心日本的态度呢。

"朝鲜国内，已经没有制伏东学军的力量了。东学党之乱这么长期地拖延下去，对商业贸易也会有妨碍。中国商人在这里不少，日本商人近来也明显地增多了……日本方面，不论什么情况，都希望朝鲜的内乱能够平息。朝鲜若能靠自力平定内乱，那当然是再好不过的，自身力量不够，别的国家支援它一下，我认为对日本也是有利的。"郑永邦说道。

"怎么，你似乎在催促我出兵？"

"我真想催促你一下！"

"即使你不说，我们也有这种准备。"

"噢，准备了？"

"嗯，随时都可以发兵……朝鲜恢复和平、能够做买卖的日子，不会太远了！"

"噢？这是真的吗？"

"东学党本是一群乌合之众，但他们的领导人里有几个比较难对付，所以才取得一点点胜利。而且，朝鲜政府军也太软弱了。一般说来，军队是打胜不打败……东学军败上一次，就将不可收拾。"

"真希望他们快点儿完蛋！"

"刚才我不是说那个日子不远了吗？哈哈哈……"

袁世凯竟把相当重要的机密泄露给别国公使馆的书记官。

郑永邦回到公使馆，立刻把这消息报告给杉村代理公使。

“干得漂亮！”杉村满意地点头称赞，“用不用我明天亲自去一趟，再确认一下？”

郑永邦在袁世凯的头脑里留下一个印象：中国出兵朝鲜，日本政府决不反对。那天，袁世凯向李鸿章报告了同郑永邦的谈话内容。郑永邦当时还故意发了几句牢骚：“日本国内闹得一塌糊涂，简直糟透了！”

伊藤内阁和反对派之间在国会内外的攻防战日益加剧，确是事实。

“日本国内多事，顾不上出兵。”

“即使以中日《天津条约》为理由，派兵来朝鲜，顶多也不过是用以保护公使馆的少量兵员。”

袁世凯又附上自己的见解，电告天津。

日本主要报纸上的主要消息，当时由同文馆学生陈贻范、长德、桂绅、周自齐等人翻译。李鸿章把东京公使馆的报告同报纸消息的译文相互对照，体察日本的事情。自由党被政府收买过去啦，在野党六派攻击政府极其激烈啦，不知日本实情的人，仅从报纸来判断，也许会误认为内乱就在眼前。

李鸿章根据袁世凯 6 月 1 日的电报，最后下决心出兵。

次日，即 6 月 2 日，杉村代理公使为了确认情况，亲自会见了袁世凯。袁世凯发给天津的电报说：“顷倭署使杉村来晤谈，意亦盼华速代戡，并询华允否。凯答，韩惜民命，冀抚散，及兵幸胜，姑未文请，不便遽戡。韩民如请，自可允。”

全州失陷，一般人尚不得知，而杉村和袁世凯都已接到情报。杉村知道，朝鲜政府会采纳闵泳骏的主张，向袁世凯求援。

清廷肯定会出兵。杉村确信如此，前一天向东京发电报说，朝鲜已向清廷求援。

袁世凯同杉村面谈后，电告天津：“杉与凯旧好，察其语意，重在商民，似无他意。”

这真是一个天下太平的轻松乐观的判断。

4

再看东京方面。

弹劾提案通过之后，或者伊藤内阁总辞职，或者解散议会，二者必选其一。6月2日，在首相官邸召开内阁会议，最大议题当然是解散议会。但陆奥外相读了杉村代理公使的电报后，认为这也是一个重大议题。他一手拿着电报，论述了出兵的必要性，阁僚全部赞成出兵。陆奥宗光在《蹇蹇录》中有如下简略的记述：

……6月2日，我参加了的阁僚会议。一开始就向阁僚们出示了杉村发来的电报，并陈述己见，说，如果中国往朝鲜派遣军队，不论用什么名义，我国也应往朝鲜派出相应之军队，以防不虞。这也是为了维持日、中两国在朝鲜之权力均等。阁僚们一致赞同此提案，于是，伊藤内阁总理大臣立即派人请参谋总长炽仁亲王殿下和参谋本部次长川上陆军中将出席会议。当即决定，内阁总理大臣携出兵朝鲜案及解散议会案，直接进宫上奏，仰乞圣裁，尔后执行。

就在这天，伊藤首相携解散议会和出兵朝鲜这两个重大决议案，陛见天皇。

解散众议院的上谕，在当日下午四时送到议长手里。

当夜，在外相官邸，召见林董外务次官和川上参谋次长，举行了以陆奥外相为首的三人会议。陆奥在《蹇蹇录》中，没有谈及这天晚上的秘密会议。林次官的回忆录以一种“事已过去，说也无妨”的语气，把三人的讨论归结于一点，即：不是如何去和平地平息事态，而是如何去掀起战火，如何获胜。

此时，杉村的第二封电报尚未到达，所以，6月2日夜晚的三人秘密会议是在尚未确认中国是否出兵的情况下举行的。他们甚至没有把和平工作列入议程。

这次秘密会议的重点是如何蒙蔽伊藤总理大臣。往朝鲜派兵，伊藤首相并不反对，只是不那么积极。作为首相，或者从他的性格来看，他不会做出强硬到底的姿态。李鸿章曾高度评价他这种政治态度，认为伊藤是一个和平主义者，只要他在首相位置上，就可以放心。

伊藤博文绝不是和平主义者，他是地道的明治时期的政客，是国权扩大论者。只是在扩大的具体方法上，他认为不可过于强硬。出兵，伊藤首相是赞成的，但大量派兵，他也许不会应允。

这时，在朝鲜，日、中两国的现有势力，仍然是挥舞宗主权的清廷要强些，因此，陆奥也认为是“失掉平衡的日、中两国在朝鲜的权力之争”。

在阁僚会议上，他表示要维持对朝鲜的日、中两国的权力均衡。伊藤首相所希望的，是保持两国势力的平衡，而陆奥外相的本意却是想来一次逆转。他的奋斗目标不是“赶上”，而是一鼓作气地“赶过”。同样的国权扩大论，但伊藤是逐步升级的阶段主义者，对于搞什么逆转之类的极端政策，恐怕是不会赞成的。

派出的兵力，三个人的结论是需要六千至七千人，而大鸟公使认为保护公使馆和侨民只需要五百到一千人。可见，在规模上有很大出入。

清政府的军事情报，已掌握在川上次长手中。为平定东学军，估计清政府派兵不会超出五千名。

日本出兵，可能要同清军发生冲突，那就应派出在第一次交火时足以制胜的兵力。清军必然求和。假如清军虽败北而不求和，继续增援，日本就再派遣一个师团，在平壤附近再胜一次。那时，清军非讲和不可。以朝鲜为舞台的日中战争，日本参谋本部多少年来一直在研究。小川又次少将的《清国征讨策案》，七年前就完成了。因此，第一次派出的兵力马上就决定下来。

“又是六千，又是七千的，这个数字让总理听到，他会大吃一惊的！”陆奥很担心。

“会吗？”川上次长稍稍思索了一下。

“他是位和平主义者。”

“那么，这么办吧——”川上想出一个好主意，“对总理就说派出一个旅团。”

“一个旅团，人数是……两千人吧？”

按照当时的陆军编制，一个旅团大约是两千人。

“哈哈哈……”川上参谋次长笑了，“阁下对军队的编制是门外汉，总理也不例外。不错，旅团的建制兵力是两千，但有一种混成旅团，可以增加到七八千人。”

“若是总理问到兵力呢？”

“就用一个旅团应付他。至于旅团的编制，就说事关军务，听由军部处理。”

“有道理……”

陆奥外相十分佩服这条妙计。

李鸿章向丁汝昌下令，让“济远号”“扬威号”两舰开赴仁川，日期是阳历6月4日（阴历五月初一）。同时，又命令直隶提督叶志超、太原镇总兵聂士成，选拔淮军精兵一千五百名，乘招商局轮船，开赴朝鲜。

同一天，汉城的杉村代理公使很快就获得情报，向东京发电报：“为何不火速派兵前来？”

这时，朝鲜政府严密封锁着全州失陷的消息，所以，一般日本人还奇怪朝鲜政府为什么要招威胁独立的援军前来，于是，有人胡编了答案——袁世凯逼迫朝鲜国王乞求援兵。

朝鲜求援的真相是，闵氏一族极其害怕东学军与大院君相勾结，所以善于察言观色的闵泳骏才去向袁世凯恳求。这一时期的袁世凯，被闵泳骏所动摇，被郑永邦和杉村所操纵，恰似一个马戏团的丑角。

“小崽子，有把握吗……”下达了出兵命令后，李鸿章突然嘟囔了一句。

【第二十四章】

风满楼

1

东学军虽然占领了全州城，却没有在南面的完山七峰设防。作为军事常识，欲保住全州，首先必须确保南面的山。他们没有这么做，这显示了东学党的奇妙性格。

传说朝鲜国王李氏以新罗的司空李翰为始祖，司空即宰相。创建李朝的太祖李成桂（1335年—1408年）为李翰的二十二世孙。太祖的上四代以前，只知其名，事迹不详。从上四代李安社起，各种记录逐渐充实。那时，李氏以完山为根据地，渐次扩张到其他地方，建立了基业。所以，完山被认为是李氏王朝的发祥地，不但禁止采伐和狩猎，连进山也不允许。

东学军没有进入此山，以表示他们虽造反，却没有颠覆李氏王朝的意思。他们只是憎恶勒索敲诈农民的贪官污吏，绝无推翻国王的大逆不道的企图。起义当初，全琫准在《倡义文》中说过："圣上仁慈宽厚，公正贤明……我等虽在野草民，居王土之上，着君主之衣……"

虽然高喊打倒贪官污吏，却不反国王，所以，对于王室发祥的圣山——完山七峰，不践踏一步。他们也许把自己看作勤王军了。

被诱至朝鲜半岛南端，又慌忙折回来的湖南招讨使洪启薰，得知全州已经失陷，便在东学军不曾设防的完山七峰上构筑了阵地。洪启薰认为，为同朝鲜的敌人作战，进入禁山是不得已的。

双方分别以全州城和完山七峰为据点，展开了激烈的战斗。祭祀太祖的庆基殿在这次战火中被焚毁。

东学军士气极其旺盛。他们是农民军，近处的农民都悄悄地援助。政府军几乎得不到一点儿东学军的情报，而完山方面的情况，东学军了如指掌。

政府军在不知不觉中被包围，粮道也完全断绝，洪启薰终于醒悟了。

“长此下去，必将一筹莫展，应当接受东学党提出的主张。”

东学军现在真的以勤王军自任。他们声称，要拯救苍生，让百姓免遭涂炭，置国家于磐石之上，绝不希望国家灭亡，只要改正恶政就行。所以，谈判的大门永远是敞开的。

“同他们谈判吧！”

洪启薰向汉城报告，认为除此之外，再没有其他办法。他向东学军提出停战。

朝鲜政府接到洪启薰的报告后，召开了紧急会议。

为收拾目前的混乱局面，只有同东学军讲和。会议一致通过讲和的结论。不过，在这些赞成讲和的大臣中，真心愿意着手政治改革的人是少数。面对东学党的浩大声势，多数人是抱着暂且听听对方的主张，争取喘息时间，以后再说的态度。

朝鲜政府和东学军之间终于达成了协议，一般称之为《全州和约》，当然是以改革弊政为条件的。至于弊政改革的内容，有人说是二十七条，也有人说是十三条，不知哪个说法正确。吴知泳的《东学史》中列举了下述十二条：

一、东学道人与政府间之多年怨恨应付诸流水，齐心致力于庶政。

二、查明贪官污吏的罪状，一一予以严惩。

三、严惩横暴的富豪。

四、严加管制不良儒林和两班。

五、烧毁奴婢卖身契。

六、改善七班（般？）贱人（白丁、匠人、妓女、奴婢、僧侣、巫士、占卜、伶人）之待遇，允许白丁（遭到差别待遇的平民）摘掉头上的平壤笠（白丁被强制戴的一种帽子）。

七、允许青年寡妇再婚。

八、免除一切名目不清的苛捐杂税。

九、任用官吏打破地方门阀限制，重用人才。

十、严惩与□通奸者。

十一、取消一切过去的公私间之债务。

十二、土地平均分种。

第十条的□是缺字，经与其他史料核对，判明为“倭”，意为日本人。摘抄的《东学史》，恰好是朝鲜在日本殖民地时期出版的书籍，所以不得不用缺字的办法加以掩饰。

从根本上说，东学党有浓厚的排外思想。在同政府讲和的条件中，也特别指出“倭”来，可见它的排日意识是多么强烈。

自称志士的日本浪人团“天佑侠”，还想同这个排日组织接近，指使它活动，真是滑稽之至。他们自不量力，痴心妄想，以为他们可以煽动东学党，引起大乱，以达到日本出兵朝鲜的目的。《玄洋社史》这本书甚至宣称，在甲午战争中，日本之所以能发扬国威，是“天佑侠”起的作用。

据该书记载，“天佑侠”的“勇士”们曾造访东学党本部，会晤首脑全琫准，共同商议军机，制订部署，同朝鲜官军作战。具体部署如下：

本营　总督　全琫准
　　　军师　田中侍郎　铃木天眼　吉仓汪圣
游击军　韩将　金氏
　　　大将　内田良平
　　　副将　井上藤三郎

另外，还有东面军、西面军、南面军、北面军、辎重军、红十字军，各军的大将均为“日东志士”。红十字军不设韩将，大将为武田范之。按照《玄洋社史》的说法，“天佑侠”的人到达釜山是6月27日。其实，这时东学党和政府军的战斗已经结束了。豪言壮语说过了头，但奇妙的谎话也能传开，甚至一度为人们所相信。

以田中侍郎为侠长的“天佑侠”进入朝鲜腹地后，开始刺探军事情报。其目的，可以认为是为了协助日本军队。

其他史料所记载的《全州和约》，除《东学史》中的十二条之外，还有“禁止外国商人的商业活动”。据说，还要求“大院君重返政界”。

东学党把大院君的名字隐隐约约地提出来，使闵氏一族大为恐慌，这也是促成朝鲜向清廷求援的原因之一。

《全州和约》从时间上看，是在朝鲜政府向清廷求兵、日本以中日《天津条约》为借口决定出兵之后。这个和约，对朝鲜政府来说，是为了争取时间，也为了避免外国军队的武力介入，要借以显示一下：叛乱已经结束，政治改革也在我们之间谈妥了，从外部来的干涉已无必要。

东学党也同样认为应当避免外国武力的介入。

朝鲜政府撤换了全罗道观察使金文铉，新任观察使为金鹤镇。在《全州和约》的谈判中，代表朝鲜政府的是这位金鹤镇和按抚使严世永等人。

依据《全州和约》，在全罗道各地设置了执纲所，原有的衙门执行行政事务，由民间的执纲所进行监督。从形式上看，类似行政机关与议会的关系。执纲所当然是东学党的人担当，其首长叫执纲。但因为东学党举兵，许多地方的官吏逃跑了，所以执纲所也往往参与行政事务。

不论政府还是东学党，对外都想要表示他们能够自力更生。这一和约的成功，是不大合乎预定出兵的国家的心愿的。

2

伊藤博文这时已是政界的元老，而山县有朋则是军界的元老。

“两个老糊涂。”少壮派官僚们这么称呼伊藤和山县，尽可能蒙混他们。像“一个旅团”之类，就是最典型的例子。德富猪一郎的《苏峰自传》里有这么一段：

甲午战争不是老一辈人发动的，而是年轻人掀起的。在内地是川上（操六参谋次长），在北京是小村（寿太郎公使）。而陆奥（宗光外相）等人，巧妙地捉住了时机，巧妙地操纵了伊藤、山县等大人物。

林董的回忆录中，也有可以证实这些情况的叙述。

德富苏峰（即德富猪一郎）说是年轻人“操纵”了大人物，其实，用“蒙混”之类的说法似乎更恰当些。派遣兵员巧妙地蒙混过去了，但是，要长期蒙混下去却非常困难。于是，想出了一个使老糊涂们无法插嘴的方法。

这就是设置大本营。

6月5日，在参谋本部内设置了大本营。关于往朝鲜派遣混成旅团的事，也获得天皇批准。

动员及各种计划，均属“统帅事项”，由大本营直接决定，虽内阁总理大臣也无权过问。这样，伊藤首相在战争部署上就成了局外人。

按理说，应当依据《战时大本营条例》，在宣战之后才能设置大本营。明治二十七年（1894 年）6 月 5 日那一天，日本还没有宣战，所以，这时设置大本营应该说是违法的，但没有任何人提出异议。明知这是一种违法勾当的，恐怕只有川上中将等，也就是强行设置大本营的少数几个人。

设置大本营两天后，6 月 7 日，陆军省和海军省禁止报纸、杂志报道军机。

根据新闻条例第二十二条规定，凡涉及当前军队行动以及军事机密、军事战略相关事宜，报纸、杂志禁止登载。

陆军大臣伯爵　大山岩

明治二十七年六月七日

海军省只是在陆军省禁令中的“军队”二字之上加了“军舰”二字，其他文句完全相同。当时的海军大臣西乡从道与大山岩一样，都是伯爵。

同一天，敕令设置了临时陆军中央金柜部：“战时或临事变之际设于东京，掌管临时陆军经费之收支及决算报告事宜。”明文规定这是一个完全独立于司法、立法部门的战费财政部，可以借机密之名，自由地动用巨款。

于是，军费锁在密室里，报道以所谓“大本营发表”的形式垄断。6 月 9 日，各报馆刊登了同一条消息：

鉴于朝鲜国内，内乱频仍，其势日益猖獗，该国政府又处于无力镇压情况之下，为保护在该国之我国公使馆、领事馆及国民，特派军前往。

不久前，中国政府已照会我国政府出兵朝鲜国，据此，我国政府亦如前约，出兵赴韩，并将此意立即电告中国政府。

大鸟圭介从东京出发的日子，正是设置大本营的 6 月 5 日。

伊藤首相在大鸟公使出发之际训示：“你到了那里，同那个年轻人——袁世凯好好研究一下，尽可能稳妥地收拾局面。同袁世凯一说，他就会明白，因为他的后面还有李伯（李鸿章）在。我也马上同李伯联系！”

但是，大鸟去陆奥外相那里，陆奥却说：“不管怎样，我得先说一句，你要把事情和平收场。这就是，嗯，所谓开场白吧！”

这不是一句直截了当的话。大鸟立刻觉察出，他的话同首相的训示有些微妙差别。

“关于朝鲜的事，”陆奥外相继续说道，“比起任何国家来，日本帝国都应当占据绝对优势的地位。这就是大前提。如果用和平手段达不到这个大前提，就不能再拘泥于和平方法，就要毫不犹豫地破坏和平。由此而产生的一切后果，都由作为外交大臣的我来负责。”

“我明白了。”大鸟答道。

“不必担心干过了头，明白我的意思吧？看准时机，坚决干它一场！”

陆奥外相似乎想确认对方是否弄清了他的真意，端详了一阵大鸟的脸色。

陆奥的《蹇蹇录》中有一段关于大鸟出发前的记述：

我在大鸟公使将要从东京出发时，详尽地给了他几条训令。其中，关于今后朝鲜的局势问题，我告诉他：除非万不得已，应以和平手段结束事态为第一要义。不过，当前的形势已非常紧迫，倘若时局遽变，无暇向本国政府请示，则允许该公使适当考虑，临机应变。上述训令似有表里不一之嫌，但在如此形势之下，对派驻外国之使臣给予非常之权力，亦实属不得已也。

从字面上看，陆奥确实做了“表里不一”的指示，似乎可以理解为置重点于和平手段。《蹇蹇录》中引用外交机密文件甚多，这些文件最初虽不会公之于世，但迟早要被世人所知晓，他意识到了这一点，所以才做出原则性很强的样子。

实际上，他的训令正相反，果断措施远比和平手段受重视。从当时在座的外务次官林董的回忆录中可以明显地看出，陆奥外相的训令就差没说出：一定要执行开战的方针政策。

陆奥外相送走大鸟公使之后，还自言自语：“他真的明白了吗？”略感不安，应该再明白一些地告诉他：“绝对要打一仗！”陆奥并不认为大鸟头脑迟钝，只是对他的思想不放心。

大鸟的政治观点是日清同盟论。他认为，在东亚反抗西欧列强的压迫，只有日中同盟这一条路。在朝鲜问题上，他也主张日、中两国共同合作。但陆奥不这么想。陆奥认为，应该由日本独占朝鲜。

大鸟这个人也确有古代遗风。

陆奥坐到椅子上，用拳头捶打膝盖。他今年五十岁，大鸟圭介比他年长十一岁，去年满六十。虽说是训示，但陆奥对大鸟无论如何在用语上也得尊重些。大鸟走出房间时，目光炯炯，面带笑容，这是什么意思呢？

陆奥停住手，陷入沉思。大鸟的微笑是嘲笑吗？他也许在心里骂着“小崽子”。

陆奥宗光生于和歌山藩士之家，年轻时同长州的桂小五郎交往，从事勤王运动，参加过土佐的坂本龙马的海援队。明治维新后，他的命运也有过多次起伏，但总是在太阳照射之下。

陆奥还是学生时，大鸟圭介已任幕府的陆军奉行。大鸟反对大政奉还，也反对江户开放，是个主战论者，曾在函馆五棱郭战斗过。

陆奥心想：我也是有骨气的人，坐过牢的不只你一个！

刚才，陆奥真想冲大鸟背后这么喊一句。大鸟曾被明治政府投进监狱，而陆奥明治十一年（1878 年）参加大江卓、林有造的反政府运动获罪，也坐过五年牢。

陆奥想：你的骨头倒是旧了一点儿，因为有一部分骨头是在闲谷制成的。

不错，大鸟圭介在备前的闲谷黉学过汉学。陆奥认为，大鸟的日清同盟论是受了闲谷汉学的影响。

3

6 月 6 日，中国驻日公使汪凤藻根据中日《天津条约》第三条规定，向日本外交部通告出兵朝鲜事，其中有一句“为保护属邦”。

翌日，6 月 7 日，日本外交部通知中国公使：日本出兵朝鲜，“不承认朝鲜为清之属国”。

日本驻中国代理公使小村寿太郎向李鸿章通知出兵，也在 6 月 7 日。小村年三十九岁，是所谓的少壮派。通知很简单，只说是根据中日《天津条约》，日本派兵朝鲜。

清政府办理外交事务的衙门叫“总理衙门”，全称是“总理各国事务衙门”。

中国曾经是世界帝国，同它有各种关系的国家，它不认为是平等的“外国”，而是属国。所以，它没有与近代国家的外交部相当的机构，只是由礼部和理藩院适当地处理外国事务。英法联军攻进北京，各国在北京开设公使馆，这才不得不设一个同外国外交官进行交涉的机构——总理衙门。此机构设于 1861 年，名曰“总理各国”，而不叫“总理外国”，够顽固的了。

总理衙门由十来名侍郎以上的高官担当总理衙门大臣，是合议制，原则上均有兼职。

设置这样一个同外国对等的衙门，清政府感到十分懊恼，在处理实际事务时总是拖泥带水。

这时的总理衙门由皇族庆亲王担任首席大臣。庆亲王自从光绪十年（1884年）接替恭亲王之后，任此职已有十年之久。其他大臣有吏部右侍郎廖寿恒、兵部尚书孙毓汶、户部左侍郎张荫桓、理藩院尚书崇礼、吏部左侍郎徐用仪、宗室的福锟等，后来出名的荣禄此时是步军统领，他成为总理衙门大臣之一，是在这年的十二月。中、日两国出兵朝鲜时，他还没到衙门来。

总理衙门接到小村代理公使的照会后，向日方复照："我国受朝鲜政府之请，为平定其内乱，依据保护属邦之旧例，派兵前往。内乱平定后，立即撤兵。日本政府派兵之理由称保护公使馆、领事馆及商民人等，估计不会需要过多军队。加之，朝鲜政府并未吁请日本出兵，故不宜往朝鲜内地输送军队，以惊扰住民。万一同我国军队遭遇时，恐因言语不通，发生事端。请转告贵国政府。"

小村将照会转呈本国政府后，日本政府答复："我国政府根据中日《天津条约》之规定出兵朝鲜，没有理由接受贵国之指示和要求。"并重申从未承认朝鲜为中国之属邦。又说，日本军队服从纪律、进退有度，即使与清军相遇，也绝不会发生事端。反倒提醒清政府令其军队勿寻衅闹事。

照会往来已迸出火花。《蹇蹇录》中写道：

和平虽未破坏，干戈虽未交锋，仅在一篇简牍中已显示彼我所见不同，过早表现出甲争乙抗之状态。两种带电的云即将正面接触，刹那间可成电闪雷鸣之势，其意甚明。

陆奥外相的方针是：在外交上常表现为被动状态，一旦有事，军事和各方面都要先发制人。

如前所述，往朝鲜的中心港仁川输送军队，日本自宇品港出发大约需要四昼夜，而中国从山海关或大沽启程只需两昼夜。假若接到清政府的出兵通知后才出兵，就会被落下。于是，日本方面想出一个计策：借大鸟公使返回任所之机，多带些步兵。

不过，伊藤首相反对这么做。他认为："这不是给对方以口实吗？"

日本政府打算根据中日《天津条约》第三条，中国首先出兵，然后日本也出兵。这就是所谓外交上的被动立场。

“因东学党之乱，仁川、汉城都乱得不可收拾，所以应带些警备人员。”陆奥外相抱住他的计策不放，说道。

“可是，这也应该有个分寸。譬如，同是警备人员，叫它‘军队’，就不如叫‘巡查’稳妥些。方法上必须再研究一下。”伊藤说道。

对于公使返回任所时带些武装兵员，伊藤首相并不完全反对，条件不过是别给清政府以借口，他的计策是考虑把军队称为“警察”。

乘军舰前往，当然要有水兵。水兵一登陆，作为陆战队，就成为最好的兵力。在舰上比定员多编入一些水兵，就可以很自然地增加兵力。军舰“八重山号”的舰种属于“报知舰”，同海军协商的结果，在定员外又增加了近百名水兵。

正同西乡海相商议时，得知在外洋演习的数艘日本军舰返回釜山附近。若命令这些军舰回航仁川，就能进一步增加兵员。

三百到四百人，是大鸟公使可以带领的兵数，显得很正常。警视厅的二十名巡查，是公认的护卫。

大鸟公使搭乘“八重山号”起航的日期是6月5日。虽然在中、日两国的出兵通知之前，但日本方面获得了清政府派兵的大致情报；与之相反，清政府方面对日本的计划却一无所知。袁世凯完全被杉村代理公使和郑永邦书记官等日本外交官操纵了。

大鸟公使到达仁川的日期是6月9日。

清军到达朝鲜比大鸟早一天，即6月8日。登陆地点为牙山湾。派遣军人数有两千多，不能同时登陆，所以虽是8日抵达，但登陆完毕，已是12日了。

“清军正在登陆”，得知这一情报，大鸟急忙率领四百二十人的军队奔向汉城。登陆的第二天，大鸟公使一行人就进了汉城。

4

大鸟公使率领的四百余名日本兵，实际是日本正式出兵以前的军队。名义是公使护卫队，但是从人数上看，只能认为是派遣的第一批。日本是6月7日通告派兵的，从朝鲜当地来说，等于通告的同时军队就登陆了。

“八重山号”到达仁川之日，天降大雨。

“日本军到达仁川”，得知这个消息，朝鲜政府非常惊愕。

在汉城，宫廷召开了紧急会议。

《全州和约》就是在这种情况下达成的。因为朝鲜全国一致希望：不论中国还是日本，都将军队撤回。

中、日两国是接到“朝鲜大乱”的通知才派兵前来的，若要求撤兵，就得拿出“朝鲜之乱”业已平定的证据给两国看看。在避免外国武力介入上，政府和东学党都抱有同一态度，因此，《全州和约》在6月10日到11日之间签成。这时，清军正从牙山湾登陆，日军已进入汉城。

在朝鲜政府的会议上，激烈地讨论了责任问题。处分一个责任者，就把一切一笔勾销。这是朝鲜常用的政治解决办法。朝鲜政府确实向清廷请求过援兵，现在则想偷天换日，说成“那不是政府的意思，纯属个人的任意行为”。

最热望清廷派兵、最害怕东学党的，就是闵氏一族。

东学党倡导打破现有体制。在朝鲜，维护现有体制的，只有闵氏一族。动摇闵氏一族权势的是东学党，而这个东学党，又有与闵氏一族的死敌大院君相勾结的征兆，若不尽早把东学党镇压下去，事情就会更加糟糕。因此他们不惜引来清兵，也必须把东学党击溃。代表闵氏 族的意向，向清政府求援的，是经理厅大将闵泳骏。现在要把一切罪过都扣到他的头上。

朝鲜政府恳求袁世凯：“希望未到达的清军，在中途返回去。”

朝鲜政府认为，因为清军开赴朝鲜，所以日本也派来军队，倘能让清军撤回，日本也一定会撤兵。

“少开玩笑！”袁世凯大喝一声。

出兵是根据朝鲜的请求，并不是那么随随便便的事。整顿装备，备齐辎重，做了所有的准备，又搭乘军舰、轮船，随便在半路上停下来，怎么可能呢！

“可是，日军也来了，如果两军驻在同一地点，很难预料将发生什么事情。”朝鲜政府倾诉了苦衷。

“可也是……”袁世凯沉思起来。现在让日军进入汉城是很不妥当的。“总之，先让日军暂时留在仁川，说服他们停止进入汉城……嗯，至少也要延缓。”

“正想如此。”

“大鸟圭介是个通情达理的人。”

袁世凯想起大鸟一直主张日清同盟，认为有可能说服他。不过，也有些不安，到了这时候他才发觉上了日本使馆人员的当，是他们一再鼓动中国出兵的。袁世凯原以为，日本即使出兵，也不过是为了保护使馆和侨民的小部队。可是，当中国通知出兵时，它仿佛早就预备好了，几乎同时就通告日本即刻出兵，给人的印象是人数一定少不了。

接到日本的出兵通知后，袁世凯让朝鲜政府赶紧向日本交涉，阻止它出兵。朝鲜政府一再说“我国政府并未请求贵国出兵”，杉村代理公使却完全不予理睬，说什么“你先读一读中日《天津条约》，特别是第三条”。

阻止日本出兵是办不到了，这和让中国在中途停止一样，根本办不到。

袁世凯这时只盼望牙山登陆的清军先一步进入汉城。

“好大的雨呀！”袁世凯在汉城的公署衙门里，隔窗望着暴雨，说道，“明天应当去仁川！”

按照清军的惯例，登陆、调动等军队活动，遇雨就停止。袁世凯以为日本军队也会因雨而停在仁川不动，所以明天去也来得及。他悠然自得地等在汉城，哪里料到日军却喜欢在雨中行军，而且在争分夺秒，要抢在清军前面到达汉城。这是日本出兵的目的，怎么会因雨而停留不动呢？

次日（6 月 10 日），日军进入汉城，在日本公使馆的小山丘上构筑阵地。

“噢，想不到这里是这么宁静！”

城里与平时一样安定，大鸟公使可有点儿扫兴了。杉村代理公使在旁边苦笑。借口朝鲜有动乱才出兵的，如果过于平稳，就太让人尴尬了。

“特别是最近几天，人心突然平静下来。”杉村报告说。

全州失陷已经十天了。虽然朝鲜政府控制着消息，但风声早已传开。同时，政府军同东学党在全州进行和解谈判的消息，也不胫而走。汉城市民长长地出了一口气，以为这下子可算太平了。然而，正在这时，日本军队却吹着军号开进了汉城。

杉村继续报告：“人心安定也是由于粮食价格下降。”

政府和东学党谈判的内容从各种渠道飞向汉城和其他城市，其中有这样一项：惩治贪官污吏、土豪劣绅、垄断商人，没收粮食。

那个时代，货币经济还不发达，米袋数是经济流通单位。到处都有人囤积谷物。一听说囤积者要受惩罚，他们自然想赶快把粮食卖掉。这样一来，米价便下降了。

主食价格下降，意味着民生之安定。

“这件事变得不寻常了！”大鸟圭介手拍前额，说道。

【第二十五章】
进 驻

1

清军在牙山登陆以后，就地驻扎，不打算进汉城。四百名日军进驻安静的汉城。大鸟圭介凭着外交官的嗅觉，发觉各国的眼光都盯着他。

既定的步骤是先由大鸟率领四百名士兵进入汉城，然后接受朝鲜政府正式提出的镇压东学党的请求，引进后续部队混成旅团，可是，现在这四百名士兵尚且苦于出师无名，何况……

踏入汉城的第二天，大鸟立刻成了各国外交使团攻击的目标。

袁世凯怂恿朝鲜政府向日本政府提出抗议。朝鲜外署参议闵商镐和协办李仙得、李容植等主要官员，分别向大鸟要求撤兵。但是，日本拒不接受。袁世凯又期待各国外交团向日本施加压力。

然而，各国外交官们只是代表本国利益，向大鸟发出了抗议性质问而已。至于日军进驻汉城这一现实问题应如何解决，都采取看看动静再说的态度。他们害怕这时过于积极活动，会使日后行动受限，何况外交团的内部意见也无法统一。

例如：一直企图南下的俄国认为，日、中两国都是它的障碍，最好是互相开战，最后两败俱伤。这就是俄国的国家利益。为造成这种局面，俄国必须谨言慎行。日军进驻汉城，会刺激中国，这正是俄国所盼望的。他们口头上质问日本政府出兵理由不充分，内心里却觉得日本若这么无声无息地撤兵，可就太扫兴了。

李鸿章也期待着外交团的压力，他给袁世凯的电报说：

汉城平安无事，而日独调兵，各使（各国公使）当有公论，我宜处以镇静。

李鸿章等待各国外交团的"公论"，未免过于天真了。

朝鲜政府之中，有人从私谊发出一种议论：让容易洽谈的清政府撤走牙山的清兵，以促使日军撤退。

"都太天真了……"袁世凯表情怃然，自言自语，"不过，已经无计可施了，只好如此。"

要打开困境，只有去说服大鸟个人，想办法软化他。

"同大鸟会晤，用笔谈还是……"袁世凯嘟囔着，似乎在询问一旁的唐绍仪。

"那蔡绍基呢？"唐绍仪问道。

蔡绍基是日语翻译。

"笔谈的时候，他不在场比较好些。"

"是的，蔡绍基在旁，居然用笔谈，就太不像话了。会谈时，给他派个差事。还有，我也参加，或许能助你一臂之力。"

"好，怎么办呢？"

在备前的闲谷黉专攻过汉学的大鸟能写出达意的汉文，袁世凯想起同他笔谈日清同盟论时的情景。

"为自己留条后路，也应当使用译员！"唐绍仪沉思了片刻，建议道。

"也许……不过，我们又不是靠人情面子去求他，他们把军队开进一个平安无事的国家的首都，显然不占理，我们是去讲明道理。这件事还是笔谈为好。"

袁世凯同唐绍仪谈着话，却仍然像是在自言自语。他对这件事不大感兴趣。同大鸟谈谈，总比不谈好些，不过如此而已，对谈判并不抱什么期待。他向李鸿章发出悲观的推测："非口舌所能争。"

他感到，这一次日本政府的态度异常坚决，非同一般。

不论大鸟个人的世界观和政见如何，绝不会脱离日本政府的基本方针。

"什么也不如有军队。"袁世凯虽然也这么想过，但终于没敢把牙山的两千名士兵调进汉城来。他似乎觉得这样会掉进日本的圈套里。同样出了兵的清廷可以责难日本的，也只有没把军队开进汉城这一点。如果这时候进驻汉城，无异于拯救日本于困境。

"我方固然处于困境，而日本也在困境之中！"袁世凯又自言自语似的说。

"当然！"唐绍仪用力地答道，"大鸟正被外交团问得张口结舌！"

6月11日，大鸟圭介拒绝了袁世凯提出的谈判要求，但第二天又改变了态度，反而找上门来。

大鸟确实苦恼着。

光是海军少佐向山率领的四百名陆战队员和二十名巡查队员，在汉城就已经够引人注目的了，令人苦于辩解，倘若再让后续混成旅团进驻汉城，那他可要招架不住了，只能举手投降。

大鸟向东京发电报："汉城目前平稳，请取消派遣后续部队之举。"并电告已经出发的混成旅团长大岛义昌少将："无本使（大鸟）命令，不得率部队登陆。"

"按目前汉城的形势，让大批士兵进驻汉城，无正当理由。"

——大鸟希望东京能了解自己所处的困境，一边祈祷，一边起草电文。

这是 11 日夜晚的事情。

次日，袁世凯和大鸟进行会谈。袁世凯看着大鸟的表情，觉得很意外，似乎谈判有希望。

大鸟是认真的，而且非常坦率。

"混成旅团的先遣队八百人由一户少佐指挥，正在仁川登陆。这是同进驻汉城的陆战队换防的兵员，是无法制止的了。不过，后续部队如无必要，当然可以延期抵达。我也尽力使他们不登陆。同时，请中国也不要调动牙山的部队，并停止增派兵力。"

对此，袁世凯答道："此刻最需要我们两国同心合力，你说的话我原则上赞同，但需要请示本国政府。"

怎么突然变得这么软弱了呢？一定有隐情！一向对中日问题抱悲观论点的袁世凯，对大鸟的态度产生了怀疑。这时，袁世凯已经接到李鸿章关于根本方针的指示："平定朝鲜之民变，远不如防备日本重要。日本若撤军，我清军亦撤退。"

6 月 13 日，举行第二次会谈。

"撤兵问题，已获得本国政府批准。"袁世凯说，"已中止两千增援部队的派遣，请日本方面也命令后续部队原船返回本国。"

"用电报已经来不及阻止后续部队，但可以派人去仁川，同部队指挥官联系。总之，我们尽可能不让部队登陆。"大鸟说道。

似乎由于共同努力，双方会谈取得了成效。撤兵问题在原则上达成了协议。

这样就能圆满解决了吗？第二次谈判结束后，袁世凯送走大鸟，心里还不踏实。

“谈得不错呀，恭喜！”唐绍仪这么说，可袁世凯没有表示同意。

“还需要悄悄地观察一个阶段才行！”今天的袁世凯已经不似往日，变得很稳重了。

2

东京，外务省。

外相陆奥宗光给汉城的大鸟发电报：“停止登陆碍难照准。”开战之事，已写进日程表，不能更改。

陆奥在其著作《蹇蹇录》中说：

该公使（大鸟）频向政府来电，意谓目前阶段派如此众多兵员来朝鲜，使朝鲜政府及人民，尤其是第三者之外国人，抱无谓之疑团，在外交上实非上策。然而，视我国之内情，业已形成骑虎之势，中途不能改变既定兵员数。而且，综观清政府之外交手段，近期如何逞其谲诈权变之策，最后将如何欺我，均难预卜。

地方各自为政，中央予以控制，是后来日本的大陆政策的主要模式，但这时还不是那样，起码大鸟公使是个例外。代理公使杉村等人仍然是强硬派，他们责难大鸟的软弱无能。

接到外相复电，大鸟再一次发电报说：

让过多士兵登陆，必然招致外交上的物议。务请命令本使认为多余的士兵全部撤至对马待命。希与陆军大臣商议后，训令大岛（旅团长）执行。

“大鸟公使的心情我十分理解，但……”陆奥把电文反复读了多次，自言自语。

在朝鲜，欧美外交团及侨民如何看待日本，陆奥是十分了解的。他也是外交官，比谁都更为担心。

进驻汉城的日军，不管军纪多么严格，不管行动多么稳当，军人毕竟是军人，一个武装团体绝不会被看成是和平的。日军从仁川往汉城调动，外国使团和侨民看得一清二楚。在牙山登陆的清军却原地不动，所以，他们没看见，甚至也没意识到。

而且，即使知道清军两千人登陆，用陆奥的话说，外国官吏及商民等“不拘表面上如何，内心里仍然默认朝鲜是中国的属国，而且相信这次清政府出兵是依据朝鲜国王的请求”。这确是实情。

陆奥感到遗憾的是，日本把朝鲜当作一个独立国，两国间缔结了《济物浦条约》，却不为外国所详知。

谁都认为朝鲜国王或朝鲜政府绝不会要求日本出兵，相反，清军出现在他们眼前，他们会认为这是应朝鲜政府的请求而来的。

他们（外交团与侨民）不问我国政府出兵之名义及其真意如何，错误地认为这是日本政府平地掀起风波，利用时机，企图侵略朝鲜。因之，他们对中国比对日本更多地抱有同情心。欧美驻朝鲜的外交官、领事官，将他们的推测分别报给本国政府。至于那些商民，更加胡猜乱想，向本国报界宣扬。在日清事件之初，此事必将触动欧美各强国之感情。

陆奥在《蹇蹇录》中已经承认国际舆论对日本非常不利。

他深知大鸟公使的处境是十分困难的。在该书中，陆奥还写道：“大鸟公使所请，虽极稳妥，但……”

陆奥承认大鸟的要求是正当的，但是正如他所说的，目前正处于骑虎之势。

当然，日本外务省也不断接到日本驻各国外交官的电报。

驻英公使青木周藏来电：

英国外相言外之意暗示，日本如以阻止俄国南下为目的，则承认日本此举。

这“言外”二字，是奇妙的表现手法。外交官在正式发言以外，有时也依据社交礼节，适当地做些闲谈，不过是些花样罢了。事后才弄明白，青木公使的这个报告是一厢情愿的猜测。

日本政府最担心的是俄国的态度。俄国驻日公使希德洛夫曾以相当严厉的口吻质问日本出兵的理由，态度极其傲慢。

然而，据在西伯利亚单枪匹马闯出了名的参谋本部大佐福岛安正的情报说，俄国远东兵力比想象的要弱得多，没有充足的军事力量介入朝鲜。俄国不足惧，而英国也终将默认。

与青木公使截然相反的情报也接踵传来。上海大越总领事报告说："英国准备以再次占领巨文岛为条件，默认中国吞并朝鲜。"天津和北京的电报说："盛传中国为往朝鲜增援，正在动员军队。"

陆奥外相向川上参谋次长征询："我很了解大鸟公使的处境，但国家利益必须高于一切，不得不如此……假如现在丢掉这个战机，你说……"

"事不宜迟，现在动手都已经迟了。随着西伯利亚铁路接近完工，俄国的态度会越来越强硬。现在的傲慢还只是在口头上，等到下一个机会，谁知道会怎样呢？再说，这次的动员计划已经完成，到了这步田地，还能缩回去吗？这一点，我想你也是很了解的！"

川上操六露出了微笑。

那意思是说：出兵朝鲜，是我们两人共谋，到了此时，还提什么假定问题，简直是浪费时间。

6 月 12 日大鸟来电希望把混成旅团撤到对马之日，大本营决定对第五师团进行动员，开赴朝鲜。

设立了大本营之后，动员、作战等均服从于统帅，即使内阁有意见，也无法介入。

大本营的决定属于一级机密，在汉城的大鸟公使自然不得而知。

大鸟公使正在同袁世凯进行撤兵谈判。

这时，一户大队已经开进汉城，驻防日军达到一千人。大鸟、袁世凯采取了阶段性撤兵这一现实的方法，意见趋向一致。即：日军撤走四分之三，留在仁川二百五十名士兵；清军撤退五分之四，留下四百名士兵，从牙山移防到仁川附近。一旦"乱匪"被扫荡干净，则全数撤走。

然而，在谈判的过程中，大鸟接到东京驳回他的提案的指令。

双方的意见取得一致是在 6 月 15 日，只等互换正式文本了。

3

李鸿章发电报给派遣军，命令做好撤退准备时，双方正在会谈当中，日期是 6 月 13 日。

派遣军总司令是直隶提督叶志超，副司令是太原镇总兵聂士成。他们正在仁川以南、成欢以西的牙山构筑阵地。

李鸿章比在朝鲜当地的袁世凯更乐观。迄今为止，他的政治都是注重于人事关系的，他非常相信伊藤博文。

他还估计，日本议会一定会阻止日本政府的越轨行径。这一点，应该说是李鸿章的无知。这时的日本议会中对外强硬论占主流。对那个超越政府、超越议会的大本营的性格，李鸿章更缺乏正确的理解。

李鸿章心里所强烈盼望的，是“只有战争，无论如何也要避免”。倘若现在同日本掀起战争，首当其冲的将是他多少年来惨淡经营的淮系北洋军。北洋军是他唯一的政治资本，若受到损伤，必将危及他的政治地位。

李鸿章虽然是清政府中首屈一指的人物，但政敌也不少。如果他的地位动摇起来，就再也无法防御政敌的攻击了。很明显，政敌可能会高唱对日强硬的论调。

李鸿章这么一反往常，急于采取撤兵的和平措施，正是因为他意识到政敌的动向。

“整备归装！”这封电报没有明言立即撤兵，但谁读了都会想到是要撤兵。

李鸿章给牙山的叶志超提督发出这封电报的同时，东京的驻日公使汪凤藻的一封电报发到了天津。

“伊藤博文首相表明，在平定民乱以后两国共同撤兵，但言外之意含混不清，似有驻留军队、协商善后措施之意。”

又是一个“言外”，把李鸿章的乐观情绪给动摇了。好像日本不打算完全撤兵，而且，是被视为最稳健的伊藤隐约透露出来的！莫非也是为了防备政敌攻击，不得不做些违心的事？李鸿章心想。

然而，现实情况并不是按照他的主观臆断来发展的。

6 月 14 日的阁僚会议上，李鸿章寄以希望的伊藤博文提议：“朝鲜内乱应由日、清两国军队共同合作，迅速剿平。乱民平定后，应由日、清两国向朝鲜派出委员，进行内政改革。”

他高唱镇压内乱，却只字未提撤兵之事。

汪凤藻算不上一个很有能力的外交官，但他却能感觉并把握伊藤首相的“言外”之意。

陆奥外相经过一整天的深思熟虑，断定日本政府在外交上已经到了不得不转向“机动多变”的时期。他估计，对于日本的提案，清政府十之八九不会同意。于是，在第二天的阁僚会议上，他表示原则上同意伊藤提案，但提出两项补充：

一、同清政府进行谈判，不管其是否同意，不看其结果如何，我国派往朝鲜的军队决不能撤回。

二、如果清政府不赞同我国的提案，帝国政府应以自身力量担当促使朝鲜政府进行改革之任。

提案经首相上奏，获得批准。

这件事陆奥曾大吹大擂，认为是“百尺竿头，更进一步”。

为什么估计清政府不会赞成共同改革呢？因为陆奥确信，清政府对朝鲜肯定要坚持宗主权，只能由它来改革朝鲜、指挥朝鲜。

清政府有这种想法是很明显的。因为认可了同日本共同去改革，不啻否认了对朝鲜的宗主权。《蹇蹇录》中写的是“十之八九”，实际上，陆奥肯定是认为清廷百分之百不会同意。

日本的报界也不断地煽动强硬论调，甚至挖苦说：“大概不是为了搞一次阅兵式，才派兵去朝鲜的吧！”

陆奥外相把这次内阁会议的决定照会给中国公使汪凤藻，是在6月17日。汪公使立刻电告天津：“日志（日本的意志）在留兵协议善后。其布置若备大敌，似宜厚集兵力，隐伐其谋。”

汪公使建议：“事已至此，应集结兵力，以备日本。”然而，李鸿章不认为这是上策。

次日，袁世凯也给李鸿章发来长文电报，提出：倘若日本无撤兵之意，中国也应增兵。“日本知道今年我国有慈圣（西太后）之庆典，以为我国必然忍让。如果看出我方准备大举，或可易于结束。请先调水师速来，严加防备，然后陆续派来陆军，以为后备。与此同时，请各国驻我国公使从中斡旋，或可不致立即决裂。”

袁世凯当然很清楚李鸿章不愿开战，所以说服他一边增兵，派遣海军，一边在各国外交官中活动，多做些工作，这样才可能避免战争。

这期间，日军不断在仁川登陆。大鸟公使的呈文在6月15日送到内阁会议上，内容是：

让四千名士兵侵入汉城的理由难以找到，日本政府的这种措施只能有损于外交关系，若政府为实现出兵之素志，具有应付一切后果之决心，则不必顾及。

陆奥复电说：“我军驻留汉城乃最高目的，不惜采取任何借口。”

日本在朝鲜的负责人软弱，而本国政府的首脑极强硬。中国正相反，在朝鲜的袁世凯不断催促派兵，而天津的李鸿章则是尽量回避。

就斗争意志来说，双方的中枢部门从一开始就有很大差别。

4

袁世凯督促驻在牙山的叶志超提督做出进入汉城的姿态。他认为：“日本人跳梁之意图，在于防我。我若一振，则日本必自衰。”

“倒不必立即进驻。先散布我军进驻的谣言，等对方行动后再动，岂不是更好？”

袁世凯似乎有点儿等得不耐烦了，但叶提督认为这事非同一般，自己难以决断，便向李鸿章请示。

“超以为事先虚张声势，于事无益，反招致日本增兵。目前日本在汉城、仁川两地，严密战备，应如何处置？”

对此，李鸿章训示：“移防汉城和仁川，易引起摩擦，不如移防马山浦，彼地距仁川和汉城较近。事先劝说朝鲜国王要镇静自若，万一有事，可在马山浦给予保护。将电告丁汝昌提督，率水师开赴马山浦，汝等要通力合作。”

李鸿章当然在积极做各国工作。这时，驻日公使汪凤藻报来了日本政府提案的详细内容。共有五条，写得头头是道：

第一条

一、政府六曹（行政机关）各尽其职，革除擅自专权之旧制，内府不得参与国政。

二、由重臣掌管外交。

三、政令去繁从简。

四、整理合并地方各邑。

五、淘汰冗员。

六、破格录用人才。

七、禁止捐官。

八、增加官吏俸禄。

九、禁止官吏受贿。

十、停止官吏营私。

第二条

一、计算收支，明定制度。

二、公开会计。

三、制定币制。

四、丈量地亩，明订租税。

五、减除冗费，增加正用。

六、敷设铁道、电信。

七、税司由朝鲜政府亲自掌管，拒绝他国干预。

第三条

一、制定详明之法律。

二、裁判公正。

第四条

一、兵管宜作养。

二、旧兵概予裁撤，量力重新练兵。

三、各地设巡警。

第五条

一、各邑分设小学。

二、渐次设中学。

三、派遣海外留学生。

内容无可挑剔，如能照样实施，对于朝鲜来说，实在是值得庆贺的。问题在于要中、日两国共同参与。有关朝鲜问题，清廷是不能与日本站在对等的立场上的。清政府坚持着宗主、藩属关系，而日本却否定这种关系的存在。所以，这五条的共同提案，内容如何是次要的，只不过把该列入的全列进去了而已。

就日本来说，提案是有意义的。内容姑且不论，对提案的反应如何也压根儿没当回事，目的只有一个——“使大军停留在朝鲜的借口”，别无他求。

汪公使在接受提案、同意向本国转达时，甚至说：“不管怎样，我认为撤兵是先决条件。”提了一个问题以外的意见。

汪公使接到本国指示，正式答复日本，是在6月21日。

清政府列举了三项不同意的理由：

一、朝鲜的内乱业已平定，清军已无必要代替朝鲜政府讨伐乱军，中、日两国所要协力镇压的对象已不复存在。

二、改革方案完美无缺，但朝鲜的改革应由朝鲜自己去从事。连宗主国的中国也不干涉其内政，何况日本不是一直认为朝鲜是独立自主的国家吗？就更无权干涉其内政了。

三、事变平定后各自撤回本国军队，是中日《天津条约》所规定的，也是理所当然的。

陆奥宗光接到这个答复后自言自语：“痴心妄想！”

5

为什么是痴心妄想呢？

清廷的正式复文，正如陆奥所预料的，把李鸿章的意见和理论如实地反映出来，条理整然。这条理整然之处，正是陆奥认为李鸿章痴心妄想之处。

日本政府，起码当事人陆奥外相和参谋次长川上两人，是下定了决心的。对于这种决心，以为可以用条理整然的论战来攻破，不是痴心妄想又是什么？

陆奥要驳斥清政府，这三条回答，无懈可击，要驳倒它，必须使用更尖刻的论法。

第一条朝鲜内乱业已平定的事实，首先要否定。

“从表面现象观之，朝鲜国内不无恢复静谧之状……”

陆奥也不得不承认，朝鲜已经平安无事了，但是，他一口咬定这是表面现象。朝鲜是否真的恢复了和平，两国政府在见解上有差别，日本政府并不认为内乱已经平定。

朝鲜之内乱，不除去根本之祸因，绝无安堵可言……如今满足于一时之和平假象，并不能断定将来之形势已无危殆……

我国与彼国（朝鲜）海水之隔，一苇可航，疆土极为接近。彼我交易之重要，自不待言，日本帝国在朝鲜国之利害关系，亦甚重大。因之，对于该国今日发生之惨事，袖手旁观，不施以匡救之策，则不但有悖于邻邦之谊，亦有损于我国自卫之道，终不免为他国耻笑。日本政府理应负起谋求朝鲜国安宁静谧之任，不可再有丝毫迟疑……

草稿由秘书拟就，陆奥又慎重修改。在收尾处，他提笔加上数语：

本大臣披肝沥胆，开诚相见，极尽衷诚之意。即或贵国政府另持所见，帝国政府亦不能撤回现驻朝鲜之军队。

陆奥的本意是：这就是日本政府对清政府的“第一次绝交书”。

这篇绝交书中包含着过多的诡辩。为了使驻兵合法化，这时候只有玩弄诡辩和激昂慷慨了。

汪公使把正式复文送给陆奥外相那天，参谋本部接到神尾少佐从天津发来的急电：“清政府往朝鲜增派军队五千人。”

其实，这是谎报军情。

次日，22日，神尾少佐电告：“李鸿章命令卫汝贵、吴育仁诸将，准备出兵，并向北洋海军发布戒严令。”

这也不过是流言蜚语。

神尾少佐究竟是有意还是无意，现在已无从判定。

不过，说陆奥宗光不知道这是误报，因而以此为判断局势的一种依据，是令人难以置信的。

深知中、日间外交关系底细的陆奥外相，岂能不清楚清政府的避战态度？何况对于神尾少佐的电报也应该对照事实，略加折扣，才能作为参考。当然，也可能是参谋本部的阴谋诡计。

陆奥内心里对神尾的情报肯定是不相信的，只是为了开战，必须多多积累形势紧迫的情报。

清政府从理论方面把日本逼入困境的前提是，“朝鲜的内乱已经平定”，而日本则反驳说：“不，那只是表面现象，真正的祸根还远远没有挖出。”两国站在不同的“前提”下，一方主张撤兵，一方主张继续驻扎。

神尾少佐的情报给御前会议的空气以强烈的影响，这正是陆奥所希望的。御前会议上决定放弃日中提携的方针，由日本单方面以武力为背景，进行朝鲜改革。

6月22日，日本外交部的加藤增雄书记官被派往朝鲜，带去一封绝密训令：

按今日之形势，衅端已开，交战在所难免。因之，只要曲不在我，不惜采取任何手段制造开战借口。

附带要求是要使我方不负挑起战端之责。总之，即使勉强为之，也要促成开战。

日本政府的意图传达给朝鲜的大鸟公使。23日，公使催促大岛少将指挥的混成旅团开进汉城。24日，在仁川待机的旅团主力向汉城开拔。

军号声嘈嘈，太阳旗猎猎，昔日被视为软弱派的大鸟公使也转变为坚定派了。

【第二十六章】

英俄介入

1

“甲申政变”之后，日本的竹添公使曾感慨万千地说：“吃了袁世凯的亏。”而甲午事件（东学党之乱后紧接着的中日战争），吃亏的是袁世凯。也许用“受蒙蔽”来形容他更确切些。

日本政府并不是有意要蒙蔽清政府的当事者，只是采取了两面手法：陆奥外相强硬，大鸟公使软弱。

这倒不是特意分担角色，故意用两面手法迷惑对方，而是自然形成的，具有很强的蒙蔽力。

加藤增雄书记官带着绝密训令到达仁川，是6月27日。

加藤22日出发，23日在下关又接到一份追加训令。

日本的混成旅团主力进驻汉城，闵泳骏立即来会晤袁世凯。

“日本要干涉朝鲜的政治。”闵泳骏把话停住，两眼有些湿润了。过了一会儿，他苦恼地说道：“听从日本的干涉会亡国……而不听从……仍然要亡国，现在已经是这种状态了。汉城里到处是日军……想要不让朝鲜亡国，只有中国发来援军。牙山才有两千清兵，你知道进驻汉城的日军有多少吗？”

袁世凯拿起桌上的记事簿，读了起来：“将官大岛少将一人，佐官十六人，尉官一百八十七人……还有，下士官五百八十四人，步兵五千八百二十二人……此外，从卒、输卒、马卒……总计……是……”

“总计超过八千哪，八千……”闵泳骏焦急地说道。

“八千？”袁世凯咬紧嘴唇。

“两连队步兵、一中队骑兵、一大队山炮、一中队工兵，还有卫生队、辎重兵队、宪兵……野战医院都准备好了！还有兵站司令部……”

“甚至连医院……”

“请你给北洋大臣发个电报吧！我去天津走一趟，向李伯要求派兵。”

“我会帮你跟天津联系的。在这里，也需要做些力所能及的事。”袁世凯说道。

不管闵泳骏到天津怎么央求，从目前的情况看，李鸿章是不会下决心派兵增援的。这一点，一天发出、接到数封电报的袁世凯心里比谁都明白。李鸿章这时仍期待列强对日本加以责难和干涉。袁世凯虽然觉得这是幼稚可笑的，但也无法使李鸿章改变。很明显，即使闵泳骏奋不顾身去央告，也无济于事。

“在这里做些力所能及的事，是什么意思？”

“限制金嘉镇等人的活动！”

朝鲜政府领导者当中，亲清派占多数，亲日派是少数。亲日派里最引人注目的，要属金嘉镇。

清政府接受朝鲜政府的要求派了兵，而日本因为清政府派了兵，于是也依据中日《天津条约》派了兵。撤兵的时候，日本也要按照这个顺序，真是一个奇妙的论点。让谁来评论，这也是不公平的。应该是：东学军平定之后，已无派兵之必要，双方应同时撤兵。

为了逃避责任，金嘉镇想出一个抓替罪羊的办法，硬说要求清政府派兵的不是朝鲜政府，而是闵泳骏个人。

“这事容易……不过，因为日本大军已到，金嘉镇这阵子似乎更加趾高气扬，目空一切。”闵泳骏说道。

“另外还有许多事要做，比如，促使外交团抗议日军进驻，这件事可以正大光明地以政府的名义去干！”

“明白了。”

去天津的事被拒绝，闵泳骏低垂着头，愁苦地离开了袁世凯的公署。

6 月 25 日，驻汉城的外交团分别照会大鸟圭介和袁世凯，要求两国同时撤兵。理由是外国兵驻在朝鲜，容易节外生枝，妨碍各国侨民的安全。

照会的代表者为美国驻汉城公使约翰·希尔，签名的有英、俄、法等国公使、领事。没有德国领事之名。袁世凯给李鸿章的电报说：“德国领事未附名，因其久在日本，或未肯助韩。”

对于这份照会，袁世凯当然要复文：“已迅速转达我国政府。”

同一天，在东京，俄国驻日公使希德洛夫拜访陆奥外相。他说，清政府请求俄国政府调解在朝鲜的中、日两国的问题。

“俄国政府对于贵国和中国的纠纷，希望能够尽速得到解决，早日恢复朝鲜和平。因此，如果清政府撤走军队，贵国也同样撤兵吗？”

陆奥闭起了眼睛，这是一个难以用“不”来回答的提问。过了一会儿，他开口说：“原则上没有异议。”

“这我就放心了。”希德洛夫公使说道。

“不过，”陆奥顿了一下，说道，“照现在这种状态，双方互相猜忌，不那么容易解决吧。这不光是日、中两国之间的问题，欧洲诸国之间也同样有类似的情况。而且，清政府一直使用种种阴险手段，干涉朝鲜内政，我们日本政府对清政府的言行不能完全相信！”

“噢？这就是说，需要有条件吗？”

“完全对！我国政府已经提出了方案，必须在朝鲜完成政治改革，清政府必须同意由日、中两国共同负责，承担义务！”

陆奥外相把杯子里的水喝光。清政府绝对不会同意和日本“共同”搞政治改革，陆奥知道这一点，希德洛夫肯定也知道这一点。不过，陆奥故意提高了嗓门。

“第二呢？”希德洛夫催促道。

“清政府如不同意，并不妨碍我国单独在朝鲜承担改革之责，不过，必须有相应的保证。”

“保证？”

希德洛夫露出猜疑的神色，陆奥明白他的意思，接着说道：“日本政府希望朝鲜独立与和平，别无他意。假如，很不幸，和中国之间发生武力冲突，日本也只是进行防御性交战。”

陆奥在心里自言自语，这就叫外交！

他所盼望的是攻击性交战，是把中国的势力从朝鲜一扫而光。

2

五天后，俄国驻日公使希德洛夫又拜会陆奥外相。这次是递交一份俄国政府的照会。

陆奥心想：这是李鸿章鼓动俄国干的。

他的推测不错。

李鸿章向各国做工作，想牵制日本，其中他认为最可靠的就是俄国。这只能说李鸿章的外交感觉有缺陷，“力”的崇拜者李鸿章以为：“日本所惧怕的不是英国，而是俄国。”

这种认识也可以说是正确的，不过，可怕对手的干涉，倒未必是最可怕的。日本深知俄国在远东的兵力极为薄弱，至少在西伯利亚铁路建成之前，它不是一个实质性威胁。

恰在这时，俄国驻中国公使喀西尼回国，向李鸿章辞行，于是，李鸿章提起：“从前我国与贵国之间对朝鲜问题缔结过互不侵犯条约。如今日本把军队开进朝鲜，实属可恶。中、日两国军队都驻扎在朝鲜，难免发生冲突。俄国也是朝鲜的近邻，到那时，远东的和平就无法保证，所以，应当设法避免。请贵国通过驻日公使劝告日本政府，与中国同时撤军。”

“好的。”喀西尼同意道。

次日，李鸿章回拜喀西尼。李鸿章说道：“日本派出大量军队，不仅仅是想干涉朝鲜内政，而且有侵略、夺取领土的野心，中国不能默然视之。”

“完全对。”

喀西尼公使知道李鸿章期望的是什么，那就是俄国对日本的压力。他想从李鸿章嘴里清楚地探听一下真相。

“老实说，英国表示了愿意调解的意思。然而，关于朝鲜的事，英国离得太远，依我看它不具备调解人的资格。贵国和朝鲜接壤，对朝鲜的和平也极为关心，我国认为委托调解人，贵国要比英国更合适些。倘若贵国没有调停之意，我们就不得不去委托英国。”

李鸿章用若隐若现的手法透露了英国的动向，想把俄国牵扯进来。

喀西尼认为：调解别国之间的纠纷，是发扬国威的好机会，不用兵而扬国威的良机，岂能白白放过。

“对于日本的做法，我个人也觉得非常不愉快。我们认为，在近邻朝鲜发生纠纷，是有损于俄国利益的。当然要采取相应的措施，不能让日本胡作非为。总之，我要给本国打电报……今后也希望共同合作。”喀西尼说道。

帝国主义猖狂的时代，列强都有领土野心。俄国对朝鲜也并非没有领土野心，应该说颇有野心。只因为当时西伯利亚铁路尚未建成，从欧洲往远东输送大军很困难，所以还无法进行武力侵略。

“调解是最合算的勾当。”喀西尼接待李鸿章来访，接受了调解委托，心里暗想。

调解如能成功，俄国的声威会一下子提高。如果失败，日本同中国就将开战。虽不能预料是什么样的战争，但是，阻碍俄国向朝鲜扩张的是日、中两国，其中一方受创，就会少去一个竞争敌手。最理想的是两国进行死斗，两败俱伤。

不管怎样，俄国在这场调解中一无所失。

“那么，一切都拜托喽！”李鸿章临走时说道。

6月25日，俄国代理公使巴甫洛夫来到李鸿章处。

“遵嘱报告给我国政府，皇帝陛下立刻电谕驻日公使，命其劝告日本政府，召开与清政府商讨撤兵问题的会议。”

“如果日本拒绝贵国之调停呢？”李鸿章问道。

“有这个办法！”

巴甫洛夫把拳头猛地攥紧，这种手势，谁都明白是行使武力之意。

李鸿章高兴极了。他在这一天给总署发电报说：“如倭不遵办，电告俄廷，恐须用压服之法。”

喀西尼公使给本国外交部发电报，报告了应当出面调停的意见。外交大臣格尔斯赞成，立刻电告东京的希德洛夫公使照办。

希德洛夫拜会陆奥外相，五天后又递交照会，就是依照格尔斯的指令行事。

照会说：

> 朝鲜政府已正式照会驻韩各国公使，声称该国内乱业已平定，请求各国使臣协助，敦促日、中两国共同撤兵。因之，俄国政府劝告日本政府应接受朝鲜之请求。日本政府如拒绝与清政府同时撤去其军队，须承担重大之后果责任，特此忠告。

陆奥外相后来在回忆录中写道：“回忆当时的情景，犹不无悚然而栗之感。”

尽管他知道俄国在远东的兵力很薄弱，但听到当时世界上的超级大国俄国相当严厉的语调，也真有点儿害怕。

陆奥带着那份照会慌慌张张地奔向伊皿子，伊藤博文的私邸在伊皿子。坐在马车上，陆奥的膝盖不住地颤抖。

撤兵的话，会变成什么样子呢？

已经大规模地派兵，如果清政府撤兵，日本也跟着撤兵，那么，基础本来不稳的伊藤内阁恐怕就再也维持不下去了。

出兵朝鲜，刺激了日本国民，大多数人认为朝鲜已经半是日本的了。所以，在内政方面，撤兵也极其危险。

“噢，看来你有急事？”伊藤首相说道。

不是急事，外相怎会来首相私邸？陆奥微微点了点头，从衣袋里掏出俄国公使的照会。

照会摆在桌面上，两人默默无言。

伊藤首相拿起照会，如临大敌似的读下去。片刻，他的视线从照会上移向墙壁，表示读完了。

“想请示一下首相的意见。”陆奥这才开口说话。

伊藤沉默着。过了一会儿，他面向陆奥，轻轻摇了摇头，说道：“事到如今，就因为俄国说了一句话，就怯怯懦懦地从朝鲜撤兵？这办不到！”

陆奥差一点儿高呼“万岁”。

“明白了，我的意见也完全一样，将来不论发生什么事情，愿与阁下共同负责到底。就这些，再没有其他可说的了。”

陆奥抑制着激动的感情，站起身来。他很着急，虽然天色已晚，仍然返回外务省。他必须马上给驻俄国的西德二郎公使拍电，也需要给驻英公使拍电。为了牵制俄国，应该对英国做点儿工作。

在正式回答俄国之前，必须用密码电报向驻俄公使把事情讲明白。

次日讨论了正式答复的照会，同其他阁僚商议之后，上奏天皇。送交希德洛夫公使，是7月2日。

3

拒绝俄国，就当时的日本来说，颇需要一点儿勇气。伊藤首相向俄国表示强硬态度的另一面，却想借助英国做后盾。

英国的外交原则是防止俄国南下。因为担心俄国对朝鲜施加影响，所以，宁愿让清政府对朝鲜强化宗主权，只要清政府牢牢控制住朝鲜，俄国就无机可乘。

日本的力量扩张到朝鲜半岛上来，对英国来说是件麻烦事。从利害关系上说，英国热衷于支持清政府，牵制日本。它有香港、新加坡等基地，又有兵员充足的印度，随时可以向远东调兵。同俄国相比，英国占上风。

按理说，英国是最可靠的，不知为什么，李鸿章却依靠了俄国。这也许与他的性情本质有关。人们都称他是亲俄派头领，甚至有些极端分子说他从俄国领到了一大笔卢布。

在近代中国要人的意识中，关于国防，有两派。防止列强的侵略，固然都叫作国防，但是，把重点放在何处，却有着不同的观点。

鸦片战争以后，侵略者从大洋彼岸闯了进来，第一个就是英国。有些人主张充实海军力量，在海边将他们击退，被称为“海防派”。

有些人认为来自大洋彼岸的压力并不可怕，英国和美国都是要做买卖，容易对付。与之相比，同中国的国境有那么长距离接壤的俄国才是危险的敌人。现在它不正在蚕食着中国吗？持这种主张的人，被称为“塞防派”。

海防派认为英国是主要敌人，塞防派认为俄国是主要敌人，这两大派别，成为近代中国内部对立的主要原因。

李鸿章是海防派的代表。他之所以不依靠英国当调解人，这是原因之一。不能把国家的重大事情，委托给主要敌人——英国。

然而，清末的政争，与其说是出于政见的不同，不如说是出于人事关系。李鸿章派在清廷政界中形成一个最大的人事系统。反李鸿章派也并非没有自己的系统。

反李鸿章派责难说：“李鸿章想避开同日本的冲突，不准备派兵，搞软弱外交。”他们到处宣扬主战论。可是，当李鸿章决心同日本决一雌雄，开始动员时，他们又大唱反调，宣扬非战论。

当时驻中国的英国公使是欧格讷。巴夏礼死后，他以代理公使的资格接替了工作。他曾一度被调任葡萄牙，不久又调回中国，是一位有才能的外交官。

欧格讷不愿意让俄国公使喀西尼一人独揽中、日之间的调停工作。他认为，不让俄国在远东加强发言权，是英国外交官的任务。他写信给驻天津领事，命他会晤李鸿章。

各国公使驻在北京，除了与总理衙门的大臣们打交道之外，还要同天津的实力人物李鸿章往来，展开两面作战。

英国驻天津领事对李鸿章说：“英国认为日本派遣大量军队是非法的。现正通过驻韩领事、驻日公使，劝告日本政府撤兵。”

“关于此事，英国外交部正在同驻伦敦的日本公使接触。”

意思是要给李鸿章一个强烈印象：关于朝鲜问题，为清政府尽力周旋的不单是俄国。

李鸿章对英国领事说："请贵国海军提督率十余艘铁甲舰去横滨，如何？请提督与驻日公使一同去日本外交部，面对面地交涉，指出日本以大军威胁朝鲜，妨碍远东的和平和贸易，与英国关系极大，希望立即撤兵……大概日本会听从英国劝告的。这件事，还请你同北京的欧格讷先生研究一下。"

"一定按阁下的意思发电报。"

作为一件公事，英国驻天津领事把李鸿章的意思报告给北京的欧格讷公使。其实，这种提议太孩子气了，李鸿章并没有认真地考虑能否实现，只不过同英国领事开了个玩笑，他的话外音是：调解的事已经委托给俄国，现在不是英国出面的时候，但若能做到这些，自当别论。

欧格讷当然不会把李鸿章的提议报给本国政府。

不管清廷对英国多么冷淡，英国还是要做自己该做的事。欧格讷同东京联系，英国驻日代理公使巴健特造访日本外交部。他问陆奥外相："清政府对日本政府的提案想附加一些条件，然后再举行谈判，贵国意向如何？"

欧格讷的调停方案，并不是李鸿章提出的，而是得到总理衙门的谅解。李鸿章一心把希望寄托在俄国身上。

在伦敦，英国外交大臣也通过日本公使青木周藏，劝说日本接受英国的调停。

"日本应当尽速解决朝鲜问题，否则，俄国可能会号召欧洲各国，采取联合仲裁。到那时，恐怕日本在国际外交上将陷于孤立。这一点，请特别考虑。"

"我国也有一条不能退让的界线。"青木公使答道。

"是不承认清政府对朝鲜的宗主权吧？"

"一点儿不错！"

"宗主权目前已是有名无实之物，全世界都知道这一点，所以各国才往朝鲜派遣公使和领事。若想解决当前的问题，该避免的一定要避免，这就是外交！"

"阁下的意见我将转达给本国政府。"

青木公使向东京发电报，申述了个人意见：接受英国的调停是明智的。方案是日、中两国军队尽可能拉开距离，避免冲突，最好让日军驻扎釜山，清军驻扎元山。

4

事关国家命运。

有俄国的干涉，有英国的调停，日本政府的立场奇妙地动摇了。陆奥宗光虽然是最强硬的开战论者，但是，他不能逆潮流而动。

7月2日，日本拒绝了俄国的干涉，此后一直持续着令人不快的沉默。接着，英国提出调停方案，凭这些情况，日本就无法积极地采取过激行动。

可是，带着绝密训令的加藤书记官是在俄国干涉、英国调停之前出发的。

大鸟公使接到加藤带来的密令，说道："一定不惜采取任何手段，制造开战借口。"

从此以后，他一改从前的软弱态度，成了彻底的鹰派。与此同时，由于俄国和英国的介入，东京却开始软化了，在一段时间里，出现了与过去完全相反的现象：大鸟公使强硬，日本政府软弱。

袁世凯迷惑了，甚至弄不清事件的主流究竟是什么？

兵力上的差距他是看清了。从仁川到汉城，沿途到处是日军。牙山的两千清兵越发显得暗淡无光。

袁世凯头痛得厉害。

这些年来，他满以为在朝鲜政界中培养了许多亲清派政客，可是，当日军增援完全压倒了清军时，亲日派政客就骤然增多了。昨天还是亲清派，今天就搬弄起亲日的言辞。这种消息不断传进袁世凯的耳朵里，他不但头疼，而且陷进不能相信任何人的迷惘之中。

曾经那么热衷于中日友好，高唱日清同盟论的大鸟圭介，现在竟毫不掩饰攻击中国的意图了。

大鸟圭介的烦恼是什么呢？——日、中两国军队的驻扎地点相距二十余里，这样下去，永远没有冲突的机会。

大鸟圭介也头疼。然而，他不是袁世凯那种被逼得一筹莫展的头疼，而是为一时想不出怎样把清军逼入绝境而头疼。

"究竟这个'只要曲不在我'有多大的容许范围呢？"大鸟圭介向加藤书记官问道。

东京的训令说，采取什么样的手段都行，必须制造开战借口，要求是“只要曲不在我”。

“我认为这需要果断，只要能说得过去，什么理由都行！……如果能说清一个脉络，就能硬闯过去！”加藤答道。

“脉络？”大鸟抱起胳膊。

同一时刻，袁世凯慨叹朝鲜政界亲清派的凋落，而大鸟慨叹亲日派扩展得太迟缓。

日本想单独地改革朝鲜内政，不使用冲击疗法，是不会奏效的。要往改革朝鲜的政治家头脑里灌进日本形象，必须先赶走中国这个形象。让日军狠狠地打击清军一下，就能大获成功。

非同清军冲突一次不可。指望偶发事故引起冲突是不可能的，因为两国的驻地离得太远。冲突只有用攻击去引起，找个什么理由呢？

“只有利用宗主权这一手。”大鸟把抱着的双臂放下来，说道。

“完全对！”加藤同意道。

“先从宗主权方面找一找理由。”

“发一封质问函件，问问朝鲜是不是清的属国？”

“用正式的外交函件……对了，用照会。不过，他们究竟能回答些什么呢？”

“‘是’或者‘否’，回答只能是二者当中的一个。”

“如果回答‘是’呢？”

“那就是欺诈！江华岛事件之后缔结的《日朝友好条约》第一条规定：朝鲜是自主之邦。若是属国，这就等于十八年间欺骗了我们，应该问罪！”

“光是问罪吗？”

“当然还要赔款。”

“赔款？”

大鸟觉得还不够满意。当然，总比什么都不干好一些。关于赔款，同朝鲜一交涉，肯定会把清政府拉扯出来。

“假如回答‘否’呢？”大鸟问加藤。

“让它要求清政府撤兵。清政府说是依据属国的请求，派了军队，如果不是属国，就是非法出兵！”

“说清廷是非法出兵，会牵扯到我国派兵问题，那可就麻烦了。”

“没关系，我国是依据中日《天津条约》的规定派兵的。清廷派兵，日本也派兵……至于清廷是根据什么派兵的，合法还是不合法，我们无从得知，我们只是根据清廷派兵这一事实才派兵的。”

“你说清军在朝鲜驻扎非法，那么，日本在朝鲜驻扎就合法吗？”大鸟又追问了一句。

“我认为可以这么解释。”

“加藤君，你熟知国际法，我想不会有差错吧。可是，怎么对付这非法驻扎的清军呢？”

“朝鲜既然自称是独立国，那么，首先让它要求清军撤走！”

“朝鲜政府怎么能让清军撤走呢？根本不可能说这种话，没一个人有这种勇气。”

“朝鲜政府不行，那就只好由日军来替它干了。”

“嗯，是这样……大体上脉络似乎顺通了。”

大鸟觉得非常满意，不住地点头称是。

“拟篇电文稿吗？”

“嗯，请你赶快动笔吧！”大鸟说道。

他认为这个脉络极巧妙地形成了，而且符合“只要曲不在我”的原则。于是，按照这个脉络，一面向东京发电报，一面向朝鲜政府发出照会。然而，做梦也没想到东京复电命令停止。

理清这一脉络，是加藤书记官到达朝鲜的第二天，阳历6月28日。

“这可不行！”

在东京的日本外务省，陆奥外相阅读大鸟公使的电报，蹙起眉心。

“不妥当……不行……”陆奥反复地念叨。

这是在俄国希德洛夫公使第一次拜会日本外交部之后，英国介入的动向极明显之时。

清廷对朝鲜持有宗主权，固然各国的认可程度有差别，但在当时，是作为一种国际常识被承认的。不仅如此，英国甚至还期望清政府加强其宗主权。

在宗主权问题上责难朝鲜，日本从前曾做过，没有任何收获。主动进攻清军，用实力迫使清军撤走，也是唐突的过激行动。目前已见英、俄两国介入的征兆，用这种借口掀起战争，是不妥当的。陆奥是比大鸟更狂热的主战论者，问题的关键是用什么借口开战。

用宗主权不妥当。清政府会拿出如山的证据，证实朝鲜是它的属国。

不会找不到借口吧？陆奥焦急起来。

牙山驻扎的清军将领聂士成公开发出的檄文中，有“爱恤属国”“保护藩属”等字样，大鸟曾借此逼问朝鲜政府：“朝鲜国承认这个吗？”

陆奥外相训示大鸟公使：“可让聂士成撤掉其布告中之‘属国’二字，但让牙山的清军撤出是违背策略的！”

同一天，外相又急忙追加了一封电报：“采取非常手段时，务要事先请示！”

现在正是英、俄介入之时，应当采取不动声色的低姿态。电报无法详细说明，于是，在加藤增雄书记官之后，陆奥外相又派出政务局长栗野慎一郎去汉城。

【第二十七章】

青年离去

1

“依靠英国。”

——关于朝鲜问题，伊藤首相定下了这样一个基本方针，俄国的干涉摆在眼前，作为对策，只有依靠英国势力。

清廷对朝鲜的宗主权，英国不但承认，甚至还希望加强。不谙中央气氛的大鸟公使，竟想把宗主权作为开战的契机，结果与东京之间发生了龃龉。

这时，清政府内部也有了摩擦，李鸿章派和反李鸿章派之间在朝鲜问题上也存在意见分歧。

在中、日两国纠纷中，驻汉城的清廷代表袁世凯那独特的政治嗅觉也不灵了。对自己的政治嗅觉，他本来很有自信，如今不灵了，不禁感到非常焦虑。此时他也开始出现头疼和神经衰弱等症状。

头疼，天津的李鸿章也不例外。

李鸿章确实是国政的一把手，然而，处于封建专制政体之下，如果得不到专制皇帝的信任，就什么事也做不成。这时的专制皇帝，应该说是西太后。李鸿章同她的关系很融洽，所以迄今为止办事还算顺利。

西太后今年六十岁。

皇帝爱新觉罗·载湉（光绪帝），四岁即位，西太后在很长一段时间里摄政，是实际上的女皇帝。

这一年是光绪二十年，皇帝已满二十三岁。人们都认为：西太后的摄政时代无论如何该结束了，当今皇上的亲政时代即将来临。

西太后年轻时，大臣们都拜伏在她的面前，连梦里也不敢反抗她。但是，时代在缓慢地、不断地变化着。

“我该引退享享清福了。”西太后从很早以前就这么说。

于是，她大兴土木，修造颐和园万寿山，作为养老游乐之所。

表面上，五年前光绪帝结婚时，她就已经把大权交出。其实，这五年间，丝毫不见西太后的政治影响有所减弱，依然继续着西太后的时代。

李鸿章深得西太后信任，掌管国事。但政界的斗争是残酷而复杂的，也存在反李鸿章派。这些政敌自然反感西太后，但不敢明目张胆地表露，这样一来，矛盾更集中在李鸿章身上。

随着光绪帝长大成人，帝党形成了。

当时的户部尚书翁同龢和礼部尚书李鸿藻等人是帝党的主要成员。

在中国，同一辈的兄弟，名字中都有一个相同的字。李鸿藻和李鸿章，很容易被看作兄弟，其实，他们之间完全没有关系。李鸿藻是河北高阳人，李鸿章是安徽合肥人。李鸿章的弟兄之间，通用的不是“鸿”字而是“章”字。曾任四川、湖广、两广总督的李瀚章是李鸿章的哥哥，而李鹤章是他的弟弟。

翁同龢是咸丰六年（1856 年）的状元。他的学识被看中，担任了光绪帝的老师。他与光绪帝有这样的个人关系，自然就成为帝党的核心人物。

帝党的另一根台柱李鸿藻是比翁同龢早四年的进士。这一年本来不是会试之年，但开了一场恩科。李鸿藻曾担任同治帝的老师。

另外，还有一个甲午年（1894 年）的状元——“壬午军乱”时作为吴长庆的幕僚去过朝鲜，与袁世凯也有厚谊的张謇。虽然他四十二岁才考中进士，出头较晚，但成绩卓著，很快就当上翰林院编修。他加入翁同龢派，甲午战争之前充当帝党的参谋。

张謇曾去过朝鲜，因此被认为是朝鲜通，帝党经常征求他的意见。在朝鲜问题上，他一贯是强硬派。

皇帝被强硬派所包围，而且正当年轻气盛之时，所以一开始就倾向于主战论。

西太后属于软弱派，这并不是因为她掌握了现实情况，而是想把自己的六十寿诞过得平安些，她赞成李鸿章动员列强出面干涉日本的方针。

不战而使日本从朝鲜撤兵，是再好不过的。但是，李鸿章这个人偏偏放着最有效力的英国不用，而期待俄国的干涉，岂非天大的失策！

日本的外交方针是依靠英国，如果英国方面加强压力，那么，日本或许能改变政策。就连主战派的急先锋陆奥外相也反对以英国所承认的宗主权问题为开战的借口。

可惜，对于这一情况，清政府的中枢机构却不曾察觉，很可能是情报渠道在某处堵塞了。

据《德宗实录》记载，光绪帝命令李鸿章调查军备情况，是在阴历五月二十九日（阳历7月2日）。李鸿章复奏："北洋铁、快各舰，堪备海战者仅八艘，须支出军费二百万两，及至三百万两。"

光绪帝接到奏折，不禁大怒。

"你长年监督海军，前次报告海军演习情况，不是说备战充分吗？而今说什么堪备实战的只有八艘，是何居心？你究竟练了多少兵？"

光绪帝的谕旨是严厉的斥责。同一天，皇帝给刘铭传发电报，命他上京参谒。

刘铭传是李鸿章的直系人物，因镇压捻军有功，被任命为台湾巡抚，去搞台湾的近代化。中国铺设的第一条铁路，就是在台湾，从基隆经台北到新竹的铁路，这时已经完成了。

光绪帝起用这样有实务能力的人物，为非常时期做准备。当然，这并不是皇帝一个人的主意，肯定是帝党的建议。

具有反李鸿章倾向的帝党，居然起用了李鸿章直系的刘铭传。感情终归是感情，为了国家的未来，必须跨过派系，把有能力的人才安排到适当的职位上。这是帝党人们的想法。

反过来，这件事也说明帝党相当缺乏人才，特别是具有实务才能的人。这里有科举考试的第一名，有长于文章、善于辩论的优秀人物，一句话，有的是理论家，但缺少实践家。

刘铭传接到电报，称病没有上京。也有谣传，说他同李鸿章商量了，拒不进见。但是，刘铭传在次年死去，可见并不是装病推脱。

帝党的目标是寻机使空有其名的皇帝亲政名实相副。

阻止日军入侵藩属国朝鲜，是宗主国的正当行动。——这是正确的言论。

正确的言论谁也不能反对。西太后也不能否定这个原则吧，至少不能正面反对。排除西太后，也许就是促成皇帝亲政的契机。

主张开战的帝党抱着巨大希望，这一点，李鸿章也很了解。

"糟透了……"李鸿章一天里不知要嘟囔多少回这句话。

北洋军的实力他最清楚，他也知道日军的实力。

2

七月初的天津，已经相当热了。

在一个中等旅馆里，两个青年人眺望着窗外。他们并不为炎热所苦，因为二人是来自常年炎热的地方——广东。

“逸仙，北洋大臣的使者是望不来的……我看你还是死了这条心吧！”

“献香，我们的前途遥远，需要忍耐的事情多得很……才两星期就软下来可不行。”

“指望李鸿章也可能是我们的错误。朝廷的大官，本该是我们的敌人。”

“最终也是敌人，但是在现阶段，除了利用敌人，你说还有什么办法？”

“嗯，现阶段也想不出什么好办法……不过，那位叫罗丰禄的，是不是真的把那个递上去了？”

“他说确实递上去了。”

“他收了我们的礼钱，不能说不递吧。”

“不，递交并不是那么难的事，幕僚要经常把各种参考材料呈递给大臣。我相信递了。”

“即使递上去了，人家看没看？这也是个问题呀！”

“是的，献香，只要读了……”

“你认为李鸿章的使者一定会来吗？”

“是的！”叫逸仙的青年毫不犹豫地回答。

这就是年轻的孙文，二十八岁。

献香是孙文的同乡陆皓东，年龄比孙文小一岁。两人从小是好友，十年前一起在香港接受基督教洗礼。他们推心置腹，无所不谈。

不仅仅是因为一岁之差，而且因为孙文十三岁时去了夏威夷，对世界有广泛的了解，所以，处于兄长的地位。不过，对陆皓东，他从来不摆兄长的架子。

青年的热血燃烧着对祖国的爱，孙文不能忍受列强压迫祖国的现状。

“倘不推翻清政府，建立一个美国那样的共和国政体，中国就不能得救。”这就是孙文的观点。

“那就把它推翻吧！”陆皓东是个热血汉子，立刻振臂大喊。

“对手是统治了四百余年的政府，我们没有一兵一卒，怎么能推翻？”

“虽然令人急不可耐，但必须像太平天国那样组织军队，别无他法。”

“等你组织起军队，国家早就完蛋了！”

“第二个印度？”

“为了不变成第二个印度，必须刹住国家的衰败。”

“那就得强化清政府，同我们的目的相矛盾。”

“比如说，有一所要朽坏的房子，必须补修。换上新柱子，再换上一根新梁，这样一来，房子保住了……房顶又重新苫一苫，房子就焕然一新了。这就不再是以前的旧房子了吧？”

“明白了，还有篡夺的方法。”

“对，我们钻进去，当栋做梁。”

“怎么钻进去？”

“接近当权者！”

“方法呢？”

“如今清政府腐败透顶，只要有钱，事情就好办。”

“即使被录用为下级官员，也左右不了国事！”

“不，当掌管国事的人物的亲信，我们来操纵他。”

“那么容易吗？”

“让他认识我们！”

“用什么办法？”

“上书呗！写上抱负，打动人心。”

——两个年轻人之间的这种交谈，已是几年前的事了。

现在掌管朝政的是李鸿章，就是说，要成为他的亲信，操纵他，起到新栋梁的作用。

那么，怎样接近李鸿章呢？

孙文毕业于香港大学的前身——香港西医书院（The Hong Kong Medical School）。香港是英国的殖民地，居民大多数是广东人。不论是医院的患者，还是医学院的学生，大部分是中国人。为了和清政府搞好关系，医学院聘请李鸿章为名誉董事。

母校的名誉董事，这是孙文同李鸿章的唯一的一点儿联系。

其实，这样的名誉职衔，李鸿章不知有多少。也许他本人根本还不知道自己担任着香港西医书院的名誉董事呢。

第一件事，是请谁来牵线搭桥。

“到天津以后总会有办法的。只要肯花钱，一定会有人给我们引荐。”

孙文在广州草拟了一篇上书，挚友陈少白和郑观应两人又给润色了一番。

为递交给李鸿章，孙文北上而来。与他同行的是陆皓东。旅行的目的地不只是天津，胸怀大志的孙文想多多地欣赏一下祖国的风光。特别是上海，那里必将成为他救国大业的重要基地。

陆皓东当过电报生，曾在上海住了一段时期。所以，孙文请这位熟悉地理的友人陪伴，在长江流域旅行，又一路到天津。

两人在上海会晤了王韬。王韬是苏州人，在香港待过二十多年，这时已经六十六岁，担任格致书院的校长。

王韬之所以滞留香港二十多年，是有些事由的。

他年轻时，在一个外国传教士开办的学校里当教员，同外国人很友善，通过他们也了解了西洋的情况。用当时的话说，是开明人士。不久发生太平天国战争，这时他采取了一个奇妙的行动。

他向清政府献策，建议采用近代武器，后来在作战中发挥威力的洋枪队，就是他献策的结果。

然而，另一方面，他又向太平天国的苏州守将献策，谋划如何攻克上海。后来事情败露，被清政府知道了。得知证据握在清政府手里，他便请上海的英国领事保护，亡命去了香港。

二十多年过去了，这件事渐渐被遗忘，不了了之。并且，清朝到了洋务派时代，会英语、懂西洋近代文明的王韬终于出场了。以前在香港翻译的外国书提高了他的声誉，借此他返回了上海。

孙文把给李鸿章的上书草稿，拿给王韬看。对于他的主张，洋务派的王韬也大为赞赏。

“坚持干下去吧！今天得知还有你们这样的年轻人，我算放心了，好好干吧！”

王韬提笔改动了数语，只限于词句表达，不曾有损于上书精神。

这篇长达八千字的上书，收录于《孙文全集》。不过，王韬改动了什么地方，不得而知。

两个广东青年从上海到天津，按照当时的习俗，准备好礼品，通过李鸿章的幕僚罗丰禄呈递上书。

3

岂止两周，等了一个来月也没有一点儿反应。

“只要读了，就一定会被打动。”孙文很有自信。

上书的内容主要是：

欧洲各国富强之根本，绝非仅限于军事力量（船坚炮利、垒固兵强），而在于人能尽其才，地能尽其利，物能尽其用，货能畅其流——此四事者，富强之大经，治国之大本也……因之，必须学习西洋之法，教育、产业……

今天看来，这都是些理所当然的事情。有的孙文研究者认为，这篇上书连立宪政体都只字未提，是不彻底的。可是，在那个时代，知识阶层都鄙视外国，认为它们的长处只在军事技术方面，应学习的不过如此而已。孙文提出西洋富强之根本不仅仅是这些，应当说是前进了一步。

其次，上书的对象是清政府的最高要人李鸿章，目的是触动他的心，要让他受感动，不能让他发怒。所以，即使有改革政体之意，也不能在上书里写出来。

依据这篇给李鸿章的上书，判断孙文这时还没有强烈的革命思想，也是不正确的。从文章的目的来看，不能写进去的事项简直太多了。

接近李鸿章，他认为是一种手段。不应把他采取的接近李鸿章的手段视为他的本意。

“还是不行啊！”最能忍耐的孙文也终于摇头了，说道。

“算了吧，不能总待在天津浪费时间。再多转几个地方吧？”易灰心的陆皓东对于孙文不再坚持接近李鸿章立刻表示赞成。

两个青年人去了北京，然后经武汉返回广东。这时，甲午战争已经开始了。

李鸿章是否读了孙文的上书，已经无从查考。不过，从客观上看，那年的六月到七月之间朝鲜问题异常严峻，他是不可能读一篇与此没有直接关系的八千字的上书的。也许他读了一半儿就不往下读了。

“读了上书，竟不派使者来，可见李鸿章这个人并不是什么了不起的人物！”

在北京，孙文和陆皓东一边散步，一边还谈着这件事。

“还是得有武力！……要有兵！……”孙文自言自语似的说道。

“不错，必须靠自己的力量。”陆皓东高高地举起手臂。

青年们总是意气风发的。

从北京回广东的途中，两人一直谈论着依靠武力复苏国家的话题。

“你看这座城市应当从哪里进攻？”

“这个地方军队不太多，万一有事，援军从哪里来呢？”

“太平天国攻击此地时，在那一带布阵，正确吗？”

太平天国才过去三十年，人们记忆犹新。领导太平天国的主要领袖都是广东和广西的客家人，孙文也是客家人。

“我要做第二个洪秀全！”孙文在心里暗自思量。他为敢于向清帝国造反的人和自己一样是客家人而骄傲。洪秀全在孙文出生前两年，于天京（南京）失陷的前夕死去，太平天国终于失败。

“第二个洪秀全绝不会失败！”

沿着长江旅行，也是为了凭吊太平天国的战斗遗址。

“体会太平天国军的作战方式是对的，不过，也该研究一下曾国藩和李鸿章的做法！”陆皓东说道。

曾国藩和李鸿章两人都是镇压太平天国的将领。曾国藩已死，李鸿章还在。这次想利用他，没有成功，孙文已经断了念头。既然不抱幻想了，那么，李鸿章作为“敌人”的样本，倒也相当。的确有必要学习敌人的战略战术。

“当然……你说，攻陷这座城，需要多少兵力？”孙文仰望武昌城墙，叹息道。

“建一支军队，没钱不行啊！”陆皓东的语调不那么激昂了。

“必须先考虑筹款。”

“筹款可不容易呀！……你一说这是为了建一支推翻政府用的军队，谁也不会提供。就连赞成我们的宗旨的少数人，心有恐惧，大概也不会出钱。难哪！”

“是难……”孙文想了一下，接着说道，“你说得对，在国内筹款怕是筹不到的。善良而胆小的人们不愿被牵连进可怕的造反中……但是，在国外就不害怕清政府。”

“国外？”

“华侨！我在夏威夷住过，知道这事。华侨人多，其中有不少有成就的。他们远离祖国，却非常爱国。他们会捐赠的。不仅在夏威夷，旧金山、洛杉矶那里的华侨也不少。不光美国，新加坡、马尼拉也有，成功的人也有。对！向他们做工作……”

讲求实际的孙文已经想好了具体方法。后世称他为伟大的乐观主义者，但他并不是盲目乐观。单凭二十八岁的年轻人的一张嘴，不论多么爱国的华侨，也不会轻易地解囊相助。需要附带一个“钓饵”——“当革命成功之日”，所借的钱加倍奉还。有了这样的条件，是会有人认可下赌注的。

“夏威夷，你在那里也住过，熟人又多，肯定行，至于其他地方，可就难了！”陆皓东有点儿怀疑。

“有洪门，洪门在海外到处都有。”孙文答道。

洪门的别名叫天地会，是一种结社，具有行侠仗义和互相扶助等特点，并且有民族主义倾向，反政府的情绪是非常强烈的。

太平天国举兵，天地会也参加了。洪秀全集团是些极端禁欲主义者，而天地会的人好似《水浒传》中的豪侠人物，因此两者的结合并不紧密、和谐。这是太平天国革命失败的原因之一。

因为是秘密结社，其组织的详情，创业的经纬，都不得而知。传说清初，少林寺被镇压，有五个僧人逃出来，组织了天地会。

后来参加了太平天国，清政府对天地会的压迫就更加严厉了。于是，许多人忍受不了压迫，逃到国外，开辟新的生活场所。

由于这种原因，侨居海外的华侨多属于天地会，也就是洪门。从人口来看，华侨社会的会员密度远远超过国内。

洪门在各地有横向联系，只要有其他地方的洪门首领的介绍，就绝不会被轻慢。这也是侠义团体的特点。

孙文本人在广州、香港、澳门等地，主动同洪门的人交往，建立了联系。

为我们的组织参加过的太平天国复仇而筹集军费——在道理上，对洪门的人们是说得通的。

回到广州后不久，孙文又搭上轮船去夏威夷。这时，李鸿章的军队在朝鲜连吃败仗的消息也传到了广东。

孙文心里满满装着未来的计划，对李鸿章的同情一丝一毫也不存在了。

4

光绪帝命令李鸿章把军备情况具实上报的次日，日本驻中国代理公使小村寿太郎对总理衙门提出："关于朝鲜问题，希望日、中两国直接对话解决，不要他国干涉。"

翌日，7月4日，李鸿章接到袁世凯的电报，"日本没有和平意愿"，"请让我调转"。

第二天，袁世凯又来电："日本迫使朝鲜改革国政，又增派一千五百兵，对此状态，我已一筹莫展，只能忍受屈辱。我想去天津，辅佐朝鲜问题，这里暂时交给唐绍仪。"

袁世凯在朝鲜多年来阻止日本的扩张，此时要更换他人，等于卷旗逃跑。

然而，事态发展到这种地步，袁世凯继续留在汉城已经没有价值了。深受日本政府憎恨的他不在那里，或许会更好些，只是不能灰溜溜地回国，得给他找一个台阶。

李鸿章报请总理衙门，答复是："待事到极限、再也无法挽救之时，以北洋（李鸿章）面询为由，召回天津。"

袁世凯离开汉城，在原则上已得到本国政府的批准，只是什么时候尚未定准。关于朝鲜问题，没有谁比袁世凯更了解，本应把他留在朝鲜，但李鸿章仍期待着俄国的干涉，没有放弃和平解决的念头，所以，出于两个理由，他决心更换袁世凯。

一、唯恐同日本之间对话时，一直与日本矛盾较深的袁世凯会成为妨碍。

二、万一问题得不到解决，酿成战争，恐怕袁世凯的政治生命也就完了。对李鸿章的北洋派来说，袁世凯的才干是缺少不得的，必须防止他丢官。

于是，李鸿章把袁世凯这颗棋子从棋盘上撤下来。

7月9日，由于英国的调停，日本的代理公使小村寿太郎同总理衙门大臣在北京举行会谈。双方各持己见，终于决裂。

日本外交大臣陆奥宗光原来就反对英国从中调停，但伊藤首相定下依靠英国的方针，不得不服从。他期待着调停的失败。在清政府方面，李鸿章也过分把希望寄托在俄国干涉上，对于英国的调停虽然也表示欢迎，但又担心俄国和英国的调停竞赛会把问题弄僵。

中、日两国都对英国安排的北京会谈表示冷淡，那怎么能谈成呢？

寄以莫大期待的俄国干涉失败——李鸿章得知这个消息是在7月9日。

俄国驻中国公使喀西尼派巴甫洛夫来告诉李鸿章："俄罗斯帝国只能从友谊方面劝告日本撤兵，而不能使用武力强制日本。至于朝鲜的内政应否予以改革，更是俄国不希望介入的问题。"

其实，喀西尼公使是积极的干涉论者，他曾极力建议本国政府，介入朝鲜问题。他断言，日本独占了朝鲜，俄国的情况要比现在坏得多。

在不能把大军运往远东的现在，俄国希望朝鲜局势像以前一样动荡不安。一旦中、日两国中的某一国确实控制了朝鲜半岛，俄国就没有南进的希望了。

喀西尼公使的势态分析不能说是错误的。但是，现在无法把大军运往远东，如果干涉失败，就将束手无策，尴尬地退出，把俄罗斯帝国的面子丢尽。

西伯利亚铁路竣工以前，在远东不能进行大规模作战，俄国的这一弱点，日本最清楚。

即使进行干涉，成功率也将是最低的，这就是俄国外交部的判断。

北京的喀西尼公使是积极的干涉论者，而彼得堡的外交大臣格尔斯却不是。

东京的希德洛夫公使报告说："日本国内呈现极度兴奋状态，恐怕政府欲罢而不能。"

日本国内舆论是清一色的主战论，而且正如希德洛夫所说，是处于兴奋状态。

明治维新以后日本所追求的目标——跻身列强，就在眼前。所谓"列强"，就是倚恃武力，出兵外国，夺取利益的国家。日本正处于这种夙愿即将实现的兴奋之中。报纸也煽动着主战论。

6月29日的《时事新报》刊登了这样一段报道：

旧水户藩复权士族及旧须坂藩复权士族二百六十八名之总代表，昨日经东京府向陆军部请愿，欲组成战刀队，赴朝鲜参战。

下面是7月1日《东京日日新闻》登载的报道：

关东地方素有侠客之称的石定事高桥文吉，为此次朝鲜事件，近日纠集府下游民一千人，亲自统率，呈请从军。有人说：汝志诚可嘉，只是战斗均由海、陆军队承担，恐难以如愿，不如去当役夫，冲入枪林弹雨之中，协助辎重士兵。于是，高桥为此而到处奔走。

7月4日，在神田锦辉馆举行演讲会。大讲什么“千载难逢”“机不可失”“东洋盟主”“千钧一发”“朝鲜风云”等，是一次主战论的演讲会。大井宪太郎、犬养毅、长谷场纯孝等人是主要角色。

当时日本报界都把李鸿章写成一开始就是主战论者，而朝廷则持非战论。其实，甲午战争爆发之前，宫廷中分为两派——后党和帝党，前者是稳健派，后者是主战派，李鸿章当然是站在西太后一边。

据李鸿章的女婿张佩纶的《涧于集》记载：

是日（阳历7月9日），俄使来。和议无成。合肥（即李鸿章，以其出生地称之）甚愤，始决用兵意。然陆军无帅，海军诸将无才，殊可虑也。

实权派首领李鸿章认识到开战不可避免，似乎是在喀西尼的使者巴甫洛夫来天津转告了俄国政府决定不干涉之后。

【第二十八章】

踏 步

1

日本公使大鸟圭介同朝鲜政府代表关于政治改革的对话，因为是在汉城南山的老人亭举行的，所以得名“老人亭会谈”。

实际上，这不是什么“会谈”，似乎应称之为“恫吓”。

日本早就看准清政府必然拒绝，因此才提议由日、中两国共同改革。坚持宗主权的清政府拒绝了日本的提议，日本便单方面向朝鲜政府提出，愿意承担朝鲜政治改革之责。

日本限定了时间，要不然，朝鲜政府肯定会采取拖延的办法来对付。7月3日提出，要求在7月8日正午以前答复。

朝鲜政府接到日本的动议后，首先通知驻在天津的督理徐相乔，用心不外是让他向李鸿章报告，请他谅解朝鲜的苦衷。而且，这也就是一封求援的告急电报。

同时，朝鲜政府任命申正熙、金嘉镇、曹寅承等人为内政改革委员，同日本谈判。

大鸟公使同朝鲜方面的内政改革委员的“对话”，就是所谓的“老人亭会谈”。日本政府抛出五条二十七项的内政改革方案纲目，日期是7月10日。

日本已经不把驻在朝鲜的清政府代表袁世凯放在眼里了。

袁世凯脸色阴沉，手托着下巴，坐在公署的桌子前。关于日本的活动，朝鲜政府一项一项地不断报来，可是他再也无计可施了。

“如果说我还能做点儿什么，就只有离开朝鲜这件事了。我这个人消失了，于国有利。”这句话成了袁世凯那时的口头禅。他天天用电报向李鸿章报告自己的意向。

“老人亭会谈”正举行的时候，袁世凯在公署里突然对唐绍仪说了一句：“日本的军队似乎很强。”

唐绍仪点点头，说道：“我国军队驻在牙山倒是一件好事。”

日军在仁川到汉城之间遍地驻扎，而清军则在较远的牙山驻扎。离得远，使人们无法对比两军。若是两军并列对比，就能看出清军的软弱了。不仅在量上兵员少，而且在质上以及最重要的士气方面也处于劣势。

“关键就在这儿……不论政治家多么刚强，没有武力做后盾，就毫无办法！”袁世凯说着，叹了一口气。

曾经对宗主权问题那么强硬的袁世凯，如今也倾向于“朝鲜内政，本应自主，关于改革问题，可允朝鲜同日本对话，我国不必强行干预”。

他这样发电报给李鸿章。

在“老人亭会谈”的前一天，李鸿章接到俄国不介入的照会，这才下了决心，认为除了交战以外，别无办法了。

“老人亭会谈”上，大鸟公使把五条二十七项中的七项单独提出，迫使朝鲜政府于三日内议决，十日内实行。

一、政务复归议政府，确立六曹判书（各部行政长官）之权限，纠正世道执政之弊。

二、严格划分宫中、府中之别，不许宫廷干涉政务。

三、明确外交责任，任命专任大臣。

四、打破门阀，录用人才。

五、严禁卖官。

六、严禁官吏受贿。

七、在汉城与重要港湾之间铺设铁路，在全国重要城市间架设电信。本项在十日内议决开工。

这些内容，的确都是必须改革的。朝鲜政府也深感内政有改革的必要，所以，对日方的提案没有异议。不过，附有但书——

但是，现在日本以强大的兵力驻留汉城，并限期改革，强迫实行，不正是干涉内政吗?

“老人亭会谈”在7月10日和11日举行。7月13日，朝鲜政府在议政府内设置校正厅，发表负责内政改革的人选。朝鲜政府以向前看的姿态向日本方面表示了诚意，然后说：“日本如能首先撤去军队，而后撤回限期改革内政的照会，朝鲜政府将主动举改革之实，报答日本政府之好意。”

朝鲜政府把这个照会交给大鸟公使，是在7月16日。

举行第一次“老人亭会谈”那天，大鸟公使向本国政府提出解决朝鲜问题的两个方案，呈请批准。两个方案是：

甲案　以内政改革的迫切性为理由，用武力占领王宫，进行决定性谈判。

乙案　破坏清廷和朝鲜的宗属关系，要求与清廷有相同的权力和特权及电报电话线架设权。直到接受为止，占领王宫诸门。

“王宫”和“王宫诸门”是有差别的，但两者都是动用武力来威胁朝鲜宫廷的方策。

强硬政策本是陆奥外相所希望的，不，是所窥视的，但他也有一件担心事，就是同英国的修订条约还没有签署。因为日本在外交上依靠英国，不能让它发怒。两国之间若没有悬而未决的问题就好了，可是，现在摆着一个国民所注目的重大问题。

假如办完了修订条约的签署手续，那就没问题了。改订条约已进入决定性阶段，还有些帽子和砂糖等关税的末节问题。帽子输出国英国，为了大量出售，要求日本政府降低关税，而日本政府为保护本国的帽子业者，想把进口帽子的关税提高一些。在这一点上，两国意见还没有完全达成一致。

事态的关键并不在帽子上。

陆奥外相指示驻英公使青木：“如能在7月14日办完签署手续，帽子和砂糖的关税可以让步。”这封指示电是7月12日发出的，日本的对华战争已到了以秒计算时间的阶段。英国政府允诺了青木公使的提议，修订条约终于签署，时间晚了些，但7月16日总算办完了。

陆奥外相接到青木公使的电报后，乐得不知如何是好，说道：

我立刻斋戒沐浴，驰赴皇宫，伏奏皇上，《日英条约》已经签字……

执行强硬政策的最后一个障碍被排除了。

2

7月17日在东京举行第一次大本营御前会议。在这次会议上，下达了开战不可避免的决定。

同一时间，李鸿章正被政敌围攻。俄国的介入已成泡影，他刚刚下决心进行军事动员，7月14日，日本代理公使小村寿太郎的所谓“第二次绝交书”送到李鸿章的手边。小村把东京发来的绝交书用更为强硬的语调改写了一番，递交清政府。

总理衙门接到后，向李鸿章询问了军事对策。

李鸿章把下列作战计划从天津电告北京：

一、命卫汝贵统率的盛军六千开赴平壤（这支军队是驻扎在直隶省小站的宁夏兵）。

二、命马玉昆统率的毅军两千开赴义州（这支军队驻守在旅顺，属四川提督麾下）。

三、致电盛京将军（当时东北的军政长官），命其所属左宝贵的奉军四千开赴平壤会合。

四、命牙山叶志超部两千人移防平壤。

五、向朝鲜近海派遣兵舰。

其中只有盛京（奉天）将军的军队不属李鸿章派系，据说是受过最新训练的精兵。此外各军当时都称为北洋军，以李鸿章同太平天国作战时组织的淮军为基干。虽然所属各异，有四川、宁夏等部，但官兵大部分是安徽人，是李鸿章的同乡。

李鸿章当了北洋大臣，军队也被称为北洋军，如同私兵，清廷的国防处于不依赖私兵就无法支撑的局面。

太平天国军从广西攻上来，势如破竹，攻陷南京是在四十年前的1853年。当时，官军——政府军对太平天国军简直是毫无办法，连战连败，在战斗之前就失去了战斗意志。

清朝军队腐败到了极点。

军队不能用，怎么办？只有创建新的军队。

曾国藩受命讨伐太平天国时，创建了一支军队。他们是在“保卫乡里”的口号下，由关系组织起来的军队。私塾老师当了官，弟子们就当了兵，是这样的组织。当然军事方面都是些门外汉，但稍加训练后，就成为强于政府军的军队了。

曾国藩是湖南人，湖南简称“湘”，所以他创建的新军队被称作“湘勇”或“湘军”。

李鸿章仿照前辈曾国藩的湘军，创建了组织方式相同的军队。他出身安徽，人们称他的军队为“淮勇”或“淮军”。

凭借湘军和淮军的力量，历时十年，镇压了太平天国。这时，谣传“曾国藩要率领湘军进北京，建立新王朝”。

假如曾国藩真有这个心思，那他肯定能建立一个新王朝。因为保卫清廷的官军不过是一群废物。

曾国藩听到这个谣言，认为只要有湘军在，他就会被怀疑，于是毅然解散了湘军，但把有才干的将领都让给了李鸿章。李鸿章也是个拥有淮军的实力派，但比起曾国藩来，他是晚辈，那时还不至于被怀疑。

其后，李鸿章的淮军平定了捻军起义，身价越来越高。原来是私人军队的淮军被编入国家的正规军，但不用说，李鸿章色彩还是很浓厚。李鸿章身为直隶总督，在天津挥舞那么大的权势，就是因为有一支听从他指挥的军队。他的发言，总是以武力为背景的。

有些王公贵族和虽为高官却无武力背景的人们，都很妒忌他。如前所述，由于对西太后反感，随之对她所信任的李鸿章也抱有敌意。

李鸿章的政敌非常多。

日本召开大本营御前会议的前一天——7月16日，在北京，皇帝的数名顾问——军机大臣和总理衙门成员，聚集一处，研究朝鲜问题。李鸿章没有出席会议，他从天津发来的电报摆在会议桌上。

帝党的李鸿藻和翁同龢当然是主战论者，但他们是少数派。而王公大臣是多数派，认为今年是西太后的六十大寿，无论如何也不要发生战争。避战论者占大多数，他们说：“我国同朝鲜的宗属关系，哪怕是名义上的，如能维持下去，其余的做一下让步也就算了。”

主战论者是李鸿章的政敌，而避战论者也以不负责任的口吻批评说：“李鸿章怎么把我国同日本的关系搞得这么糟呢？”

“当日本提议共同承担朝鲜的内政改革时，李鸿章为什么拒绝了？那时若接受了日本的提议，今天就不至于把局势弄得这么僵！”

其实，假如那时接受了日本的共同改革提案，那么，这是事关“国体”的大事，不管谁是当事者，无疑都要遭到众人的责难。

李鸿章对北京的会议情况做了估计，每个与会者的脸孔都在他头脑里盘旋，谁会说什么话，他也能想象得出。

事情在发展。

会议应当开，实际准备也必须做。李鸿章往伦敦发电报，因为运输军队需要船只，必须考虑买船的事。问题迫在眉睫，刻不容缓的事情太多了。

“是啊，不是速度快的船就来不及了。”

给伦敦公使的电报草稿上，李鸿章把要购进的船的速度也写上了——时速二十三四海里。

幕僚们不断地接到电报。

“朝鲜袁道来电。”幕僚把电文放在李鸿章的桌子上，并报告了发报人。

“啊，项城的吗？……趁现在还不晚，应当把他从朝鲜调出来。”他一边叨念着，一边看电文。

袁世凯为辞任回国，不知打来了多少封电报，这回的调子极其悲惨：“凯病如此，唯有死，然死何益于国事？痛绝。”

“明白了，明白了！”李鸿章冲着电文频频点头。

3

军机大臣和总理衙门会议提出“避战”的结论，光绪帝大为不满。他的近侍泄露说，年轻的皇帝要处分北洋。

然而，在这严峻时局下，除了李鸿章，还有谁能处理问题呢？皇帝虽然是个主战论者，但如果没有李鸿章，恐怕连一个士兵也指挥不动。

处罚李鸿章之类的话不过是说说而已。光绪帝自以为断了奶，其实，没有西太后的谅解，他能处分得了李鸿章吗？

礼部侍郎志锐上书弹劾李鸿章和总理衙门诸大臣，是在阴历六月十五日（阳历7月17日），也就是得出避战结论的会议的次日。在东京，这时正召开大本营御前会议。

志锐言辞严厉，颇有可取之处。他责备李鸿章等人过分依赖外国的介入，说：

事起之初，则赖俄使；俄使未成，复望英使。英使不能，又将易谁?

志锐不愧为谏臣，虽然上书弹劾，却并未提出处分李鸿章的不现实的主张。他主张，命令李鸿章调兵遣将，尽速进发，赶上时机。

本不愿打仗的李鸿章也感到“事已至此”，只有下定决心，制订动员计划，向英国订购快速船只了。然而，北京的政敌又依据避战方针，束缚他的行动。

关于此事，陆奥宗光在《蹇蹇录》中做了如下评论：

李鸿章是惹起此次朝鲜问题及日清纠纷的罪魁祸首、主谋者。一切应归罪于他一身，自不待言。然而，在此时局发展中，特别在国运生死迫近眼前之际，北京政府徒逞党派之争，加以如同儿戏之谴责，不仅使他无法充分执行其策略，而且，免不了要承担所有责任。这当然是李鸿章的不幸，同时也是清政府自戕其国。

这段评语颇中肯。

7月18日，李鸿章电请总理衙门批准袁世凯归国，由唐绍仪继任。

当天，袁世凯接到“着即归国”的电报。当夜，他与唐绍仪二人静静地交杯换盏。

“只剩下我和你两人了！”袁世凯把酒杯端到唇边，似乎不是对唐绍仪而是对杯中的绍兴酒窃窃私语。

“是啊……”唐绍仪也不看对方一眼，仰视天棚答道。

公署的杂役如今全都跑光了。

“人都势利眼！”

“是些普通人嘛。”

“时过境迁，就像陌生人一样。”

“不论朝鲜还是中国，都一样。”

“兴旺时门庭若市。”

“现在是门可罗雀了。”

“我们完全被包围了！”

“是吗？”

“简直被包围了好几层，只是你不知道！”袁世凯说道。

袁世凯认为，这个清政府代表的办事处已经被日本的侦探和喽啰们严密地包围了。唐绍仪却不大相信，朝窗外张望了一会儿，不见什么人影。不过，汉城已开进许多日军，随处可见。偶尔有一队士兵迈着整齐的步伐走过来，似乎是执行公事，路过这里。

“你太多疑了。”唐绍仪说道，他差一点儿说出“神经质”这个词，但话到嘴边，到底没说出口。

“不，是你过于乐观了……不光是日本人，东学党那伙人也在窥视着我……明天，我怎么从这儿逃脱呢？”

袁世凯的敌人不只是日本人，他也曾帮助镇压过东学党，是东学党的仇人。

“总端着那杯酒干什么？喝下去呀！”唐绍仪笑着说道。

袁世凯端着酒杯，凑到唇边，好半天也没喝一口，被唐绍仪提醒，他苦笑着一口喝干，露出苦涩的表情。

袁世凯发给李鸿章的最后一次电报，开头说：

凯等在汉，日围月余，视华仇甚。赖有二三员勉可办公，今均逃。

据《容庵弟子记》记载，日军架起巨炮，炮口指向袁世凯的行署。这部著作是袁世凯的门生写的，把他写得十分优秀、十分辛劳，恐怕是不可信的。其中还说由于李鸿章和叶志超不听袁世凯的计策，所以失败了。总之，这一时期，袁世凯多少有点儿神经质了。

“必须换装逃走……换什么装束呢？”袁世凯独自喃喃地说道。

“装扮个老头！”唐绍仪从旁提议，“这个国家最尊重老年人。要弯下腰来，把腰弯下，光弯腰就行了。”

袁世凯是少白头，所以唐绍仪有意这么说。

袁世凯感到生命有危险，试图逃脱，竟把唐绍仪甩在一旁不管。唐绍仪想问问他：你把我这条命怎么处置呢？不过，他比袁世凯乐观得多，因为汉城有外交团。

比起袁世凯来，哥伦比亚大学出身的唐绍仪同各国外交官交往密切，一旦有事，他们肯定会伸手救助的。

唐绍仪同大鸟圭介交谈过数次，觉得大鸟对国际公法的理解很透彻。

“老头？……对，老头……是了，有根拐杖，拄着拐杖走……”袁世凯自言自语的毛病近来更明显了。

7月19日，袁世凯拄着拐杖，装成老头，逃出汉城，奔向仁川。

“十年！”他摸到仁川，登上停泊在那里的军舰“平远号”，又喃喃自语。

他在朝鲜已经生活了十多年。

“再也不会回来了……”他环视周围，说道。简直是仓皇逃窜，居然没有同牙山驻军的首领联系一下。

率领两千士兵驻扎在牙山的叶志超这时候接到一个命令：由海路移驻平壤。

汉城有八千多名日军，牙山的两千清军显得很孤单，而且只有八门大炮。按照李鸿章的作战计划，把清军集中到平壤，与汉城的日军对峙。

李鸿章向北京提出的作战计划是让盛军六千人和奉军四千人，计一万人，集结平壤；再加上牙山叶志超军两千人移驻平壤，以及马玉昆的毅军两千人驻扎义州，这样，一万四千人集合在平壤附近，以对付不足一万的汉城日军。可是，事实上，日本的大岛旅团八千人已驻扎汉城，而平壤还没有一名清兵。

离平壤最近的叶志超拒绝了本国的调动命令，回电报说：“从海路转移大军已十分危险，不如原地驻留牙山，有利于切断釜山同汉城的日军的联系。因此，望派增援部队。”

这封电报于7月18日送到李鸿章的手上。

战时，当地的司令官最了解情况，所以有权拒绝上头的命令。

李鸿章忙得不可开交，刚安排好袁世凯归国的事，又命令驻守天津近郊的军队挑选两千三百名官兵，增援牙山。

增援部队分成两路。先发的第一路是一千三百人，分乘两艘商船，于7月21日从大沽港出发。两艘轮船都是向英国的怡和洋行包租的，一艘是“爱仁号”，一艘是“飞鲸号”。

第一路援军开拔那天，袁世凯所乘的“平远号”抵达天津。

4

英国向日本政府提出最后一次调停，正是袁世凯逃离朝鲜的 7 月 19 日。

同一天，大鸟公使来电，报告他在“老人亭会谈”的提议事实上遭到朝鲜政府拒绝，所以准备实行乙案。

开战之前，日本政府有点儿原地踏步了。

对英国提出的调停方案，不留情面地予以拒绝，恐怕在外交上有失礼貌。在修订条约签字之后，本可以不必介意英国的动向了，可是，不能不担心“中、英之间有无什么密约”。

日、中之间发生纠纷，英国会以武力介入，这一点还不能完全否定。

但陆奥外相确信这是不可能的。

清政府的政策一直由李鸿章包办，而他最为信赖的是俄国，可以说倾注了全部精力争取俄国介入，至于英国的调停建议，李鸿章害怕它将同俄国竞争，只是在礼节上应付而已。

从情报来分析，清廷同英国之间还没有那种密约武力介入的关系。不过，以不失礼貌为度，陆奥外相想：“向清廷提出最终不能答应的条件，自然就会使调停中止。”

提出调停的是英国驻东京临时代理公使。他首先说明这是根据驻北京英国公使的电报提出的。

陆奥立刻感到这是李鸿章的最后挣扎。

英国公使说，小村代理公使在北京向总理衙门提出“第二次绝交书”，使清朝当局异常愤慨。但是，如日本政府还有和平诚意，清政府仍然不放弃重开谈判之愿望。

对此，陆奥外相苛刻地说，朝鲜问题日益发展，今非昔比了，日本曾提议共同改革，但遭到清政府拒绝。现在即使清政府推翻前言，想派遣共同委员，日本政府也要同清政府约定，凡是日本依靠自力着手的事项，清政府一律不许插嘴。

所谓日本依靠自力着手的事项，扩大一点儿解释就是改革方案的全部。这等于说，即使召开共同委员会，清政府对所有的事也没有发言权。

尽管如此，陆奥仍担心被逼无奈的清政府说不定会接受这个苛刻条件。日本已经完成了开战准备，而清政府才刚刚开始，让它争得准备时间，对日本是不利的。

陆奥给了五天期限，说："朝鲜问题弄到今天这种地步，皆因清政府玩弄阴险手段，因循拖延所致。因此，此次所提条件，同意与否，均不得拖延。五日为限，五日不作回答，即认为已被拒绝。"

陆奥所定的期限为7月24日。

他在《蹇蹇录》中写道：

对于如斯迫切之要求，如清廷之缓慢而疑念颇多之政府，固无轻诺之理……

此外，陆奥又添了重要的一句："倘若清政府于此期间仍往朝鲜增派军队，日本政府即认为是威胁措施。"

三日后，英国公使又造访日本外务省，递交了英国外交大臣电训的备忘录：日本政府对清政府所要求的事项，与日本政府从前声明之谈判基础相悖谬，所提日本单独着手之事，不许清政府插嘴等言，纯属无视中日《天津条约》的精神。倘日本政府固执此项政策，掀起战端，其后果全部由日本政府负责。

语气严厉。

然而，陆奥确信英国不可能以实力介入，于是，驳斥其备忘录："中日《天津条约》除规定日、清两国向朝鲜派遣军队之手续外，对其他无任何约束力。"

中日《天津条约》本身和中日《天津条约》的精神之间不相吻合。

陆奥颇有自信，认为英国不会以实力介入，但内心深处肯定也怀有"万一介入该如何处置"的危惧。

7月23日，英国公使又拜会陆奥。

"万一日、中两国间爆发战争，上海是英国权益之中心地，日本政府须承诺不在上海港及其附近各地进行战斗。"

原来如此！陆奥放下了悬着的心，英国还是认清了日、中两国之间开战已不可避免，原本就没有介入之意。英国所关心的只是本国权益所集中的上海一带的安全问题。

陆奥当场做了明确的答复："战火不会烧到上海。"

日本政府原地踏步的另一个原因是天皇的发言。

汉城大鸟公使来电报告，乙案正准备执行，接到报告的明治天皇命令德大寺侍从长："虽然即将执行乙案，但日本政府并没有想尽一切办法，你去问问外务大臣的意见。"

这一问，把外务大臣陆奥宗光在形式上给束缚住了。

但是，事到如今，陆奥再也不想考虑什么办法了。骰子已经掷出，想挽回已绝无可能，只有前进这一条路了。不过，也要尊重天皇的意思，所以，原地踏步，再做做样子。

外相给大鸟公使的训令中另加了一句话："望以我军固守王宫及汉城，倘以为不妥，则不必执行。"

大鸟公使认为很妥当，才决意实行乙案，所以，这句假定语气的话完全没有意义。

训令只有一种意义，那就是把天皇的意思的片段留在记录上了。

大鸟公使依照陆奥外相的训令，向朝鲜政府提出了实质性的最后通牒，内容有四项：

一、京釜（汉城至釜山）间之军用电报电话线，由日本自行架设。

二、朝鲜政府应遵循《济物浦条约》，火速为日本军队建设相应之兵营。

三、驻在牙山之清兵，出师无名，立即促其撤退。

四、《中朝水陆贸易章程》及其他与朝鲜之独立相抵触的中朝诸条约，应全部废除。

答复限定于7月22日。

大鸟公使把这四项要求送交朝鲜政府是在7月19日，正是袁世凯从朝鲜脱逃之日。

【第二十九章】

海陆初战

1

陆奥外相对英国临时代理公使提出的调停，答以严厉的条件，并限定于7月24日前答复。

汉城的大鸟公使交给朝鲜政府的最后通牒，限定在7月22日以前答复。

不管朝鲜政府是否答复、如何答复，战争都是要发动的。杉村书记官向东京派来的安原少佐说明了公使馆的决定。

要求朝鲜和清政府的回答期限有两日之差。

不拘有无答复，日本政府都将进攻王宫。这场军事行动结束后，留下四十八小时的空隙时间，然后再向牙山的清军进攻。

7月23日拂晓，日军按原定计划进攻朝鲜王宫。朝鲜王宫叫景福宫。

五百年前李朝太祖所建的宫殿，在二百年后丰臣秀吉出兵朝鲜时几乎被全部烧毁，一直荒芜，李太王即位之后才重建。新宫殿在1870年建成，迄今才二十余年，不见一丝旧痕。

在正面的光化门两旁，蹲着一对石雕狮子。石墙高高围绕的宫殿，宏伟壮丽。位于正殿的勤政殿，是一座有安定感的两层楼房。李氏朝鲜在国事衰微之际，建造了如此宏伟的宫殿，真具有莫大的讽刺性。然而，这座从远处看来相当壮丽的宫殿，实际上细部加工是非常草率的。据说，这就是李朝末期建筑的一种特色。

日军在详细侦察、缜密谋划之后开始了进攻，没有力量的朝鲜军抵挡不住，王宫很快被占领。

据大岛旅团长报告，缴获炮二十门，步枪三千支，其他武器无数。其中大多数是占领了军械库后得到的。

日军从王宫里弄到的不仅是上述武器。据换装逃到天津的闵尚镐诉说，穷困至极的朝鲜政府数十年来惨淡购入的步枪、火炮，全部丧失。此外，日本还没收了朝鲜五百来年从中国朝廷接受的印章及其他赏赐品。

对这次蛮横无理的偷袭，日本早就准备好矫饰的口实。毋宁说这是专门为欺骗本国国民的。在汉城发生了什么事，因为那里有各国外交官，外国是一清二楚的，只是当时是帝国主义殖民时代，日本的行动在某种程度上被看成是理所当然的。

在国内，日本总得把自己打扮得像正义的朋友才行，这也关系到国民的士气。

对国民的说辞大略如下："……朝鲜国王欲向生父大院君咨询国政，旨意已下达，但大院君唯恐闵氏一族闻知，于中途截击，踌躇未行。国王不得已而请求日本公使于大院君入宫之际派兵护卫。大鸟公使偕护卫士兵保护大院君进王宫之时，闵族所指挥之朝鲜兵首先开枪，予以阻挡。护卫士兵立即应战，约二十分钟即压倒对方火力……"

虚构可以再加粉饰。《时事新报》7月25日报道：

前23日汉城守卫王宫之韩兵向我军开枪，此事系预先潜入之清兵变装所为。因韩兵虽愚，亦不至明目张胆，做如此无谋挑战之举。且我军为护卫国王之生父大院君入宫，从彼等素常行为观之，绝不忍向君王开枪。据此，纯属清军所为，不容怀疑，通晓朝鲜情况者均以为然。

日军占领王宫的战斗没用半小时便结束了。日本兵死二人，朝鲜兵死三十人。

同时，汉城的清政府驻朝鲜总理公署也遭到日军袭击。作为袁世凯的后任留在那里的唐绍仪当即去英国总领事馆避难。

同一天，上午十一时，联合舰队的第一游击队"吉野号""秋津洲号""浪速号"三舰从佐世保港出发，"松岛号""千代田号""高千穗号""桥立号""严岛号"五舰继其后。接着，第二游击队的"葛城号""天龙号""高雄号""大和号"诸舰也起锚了。

运载清军增援部队的英轮"爱仁号"和"飞鲸号"也在这天到达牙山。两船送来了一千三百名清兵，是增援的第一队。第二队清兵九百五十人，乘英轮“高升号”，在这一天的午后也从大沽起航。

从朝鲜逃出来的袁世凯在 7 月 21 日抵达天津。他自然要向李鸿章汇报朝鲜当地的情况。当北京要他出面时，他称病留在天津，目送增援牙山的第二队士兵离去。

“除了战争再没有其他办法吗？”

尽管李鸿章已经看出这场战争不可避免，并且也下了决心，却还想找找避战的最后手段。

外国顾问告诉他，主力舰“定远号”和“镇远号”的主炮只有三发炮弹，使他大为震惊。

“‘定远’和‘镇远’各三发，只有六发？”李鸿章茫然地说了一句。

“不！‘定远’一发，‘镇远’两发，共计三发！”顾问的回答是冷漠的。

“定远号”和“镇远号”各有四门主炮，舰炮究竟是干什么的呢？

李鸿章担心地思索起来。五月间他刚刚检阅过海军，那时没点检储备的炮弹，真是一个大错误。为建造颐和园万寿山而挪用了海军预算，所以装备不完善本是意中事，可是，到了决定迎战之时才知道竟没有炮弹。

“军械局长没有报告这种事……”李鸿章脸色苍白。

“不问他，他是不会报告的，这在中国海军里早已成为惯例……不，似乎不光是海军。”顾问讥讽地说道。

李鸿章想了想军械局长张士珩那张温厚的脸孔。不错，问他的事都一一做了回答。李鸿章忘了问炮弹数，不，不是忘了，而是以为没有那个必要。原来也知道炮弹数很少，但哪里能想得到竟少到这种地步。

“战争是不能避免了。”袁世凯说道，“不，实际上，战争已经开始了。”

“伊藤博文，不过……”

李鸿章曾评论说：“在日本政治家中，伊藤博文是最可信赖的。”

“对手不是伊藤而是陆奥！”

“可陆奥只是个外交大臣，伊藤是他的上司总理大臣，按理可以辖制住陆奥的……派一个特使去找伊藤，怎么样？”

到了此时，李鸿章还梦想弄出个奇迹来。

“无济于事……能不能接待就是个问题，何况还需要过陆奥这一关！”

“可也是……不过，光靠这三发……”

“只有尽快补充，别无办法。”

从某种意义上说，袁世凯比李鸿章更现实。

2

牙山在仁川以南大约七十公里处，正当海湾凹进去的地点。堵在海湾出口，有一个小岛，名叫丰岛。

日本舰队的任务是把牙山湾的情况侦察清楚。

舰队接到上级命令：如附近的清军舰队弱小，不必攻击。若强大，予以攻击。对此，舰队参谋釜谷大尉解释："弱小还是强大，不经过对战怎么能知道？遇到敌舰，开炮打它就是了！"

7月24日，日本海军在丰岛海面发现了中国巡洋舰"济远号"和炮舰"广乙号"。但是，陆奥外相准许海军自由行动是在7月25日以后，因为日本要求清政府答复的期限为7月24日，不超过这个期限还不能炮击。

日本舰队等了一天。从佐世保港出发时，舰队就已经做好了战斗准备，随时可以投入战斗。

中国的"济远号"和"广乙号"情况如何呢？同日本舰队遭遇的24日，清舰还没有接到日军前一天已经占领了王宫的消息，应该传送情报的汉城公署也遭到日军袭击，负责人唐绍仪躲到英国总领事馆去了，无法火速通知海上的舰只。

"济远号"和"广乙号"是运送援军来的，肯定也知道事态的严重性，但怎么也没想到日本舰队会发动攻击。双方舰队照面时，日本军舰毫无举动，"济远号"和"广乙号"两舰虽极度紧张，但也没有立即进入战备状态。

清舰并不知道日本舰队是在等待时刻。

"济远号"是"穹面钢甲快船"，由德国的伏尔铿造船厂建造。这个造船厂建造过在当时来说是巨舰的七千吨以上的"定远号"和"镇远号"，但这艘"济远号"是在越南风云告急之时、中法关系紧张之后追加订购的，所以吨位只有"定远号"的一半儿。

它是同"定远号"和"镇远号"同时交付中国使用的。因为中、法之间发生纠纷，"定远号"和"镇远号"建成后，怕开赴中国的途中被法国截获，所以一直系留在德国，追加订购的"济远号"本打算在中法战争中使用，但交付中国时已经是1885年秋停战以后了。

"广乙号"炮舰原来不属于北洋海军，原名叫"广东之乙号"。南洋海军和广东海军都远远不及北洋海军，所以经常派遣船只和人员来北洋学习。"广乙号"就是来北洋学习的，这时被派到朝鲜沿海来了。

据说，日本舰队向清舰队打出第一颗炮弹是在7月25日晨七时。"济远号"管带（舰长）方伯谦慌了手脚，不知如何是好。日舰"吉野号"逼上前来。

"升起白旗！"

"逃跑！"

他发出了莫名其妙的命令，但没有顺利地贯彻下去。因为部下平素不曾很好地训练。

"济远号"竖起白旗，一边逃跑一边还炮。它带着伤，好歹逃回了旅顺。

"广乙号"仓皇逃避时触礁，火药库爆炸。

海战进行中，清政府租用的英轮"高升号"开到了丰岛海面。它在大沽港载上九百五十名清兵，送往牙山，由一艘旧式木造炮舰"操江号"护航。

"浪速号"舰长东乡平八郎派人见大尉检查"高升号"，发现载有千名清兵，于是，当场宣布俘虏该船。

"高升号"上的清军官兵拒绝投降，拘禁了英国船长，要求：如不能前进到牙山，就返回大沽港。

四小时后，"浪速号"开始了炮击。

东乡舰长的理由是"高升号"虽属英籍商船，但现在已被清军非法劫获。

东乡平八郎还是海军士官时，曾赴英国留学，熟知国际法和海事法。即使是商船，在航海中船长也有绝对的权限，甚至有裁判权，现在船长不能按照他的意思行事，可以认为该船已被非法劫持。

东乡舰长先派出快艇，数次同英国船长接触。船长表示服从"浪速号"的命令，尾随其后，做俘虏船。这一点，事后在法律问题上将非常重要。

人见大尉报告说，清军司令官对英国人舰长采取高压态度，致使以船长为首的英国人高级船员都心怀不满。事后如发生问题，确信船长等人员都不会提供有利于清政府的证言。于是，又给了四小时犹豫时间，然后发出信号："放弃船只！"

这样"仁至义尽"之后再炮击，东乡认为是可以容许的。

十二点四十分，"浪速号"开始炮击。

炮弹命中"高升号"，眼看着它沉下去。东乡舰长命令"只救助船长和白人高级船员"，这是指望他们能为日本政府提供有利的证言。

护卫舰“操江号”立刻挂起白旗投降。俘获“操江号”的是“秋津洲号”。不久，“操江号”桅杆上飘起了日本舰旗。

“高升号”的白人船员全部获救，而中国船员和清军官兵共计千余人，除了第二天法国军舰从此经过，救起一部分之外，余者全部丧生朝鲜海。这次丰岛海面的海战，日本未伤一兵，未损一舰。

中国不但损失了“高升号”，而且牺牲了众多官兵。另外，“操江号”被俘，“广乙号”报废，“济远号”大副沈寿昌中炮身亡。

3

丰岛海战的消息传到东京，是三天后的7月28日。李鸿章得知这个消息，似乎比日本早一天，是7月27日。

这一天，李鸿章向总理衙门发电报报告：

查华、日现未宣战，日船大队遽来攻扑我巡护之船，彼先开炮，实违公法。

损失了大约一千增援官兵，李鸿章十分沮丧。简直是一次惨败，一次意料之中的惨败！

在吨位方面，“吉野号”“秋津洲号”“浪速号”三舰合计为一万一千吨，而“济远号”“广乙号”两舰合计才三千三百吨。在时速方面，日本舰均在十八海里以上，而清舰则不到十八海里。另外，日本舰配备速射炮，而清舰没有，普通舰炮射出一发的工夫，速射炮能射出八发。

所谓意料之中的惨败，是因为李鸿章事先清楚这些装备上的差距。

避免不了战争，就尽快地结束战争。

——李鸿章还没有宣战，却已经在反复考虑停战了。

丰岛海战使日本国民欣喜若狂。

“陆军方面日本占上风，但海军可就不一定了。像‘定远号’和‘镇远号’那样的铁甲舰，中国多得很啊！”这是当时一般日本人的想法。那次丁汝昌率领北洋舰队访日，口称友好，却也不无示威之意。日本民众看见铁甲巨舰，都自叹不如。至于它的底细——主炮的炮弹只有一发或两发，他们是全然不知的。

照例，对国内的报道又是说日本方面先遭敌舰炮击，不得已而应战。

7月29日的《时事新报》报道：

据釜山来电：25日晨七时，于丰岛附近，清舰开炮挑衅，我舰立即还击应战。击沉其运输一千五百名官兵之运输船一只，俘获军舰“操江号”，“济远号”逃回中国，“广乙号”遁向朝鲜东海岸。

所担心的海战获得了胜利，人们自然要兴高采烈。

日本国民喜气洋洋，可外交大臣陆奥宗光却心情紧张地盯着电报，喃喃地说道：“东乡啊，你好大胆子！……在这种时候……”

“浪速号”把英轮“高升号”击沉了。不论情节如何，总之是日本军舰击沉了挂着英国国旗的商船。凭外交官的直觉，陆奥知道“这件事不可能轻易了结”。

在详细报告送达以前，他心里一直忐忑不安。

在《蹇蹇录》中，似乎陆奥异常冷静地处理了这件事。实际上，一时间他可真有点儿动摇了。开战的急先锋陆奥接到“高升号”事件的消息后，马上写信给伊藤首相：

如有必要，亟应奏请陛下圣裁。大兵增发之事，宜予暂缓，不知可否？窃不胜忧虑，谨奉书以闻，尚希定夺。

英国干涉是不可避免的了，日本目前应谨慎。陆奥想以暂缓增援来表示日本的谨慎。伊藤首相却毫不犹豫地否定了他的提议，说：“事已至此，难以变更。”

伊藤远比陆奥镇静从容。

陆奥宗光在《蹇蹇录》中只字未提他自己的一时动摇。不消说，在个人的回忆录之类当中，这种事情太多了。他只是说：

丰岛海战中，我军舰将挂有英国国旗之运输船击沉。窃以为此种意外事件，必将惹起日、英两国间极大纠纷。众人深以为惊骇，或曰，应不迁延时日，予英以令其满意之补偿。

陆奥咬牙切齿地骂道：“东乡这个浑蛋！”

但是，东乡大佐已采取了周到的措施。被救起的英国船长和高级船员们到达佐世保镇守府后，果然对日本方面大为有利。

法制局长官末松谦澄亲赴佐世保调查，结论为日本方面并无过失，没有赔偿义务。根据是：

一、“浪速号”在日、中两国业已交火之后，向“高升号”行使了“交战者”权利。

二、“高升号”属于英籍船只，但在事变之中，船长被夺去行使职权之自由，船由清军军官控制。就是说，英船“高刀号”当吋被清军军官所劫夺。

三、“高升号”船主与清政府订有契约：一旦开战，该船即交付清政府。

阳历7月28日（阴历六月二十六日），这天是清光绪帝的生日。光绪帝接受了群臣的祝贺，赐宴后在宁寿宫演了戏。虽然是狂风骤雨、瞬息万变的时刻，宫廷里依然是一片太平景象。

4

牙山的清军大本营也传来了丰岛海战的消息。这场牙山正面的海湾出口处发生的海战，尽管肉眼看不见，却震动了官兵的心弦。

是一场败战！前来增援牙山的一千名官兵遭到日军炮击，大都丧生了。

两天前乘英轮“爱仁号”和“飞鲸号”刚刚到达牙山的一千三百名援军，同“高升号”的一千名官兵是一个锅里吃饭的伙伴，住在同一营房里。临行时还对他们说过：“那么，我们先走一步啦！”

这下子自然使清军的士气低落了，临战之前清军营舍里已飘荡着绝望的气氛。

牙山的带兵将领是直隶提督叶志超和太原镇总兵聂士成两人。为防备日军南下，清军三千五百人分兵两处，一处两千，一处一千五。

牙山东北二十公里处，有一个成欢镇，位于交通要道。聂士成率兵两千，在成欢防备日军。牙山的八门野炮全部移到成欢。

在忠清南道的大田西北，有个叫公州的地方，离牙山约六十公里。那里由叶志超率一千五百人驻防。公州阵地可算是收容阵地，成欢战败时用以收容败下阵来的军队，再迂回送往平壤。

这是一个从开始就料到战败的布阵。

李鸿章的作战计划本来是让牙山军先转移到平壤，但当地的将领提出反对。尽管反对，他们仍期待着本国的增援大军能齐集平壤，所以才做了目前这种部署。

7 月 29 日聂士成所率前线部队在高地上构筑了阵地，但展开面过宽，分散了兵力。

侦察了清军阵地，日军采取佯动作战。这是对付兵力甚少又过度分散之敌的最有效的战术。

日军右翼部队前进，当然是佯做主力，聂士成却立刻亲率主力奔来。这样，清军主要阵地的兵力就更少了。当时清军的主阵地在月峰山。

伺机以动的大岛旅团主力向月峰山阵地进攻。清军完全被日军蒙骗了。

月峰山战斗持续了两个小时。

清军终于放弃成欢阵地，退到公州。

日军也不敢穷追，因为平壤那里已经集结了清军的大部队。大岛少将下令不再追击、返回汉城时，已是 8 月 5 日。

撤退到公州收容阵地的清军，迂回北上，到达平壤，几乎花费了一个来月的时间。然而，叶志超却向本国谎报：杀死日军数千，大获全胜。

如果从前线接连不断地发来电报，那么，不管谎报多么巧妙，也要露出马脚，终将真相大白。但是，近来由于日军阻碍架线，电报断绝了。令人难以置信的是李鸿章居然相信了这个谎报，尽管时间不长。当然，只要是人，谁都更愿意相信对己有利的结果。

成欢胜利的捷报，继丰岛海战之后，传到了日本。海、陆双胜利使日本国民狂喜。

但是，成欢之战对于日军来说，也并非轻而易举。在朝鲜，日军最苦恼的是没有可靠的兵站。征发役伕、马匹或粮食时，没有朝鲜政府的正式函件，当地不予调度。而朝鲜政府的公文，不知为何，迟迟到不了日军手里。日军只能携带一天口粮，东奔西走。因征用不到伕马，耽误了出发，古志正纲少佐引咎自杀。

日本说的应朝鲜国王之请，为护卫大院君而进入王宫，不过是一种托词而已。尽管大院君本人并不十分起劲，但还是被日军抬举出来。日军认为，大院君对闵氏一族有复仇之心，是应当利用的。不料，大院君在日军刀枪逼迫之下，也没有轻易地指示朝鲜政府发出令日军代其要求牙山清军撤出阵地的公文。

相反，他躲开日军的监视，偷偷向平壤的清军传递有关汉城现况的情报。

7月25日，大鸟公使向东京报告，说他接到了朝鲜政府的一封公函，让日本代替朝鲜政府要求清军撤出牙山阵地。在朝鲜政府的档案里，并没有找到这篇公文的底稿。

7月24日，朝鲜国王发出诏书，把全权委任给生父大院君。大院君首先着手做的，就是惩处闵氏一族。这次，一反朝鲜政府历来的做法，以迅雷不及掩耳之势决定了对闵泳骏、闵炯植两人的处置——“远方恶岛安置”。

对留守江华的闵应植处以“绝岛定配”，对留守开城的金世基处以“远方恶地定配”，对庆州府尹闵致宪处以“远地定配”。

同样是发配，也有远方恶岛和绝岛之差，远方恶地和一般远地之别。至于安置和定配的差别，不甚明了，可能安置的处分重一些。

新政府的首脑是金宏集，金允植和鱼允中也是最有权势的成员，人们谓之“金鱼内阁”。逃亡海外的反闵派、进步派人物被召还，委以重任。亡命日本的朴泳孝等人，终于获得被起用的机会。

对于处分闵氏以外的事，朝鲜新政府却依然是慢慢吞吞。因为处罚闵氏一族，纯属内部问题。而且，闵氏时而亲日反清，时而亲清反日，态度暧昧，只有对靠近俄国非常热心。因此，关于处分闵氏一族，不论是日本还是中国，都不过问，新政府觉得很放心。

至于其他的事，问题在于目前还无法断定日、中两国谁胜谁败。也不能不考虑，万一清军得胜复归汉城怎么办？或许大院君心里早就打好了算盘，到那时候就说：“我是被日军绑架出山的。日军用刀枪逼着我，不得已才出来执政。但是，在当时的形势下，也做了相应的抵抗……例如……”

例如，大鸟公使要求朝鲜政府发出公文请求日军代其击退牙山的清军，大院君虽然没有拒绝，但有意延误时间。

后来，尽管大鸟公使拼命催促，朝鲜新政府仍迟迟不发公文，原因就在于此。

在日军已向牙山进发之后，朝鲜新政府才发出公文。有人说大鸟公使硬把公文上的日期改成日军出发之日，这是比较可信的。

朝鲜政府的档案中没有上述公文材料，可能是害怕日后清政府检查，有意不归档。

东京接到大鸟公使关于弄到了朝鲜政府公文的报告，在7月28日上奏明治天皇。天皇问伊藤首相：“朝鲜政府有这样的委托文件，应该怎么办？预先发出过训令吗？或者向公使交代过吗？外交大臣发出过什么训令？对朕说明！”

这可以理解为天皇不赞成攻击牙山的清军。

伊藤首相领会了天皇的心意，便指示陆奥外相和参谋本部中止对牙山的攻击。

然而，陆奥却把中止攻击的命令扣押了。

“这次战争是大臣之战，不是朕之战。”明治天皇提出异议，并拒绝派敕使去伊势神宫和孝明天皇陵祭祀祖先，禀明开战。天皇又说：“这种事情，不是朕的本意，不能向上苍神明禀告。”

攻占汉城王宫，丰岛海战，理由都是因为对方首先开枪开炮。公开发表的消息都是如此，大多数国民也信以为真。可是，认真分析一下，朝鲜护卫兵和中国舰队是不可能首先开火的。于是，唯恐别人看出破绽，又制造出一个怪论：王宫护卫兵很可能是些穿着朝鲜服装的清兵。

这时，日本宪法已经公布。君主立宪制是天皇在内阁的辅弼下管理国政，所以，天皇反对开战，却无法制止。

【第三十章】

仓皇北上

1

明治二十七年（1894 年）8 月 1 日，日本宣战。宣战诏书登载在次日的官方公报上。

天佑保全，践万世一系皇祚之大日本帝国皇帝，诏尔忠实勇武之众：朕于兹对清国宣战。朕之百僚有司，善体朕意，宜从陆上、海面，从事对清作战，以达国家之目的。倘无悖于国际法之限，应发挥全能，尽一切手段，以期万无疏漏……

破题之后，诏书接着述及开战的理由：日本出兵是根据明治十五年（1882 年）的条约规定，目的在于确保朝鲜治安，维护东洋全局和平，而中国始终妨碍，派大兵于韩土，击我舰于韩海，罪状昭然。

诏书结尾说：

事已至此，朕一贯以和平为念，为向中外宣扬帝国之光荣，不得已而公开宣战，望尔忠实勇武之士，迅速进军，恢复和平，以期保全帝国之光荣。

清政府的宣战布告也在同一天发出。日期用阴历——光绪二十年七月一日；阴、阳历之间恰好差一个月。

中国皇帝的宣战上谕说：

朝鲜为我大清藩属二百余年，岁修职贡，为中外所共知。

开头先强调了宗主、藩属关系，接着叙述为戡定朝鲜内乱而出兵之正当性，然后责难日本出兵：

各国公论，皆以日本师出无名，不合情理，劝令撤兵，和平商办。乃竟悍然不顾，迄无成说，反更陆续添兵。朝鲜百姓及中国商民，日加惊扰，是以添兵前往保护。讵行至中途，突有倭船多只，乘我不备，在牙山口外海面开炮轰击，伤我运船，变诈情形，殊非意料所及。该国不遵条约，不守公法，任意鸱张，专行诡计。衅开自彼，公论昭然。

表示中国朝廷已多方努力，做到了仁至义尽，但日本政府一意孤行，不得已而开战，特布告天下。

这时，清廷正在庆贺叶志超谎报的牙山大捷，以为真的杀了日军两千人。宣战后两日，赏给叶志超部队银两万两。

叶志超是安徽合肥人，与李鸿章同乡。投身于李鸿章创建的淮军后，随刘铭传征讨过捻军。升为总兵后，在淮城之战中受伤。为人善辩、倔强，被视为有才有胆的人物，至少他的主子是这么看的。

叶志超在保定、新城当过军队的总兵，后晋升为直隶提督。在京城范围内任师团长，一般来说可算是军中的最高要职了。当然，他是李鸿章一手提拔起来的。他以直隶提督的身份驻扎在山海关，朝鲜风云告急时，被派赴牙山，可见李鸿章多么信任他。但这次，却是李鸿章的一大疏漏。

叶志超是个自以为是的军人。

李鸿章的作战意图是集结大军于平壤，与汉城的日军相对峙，因此，想让汉城之南的牙山的叶志超军队从海路转移到平壤，而叶志超竟拒绝执行命令。

战时，野战司令对情况最为了解，本国所发出的指示有时可以不执行。但是，把牙山的驻军调往平壤，是一个战略问题，叶志超居然抗拒，可见他多么自大了。

叶志超认为，从海路向北转移是危险的，不如在牙山原地不动，以便截击北上之日军。在成欢溃败的叶志超军队最终还得去平壤。陆路上也必须避开汉城日军，迂回行军。

他们顺着清州、镇川、忠州、槐山、兴塘摸索前进，渡过汉江，再经堤川、原州、横川、狼川、金化、遂安、祥原，渡过大同江，好不容易才到了平壤。这次转移，足足花了一个月时间。

整整一个八月，清军官兵跨越朝鲜的山山水水，向北行进。据记载，残军死于饥饿、疫病者比比皆是。而叶志超却向本国报告说“大胜日军”。

叶志超提督现在改变态度了。本国原来的战略方针是集结大军于平壤，那么他现在正遵照执行。只要结果相同，就不会被上级怪罪。而海路危险这一点，早由“高升号”沉没事件证明了。所以，他才从陆路去平壤。——这真是妙极了。

成欢之战，胜利似乎是属丁口军的，这 情况直到很久以后才搞清楚。宣战之前，驻日公使汪凤藻被召回国，当时日本方面的情报已无法送达天津和北京了。在日本，关于成欢之战中司号兵死时嘴里还含着军号不放的故事，传遍街头巷尾。其实，这是上层领导集团有意识传播的。其他的战斗事迹也到处传扬着。

2

“听说那个林泰曾夹着尾巴逃跑了，从前不就是他吹牛说海军的事交给他没错吗？”

“听说‘济远号’的管带方伯谦之流，在日本军舰的大炮打来时，竟钻进船舱里面，哆哆嗦嗦地抖个不停！”

“听说一边哆嗦一边喊‘挂白旗’‘快跑’！”

“听说大副和二副站在舰桥上，等着开炮的命令。冲他喊‘快下命令呀’，他却从船底回答：‘挂白旗！’”

“真是笑话。”

“哪里是笑话，大副沈寿昌阵亡了！”

“平常总说北洋海军怎么怎么强，耳朵都听出茧子了，如今那个海军跑到哪儿去了？”

“光吹牛！”

“现在的世道，净是那些能说会道的家伙占便宜，不吹牛就吃亏。”

“听说那位叶志超将军也只会吹牛。”

“可不，听说其实在牙山打了败仗……这话可不能声张……听说让日军给打了个落花流水！”

"一点儿不错，从上海来的朋友也这么说。"

——上海外国人方面的消息很快传到北京和天津，与中国官方制造的情报相差悬殊，人们宁愿相信从上海传来的消息。

这时候，李鸿章似乎也觉察到叶志超那封唯一的电报有点儿可疑。留在汉城的唐绍仪终于从英国领事馆逃出，回到天津。

"我在仁川听说……"唐绍仪来了句开场白，接着讲了两万日军进攻牙山清军，清军寡不敌众，战事不利，死伤甚众，叶提督下落不明等情况。

日本人嘴上传颂的是司号兵等人的战斗事迹，与之相反，在中国却专门谈论清军的败绩。

清朝皇帝可能也发觉了情况大有可疑，于是在8月5日，用电报严谕：关于战事的报告，"不得有片词粉饰"。

次日，李鸿章给北洋舰队司令官丁汝昌拍去严厉的电报："振刷精神，训励将士，放胆出力。"

电报中痛斥林泰曾、方伯谦的遁走，这事成为外国人的笑柄，流言遍及京城。

不久前北洋海军还是中国的骄傲，但转瞬间一落千丈，现在竟成了人们的笑料。

丁汝昌也很头疼。为加强北洋海军的军费被挪用了，而对方是西太后，任你是谁也有苦无处诉，当然，海军内部也存在问题。

北洋海军总帅丁汝昌，与李鸿章一样，是安徽人，深得李鸿章信任。宰相的信任，对于军队首脑来说，是巨大的资本。丁汝昌得到了上级的青睐，和下级却搞得不甚融洽。北洋海军的高级军官大多是福建船政学堂出身的福建人，形成了一个较强的派系。也许不应当称之为派系，因为叫派系，就得有一个与之相抗争的集团，但北洋海军的福建派并没有对立派。若说有对手，也不是一个集团，而是丁汝昌个人。

海军如此，陆军的人事关系也相当复杂。按理说，李鸿章派系的军人同在一个锅里吃饭，本该有较强的友爱，但现实情况并非如此。

若在平时，即使有些问题，也不至于浮出表面，随时就解决了。首脑人物驻在各自的防地，见面的机会也很少。战事发生了，部队都集中到平壤，试想那些各霸一方的军官整天频频接触，不发生问题才怪呢！

清政府派到平壤的兵力是二十九营：卫汝贵所率盛军十三营，左宝贵所率奉军六营，丰伸阿所率奉天盛军六营，马玉昆所率毅军四营。一营定员为五百名，总共一万四千余人。

清军进驻朝鲜时，朝鲜民众曾夹道欢迎。时值盛夏，人们争相送茶，认为是“王师至”。

这不能说明清军在朝鲜民众心里有多么高的威望，而是说明了日军在朝鲜被何等地憎恨。并非因为是清军才欢迎，他们欢迎的是能驱逐日军的军队。这是自丰臣秀吉出兵朝鲜以来长期遗留的根深蒂固的反日情绪。

被如此真诚地期待过的“王师”，竟辜负了朝鲜民众。这是一批素质极差的军队，他们掠夺民财，役使壮丁，欺凌妇女。清廷文献记载：“朝民大失所望。”

其中最甚者是卫汝贵的盛军十三营。

淮军的部队多用带兵的将领名字来称呼。李鸿章的直系部下周盛波的军队叫“盛军”，其弟周盛传所统率的另一支军队叫“传军”；人们有时也称这两军为“盛军”。

中日甲午战争爆发之前，周盛波、周盛传两兄弟已经去世，接替他们的是卫汝贵。他不是盛军系统的人，而是来自刘铭传的铭军。

以将领的名字来称呼部队，在曾国藩的湘军里不曾有过，可见李鸿章的淮军比湘军更具有私人兵团的性质。

卫汝贵颇成问题。事后查明，他曾侵吞军费，用作自己经营的当铺的本金。这种人的部下素质极差是不足为奇的。将领侵吞军费，部下仿效他，自然要掠夺。头领贪污，士兵的饷银就会迟发或克扣，待遇不好，军队胡作非为是难免的。

本质不好的二十九营军队进入平壤以后，叶志超的败军六营又加入其中。这些残兵败将，一路上掠夺抢劫，无恶不作，简直像一团瘟疫，现在又传染给驻在平壤的清军，使之更加腐败。

四军之将——卫汝贵、左宝贵、丰伸阿、马玉昆之后，又来了牙山败将叶志超和聂士成。另外还有江自康、夏青云等一营之长，他们也都自以为是将领。这样一群人，怎么可能不发生人事纠纷！

只有在一起喝酒谈笑时，他们之间的关系才融洽。“置酒高会”——这是当时清廷文献中记录的那些将军们的情况。

大敌当前，竟然靠酒宴来维持彼此之间的和睦，清军已腐败到何等地步！

3

将领不和，李鸿章也非常担心。

太平天国战争时创建淮军，现在已经过去四十年了。张树声、周盛波弟兄等将领先后死去，现在李鸿章使用的已不是子侄辈，而是孙子辈了。他再也不能像淮军全盛时代那样，随心所欲地调动手下将领，因为他们不是同他寝食与共的子侄辈，而是有着隔阂的孙子辈，在控制上就不能那么严厉。

刘铭传倒是能控制这些山大王，可是，这位老前辈卧病在床，不可能出马去朝鲜。

倘若不自上压制，而是从横的方向来疏通，使各将领之间关系和谐，那只有李鸿章的幕僚、现任直隶布政使周馥能做到。他缺少平壤将领们所具有的丰富的野战经验，因为他是文官。于是给了他一个“总理前敌营务处”的名头，派赴朝鲜。李鸿章指望他消除将领之间的龃龉，“总理”这一职务不是总司令官。

李鸿章所怕的是前线的将领们“彼此观望、猜忌，军心涣散”。他认为，周馥在某种程度上或许能为他防患于未然。可惜他不是军人，不能指挥军事，若是刘铭传出马，当然没有问题。但无论如何也得有个总司令，否则，平壤的军队就会成为一盘散沙。

这件事刻不容缓。

实在没有理想的人选，那就干脆在平壤现有的将领中选拔出一个来吧。

“或许他能胜任？”

李鸿章选定了叶志超。

叶志超是直隶提督，在诸将中地位最高。当然，李鸿章选人也并非那么机械，他只认为叶志超或许能胜任。叶志超有辩才，在李鸿章心目中就是有才能，或许能以辩才团结诸将。

然而，叶志超乃败军之将，这确实成问题。不过，李鸿章认为牙山之战是“寡不敌众”，不能算战败。

汉城有两万日军，而牙山仅有三千清军，没有全军覆没就应当认为是指挥上的胜利，况且还杀了日军两千人——李鸿章至今仍有几分相信叶志超谎报的军情。

这时候，通过外国通讯机构，日本司号兵的故事也传到清廷。“一点儿不错，日军也有大量伤亡。”这个故事反而成了李鸿章相信叶志超奋战的证据了。

李鸿章要任命这位“勇猛奋战”的将军为总司令。

阳历8月25日（阴历七月二十五日）任命公布了——“派叶志超总统驻平壤各军，以一事权”。

听到这项任命，李鸿章的女婿张佩纶难抑愤慨，在日记中写道：

闻叶志超得总统（之职），可笑至极。相从退团（退却）之文武员弁均请优奖，不知何功？

当地官兵之不满，有过之而无不及。叶志超军的败绩在朝鲜是人人皆知，连战败的士兵们也痛骂指挥官无能。

“那时根本不该从月峰山阵地转移，连我这样的小兵也明白日军右翼部队是佯攻！”

“可不，当时我跟旁边的老张说，这是诱饵，咬了钩儿就完了。可是，当官的连想都不想，一下就上了钩儿。”

“完全掉进敌人的圈套里了！”

“可怜老张那家伙吃了日军的子弹，死了。”

“我逃跑时也掉进山涧里，扭伤了脚，弄不好这辈子算残废了……”

“咱们碰上这么个愚蠢的长官，算是倒霉透顶！”

成欢之役清军的丑态，在平壤无人不知、无人不晓。被人家打得落花流水的将军竟一跃而成为全军统帅，军队顿时失去了斗志。

不光是士兵，那些还没被打败的将军们也不服气。

“能言善辩的家伙总是占上风！”甚至有的将领故意当着叶志超的面说。

在淮军中，当叶志超还是总兵的时候，卫汝贵已经是记名提督了。他觉得应该由他当全军的统帅，因为他率领十三营，所率之兵在诸将之中最多。

卫汝贵想：即使拼命打仗，最后还得让叶志超把功劳捞走。他那套花言巧语谁能比得上？连败仗都能说成胜仗，我建立的功劳难道就不会被他夺去？与其拼死拼活去打仗，真不如克扣点儿兵饷、兵粮做本钱，倒腾几次买卖。

不属淮系军队的左宝贵、丰伸阿等人，则担心会倒霉遭殃。从此，李鸿章所害怕的“军心涣散”反而因叶志超的任职而表面化了。

李鸿章虽然任命了总司令，却没有命令清军前进。

清政府断定，战斗拖得越长，对自己越有利。过不了多久，就会有外国干涉，最终提出停战。列强决不欢迎日军独占朝鲜，英国就曾明确表示，清廷的惨败对它是不利的。清政府的统治能力一旦下降，就会放松对新疆和西藏的统治，俄国必将乘虚而入，这对英国统治印度是很大的威胁。

日本政府也觉察到这一点，希望在列强，特别是英国介入之前，取得决定性胜利。

速战速决，这是日本的战略方针。哪怕做一次与国力不相适应的努力，哪怕进行大规模的动员，总之，要一举决定胜败。

除了已派往朝鲜的第五师团，又增派第三师团。暂时以此为第一军，由山县有朋担任总司令。当时山县有朋是枢密院议长，兼任了野战总司令。他是军队的老前辈，威严可以压倒一切，甚至连伊藤博文首相都有些害怕。

前线指挥官独断独行，本国首脑被牵着鼻子走，这对于指导战争来说，是最为难办的。在山县有朋出征时，伊藤首相请明治天皇训示他：“文武相应，周密计议。”天皇特别强调“不要武人独行”这一点。

叶志超的权威远远比不上山县有朋。

4

阳历8月29日（阴历七月二十九日），平壤战役的十七天前，黄海海战的十九天前，李鸿章上奏，说“海上交锋，恐非胜算”，似乎已经预料到失败。不过，这种措辞并不是李鸿章事到临头胆怯的表现。

他在奏折的开头说：“臣前于《预筹战备折》内奏称……”说明这事先前已经上奏过一次。

奏折接着说，“镇远号”“定远号”两铁甲舰，确实为日本军舰所不及，但是，“质重行缓”。船体重，速度慢，而且吃水过深，不能进入江口和港湾。“济远号”“经远号”“来远号”三舰速度不足，“致远号”和“靖远号”两舰的时速在订购时为十八海里，可能是因为使用过久，这时只能开到十五六海里。其他舰只越来越旧，速度不断下降。

在注重变化的近代海战中，速度是至关重要的。重要的速度下降了，还谈什么作战呢？

新舰，速度当然快。在这六年里，中国连一艘新舰也没买，而日本六年来购进九艘新舰。时速最快的是二十三海里，其次是二十海里左右。新旧之差，也意味着机械性能的差别。

奏折又写道：

近年部（户部）议停购船械。自光绪十四年（1888年）后，我军未增一船。丁汝昌及各将领屡求添购新式快船，臣仰体时艰款绌，未敢奏咨渎请。臣当躬任其咎。

新式军舰未能购入，谁都知道原因在西太后，但李鸿章却引咎自责。似乎同时又想把丁汝昌等海军首脑的责任掩过去，意思是他们要买新式军舰，屡次提出，但我没有转报朝廷。

皇帝曾严厉责问过："日本军舰时常侵入我领海，丁汝昌等人究竟是怎么对付的？是否故意躲避敌人？"所以，这篇上奏也是李鸿章对皇帝的回答。

日本军舰侦察活动极其频繁，但舰队并没有开始行动，因为对"镇远号"和"定远号"两巨舰怀有恐惧症。

由于害怕北洋舰队，起初，日本的增援部队都是由釜山登陆。在釜山登陆，只需要渡过对马海峡，那里不会出现北洋舰队，是一条安全航线。然而，陆上运输却太难了。在八月的暑日炎天下，到汉城的一段路把人马弄得疲惫不堪。所以，第五师团的后续部队改为用船送到东海岸的元山登陆。

这样，第五师团分成两部分，一部分从釜山冒着炎暑艰难北上，一部分从元山越过山岭向平壤进发。

日军并不想如此，但也只好分散向平壤逼近。对于这样的分散之敌，清军本应该各个击破，可是，他们却没有行动。

"不要战，要坚守，等待列强干涉。"这就是清廷的战略方针。

日本似乎觉察到了清军的意图。侦察结果：清军每天动员兵士和当地壮丁，在平壤城内外修筑堡垒，明显地采取固守的架势。

看样子真打算长期坚守下去呢！不仅陆军是如此，根据基本方针，海军也肯定如此。

日本断定，即使直接把运输船开去仁川，北洋舰队也不会出动。于是，第三师团运输船的目的地不再是釜山和元山，而是径直开往汉城的外港仁川。

这是冒险行动，山县总司令官也奔仁川而来，果然，清舰没有露面。

日军主力陆续北上，侦察部队频频与清军接触。因为是以侦察为目的的小股部队，所以被清军发现后，一般都迅速退走。

平壤采取了戒严措施。

9月2日夜晚，不断传来日军主力接近的消息，所以警戒部队到平壤城外巡逻。盛军巡逻队和毅军巡逻队在黑暗中遭遇，双方都以为对方是日军，交上了火，战斗足足打了一个小时，双方各有伤亡。

接近之后，互相能听到喊叫声了，双方都觉得奇怪——本来应该从敌人阵地上传来日语，可是听到的却是中国话。

“打！把日本兵统统消灭掉！”

“停一停，好像是误会了！喂，你们是哪部分的？”毅军首先打招呼问道。

“我们是盛军的巡逻队，你们是哪部分的？”

“我们是毅营的！毅营巡逻队！”

原来是自己人打自己人。如果仅仅损失一些子弹倒也罢了，现在竟打死了许多人，真是一场悲剧。

发生这次事件以后，清军停止了夜间巡逻。

清军即使不派出侦察兵，对于汉城的日军消息也知道得很清楚。实际上，朝鲜政府随时把日军的动态报告给清军，朝鲜国王和大院君此时都在日军的“卵翼”之下，不服从就无法活下去。而日、中两国的这场战争真正分出胜败，还在后来。

朝鲜国王等人都认为清军必胜。长久以来中国为朝鲜的宗主国，这种心理上的影响是相当强烈的。

海在当时被视为天堑，他们以为，日本从海上输送援军，会有很多困难，而中、朝两国接壤，输送援军比较容易。

与其等到清军压倒了日军，才走出来辩解——“我们在日军威逼下一时屈服，决非本意”，不如做些抵抗日军的实际行动，对于日后保身将更为有效。于是，他们提供日军的情报给平壤，朝鲜国王甚至向天津的李鸿章发过绝密电报。

【第三十一章】

离开平壤

1

在朝鲜发生的这场同日本的军事冲突，清廷高级官员都认为是“李鸿章的战争”。在中国，根本无法看到这场战争牵动举国上下的迹象。

民间知识分子则认为这是“鞑虏和倭人相争”。所谓鞑虏，是汉族对满族的蔑视性称呼，是把“鞑靼”和表示奴隶之意的“虏”组合成词。

在清朝供职的汉族人自当别论，一般的汉族人则对以满族为中心的清王朝几乎没有效忠之意。三十年前被镇压下去的太平天国运动得到那么多人的支持，绝不是由于它所提倡的基督教立国的理想，而是“灭满兴汉”这句口号引起民众的共鸣。太平天国称满族人为妖人。

令人啼笑皆非的是，击溃太平天国的却不是清朝自己的御用军队八旗军，而是汉族的湘军和淮军。湘军、淮军是分别由曾国藩、李鸿章组织的军队，两人都是汉族的大官。

从那以后，保卫满族王朝的骨干军就是湘军和淮军系统的汉族军队，政治实权也掌握在几个汉族大臣手里。

满族（他们都属于八旗中的某一旗，所以被称为“旗人”）中的一些人，对这种现状相当不满。从他们的本意来说，为了改变汉族大臣权势过大的现状，让日军把李鸿章作为政治资本的军队打垮，使他遭受一次挫败，是最好不过的。

不仅在满族中，在汉族大臣中李鸿章的政敌也不少。他们也暗暗盼望李鸿章的私人兵团——北洋军，最好被日军打垮，只要有北洋军在，想把李鸿章拉下台是不容易的。

从一般人看来，满洲人也好，日本人也好，是毫不相干的两伙人。他们要打仗，最好是满洲人打败仗，那样就可以建立一个汉人政府。

如果仅仅是对这场同外国的战争漠不关心，倒也罢了，然而，他们盼望的是“打败了倒好”。抱有这种想法的人委实不少，所以激发爱国气氛之举丝毫不见效。

清政府上层负责人对战争的未来也毫无远见，只有李鸿章及其周围的人考虑了。他们考虑的是“如何使军队减少损失，尽可能争取外国出面干涉，停止战争”。

与之相比，日本对于这次战争及战后的方针却研究得极其详尽。宣战后，在8月17日的内阁会议上，陆奥外相提出甲、乙、丙、丁四项提案，由全体阁僚审议。

甲案　帝国政府已向国内外正式宣布，承认朝鲜为独立国，并努力促其内政改革。同中国的这场战争，倘若如我（陆奥外相）所期望的那样，日本帝国胜利，也仍将承认朝鲜为独立国，任其行使自主自治，我国不予干涉，也不允许来自其他方面的干涉。命运由朝鲜自己把握。

乙案　承认朝鲜为名义上的独立国，由帝国直接或间接、永久或较久地扶植其独立，但自己防御外侮。

丙案　朝鲜不能以自力维持其独立，如果帝国直接或间接均不能尽保护之责，可依从英国政府从前的建议，由日、中两国共同负责朝鲜领土之安全。

丁案　朝鲜以自力终无指望成为独立国，帝国无法保护朝鲜，且日、中两国无法就维护其独立一事取得协同一致时，由我国邀请欧美诸国及中国，仿照欧洲之比利时、瑞士，将朝鲜确定为世界的中立国。

阁议认为此四案各有利弊。

甲案将遭到国际上的议论。从现状来看，确认朝鲜实质上的独立是困难的。日本不干涉，也不允许他国干涉，任凭朝鲜自理，倘若它再度选择排日亲清路线怎么办？现在投放巨额军费，出兵朝鲜，将来却蚀掉老本。甲案不足取。

由日、中两国负责保全朝鲜领土的丙案，因无法保证两国的意见一致，所以也不现实。

至于丁案，免不了要让那些不出一兵一卒的欧美诸国坐收渔人之利，因此也无人赞成。

结果，只有乙案较为理想。不过，这必将造成日本独占朝鲜的局面，恐怕会招致国际上的责难。一旦其他国家侵略朝鲜，如俄国出兵，单靠日本的实力能否阻止？

目标是乙案，但要推行乙案必将产生一些问题，所以决定改日再讨论。

乙案——把朝鲜作为日本的保护国，这是一致指向的目标，至于剩下的细节就留待日后讨论。

8月20日，日本同朝鲜之间签订《日朝暂定合同条款》，大致内容是大鸟公使从前向朝鲜政府提出的内政改革、依靠日本资金技术维护铁道和电报线、聘用日本顾问等。

8月26日，在上述条款的基础上又签订了《大日本大朝鲜两国盟约》，其内容如下：

第一条　此盟约的目的是促使清兵撤出朝鲜境外，巩固朝鲜国之独立自由，增进日、朝两国之利益。

第二条　日本国担负对清军作战之责，朝鲜国应向日军提供粮食等一切方便。

第三条　与清廷签订和平条约后此盟约废止。

这个条约由日本特命全权大使大鸟圭介同朝鲜外务大臣金允植两人签字盖章。

日本政府步步紧逼，而清政府则一味等待外国干涉，不采取任何对策。

日本惧怕北洋海军巨舰，但李鸿章心里明白，它们是不足为用的。李鸿章反倒把希望系在陆军身上。

日本惧怕“定远号”“镇远号”，但对陆军很有信心。因戒备北洋舰队，开始时把军队分散，输送到北洋舰队不能出没的地方，而最后一次直接把军队输送到仁川，结果也真的成功了。

起初，日军的兵力非常分散，然而中国的陆军却没有抓住各个击破的机会。

“尽可能在平壤长期固守”，这是李鸿章给朝鲜前线指挥官的任务。清军诸将以此为借口，从不出击，只是在城内大筑堡垒。这无异于向日军宣布：我们专事防守，并无出击之意。

在战斗之前胜败就定了。

2

“趁夜逃脱的袁世凯。”

——日本这么说袁世凯。

袁世凯乔装假扮，溜出汉城公署，从仁川港逃回天津，难怪人家如此讥讽。

袁世凯称病留在天津，没接受北京宫廷的召见。在日本的强硬政策面前，他一败涂地。他害怕追究责任；也有人说害怕追究责任的是李鸿章。

谣言四起，传来传去，后来竟传说“袁世凯被人毒杀”。

这一消息在日本的报纸上也引人注目地登载了。

传说谋杀袁世凯的是李鸿章的亲信。

也有传言说，从朝鲜逃回天津的袁世凯被李鸿章软禁起来，谁也不让见。袁世凯在朝鲜失败了，但他所采取的一切措施都是照李鸿章的指示做的，所以他的失败就等于李鸿章的失败。李鸿章为人卑鄙，想把失败的责任推到袁世凯一人身上。他害怕袁世凯揭露，便把他软禁起来，后来又毒杀了。

还有一则活灵活现的传说：被软禁的袁世凯从天津逃了出来，要向北京朝廷公开一切内幕。他逃出虎口，到达北京，便去找一位亲友，哪里想到这个亲友早被李鸿章收买了。袁世凯自以为巧妙地逃出了天津，其实，那是李鸿章故意安排了空子让他逃走的，并且估计到他逃出后肯定奔北京，还估计到他的落脚点一定是这个亲友处。

可能是给了很多钱，也可能是凭借权势、地位的压力，李鸿章命令袁世凯的这位亲友：“把他毒死！”

接到李鸿章的密令，这位亲友含着热泪对袁世凯说：“欢迎，欢迎！从朝鲜回来，一定很辛苦，今天晚上我为你接风洗尘！”

哪里知道这位亲友竟在酒菜里下了毒药，可怜袁世凯中毒身亡。

李鸿章多么卑鄙无耻！

——当然，这是一些谣言，但当时信以为真的人颇多，认为“这种事很有可能”。

日本报纸甚至报道：“目前在北京、天津一带，袁世凯被毒死一事已成为公开的秘密。”

在当时的中国，袁世凯也算是为数极少的朝鲜问题专家。从时局来说，这么难得的人物岂能任其闲逛？毒杀之说更是不着边际。

李鸿章正考虑如何把袁世凯安排到与朝鲜问题相关的新岗位上，但是，袁世凯已经吃够了朝鲜问题的苦头，再也不想问津了。李鸿章为袁世凯准备的位置是保持原来的“总理朝鲜交涉通商事宜”，兼任“抚辑事宜”之职。这是负责兵站的工作，同日本交战时，补充军粮、武器弹药等。

不只是袁世凯，而且还安排周馥为“前敌营务处总理”。他同前线的将领关系很好，可以协助袁世凯，这就是李鸿章的人事安排。

和袁世凯一样，周馥也不喜欢这个工作。两个人四处活动，想卸下这项职务。有时去李鸿章的女婿张佩纶处，有时乞求亲戚帮助，有时求助于北京的权势者——翁同龢和李鸿藻等人。然而，李鸿章却无意变动。

这一时期袁世凯的性情变得非常乖戾，同主子李鸿章之间的关系弄得很僵。由于这种情况，外界便做了种种臆测，最后竟造出袁世凯被毒杀的传闻。

周馥同袁世凯两人总算着手组织机构了。

“等我军夺回汉城时，驻汉城公署要立刻正常运转，所以事先必须选好人。”周馥说道。

“话是这么说，但现在这些人到哪里去找？”袁世凯不大起劲儿地说道。

他心里暗暗说：清军能夺回汉城吗？

袁世凯见过日军的严格纪律和紧张机敏的集体行动，也见过整个清军过于懈怠散漫的形象，所以，他认为我军毫无胜算。不过，当着周馥的面，不能说真话。

“请北洋给调查一下不就行了吗？”周馥说道。

北洋大臣李鸿章是人事方面的天才。他始终抱着一个信念：所谓政治，除了人事关系以外，没有别的。他的头脑里满满地装着哪里有什么样的人物，其亲属关系和派系等。如果两个都是有才能的人，把他们放到一起工作，有时会产生龃龉，坏了事。一个人工作又太孤单。倘若找出一对关系亲密的伙伴，安排在一起，就一定会产生惊人的效果。多年的经验使李鸿章深深懂得这一点。

领导阶层的人物现在在哪里，李鸿章自己也许不知道，但他的幕僚集团会调查得一清二楚。这也是幕僚们分内的事。

“好吧……”袁世凯有气无力地答道。

机构组成之后，两人决定到距离前线较近的地方——辽宁去。他们离开直隶省（现在的河北省），越过山海关，进入辽宁省地界时，已是阳历的9月9日。

3

不同部队的士兵聚到一起，总要发些牢骚，因为他们的话题离不开待遇问题。

“你们按时发饷吗？”

“发倒是发，就是不按时，一拖再拖。你们那里怎样？”

“饷银按时发给，只是伙食糟透了！昨天我瞧了一下北门的伙食，他们吃得可真不错，量也多。”

“提起伙食，我们那里就更差了，简直没法儿说。你们的伙食，比我们的强多了。”

“是吗？比我们这里还坏？真不敢相信。”

关于饷银有明确规定，只能拖上几天，过多的花招儿使不上，克扣伙食费却是常事。

士兵们互相交换待遇方面的情报，大致知道被克扣了多少，便觉察出他们的状况比别的兄弟营坏得多。

最坏的是卫汝贵的盛军十三营，左宝贵的奉军六营伙食量比他们多出一倍。这可不是光凭传言，而是盛军士兵亲眼看见了的。

“他妈的，让他克扣了这么长时间！”

卫汝贵麾下的士兵牢骚满腹。

事隔不久，不知谁透露出统帅卫汝贵是某大当铺的老板。这个消息在士兵中间传开了。那时还没有今天这样的银行机构，当铺就是一种典型的金融机关。经营着一家大当铺，用现在的话讲，就等于说他“有一个银行”。

“克扣我们的伙食费，拿去做当铺的本钱。妈的，他算个什么统帅！”

“就这样让我们去打仗？少开玩笑，打仗可是个玩命的差事！”

“能为这样的统帅卖命吗？”

“日军攻过来，我们就逃跑！”

“真的，我们傻透了……喂，有酒吗？”

“到那边喝，来他个一醉方休。喂，拿酒来！”

军心动摇，散散漫漫。

卫汝贵不但克扣伙食费，还要吃空额，以饱私囊。一个营的定员为五百人，实际上只有四百五十人，他私吞了五十名的饷银。命令他开赴朝鲜前线时，因为要点检，这才赶紧补齐了人数。紧急补充的人是些失业者和无赖汉。

卫汝贵的盛军简直没有什么军纪，打架斗殴不断发生。将领们只知道克扣侵吞，对部下无法严加管束，只好放任自流。这个部队声名狼藉，引起兄弟部队的不满。

这种事当然也传到了本国。

9月12日，李鸿章发电报给卫汝贵，予以严厉警告：

现闻盛军在平壤，兵勇不服，惊闹数次，连夕自乱，互相践踏。左、马、丰三统将，忠勇协力，上下一心，独汝所部，狼狈至此！远近传说，骇人听闻。汝临行时，吾再三申诫，乃不自检束。敌氛逼近，若酿成大乱，汝身家性命必不能保，吾颜面声名何在？……务必设法安抚军心，或令孙显寅帮统（辅佐）。

真是严厉无比的警告。口吻近于威胁：倘若不改，必予处死。

李鸿章同时发电报给叶志超，让他悄悄地转达卫汝贵：“这种情况继续下去，部队将陷于崩溃，那就把你就地斩首。”

可是，为时已晚——李鸿章发出这份警告电报的三天后，日军开始了总攻。平壤的清军乱哄哄地迎战。

接到警告电报的当天，叶志超给李鸿章复电：“明、后日，必有血战。”相当准确地预见到日军总攻的日期，这是他观察日军动态得出的结论。

平壤有六座城门，东门叫长庆门，西门叫七星门，南门叫朱雀门，北门叫玄武门（清文献称之为元武门，因避讳康熙帝的名字玄烨），西南门叫静海门，东南门叫大同门。长庆、大同两门面临大同江。可以说，平壤城的命运系在玄武门上。它处于高岗之上，靠近牡丹台山峰，若凭此山御敌，的确是要地。一旦让敌人夺去，就万事皆休。

清军在玄武门内的高岗上修筑了两座炮台，在门外山顶上构筑了五处阵地，其中牡丹台阵地最坚固。在城南修筑了五处堡垒，在大同江东岸也构筑了五处阵地，并架设了浮桥，保持和大同门的联系，这就是清军的布阵情况。

叶志超在城中心坐镇指挥。左宝贵守玄武门，马玉昆的毅军防御大同江方面，有问题的卫汝贵的盛军担当朱雀门到七星门之间的防御。七星门以北则由叶志超麾下的“历战”的部队布阵。“历战”一词听起来倒很堂皇，其实是一群残兵败将。丰伸阿的盛军和江自康的仁字营部署在平壤的命脉之处——城北。

9月12日，日军的先头部队到达大同江东岸。前哨战已经开始，叶志超预料数日内敌军会发起总攻。

预料日军总攻日期还可以，只是叶志超电文的后一部分内容太悲惨了：

今日左宝贵右偏中风，超亦头眩心跳，马玉昆最勇而人少，丰伸阿之兵不甚足恃，日势方张，我军兵力如此，只能尽心力以报知遇。

日军士气正旺，清军将领的电文却说“只能尽心力以报知遇”。这篇电文，也可以理解为一篇“战败预告”。

4

在作战会议上，叶志超提议撤退到鸭绿江一线，遭到诸将反对。

不战而退，成何体统？但是，从战术观点观之，平壤距离清政府的后方基地太远，负责军辎粮草的周馥和袁世凯才刚刚越过山海关，倘若退到鸭绿江一线，展开山地游击战，阻止日军前进，按当时的情况是切实可行的作战方法。

不过，即使在平壤的作战会议上，不战而退的提议得到通过，发电报请示天津的李鸿章也一定会被否定。即使李鸿章本人认为不战而退是上策，从北京宫廷和政界上层的气氛来看，肯定也不可能被允许。

这是一场为朝鲜宗主权而战的战争，而宗主国的军队居然要从朝鲜领土上撤退，不管怎么从军事观点来说明是最上之策，大概也没人会同意。

被围的清军兵力在一万二千到一万四千人之间，野津中将所率领的日军共有一万七千人。自古以来，攻击围困之军，一般来说需要有三倍的兵力，而日军兵力只比清军稍稍多一点儿。

等待后续部队第三师团到来吗？然而，第五师团的军粮几乎没有了，等待第三师团，官兵就得挨饿，相反，平壤城的防御会更加巩固。当第五师团的先头部队到达大同江东岸时，平壤城内外的堡垒还正在修筑，一天比一天增强着防御能力。

于是，野津中将决定单独攻击，并且要速战速决。

日本士兵只携带两天的口粮，他们以为师团总部会准备补给，实际上并没有。弹药也一样，每人身上所装备的那一点点就是全部了。

必须在两天之内攻下平壤城，第五师团的粮食补充只有指望城里了。了解内情的军官更是急不可待，这种求战心情也传染给了士兵。

清军总司令抱着不战而退、撤至鸭绿江一线的想法，军队当然不会受到来自上级的鼓舞。

9 月 15 日，日军开始了总攻。

出到大同江东岸一线与马玉昆军相对峙的，是第一批派到朝鲜的大岛少将率领的大岛混成旅；逼近平壤西南面的，是野津中将亲自指挥的主力部队；进攻城北的是立见少将所率朔宁支队。除了这些北上而来的部队，还有一股部队是从元山登陆的第五师团的一部分，由佐藤大佐率领，在平壤西北安营布阵，截断清军的退路。

总攻的前一天，叶志超提出撤退方案，被左宝贵劈头盖脸地顶了回去。

叶志超主张："如果不趁现在出城，以后就会被截断退路。元山登陆的另一股部队，正摆着截断退路的架势。眼下那股部队还没有布好阵，有可能突围出去。"

叶志超虽然是总司令，但成欢的败绩使他没有统御全军将领的力量。

"到了这种时候，你还想逃跑吗？只有打下去喽！打完之后什么样，到时候再说吧，战争这玩意儿就是这么回事。"左宝贵瞪着眼睛冲叶志超说道。

左宝贵是士卒出身，太平天国战争时期投到江南大营，显露了头角。他是山东省费县人，不能算淮军系统。在奉天驻防，讨伐当时刚要猖狂的马贼有功。他的部下也惯于作战。三年前，他参与镇压热河朝阳的金丹道教起义，立下战功，被赏穿"黄马褂"。黄马褂是一种马甲，因为黄色是皇帝的颜色，所以一般人是不能擅自穿的。

左宝贵对近来军界的思潮——不是北洋军就不是人，很是反感。

"实在对不起，这次战争的对手可不是马贼！"叶志超说道。

"管它是日本还是马贼，反正是敌人罢了！"左宝贵愤愤然，竖起眉毛。

"算了，别太激动，会伤身子的！"叶志超摇头认输。

左宝贵有高血压病，前几天轻微地发作过。

"嗯……算了，我有我自己的一套打法。"

左宝贵根本不理睬叶志超的指挥权和撤退论。从太平天国以来，他出入枪林弹雨，自信实战经验没有人能胜过他。这一点，别人也都得承认。然而，叶志超却露出一副轻蔑的面容，似乎要说：这次的战争性质不同，用对付马贼的战术能战胜日军吗？左宝贵觉得叶志超是要对他这件恩赐的黄马褂说长论短。

5

日军仍以平壤城北为重点。从大同江正面也开始了攻击，这是为了牵制清军，使之不能往城北拨出更多的兵力。

在城北，勇将左宝贵同日军展开了殊死战斗，城外牡丹台的攻防战达到了白热化程度。

日军的朔宁支队和元山支队一开始就以牡丹台为目标，集中兵力进行攻击。

佐藤大佐的元山支队从义州街道指向平壤，很快就同清军交火，展开了炮战。朔宁支队用炮声做掩护，逼近牡丹台背后。立见少将信心十足。

朔宁支队距牡丹台只有三百米了。天尚未明，清军阵地上对朔宁支队的悄悄接近早就觉察了，以清兵的技术要命中远距离目标是困难的，所以，尽量等日军再靠近些。当日军到达三百米处时，牡丹台的清军阵地上便一齐开始了射击。

枪声之后，大炮也轰鸣起来。朔宁支队散开的地点正好是墓地，到处隆起的小土包，当作掩蔽物是最适合不过的了。不过，小土包对于躲避枪弹有一定作用，但炮弹却能把整个土包掀走，所以，日军在这一带遭受了相当大的损失。

正当朔宁支队苦战之际，突然，迂回到右翼的元山支队发出了呐喊声。

日军总攻的前一天，李鸿章根据叶志超的报告，向北京总理衙门发电报，说日军“零星四散，剿不胜剿”。

日军行动灵活，想消灭却抓不到影子。对此，李鸿章在同一电文中加以说明：“日军不似清军那样把锅、碗之类重物带在身上，而是按西洋样式，把‘干粮’装在挎包里。”

不久，日军向牡丹台和玄武门同时发起攻击。

只进攻牡丹台，从玄武门的清军阵地就会打过来支援炮火。按常规，应当首先夺取城外牡丹台，然后再攻玄武门。日军打破常规，对两处同时发起了攻击，这样一来，清军在城内、城外都忙于自我防御，没有空暇去掩护别人。

在这次战役中，日军的榴弹炮发挥了威力。清炮台上，安装着当时性能最佳的速射炮，使日军大吃苦头。朔宁支队的榴霰弹终于击碎了速射炮，使它沉默了。

结果，牡丹台方面还是首先被攻破了。玄武门的清军得知牡丹台已被日军夺下，斗志顿时丧失殆尽。因为清军最了解牡丹台阵地的威力，对它抱着莫大希望。

“今天豁出去了！”左宝贵决心已定。

他正在城头上指挥作战，忽然听到牡丹台被攻陷的消息，不知想起了什么，急忙跑回自己的住处。

他并不是想逃跑。

他穿上了皇上恩赐的黄马褂，重新登上城墙，继续指挥战斗。这下子他在城头上成了靶子，中弹扑地，但并没有当场身亡。

左宝贵对跑过来抱起他的部下说：“不要给我丢脸！”

部下将左宝贵抬下城头准备抢救时，他已经牺牲了。

左宝贵刚死，日军便攻破玄武门。

据说，日军中有个叫原田的一等兵一个人攀登城墙而上，进入城内，从里面打开了玄武门。但中国方面的记载是：“倭（日本）卒十余人，用绳梯攀缘而上，越过城墙，乘清军不意，斩杀守门兵卒，推开门扉。”

总之，日军终于闯入平壤城内。

日、中两军隔着大同江的战斗，难决胜败。马玉昆善于防守，日军无法靠近。实际上，野津中将麾下的日军主力已经把子弹打光了。除了白刃战以外，已经不能再攻击。野津认为，只有暂且解除包围圈，以图再起，别无他策。

正在这时，平壤城上飘起了白旗。

下令挂起白旗的不是别人，正是那个主张不战而退的叶志超。他要求日军让出一条路，让清军撤离平壤，但日本军使断然拒绝了。

日本军使谈判后离去时，走得很慢，慢得奇特。他的步伐似乎在告诉叶志超：“你若想逃就趁早！”至少，叶志超是这么领会的。

当晚，叶志超、马玉昆、卫汝贵诸将集合部队向北逃遁。日军当然知道清军的企图，在途中伏击。山道狭窄，清军伤亡惨重。

平壤战役中清军阵亡两千人，几乎都是在逃跑时被打死的，而日军只死亡了一百八十余人。

清军遗弃的武器有炮四十门、步枪一万余支。临逃走时，几乎都扔掉了武器。

高级将领丢下的私产有金币十二箱（其中金块六十七块、金锭六十一个），沙金十四箱，大小包裹三十来个。

清政府发给的军饷和大量银块，约十万两，叶志超也来不及运走了。而且，一些重要的机密电稿、文书等竟未做任何处理，弃之不顾。

日军胜利是由于清军当事者无能，这是后世对平壤战役的评价。日军方面，尤其从补给方面来说，真是打了一场如履薄冰的战斗。叶志超挂出的白旗，确实把打光了子弹的日军救了。

【第三十二章】

烟不见兮

1

9月8日，原在东京参谋本部内的大本营挪到广岛。“大本营将于13日前进至广岛”的公报，是以陆、海两相的名义签发的。

军队从广岛的宇品港用运输船运送，大本营推进至广岛，当天皇行幸到那里时，就意味着“御驾亲征”。

最强烈主张把大本营前移广岛的，就是伊藤博文首相。他的目标在于“使作战同外交一致”。

战地来的情报，到广岛可能比到东京稍微早一些，但各国公使馆都在东京，广岛在外交活动方面肯定是不方便的。伊藤首相立意在天皇亲征这一事实上，他想以此来统一舆论，提高士气。

公布宪法而召开帝国议会之后，甲论乙驳，从外部看来似乎是舆论极为混乱。清政府推测：日本国内舆论分裂，在军事上也不会有果断措施。只要忍耐一时，日本内部必然对立，势必难以进行战争。

伊藤知道这一点，认为有必要显示一下日本国内团结的巩固程度，以粉碎清政府的如意算盘。

明治天皇行幸到广岛是9月15日，正好是日军总攻平壤之日。广岛的行宫就是原来的第五师团司令部。平壤的捷报还没有传来，迎接圣驾的一百零一响礼炮似乎是战胜的预祝。

世界上的国家分成两类，强国和弱国，强国压迫弱国是理所当然的——门户开放以来，日本国民就是抱着这样的国家观。

闭关自守时代，日本是个落后国家，被划分在弱国一类里，因此不得不忍受缔结各种不平等条约的屈辱。开放以来，大约三十年间，日本朝着“文明开化”和“富国强兵”的目标全力奋进，要跻身强国之列。

由于在各个领域里惊人地欧化，“文明开化”收到了成效，终于同英国修改了条约。下一步是让全世界承认它“富国强兵”的实绩，那就是必须在战争中打胜仗。人们都觉得，对日本来说，在朝鲜同清军的冲突，是一次绝好的机会。

日本充满着活力，但战争的领导者希望国民的斗志燃烧得更旺盛些。宣扬司号兵之类，目的就在于此。

“大元帅陛下御驾亲征”，伊藤等人企图以此进一步燃起国民的战争狂热。大本营推进到广岛，从时机来说，是再合适不过的了。御驾亲征的兴奋劲头儿，由于平壤大捷而更加昂扬。

著名的俳人正冈子规当时写了俳句：

遍山野，月下三万骑。
千里月，遮眼马上望。
炮声止，月照山头腥。

阳历9月15日，正是阴历八月十六日，中秋节后的第一天。

在中国，中秋节是重要节日，也称作“团圆节”，是以满月之团圆喻家庭团圆，远离家乡的人在这一天要尽可能回家团圆。

在日本取这个“圆”的意思，做成赏月团子，在中国便是月饼。这一天的中心活动是摆设祭坛，祭祀月神。

月神被称为“太阴星君”，阴是阳的反面，所以，祭礼主要由妇女承担。供品除月饼外，还有瓜，一般都切成花瓣形。比起新年来，颇有女性节日的气氛。

中秋节后的第三天，阳历9月17日，平壤战败的消息传到北京。天津的李鸿章早几个小时接到了这一惨报。

穿过书房的窗户，李鸿章目不转睛地盯着庭院。这是个圆窗，庭院的一部分镶嵌在圆圈中。这个圆形使他想起三天前中秋赏月的情景。庭院的一角还残留着对中秋的惜别留恋之情——一堆灰烬。此刻李鸿章注视的就是它。

画着月神——太阴星君的纸叫“纸马”，因为上面也画着月神所骑的马。上古祭神时，杀马以做牺牲，到了近世用画着马的纸来代替。中秋祭祀完了，把纸马和纸钱一同烧掉。李鸿章官邸的庭院里，还残留着中秋之夜烧掉的纸马、纸钱的灰烬，那黑乎乎的颜色在白色砌石上特别醒目。

“不知北京对这事会做出什么样的决定？”李鸿章自言自语。

傍晚时分，北京宫廷来电报，对他做出了决定：

李鸿章未能迅赴戎机，日久无功。命拔去三眼花翎，褫去黄马褂。

黄马褂就是在平壤战役中左宝贵临死前特意穿上的衣饰，因功而恩准穿用，受挫时便会像今天这样被撤销。

所谓花翎，是用孔雀的羽毛制成的，插在帽子后做装饰，也是视功劳而恩准。分为单眼花翎、双眼花翎和三眼花翎三种。用孔雀羽毛上的圆眼数来区别功劳，三眼花翎当然是最高的了。

黄马褂和花翎类似勋章，并不是平常随便穿戴的东西。

从这天起，李鸿章不能穿黄马褂了，连帽子上插饰的孔雀羽毛也得拔掉。这当然是一种处罚，但只不过是形式上的名誉而已，无关痛痒。

接到上谕，李鸿章“哧哧”地笑了，对旁边的幕僚说：“免官解职岂不更好……”

罢我的官，谅你们也不敢——李鸿章遥想北京重臣会议的情景，心里暗自思量。战幕已经拉开，目前在中国，除了北洋军以外，能战斗的军队究竟有多少呢？没有北洋军参加，就无法进行战争，而北洋军只听从李鸿章指挥。

当时人们把重臣会议叫“枢垣会议”。

在那天的枢垣会议上，李鸿章的政敌们谴责他措施不当。第一个发言的是李鸿藻，翁同龢响应，但谁也不敢提议免职。最后是硬着头皮“发出严责谕旨”，意即由皇帝给予严厉申斥。

当时的军机大臣共有五人：

礼亲王世铎（皇族）
额勒和布（武英殿大学士）
张之万（东阁大学士）
孙毓汶（兵部尚书）
徐用仪（吏部左侍郎）

户部尚书翁同龢、礼部尚书李鸿藻也参加重要会议。这年的十月，翁、李二人接替了张之万、额勒和布的军机大臣职务。恭亲王奕䜣作为皇族军机大臣参加进来，是在十一月。军机处几乎是皇帝的秘书府，目前正由这些强硬派占据着。

驻北京的美国公使在给本国国务院的报告中说："皇帝和他周围的重臣们不仅不想支持李鸿章的对日战争，反而给他制造麻烦。"

李鸿章在与日本作战的同时，还必须与北京的政敌们作战。

在北京的宫廷召开枢垣会议，做出"严责"李鸿章的决定之日，黄海海战爆发了。

2

烟不见兮云不行，
风不起兮波不兴。

那天，黄海风平浪静。

这次战役，日本称之为"黄海大海战"，中国称作"大东沟之役"或"鸭绿江海战"。

北洋海军是李鸿章的政治资本，他压根儿就没想让这支舰队参战。至于制海权，北洋海军连想都没想过。

只把它当作威慑的装饰品，似乎有些浪费，反正在海上游弋，干脆用来做运输工具吧。

9 月 15 日晚，载着一大批陆军的北洋舰队从大连湾开出。这一天，日军对平壤发起总攻，但旅顺没得到通知，舰队在次日中午到达鸭绿江口——大东沟，由刘盛休指挥的铭军在深夜全部登陆。

铭军就是刘铭传统率的部队。刘铭传是李鸿章的同乡，安徽合肥人，在李鸿章的淮军中以勇猛善战而闻名。他同左宗棠不和，便脱离军务，将军队交给了侄儿刘盛藻。指挥权可以继承，足以说明淮系军队的私人性质。后来刘铭传以文官身份去治理台湾，三年前又辞掉了台湾巡抚之职。在朝鲜，中日关系紧张之后，北京朝廷想起了这位勇将，曾下诏召见，但刘铭传称病不出。

刘盛藻接受铭军后，又借服丧之机，将指挥权让给其弟刘盛休。

这支北洋军中最强的军队准备从鸭绿江开赴平壤，同日军作战。但是，在他们登陆时，平壤的清军已经大败，正向北方溃退。

北洋舰队圆满完成了护送铭军的任务。提督丁汝昌在旗舰“定远号”上，“镇远号”“致远号”“靖远号”“经远号”“来远号”“济远号”“超勇号”“扬威号”“广甲号”诸舰在大东沟海面一字排开。保护铭军登陆的是“镇南号”“镇中号”两艘炮舰和四艘水雷艇。因为港浅，只有炮舰和水雷艇能进入港内，“平远号”和“广丙号”两舰在港外护卫铭军登陆。

任务完成，17 日上午八时丁提督命令舰队于正午出发。各舰正忙于出发前准备工作，“镇远号”忽报“发现南方有黑烟”。

时间是上午十一时。

以煤炭为燃料的时代，未见舰影，首先便看见煤烟。不多时，弄清了那些黑烟是从日本舰队冒出来的。

同敌人遭遇！

北洋舰队并没有进行搜索活动，他们没有掌握制海权的野心，而李鸿章也不曾要求过。北洋舰队的任务只是输送兵员和沿岸防御，至于大舰队在海上的遭遇战，他们从来也没有认真想过。

“全舰立即起锚！”

“准备战斗！”

丁汝昌一个接一个地下达着命令。

大东沟港外的“平远号”和“广丙号”也迅速加入战斗行列。

日本的联合舰队护送陆军到仁川港以后，为支援平壤作战而北上，到达大同江口海面时，是 9 月 15 日。日军在这天攻进了平壤。

联合舰队司令伊东中将在电报中报告：

16 日，率本队及第一游击军“赤城”“西京”“都合”等十二舰，自大同江出发，17 日晨经海洋岛至盛京省大孤山港海面，与敌舰十四艘、水雷艇六艘遭遇，午后十二时四十五分至午后五时许，进行数次激战。

日本海军正积极地搜索目标，寻找敌人，与之作战。相反，北洋海军只以输送兵员、警戒沿海为目的，并没想南下搜索敌人，是被迫应战。它背靠大陆，不如背后是大海那样可以自由行动。北洋舰队一开始就处于走投无路的形势下。

日方舰船共十二艘，中方十四艘。清军舰船虽多，但一只不如一只。排水量总吨数，日方为四万吨，而中方只有三万五千吨。但中方有铁甲舰五艘，而日方只有一艘。至于速度，日方占绝对优势，平均时速为十六海里，比平均十四海里的清舰高出一筹。实际马力日方为七万三千马力，中方仅为四万六千马力。

重炮，中方二十一门，日方十一门，但速射炮日方六十七门，中方仅六门，相差悬殊。

从综合战斗力观之，日本舰队占相当大的优势。

战斗训练方面的差别就更大了。近年来北洋海军根本没进行过正规训练。英国海军上校琅威理曾在丁汝昌麾下担当教育官兵之职，后来因待遇问题而辞任。那是丁汝昌接旨进京时，琅威理以为丁汝昌离舰期间应当由他代理北洋舰队总指挥，实际上却是总兵刘步蟾代理了司令长官，他只不过是顾问。

一国的舰队，哪怕是一时的，从常识来考虑，也不能交给外国人。琅威理认为自己受到屈辱，可见他的性格过于偏激固执。当他明白了他当不上代理司令长官之后，干脆辞职不干了。凭着这种偏激固执的性格，他为清军做过严格的战斗训练，素质大见提高。琅威理辞职后，再也没有这么严格的教官了。

李鸿章聘汉纳根为后任。汉纳根是德国的陆军工程师，专长是构筑要塞，旅顺和威海卫的炮台就是按照他的设计和指导建造的。在炮台和要塞方面他是权威人士，但在海军作战训练方面却是个门外汉。他在本国时军籍是陆军。

琅威理离去后，北洋海军中外国人顾问除汉纳根以外，还有德国工程师、德国炮术专家、美国航海术教官、英国工程师等人。这些人都是专门的工程师，与战斗训练毫不相干，在他们之外有个叫尼格路士的英国人，他是退伍水兵，一度负责训练，其实不过是军事教练助手一流的人物。

后来，有个叫泰莱的英国海军后备少尉被北洋海军聘来。他原来在以英国人赫德为首的中国海关工作，当缉私船船长。泰莱进入北洋海军时，正值中日甲午战争之前。他在回忆录中说，他之所以在风云告急之时进入北洋海军，纯粹是冒险心理的驱使。他的身份是汉纳根的顾问兼秘书。不过，从时间上来说，他几乎没来得及训练北洋海军。

北洋海军官兵学会了航海，但没受过多少作战训练。

在这种状况下，两国舰队遭遇了。

3

据泰莱的回忆录，北洋海军的水兵虽然训练不足，但极其机敏、灵活。从下级到中坚的军官们大都是些很有才能的人，但越往上越沾染着官僚主义恶习。

提督丁汝昌是淮军骑兵出身，给刘铭传做过部将，在征讨捻军时立下战功，得到李鸿章的极大信任。从根本上说，他并不是海军军人，只是经常被派往欧洲购买军舰，这才与海军结下关系。海军学校设在福建，所以海军中福建出身的人比较多，此外，还有山东、浙江等沿海一带出身的人。安徽出身的丁汝昌是个孤立的存在。泰莱在回忆录中写道：“丁汝昌不过是个傀儡，实际上的提督是总兵兼旗舰管带刘步蟾。”

刘步蟾属于海军的主流派。他原籍是福建省侯官县，幼时听过家乡的杰出人物林则徐的故事。后在福建船政学堂学习英语、测量和航海。学成，被派往英国研习枪炮和水雷。从国外归来，在台湾测绘部落和海岸，制成详图，受到同乡前辈两江总督沈葆祯（林则徐的女婿）的重视，在海军中一帆风顺地升上去。1882 年赴德国接收“定远号”，后来就成为“定远号”的管带。

黄海海战时中国海军的实际指挥者是刘步蟾。

北洋舰队发现日本舰队，立即做了战斗部署。

北洋舰队的预定作战方案是采取四列纵队。然而，旗舰上刘步蟾命令旗尉升起的信号旗，却是一列横队。

泰莱写道：“刘步蟾是个惜命的人！”

排成一列横队时，以旗舰为中心，主力舰列于两旁，两翼就是弱的位置。敌舰攻击时，首先要从弱点开始，所以这种队形在初战时，主力舰是安全的。

泰莱写道：“他就是害怕同敌人遭遇。”

泰莱和刘步蟾似乎不太融洽。后来刘步蟾在威海卫自杀殉国，怎么会在这次黄海海战中贪生怕死呢？

战斗队形是根据桅杆上的信号旗变动的。为了掩蔽自己的作战意图，刚交战时可能不按既定方针变换队形。

虽说是一列横队，但两翼的弱舰知道自身所处位置的危险性，一般都要稍稍靠后一些。所以，北洋舰队现在不是一条直线，而是排成一个半月形。一般说来，横队是很难维持其阵容的，而且行动颇受限制。不过，舰首有重炮的北洋诸舰，要有效地发挥重炮的威力，仍以横队列阵、舰首对准敌舰为最上策。

提督丁汝昌正站在主炮之上的舰桥上，他的旁边站着泰莱，管带刘步蟾岂能看不见？然而，他却下达了开炮的命令。

当主炮开炮时，站在舰桥上的人会被它的剧烈震动给抛出去。果然，丁汝昌和泰莱两人被震出十多米远。

丁提督扭伤了腰骨，不能站立。泰莱一时失去了知觉。难怪泰莱写回忆录时把刘步蟾的形象描写得那么坏，看来也是有原因的。

战幕拉开，三十分钟以后，北洋舰队旗舰“定远号”的信号桅杆被日舰炮弹击中。这下子就决定了胜败。那个时代的海战，各舰都依照旗舰的信号旗行动，而此刻北洋舰队的旗舰不能下达命令了。

想改变队形也不可能了，于是，各舰便各自为战。旗舰的信号旗既是舰队的眼睛，也是舰队的耳朵。现在，北洋诸舰又瞎又聋了。

在综合战斗力方面，日本的联合舰队占据上风。而中国海军开战伊始便失去旗舰的信号桅杆，无法采取机动灵活、紧密联系的战术。

殊死的战斗持续了五个小时，北洋舰队损失了“超勇号”“致远号”“经远号”三舰，“扬威号”“广甲号”重伤。

日本舰队的速射炮发挥了威力。“定远号”“镇远号”被击中二百余弹，有十余人阵亡。“定远号”的主炮炮弹击中日本旗舰“松岛号”，但未能击沉它。“松岛号”伤亡三百余人。

“定远号”和“镇远号”两巨舰，虽然中了二百多发大小炮弹，仍然没有沉没。

邓世昌管带率领“致远号”，喷着火星，直冲日本的“吉野号”，要以舰撞舰，同归于尽，但中了鱼雷，顷刻沉没。

水兵出身的英国人尼格路士身受重伤，临死前不断呼唤女儿的名字。

酣战中，“济远号”舰体受重创，离开战列，返回大连湾。各舰认为“济远号”的行动是“临阵脱逃”。

下午五时，黄海上飘散出黄昏的气息，日本联合舰队突然掉转队形，开始返航。这是日本舰队的一次明显的胜利。但是，还称不上压倒性胜利，因为日本舰队长期以来的主要假设敌——“定远号”“镇远号”两舰，并未击沉。

连续五个小时的海战，并非毫无间断地互相发射炮弹。其间也有过数次的十分钟或十五分钟的休止时间。日本舰队掉头返航之前停止了炮击，开始时北洋舰队还以为这是日本舰队的暂停。

日本舰队的舰影逐渐远去，“镇远号”上的美国航海术教官马吉芬喃喃地说道：“日本舰队炮弹也打光了……”

北洋舰队诸舰的弹药库几乎都空了。

丁汝昌、刘步蟾率领北洋舰队，带着满身创伤，拖着沉重步伐，返回大连湾。

【第三十三章】

下一个时代

1

位于鸭绿江下游的义州是朝鲜的要冲。它的对面是中国的九连城。为确保鸭绿江一线，隔江相望的义州和九连城都是军事上的重要据点。

隐藏在前线战斗的背后的给养补充问题，在战争中极为重要，是决定胜败的一大因素。

袁世凯担负了补充给养的任务。

开始是打算靠海上运输往义州补充武器粮食，但现在办不到了。黄海的制海权已落在日本的掌握之中。

袁世凯十分沮丧。对于朝鲜的事情，他已经厌烦了。他想在朝鲜做的——确立中国的宗主权，几乎是归于失败。他在朝鲜尽了一己之力，虽然有点儿过分。正因为过分，才同日本发生了武力冲突。

“你的做法很不高明！”

李鸿章的女婿张佩纶等人直率地指责袁世凯。可是，除此之外，还能有别的办法吗？他们爱怎么说就怎么说吧，本想以患病为由辞掉不干，但主子李鸿章大声呵斥道：“善后的事总该处理一下吧！”

于是，袁世凯同周馥一起，跨过山海关，朝沈阳（奉天）进发。带着“前敌营务处总理”头衔的周馥，对这项工作也不十分起劲儿。

最初计划是武器弹药由海上运输，粮食在义州附近采购，然而，两人赴任的途中，平壤失陷了。黄海之战，清军又失去制海权。日军乘胜北上，追击败退的清军，义州也成了双方交战的地区。从那里购进一万石军粮，完全不可能了，只得从国内往外拉。

他们的工作比预料的要忙得多。

“不得了啦！”从外地回到沈阳的周馥，语调比平时激动。

“怎么了？事到如今，还有什么事值得大惊小怪的？”袁世凯问道。

近来，他有些自暴自弃了。

“‘济远’的管带要被正法！”

“啊！正法……”

袁世凯登时愣住了。

“济远号”管带方伯谦“临阵脱逃”，被处以死刑。

“是啊，而且不会缓刑。”

“太严厉了！……当然也因为有前科。牙山之役，方伯谦也许有他的理由，不过……”

日本所谓的“丰岛冲海战”，在中国称之为“牙山战事”，就是东乡平八郎大佐击沉“高升号”的那次海战。当时眼看要被日本舰队的速射炮掀翻，“济远号”挂起白旗逃跑了。尽管管带下令竖白旗，可炮手们却继续开炮轰击。

“真是丑态百出，听说还挂了日本军舰旗！”周馥说着，恨恨地骂了一句。

据说，在丰岛海面，方伯谦为了把投降的意思表现得明白些，在白旗的下面还恭恭敬敬地挂上了日本军舰旗。这件事在东乡平八郎的日记中也有记述，肯定是事实。

北洋舰队提督丁汝昌对此事也有所闻，满心不快，但是海军将领奇缺，后继无人，所以不能罢方伯谦的官，只好让他继续担任“济远号”管带之职。

有这样前科的“济远号”又第二次临阵脱逃。

方伯谦报告说：“舰炮被击坏，舰体严重损伤，凭自力脱离战线，勉强开到大连湾。”

“济远号”舰炮确实毁坏了，但据说并不是被日本舰队击中，而是他自己炸毁的。舰上的弹痕也都是用巨锤故意砸出来的。如果这是事实，那可太骇人听闻了。

战后，也有人认为方伯谦是无罪的。

黄海海战之后，未过一个星期，9 月 23 日，接到丁汝昌的禀告，李鸿章决定将方伯谦处以死刑，于两日后拂晓执行。在这种迅速判决并执行的背后，有人怀疑肯定隐藏着什么不可告人的秘密。

孔广德编的《普天忠愤集》中有一篇《冤海述闻》，说处死方伯谦是丁汝昌、刘步蟾和汉纳根三人的阴谋。他们都同方伯谦有私怨，如丁汝昌在海军基地刘公岛盖了许多房屋，租给高级将领居住，只有方伯谦不租用。

其实，恐怕是黄海的败战需要找个替罪羊，而方伯谦被选中了。当然，他能够被选中，也一定有理由。

《冤海述闻》也为方伯谦做了辩护，说：在丰岛海面，“济远号”力战，炮击日本“吉野号”，打得它倾斜，挂起白旗和黄龙旗逃遁（黄龙旗是清朝的国旗）。“济远号”准备追击，但舵机损坏，不能跟踪，只好返航。

这可是倒打一耙的偏袒。东乡平八郎的日记是可靠的。日本官方的报道是清舰在丰岛海面首先攻击日舰，而东乡记为日本方面先发制人地发起了攻击。他不管官方怎么说，如实记录，因此，“济远号”挂起白旗和日本军舰旗逃走的事实是可信的。

逃回大连湾的“济远号”的损伤是人为制造的，对此，泰莱的回忆录中也有记述。

大本营在第二次世界大战中声名狼藉，毫无威信。可是在中日甲午战争时，是受到日本国民的绝对信任的。明治二十七年（1894 年）9 月 18 日下午四时三十分，以海军军令部长桦山资纪的名义公布的大本营战报说：

前 16 日午后五时，本舰队第一游击队“赤城”“西京”等十二舰，经海洋岛向大孤山海面进发。17 日上午十一时四十五分发现敌舰队“定远”“镇远”“靖远”“致远”“来远”“经远”“威远”“扬威”“超勇”“广甲”“广丙”“平远”十二舰及水雷艇六只。

这份战报与伊东联合舰队司令长官的电报——“敌舰队十四舰及水雷艇六艘”相比较，大本营发表的少了两艘，伊东电报中无舰名。

实际上，这时北洋舰队的阵容如下（括号内为各舰管带）：

定远号　（总兵　刘步蟾）
镇远号　（总兵　林泰曾）
致远号　（副将　邓世昌）
靖远号　（副将　叶祖圭）
经远号　（副将　林翼升）
来远号　（副将　邱宝仁）

济远号　（副将　方伯谦）

超勇号　（参将　横炯臣）

扬威号　（参将　林履中）

平远号　（都司　李　和）

广甲号　（都司　吴敬荣）

广丙号　（都司　程璧光）

实际的军舰数量是十二艘，另有“镇南号”“镇中号”两艘炮舰和四艘水雷艇。

把炮舰也算在军舰里，确实是十四艘，但伊东把四艘水雷艇看成了六艘。如果大本营把炮舰当成了水雷艇，数目就相符了。大本营公布的“威远号”，这时并不在北洋舰队里，可能是把“济远号”误认为“威远号”。

此外，还有五艘运输船，也可能是把它们当中的几艘错认为军舰或水雷艇了。

不过，别的舰名都对，单单把“济远号”搞错，很可能是“济远号”在战场的时间不长，致使日方无法确认。

牺牲一人而救众生，佛教叫“一杀多生”，可以套用一句：一杀多戒。“广甲号”的吴敬荣等人，按说也算是临阵脱逃，但有了方伯谦这个靶子，其他官兵引以为戒也就行了。怎奈他继丰岛海面战役之后再次脱逃，作为杀一儆百的牺牲者，实在是非君莫属。

“还真不能掉以轻心呢！”袁世凯不由得摸了摸后脖颈。

这次战争责任最大的，岂不就是我！——想到这里，方伯谦的处死，与他并不是毫无关系的了。

2

黄海海战的次日，李鸿章写了一篇奏折，送往北京。他在奏折中说：

以北洋一隅之力，搏倭人全国之师，自知不逮。唯有严防渤海，力保沈阳，然后厚集兵力，再图大举。请另简重臣，督办奉天军务。

李鸿章的意思是，这次战争简直不是日本对中国之战，而是日本对李鸿章之战。事实上，动员的军队大部分是淮军，出动的海军则是李鸿章一个人惨淡经营的北洋舰队，只有他一个人在拼命战斗，别人都若无其事。奏折中充满了抱怨情绪。

返回旅顺的汉纳根来电报说，各舰或多或少都受了损伤，修理大约需要三十五天。就是说，自今而后的三十五天，北洋舰队的战斗能力等于零。究竟会怎么样呢？李鸿章陷入沉思。

武器弹药不足。光靠北洋一隅是不行的，必须集中全国之力。李鸿章打电报给两江总督刘坤一，希望他尽量多弄些武器送来。李鸿章觉得刘坤一比湖广总督张之洞通情理，当然也给他的胞兄——两广总督李瀚章打了电报。弟兄之间，遇到这种事就顾不上客气了，何况谁都知道李瀚章能当上总督是沾了弟弟的光。李鸿章要求哥哥给予报答也无不可，一开口就借用步枪六千支，随后又打电报，“希望尽可能多借一些”。

李瀚章确实为弟弟尽了最大努力，甚至做过了头，惹下祸患——为筹措军费，他竟想使用“闱姓捐”。

所谓“闱”，本是宫廷侧门之意，也指科举的考场。科举规定，乡试在各省会进行，合格者称“举人”，有资格参加北京的会试。会试合格，便是进士。

会试，是从全国会聚而来的举人的考试，谁将怎么样，无从知晓。但以省为单位的乡试时，对参加考试的人几乎都熟悉。他是谁家的第几个儿子，能考得怎么样，等等，事先都有评议。于是，对谁能考上下赌注，这就是“闱姓捐”。

拿神圣庄严的国家考试赌博，成何体统，因此废止了。李瀚章想把它复活，不管是什么样的赌博，设赌抽头的人总能捞到一大笔钱。李瀚章打算用官办赌场的钱充当军费。

他本人也许认为这是一个绝妙的方案，但是，没有充分估计到民众对赌博的反感。他是李鸿章的哥哥，这一点使他有所倚仗，但同时又是他的弱处所在。李鸿章的政敌很多，他们觉得攻击戒备森严的弟弟，不如攻击漏洞百出的哥哥。于是，恢复“闱姓捐”的提案遭到舆论的全面攻击，李瀚章竟被逼到辞官的边缘。反对者，确实是有的，但也不难推测有人从旁煽风点火。

阴历九月二日（阳历 9 月 30 日），李鸿章坐在天津的公署里，整天思考着计策。这时，户部尚书翁同龢来访。翁同龢在一个多月之后当上了军机大臣。十年前，他曾当过三年的军机大臣。现在，他侍从天子左右，成为朝廷的重臣，是人人皆知的反李鸿章派。

这样的时期，这样的人物，特意从北京赶到天津来，当然是为了公事。原来，他是奉西太后之命来会李鸿章的。

翁同龢时时提醒自己：这次是奉皇太后之命而来，将她的命令传达给李鸿章，再把李鸿章的答复转报太后，如此而已……

总共有几件事，其中之一是非常简单的。

“要严厉责问：这回为什么把事情搞得这么糟？”西太后说。

尽管这么问，实际上她比谁都相信李鸿章。翁同龢把西太后的这句叱责传达给李鸿章，心里感到很痛快。

清朝，把军机大臣当作天子的秘书来使用。到了清末，有实权的总督也参加进来。清朝的制度原来是把大学士作为国家最高领导者的，不论是军机大臣还是总督，都兼任大学士，所以极有权势。大学士的定员是文华殿、武英殿、文渊阁、东阁、体仁阁各一名，协办大学士两名，计七名，也可以缺员。例如文渊阁大学士自光绪帝即位以来二十年间一直空缺。七名大学士中，文华殿大学士为首席。

李鸿章身为文华殿大学士已有二十年。在此之前，曾任协办大学士三年、武英殿大学士三年。

翁同龢现在还不是大学士，他当上协办大学士是三年以后。

在朝廷的席次，翁同龢也很低。但这次是奉西太后的懿旨而来，所以进了天津的直隶总督公署，他大模大样地坐在上首。

李鸿章垂头听了西太后的叱责之词。

“水陆各军均遭惨败，臣无可辩白。”李鸿章说道，但心里却在说：这是我一个人的责任吗？辅佐国政的并非我一个人！北洋军确实是我创建的，在我之外，又有谁创建过军队？我从来不反对别人建军队。

“沈阳可是陪都！”翁同龢说道。

现在的国都是北京。满族人入关之前，有一个时期曾以沈阳做国都，顺治帝以前的太宗和太祖陵均在那里，因此，把沈阳视为陪都。

“臣知道。”李鸿章仍低着头回答。

“那是重要的地方，皇陵也在那里，一旦发生意外，你能担待得了？”

“老实说。奉天兵不足恃，臣没有把握。”

李鸿章口气生硬，翁同龢有点儿犹豫了。他预感到，再加申斥，李鸿章会提出共同责任的问题来。于是，他立刻改变话题。

“问问李鸿章：是否可以借助于俄国？”西太后曾说过。

她非常希望快一点儿结束战争，想同李鸿章商量，可否借助俄国的力量，促成议和。按照翁同龢个人的意见，在陆、海失利的情况下，议和有失中国的脸面，又不能指望得到好处，所以不能同意。要等前线取得一些反攻胜利，再进行议和。他在日记中写道，如果现在议和，就得不怕举世唾骂。

“这都是皇太后的懿旨，我只是传达一下。你的答复，我也将不置一词地照样转奏。”翁同龢故意添了这么一句。

“俄国公使因病回国尚未归任，同他们的参赞倒是不断来往。俄国对日本侵占朝鲜非常愤恨，喀西尼伯爵也经常提及。臣以为，往俄国派一特使也是个办法。”李鸿章答道。

“依靠俄国行是行，但很难说他们就没有阴谋。假装亲近，然后占领东三省……实际上，占领的可能性不是很大吗？”

“请圣上放心，我敢保证绝不会发生这种事。”

李鸿章一贯是亲俄派。当他说保证俄国没有野心时，脸上露出自信的微笑。

“总之，我是代表皇太后来办事的。刚才我已说过，我要把你的话，一字不差地上奏。”翁同龢说完，回北京去了。

这一天，朝廷任命了一个前线总帅——“命宋庆节制前敌各军”。

宋庆是七十五岁的老将，曾在袁甲三手下，镇压太平天国有功，赏给“毅勇巴图鲁”称号。

巴图鲁，满语是勇敢之意。对军功显著者，授予这个称号。后来宋庆的军队被称为“毅军”，他的部将马玉昆已经率军出征朝鲜。

宋庆是山东人，既不属湘军，也不属淮军。最初，他给同乡前辈、安徽亳州知州宫国勋当仆从。那时正是镇压捻军之战最激烈的时期。捻军的一个将领孙之友前来诈降，计划在清军内部暴动。不知什么缘故，竟被宋庆看破了。得到主人宫国勋的许可，他杀死了孙之友，接管了孙之友的部众。

宋庆从一个仆从升为部队之长，是在同治元年（1862 年），已经是三十年前的事了。有趣的是，他所率领的部众绝大多数是安徽人，同淮军官兵同乡。宋庆虽然不属淮军，但常被看成淮军，像是淮军的一个旁系。

宋庆的毅军在光绪六年（1880 年）由汉纳根指挥在旅顺构筑要塞，此后一直驻扎旅顺。由于离前线较近，十天前宋庆已接到开赴九连城的命令，军队正在移动中。

当时还没有电讯联络，宋庆到了九连城才接到让他统率全军的命令。

3

“你还在那里磨蹭什么？赶紧去九连城！你的任务不仅仅是补充给养！”

——阴历八月末，袁世凯接到李鸿章打来的如此含义的电报。

这时，袁世凯同周馥在沈阳，正派人去西北方的新民厅采购军粮。其实，采购军粮是他们滞留沈阳的借口，这种工作是完全可以委托给商人的。

将军们太无情了！就这么去前线有多危险！——嘴上虽然不说，但袁世凯和周馥两人心照不宣，尽可能不往前线靠。

正在这时，主子李鸿章来了斥责电报。

他们的任务不单是给养补充，从天津出发时李鸿章就亲自叮嘱过。

“如果我军战事不利而退却时，你们要收容残兵，重新编制战斗单位。”这就是另一任务。

清军在平壤失败，纷纷向后撤退。这种时候，应该尽可能靠近前线，收容残兵，装备他们，使之再战。

“没法子。走吧！”周馥说道。

现在由于陆、海军战败，北京和天津群情激动。这是非常时期，违反命令会受到什么样的处分，难以想象。被正法的方伯谦就是前车之鉴。

“脑袋被砍掉，那就什么都完了。”袁世凯答道。两个人的想法完全相同。

倘若被斩首，那就本利全丢，于是他们决定去九连城设立转运站。

此时宋庆正率领毅军向前线急奔。

宋庆从旅顺开拔时，向北京和天津发电报，预计阴历九月十日（阳历10月8日）前进到九连城。

当时的日本报纸报道：“宋庆被任命为前线总指挥，李鸿章大为愤怒。”

这段报道只是一种猜测而已。任命全军统帅，原是李鸿章向北京朝廷请求的。现在满足了他的要求，他没有理由发怒。

如果说近来李鸿章时常发怒，那可能是因为以翰林院侍读学士文廷式为首的三十五名翰林联名弹劾他。

文廷式，江西人，是李鸿章的政敌翁同龢的门生。光绪十六年（1890年）中进士，仅仅四年便升为侍读学士，确实是破格提拔。

中了进士，一般被叙为七品官。同为七品官，差的被派到地方去当知县，而好的将来当大官，便放到翰林院里进修。翰林院编修也是正七品，这是选拔人才必须经过的关口。中进士才四年，一般说来还应该在这个关口前徘徊，可文廷式已升为从四品的翰林院侍读学士了。这是与国子监祭酒（相当于国立大学校长）同级的从四品，晋升得太快，岂止是连升三级。

当然也因为文廷式是榜眼，成绩突出，但主要还是因为他原先在广州将军长叙家里坐馆，教他两个女儿读书，后来这两个女儿都为光绪帝所爱，就是珍妃和瑾妃。光绪帝早就听二妃提过文廷式之名，所以公布进士及第时，他说，这个人很出名。

翁同龢为网罗反李鸿章势力，要把一些可以瞩望的年轻官僚拉到身边，便盯上了文廷式。

文廷式认为，现在正是驱逐李鸿章的绝好机会。

他对翰林院的新秀们谈了自己的想法，决定联名弹劾李鸿章。年轻的新秀们都渴望脱颖而出，也许心里正想着“下一个时代即将来临”。

现在虽然还是李鸿章的时代，可是，他年事已高，霸者更迭的时代不远了。一个崭新的时代将由拉开时代序幕的集团主宰，新时代的明星宝座将由扯掉旧时代幕布的人占据。

“千万别落在后面……”这是新秀们普遍在思索的问题。不过，他们很谨慎。翰林院这个宝贵位置，得之不易，可不能因为一些微妙的举动而失掉它。若是集体行动，他们的胆量就稍稍大些，再有一个“大义凛然”的理由，就更可以放心大胆地采取行动了。现在，他们眼前正飘荡着一面大义凛然的旗帜。

清军在朝鲜被东洋小岛国日本给打垮，陆、海军双双惨遭失败，弹劾使中国如此丢脸的人还怕谁谴责吗？他们的呼声出于爱国心、出于义愤。他们要站出来声讨应为战败责任的人，被声讨的正是旧时代的代表。

弹劾李鸿章能获得通向新时代权力宝座的通行证！文廷式抓住翰林院这群野心新秀的心理，会集了三十五人。

弹劾的内容不外是李鸿章疏于戒备、掣肘诸将、任用私人、不设粮台、删改电奏、欺瞒朝廷等。末尾下了这样的结论：李鸿章昏庸骄蹇、丧心误国，请予罢斥！

李鸿章对于弹劾他的事早有所知，因为翰林院里也有李鸿章的人。

历经权力之争的李鸿章清楚地知道，在弹劾者的背后，有翁同龢牵线操纵。

“黄口小儿！”李鸿章听到联名弹劾的消息，轻轻地啐了一口。黄口小儿当中竟有一个六十五岁的翁同龢，其实，李鸿章啐的是不靠实力、只靠皇帝恩宠得权得势的人。

领头者文廷式当过光绪帝爱妃的老师，而幕后操纵的翁同龢又是光绪帝的师傅。

“皇上也太成问题了！”李鸿章自言自语。重臣们嘴里所说的皇上实际上指的是两个人，即皇帝和西太后。现在李鸿章是指前者。

已经成年的光绪帝，燃烧着亲政的热情并非坏事。比起没有野心的皇帝来，为国家着想，还是拥戴这样有野心的皇帝要好些。然而，为亲政而网罗的人才，净是些无聊的家伙。看来问题出在网罗的面不广。自己的师傅、爱妃的老师……都是皇帝的私人。这些人是否有才干，值得怀疑。

前几天，翁同龢作为西太后的钦差来到天津，他提出的所谓自己的意见，在李鸿章看来，都不得要领、不符合现实。这是因为他缺少处理现实问题的经验。

李鸿章暗暗拿定主意，对弹劾不予理睬，我行我素。

他闭上眼睛稳了稳情绪，从容不迫地拿起毛笔，开始起草电稿。书案上，堆着各种各样的报告。

其中也有袁世凯来的电报：“已将九连城转运站迁至凤凰城，窃以为办事诸多方便。”这是把兵站基地后撤了。败兵陆续渡过鸭绿江，进入九连城。

李鸿章相信袁世凯的预测，可能九连城也要失守了。袁世凯这个人有特殊嗅觉，他的措施可能是正确的。

李鸿章想挥笔叱责战败之将，激励他们为挽回名誉而战。他首先给卫汝贵一纸电文：

讲官诸人（文廷式等）弹劾汝之军队，军心不稳，纪律紊乱，到处骚扰，平壤之役，不战而退。又同时弹劾我对汝等有所庇护。朝廷恨汝，几近切齿。兹命宋庆前往，严肃调查。此次宜火速集合败兵五千，整饬军令。如遇贼（日军），血战一场，或许能稍赎重罪。倘非如此，汝至危矣！在津将士均谓汝等临阵脱逃，痛骂盛军人数虽多，皆不能战，是否愿当此恶名？切记！

好严厉的电文，而李鸿章仍觉得不够劲儿。这是一场你死我活的战争。

李鸿章一边写着严厉的电文，一边提醒自己，不要过于激动，以防失去自我控制。

【第三十四章】

折断伐南旗

1

朝鲜自古以来乡党意识就非常浓厚。在东学中，也有南接、北接之类的说法。“接”是什么意思呢？东学在1878年设立了门徒集会之所，当时称“接所”，就是教会。“接所”，简称为“接”。南接，是指南方的教会；北接，是指北方的教会。南接就是全罗道，北接就是忠清道。开始时只是划分地域之意，后来竟与路线斗争结合起来，名词被赋予深刻的含义。

想把东学尽量限制在纯宗教活动的组织范围内，称作“北接”；要把政治运动和军事行动相结合，称作“南接”。全罗道出身的人本应该都是南接，但其中也有人主张，东学是宗教团体，致力于大众精神方面的教化就够了，不要涉足政治。相反，本应该是北接的忠清道出身的人中也有人主张，东学钻在宗教的贝壳里实在可笑，如果有理想和抱负，就应当为实现它而倾注一切努力，不惜扩大到政治领域，诉诸武力，积极地行动起来。

本来朝鲜人当中好激动的人居多，组成集团斗争，就更是一往直前。

如果是因为地域闹口角，那么，双方按照习惯，互相吐唾沫，狠狠骂上一顿，也就完了。可是，像东学这样，在同一集团中路线不一致，问题就严重了。

就日本出兵之前的东学党起义而论，因为北接派领导人崔时亨对军事行动消极，所以在忠清道南部缺乏号召力。这样分散了力量，对朝鲜政府军来说，是非常有利的。的确，当时东学的举兵有些不够果断，后来在内部也做过总结。

南接派领袖是全琫准。他面对日本出兵的新事态，越发坚定了信念。他早有预料，不做出抵抗的姿势，敌人会毫不留情地长驱直入。敌人已经来到面前，能把自己锁在祈祷的世界里无动于衷吗？全琫准积极地准备武装起义。

然而，东学这一宗教团体的上层却大都是北接系。南接的理论家们反复地鼓动武装斗争，但要使整个教团行动起来，是需要时间的。

“你们没看见吗？倭兵（日本兵）在汉城到处都是！你们打算就这么置之不理吗？祈祷有什么用？除了拿起武器战斗，没有别的办法。你们还能算是东学信徒吗？不，还能算是人吗？”

嗓门儿高起来，议论升级了。

在宫廷内部，大院君同闵妃派有分歧、有斗争，在朝鲜的其他领域里，各个派别的抗争也很激烈。这也许是儒教家长专制体系的影响，从一家一户开始，同塾、同乡等关系纠缠着，不管本人如何，都要依照所属集团的意志行动。

持主战论的南接宣扬自己的主张。声调越来越高。尽管主张宗教纯化的北接反对举兵，但它也不是非暴力集团。为了打倒对立的南接，北接并不怕使用武力。南接方面大骂：“你们算什么男子汉，一群窝囊废！”

越骂越凶，挨骂的一方不可能默不作声，结果不断地发生殴斗，甚至激化到出现伤亡。

“南接太蛮横了！”

“竟然动刀动枪威胁我们！”

“对于强暴，我们也得用武力相抗！”

北接方面开始集结兵力，不是为了同日军和朝鲜官军作战，而是要跟共同信奉东学的南接火并。北接领导者金演局、孙秉熙、孙天民、黄河一等人组织了伐南军，揭起了伐南旗。

他们起草了檄文，准备发往北接各地。檄文说：“以道（东学）作乱，实属非是。全琫准、徐璋玉等辈乃国家之叛逆，师门之乱贼，吾等何不群起而攻之？”

这就是内部分裂。

这样下去，不仅不能同日军作战，反而会使东学自我崩溃。南接方面在起兵之前也必须解决同北接的对立问题。

这期间，形势大为变化。成欢之役，清军大败，日军占领了牙山。清军向平壤退却而去，日军在后紧迫，朝鲜政府只有当日本的傀儡了。

日本侵略朝鲜，最强烈反对的是东学。同政府军讲和时，东学坚持加上一条：“严惩通倭者。”

如今，朝鲜政府自国王以下的要人全都通倭，虽然是迫于武力。

不，“通倭”一词表达得并不充分，实际是屈从于倭人。从此以后，朝鲜政府的意图，就是日本的意图。日本的意图是统治全朝鲜，而统治全朝鲜就必须消灭反对日本的东学。日本驱逐清军之后将采取什么行动，东学是看得很清楚的。

东学已经形成一个巨大的势力，但一直以朴素的方法维持的内部统一，目前到了极限。朴素的方法就是靠人事关系。组织扩大以后，人事关系也随着复杂起来。

东学第一代教主崔济愚遇难后，崔时亨成了第二代教主。本应该他一声令下，东学便齐声响应，但现在却做不到。其原因不只是组织的扩大，还在于教主崔时亨的观点是东学中的少数派。

要进行为第一代教主恢复名誉的运动——“申冤运动”，崔时亨很谨慎。起初是反对，后来知道赞成者占多数，他才下定决心。他在统率教团的政治方面，并不出众，他的超群之处是作为一个宗教家的才能。

崔时亨心里只希望把东学的活动限制在宗教方面，并使其纯化。可是，前来参加东学的，是些饱受压迫、对现有宗教已经失望的人，他们要越过阻碍干一场。

显而易见，屈服于日本的朝鲜政府将同日本一起镇压东学，因此，武装暴动已成为多数人的意见。

东学之所以出现南接和北接的分裂状态，说到底是教主崔时亨赞成少数人意见造成的。

2

在东学内部，一些有心人对这种状态也很忧虑。其实，这并不是解决不了的问题。武装暴动实际上是绝大多数人的意见，北接的头面人物在内心也是赞成的。然而，由于种种原因，特别是朝鲜式的家长制以及对上级的绝对忠诚，使许多人无法表态。而且，北接和南接对抗，在感情上也产生了隔阂。不过，对抗只是数月以来的事，感情上的对立还不算深刻。双方都盼望早一天解决。

这时，出面调停的是吴知泳。

他是东学里为数甚少的知识阶层出身的人，他从孙和中那里接受了东学教义，其后又跟随金邦瑞学习。儒教作为一种体制，朝鲜比中国更严格。一旦拜人为师，就终生执弟子之礼。

事有凑巧，孙和中属南接，而金邦瑞属北接。当然，过去并没有南接、北接之分。如果说有这种称呼，那也只不过是表示出身地或居住地罢了。总之，孙和中与金邦瑞是后来才渐渐分属于南接和北接的。吴知泳与两方面的要人都有较深的渊源，作为调停人是最合适不过的。

吴知泳出任调停人，据他的著作中记载，时间在中秋节之后，正当清军从平壤败退、黄海制海权落到日本手里的时候。

“听说你们要举旗伐南，是吗？”吴知泳拜访北接的领导人，问道。其实，不问也能看出来，北接的司令部——报恩郡的大都所里充满了杀气。

“以道作乱者，依据东学精神，必须予以讨伐。这是我们的信念。”大都所长金演局答道。

“你们何必去讨伐呢？日本军和朝鲜傀儡军正在讨伐他们。南接同敌人打得不错，不过，我认为他们肯定打不赢，因为同属东学的北接也要出兵了……他们的命运会怎样呢？”

吴知泳扫视着金演局等北接领导人的脸，仿佛在向他们每个人发问，语调缓慢而柔和。

没人回答。孙秉熙似乎晃动了一下肩膀，吴知泳便盯住孙秉熙问道：“不用各位回答，结果不是明摆着吗？南接军受到敌人和昔日伙伴的双重征讨，必败无疑。北接军一定能大获全胜。怎么样？你们高兴吧？”

依然没人回答。停了一会儿，吴知泳接着说：“后世的历史学家对这次战争将如何评论呢？你们已经准备好了一套为自己树碑立传的说辞吧？我想听一听，能说给我听听吗？”

金演局瘪着嘴，轻轻合上了眼睛。孙天民垂下视线。孙秉熙并不躲避吴知泳的目光，身子一动不动，脸上泛起红晕。

“因为我们再也忍不下南接那帮家伙的无理谩骂了！”孙秉熙似乎终于按捺不住，首先开口了。说完，他的嘴唇颤抖着。

“噢，那就让他们来赔罪，事情不就完了吗？这是我们内部的事，就像兄弟之间吵架一样。兄弟吵得再凶，如果有人来欺侮他们当中的任何一个，兄弟俩就会忘掉吵架，互相帮助，一致对外。这难道不是我们朝鲜人的人情吗？”

对吴知泳的话，孙秉熙深表同意。

“我们之间有南接、北接的问题，”吴知泳又说道，“但是，在日本军和京军（朝鲜政府军）的眼里可没有南、北的差别，他们视为眼中钉的是整个东学。

你们也是他们的讨伐对象，这还不明白吗？”

在吴知泳的雄辩面前，北接领导人都低下了头。

其实，他们心里也在想：若不是所属关系，若不是以往的一些缘由，对于武装暴动，他们也并不十分反对的。

“如果能向我们道歉……”孙秉熙道出真情，激动得说不下去了。

“当然要赔礼道歉。我代表南接，向你们赔罪。”

吴知泳立刻跪倒在地，叩头谢罪。

“好，你瞧！”

孙秉熙站起来，抓过竖在屋角的旗帜，狠狠摔在地上，用脚踹断。这就是伐南旗。

调停成功了。

当然，在北接集团中，主张东学是纯粹的宗教团体，坚持反对武装暴动的人仍然存在。但是，能使北接一派的大多数倾向于武装暴动，这就是巨大的成功。

3

日军在平壤和黄海的胜利，使英国感到了危机。

英国的权益中心在上海。日本掀起战端时，英国认为只要战火不烧到长江下游，倒也不必干涉。

不过，当时英国预料清廷不至于一败涂地。现在，从战况来看，似乎清廷已经无法挽回败局。于是，英国开始考虑将来的问题了。它是最希望清廷能够维持现状的。

日本彻底打败中国，清朝的政治体制必然崩溃，中国全土必然陷于混乱状态，工商业活动将停顿。这正是英国所担心的。从日军进攻迅速这一点看来，很有这种可能。

据英国分析，清朝崩溃，意味着它的边远地区开始从中央脱离出去。西藏、新疆，还有东北部会首先离去，但不是独立或自治。它们的背后都肯定有列强的力量在活动。周围地区动摇了，中央部分的反政府运动就会激化，从而加速混乱。到那时，英国所害怕的工商业停顿必然要出现。

反政府运动即革命运动，这时也开始在中国内部萌动了。

近来，孙文在夏威夷。他抛弃了以前那种去天津说服李鸿章进行改革的书呆子气，正在同洪门的人接触。他要募集武装暴动的资金。

“推翻清朝，建成我们的新政权时，加倍偿还。”

孙文以这种条件筹措军用资金，他的计划越来越现实。

清朝的房架子还算牢固，但是，一次巨大的失败会使它动摇。考虑到这一点，英国便想出面劝说日本停战了。

10月8日，英国公使向陆奥外相提出两个条件，探询停战、媾和之意，即：

一、列强保障朝鲜之独立；

二、中国向日本赔偿战费。

这位公使于八月中旬到任，不久便造访日本外交部，暗示：英国政府对日、中两国的战争最近要提出自己的意见。

十月初，可能英国看清了战局，向欧美主要国家号召：中国已经出现了反政府运动，为保护本国侨民，欧美各国应当共同行动。

10月6日，英国又提议，共同劝告日、中两国讲和。这些国家是法、德、意、俄、美五国。

英国公使对陆奥外相说：“关于日、中两国间的媾和，各国正在讨论，不久将提出相同的建议。”

日本政府当时对媾和条件尚未研究，但这是迟早要研究的，于是借此机会，在政府内部开始了研究。日本外务省以照会形式拟订了三个方案。

甲案

一、敦促清政府承认朝鲜之独立，割让旅顺口、大连湾给日本，作为永不干涉朝鲜内政之保证。

二、敦促清政府向日本赔偿军费。

三、清政府应根据同欧洲各国缔结的现行条约，与日本缔结新约。（这不外是强迫签订不平等条约。）

在实行以上条件之前，清政府应向日本政府做出充分的保证。

乙案

一、由各强国保证朝鲜之独立。

二、清政府割让台湾全岛给日本。

其他条款同甲案。

丙案

在日本政府明确提出停战条件之前，先了解清政府的意向。

陆奥外相把这三种草案呈送广岛大本营的伊藤首相处。

陆奥外相在《蹇蹇录》中记述：“甲、乙两案竟成为后来起草《马关条约》之基础。”

伊藤首相同意了甲案，但他认为现在立刻答复英国，不是上策。可是，英国公使正式照会，不能不给予回答。陆奥外相把丙案稍加修改，在英国公使来访的十五天后，递交过去。其文如下：

对于英国皇帝陛下之政府提议停止日中战争之友谊，帝国政府十分感激。迄今战争之胜利常属日军，然帝国政府认为，尚不足以保证谈判之满意结果。因之，公开发表停止战争之条件，留待他日。

为什么伊藤首相赞成甲案，却又说现在作答不是上策呢？那是因为日本还没有占领旅顺和大连。这时，进攻旅顺的第二军还没有出发。第二军从宇品港出发是在 10 月 15 日。第二军司令由大山岩大将担任。

外国出面干涉了，必须趁此机会尽量扩大战果。陆奥外相在阁僚会议上要求尽早执行旅顺作战，不过，他从英国“干涉”的强度上体会出一个乐观的日期。英国公使已经同各国公使协商，说不久各国也将提出停战建议，于是陆奥外相同各国公使会晤，不露声色地探察意向，得知俄、德、法、美等国公使似乎还没有接到本国政府的训令。

俄皇重病在身，不可能研究英国的建议。美国以同欧洲诸国共同活动违反美国传统为理由，拒绝了英国的建议。德国认为，对日本进行干涉，如果被拒绝时不能采取行动，就绝无效果，所以，它并不把英国的提议放在眼里。

英国提出的媾和条件，遭到清政府的拒绝。

英国驻华公使欧格讷于 10 月 10 日去天津，同李鸿章会晤，探询对讲和的意见。

“赔偿战费？岂有此理！这种谈判根本办不到！”李鸿章答道。

虽然如此，他对英国出面干涉一事表示欢迎。

两天后，俄国公使喀西尼来会李鸿章。李鸿章简直把他当成了救星。

“近来，本国一直没来电，您当然知道是什么原因。”喀西尼说道。

“祈祷俄皇陛下早日康复。”李鸿章通过翻译说道。

俄皇亚历山大三世卧床不起，气息奄奄。帝俄外交是宫廷外交，在这种情况下，几乎一切活动都停顿了。

“不过，我国决不允许日本独占朝鲜，这一点，我敢保证！”喀西尼说。

至于赔偿战费，从当时的气氛来看，在清政府内部是绝对通不过的。那么，朝廷有无同日本长期打下去的意思呢？没有，就连那个坐在最高权力宝座上的西太后也是个最讨厌战争、盼望早日结束战争的人。

站在主战派最前面的翁同龢，在阴历九月十六日（阳历10月14日）的日记中写道，他一听到英国公使欧格讷的提议，立刻参谒西太后。据说军机大臣孙毓汶（兵部尚书）和徐用仪（吏部左侍郎）主张接受英国提案，否则陪都（奉天）难保，山陵（顺治帝以前的帝陵均在奉天）难护。翁同龢和李鸿藻两人则主张强硬对敌，奏请西太后用封赏激励九连城将士，火速修复受伤军舰，保卫渤海。日记的结尾写道：

然天意（西太后的意思）已定，似不能回……愤慨而归，求死不得。噫！

在翁同龢看来，西太后一心求和，主战派的想法无望实现。

次日，日本政府任命内务大臣井上馨为“特命全权公使”，驻在朝鲜。

4

内务大臣作为公使赴任朝鲜，任何人都会觉得这次人事安排很特殊。

他不是一般的外交官，虽然带了个公使头衔，但实际上一定比这更高。

是监国！

以前袁世凯曾有过这个绰号。他是由宗主国派去的人员，为的是监视藩属国的国事，叫监国似乎也未尝不可。在日本吞并韩国之前，伊藤博文身为“韩国统监”，实质上就是监国。

处于列强注视之下，不能给井上馨以监国或类似监国的官名，伊藤首相最初想了个“特派全权办理大臣”，但陆奥外相坚决反对，因为这个新官名确实是尊重了井上馨的资历，可是从外交的角度讲欠妥。

这种从未听过的官名，会引起诸国怀疑：日本是否要吞并朝鲜？越是有吞并之心，就越要避免引起猜忌。

井上的任务是指导朝鲜内政改革，其实就是监国，但最后还是决定使用“特命全权公使”这一称呼。

东学党举兵正值此时。

忠清南道的南面有一座山，叫论山，东学党的本营便设在这里。南接的全琫准和北接的孙秉熙两位英雄在论山会晤。虽然没能把所有的北接人引进武装起义之中，但是，东学党的大团结总算实现了。

东学党的目标是首先占领公州，接着扩展到国都汉城去。

接到东学党暴动的情报，南小四郎少佐率领后备军十九大队，合并忠清道监司朴齐纯率领的朝鲜军，防守公州。日军大约有一千人，朝军将近一万人，指挥权由日军掌握。

在北方前线，日军第一军于 10 月 24 日渡过鸭绿江，侵入中国境内。先锋部队是佐藤大佐率领的第十八联队一支队，他们从水口镇上游涉水而过，然后夜间在江上架起浮桥。日军主力在 10 月 25 日拂晓过了江。

对岸是老将宋庆率领的部队，据守在九连城。

袁世凯被李鸿章催促，在九连城设立了转运站。日军一过鸭绿江，他便把转运站撤到凤凰城去了。判断战局的眼力或嗅觉，袁世凯确实是高人一筹，这也许是一种本能。

在九连城的铭军，属于刘盛休指挥的淮军系统，算是清军的精锐。然而，日军拂晓渡河，他们竟一无所知。他们以为自己做不到的事，别人也做不到。遭到日军突然袭击，这支精锐部队顿时失掉了战斗意志。

九连城于 10 月 26 日失陷，唯恐被切断退路的清军，几乎是不战自退。

第一军渡过鸭绿江的 10 月 24 日，大山大将的第二军在花园口登陆。完全没遇到任何抵抗。10 月 29 日登陆完毕，全军向旅顺进发。

10 月 29 日，第一军立见少将率领分队进了凤凰城。从九连城退下来的清军几乎只是路过凤凰城而已。他们知道日军的进攻速度，没敢在凤凰城喘口气，匆匆抢掠之后便往大后方逃去。兵卒们朝军官逃跑的反方向逃散，他们再也不想打什么仗了。

清军在丢弃凤凰城之前放了火。这天正是阴历十月一日。两天前，凤凰城就已经和北京不通电报了。北京也把它完全放弃了。

得到日军在金州东面的花园口登陆的消息，北京似乎大为震惊。人们总有一个印象，以为九连城和凤凰城距离朝鲜很近，是边境地区，但一提到辽东半岛，隔着渤海就是天津和北京，心情可就大不相同了。

北京震动了。为保卫国都，集结了军队。恭亲王、庆亲王等皇族也督办起军务来。

主战派的翁同龢与李鸿藻在凤凰城失陷的第二天升任为军机大臣。从这次人事安排来看，似乎要彻底抗战。但另一面也有完全相反的活动。两天后，恭亲王拜访英、美、德、俄、法五国公使，委托他们调解，与日本停战。

恭亲王访问俄国喀西尼公使时，首先对俄皇逝世表示哀悼，因为他刚刚接到了电报。

委托别国调解，当然得提出自己的条件，那就是承认朝鲜的独立，赔偿战争费用。但是，日本已经拒绝过英国所提出的同样条件，而现在，战局对日本更加有利。

11 月 6 日，金州失陷。清军不曾迎战，弃城而走。守城的副都统连顺飞快地逃到旅顺。看着沉默的金州炮台，日军十分纳闷儿地进了城。

“登陆一看，如同空宅！”

——日本报纸报道了占领金州的消息，用了这样一条大标题。

翌日，11 月 7 日，日军占领大连。大连由铭军总兵赵怀业镇守，麾下的三千多名士兵大部分是新兵。赵怀业没有做无谓的抵抗，扔掉一百二十门大炮和许多弹药，逃到旅顺去了。

大连失陷的 11 月 7 日（阴历十月十日），恰巧是西太后的六十大寿。

正值战时，人们以为她会收敛一点儿，谁知竟毫无收敛迹象。庆典所需费用，由京官每人捐献年俸的四分之一，外省巡抚各筹措三万两。宦官和宫女们也都各有奉献。

庆典费用达七百万两，估计这次捐献总额不下一千万两。

“去年北洋海军从朝廷领的经费是多少啊？”李鸿章听到庆典费用时，忍不住向旁边的幕僚问了一句。

“不足一百五十万两。”幕僚答道。

“能买多少只铁甲舰……”李鸿章低声自言自语。

“您说什么？”

“我说旅顺……难办哪，旅顺也要……”李鸿章失神地盯着墙壁。

【第三十五章】
旅顺失陷

1

旅顺也失陷了，日期是 11 月 21 日。

旅顺位于辽东半岛的尖端，是联结朝鲜和中国的一条回廊。唐代向在鸭绿江上游建都的渤海国遣派使节，也是从辽东半岛渡到对岸的山东半岛，然后再前往唐都长安。公元 765 年，日本朝廷派高元度去迎回遣唐使藤原清河，一行人就是由渤海国的正使陪同走这条路线。旅顺是“旅途之顺路”的意思。

旅途之顺路，也是进攻的顺路。旅顺的失陷，使整个辽东半岛落入日本之手，也意味着日本可以涉足对岸的山东半岛。清军在山东半岛上设有海军基地威海卫，那里若抵挡不住，日军就会直捣天津、北京和直隶平原。

“必须守住旅顺。”清朝当局防守之意颇强烈。

清廷的焦虑心情，从 11 月 21 日发出的电文中可见一斑——

因旅顺防务紧要，电饬李鸿章身亲巡历，激励守御，迄今旬日，不见一字复奏。此外，电询饬查之件，亦多无电复。当此军情万紧之时，岂容如此玩误？现在旅防（旅顺之防务）日危，该督（李鸿章）更无筹划，但付之焦急二字……

十天前拍去电报，竟不见一字复电，纯系玩忽职守，使朝廷大为恼火。不过，朝廷电报所督促的，都是些办不到的事情。

北洋舰队司令丁汝昌已于 10 月 18 日率舰队移至威海卫。威海卫同旅顺不同，没有船坞，不能修理军舰。尚未修复的“定远号”和“来远号”只好留在旅顺，而北京来电催促把二舰急速带出。

“倘两船有失，即将丁汝昌军前正法。”

——电文极其严厉。

电文到日，两舰已开出旅顺，前往威海卫。

电报还督促认真考虑向旅顺运送援兵之事。

在辽东登陆的日本第二军是一支精锐部队，一鼓作气攻下金州、大连、旅顺，而第一军越过鸭绿江之后，似乎有些气力不济了。他们从占领的城市向外走出一步，就会遭到清军变装的游击队和与之相配合的农民的袭击。出城侦察的日军往往被打得缩回城里。

日军占领旅顺后，不但杀害清兵，还大肆屠杀一般市民和妇女、儿童。军卒窪田仲藏在他的《从军日记》中写道：

看见中国兵真想把他剁成碎末，看见了旅顺城中人，也想全部杀掉。道路之上尽是死人，行走更加不便。居民皆被杀死，每户大约三至五六人，血流满地，臭气难闻。

旅顺有各国的海军军人和新闻记者，这次大屠杀立刻被报道给全世界。

《纽约世界报》报道日军屠杀了非战斗人员六万人，评论说：“日本是披着文明外衣的怪兽，如今它摘掉假面具，露出了野蛮本相。”

英国的国际法专家霍兰德博士是亲日派，但对于旅顺大屠杀事件，他严厉地批判了日军的暴行。他说：

当时日本官兵之行为实乃逸出常态。即使彼等在旅顺口堡垒外发现同胞被割断之尸体，借口清军先有如此残忍之行为，亦不足为彼等之暴行辩解。除战胜之第一日而外，彼等自次日起连续四天残酷屠杀非战斗人员，尤其是妇女、儿童。正在服役之欧洲军人及特别通讯员等目睹惨状，却无由制止，只有作呕。

这一事件的影响时间很长。正值日、美之间进行新约谈判，美国国务卿召见日本栗野公使，警告说：“旅顺事件如属实，条约将难以得到上院批准。”

栗野公使急报本国，陆奥外相电训：

旅顺口事件，虽不至于如传闻，但可能多少有无益之杀戮。然而，帝国士兵在他处之举动则经常博得称赞，此次事件，确信由某种原因引起激愤所致。被杀者之多数并非无辜平民，乃脱掉军服之清兵。在此类事件尚未旁生枝节之前，望迅速施展手段，早日使新约获上院通过。

陆奥本人也不得不承认“多少有无益之杀戮”。

“多少”二字，是非常暧昧的表达方法，并且用被害者并不是非战斗人员来辩解。

旅顺的残暴行为是外国人亲眼看见的，想掩饰也不可能。英国海员报道了日本兵用刺刀戳穿妇女胸部，接着戳穿婴儿腹部并高高挑起的事实。英国《泰晤士报》就日军残害战俘、杀害非战斗人员尤其是妇女的事实，质问陆奥外相：“日本政府准备如何处理？”

日本政府哑口无言。

2

旅顺失陷以前，清廷已出现动摇。当日军越过鸭绿江，开始占领辽东各地时，恭亲王奕䜣就觉得不考虑讲和不行了。

主战派的翁同龢和李鸿藻陛见光绪帝，痛哭流涕，建言力战。

恭亲王心想：如果有希望获胜，战一下也未尝不可，然而，明知无望取胜，还继续战下去，那只会导致亡国。难道他们不怕亡国？

他是咸丰帝的弟弟，同咸丰帝一起长大，格外亲近，在太平天国运动和第二次鸦片战争中，他帮助哥哥渡过难关。西太后是他的兄嫂。

西太后能掌握实权，应该说他的功劳最大。他拥戴年幼的同治帝，向企图夺取实权的怡亲王和郑亲王发动军事政变，建立了西太后的摄政体制。但也正因为如此，西太后总觉得他碍眼，渐渐疏远他，终于在十年前把他撵下台。

这次起用，可能是由于重新评价了他同外国办交涉的实绩。1860 年，英法联军进逼北京，咸丰帝逃往热河，同英、法两国的交涉就全凭二十八岁的恭亲王。清朝设立“总理各国事务衙门”，即外交部，就在那个时候。

从那以后，恭亲王就成了清政府的外交代表。

事隔十年，西太后又把他抬上政治舞台。恭亲王明白她的用意。从前他曾统率过神机营，但现在他在军界的影响几乎等于零了。他所能做的，也只是发挥同英、法两国办外交的经验而已。

恭亲王号乐道主人，喜欢作诗。九月二十九日，他被起用为总署大臣，成为他创始的总理各国事务衙门的一员。

复职后的第一件事就是交涉同日本停战。擅长外交的恭亲王当然要从探询各国的调停着手。

赔偿战费，朝鲜独立，这两项无论如何也得承认。必然会遭到主战派的猛烈攻击，恭亲王也早有准备。

外交是交易，长期的外交生活使他体会了这一点。既然是交易，战败国就必须让步。

恭亲王把自己家的庭园叫“鉴园”，里面有楼台亭阁，人工美远远胜过自然美。

他透过书房窗户，凝望着那条穿过庭园的白沙甬路，拿起笔来。

他要起草电文，要求驻在外国的公使们向各国有威望的人做工作，委托他们调停战事。

公使只有三人，即龚照瑗、许景澄、杨儒。龚兼任英、法、比、意四国公使，许兼任俄、德、奥、荷四国公使，杨兼任美国、西班牙、秘鲁三国公使。

恭亲王犹豫了很长时间，写了勾，勾了写。仿佛那条白色甬路鼓励了他，终于挺起身来，写完了电稿。

具体的让步条件是否也写在电文里，他曾犹豫了好半天，最后决定还是不写为好。

公函是要长期保存的，把自己提出的屈辱让步留之久远，那可不光彩。不过，不写上条件，对方也无从着手，拍去的电报岂不等于放空炮？不，也有不放空炮的办法。

恭亲王把没写出条件的电报发给驻外公使们，至于条件，用口头向驻在北京的各国公使传达。公使们一定会把这个条件电告本国。外国也许要保存电文，但那是外国的事。可惜电文中一定会有前言“据恭亲王说……”之类，是无法让他们删掉的。

趁自己还没改变主意，他叫来秘书，说道：“发出这份电报，然后与各国公使馆联系一下，我要走访。”

他遍访各国公使，其中反应最强烈的是美国公使田贝。

田贝认为，清朝政治体制的存续，对美利坚合众国是有利的。因此，如有崩溃之虞，必须伸出援助之手。这当然是从美国的利益来考虑问题的。

美国政府接到驻清公使田贝的电报后，向驻日公使谭恩发出训令，让他调解日清战争之事。

11月6日，第二军攻陷大连的前夕，美国公使谭恩会晤了陆奥外相。

陆奥认为讲和之机尚未成熟，清廷内部的主战派还很强硬。战争迟早要停止，但不一定非要第三国从中调解不可。这是胜者对败者的关系，讲和是极容易进行的。不过，有一个国家站在中间传话，可能比较方便些。这个角色，与其让在中国权益甚多的英国担当，不如让美国担当更合适。想到这里，陆奥改变了原先打算拖下去的想法，立刻提交阁议。经过天皇批准，向美国公使谭恩递交了如下备忘录：

对美国政府愿为日、中两国和睦执调解之劳的厚意，日本政府表示感谢。自交战以来，帝国军势节节胜利，至今更无须友邦为停止战争而奔走。然帝国政府亦决不乘此战胜之机，超越限度，以逞私欲。唯清政府尚未直接向帝国政府求和，则帝国政府不认为已达限度。

这份备忘录是官方文件，陆奥在递交时又补充说："老实说，假如我们公开提出烦劳美国为日、中两国调停，必将引起其他国家不满。他们会责备日本，为什么选中了美国？那时候我们也难以解释。所以，希望暂时不要将此事声扬出去。等到清政府主动求和时，美国可乘两国相互交换意见时便宜行事。日本政府则全赖贵国提携。"

美国公使谭恩对陆奥的话十分满意，约定转告给本国政府。

这是在旅顺失陷的前四天。

这次会晤没有提出具体的条件问题。提出赔偿军费和朝鲜独立两个条件，依照陆奥的《蹇蹇录》的说法，是在11月22日——这是旅顺失陷的第二天，大屠杀即由此日开始。

11月22日，美国驻北京公使田贝发电报给美国驻东京公使谭恩："清政府委托本公使直接进行讲和谈判，条件为承认朝鲜之独立及赔偿战费二件，希将此意转达日本外交大臣。"这就是清政府直接向日本政府求和之第一步。

陆奥外相认为，提出的两个条件过于一厢情愿了。日军现在是屡战屡胜，朝鲜独立之事即使清政府不承认，现在也已经成为现实。岂止如此，朝鲜已处在变为日本属国的阶段。清政府认可赔偿战费，日本政府也不打算同意了。帝国主义时代的战争解决法，常识上是割让领土，只要清政府提出的条件中没有这一项，就不予理睬。日本是战争的胜利者，急于讲和的是清政府而不是日本。

五天后，陆奥外相向美国公使谭恩递交了一份备忘录：

北京及东京两位美国代表转达之清政府提议，作为讲和基础，日本政府不能同意。倘清政府真正希望和平，应任命具有正当资格之全权委员，在两国全权委员会议上，日本政府宣布停止战争之条件。

3

美国驻日公使谭恩在东京提出清政府媾和的两个条件那天，第二军的大山大将把占领旅顺的战果电告广岛大本营。电文如下：

第二军自二十一日拂晓进攻旅顺后方碉堡，敌军自始至终顽强抵抗。我军终于在上午八时半占领毅宝营练兵场西方的碉堡群，下午二时攻入旅顺，四时占领黄金山炮台，夜十一时半占领八里仓以南的碉堡群。二十二日上午，全部占领其余海岸诸炮台。我方死伤二百余人，伤亡、俘虏敌人未详，缴获大口径火炮、弹药等战利品甚多。

大山大将

二十二日上午八时

驻扎旅顺的清军总司令是提督宋庆。

宋庆丢了九连城，接着又放弃凤凰城，一再撤退。

辽东半岛告急，清政府命令宋庆救援旅顺。不知宋庆是被日本第一军追赶，还是要赶赴旅顺同日本第二军作战，反正军队是移动了，但终于没来得及。

防守旅顺的是在朝鲜打过仗的提督黄仕林。他是淮军的将领。辽东半岛的铭军和毅军主力随宋庆出征，剩下的除了庆军六营，全是新招募的补充兵。训练不足，武器也都是旧式的，士气无法提高。

旅顺船坞总办龚照玙是驻外公使龚照瑗之弟，担当司政长官，是正四品道员。他主要管理民政、港湾和船坞等。他以“不是武官”为由，想站在战局之外。

利用掌管港湾之便，准备好船只，首先逃跑的，就是龚照玙。新兵中甚至有不会放枪的，他们换上便装，又钻回百姓当中去了。

大屠杀事件遭到世界舆论的责难时，日本政府辩解说，被害者不只是非战斗人员，是脱了军服的军人。的确，其中有许多是脱掉军装的军人，可是，日军官兵们所屠杀的远远不止那些人。前述窪田仲藏的《从军日记》中记述，有人杀了四十名妇女。日本政府想把责任推得一干二净，居然说什么“没有违反国际公法的杀戮”。

士兵们逃到民间，将领们想乘船逃往山东半岛，但没来得及登上大船，只有北洋舰队全部转移到威海卫。

提督黄仕林、水雷营帮带孔玉祥等人在海上翻了船，被商船救起。姜桂题、程允和等将领也逃跑了。只有徐邦道孤军奋战，尤其勇敢。

把北洋舰队从旅顺转移到威海卫，可能是一开始就有放弃旅顺的打算。旅顺那里都是新兵，北京知道得很清楚。

尽管思想上有所准备，但旅顺失陷对北京朝廷仍是个很大的打击。这样一来，渤海的制海权也落入日本之手。威海卫是海军基地，但那里连修理舰船的船坞也没有。北京指示威海卫的丁汝昌：“勿随意出洋，致使舰船损伤。”这等于说，不要出战。

一旦渤海任日本舰船自由行驶，北京和天津就成了战争的前线。

最近，在天津发生了士兵骚乱。

“究竟是怎么回事啊？”

“把士兵们摆在前线上，将领们总是先逃跑。”

“听说最先逃跑的是提督和总兵一类的将军老爷们。”

“这回日军来攻打天津，让那些大官们站在第一线上试试。”

“对，那些家伙不可信，得咱们在他们背后监督才行。”

士兵们酗酒后在街头闹事。本应该守在营房内，却几乎全部外出，再也没有什么卫兵和哨兵。都是如此，也无法处罚。

平时各种军情联络极为缓慢，可战败的消息却以惊人的速度传播。军官们逃得快，确属事实。人们把这个事实夸大地传来传去。

“让士兵列队抵挡子弹，他们好逃跑。为救一个将军的命，白白死了三百名士兵！”

士兵们对这种传言坚信不疑，是观察那些长官平素的言行的结果。

清政府军队已陷于无政府状态，根本不可能打仗。

"听说皇帝要逃往西安府？"

"带着老婆、孩子，成群成串……"

"咱们这帮人挡枪子儿？"

"那还用说，还能是什么角色！"

皇帝蒙尘的谣言也传开了。这也不算谣言。旅顺失陷之前，失掉渤海制海权时，朝廷里就研究了从北京这块险地撤退，迁移到陕西西安一事。

"皇帝往西安逃，可不会让我们给护卫呀！"

"准是八旗兵，他们都是满人嘛！"

"可是，那些家伙们能打仗吗？"

二百多年来，作为中国的主人，饱食终日、无所用心的八旗兵，本应当是一支精锐部队，现在却成了一种装饰品。他们没有战斗力，四十年前太平天国战争时就已经证明了。

不得已而重新组织能够战斗的军队，曾国藩创建了湘军，李鸿章创建了淮军。八旗军不具备战斗能力，此事天下皆知。

"那还用说！他们不能打仗，早就名声在外了。不用他们，也不用我们，那究竟用谁来保卫皇上呢？"

"话都说到这份儿了，你还不明白？头脑太笨啦！这不明摆着吗？护卫皇上去西安府，用外国军队呗！听说北洋海军的汉纳根去上海招募了不少外国人，每个人的薪饷是咱们的二百倍。"

"他妈的，太不像话啦！"

"算了吧，喝酒，喝酒！"

天津街上有士兵出来闹事，外国人也看在眼里，很快就传开了。报纸上虽然没有报道，但可以想象，各地都一样，成群的士兵到处骚扰。

"战争必须尽快停止。"

眼前发生的事，自然要使李鸿章这么想。他作为早期停战派，与恭亲王志同道合。

4

恭亲王的长子载澄死于十年前，没留下子嗣。次子载滢的长子过继给载澄，作为恭亲王的长孙继承了家业。

四年后恭亲王死去，长孙溥伟世袭爵位。清末时常提及的恭亲王，指的是他。

恭亲王奕䜣把希望全寄托在溥伟身上，聘请了几名一流的家庭教师。其中有一位叫裕达，是八十多岁的老满洲人。

裕达不仅是溥伟的老师，也是恭亲王聊天儿的伙伴。十年来，恭亲王被西太后冷落，免除了一切官职，无所事事，裕达就成了他的诗文师傅。这期间恭亲王主要以吟诗为乐。

“近来总也没机会见到王爷，只能陪着溥伟公子读书。殿下变得这么忙……”旅顺失陷的消息传到北京的几天以后，裕达给溥伟讲完《春秋》，想见一见恭亲王。而恭亲王也很想跟他谈谈。

“忙也只是忙在心里……我正想稳定一下情绪，每逢这时候，就想起您。同您老人家聊一聊，就觉得心情舒畅。”恭亲王说道。

“以往同王爷闲谈，总不离风花雪月。如今殿下又复职承担国政，成为中枢，那些老话已经不适合了。不过，过于耗费心思，也会有损于健康，所以我想劝王爷多多保重身体。”

“为我想得这么周到，我太高兴了。看到您老人家，我的精神就轻松了。”

“我们还是谈谈风花雪月吧？”

“我倒是很想谈谈……”恭亲王闭起眼睛，轻轻地摇了摇头，“可是，现在办不到了。”

“当然，当然，王爷为国家大事呕心沥血，终日操劳，老朽十分理解。为战争的事，您费尽了心思，一想到此，我就觉得坐卧不安。”

“眼下是我们国家生死存亡的关键时刻。”

“事情越推迟，损伤就越严重……”

“老人家……”恭亲王凝视着裕达的眼睛，“您也这样认为？”

裕达默默地点点头。

“皇上身边有些人专门说大话，在这种气氛中，若不拿出点儿勇气，连上奏都不能。”恭亲王说道。

他们所说的“事情”，自然是停战讲和了。

“对于那些人来说，不是亡国。听说他们也流泪，有时还恸哭，但不管哭声多么高，过一会儿也就收场了。可是，我们将永远继续下去。”

“要永远继续下去……是啊，那将是没完没了的恸哭。”

恭亲王皱起眉头。

主战派翁同龢、李鸿藻以及张之洞等人，都是汉族大臣。据说他们悲愤慷慨，在皇上面前恸哭，主张力战。

永远同日本战斗下去！

然而，照目前的状况，越战伤越重。趁伤势不重，还有恢复的希望，否则，伤势过重，也许就不能恢复了。

国要亡，这个国就是清王朝，就是满族在二百五十年前闯过山海关、占领北京城、征服全中国所建立的霸业。这个国家要灭亡，另一个国家将取而代之。

但它不是东海的小国日本。对于日本的胃囊来说，中国太大了。日本吞并朝鲜就已经够勉强的了。谣传日本还要夺取辽东半岛，还要割让台湾岛，顶多不过如此。

在中国会有另一个政权出现。代替清王朝而建立的政权，一定是汉族政权。

满族的国家即清王朝，一旦灭亡，就再也不会复兴了。满族的恸哭在这种意义上将永远不会终止。

"老朽对于政治、军事丝毫不懂……我想向王爷打听一下，这场战争究竟有无打胜的希望？哪怕有一点点也行？"裕达探出身子，问道。

恭亲王缓缓地呼出一口气，慢慢地摇了摇头。

"那么，王爷该做的事不就定了吗？不应该再有什么苦恼了。乾清宫的气氛如何，可以不予理睬。只有这一条路，除此之外，连条小路也找不到……一条路……你就顺着这条路走下去吧！"

裕达说完，舔了舔嘴唇。他的嘴唇非常干燥。

"经您老人家这么一说，我的心就平静了。是的，我要做的事只有那么一件，此外确无他事，还有什么可苦恼的呢？哈哈哈……"

恭亲王的笑声沙哑，显得不协调。

"听说中堂对这件事也挺热心？"

李鸿章主张停战讲和，当时很多人都知道。

"中堂失掉的东西太多了，军队、舰队，不都是中堂的东西吗？"

"那么，新国家呢？"裕达低声问道。

清王朝一旦灭亡，将由另一个新王朝取而代之，那个新国家的主人难道不是李鸿章吗？

"中堂年事已高！"恭亲王答道。

"那么说……"裕达似乎松了一口气。

除了李鸿章，现在还没有一个拥有武装的实力者。将来也许会出现，不过，现在在短期内，还没有一个能建立新国家的人物。

“那件事必须火速办理，要寻求一切方法……”恭亲王似乎在自言自语。

所说的一切方法，当然也包括外交手段在内。他已经施用了，但目前还看不出显著的反应。

【第三十六章】

东学党崩溃

1

第一军司令长官山县有朋在攻陷旅顺之前的11月3日，向大本营提出了征清三策：

第一策：在山海关附近登陆，占领进攻北京的桥头堡。也就是攻占旅顺的第二军进行第二次登陆作战。

第二策：控制辽东半岛，在不结冰的海岸设置兵站基地。

第三策：立即北进，攻克奉天。

他强硬地要求大本营立即采纳其中一策，然而大本营却命令就地“冬营”。因为在朝鲜之北的中国东北部，是严寒之地，在冬季，转移部队都十分困难，更何况打仗。战地的军官们大都反对冬季作战。第三师团长桂太郎也认为冬季作战是不可能的，只有山县大将一人跃跃欲试。

参谋次长川上操六在大本营主管陆军作战，他屈服于山县的进攻主张。

山县大将的理由是：无所作为的冬营会使士气低落，而敌人将休整补充，给明春进攻带来困难。

大山大将的第二军攻陷了旅顺，山县可能受到了刺激，11月25日下令进攻海城。

海城位于奉天西南约一百二十公里处，濒临沙河，是辽东半岛和奉天之间的要地。占领海城，可以威胁奉天，又可以开辟一条通向山海关之路。

山县大将的海城战役，即使把大本营的命令扩大解释，也超越了限度。从常识的角度讲，这是违反统帅部军令的行为。把一个战果赫赫的司令官以违犯军令为由撤职，实在不忍，但这么放任自流，他会更加独断专行，无法控制。怎么办呢？必须免职。不过，为山县大将的名誉着想，不能直接提出违犯军令罪。“因病”——更换出征中的军队最高首脑，除此以外，再没有别的理由。伊藤首相奏请天皇。

朕久不见卿，今又闻卿罹病，不胜轸念。朕尤欲听卿亲述敌军全面状况，卿宜从速还朝奏之，钦此。

宣布这一诏书的是侍从武官中村觉中佐。明明没病，却被天皇说成有病，山县明白自己被罢官了。本应当剖腹自杀，但诏书又命令还朝上奏，至于违犯军令事却只字未提。

12 月 16 日，山县返抵宇品港。停泊在港内的所有船只都张灯结彩。伊藤亲自从广岛来宇品迎接。曾为召还山县积极活动的川上操六中将也来了。在军乐队的吹吹打打中，山县大将被当作凯旋将军，踏上了祖国的土地。

山县手触帽檐，面带微笑，向迎接的人们答礼。他心潮翻滚。

12 月 18 日，山县在广岛大本营谒见天皇。当时报纸登载了天皇赐予山县大将的诏书，全文如下：

朕向闻卿在军中罹疾，不胜轸念。遣使慰问，且欲亲听敌情，命汝归朝。今面见汝疾趋于平愈，朕甚宽慰。因解现职，特列帷幄，卿其加餐，为朕翼赞谟猷。

解除了第一军司令官职务的山县，又被任命为“监军”了。不到三个月，他升为陆军大臣。原陆军大臣大山岩作为第二军司令官出征前线期间，海军大臣西乡从道一度兼任陆军大臣。现在西乡免去兼职，专任海军大臣。

山县大将不当司令官了，但进攻海城的命令已无法撤销。在战争中，一旦下达了的命令，是不能轻易改变的。

颇有讽刺意味的是，奉命出战的正是同川上操六中将一起活动，撤山县职的桂太郎中将。

海城在 12 月 13 日陷落，第三师团乘胜追击。在缸瓦寨激战中，日军损失近四百人，总算攻克，然后又撤回海城。清军向海城发动了五次反攻，桂太郎的第三师团苦战抵抗。反攻海城日军的是四川提督宋庆。日军被困在海城，势单力薄。大本营想放弃海城，整顿战线，但当上监军的山县大将坚决反对。他是害怕得出“山县的作战计划是错误的”的结论。

山县归国后，日军在旅顺的大屠杀行为被外国报纸揭露了。尽管有众多的外国目击者，可陆奥外相硬是佯作不知。

侵华作战由山县大将的第一军和大山大将的第二军进行。山县大将刚刚被解职，再为旅顺之事追究大山大将的责任，两个司令官就都被撤掉了。

那时，日本有四名陆军大将，其中两人是皇族，所以实际上等于只有山县和大山两名。两人都被解职，势必影响士气。这次是拼着国运发动的战争，可不能那么做。

日本政府任命野津道贯中将为后任，接管第一军，表面上总算没露出破绽。战争依然进行着。

2

旅顺失陷后不久，德国人、天津海关税务司德璀琳带着李鸿章的私人使命去日本。他搭乘的“礼裕号”抵达神户港，是在 11 月 26 日。使命自然是试探媾和之事。

出发之际，李鸿章授予德璀琳头品顶戴（一品官的帽饰）。这是他要求的。因为同日本政府交涉时必须有身份，否则，只是拿着李鸿章的亲笔信未必能得到日本政府的接待。

出于需要，在顶戴上给他一个方便，并不证明这位红发碧眼的外国人成了清政府的高官。德璀琳的访日，是一次很不轻松的旅行。

“他老于世故。”熟悉德璀琳的人都这么评价他。他头脑灵活，确实有才干，但缺乏稳重。他是个从来不得罪人的社交家，深受李鸿章器重。原先作为清政府雇用的外国人，在芝罘（山东省烟台）税务司供职，得到李鸿章的赏识。

1876 年，中英双方为妥善处理英国外交官马嘉理在云南被杀事件而缔结了《芝罘条约》。当时到中国来谈判的英方全权代表是威妥玛。他想把云南事件以外的各项问题也趁机一揽子解决，使谈判陷于胶着状态。英国气势汹汹，又是最后通牒，又是退出谈判，弄得李鸿章很苦恼。这时在李鸿章同威妥玛之间周旋的角色就是德璀琳。

此后，李鸿章很信任德璀琳。他顺着竿子往上爬，不仅为李鸿章办理缔结国际性条约之类的事务，连一些细微小事也极尽巴结之能事。

后来李鸿章竟聘他为天津税务司，放在自己的根据地，当幕僚使用。修筑旅顺要塞，为北洋海军充当最高顾问的德国人汉纳根，实际上也是德璀琳推荐的。

德璀琳一踏上神户，就提出请兵库县知事把李鸿章的亲笔信转给伊藤首相。这是从未有过的手续。正式的外交文书，应通过外交大臣转呈总理大臣。但李鸿章个人的亲笔信绝不是国书，未携带国书则不能承认他的正式资格。对这样一个暧昧人物，究竟应当怎样接待，日本方面似乎有点儿踌躇。

日方临时决定派内阁书记官长伊东巳代治去神户。德璀琳的资格虽然暧昧，但他的使命是很清楚的，除了打探媾和，绝无他事。

伊东抵达神户后立刻会晤县知事。

对于探听媾和，日本政府早就制订了对策，那就是暂时不予理睬。要等军事上给予沉重打击之后，再提出苛刻的条件。

伊东书记官长向知事传达了伊藤首相的训示。因为德璀琳想通过县知事递交书信，所以答复也通过县知事。

德璀琳要求会晤伊藤总理大臣，被拒绝了。非但如此，连李鸿章的亲笔信也被拒收。

伊东书记官长在兵库县知事官邸同德璀琳进行了短暂的会晤，而且是非正式的。向他传达政府正式文件的，是兵库县知事。

在航船时代，神户和横滨都是日本的门户。也许是因为时常有要人来访之故，兵库县知事官邸有一间相当漂亮的会客厅。西洋风格的房间里，奶油色天棚上吊着华丽的枝形灯具，知事同德璀琳两人对坐灯下。

“关于您委托的事——传递清政府李鸿章写给伊藤首相的亲笔信，我立刻发电报请示了。今天傍晚，内阁书记官长带着首相的训令，特意从广岛来到这里。训令的内容恐怕会使您失望，但我不能不转达给您。”知事说了一通前言。

德璀琳微笑着点点头。知事的前言使他预知答复的不妙，但似乎也早有思想准备。

“据书记官长说，”知事轻轻咳了一声，“因为不能承认您是正式的使节，所以，非常遗憾，总理大臣不能接见您。就是这些。”

“我带着直隶总督、北洋大臣李鸿章阁下的亲笔信。李鸿章阁下在清政府的地位如何，不用我来提醒，人人皆知。”

德璀琳带有德国口音的英语由通译译成日语。这是一个非常年轻的翻译，二十五岁上下，英语、日语、汉语都很好。有些问题怕被日方听到不合适，常用中国话同德璀琳交谈。德璀琳在中国生活了很长时间，所以也相当精通中国话。

后来闲谈时得知，这位姓黄的通译，父亲是横滨的华侨，母亲是日本人，他主要是在香港受的教育。德璀琳带来一个理想的翻译，但是，他的使命却未能按预期设想的完成。

“您说是亲笔信，但交接应有必要的手续。特别是现在，两国正交战。因为您没有正当的手续，我国也不能承认您是正式使节。”

“那我们就做一次非正式的谈判吧。”

“不，只要您不被认为有完全代表清政府的权限，就不能进行面谈，哪怕是非正式的。不但不能面谈，连信函也不能接受。很遗憾，这个决定是不可改变的。”知事说道。

知事满以为德璀琳会纠缠不休，可是，他却淡漠得让知事都为之惊讶。他说：“哈哈哈，这种事早就在我预料之中，所以，老实告诉您，李鸿章阁下给伊藤首相的信，我在今天早晨付邮了。我也写了一封信寄去。邮差会把信送到首相官邸的，至于他看不看，那就是另一回事了。”

“您打算怎么办？”

“我接到一封电报，好像总督阁下有什么急事，让我火速回津。我明早返回天津。”

入夜，德璀琳被请到知事官邸。他准备第二天早晨起航，根本没指望同伊藤面谈。

他的确收到一封“火速回津”的电报，不过，是恭亲王发来的。

恭亲王已复任总署大臣之职，成为总理衙门的主人，是实际上的外交大臣。他和天津的李鸿章同属媾和派人物。热衷于媾和的恭亲王为什么召回刚刚踏上媾和之途的德璀琳呢？从表面上来看，这似乎给媾和运动泼了冷水。

美国驻清公使田贝对德璀琳的活动大为不快。他想在国际外交舞台上增强美国的发言权，以为日、中媾和已经是唾手可得的猎物，不料，突然跳出个德国人出谋划策，使他很不自在。

田贝对恭亲王说：“美国接受殿下的委托，正在为此事竭尽全力。调停如不是按照一个原则走下去，就有失败的可能。现在，德璀琳在神户像煞有介事地活动，对我们的调停颇成障碍，希望立刻把他召回！”

恭亲王闻言，立即下令向神户发电报。

德璀琳访日，陆奥外相的评语是“颇似儿戏”。

不过，也不能说一点儿效果都没有，起码知道了日本对媾和的态度极为强硬。另外，将来求和时，若不履行正式手续，日本政府会置之不理。

李鸿章给伊藤博文的信函，只是回忆了天津相会的旧谊，论述了和平的必要性。用陆奥外相的话说，似乎是“不能诉之以理，宁愿诉之以情”。

3

攻陷旅顺之时，以日军为主力的日韩联军正同以农民为主力的东学军作战，虽然南接与北接和解，但东学军毕竟是乌合之众，单同朝鲜政府军打仗，也许不至于失败，可现在，对方是握有近代化武器的日军。

金福用所率领的军团，在公州北方的木川和细城山两地，遭到日韩联军的偷袭，溃散了。

大将全琫准从南方向公州北进。论山到公州之间，东学军漫山遍野，却怎么也攻不下公州。这是日军的近代化武器发挥了威力。

这一时期，在东亚，两个特种战争齐头并进，主角都是日军，这就是中日战争和东学军战争。后者具有浓厚的内战色彩。

说不定什么时候，突然爆发大规模起义，搅得天翻地覆。日军的近代化武器并不是万能的。

朝鲜政府实际上已在日本的控制之下。每当出现抵抗日本的迹象时，公使井上馨就会立即要求澄清并谢罪。亡命日本的朴泳孝、徐光范、徐载弼等人已经复职，自不待言。若不是亲日政府，他们恐怕连一天也站不住。当然，也有人坚决反对。

当时东学军的檄文中有这样的句子：

> 开化奸党勾结倭国，放逐大院君，篡夺国权……

东学军是反现行体制的，但他们又不希望开化，这也许就是所谓的农民的保守性。他们认为，开化是罪恶，把二十条改革要目强加于朝鲜政府的日本是罪恶之源。声援日本、企图搞开化的人，统统是卖国贼。至于同日本有深刻关系的朴泳孝等复权势力，在东学军看来，完全是反正义的。

东学军号召政府军官兵起义：“我们都是朝鲜人，即使所走的道路不同，但斥倭、斥华之义是相通的。”

就是说，在反日、反清的感情上，作为朝鲜人没有不同之处。

在清军已撤退的今天，朝鲜人的最大敌人应该是日本。

“必须同心协力，不要使朝鲜倭国化！”反对这一口号的朝鲜人大概是没有的。

人心所向，有可能凝聚成一股巨大的力量。现在，这股巨大的力量正逐渐形成。可惜，东学军在战术和战略方面，有些过于幼稚。

受到东学军檄文的感召，一支政府军倒戈，举着白旗朝东学军走来，而东学军竟然对他们开了枪。

公州怎么也攻不下，东学军没有办法，只好撤回论山根据地，准备短暂休整一下。日韩联军似乎看穿了他们的意图，开始进攻。结果，东学军不得不南下，退向全州。

形势一天比一天坏，东学军终于解散。大家互相告别，喊着“在长城芦岭再会”。

12 月 9 日，东学军领袖全琫准、孙和中、金德明、崔景善、金邦瑞等人在福兴山中的避奴里秘密集合，遭到袭击，全部被捕。

在朝鲜，一个新内阁成立了。总理大臣是金宏集，东学军所痛骂的开化奸党朴泳孝占据了内务大臣的要职，外交大臣是金允植。

审判东学军领袖的是新内阁。他们最关心的是东学军与大院君的关系。东学军的檄文中有谴责放逐大院君的句子，难免令人怀疑东学军的背后有大院君。街头巷尾流传着大院君同东学军合作的谣言，为人们所深信。

法务大臣是徐光范。他在“甲申政变”时捡了条命，“壬午军乱”后作为修信使访问过日本，成了开化派，同福泽谕吉交往甚密，明显地亲日。在这样的法务大臣之下，审判官们当然也热心于追查反开化党——朴泳孝和徐光范的政敌。

“你们在叛乱时同大院君联系过吗？”法官执拗地反复追问。

全琫准腿上受了重伤，躺在草垫上，被抬到法庭。

“我们东学党是不沾权势边儿的农民组织，大院君有权有势，这样的人同我们能有什么联系！”他答道。

“你们满嘴高唱斥倭，大院君也热心于斥倭，没有联系才怪哩！”

“噢？斥倭难道这么稀奇？我相信全朝鲜的人都有斥倭的心愿。斥倭大概不单是大院君一个人的口号吧？”

全琫准断然否认同大院君的关系。

事实上，东学军与大院君并没有联系。大院君曾企图利用东学党，作为他打倒宫廷政敌的工具，派使者找过东学党。但东学党方面拒绝同他合作。

这就是真相，但全琫准不愿说，因为他觉得让一个野心勃勃的大院君前来诱惑，是对东学党的玷污，他不想把这种耻辱公开于众。他对法官说道：“我同你们是敌对关系。我多么想把你们推翻，重建国家！可惜，没能打倒你们，反而被你们抓住了，不必再问这问那，杀掉我好啦！”

除了宣扬东学精神，他没有对法官的讯问做任何像样的回答，因为他不承认敌人的“法”。他拒绝了依据敌人之法的审判，不回答敌人的问话。

日本很想利用这位在朝鲜民众中颇有威望的全琫准，可是，不管怎么劝说，全琫准也毫不动摇。日本政府提出为他治疗腿伤，被他拒绝。他说：“反正是要死的，何必治好它！”

井上馨把全琫准拘留在日本公使馆里，劝他转变态度，但他只是摇头。

没抓到同东学党联系的证据，井上馨还是把大院君放逐了。同时，禁止闵氏一族干预政治。以金宏集为首的新内阁中，一个闵氏族人也没有。

对于国王，井上公使抓住他偷偷给清军送信的事实，逼他谢罪。

4

东亚上空战云弥漫，1894 年就这样过去了。

海城的第三师团历尽苦战，朝鲜各地的东学党起义逐渐衰微。

袁世凯和周馥不断地搬迁总部，从九连城移到凤凰城，又从辽阳迁往新民府。

“这名称有毛病！”袁世凯苦笑道。

兵站总部现在叫“转运局”，他觉得这名称的含义就是让人不断地搬迁。

“全跑局”——袁世凯给弟弟袁世彤的信上这么写着。

他接着写道：“平壤溃后，兵无战志。”

日军的冬季作战只有攻打海城一役。由于山县有朋被免职，再也不会有严寒之下的战事了。

“从山海关打到北京。”山县的这一设想绝不是幻想。如袁世凯所说，清军已失去斗志，阻碍进攻的只有严寒而已，这设想成功的把握非常大。伊藤和陆奥也都清楚这一点。他们反对，是因为害怕一役成功而全局失败。不管日军多么强，兵力毕竟有限，战费也并不十分充裕，所以，必须抓住一个适当的时机，接受媾和。

倘若从山海关进攻北京，必然引起恐慌，清朝很可能崩溃，那就会失掉媾和的对手，日本岂不就骑虎难下了？所向无敌，到哪里是止境呢？当时日本力量所能经营的范围很有限。

对方倒下去可就糟了，山县的设想正是有这种危险性。

清朝一旦崩溃，为难的不仅是交战国日本，列强也一样。没有了可以缔结各种有利条约的清政府，列强也就不方便了。所以日军进逼山海关，列强肯定要强烈干涉。

陆奥所担心的，是列强干涉会使战争成果归于乌有。尽管用炮弹打赢了战争，可是从全局看来，等于失败。

北京朝廷派刘坤一为钦差大臣，担当山海关防务。刘坤一是湖南新宁人。新宁在太平天国战争期间产生过江忠源等猛将。刘坤一也在太平天国战争中立功，由江西巡抚升为两广总督，又升为两江总督。他属于曾国藩和江忠源所创建的湘军系统。左宗棠死后，刘坤一就成为湘军的最高统帅。

李鸿章的北洋军作战不利，因而清廷起用了湘军。

另一方面，恭亲王和李鸿章进行的地下求和，多少有了些眉目。尽管朝廷中的一些文官口口声声主战，但仅凭一张嘴是无法取胜的。他们没有指挥军队的能力。

“不懂战争的人没有资格侈谈战争。”李鸿章双眉紧锁，极不高兴地自言自语。

从德璀琳的访日之行，李鸿章看出了日本盛气凌人的架势。他同恭亲王商议，要挑选一个有职有权的官员，将来做媾和的使节。

“其实，你最合适，既同法国打过交道，又同俄国打过交道。”恭亲王向李鸿章说道。

李鸿章面露难色，处理战败的事他再也不想沾边儿了。

“你饶了我吧，谈判需要有韧性，我老了，无能为力了……”

“你说的倒是实在话……”

恭亲王看了一眼李鸿章的脖颈，据说这个部位的皮肤最反映人的年龄。李鸿章确实是老了。

恭亲王忽然想起裕达老人的话，心里暗想：李鸿章若是再年轻一些，大清江山就危险了。照现在这个年纪，他没有创造一个新王朝的精力了。李鸿章的年龄，对于清王朝也许是一种幸运吧。

“那就这两个人吧……”

他们选定的是户部左侍郎张荫桓和湖南巡抚邵友濂。

张荫桓是广东人，不是科举出身，而是用巨款捐来的官。现任驻美国、秘鲁、西班牙三国公使，在外交方面很有才干。邵友濂接任著名巡抚刘铭传之职，已经当了三年多的台湾巡抚。父亲邵灿是漕运总督，为官正直，备受推崇。

“这次可不要再有疏漏。”恭亲王说道。

“我已经告诉经办人员，多多注意手续问题。”

德璀琳去日本，日本借口手续问题，不承认他的代表资格。有了不愉快的教训，这次李鸿章十分慎重。他将任命通知了驻北京的美国公使田贝。

田贝又让驻东京的美国公使谭恩把清政府的意向传达给日本政府。清政府希望会谈地点在长崎，并提议，日本任命全权委员之日为双方停战之日。

日本政府全拒绝了。

会谈地点在长崎，需要从大本营所在地广岛特意去那里。日本是战胜国，有权力召来战败国，所以，地点必须在广岛。日本政府拒绝休战，会谈中也不能休战。

中国委员于 1 月 26 日从上海出发。

次日，在大本营召开御前会议，陆奥外相对早就准备好的媾和条件草案做了说明。出席会议的有小松宫亲王、伊藤首相、山县陆相、西乡海相、桦山军令部长、川上参谋次长、陆奥外相七人。

其他内阁成员均在东京，陆奥已经对他们做好了工作。

媾和条约草案包括朝鲜独立、割让辽东半岛、赔偿战费、修订通商条约等。桦山军令部长提出应增加割让山东半岛，但他并不十分坚持，所以未被采纳。

日本方面的全权委员定为伊藤总理大臣和陆奥外相两人。一个是管理国务的最高负责人，一个是外交方面的最高负责人。清政府代表是侍郎和巡抚，从品级上就不同。而且，日方是名副其实的全权，中国委员却没有被授予独断专行的权限。

“首先驳倒他们的全权问题。”陆奥说道。

“能得手吗？”伊藤摸了一下鼻下的胡髭。

“一定能得手，侍郎和巡抚之流肯定不能授予那么大的权限。”

“顶它一下，若是能缩回去，我们就有把握了。”

“无论如何也得拖一下。”

“对，要等占领威海卫之后再谈。”

“日本国民还没有厌战情绪，恐怕对无论什么样的媾和都要大喊不行的。”

交谈不多，但彼此了解了对方的心思。

国力有限，但就目前情况来看，多少还有余力。眼下正计划进攻威海卫。威海卫取胜，对媾和将大为有利。但这次是美国居中的媾和谈判，不能不讲情面地拒绝，只好应承下来。等会谈时再找毛病，使谈判破裂，这就是日方的策略。

“说到底，还得把中堂（李鸿章）拉出来才行！”伊藤回想起在天津同李鸿章会晤时的情景。

【第三十七章】

驱逐使节

1

“根本不行，日本正想再狠狠地打击一下中国，换了我也不会就此罢手的，他们两人去也没用。”袁世凯断言。

“不行吗？看来，这儿的工作还多得很哪！”周馥说着，长嘘了一口气。

来到新民府，本来主要的工作是补充军粮，结果，残兵败将的收容、整顿、新编的工作反倒比其他事情更忙。

实在是令人讨厌的工作。

袁世凯托言有病，提出辞呈，但没有被批准。听说清政府派了两名媾和使节去日本，袁世凯预言谈判不会成功。他看出战争在短时间内还要继续下去。残兵还要增多，他们的工作可能更忙。听了他的预言，周馥长叹一声。

同是李鸿章的幕僚，周馥比袁世凯年长二十二岁。虽然是一个经验丰富的行政官员，但对于这次战争，袁世凯却比他有见地。

真是个怪人！——周馥既惊讶又佩服。同日本的战争，节节败退，袁世凯居然能说出什么时候打败，什么时候有多少败兵涌过来，几乎是分毫不差。不知不觉中，周馥成了袁世凯预言的信徒。

“再狠狠打击一下，就能以更好的条件收场，两个人打架也是这样嘛。”袁世凯凭他的感觉说道，而这种感觉来自对国际政治力学关系的观察。

“你知道自己的事吗？”周馥问道。

他以前听人说，不管是多么高明的卜者，也卜不出自己的命运。天才的预言家袁世凯能否预言出自己的未来？

"什么意思？"袁世凯天真地反问道。

"媾和时，会不会提出你的责任问题？在朝鲜促成同日本交锋的主角，不论从哪方面来说都是你。日本人恨透你了……说不定会要你的颈上人头！"周馥作为同门长者，毫不客气地说道。

"日本人怎么会恨我呢？"袁世凯"哧哧"地笑着说，"日本人心里倒是在感谢我哩。他们能打上一场这么合算的战争，还不是多亏了我袁世凯，哪里会提出什么责任问题！真要是刨根问底，追查什么责任问题，日本就会露出马脚来。我的脑袋是毫无问题的！"

"了不起的自信！"周馥嘲弄似的说，但心里已有一半儿相信他的话。

正如袁世凯所预言，清政府的两名使节——邵友濂和张荫桓，被日本以全权资格不足为由给撵了回来。

2月1日，日方全权大臣伊藤博文和陆奥宗光在广岛县政府同中方全权大臣会晤。依据外交惯例，双方先交换全权委任书，然后才进行会谈。陆奥看了中方使节递出的文书，说道："这不过是一种信任书，哪里是全权委任书！"

中方使节说这就是"国书"，是清朝皇帝给日本天皇的文书。

大清国大皇帝问候大日本国大皇帝。我两国谊属同洲，素无嫌怨，近以朝鲜事彼此用兵，劳民伤财，诚非得已。现经美国居间调处，中国派全权大臣，同贵国所派全权大臣会商妥结。兹特派尚书衔总理各国事务大臣户部左侍郎张荫桓、头品顶戴署湖南巡抚邵友濂为全权大臣，前往贵国商办。唯愿大皇帝予以接待，俾该使臣可以尽职，是所望也。

"哪里有不妥之处？"张荫桓问道。

"我国和中国目前已断绝了国交，没有国交的国君之间不能交换文书。可以拒绝接受没有外交的国家君主的信件，这是外交常识。我们要问：你们是否真从皇帝那里得到了全权？你们所说的国书，不过是介绍信而已。"

陆奥宗光的话被流利地译成汉语。他早就估计到这种情况，所以翻译事先也做了准备。

"请你们看看，这是我国皇上给我们的敕谕。"

张荫桓双手把敕谕举过头顶，递给日方。

着派尚书衔总理各国事务大臣户部左侍郎张荫桓、头品顶戴署湖南巡抚邵友濂为全权大臣，与日本派出之全权大臣会商事件。尔仍须一面电告总理衙门，请朕旨遵行。随行官员须听尔节制。尔其殚竭精诚，谨以行事，勿负委任。尔其慎之，特谕。

“这只是一纸命令。上面虽写着会商事件，但究竟是何事件却没明写出来。是通商问题，还是渔业事件？未免太含混不清了。而且，要用电报一一请示总理衙门，这能算作全权吗？”

陆奥宗光看了敕谕之后，低声命令随员：“把那个拿来。”他设想了各种情况，做了多手准备。他又继续说下去：“日方全权大臣的权限同中方全权大臣的权限不相同，就不能开始谈判。只凭口头说明，是不能作为日后的证据的。所以，要先用文件形式确认这件事，谈判以后再说吧。”

他把话一停，日方的随员立刻分发给每个代表一份文书。分发完，陆奥又追加一句：“请在刚才发给各位的备忘录上写上书面回答。”

这份备忘录的内容如下：“在缔结媾和条约方面，日本皇帝陛下授予日本全权大臣一切权限。根据相互对等之原则，中方全权大臣是否也由清朝皇帝陛下授予了缔结媾和条约之一切权限？请以书面明确答复。”

对此，中方全权大臣不能当即作答，这天的谈判便结束了。

次日，2月2日，中方送来答复文书。其中写道：“中方全权大臣被授予为媾和会谈、签字、盖章之全权。至于各项条款，须以电报奏闻本国，请求敕旨，定期签署，然后将条约带回，经皇帝御览，批准后施行。”

“这怎么能称作全权？”日方以此为借口停止了谈判，并把责任推到中方身上。正如袁世凯所看穿的那样，日方企图再来一次凶猛的打击获得有利的地位后，再进行媾和谈判。

即使中国的全权委任书是完备的，陆奥宗光也会提出苛刻的条件，使谈判中断。不过，为了不驳居中调停的美国的面子，与其用盛气凌人的态度，不如借口中方手续不完备更好些。事态正是按日方的意愿进展的。

接受答复的当天，两国代表再次在广岛县政府会谈。伊藤首相演讲了一通，宣告停止谈判。

“两阁下的委任权极不完备，足以证明清政府尚无求和之诚意。”

这就是中止会谈的理由。

张荫桓大吃一惊。如果因意见不合，谈判决裂，无计可施，倒也算是完成了使命。可是，现在还未进入谈判阶段就停止，岂不是白来一趟？他恳求道：

“委任书不够完备，我可以致电本国政府，授予完备的全权。务请设法促成会谈。”

这简直是哀求。对此，陆奥冷冷地回答：“我不愿同我拒绝过的人再进行谈判。”

中方代表们垂头丧气地站起来，准备离去。这时，伊藤首相叫住随员之一伍廷芳。

“伍先生，久违了，请留步。”

伊藤博文十年前去天津谈判时，伍廷芳是李鸿章的幕僚，见过几次面，可算是老相识。

伊藤首相向敌国代表的一个随员这么亲昵地打招呼，使会场的紧张空气顿时缓和了不少。

2

“为什么您没当上全权大臣？”伊藤博文用英语说道。

伍廷芳是广东人，年轻时曾赴香港在英国人办的法律学校学法律，后来又去美国留过学。

“哎呀，我怎么行……像刚才说的那样，我完全不够资格。”伍廷芳答道。

“不，您是法律专家，今天问题之所在，您最明白。如果由最明白法律的您直接来谈判，或许事情就好办得多。”

“恐怕是一样吧！”

法律专家伍廷芳清楚，清政府的全权委任书的确有问题，但那只是手续上的问题，可以随后补齐，并不妨碍先进入谈判阶段，这在外交活动中也不乏先例。伍廷芳看穿了日本是想再打击中国一次。袁世凯靠直觉，而伍廷芳是凭法学家的眼睛及所处的外交地位来观察。

伊藤苦笑了。他明白，今天为拖延时日要的把戏被伍廷芳看穿了。他想起十年前在天津谈判朝鲜问题时，曾被伍廷芳从法律的角度顶得张口结舌。

那时的中日《天津条约》规定了从朝鲜同时撤兵，将来派兵之际相互通告。结果，依据这个条约却产生了这次战争。

“请转告中堂。”伊藤说道。

“转告什么呢？”

“这次中断谈判，绝不是因为日本好战，务请说清楚。我盼望两国尽早恢复和平。这次谈判虽然中断了，但具备合法资格的全权代表来日本时，我们将高兴地再次开始谈判……嗯，因为同阁下是老相识了，所以才说了这番话。不是正式发言，就不必告诉那两位全权大臣了，算我们两个人的悄悄话吧。”

“明白了，谢谢，不过，我还有一事不明……是不是这次全权大臣的官位和名望不够，让您不满意？”

“不，不是，若持有完备的全权委任状，我是不能拒绝举行谈判的。当然，代表的爵位、名望越高就越好些。老实说，最好是国政的最高负责人，如中堂或者恭亲王。他们当全权大臣，我们甚至愿意前去谈判。因为同地位最高的人会谈，就不会成为纸上空谈，能负责到底，彻底实行。”

“我全明白了，一定转告给中堂。”

伊藤和伍廷芳的私谈结束了。表面上只是几句简短的应酬语，但伍廷芳立刻明白了，这是希望李鸿章亲自出马的意思。

1月5日，张荫桓、邵友濂两人臣曾接到敕谕，其中言及：“凡日本所请各节，均着随时电奏，候旨遵行。其于国体有碍及中国力有未逮之事，该大臣不得擅行允许。”

日方要求中方使节团早日离开广岛，理由是这里乃大本营所在地。

张荫桓等人不得已迁到长崎，2月12日从长崎归国。

这简直是“驱逐”。

清政府两大臣访日期间，威海卫形势紧急。

那年除夕是阳历1月25日，日军在1月20日攻陷山东荣成，这是进攻威海卫的准备。李鸿章给丁汝昌发电报：“日军拟除夕、正月初一攻击我军，年末、年初不可如例年……奋心血战。”

1月23日，日本联合舰队司令官伊东祐亨中将向丁汝昌发出“劝降书”，是委托在威海卫海域的英国军舰“塞万号”带去的，用的是英文。开头写道：

谨呈一书致丁提督阁下：事局之变，致使仆与阁下互为敌对，何其不幸！然今日之战，乃国与国之战，非个人结仇也。仆与阁下友谊之温，今犹如昨。

这是一篇有名的劝降书，说中国陆、海军连败，绝非君臣某一个人之罪，其原因乃是墨守陈旧政治之弊。而日本在明治维新之后抛弃旧政治，逐渐崛起。最后，劝诱丁汝昌逃亡日本，以期东山再起。

贵国曾有雪会稽之耻，以成大志之先例。在我国，如榎本海军中将、大岛枢密顾问官，虽举叛旗，终得赦免，且位居显要，不屈才干。战败乃旧政治之结果，非阁下责任。应留有余力，以图他日……

丁汝昌当然不听这种劝告，把劝降书原封不动寄给了天津的李鸿章。

这时，李鸿章的电报到了：“如水师之力不支，莫若出海一战如何？若能取胜，可使铁甲舰退避烟台，蓄积战力……”

因旅顺失陷，12 月 17 日朝廷做出决定，查问丁汝昌，被李鸿章反对：“威海卫处于与敌人对峙的第一线，防备最为紧要，我认为应当暂缓议处，等有了适当的继任者，再查问不迟。”

新任钦差大臣刘坤一正指挥江南军向山东半岛转移，他也认为“应当暂缓对丁汝昌的处分，令其立功赎罪”。

海军人才少，若以旅顺之败问罪丁汝昌，则找不到后任。丁汝昌的脑袋险乎哉！

陆军很容易找到胜任者，所以败将卫汝贵的命运就悲惨了。“临敌退缩，贻误大局，即行处决。”1 月 16 日，卫汝贵被斩首。

丁汝昌咬紧嘴唇，心想：不管怎样，我可不能像卫汝贵那样死掉！

卫汝贵在众人围观下被处死，留下的只有耻辱。

丁汝昌提醒自己：万一不行了就自尽，要自尽，决不被人在闹市上砍头！

“镇远号”管带林泰曾在军舰被水雷击中后从容地服毒自杀，当时丁汝昌还觉得他未免死得太早，现在看来，他实在有先见之明。

1 月 30 日，威海南岸炮台落入日军之手。

1 月 31 日，守卫威海北炮台的清军逃散。次日，为了不白白便宜日军，北洋舰队开炮轰击北炮台和弹药库，那里存有大量弹药。的确，与其留给敌人，不如自己毁掉。这一天，日、中两国大臣正在广岛县政府会晤。

3

濒临山东半岛尖端荣成湾的荣成，在 1 月 20 日失陷。从荣成往西到威海卫，只有五十多公里。

威海卫湾头有个刘公岛，北洋海军司令部就设在那里。

日军对威海卫的攻击，在2月4日夜晚开始。攻击用的是水雷艇。中方在海面上设置了防线，但是有间断，日本的第二、第三水雷艇队便从那里挤了进来。第一水雷艇队担当西口的警戒。

北洋海军原是优秀的部队，军官们受过新式训练，水兵们大都是沿海出身，习惯于大海。可是，陆军官兵不断溃逃，使海军官兵的士气急转直下。

日军乘胜前进。水雷艇夜战是日本海军的拿手戏，而清军的六炮台不能予以有效的打击。后来有的外国军事顾问指责：威海卫失陷的主要责任在统领六炮台的刘佩超身上。

2月4日的夜战中，北洋舰队损失了引为自豪的“定远号”。“定远号”漂在海面上，勇敢的水兵们要用它做炮台，坚持战斗下去。可是，在水上不能动的巨舰成了最好的目标，日军炮弹纷纷飞来。

“装好炸药，准备离舰！”听到命令，水兵们离开了军舰。五分钟后，二百五十磅炸药引爆，“定远号”沉了下去。

日本海军损失了两艘水雷艇。

2月5日，日军又来夜袭。

北洋舰队又失掉了“来远号”和“威远号”两舰。

“已经尽到最大努力了！”

2月5日夜战之后，在“镇远号”上督战的丁汝昌疲惫不堪，上了刘公岛。外国顾问劝他投降，他也认为没必要再伤亡兵员了。

哪怕有一点儿胜利的可能性，他也要战斗下去。可是，他十分清楚，已经完全无望了。继续战斗，只意味着继续糟蹋人命。

外国顾问们说这是“光荣投降”，但是，在中国，没有“光荣投降”这种观念。

英国顾问马格禄明白了丁汝昌的心意，极力劝解：“犯不上去死，你和卫汝贵的情况不同，在这次战役中，你究竟有什么可以责怪的？应当受惩罚的，是那些丢掉炮台的陆军将军们，还有那些不派一兵一卒前来救援的巡抚们！你孤立无援，无法再打下去，这是谁都一目了然的。要活下去，不必寻死，你和卫汝贵不一样，投降后会受到国际法的保护。”

丁汝昌摇头。

马格禄还说：“等送还俘虏时，你还是免不了死罪，干脆亡命去美国。清政府正委托美国办理媾和的事，提督亡命那里，是不会提出抗议的。”

丁汝昌的脑海里，一幕幕地浮现出那年率领北洋舰队，到日本做友好访问的情景。宴会，拜访，结识的朋友们……正跟他战斗的伊东中将，就是在那时认识的同行。在他的记忆中，日本是一个非常静谧的国度。

真想活下去啊！这种强烈的愿望在他心灵深处隐藏着，大概是对人生的眷恋吧。

但是，这是不可能的！他挺起胸膛，向马格禄说道："作为军人，最后落一个投降的下场，我实在受不了。可是，不正式投降，就白白损伤人命……我死之后，用我的官印，用我的名义，写投降书吧！我自己是捺不了这印的……"

提督的眼睛湿润了，但终于没涌出泪水。

2 月 12 日下午，丁汝昌服毒自杀。地点在刘公岛军营中，所用的毒物是鸦片。副司令刘步蟾在他之前自杀。与丁汝昌同时自杀的还有记名总兵张文宣。张文宣是李鸿章的外甥、有名的炮手。副将杨用霖用手枪击穿头部，也自杀而死。

北洋舰队炮舰"镇北号"挂起白旗，递交了降书——

本提督前接佐世保司令长官来简，因两国处于交战之中，至今未做答复。

本提督之意，沉舰决战，直至人尽而后已，但为保全生灵，愿乞休战。威海卫现有舰队及刘公岛、炮台兵器，均献于贵国。希勿伤害陆、海军内之外国官员、兵勇、人民等生命，允其归乡，是所切望。

如蒙允许，希以英国舰队司令长官作证。

为此照会贵司令长官。查照后请即日回答。此旨照会。

革职留任北洋海军提督　丁汝昌

光绪二十一年正月十八日

降书把联合舰队司令长官误写成"佐世保司令长官"。

伊东复函："前已谈及，为贵官一身之安全及贵国将来之利益，请来我国，等待战争之结局，是否合乎尊意？如贵官光临敝国，自当竭尽礼遇，致力保护。"

4

伊东允许用"康济号"将丁汝昌等自决军人的灵柩送到烟台。

"康济号"开出威海卫时，日本诸舰鸣炮吊唁。

清军投降后，残存的北洋舰队诸舰均移交给日本。长期威胁日本的七千三百三十五吨的巨舰“镇远号”，今后将成为日本海军的主力舰。同一型号的“定远号”已经沉入海底。

威海卫遭日军攻击时，李鸿章曾打电报给烟台的刘道含：“有无方法使北洋诸铁舰退避吴淞？铁舰以外船只，沉之亦可。”然而，为时已晚。不但采取不了这种措施，就在发电报的时候（2月7日），旗舰“定远号”已经沉没了。

被解除了武装的士兵们现在肆无忌惮地谈开了：过去说这些话是要被杀头的。

“这下子可好了，让满洲八旗兵来收拾败局吧！”

“让战争见鬼去吧！说是保卫国家，到底在哪里有咱们该保卫的国家？”

“皇上什么时候御驾亲征？”

“早就亲征了！不过，可不是面向敌人，而是朝西，跑得可快啦！”

“连皇上都这样，这仗能打胜吗？”

“最好把八旗兵开来，让咱们也瞧瞧他们的本事。”

“这里是旗人的国家，和咱们有啥关系！”

败兵们无所顾忌，特别是海军士兵，牢骚多，激昂愤慨。

这时候，钦差大臣刘坤一好不容易来到山海关附近。归他指挥的官兵有一百余营，四万多人。他准备用这些军队攻打被日军占据的海城。

“这是些什么军队？根本不听调度！”

总帅刘坤一只有叹息而已。可想而知，这些军队有多么混乱！把不同系统的部队凑到一起，变成一个整体，不但困难，而且需要时间。

刘坤一被从南京叫到北京，奉命马上出征山海关，但他拖延了出发时间。他是主战论者。有人说，当时和平论者正在抬头，为了打击他们，他在北京做了一些工作。其实，是拨给他的官兵非常差，装备又不好，使他不知所措了。他苦心研究用什么办法才能把他们改造成有用的部队，但是，没有立竿见影的好办法。

不管翁同龢怎么劝他，他都不想挂帅。

“这样的军队，我若轻易应承下来，将来要吃不消的！”

直到1月19日，他才勉强动身。

接到北洋舰队全军覆没的消息，北京的气氛一下子转向赞成媾和了。各种各样的谣言在北京城里到处流传。

“你没听说吗？中堂把五百万两银子早早就运回老家安徽了。”

"有钱人都悄悄地溜了。"

"听说都去了上海。"

街头巷尾的议论并不都是谣传。富豪们从北京偷偷溜走，不管怎么遮掩，也会被人看见的。

日本舆论大呼："进攻北京！"连战连胜的战果使日本举国狂喜。虏获了北洋海军之后，报刊上出现了这样的论调："这下子，再也不必战战兢兢地害怕英国了！"

清政府终于决定派李鸿章为全权大臣去日本。当时李鸿章正受着革职留任的处分，朝廷给他恢复了名誉，赏还黄马褂。这是在丁汝昌殉职的次日，即2月13日。

从长崎回国的张荫桓还停留在上海。李鸿章在进京觐见之前，发电报给张荫桓，委托他"推荐精通国际公法、条约法的有胆有识之士"。

张荫桓复电举荐两人——徐寿朋和李经方。

徐寿朋当然很合适。李经方是李鸿章的长子，曾为驻日公使，日语、英语都擅长，没有比他更适合的了。

李鸿章本来就打算用李经方做随员，但因为是自己的儿子，难以开口，所以采取了让前任推举的办法。张荫桓在电报中还加了一点说明："访日时，陆奥外相曾几次询问李经方。"

为使媾和谈判能够顺利地进行，必须准备好各种手段。日本一再打听的人物，当然要编在随员之内。有了张荫桓的推荐，就可以搪塞假公济私的攻击。

李鸿章在天津做了周到的准备，2月21日来到北京，受命之后已过去一周多。

次日，李鸿章入宫，研究媾和条约的原则。正如他所估计的，一天未研究完。

关于割让领土，光绪帝坚决不同意。

李鸿章认为，连威海卫都被日本夺去了，不割让领土怎么能媾和。

朝廷内部还残留着一些强硬论的余波，而且，绝对信任李鸿章的西太后因病没有出面。在同日本谈判之前，李鸿章不得不以宫廷势力为对手，进行初步磋商。

【第三十八章】

春帆楼

1

李鸿章不是等闲之辈，他早就看清，不割让领土是根本媾和不成的。但是，光绪帝在 2 月 22 日召见他时，却坚决主张不能割让领土。

割让领土是不可避免的，而且由李鸿章在条约上签字盖章，他将遭到可怕的一致攻击。

“卖国贼！”

“只知道惧怕日本，唯唯诺诺地顺从对方的主张！”

“没有骨气的孱头官僚！”

所有的指摘都会集中到他一个人身上。翰林院侍读学士文廷式等三十五人的弹劾中就说：“昏庸骄蹇、丧心误国之李鸿章……”他们还说，李鸿章把白银数百万两寄存在日本茶山煤矿公司，其子李经方在日本开有三处贸易商行，因此他“闻败则喜，闻胜则忧”。

以屈辱的条件签署条约，肯定要招来劈头盖脸的辱骂。人们会说：“怎么样？不出所料！”为堵住这股巨浪，必须先来一番强硬的发言，把这发言留在记录里，作为证据，表明他并非一出场就软弱、卑怯。

李鸿章要求强硬派的翁同龢同去。让这位皇上的师傅实际体验一下，光凭嘴头的英勇不屈，出外能否办得成外交。有强硬派加入代表团，也会减轻一些对他的攻击。

“假如我原先就参与外交活动，这次决不推辞。可是，现在，我对外交事务一无所知，绝不该同行。”翁同龢拒绝道。

李鸿章从对方嘴里得到了一句“对外交事务一无所知”的证言。一无所知的人，事后就没有资格说短论长。

“原来如此！”李鸿章被翁同龢回绝，似乎很遗憾，“这事并不很难。割地是绝对不行的，日本若不答应，我就立刻回国来。”

李鸿章居然主张不割地，把总理衙门里担任外交工作的孙毓汶和徐用仪弄得莫名其妙。

“不割地，能讲和吗？”

“可能的话，我倒是赞成，不过……”

面对强硬的主张，只有他们两人发言。由于事关重大，其他重臣都不敢随便置喙。翁同龢日记里记载这次御前会议的情形是“群公默默”，看来是一个相当扫兴的场面。

翁同龢说道：“赔款多少都行，就是割地不行！”

“户部大约能筹措出多少银子来？”李鸿章提醒似的问道，户部尚书不是别人，就是翁同龢。

在这次会议上，李鸿章还提出，有必要探询一下列强，特别是英国和俄国的意向。

于是，向驻在北京的各国公使馆进行了探询，同时又让驻外使节调查外国有无干涉的可能。

各国的反应都极其冷淡。

德国公使说：“或是迁都，或是割地！”

迁都，就是放弃北京，迁至西安。是彻底抗战，还是割让领土？二者必取其一。不过，北京被占领，即使彻底抗战，恐怕也没有最后胜利的保证。冷静地想想，似乎只有割让领土才能解决问题。终于，从宫廷里传出来这样的声音：“也只好割让领土了！”

这种观点占据了统治地位，正是李鸿章所期待的。

台湾和辽东半岛——日本要求割让这两地的消息，当时已人人皆知。

接替刘坤一为两江总督的张之洞从江宁向总理衙门发来电报，为民请命：“决不要放弃台湾！”

台湾是物产丰富的地方，与福建、浙江相距不远，把它交给敌人，南洋（中国南部沿海）必将永远受其掣肘。为国家计，这是巨大的损失。那么，怎么办呢？与其割让给日本，不如用台湾做抵押借债，借给英国最为理想。一旦英国对台湾持有了权利，它就会为我们防卫日本的入侵。——这简直是异想天开，可张之洞却奉为“奇策”，急忙往北京发电报。

张之洞在湖广总督任中，为铺设北京到汉口之间的铁路、建设钢铁厂和纺织厂等，同侨居美国的容闳商量过引进外资。容闳曾就学澳门的马礼逊学校，是中国第一个留美学生，毕业于耶鲁大学。回国后当过曾国藩的顾问。后来入了美国籍，对故国近代化仍极为关心。

当张之洞问及引进外资时，容闳曾复电说：“以台湾做抵押，可借到十亿美元。”他的话很可能带有幽默的味道，但张之洞却牢记在心。用领土做抵押固然是不容许的，可现在这领土将被割让，事态紧急，就有了研究的余地。

这样，既能筹措出战争赔款，又能把英国拉进台湾防卫中来，岂不是一举两得？这正是古代兵法家所说的“远交近攻之策”。

2 月 28 日总理衙门接到张之洞的电报，立刻找英国公使试探。

“我很有把握地奉告，这件事实现的可能性等于零。”英国公使答复得这么快，可知这是一个不值得研究之策。

李鸿章接到张之洞电报的抄件，只说了一句：“简直是儿戏！”

2

强硬派也不得不承认，绞尽脑汁，终无良策，只是白白花费了许多时间。宫廷的空气终于也逐步变为“割地难免”。

等待是李鸿章的手法之一。

李鸿章首先提出决不割地的主张，是为自己将来的处境预先做安排。正因为如此慎重，他才能长期稳坐在权力宝座上。

不十分了解清朝的政治结构，就会觉得这时还抱着强硬论的李鸿章“有点儿古怪”，“是井底之蛙”，“简直不谙世事”。连美国公使田贝在给本国总统的秘密报告中也激烈地抨击：“李鸿章的名声完全是一种误传，他的左右尽是些寄生虫，其政治见解不足取。”

当然，李鸿章的实际才干也许不如名声那么高，但若说徒具虚名，恐怕也不符合事实。

李鸿章玩弄了一番被外国人误解的手法之后，于 3 月 2 日第一次上奏，指出割让领土已成不可避免之势。

戎狄窥边，古所恒有。唐弃河湟之地，而无损宪武之中兴；宋有辽夏之侵，而不失仁英之全盛。

李鸿章引证历史事实，说明割让领土并不意味着亡国。

唐在“安史之乱”以后，被吐蕃夺去河湟之地，即今甘肃省西部。吐蕃吞并敦煌是781年，被张义潮夺回是850年，大约失掉了七十年。这一时期，自宪宗至武宗（806年—846年），唐从安史之乱的荒废中重新崛起，形成“中兴”的强盛时代。北宋时期，辽和西夏入侵宋域，宋王朝丢失了领土，但从仁宗到英宗（1023年—1067年）却是后世所歌颂的全盛时代。

李鸿章又引证了近代欧洲历史。普鲁士和法兰西两国之间屡次发生战争，胜败的结果总是要割让领土，但一方胜了不久，就又被另一方打败，如此反复。他说：“但图自强之计，原不嫌暂屈以求伸。”

为摆脱现在的困境，只有答应割地的要求，这是研究了一切方法之后的结论。

3月3日，紫禁城内，军机大臣们齐集开会，身体欠安的西太后也露了面。割地之事，必须得到最高权力者西太后的批准。首席军机大臣是恭亲王，此外还有礼亲王、孙毓汶、翁同龢、李鸿藻、徐用仪、刚毅等人。

3月4日，李鸿章被召进紫禁城。这次只有他一人，正式向西太后和光绪帝请示御旨，其他军机大臣都没有参加。

李鸿章3月5日起身，3月7日回到天津，便立刻着手媾和使团的人选。基本方案他心里早就拟好了。他给离得较远的马建忠发了电报。

朝鲜发生“壬午军乱”时，马建忠依照李鸿章的命令，逮捕大院君，把他押送到中国。虽是十三年前的事情了，但追寻这次中日战争的根源，却在于此。他对事情的经过知道得最详，而且在中法战争媾和时曾当过李鸿章的助手。马建忠留学法国，专攻法律，在巴黎取得律师资格。为鸦片税收事，同印度的英国总督交涉过。在朝鲜，同外国使团周旋。他的国际外交经验丰富，李鸿章认为必须把这样的人选进来。

带儿子李经方前去，也不是假公济私。李经方曾任驻日公使，精通日语，在日本政界熟人颇多，明白对日事务。不论谁来组团，都会把他列为成员。他当过公使，品级也高，所以这次安排他当参议，是事实上的副全权大臣。

长期在李鸿章身边充任幕僚长的罗丰禄也是不可缺少的人物。比起才能和见识来，更重要的是他能妥善地处理细微的杂务，既得体又热心。不通过罗丰禄，谁也见不到李鸿章。以前孙文会晤李鸿章，就是由王韬恳求罗丰禄办的。

这次他以参赞的身份参加。

马建忠之外，伍廷芳、徐寿朋、于式枚等人为主要成员。

李鸿章私下依赖的是顾问科士达。他当过美国国务卿，而这次媾和的背景里有美国的影子，所以他是个重要的人物。李鸿章知道自己必须去日本媾和之后，立刻派儿子李经方去上海同科士达联系。

加上医官林联辉、翻译卢永铭和罗庚龄等，正式随员是三十三名，此外还有杂役、厨师、仆从等三十八人。

日本指定的会谈地点是马关（下关）。3 月 14 日，清政府代表团分乘德籍商船“公义号”和“礼裕号”从天津出发。

在两国之间联系的，是美国驻北京和东京的公使。

陆奥外相这时在东京。欧洲诸国的动向极其微妙，为收集更多、更准确的情报，大本营所在的广岛不如各国公使聚集的东京。

陆奥从驻日美国公使那里接到李鸿章启程的通知后，即刻从东京去广岛。在大本营，伊藤首相和陆奥外相又一次接受全权办理大臣的诏命。

陆奥乘 3 月 17 日的夜车去下关，伊藤从宇品港乘船于 19 日到达下关。

载着清政府代表团的、挂着黄龙旗的两艘德籍商船，几乎与伊藤首相同时到达下关。日本的“太湖号”领航进港，但使节上岸是在第二天下午。

第一次会谈开始，先交换全权委任书。会谈地点在藤野公馆，也就是“春帆楼”。

这回全权委任书没有任何问题。实际上，前次日本以全权不足为由驱逐中国使节，在国际上造成了很不好的影响。当然，严格地说，清政府的委任书是不够完备，但历来清政府同外国交往都是按照自己的方式行事，这得到了国际上的认可。不少国家都认为“日本做事太过分了”。

这一次，李鸿章那张脸就是委任书，交换只是形式而已。

接着，中方提出一份备忘录，希望在谈判媾和条约之前，先议定休战条款。日方说明天作答。

于是，第一次谈判结束。

3

正式会谈结束后，开始了个人闲谈。

“十年不见了……”伊藤首相说道。

1885年签订中日《天津条约》，至今整整十年了。

“我们相见，总是为了解决问题，真想有那么一次不带任务的畅谈！”李鸿章说道。

“职务在身，不可能哟，上一次我也忙得不可开交……对了，就是那一年……”

伊藤去天津那年，日本废除了太政官制度，创设内阁制，他当上第一任内阁总理大臣。

“这十年间，贵国变化惊人，乃阁下执掌国政，经营得当所致。相比之下，我万分惭愧。我国国内发生了许多事，政治上却无所改革，也做了一些努力，不过……”

“各国有各国的事。日本虽有些改革，但我觉得还不够满意，力所不及呀！”伊藤谦逊道。

“这次的事真是万分遗憾！”李鸿章面露沉痛之色，“在亚洲，我们两国是近邻，而且是同文之国，本来不存在什么仇怨，这次竟以兵戎相见。我们愿意尽早停止敌对行动，恢复和平。对我国有害的事，未必对贵国有利。我不希望我们两国处于这种关系中。试看今日之欧洲，各国的军事训练都极严格，军队也极精良，但他们并不轻易发生纷争。我们两国应当学习欧洲诸国的优点，成为好邻居。我们两国使亚洲大局安定，永结友好，亚洲黄色人种今后就不会被欧洲白色人种侵略、侮辱。”

李鸿章很有辩才。

“不错！”伊藤对李鸿章的中日友好论调应了一声。

“这次的不幸战争，我认为有两个成果。”李鸿章探出身子，继续说，“第一，日本利用欧洲式陆、海军组织，大大成功了。这说明，欧洲人能做到的，亚洲人也能做到。第二，由于战争，中国人从长期的睡眠中醒来了。也许有很多人怨恨日本，但我却深为感谢。若不是同日本打了一场战争，什么时候才能觉醒呢？怕是还要长期昏睡下去！”

“噢？”

“日本之所以强盛起来，是因为有像伊藤阁下这样的优秀领导人，而中国，还是我这把老骨头，力不胜任。”

“哪里……”伊藤有点难以对答了。

陆奥外相在一旁冷冷地观察李鸿章的饶舌。他的《蹇蹇录》中有如下记述：

约略言之，彼不断羡慕我国之改革进步，赞美伊藤总理之功绩，又论述东、西两洋之形势，戒以兄弟阋墙必招外侮，鼓吹日中同盟，暗示媾和速成之必要。其所论乃今日东方经世家之谈，如老生常谈。然彼纵横谈论，引我同情，间以热骂冷评，以掩战败者屈辱之地位。老奸巨猾，却亦可爱，不愧为中国当世首屈一指之人物。

李鸿章的任务就是饶舌，陆奥看清了他的用意。虽然觉得他有些老奸巨猾，但并不憎恶，可能这就是李鸿章的大性。他能在复杂古怪的清廷政界里当上整整二十五年实权在握的直隶总督，非具有一种不被别人憎恶的性格不可。嘴上说些无关痛痒的老生常谈，意在取得他人的好感。

北洋海军已不复存在，这件事时时掠过李鸿章的心头。十年间，北洋海军几乎没有加强，这就意味着老化。打了多少次报告，可是，并不是没有钱，而是拨不到北洋海军来，被挪去建造颐和园万寿山了。这是西太后的意思，有什么办法呢？伊藤却没有这种障碍。这一点，就造成了李鸿章和伊藤在业绩上的差别。无疑，也就是日本海军和北洋海军之差，胜利和败北之差。

李鸿章面带微笑，侃侃而谈，但内心却充满了苦涩。

若没有西太后，就能好些吧？没有她，就会有另一个西太后式的人物出来挡道，而李鸿章照样也奈何不得。

推翻这种体制，就是推翻王朝。日本推翻了德川幕府，有皇室来收拾摊子，而中国没有类似的东西。李鸿章预测，今后国内君主立宪制主张大概要盛行。日本胜利的基础，显然是明治维新和立宪制。打倒王朝，从而砸烂旧体制，那可不行，要学只能学立宪制。

立宪将限制君主的实权，所以，若不是开明的君主时代，不可能实现。现今的西太后恐怕不行吧。去年六十大寿的西太后还能活多少年呢？

李鸿章今年七十三岁。他想：我是看不到那个时代了。

李鸿章看似口若悬河，其实他捉摸着自己的话语的效果，在寻找更有效的词句。他的态度从容不迫，有时也显出无限感慨。

不大插言的陆奥趁李鸿章稍有停顿，说道：“根据今天的预定日程，阁下应当回船上休息。这样每天往返，极为不便。如果阁下认为在陆上下榻也可以，我就命人准备，明天搬过来。”

“啊，承蒙关照，不胜感谢。”

年事已高的李鸿章连日住在船舱里，非常痛苦。而且，每天往返船上，完全处于孤立状态，也不便收集情报。

住在船上，多少能了解日本的运输情况。但要更广泛地收集情报，孤立海上是不合适的。

入港虽然才一天，但从日本轮船船员及工人们的无意谈话中得知，一周以前有一支运输船队通过这里，运载大约五千名兵员，目的地可能是澎湖列岛或台湾。如在陆上住宿，接触面一定比现在更宽些。

“房舍高大，庭院宽敞，要属寺院之类地方，可以吗？”陆奥问道。

“好，我在国内旅行时常常住寺院，很习惯。噢，佛教也是日本和中国共同的东西嘛。”

李鸿章兴致勃勃，至少他装得很像。

“那就住在引接寺吧。我今天派人去准备，阁下明天早晨就可以搬进去。”

陆奥是个实干家，办事很利落。

李鸿章一行结束第一次会谈，走出春帆楼时，接近下午四点半。房外有一顶中国式轿子在等着。上轿时李鸿章还挤出微笑，但马上就困倦了。

坐轿子的只有李鸿章，李经方等人分乘人力车。到阿弥陀寺町镇守神社前的栈桥，距离才不过二百多米。

乘上汽船“小野田号”，驶向停泊在港内的“公义号”和“礼裕号”。李鸿章和另外几名主要随员由随从抬上汽船。李鸿章年老体衰，倒还罢了，其他人正当壮年，根本用不着扶持，自己就能走上去。对此，当时报纸评论说：“这是大国大员的一种礼仪形式……”

他们的一举一动都令人稀奇，观者如堵。从春帆楼到栈桥，沿途整齐地排列着警察和宪兵。

4

“时间有的是，我们慢慢谈，一直谈到可以接受为止，只是不要为拖延而拖延。”陆奥提醒似的说道。

日本并不着急，着急的应该是战败国，而日本是受降国。陆奥言行中表现出这种态度，但实际上，对这次谈判最着急的是陆奥。事后，他表白了这一时期的心境：“想什么办法诱使清政府尽快地再派媾和使臣，迅速结束战争，恢复和平……”因为他察觉到“欧洲形势渐渐趋向不稳”。

不稳，意味着欧洲诸国有可能出面干涉。陆奥在东京同各国公使接触，深感忧虑。

驻日德国公使哥特斯米德收到本国的情报——欧洲列强中已有国家决定干涉日中纠纷。

当然，他向日本政府转告了此事："日本如要求割让中国本土领土，将成为惹起干涉之媒介。"

德国公使劝告日本，不要向清廷提出过分的要求，但日本政府已决定要求割让辽东半岛。

英国报纸《泰晤士报》报道：俄、英、法三国联合，准备干涉日中战争。

德国也打算和英国采取同一步调，因为英国外交大臣提出了合作意愿。

英国认为，日本是想同中国建立一种排除列强的同盟关系。驻英日本公使青木周藏曾对英国外交大臣说过："日本完全没有灭亡中国的意图，相反，倒是想努力再建中国。"英国最害怕中国发生混乱，那样就没法儿做买卖了。它在长江下游拥有巨大权益，还有一个贸易生命线——香港。一旦亡国，出现无政府状态，会给英国以沉重打击。青木公使准确地抓住了英国的心病，保证说不会出现这种情况。然而，适得其反，他的话产生了副作用。

日中同盟——东亚两巨人联合，这就是金伯利外交大臣所领会的日本意图。英政府认为：无政府状态所产生的混乱，会阻断通商，但那是暂时的，新政权恢复了秩序，就可以重新开放。而一旦建立起排他的日中同盟，就将强行禁止通商，更为可怕。

英国为干涉日中同盟的形成，想拉上德国，而德国也正想借日中纠纷之机同英国合作。

不过，没多久，英国明白了青木公使的发言并不含有排他的日中同盟之意。《泰晤士报》曾援引日本官方的可靠消息："在与小国通商方面，日本不打算得到超过其他国家的利益。"

在通商方面没有了忧虑，下一步就该关心防止俄国势力南下了。

为在东亚防止俄国南下，让这个较强大的日本立足于中国大陆，岂不更好？英国改变了主意，认为完全没必要干涉日本的所作所为。

德国刚想握住英国主动伸过来的手，英国却把手缩了回去。

"除了维持现状，英国什么也不关心。"驻英国的德国公使向本国政府报告。

于是，德国又向俄国伸出了友谊之手。这时俄国正同法国商谈对日干涉问题。德国加进来，形成了三国干涉的萌芽。

欧洲的这些动向时刻抽打着陆奥的心。他害怕清政府首脑们知道，那他们就会拖延媾和。越迟，干涉的可能性就越大，对清政府也就越有利。

不过，从清廷的外交体制来说，它是不可能正确分析这种情报的。列强干涉，是李鸿章所企望的，但现在他断定“那都不可靠”，所以才进行了会谈。

列强是否干涉，并不在于清政府的工作和愿望，而完全是出于他们自身的利益。这种干涉之声，不是反响，而是从另一种声源传来的。

清政府的外交，只注意所敲的门里透出来的回话，不能退后一步，倾听一下附近的声响。李鸿章终于把一度曾热切盼望的干涉之声放过了。

陆奥接到清政府任命李鸿章为首席代表赴日谈判的照会，仍放不下心来。陆奥听到的声音，李鸿章也随时能听到，一旦他听到了，就可能放弃谈判。直到接到驻东京美国公使关于李鸿章一行从天津启程的通知后，陆奥心里才总算一块石头落了地。

但他仍不能放松警惕。美国想在这次谈判上显露一下身手，所以顾问科士达不至于进行破坏，至于其他人得知了这一情报会怎么做，可就难说了。于是，陆奥想切断他们的情报来源。

他内心焦急，脸上却不敢有所显露，极力装出一副漠然的神态——我们是胜利者，今后还将继续胜利下去，谈判拖延也无所谓，索性等攻陷了北京之后再媾和就更好了。

第一次会谈提前一个多小时结束，也是为了造成一个并不急于求成的印象。

李鸿章回到“公义号”，给北京总理衙门发电报，报告了五千日军被运往澎湖或台湾的情报，并询问“辽沈、榆关军情如何”。翌日上午，中方代表团上岸，移住引接寺。

【第三十九章】

李鸿章遇刺

1

在李鸿章出国参加媾和会议之前，清军又失掉牛庄和田庄台。牛庄由素以保持曾国藩传统而自豪的魏光焘、李光久等大将率领的湘军把守。日军的第三、第五师团猛烈攻击，牛庄于 3 月 4 日陷落。

湖南巡抚吴大澂当时在田庄台，牛庄一丢，便趁夜逃往石山站去了。

3 月 7 日营口失陷。

3 月 9 日田庄台失陷。

吴大澂是金石家，但他不满足于文官、学者的名声，居然想当将军，威震四海。

他要亲自率兵同日军对阵作战，终于得到恩准。他的志愿应当说是豪壮的，然而，战争可不像研究古代文字那么随心所欲。

吴大澂在山海关向日军发出劝降书。因为是文人，劝降书写得相当高明。可能他长年累月地凝视古代文字，眼睛昏花，以致看不清现实了吧。

他之所以志愿从军，原来是因为他得到了一颗“度辽将军”的汉印。

度辽将军是西汉元凤三年（公元前 78 年）设置的官职。它不像骠骑将军或车骑将军那样，属于常设的将军职，而是一种临时封赏的将军称号，如西汉的路博德和东汉的马援被封为“伏波将军”。他们二人曾跨海远征南越和交趾（北越），所以选了“伏波”这么个名号封赏。至于“度辽”，则是渡过辽河，征讨乌桓之意。元凤三年范明友曾获得此封号。到了东汉，变为与地名无关的专事征讨匈奴的将军名，永平八年（65 年）吴棠被封为此职。

吴大澂是古代印章收藏家。苏州人徐翰卿把这颗印送给他，他高兴得不得了，以为“这是万里封侯的前兆”。

这时，正好同日本开战了，他觉得“这就是我留名青史的绝好机会”。

不限于中国，各国都有些研究国学、被该国传统深深吸引的学者。他们往往会有一些极其狂热的言论和行动。吴大澂就在这种情况下投笔从戎了。

他并不认为自己只是一介笔墨文人。十五年前，他担任过吉林防务监军之职，也直接参与过建设兵工厂、修筑炮台、训练军队。他对这段经历过于自信了。

他在劝降书中说：“日军三战三败之后，本大臣犹有七纵七擒之计。”

不愧是国学家，引用了《国语》中“三战三北”和《三国志》中“七纵七擒”的典故。他的意思可能是要同日军战斗到底，但说法未免太狂妄、太陈腐了。中国人也把这篇劝降书作为笑料。

在现实中，彻底吃败仗的是吴大澂。

当过驻日使馆参赞、为日本人所熟知的诗人黄遵宪，愤慨于吴大澂的败走，写了一首长诗《度辽将军歌》。其中有这样的句子：

弃冠脱剑无人惜，
只幸腰间印未失。

据说，这颗古印是当时住在上海的著名书画家吴昌硕伪造的。

牛庄、营口、田庄台失陷后，战局暂时告一段落。下一个战役将是从山海关指向北京，不过，那需要相当长的准备时间。各战线暂时都呈现出胶着、休战状态。

李鸿章在媾和谈判之前提出了“休战”的要求。惧怕列强干涉，希望尽快收场的陆奥认为，这不过是追认现状罢了，不如爽快地应承，做一个顺水推舟的人情。但是，休战必须尊重军部的意向。由于连战告捷，军部一定会坚决反对休战。为使军部能够接受，就得给它一个非常有利的条件。

3月21日，第二次会谈中，伊藤博文提出休战条件：

一、把大沽、天津、山海关让与日军。

二、该地清军解除武装，交出军需品。

三、天津至山海关的铁路交日军控制。

四、停战中军费由中方负担。

这些条件无疑是在首都北京的咽喉处插上一把匕首。日本军部早就想这么做了，只是由于兵力和战费不足，至今还无法实现。不流一滴血便得偿夙愿，军部当然会满意，不会有任何异议。

使日本军部满意的条件，对于清廷来说，就是极其苛刻的条件。

李鸿章满以为依据现状附加上一条休战条款就行了，不禁被这个苛刻的条件弄得瞠目结舌。

"太苛刻了，过于苛刻……超出想象的苛刻方案……"

看了摊在桌上的日方条件译文，李鸿章嘴唇颤动，他的身躯突然变小了。在当时的中国人中，他属于高身材，有一米七几。他能当上淮军领袖，恐怕也沾了高大的光。比起其貌不扬的曾国藩来，他在体格方面占了便宜。

李鸿章声调也变了，比以往低沉得多，说道："这次战争，缘起于朝鲜问题，日军把朝鲜全土夺到手中，又进兵我国领土之内，如真正希望永久和平，日本不但要考虑自己的立场，还应当考虑中国的名誉，天津、大沽、山海关是我国国都的门户。我认为这个方案太过分了。日军在战局上握有主动权，什么条件都提得出来，这一点，我们也明白，但是，物有极限，若一意孤行，则恐怕日本得和平之空名，也将有失掉实利之虞。"

伊藤答道："我倒不认为这些条件超过了限度。天津等处的占领，只作为一时的担保，我们并不想破坏城镇。"

"我们的目的是媾和，不是休战，伊藤阁下不也这么想吗？"

"是的，我们希望尽早恢复和平。停战是贵方提出来的，为此，我们才提出条件。先休战后讲和，不过是中国的意向。至于日本，不休战议和也行，休战议和也行，现在提出了后者的条件，我们没准备第二套方案。"

"那么，请拿出媾和的方案吧。"

"贵方不撤回休战问题，就不能拿出媾和方案。而且，请注意，一旦撤回，休战的事就不能再议了。"

听了这话，李鸿章犹豫了。

2

如果李鸿章正确地掌握着战局的实态，他这时就会当即撤回休战问题。

吴大澂等人仓皇败走的时候，其实，日军也已经是强弩之末。到进行下一个攻势，需要补充兵员和军需的时间。当然日本要隐瞒自己的困境。决定派小松宫彰仁亲王为“征清大总督”，把大总督府开上前线，就是措施之一。

大总督府虽然推进到旅顺，但指向北京的直隶作战，还需要一个相当长的时间。李鸿章所害怕的“日军在媾和谈判中进攻辽西地区，指向山海关”，完全是多虑。

“让我考虑几天吧。”李鸿章希望宽限时间。

“考虑倒可以，不过，两国人民现在都注视着这次会谈。尽可能快些达到会谈的目的，是我们的义务，所以不能老这么拖延，三天为限吧。”

伊藤给了李鸿章三天的考虑时间。

返回引接寺，李鸿章把日本提出的休战条件电告总理衙门，并告知：“昨日电报所说去台湾方面之五千日兵，或是开赴北方，望通告各地军队严加防范。”

据翁同龢的日记记载，次日光绪帝看了日本的休战条件，“为之动容”。

年轻的皇帝受到极大打击，他想请示西太后，但她还在病中，不禁犹豫了。然而，这么重大的事情，不能不让西太后知道。

征清大总督小松宫还没有出发，日本国内刚刚编制完军队，最快也得半个月以后，才能开始进攻辽西——李鸿章总算明白了事态。谈判期间不可能发生大规模战斗，何必为休战条件而增加苦恼呢？

三天后，3 月 24 日，举行第三次会谈。中方拿出了答复的备忘录：休战问题撤回，希望立即进行媾和谈判。

日方答复，明日提出媾和条约草案。

大概觉得这样会谈未免太简单了吧，李鸿章在回去之前又谈了一点意见。

“是否可以相信，明天提出的媾和条约方案中没有加入损害其他外国利益的条款？若问我为什么提出这一点，乃因为讲和问题是中、日两国的问题，要避免把问题扩大，招致他国的干涉。”

对李鸿章的这段发言，陆奥认为是“掩耳盗铃”——嘴上说不愿招致他国干涉，而实际上玩弄种种手段，想招致这种干涉的，正是李鸿章本人。李鸿章与列强沟通的情况，大都被陆奥的情报网截获。

“诚如所言，这完全是日、中两国间的问题。您可以相信，我方提出的条约方案没有招致他国干涉之虞。”伊藤答道。

李鸿章的发言是警告日本，如在媾和条约方案中写进过分苛刻的条款，就有招致列强干涉的危险。想避免干涉，当然不是他的本心。他是任何干涉都欢迎的。

中方代表要退出时，陆奥宗光对李经方说："关于明天的谈判，想预先商量一下事务性问题，您可否稍留一会儿？"

"好，为使谈判成功，留多长时间都可以。"李经方用流畅的日语回答，然后用汉语向父亲讲了陆奥的提议。李鸿章轻轻地点了点头。

陆奥宗光和李经方送走伊藤博文和李鸿章等人，又返回会议室。

在非正式的场合，两人用日语交谈。"还不到赏花时节，可真想轻松地赏花玩乐一下呀！"陆奥说道。

"樱花已经含苞待放了，希望快一点儿解决问题，让我们从容地赏赏花。"

"为此，你的合作很重要。"

陆奥正要进入正题，拿出笔记本摊开来。

这时，走廊上突然骚乱起来。有人在跑动。虽说会谈结束了，但在重要的外交会议的场所里，大声走动也有失礼貌。布置在春帆楼的，是训练有素的卫兵、警官和外务省官员，他们不会做出粗野举动。

陆奥和李经方面面相觑，都露出不解的表情。

门被打开了。

这里居然有不敲门就进屋的人？屋里的两个人一齐向进来的人望去，是陆奥熟悉的外务省官员。

"你……"

陆奥刚要责备，立刻又闭上了嘴。若不是发生了重大事件，这个官员是不会越出常轨的。他上气不接下气，站在门边，僵立不动，脸色苍白。

陆奥顿时感到发生了不寻常的事情，而且同李鸿章有关。

"刚才，李鸿章阁下，被暴徒用手枪狙击！"官员几乎是吼叫着报告。

"阁下怎么样？"

"左颊中弹……"

"只一发？"

"是……"

陆奥在惊愕中放下心来。面颊不是致命之处。

"暴徒呢？"

"当场被捕！"

陆奥看了看旁边的李经方。两个人同时从沙发上站起来，李经方的额角不停地抖动。

"发生了遗憾的事件，不过，我们会全力处置的，请您先去令尊那里，我去见伊藤阁下……请保重。”

陆奥只觉得两个膝盖松软无力。

“暴徒有二十五六岁……”官员继续报告着。

“好个大浑蛋……发疯了吗？叛逆……把我们的努力……”陆奥扭曲着脸孔，心里骂道。

3

李鸿章一行的路线是从春帆楼出来，沿阿弥陀寺町向西，转过外滨町拐角，进入下处引接寺。

群马县二十六岁的小山丰太郎就等在外滨町的拐角处。那里有宪兵队，桥的对面有警察派出所。从常识来说，是警戒最严密、行刺者最需要避开之处。然而，正因为夹在宪兵队和派出所中间，是警戒上往往疏忽的地点。小山丰太郎是否因此而选择了这里，不得而知。或许他只想到拐角处是突然袭击的最适当地点吧。

中方代表团只有李鸿章坐轿，罗丰禄、伍廷芳、马建忠等人乘人力车。

日本的“驾笼”是由两个人一前一后地扛着，乘坐部分垂挂在下面。中国式轿子是四个人扛在肩上，乘坐部分在上面，所以也叫“肩舆”。

李鸿章专用的轿子是蓝色的，只有下部涂着红色。四面装有玻璃窗，从轿子里能看见外边。李鸿章把玻璃窗打开了。

小山想尽量靠前狙击，所以跳出来打了一枪。他刚一跳出，宪兵队的上等兵阿部就冲了出来。新条警部也助了一臂之力，马上把小山捺住了。

事情发生在一瞬间。

子弹打进李鸿章的左眼窝下面。李鸿章戴着金边眼镜，子弹擦过眼镜打在脸上，减弱了势头。镜片破碎飞散，大概他正闭着眼睛，没伤到眼球。

引接寺就在眼前，受了伤的李鸿章立刻被抬进去，安放在长椅上躺下。医官林联辉为他做了紧急处置。

李经方从春帆楼跑回来。随后，伊藤博文首相由外相陆奥宗光和内阁书记官长伊东巳代治陪同，也赶到引接寺。

李鸿章不顾林联辉的制止，对前来探望的伊藤等人说：“这种事，我思想上多少有准备。”

他的意识很清醒。

四年前，在大津，津田三藏袭击了俄国皇太子。有人说，对外国要人搞恐怖行动是日本的风气。

伊藤等人低下头。陆奥咬紧嘴唇，他最担心的是这件事会成为列强干涉的借口。

如果李鸿章以受伤为由撤回本国，那该怎么办？他指责日本，征得两三个列强的同情，并非难事。

如果认为，像日本这样还保留着野蛮风俗的国家，交战国首脑前去是危险的，干脆停止同日本直接谈判，委托第三国从中斡旋，那可就糟了。

上次赶走了两名使节，这次拉出来最高负责人李鸿章，陆奥认为是他在外交上的成功。可是，从欧美方面的情报来看，情况并非如此。

世界舆论和同情似乎逐渐偏向李鸿章了。第一他年逾古稀，第二他名望极高，第三他第一次渡海出使外国。这一点，在海外也成了话题。李鸿章虽是实质上的外交负责人，但是，中法战争的和谈是在天津举行的，同俄国进行关于伊犁的重大谈判，去彼得堡的也不是他，而是曾国藩之子曾纪泽。把从来没出过国的老年人硬拉出去，日本也太狠毒了……

欧美诸国的这些舆论通过驻外公使馆传到日本国内。

正常情况下李鸿章还引起国际上的同情，何况在日本遭到了暴徒的刺杀。日本最害怕的，就是被国际视为“恶人”。

“万幸，这次负伤似乎不致影响会谈。”马建忠说。这是在医师诊断后发表的谈话。

中方随员中有人主张把李鸿章搬出引接寺，到“公义号”上疗养。理由是：“日本土地上太危险，难保不发生第二、第三次恐怖行动。”

顾问科士达反对回船上疗养，压下了这种意见，陆奥这才安下心来。

李鸿章若撤回船上，全世界就会问为什么。中方说是因为日本的“野蛮行为”，铁证如山，日本将无法辩解。好不容易平息的旅顺大屠杀问题，也许会再次闹腾起来。

陆奥决心，无论如何也要把李鸿章稳定住。

对李鸿章，日本方面极尽关怀与照顾之能事，派来两名陆军军医总监石黑博士和佐藤博士。又让陆军二等军医正古宇田、内务技师中滨博士等专门医师赶到下关，还请来法国公使馆的兹巴斯博士。在医疗方面，是最强的阵容了。

警卫方面怕再出纰漏，几乎到了神经过敏的程度，警戒声势相当浩大。

明治天皇下诏：

朕思清国现在虽与我国交战，然既已简派其使臣具礼依式议和，朕亦命全权办理大臣与之于下关会同商议。朕以为对清国使臣不可不遵照国际成例，以国家之名誉，给与适当待遇与警卫，特命有司官员遵行勿怠。令意不幸出现加害于使臣之凶徒，朕深憾之。此等凶犯固当由有司官员依法处罚，不得宽贷。尔百僚臣庶亦更应善体朕意，严戒不逞。努力勿损国家之荣光。

与此同时，天皇和皇后委派中村侍从武官前来慰问。

山口县知事原保太郎与县警部长后藤松吉郎立即递上请罪书，皆被免职。

欧美报纸几乎是一个论调，拿四年前在大津发生的事件对比。有的评论甚至说，日本“胜于武器之战，败于道德之战”。也有人说，日本“戴着文明的假面具，时时暴露出野蛮本性”。

一张王牌握在李鸿章手里，他满可以带着全世界的同情，从日本退出。不论谁来评论，谈判破裂的责任也应该加在日本头上。处于这种状态，日本不可能再进行直隶作战了。

小松宫挂帅出征中国的军队，是把近卫师团和北海道屯田兵全动员了。大举出兵，几乎没有保卫日本本土的军队了。

关于本土没有守备兵员的情报，各国公使馆早已报给各自的国家。如果有人大喝一声，日本就得赶紧撤退。

美国通过驻在东京的公使向林次官劝告：“大概除了答应李鸿章的要求，无条件休战而外，没有别的办法。”

“的确，只好如此……”听了次官的报告，陆奥忧郁地点头同意。

如果让李鸿章打出“愤然归国”的王牌，那日本就无计可施了。直隶作战不可能，列强干涉又明显地要压过来，为使李鸿章不打出这张牌，只有答应无条件休战。

4

暗杀李鸿章的凶手小山丰太郎，其父在群马县当过县议会议员。丰太郎进过庆应义塾，不久退学，拜评书艺人伊藤痴游为师。但技艺无长进，也放弃了，又进入一个叫神刀馆的右翼团体。当时还没有“右翼”一词，一般把这种团体叫壮士团体。

山口地方法院公审，对犯人判处无期徒刑。判决是3月30日下来的，可谓神速。以前袭击俄国皇太子的犯人津田也是被判无期徒刑。

小山在供词中说，他认为日、中两国的战争是李鸿章引起的，即使现在缔结了媾和条约，不知何时清政府又会掀起战争，同日本重新开战，所以想从中制造障碍。

3月30日，日本终于决定在和谈之前无条件休战。但日军正在进攻的台湾、澎湖岛，不在休战地域之内。

实际上，只是追认了一下业已休战的地区的休战。期限定为三周，正好是日军准备下一个战役所需要的时间。这个休战条约丝毫无损于日本。

尽管如此，陆奥等人为取得军部的谅解也费了一番周折。川上参谋本部次长（已兼任征清大总督府参谋总长）、桦山军令部长都反对休战。而且，西乡海相、松方藏相、榎本农商相等有权势的内阁成员，也不赞成休战。

只有山县陆相同意休战。因为他收到一份情报：三万俄国兵正在中国北部移动。所谓列强干涉，必须以武力为背景。俄国调动兵力，可认为是干涉的前奏。为了尽早谈成，决不能让李鸿章打出最后一张王牌。以同意休战作为代价，太便宜了。

3月25日，伊藤首相乘夜车从下关去广岛，说服了重臣们。3月27日晚，得到天皇的敕谕。29日伊藤回到下关，通知中方休战——期限为三周，台湾、澎湖列岛除外，其余各地均无条件休战。

军医总监佐藤博士劝李鸿章做手术，取出子弹。这样会早些痊愈，只是手术后需要几天的绝对安静。

“谢谢，”李鸿章说，“谈判以后再说吧。现在应当尽早地解决悬案，怎么能耽搁数日。”

伊藤和陆奥也同样急于谈判，因为俄国的动向令人担心。李鸿章若得到俄国军事行动的情报，肯定会听从佐藤博士的劝告动手术。

4月1日，陆奥把媾和条约方案亲手交给李经方，要求四日内答复。据陆奥的《蹇蹇录》记载，其内容大致如下：

一、中国承认朝鲜为完整无缺的独立国。

二、中国将下列土地割让日本：

（一）奉天省南部地区；

（二）台湾全岛及其附属诸岛与澎湖列岛。

三、中国赔偿日本军费库平银三亿两，五年付清。

四、以现存于中国与欧洲各国之间的各种条约为基础，缔结日中新约。在条约缔结之前，中国给日本政府及其臣民以最惠国待遇。

除上述条款外，中国须做出以下让步：

（一）历来所开放的商埠之外，增开北京、沙市、湘潭、重庆、梧州、苏州、杭州各商埠，以便日本臣民居住并营业。

（二）为运输旅客及货物，应扩展日本汽船之航线。

（三）日本国民输入商品时，除缴纳原价百分之二的进口税外，应免除在中国内地的一切税金、杂捐、特别捐。此外，日本臣民在中国购买原料、天然货物，声明为输出物时，应免除一切税金、杂捐、特别捐。

（四）日本国民在中国内地购买或运往中国内地的货物，有权租用仓库，免纳税金。

（五）日本国臣民缴纳中国捐税及手续费时，应按库平银，亦可用日本国本位银代纳之。

（六）日本国臣民在中国得以从事各种制造业，并输入各种机器。

（七）中国着手清除黄浦江口之吴淞浅滩。

五、中国作为执行媾和条约之担保，允许日本军队暂时占领奉天府及威海卫，并支付驻扎军队之费用。

媾和条约方案中，关于权益的部分，多是为防止干涉而插入的条款，如降低进口税、豁免各种捐税等。实际上，在中国拥有最大权益的英国，也曾多次同清政府交涉过这一问题，不过，尚未见实现。

如果日本实现了上述条款，那么，得利最大的将是英国。英国可以依照最惠国条约，同日本享受同等权益。

知道了这个内容，英国还干涉什么呢？把这种对自己利益不大的条款列入，是陆奥要弄的外交花招儿。

李鸿章向北京总理衙门电告日方要求时，嘱将条款内容透露给驻北京的英、法、俄三国公使，但对于日本所提的通商权益各项，则希望暂时保密。

顾问科士达在外交回忆录中说，这全是依照他的主意做的。

日方则把重点放在通商权益各项上，大事宣扬各国利益均沾。正如日本所期待的，英国无意干涉。英国觉得，与其在扩大权益、利益均沾上计较，不如利用日本来防止俄国南下。

这些想法，当然也与日英同盟有关联。

在北京，日本要求之苛使朝廷内部大受冲击。虽然还是草案，但指望获得更大的让步是困难的。

那么，能彻底抗战吗？要抗战，宫廷和政府机关必须迁到西安。北京的紫禁城、历代皇帝的陵寝即东陵和西陵，势必被日军占领。

中国人民能一齐奋起，同日本作战吗？如果全国人民齐心协力对付日本，无疑是会胜利的，因为日本并没有那么充足的兵源。

中国人民对清王朝能竭尽忠诚吗？三十年前早已表明了，先有太平天国运动，后有捻军起义。

当清王朝对外处于困境时，人民不但不会救援，反而会乘机而起。处于这种状态，迁都抗战是不可能的。

【第四十章】

终场与开幕

1

4 月 17 日，缔结了媾和条约。

清政府最抵制的是割让辽东半岛。清王朝兴起于中国东北，进入北京之前，曾以沈阳（奉天）为都。迁都北京后，这里仍称作盛京或留都。昔日的宫殿保存下来，叫奉天故宫。郊外有太祖努尔哈赤的福陵和太宗皇太极的昭陵，两帝乃清朝的创业之主。

当日军从朝鲜跨过鸭绿江进入辽东时，北京宫廷大惊失色，曾飞檄命令死守这块“皇祖寝陵之地”。

日本要求割让的北限，是辽河一线，紧贴着奉天之南。

努尔哈赤迁都沈阳之前，都城是辽阳。根据日本的方案，辽阳在割让范围之内。

辽东半岛为日本所有，旅顺就变成直布罗陀，使日本能控制渤海，随时可以进攻北京。清廷认可的是割让鸭绿江西岸以凤凰城为中心的与朝鲜接壤的领土，但日本岂能满足于这么小的一块地。

关于割让，日本准备了 A、B、C 三案，提给李鸿章的是 B 案。A 案比 B 案更往西扩展了许多。这个 B 案，把辽阳、鞍山划在内，地盘也不小。李鸿章拼命抵制，日方终于让步。其实，日本的让步不过是“预定的让步”而已，早就准备好了 C 案。

根据 C 案，辽阳和鞍山仍归清廷所有。即便如此，比后来日本从俄国手里接过来的租借地“关东州”也大七倍多。

至于赔偿战费，这场战争既不是中方主动攻击日本，又不曾踏进日本尺寸之地，实在是毫无道理。何况要三亿两，五年付清，真是苛刻已极。

“不管怎么说，太苛刻了！”李鸿章反复念叨，他最了解清政府财政的拮据。

最后日方让步，减为两亿两，七年付清。

日本明白，若要求过苛，清政府实在无法接受，日本就只有谈崩，再挑起直隶之战。那时，列强势必干涉，不要说割让土地，连分文战费赔偿也得不到。

中方只认可割让与朝鲜接壤的四县和澎湖列岛（不包括台湾岛），赔偿战费一亿两。这是李鸿章4月9日提出的修正案。日方提出让步方案是4月10日。

日方明知直隶作战要冒很大风险，但到了此时也只好让征清大总督府的增援部队出发了，并且有意让李鸿章目睹这批运输船。增援部队于4月13日开出宇品港。

提出让步方案的次日，4月11日，伊藤博文写信给住在引接寺的李鸿章，限期“四日内答复”。

两国代表的心都处于忐忑不安之中。

李鸿章接到伊藤的最后通牒式信件，同时又收到天津的电报。电报是德璀琳发来的。

德璀琳是天津税务司，与李鸿章很亲近。不久前，他奉李鸿章之命出使日本，伊藤以不是正式代表为由拒绝接见。同日本媾和事宜，他很早就参与了。

电报说：

前任德国驻中国公使来电称，列强对中国割让领土问题颇有议论。皆认为日本要求不当，中国不必急于议和。

伊藤首相4月12日也接到日本驻俄国公使发来的电报，内容令人震惊：

俄国陆、海军联合委员会讨论了阻止日军进攻北京的问题，结论是，以俄法联合舰队达成其目的。

果然招致了俄国的干涉，法国和德国也将同步而来，伊藤和陆奥心急如焚，认为不赶快签约，恐怕要生变。

确认增援部队已出发的李鸿章，比别人更着急。日本是怕可能得到的东西不能到手，而清廷则是怕失掉更多的东西。

日军进逼北京，倘若这时太平天国和捻军还没有被镇压，清王朝就可能崩溃。如今太平天国和捻军已被李鸿章等人联手平定了，不过，借日军进逼北京之机，第二、第三个太平天国的出现势在必然。

李鸿章在引接寺偶然想起去年读过的文章。他站在政界的最高峰，时常有人向他“上书”，大都是忧虑国家前途，议论救国方法。运气好的话，献策被采纳，献策者就可能当上官。这类上书，李鸿章很少看，只是心血来潮时才读一读，但也读不上一半儿便顺手抛掉了。去年他读过一篇文章，好像是个广东青年写的，名字叫什么……

李鸿章没能想起孙文这个名字。

可以明显地看出，他确实是忧国之士，似乎对外国的事情很熟悉，常以外国做对比，提出要下决心采用外国文明等。不过，他所热爱的国家似乎不是这个清王朝，字里行间充满着不惜以改变政体来振兴国家的想法。

当然，李鸿章没作答也没接见，但确实是一篇使他难以忘怀的文章。究竟是个什么样的人物呢？没把他找来见见，李鸿章不禁有些后悔了。持这种想法的青年似乎在渐渐增多，当权者不采纳他们的政治主张，他们就可能纠合抱有同一志向的人，聚众结党。到那时，就可能会出现第二个太平天国。日军进攻北京，正好给他们以良机……

2

4 月 13 日，李鸿章又向总理衙门请示，可否在伊藤提出的修正案上签字盖章。

日方向中方代表施加压力：如果和谈趋于破裂，停战协议就自动失效，战局重开。

4 月 14 日，星期日，中方代表没有休息。四天的期限，明天截止。李鸿章给天津海关的道员盛宣怀发了一封电报。往常李鸿章从下关往本国发电报都是给总理衙门，这次致电海关道员，是答复三天前天津海关税务司德璀琳，以示继续联系。至于盛宣怀，是李鸿章的得力部下。当李鸿章在天津时，盛宣怀几乎就是北洋派支撑门户的元老。电文的全文如下：

伊藤两次哀的美敦书，云无可商。现约明日会晤即定。欲保京城，不得不尔，以后看各国办法。朝鲜准自主，商令两国勿干预内治，伊不允，非据而何？

他似乎把愤怒都倾泻在电报中了。

北京也无可奈何，只好如此了。

翁同龢的日记中，14 日这天写道："不欲记，不忍记也。"当然是指下关来电的绝望情况。

4 月 15 日的会谈预定在下午四点开始，14 日夜里和 15 日午后，北京以皇帝名义先后两次向下关发来准予签约的电报，大概是怕误事，发生不虞，所以才反复发电报——

李鸿章十九日三电均悉。十八日所谕各节，原冀争得一分有一分之益，如竟无可商改，即遵前旨与之定约。钦此。

李鸿章于阴历三月十九日（阳历 4 月 13 日）发了三封电报。据说，中方代表团在下关期间花了一万五千元的电报费。

"若不如此，北京恐将不保。"这句话把宫廷的强硬派也都吓得不作声了。究竟谁来保卫北京呢？只凭悲愤慷慨是不能阻止敌兵入侵的，强硬派的本质早已从吴大澂的战败中暴露无遗。

李鸿章在赴日和谈之前，曾拜会首席军机大臣恭亲王，提出："如谈判破裂，请立刻将主上迁至西安，一定把主战派留在北京，让他们同日军作战。这件事可在众人面前提议，主战派逃离北京者，一律问斩。"

于是，在重臣会议上，恭亲王说，假如议和破裂，主战派大臣都应以紫禁城为据点，血战到底。说也奇怪，自从恭亲王说了这话之后，主战派的调子确实不那么高了。

当然，这样做是为了给媾和签约铺平道路。李鸿章和恭亲王的互相配合，在宫廷里收到了显著的效果。

清政府代表团的气氛比当初缓和多了。李鸿章遭暴徒狙击一事，使一般日本人对代表团的态度发生了很大变化。

慰问品源源不断地送来，其中有皇后亲自制作的绷带。下关西部的渔民送来玻璃鱼缸，里面装着七十多条活鱼。甚至有些日本人还做出赎罪举动。

当然，说穿了，这并不是惋惜李鸿章的遇难，而是行刺事件使日本受到世界各国的谴责，他们害怕对媾和不利。对此，陆奥在他的《蹇蹇录》中也有所记载。

清政府代表团近来感到日本人的敌意缓和了，心理上的压力减轻了许多。而且，国内对于代表团据理力争的情况也有所了解。过去指责李鸿章是卖国贼的骂声，由于李鸿章的遇刺而逐渐消敛。强硬派的攻击之词丧失了说服力。

接到皇上批准签约的电报，住在引接寺的清政府代表团成员们顿时都如释重负，若不是因为处理战败媾和，必须谨慎从事，真想举杯庆贺一下。

“签了条约……就马上……回国！”李鸿章把电文放回桌上，摘下眼镜，断断续续地说道。

3

“我的事情可算办完了！”李鸿章独自喃喃地说道。

4 月 15 日第五次会谈（加上在病床上的那一次为第六次）之后，七十三岁高龄的李鸿章觉得疲劳不堪了。

那一天，他拼出最后一点儿力量，要求把二亿两赔款再减少五千万，为一亿五千万两。

“这个问题不能再谈了，已经减少了三分之一了嘛！”伊藤不想再谈下去。

“那就再减少两千万两吧。”

然而，伊藤一个劲儿摇头。

赔款当然是用清政府的单位来表示。清政府是银本位，但没有货币。有一种洋银在市面上流通，是以墨西哥银圆为主的外国银币。还有一种马蹄银，是小银块。按纯银称量，纯银五百七十五格令（约三十七克）为一两，叫库平两。所谓“库平”，是保管在户部的标准秤。

战争之前，光绪十七年（1891 年）岁入为八千九百六十八万余两，岁出为七千九百三十五万余两（据《清史稿·食货志》）。由此可见，日本的要求对于清政府来说是多么苛刻。

伊藤首相同意把作为条约担保的占领威海卫和奉天两地改为只占领威海卫，清廷支付驻兵费由年二百万两减为五十万两。

4 月 10 日和 15 日两次会谈，日方委员陆奥外相因病未出席。

签字仪式在 4 月 17 日举行，这天正好是甲午日。战争爆发之年 1894 年是甲午年，所以中国一般把这次战争称作“甲午战争”。甲午之年爆发的战争，于次年三月的甲午之日收场——签署媾和条约。

签字仪式只不过是一种形式，陆奥外相也抱病出席。

再没有可议的问题了，这一天，他们只谈些非正式的闲话。作为正式的国家代表，为结束战争的和谈而来，因此，尽管李鸿章在十年前缔结中日《天津条约》时就认识了伊藤博文，也必须避免议题以外的闲谈。在谈判中，有时似乎也谈些闲话，但双方都明白，醉翁之意不在酒，并非纯粹的闲谈。

签署已毕，不管再谈什么，条约也不能变更了，于是，两国代表第一回东拉西扯起来。

“陆奥阁下，病好些了吗？”

“平素很少锻炼，时常闹病。”陆奥答道。

“大概是公务过于繁忙，操劳过度吧？应该适当把工作交给训练有素的部下去做。事无巨细，外交大臣一个人都掌管，岂能有休息时间？阁下还年轻，今后工作的日子长着呢，要多多保重身体呀！”

通译刚把李鸿章的话翻译完，伊藤博文就插嘴道：“我们都不能长生不死，的确应该让部下适当地分担工作，可是，收罗人才不容易呀！听说中堂阁下那里俊才如云，令人羡慕！”

以李鸿章为中心的“北洋派”的存在，是人人皆知的。甚至有人说，李鸿章把中国的一多半儿人才都笼络在自己手下。

“如云？”李鸿章微微一笑，露出自嘲的表情。

在场的人当中就有北洋派的主要人物——伍廷芳、马建忠、罗丰禄、徐寿朋、于式枚……

李鸿章真想反问一句：你是不是有意讥讽？可是，在这些“俊才”面前反问这话，未免太不知趣了。网罗了如云的俊才，最后还不是败给了日本……

“可惜是乱云哪！”李鸿章说道。

翻译卢永铭先译成“散乱的云”，接着又译为“破碎的云”。

“破碎的云？”伊藤博文刚要发笑，立刻又把张了一半儿的嘴紧紧闭上了。

“破碎的云”就在他身边。

“他们作为个人，确实都是出类拔萃的。至于没能把他们统一起来，形成一个大云团，就只怪我老朽无德，惭愧之至。”李鸿章说道。

这并不是谦逊之词，他心里也的确在这么想。

他驱动这些俊才，总是以竞争为动力，现在他觉得很后悔。因为竞争固然可以磨炼才干，创造业绩，但作为一个集团，岂不是缺少了团结一致？他们没能为一个巨大的目标丢开小异，同心协力。

同他的出身很不相称，李鸿章特别重视市井传言。在那个时代，几乎没有宣传机构，想了解人心动向，街头巷尾的闲话是重要资料。罗丰禄就专门负责收集北京和天津的街谈巷议。临来日本之前，他听来这么一句话："一个喽啰点火，另一个喽啰煽风，老头子忙着去扑灭！"

"老头子指的是我喽？"

"是的。"

"点火的喽啰可能是指袁世凯，煽风的是谁呢？"

"像是指盛宣怀。"

"嗯，不错。"

李鸿章敲了一下膝盖，喜形于色，认为说得很形象。民间的眼力真不错，令人叹服。

在朝鲜点火的人确实是袁世凯，而在天津海关的盛宣怀，主战言行颇多，还不时弄来一些低估日本实力的情报。

两个部下当然都很出色，但他们从未同心合力过。这也是因为主子李鸿章尽量把他们分开，让他们互相竞争，各显其能。

"那位在朝鲜的袁世凯眼下在干什么？"伊藤博文问道。

"不知道……像他这样的卑微下属，我不曾留意。"李鸿章答道。

"原来他处于中堂阁下不注意的位置，太可惜了，这个人可是个干才。"伊藤说道。

4

提到袁世凯的名字，李鸿章怀疑伊藤是要求给这次战争的点火人以处分，虽然签约已结束，但提一点儿"要求"之类尚无不可。这些杂谈尽管在签字以后，李鸿章也让秘书把重点都记下。

他所说的"卑微下属"，是指袁世凯不处于对战争负责的地位，假如伊藤要求处分，就可以借此来推托。

然而，伊藤只是称赞袁世凯的才干，只字不提处分。

"那个年轻人竟让我们老练的竹添公使喝了不少苦酒，真是年轻有为，可惜我手下没有这样的人才！”伊藤说道。

沉思良久，李鸿章仿佛终于想起来似的说：“有一次听说他在沈阳那一带，管运输之类……”

袁世凯在哪里，李鸿章知道得最清楚。被暴徒击伤后，从国内来了许多慰问电，其中也有袁世凯发来的。

袁世凯正在沈阳。他所负责的兵站总部位于沈阳西北约六十公里的新民府，从那里到临近前线的辽阳之间，设置了十二处兵站，以接力方式补给军需。袁世凯一般住在中间站所在的沈阳。

“这就是湘军和淮军的下场！”周馥说道。

周馥是直隶按察使，比担任道员的袁世凯品位稍高，出身安徽，给李鸿章当幕僚也比袁世凯早些。

从前线逃回来的湘军和淮军，在三十年前，曾镇压了太平天国军，因而赫赫有名。

“两军当年比今天强吗？”袁世凯问道。

“那当然。”周馥似乎受到了侮辱，愤然答道。

“他们变弱了？”

“是啊！”

“若是不间断地加以训练，军队很快就能变强。受过训练的士兵再训练新兵……总之，我认为训练可以使军队强大。”

“并不像你想的那么容易！心里想的、纸上写的，都合情合理，一旦着手去干，可就……”

“为什么实际干就不行了？”

“你问谁？你这家伙比谁都清楚！”

“哈哈哈，当然！”

不用周馥说，袁世凯知道那原因，而且知道得非常清楚。除了腐败，还能有别的吗？曾国藩和李鸿章年富力强的时候，湘军也好，淮军也好，都保持着正规军队所没有的紧密团结，无愧于精锐之名。

腐败究竟从何而起呢？

“不是训练问题，是军队的管理问题。”袁世凯似乎在自言自语。

“对，完全对！”旁边的长芦盐运使胡燏棻突然大声插嘴。他现在也是兵站的负责人之一。天天看到一群群丢盔卸甲的败兵逃来，他冥思苦想，追究原因，终于找到了同一结论。

腐败先从金钱上开始。

军队就好像包工合同制一样，带一百人的队长，国家支给一百人的兵饷。实际上，队长手下只有七十人，那三十人的兵饷被他私吞了。当然，他也要有两三名得力部下，也得分一些给他们。有七十人还算是好的，只有实数的一少半儿的，并不罕见。

侵吞兵饷的军官们心里有鬼，说不得硬话。士兵们觉得受了愚弄，拒绝接受严格训练。

这样，军队自然就无法管理好。想改善，必须建立一套杜绝舞弊的管理制度。可是，军队的干部们怕失掉既得利益，不欢迎改革。

清军就是在这种腐败的基础上同日军交战的。

“失败是必然的！”周馥说道。

这也是在场的袁世凯和胡燏棻两人想要说的话。

“假如现在给我一万士兵，训练一年，一年之后同十万官军打一仗，我准能打败他们。”袁世凯说道。

“是啊，你应当造就一支自己的军队！”胡燏棻起劲儿地说道。

4 月 17 日媾和条约签字，沈阳当天就接到了电报，因为这里也属于前线指挥所之一。

袁世凯同胡燏棻商议了善后工作。战争已经结束，可以把兵站里现存的粮食全部发给各军了。以前无法估计战争要打多久，必须有储备，现在没这个必要了。清点了库存物资，要求各军今后各自为政。

“什么？仗打完啦？岂有此理！还能打嘛，我满可以再打几场嘛。”沈阳的刘盛休提督敲着桌面，激昂愤慨。

“不能再打啦，粮食连一袋都不剩了，况且军队的士气又这样低落。”袁世凯冷淡地说道。

最激烈的主战派刘盛休的军队，在这次战争中最腐败、最能抢、最善逃，人所共知。

“我准备回去了。”

袁世凯不带兵，一身轻快，心想：我同中堂谁先到天津呢？

5

在条约上签字，当时中国称之为“画押”。

画了押的当天，李鸿章登船回国。任务已经完成，没必要在日本多停留了。

但现在还不能算是卸掉了重担，国内肯定有一场骂他是卖国贼的“大合唱”正等着他。他的遇刺，使这种合唱声有所减弱，但不可能指望由此而悄无声息。

在轮船上，李鸿章仍然忙得很。

归国之后必须立刻向皇上汇报，所以要赶快起好草稿。

“我还是不去北京为好。”李鸿章思忖着，喃喃自语。

“您就称病躲起来。”儿子李经方说道。

“那你就得承受来自四面八方的攻击。”

“我豁出去了！”

“我也豁出去了！”

李鸿章拿起笔来。

伏维皇上灼知时局，许息战争……

他的船舱里，煤气灯彻夜未熄。

臣昏耋，实无能为。深盼皇上振励于上，内外臣工齐心协力，及早变法求才，自强克敌。天下幸甚！……

拂晓时分，他写完了奏折。

4月20日，李鸿章一行抵达天津。他立刻派伍廷芳和科士达去北京，把那份最重要的条约签字文本投送总理衙门。

批准条约的正式文本将于5月8日在芝罘（烟台）互换。

全国各地掀起了反对批准条约的运动，既有出自忧国忧民之心的，也有李鸿章的政敌趁火打劫。

反对最激烈的当然是客居北京的台湾省民，而且有一些人特意从台湾赶来。他们的运动异常悲壮。

当时李鸿章的最大政敌——两江总督张之洞从江宁给总理衙门发电报："恐大学士李鸿章当时伤重昏迷，李经方等人贸然承诺……"

然而，张之洞有什么好策略吗？他主张，欲废除同日本签订的条约，必须乞求英、俄等强国的援助，立即缔结密约，把新疆数城和西藏腹地割给两国做报酬。

其实，即使清政府不去恳求，列强也会根据自己的利害来决定是否干涉。

4月23日，俄、德、法三国正式干涉日本领有辽东。带头采取行动的是利害关系最深的俄国，自不待言。

三国干涉的结果，是日本不得不放弃占领辽东的权益，这就是另一段历史的开端。

正值此时，北京城里英才鳞集，各地的举人们参加三年一次的会试。其中，也有像广东康有为那样早就闻名全国的学者。

康有为号召云集北京的举人们："拒绝批准耻辱的媾和条约，迁都，实行变法！"

立刻有一千三百余人签名响应。康有为把这份请愿书投到都察院，这就是"公车上书"。

都察院拒绝受理，理由是没有考中进士的举人还不算有官职。

变法的改革运动就要开始了，而后来破坏这场改革运动的就是袁世凯。

袁世凯从沈阳回到天津以后便致力于新军的创建，一个新军阀即将诞生。

李鸿章同日本打了败仗，失掉了心爱的北洋军，降级为两广总督。义和团起事后，他又被请出来，重任直隶总督，1901年死在任上。

义和团，是另一段历史的事件，但和甲午战争有密切的联系。

李鸿章死后，他的遗产——军队、外交、实业分别由袁世凯、伍廷芳、盛宣怀等人继承。

在台湾，爆发了抵抗日本接管的运动。

去台湾办理割让手续的李经方、科士达、马建忠、卢永铭等人，就是参与下关签约的那一伙，他们既是前一段历史的登场人物，又是下一段历史的第一页的登场人物。